AVANT LE GEL

Henning Mankell

AVANT LE GEL

roman

Traduit du suédois
par Hanna Gibson

ÉDITIONS FRANCE LOISIRS

Titre original : *Innan frosten*

Édition du Club France Loisirs,
avec l'autorisation des Éditions du Seuil

Éditions France Loisirs,
123, boulevard de Grenelle, Paris
www.franceloisirs.com

Éditeur original : Leopard Förlag, Stockholm
© original : 2002, Henning Mankell
Cette traduction est publiée en accord avec Leopard Förlag,
Stockholm, et l'agence littéraire Leonhardt & Høier, Copenhague
© Éditions du Seuil, septembre 2005 pour la traduction française.
ISBN : 2-7441-9380-1

PROLOGUE

Jonestown, novembre 1978

Les pensées fusaient dans son cerveau telles des gerbes d'aiguilles chauffées à blanc. La douleur devenait insoutenable. Pour éloigner la panique, il tenta désespérément de réfléchir. Qu'est-ce qui le tourmentait le plus ? Pas besoin de chercher. Il savait. C'était la peur. Que Jim lâche ses chiens sur lui, comme sur une proie terrorisée, aux abois. Il était devenu gibier. Toute cette longue nuit du 18 au 19 novembre où il resta terré, à bout de forces, sous un arbre déraciné, il crut entendre les chiens.

Jim ne laissera personne lui échapper. L'homme que j'ai choisi de suivre, l'homme qui dégageait un amour sans limites, est devenu quelqu'un d'autre. Il a changé de place avec son ombre, ou alors avec le Diable, celui-là même contre lequel il nous mettait constamment en garde dans ses prêches, le démon égoïste qui nous empêche de servir Dieu dans le respect et l'obéissance. Ce que je croyais être de l'amour s'est transformé en haine. J'aurais dû comprendre plus tôt. Jim lui-même ne cachait rien. Il nous a livré la vérité, par fragments. Nous n'avons pas voulu admettre ce qu'entendaient nos oreilles. C'est ma faute, je ne voulais pas comprendre. Tous ces rassemblements, ces sermons, ces messages n'évoquaient pas que la préparation spirituelle à laquelle chacun de nous devait s'astreindre avant le Jugement. Il a bien dit que nous devions être prêts à mourir.

Il se figea dans le noir, en alerte. Ne venait-il pas d'entendre un aboiement? Mais les chiens, pour l'instant, étaient à l'intérieur de lui, enfermés dans sa propre peur. Ses pensées confuses, effarées, revinrent une fois de plus aux événements de Jonestown. Il devait comprendre. Jim avait été leur chef, leur berger, leur pasteur. Ils l'avaient suivi pendant l'exode de Californie, quand ils n'avaient plus eu la force de subir la persécution des autorités et des médias. En Guyana, ils allaient réaliser leur rêve d'une vie de liberté en Dieu, en communion les uns avec les autres et avec la nature. Au début, tout avait été conforme aux paroles de Jim. Ils se répétaient entre eux qu'ils avaient réellement trouvé leur paradis. Le changement était intervenu peu à peu. Peut-être ne serait-il pas possible, tout compte fait, de réaliser leur grand rêve en Guyana. Peut-être étaient-ils aussi menacés qu'ils l'avaient été en Californie. Peut-être deviendrait-il nécessaire de quitter non seulement ce pays, mais la vie même, pour atteindre enfin l'existence qu'ils s'étaient mutuellement promise. «J'ai vu au-delà de ce que je percevais avant, avait dit Jim. Le Jugement est proche. Si nous ne voulons pas être entraînés dans le tourbillon atroce, nous devons peut-être mourir. Par la mort nous survivrons.»

Ils allaient se suicider. Jim leur avait expliqué que cela n'avait rien d'effrayant. D'abord les parents donneraient à leurs enfants du cyanure dilué, que

Jim conservait dans de grands bidons en plastique dans une pièce fermée à clé, à l'arrière de sa maison. Ensuite ils prendraient eux-mêmes le poison ; les hésitants, ceux dont la foi vacillerait in extremis, seraient aidés par Jim et ses assistants. Si les quantités de cyanure se révélaient insuffisantes, il resterait les armes à feu. Jim veillerait personnellement à ce que tout le monde meure avant de diriger son arme contre lui.

Il haletait, couché sous son arbre, dans la moiteur étouffante, à l'affût des chiens de Jim, les monstres aux yeux rouges qui affolaient toute la communauté. Jim avait été très clair : ceux qui avaient pris part à l'exode de Californie, ceux qui avaient choisi de le suivre jusqu'au fin fond de la Guyana n'avaient pas d'autre chemin à suivre que celui de Dieu. Celui que Jim Warren Jones avait décrété être le bon.

Jim était tellement rassurant. Personne n'avait son pareil pour travestir la menace et faire résonner des mots tels que *mort, suicide, cyanure, armes à feu*, comme s'ils évoquaient une réalité belle et désirable.

Il frissonna. Jim a inspecté tous les morts, il a vu que je n'en étais pas, il a lâché ses chiens. *Tous les morts* – la vérité, soudain, le submergea. Des larmes coulèrent sur son visage. Pour la première fois, il comprenait réellement ce qui avait eu lieu. Maria et la petite – tous étaient morts, et elles aussi. Il n'avait pas voulu y croire. La nuit, ils parlaient à voix basse, Maria et lui. Jim devenait fou. Ce n'était pas le même homme qui les avait attirés autrefois avec des promesses de salut. Touchés par la grâce, ils avaient bu ses paroles – l'unique bonheur était dans la foi en Dieu, en Jésus-Christ et en ce qui les attendait

11

par-delà la courte vie terrestre. Maria l'avait exprimé plus clairement que lui : «Son regard est devenu errant. Il ne nous regarde plus jamais. Il voit au-delà de nous et ses yeux sont froids, comme s'il ne nous voulait plus de bien.»

Il fallait peut-être partir. Voilà ce qu'ils se murmuraient au creux de la nuit. Mais au matin ils disaient de nouveau qu'ils ne pouvaient abandonner la vie qu'ils avaient choisie. Jim redeviendrait comme avant. Il traversait une crise, c'était une faiblesse passagère. Jim était plus fort qu'eux tous. Sans lui, ils n'auraient pas connu ce lieu qui était malgré tout une image du paradis.

Il repoussa un insecte qui avançait à tâtons sur son visage en sueur. La jungle était chaude et moite. Les insectes arrivaient de partout, en bourdonnant, en volant, en rampant. Une branche effleura sa jambe. Il bondit sur ses pieds, croyant à un serpent. En Guyana, il y en avait beaucoup de venimeux. Au cours des seuls trois derniers mois, deux membres de la colonie avaient été mordus ; leur jambe avait enflé démesurément, puis elle avait pris une teinte d'un bleu presque noir avant de crever en furoncles nauséabonds. Une femme de l'Arkansas en était morte. Ils l'avaient enterrée dans le petit cimetière de la colonie. Jim, à cette occasion, avait prononcé un de ses grands sermons, tout à fait comme dans le temps, quand il avait débarqué à San Francisco avec son Église, le Temple du Peuple, et qu'il s'était rapidement taillé une réputation de prédicateur étonnant.

Il portait en lui une image, plus nette que tous les autres souvenirs de sa vie. Elle datait de la période où il avait été presque détruit par l'alcool, la drogue et la mauvaise conscience due à la petite fille qu'il avait laissée derrière lui. Il était arrivé au constat qu'il n'en pouvait plus. Il se jetterait sous les roues d'un poids lourd ou d'un train, tout serait fini, personne ne le regretterait, lui moins que quiconque. Au cours d'une de ses dernières errances dans la ville, sorte de tournée d'adieu auprès de gens qui se moquaient bien de savoir s'il était vivant ou mort, le hasard avait conduit ses pas devant la maison abritant le Temple du Peuple. « C'était la main de Dieu, lui expliqua Jim par la suite. Dieu a vu que tu étais élu – l'un de ceux qui connaîtraient la grâce de vivre à travers Lui. » Pourquoi était-il entré dans cette maison, qui ne ressemblait d'ailleurs en rien à une église ? Il ne le savait toujours pas. Encore maintenant, alors que tout était fini et qu'il attendait, recroquevillé sous un arbre, que les chiens de Jim le découvrent et le déchirent.

Il fallait partir, reprendre la fuite. Mais il ne pouvait s'arracher à son refuge. Pas plus qu'il ne pouvait abandonner Maria et la petite. Une fois dans sa vie déjà, il avait abandonné un enfant. Il était impossible que cela se reproduise.

Comment était-ce arrivé ? Tout le monde s'était levé comme d'habitude ce matin-là. Les disciples s'étaient rassemblés sur l'espace de prière, devant la maison de Jim, et ils avaient attendu. La porte, cependant, était restée fermée. Comme souvent, ces temps derniers. Ils avaient prié seuls, les 912 adultes et 320 enfants de la colonie. Puis chacun avait vaqué à ses tâches. Lui-même n'aurait jamais survécu s'il n'était parti ce jour-là avec deux autres hommes pour tenter de retrouver deux vaches égarées. En quittant Maria et leur fille, il n'avait eu aucun pressentiment du danger. Plus tard seulement – alors qu'ils venaient de franchir le ravin qui marquait la frontière de la colonie en direction de la jungle – il comprit.

Ils s'étaient immobilisés en entendant les coups de feu. Peut-être même avaient-ils discerné des cris humains à travers le raffut des oiseaux de la forêt tropicale. Ils avaient échangé un regard ; puis ils avaient dévalé en courant la pente du ravin. Il avait très vite perdu de vue ses compagnons ; peut-être avaient-ils déguerpi dans l'autre sens et pris la fuite ; il n'en avait aucun souvenir. En émergeant enfin de l'ombre des arbres, quand il escalada la clôture du grand verger de la communauté, il ne rencontra que le silence. Personne ne cueillait de fruits. Personne n'était visible. *Il n'y avait personne.* Il courut vers les habitations et il comprit qu'il s'était produit quelque chose d'atroce. Jim était sorti de sa maison. Jim avait rouvert sa porte. Mais au lieu d'amour, il avait apporté la haine ; celle qu'on voyait scintiller depuis peu, de plus en plus souvent, dans son regard.

Il commençait à avoir des crampes. À tout moment, il s'attendait à entendre les chiens aboyer. Mais il n'y avait que le crissement des sauterelles et les oiseaux de nuit frôlant sa tête de leurs ailes. *Qu'avait-il vu ?* En émergeant du verger désert, il avait tenté de suivre l'enseignement de Jim quant à la seule manière, pour un être humain, d'obtenir la grâce. Il avait remis sa vie entre les mains de Dieu : *Quel que soit le malheur qui s'est abattu ici, fais que Maria et la petite aient été épargnées*. Dieu ne l'avait pas exaucé. Il se souvenait d'avoir pensé avec désespoir que les coups de feu entendus par-delà le ravin avaient été échangés par Dieu et Jim.

Il eut la sensation, en se précipitant vers la rue poussiéreuse de Jonestown, de voir Dieu et le pasteur Jim Warren Jones dressés face à face, prêts à tirer leurs dernières cartouches. Mais Dieu, il ne L'avait pas vu. Jim Jones était là, les chiens aboyaient furieusement dans leurs cages, partout il y avait des gens étendus sur la terre, et ils étaient morts. Comme si un coup de poing rageur s'abattant du haut du ciel les avait terrassés. Jim Jones et ses assistants – six frères qui le suivaient partout, qui étaient à la fois ses serviteurs et ses gardes du corps – achevaient la besogne en tirant sur les enfants qui tentaient de s'éloigner en rampant de leurs parents morts. Il se mit à courir d'un cadavre à l'autre, à la recherche de Maria et de la petite.

Au moment où il cria le nom de Maria, il entendit Jim Jones prononcer le sien. Il se retourna et vit son pasteur braquer sur lui un pistolet. Ils étaient séparés par une distance de vingt mètres ; entre eux, la terre brûlée était jonchée de ses amis morts, recroquevillés dans une posture douloureuse. Jim tenait l'arme à deux mains. Il appuya sur la détente. Le coup partit, mais manqua sa cible. Le temps que Jim vise de nouveau, il courait déjà. Jim avait tiré plusieurs fois ; il l'avait entendu hurler de rage. Mais il avait échappé aux balles, il s'était enfui en trébuchant sur les cadavres, il avait couru, couru, et ne s'était

15

arrêté qu'à la tombée de la nuit. Alors il s'était glissé sous l'arbre, tapi dans sa cachette. Il ignorait encore s'il était le seul survivant. Où étaient Maria et la petite ? Pourquoi était-il seul ? Un homme seul pouvait-il survivre au jour du Jugement ? Il ne comprenait rien. Mais il savait que ce n'était pas un rêve.

L'aube se leva. La chaleur s'exhala des arbres comme une vapeur. Il comprit alors que Jim ne lâcherait pas ses chiens. Il sortit prudemment de son refuge, remua ses jambes engourdies et se redressa. Puis il se dirigea vers la colonie. Il était épuisé, assoiffé. Quand il arriva, tout était silencieux. Les chiens sont morts, pensa-t-il alors pour la première fois. Jim avait dit que nul n'en réchapperait, pas même les bêtes. Il franchit la clôture et se mit à courir. Les premiers morts apparurent. Ceux qui avaient tenté de s'échapper. Il vit qu'ils avaient été abattus d'une balle dans le dos.

Il s'immobilisa. Un homme était devant lui, à terre, sur le ventre. Les jambes flageolantes, il se pencha et retourna le cadavre. Jim le fixait droit dans les yeux. Le regard de Jim avait cessé d'errer. Une pensée absurde lui traversa l'esprit. Les morts ne cillent pas. Il eut une impulsion – frapper Jim, le bourrer de coups de pied au visage. Mais il ne le fit pas. Il se releva, seul être vivant parmi tous les morts, et il continua à chercher jusqu'à ce qu'il trouve Maria et la petite.

Maria avait essayé de fuir. Elle était tombée en avant, touchée d'une balle entre les omoplates, la petite dans les bras. Il s'agenouilla et fondit en larmes. Il ne restait plus rien. Jim avait transformé leur paradis en enfer.

Il demeura auprès de Maria et de l'enfant jusqu'à ce qu'un hélicoptère commence à tourner dans le ciel au-dessus de la colonie. Alors il se releva et s'éloigna. Il se rappela une phrase de Jim, à l'époque heureuse, juste après leur arrivée en Guyana : « La vérité concernant un être humain se saisit autant par le nez que par les yeux ou les oreilles. Le Diable se cache dans l'homme et le Diable sent le soufre. Si tu reconnais l'odeur du soufre, brandis la croix. »

Il ne savait pas ce qui l'attendait. Il redoutait ce qui allait se produire. Il ignorait comment il pourrait combler un jour le grand vide laissé par Dieu et par Jim Jones.

PREMIÈRE PARTIE

La nuit des anguilles

1

Le soir du 21 août 2001, le vent se leva peu après vingt et une heures. Des vagues se formèrent à la surface du lac de Marebo, situé dans un repli de terrain sur le versant sud de la crête de Rommele. L'homme qui attendait dans l'ombre du rivage leva la main pour sentir l'orientation du vent. Plein sud. C'était parfait. Il avait choisi le bon endroit pour déposer l'appât et attirer les animaux qu'il n'allait pas tarder à sacrifier.

Il s'assit sur le rocher, où il avait étalé un pull-over afin de ne pas prendre froid, et leva la tête. Lune décroissante. L'écran de nuages qui couvrait le ciel ne laissait filtrer aucune lumière. La nuit des anguilles, pensa-t-il. Quand j'étais petit, j'avais un copain suédois qui appelait ainsi ce genre d'obscurité. Dans la nuit noire du mois d'août, les anguilles commencent leur pérégrination. Alors elles se heurtent aux filets qui les rabattent vers le premier goulet de la nasse. Le piège se referme.

Il écouta dans le noir. Son ouïe très fine perçut le bruit d'un moteur de voiture, là-haut, sur la route. Le silence revint. Il alluma sa lampe torche et fit jouer le faisceau de lumière sur le rivage, puis sur le lac. Ils arrivaient. Il entrevit deux taches blanches sur l'eau sombre, deux taches qui deviendraient bientôt plus grandes et plus nombreuses.

Il éteignit la lampe et interrogea son cerveau, devenu à force de travail et d'exercice un collaborateur soumis. Quelle heure était-il? Vingt et une heures et trois minutes. Il leva son poignet. Les aiguilles de la montre brillèrent dans le noir : vingt et une heures et trois minutes. Bien sûr. Dans moins d'une demi-heure, tout serait fini. Le besoin de ponctualité ne se rencontrait pas que chez les humains. Les animaux aussi pouvaient être dressés dans ce but. Il lui avait fallu trois mois pour mettre au point la surprise de ce soir. Lentement, méthodiquement, il les avait habitués à sa présence. Il s'était fait leur ami.

C'était sa plus grande ressource. Il pouvait se faire l'ami de tout le monde, des hommes comme des bêtes. Il passait pour un ami et personne ne savait ce qu'il pensait, ce qu'il ressentait en réalité. Il ralluma la lampe. Les taches blanches étaient en effet plus grandes et plus nombreuses. Elles approchaient du rivage. L'attente toucherait bientôt à sa fin. Il éclaira la rive du lac. Les deux pulvérisateurs remplis d'essence étaient à leur place, avec le pain sec qu'il avait éparpillé au sol. Il éteignit la lampe.

Il passa à l'action, avec calme et méthode. Les cygnes étaient montés sur le sable. Ils grappillaient les croûtes et ne paraissaient pas conscients de la présence de l'homme à côté d'eux. Ou alors ils la sentaient, mais ne s'en inquiétaient pas puisqu'ils s'étaient habitués à lui comme à une ombre inoffensive. Il ne ralluma pas sa lampe ; il avait mis ses lunettes à infrarouges. Il y avait maintenant six cygnes sur le sable, trois couples. Deux étaient déjà couchés pendant que les autres lissaient leur plumage ou cherchaient encore avec leur bec des bouts de pain.

C'était le moment. Il se redressa, un pulvérisateur dans chaque main, et les aspergea d'essence ; le temps qu'ils prennent leur essor, il avait déjà lâché la première bouteille et mis le feu à l'autre. L'essence enflammée rattrapa les oiseaux en une fraction de seconde. Telles des boules de feu ailées, les cygnes s'élevèrent au-dessus du lac dans une tentative folle pour échapper au supplice. Il essaya de graver en lui cette vision : les oiseaux qui brûlaient en criant dans le ciel, en plein vol, avant de tomber à pic, les ailes fumantes, grésillantes, et de sombrer dans les eaux du lac. Des trompettes brisées. C'est ainsi qu'il se remémorerait leur dernier appel.

Tout était allé très vite. En moins d'une minute il avait enflammé les oiseaux, les avait vus s'élever et plonger avant que l'obscurité engloutisse la scène. Il était satisfait. Tout s'était bien passé. Cette soirée était un début, un premier essai tâtonnant.

Il balança les pulvérisateurs dans le lac. Puis il rangea dans son sac à dos le pull sur lequel il s'était assis et éclaira soigneusement le sable alentour. Quand il fut certain de n'avoir laissé aucune trace, il alluma le portable acheté quelques jours plus tôt à Copenhague et qui n'avait jamais servi. Il composa le numéro et attendit.

Il demanda à être mis en relation avec la police. La conversation fut brève. Puis il jeta le portable dans le lac, ramassa son sac à dos et disparut dans le noir.

Le vent avait tourné. Il venait maintenant de l'ouest et soufflait de plus en plus fort.

2

Linda Caroline Wallander se demandait en ce jour de la fin du mois d'août s'il existait entre son père et elle des ressemblances qu'elle n'aurait pas encore décelées, bien qu'à son âge, bientôt trente ans, elle devrait évidemment savoir qui elle était. Quand elle l'interrogeait, il feignait la surprise et s'esquivait en disant qu'à son avis elle ressemblait surtout à son grand-père. Les «discussions sur les ressemblances», comme les appelait Linda, donnaient lieu à des prises de bec qui dégénéraient parfois en disputes furieuses, qui démarraient au quart de tour et s'arrêtaient aussi vite. Pour sa part, elle les oubliait, et supposait que c'était pareil pour lui.

De toutes les disputes qui les avaient opposés au cours de l'été, il y en avait pourtant une qu'elle n'oubliait pas. Cette querelle portait sur un détail. Mais au-delà de l'image appartenant au passé, Linda avait eu la sensation de redécouvrir des parties de son enfance et de son adolescence qu'elle avait complètement refoulées. Le jour même de son arrivée à Ystad début juillet (elle venait de Stockholm), ils avaient évoqué un souvenir. Quand Linda était petite, ils s'étaient rendus à Bornholm tous les trois : son père, sa mère, Mona, et elle, qui avait six ou sept ans. La dispute, complètement idiote, portait

24

sur la question de savoir s'il y avait eu ou non du vent pendant la traversée. Ils s'attardaient après le dîner sur le balcon étroit de l'appartement de Maria-gatan, en profitant de la brise du soir, quand l'île de Bornholm avait fait irruption dans la conversation. Son père affirmait que Linda avait eu le mal de mer et qu'elle avait même vomi sur sa veste. Linda, elle, se rappelait distinctement une mer d'huile toute bleue. Il n'y avait eu qu'un seul voyage à Bornholm, ils ne pouvaient donc pas confondre deux épisodes. Mona détestait le bateau, c'est pourquoi il avait été surpris, dit-il, qu'elle accepte de les accompagner.

Ce soir-là, après l'étrange querelle qui avait tourné court, Linda eut du mal à trouver le sommeil. Deux mois plus tard, elle prendrait son service en tant qu'aspirante de police au commissariat d'Ystad. Elle avait suivi sa formation à Stockholm ; si elle avait pu choisir, elle aurait commencé à travailler plus tôt, au lieu de ce long été d'oisiveté en perspective, où son père ne pourrait pas lui tenir compagnie puisqu'il y avait pris la quasi-totalité de ses congés au mois de mai. Son idée était d'emménager tranquillement dans la maison qu'il croyait avoir achetée. Il avait effectivement acheté une maison, à Svarte, au sud de la route, tout près de la mer. Mais à la dernière minute, alors que la promesse de vente était déjà signée, la propriétaire, une dame d'un certain âge, professeur de lycée à la retraite, avait été saisie de désespoir à l'idée d'abandonner ses rosiers et ses rhododendrons à un homme qui n'avait pas du tout l'air de s'y intéresser, qui ne parlait que de l'endroit où il construirait la niche du chien qu'il allait peut-être acheter un jour. Elle s'était rétractée. L'agent immobilier avait conseillé d'insister, d'exiger au moins un dédommagement, mais lui, dans son for intérieur, s'était déjà débarrassé de cette maison où il n'emménagerait pas.

Il consacra le reste de son mois de vacances – un mois de mai froid et venteux – à se trouver une autre maison. Mais celles qu'on lui proposait étaient ou trop chères ou trop éloignées du rêve qu'il avait nourri pendant toutes ses années d'enfermement à Mariagatan. Il garda donc l'appartement et commença sérieusement à se demander s'il le quitterait jamais. Linda finissait son dernier semestre à l'école de police. Profitant d'un week-end, il monta à Stockholm et entassa à bord de sa voiture une partie des affaires qu'elle voulait rapatrier en Scanie. À partir de septembre, elle aurait son propre appartement à Ystad ; auparavant elle logerait dans son ancienne chambre chez son père.

Dès le premier jour de cohabitation, ils s'étaient porté mutuellement sur les nerfs. Linda, impatiente, estimait que son père pouvait bien tirer quelques ficelles pour la faire débuter plus tôt. Il accepta d'en parler à son chef, Lisa Holgersson, qui répondit que ce n'était pas de son ressort. Les aspirants étaient plus que nécessaires, vu le sous-effectif, mais il n'y avait pas assez d'argent pour les payer. Malgré le grand besoin qu'on avait d'elle, Linda ne pourrait donc pas commencer avant le 10 septembre.

Au cours de cet été, Linda eut l'occasion de ranimer deux amitiés restées en veille depuis l'adolescence. Par un pur hasard, un jour, elle tomba nez à nez sur la place centrale avec Zeba, que tout le monde appelait «le Zèbre», sans la reconnaître tout d'abord car elle avait coupé très court ses cheveux noirs et les avait teints en rouge. En plus, elle traînait une poussette. Zeba était d'origine iranienne. Elles avaient été dans la même classe jusqu'au brevet d'études, après quoi leurs chemins s'étaient séparés. Elles décidèrent d'aller boire un café.

Le Zèbre avait au départ une formation de barman ; ensuite elle était tombée enceinte de Marcus, que Linda connaissait, Marcus qui adorait les fruits exotiques et qui avait monté sa propre pépinière à l'est de la ville dès l'âge de dix-neuf ans. Leur relation avait pris fin, mais l'enfant, un garçon, était bien vivant. Elles parlèrent longtemps, jusqu'au moment où le gamin hurla si fort qu'elles durent battre en retraite dans la rue. Après cette première fois, elles continuèrent à se voir et Linda constata que son impatience diminuait quand elle reconstituait des passerelles vers l'époque où le monde se réduisait à l'horizon d'Ystad.

Ce jour-là, alors qu'elle rentrait à Mariagatan après sa rencontre avec le Zèbre, il se mit à pleuvoir et elle s'abrita dans une boutique de fringues de la rue piétonne ; en attendant la fin de l'averse, elle chercha dans l'annuaire d'Ystad le numéro d'Anna Westin. Elle eut une drôle de sensation en le voyant. Cela faisait bien dix ans qu'elle n'avait pas revu Anna. L'amitié intense qui avait existé entre elles pendant toute l'adolescence s'était cassée brutalement le jour où elles avaient découvert qu'elles étaient amoureuses du même garçon. Elles avaient dix-sept ans alors. Une fois le garçon oublié, elles avaient tenté de ressusciter leur amitié, sans franc succès. Elles avaient fini par laisser tomber. Linda ne pensait pour ainsi dire jamais à Anna. Mais la rencontre avec le Zèbre avait réveillé les vieux souvenirs, et Linda fut contente de découvrir qu'Anna habitait encore à Ystad, pas très loin de Mariagatan, à la sortie de la ville en direction de l'Österlen.

Elle l'appela le soir même et elles se rencontrèrent quelques jours plus tard. Elles prirent l'habitude de se voir plusieurs fois par semaine, parfois à trois, avec le Zèbre, mais le plus souvent à deux. Anna habitait seule, et survivait grâce à une bourse qui finançait péniblement ses études de médecine.

Anna était devenue si possible encore plus réservée qu'au temps de leur adolescence. Son père les avait quittées, sa mère et elle, quand Anna avait cinq ans. Il n'avait jamais plus donné de ses nouvelles. La mère d'Anna habitait à la campagne, aux environs de Löderup, pas loin de la maison où le grand-père de Linda peignait autrefois ses tableaux immuables. Anna avait paru contente de recevoir son coup de fil et d'apprendre qu'elle revenait vivre à Ystad. Mais Linda sentait bien qu'elle devait faire attention ; il y avait chez Anna quelque chose de fragile. Elle s'effarouchait facilement. On ne devait pas l'approcher de trop près. Cette communauté retrouvée, entre le Zèbre et son fils, et Anna, permit malgré tout à Linda de traverser cet été interminable en attendant d'aller voir la grosse Mme Lundberg au commissariat et de retirer auprès d'elle son uniforme et les autres insignes et accessoires de la profession.

Au cours de l'été, son père travailla quasiment sans interruption et sans résultat à élucider une série de braquages contre des banques et des bureaux de poste de la région d'Ystad. Linda entendit aussi parler de plusieurs vols de dynamite de grande ampleur ; il s'agissait apparemment d'une opération concertée. Le soir, une fois son père endormi, Linda jetait un coup d'œil à son bloc-notes et aux dossiers d'enquête qu'il rapportait à la maison. Mais quand elle essayait de l'interroger sur les affaires en cours, il éludait. Elle n'était pas encore de la police. Ses questions devraient attendre le mois de septembre.

L'été s'écoulait. Un jour d'août, son père rentra à l'improviste en début d'après-midi : une agence lui signalait une maison qui lui plairait à coup sûr. Elle n'était pas loin de Mossby Strand, sur un terrain qui descendait en pente douce vers la mer. Voulait-elle l'accompagner ? Linda appela le Zèbre, qu'elle devait voir ce jour-là, et repoussa leur rendez-vous au lendemain.

Ils prirent la Peugeot paternelle et quittèrent la ville vers l'ouest. La mer était grise ; l'automne n'était plus très loin.

3

Ils trouvèrent la maison déserte et cadenassée. Quelques tuiles avaient dégringolé du toit, la gouttière pendait, à moitié arrachée. La maison était en effet sur une hauteur avec vue sur la mer. Elle avait, pensa Linda, un air sinistre. Ce n'est pas ici que mon père pourra trouver la paix. Il n'y sera que pourchassé par ses démons. Quels démons ? Elle commença tout de suite à dresser l'inventaire de ses tourments, tous ses côtés sombres, par ordre décroissant : en premier lieu la solitude, puis le surpoids qui empirait, et la raideur dans les articulations. Mais après ? Elle abandonna sa liste et l'observa du coin de l'œil, qui tournait dans la cour et inspectait la façade. Le vent parcourait de façon presque méditative la frondaison de quelques grands hêtres. En contrebas : la mer. En plissant les yeux, Linda aperçut un navire. Kurt Wallander s'était retourné vers sa fille et la dévisageait.

— Quand tu plisses les yeux, tu me ressembles.

— Seulement quand je plisse les yeux ?

Ils contournèrent la maison et découvrirent les restes pourris d'un canapé en cuir. Un mulot s'activait au milieu des ressorts rouillés. En les voyant, il sursauta et disparut. Son père regardait autour de lui en secouant la tête.

— Pourquoi ai-je envie d'aller vivre à la campagne ?

— Tu veux que je te pose la question ? Allons-y. Pourquoi as-tu envie de vivre à la campagne ?

— J'ai toujours rêvé de pouvoir me lever le matin et sortir pisser. Sur la terre.

Elle sourit.

— C'est tout ?

— Tu connais une meilleure raison ? Pas moi. On s'en va ?

— Viens, on fait encore un tour.

Cette fois, elle examina la maison avec une attention soutenue, comme si son père était l'agent immobilier et elle, la cliente potentielle. Elle en fit le tour en dilatant les narines, tel un animal qui flaire le vent.

— Combien coûte-t-elle ?

— Quatre cent mille.

— Pas possible.

— C'est la vérité.

— Tu disposes de pareille somme?

— Non. Mais la banque m'a promis d'ouvrir grand ses portes. Elle me fait confiance. Un policier qui a bien géré ses affaires, toute sa vie. En fait, je crois que ça m'attriste un peu de ne pas aimer cet endroit. Une maison vide, c'est aussi déprimant qu'une personne abandonnée.

Ils remontèrent dans la voiture. En arrivant à la sortie vers Mossby Strand, Linda tourna la tête. Son père le remarqua.

— Tu veux y aller?

— Oui. Si tu as le temps.

Une caravane solitaire stationnait sur le parking de la plage. Le kiosque était fermé. Un homme et une femme étaient assis devant la caravane sur de vieilles chaises en plastique séparées par une table. Ils jouaient aux cartes avec une profonde concentration. Linda les entendit parler en allemand. Ils descendirent jusqu'à la plage.

Ils étaient à l'endroit même où elle lui avait fait part, quelques années plus tôt, de sa décision. Elle n'allait pas devenir tapissière. Elle avait renoncé au rêve vague de devenir comédienne. Elle avait cessé ses voyages inquiets autour du monde. Elle était depuis longtemps séparée du garçon kényan, autrefois étudiant en médecine à Lund, qui restait son grand amour même si son souvenir s'était un peu estompé ces dernières années. Herman Mboya était rentré au Kenya, et elle ne l'avait pas accompagné. Linda avait cherché du côté de sa mère, dans l'espoir d'y découvrir un fil conducteur pour sa propre vie. Mais elle n'avait vu qu'une femme qui laissait les choses à moitié faites. Mona avait voulu avoir deux enfants, elle n'avait qu'une fille ; elle avait cru que Kurt Wallander était le seul amour de sa vie, mais elle avait demandé le divorce et se trouvait maintenant remariée à un assureur de Malmö, retraité avant l'heure, qui se consacrait au golf.

Avec une curiosité renouvelée, Linda avait alors commencé à observer son père, le commissaire. L'homme pressé. L'homme qui n'avait jamais le temps. Elle lui avait même donné un surnom : L'homme-qui-oublie-toujours-que-j'existe. Depuis la mort de son grand-père, elle voyait bien pourtant que c'était lui dont elle se sentait le plus proche. Comme si elle avait retourné une longue-vue, son père avait changé de place. Près d'elle, mais pas *trop* près. Un matin au réveil, alors qu'elle traînait un peu au lit, elle avait eu la révélation qu'elle voulait en réalité faire le même métier que lui. Pendant un an, elle avait gardé cette idée pour elle. Elle ne s'en était ouverte qu'à son petit ami de l'époque. Mais une fois convaincue, elle avait rompu avec le petit ami et fait le voyage jusqu'en Scanie pour lui annoncer sa décision, à cet endroit, sur cette plage. Elle se rappelait encore son air surpris. Il lui avait demandé une minute de réflexion pour démêler ses sentiments réels. Et elle, d'un coup, avait perdu toute son assurance. Jusque-là, elle avait cru que sa décision le rendrait heureux. Durant cette courte minute où il lui avait présenté toute la largeur de son dos, ses rares cheveux dressés sur sa tête comme un cornet dans le vent, elle s'était préparée à l'inévitable dispute. Mais quand il s'était enfin retourné vers elle, il souriait.

Ils descendirent au bord de l'eau. Linda entreprit de recouvrir du bout du pied l'empreinte d'un sabot de cheval. Kurt Wallander, tête levée, contemplait une mouette immobile dans les airs.

— Qu'est-ce que tu en penses? demanda-t-elle.

— De quoi? De la maison?

— Du fait que je vais bientôt me présenter devant toi en uniforme.

— J'ai du mal à y penser. À accepter le fait que ça va me chambouler.

— Pourquoi cela te chamboulerait-il?

— Peut-être parce que je sais l'effet que ça va te faire. Ce n'est pas difficile d'endosser un uniforme. C'est plus dur de se montrer dedans en public. Tout à coup, tout le monde te voit. Tu es le flic, bien en évidence au milieu de la chaussée, et quand il se passe des choses désagréables, quand les gens commencent à s'étriper, c'est toi qui es censé intervenir. Je sais ce qui t'attend.

— Je n'ai pas peur.

— Je ne parle pas de peur. Je parle du fait que, du jour où tu auras enfilé l'uniforme, il ne cessera jamais d'être présent.

Elle devinait la vérité de ces paroles.

— Ça se passera comment, à ton avis?

— Ça s'est bien passé à l'école. Ça se passera bien ici. C'est toi qui décides si ça se passe bien ou mal.

Pendant qu'ils continuaient à longer le rivage, elle lui dit qu'elle avait l'intention de retourner à Stockholm dans quelques jours. Sa promotion se réunissait pour un dernier bal, avant de se disperser dans les différents districts de police du pays.

— À notre époque, on n'avait pas de bal. Et presque pas de formation non plus. Je me demande encore comment on évaluait le potentiel des candidats. La force brute, je dirais. Et il ne fallait pas être complètement idiot. Je me souviens de ce que j'ai fait, quand j'ai eu mon uniforme. J'ai bu une bière. Pas dans la rue, évidemment. Chez un camarade qui habitait Södra Förstadsgatan à Malmö.

Il secoua la tête. Linda n'aurait su dire si le souvenir l'amusait ou le consternait.

— J'habitais encore à la maison. J'ai cru que le vieux allait exploser de rage quand il m'a vu arriver en uniforme.

— Pourquoi était-il tellement hostile à ton choix d'entrer dans la police ?

— Je ne l'ai compris qu'après sa mort. Il m'avait roulé dans la farine.

Linda s'arrêta net.

— Comment ça ?

Il sourit.

— Au fond, je crois que ça lui plaisait bien de me voir dans la police. Mais au lieu de l'admettre, il s'est amusé toute sa vie à me déstabiliser en me faisant croire le contraire. Comme tu le sais, il y a réussi.

— Ce n'est pas possible !

— Personne ne le connaissait mieux que moi. Je sais que j'ai raison. Mon vieux était un filou. Un magnifique filou de père. Le mien.

Ils retournèrent à la voiture. La couverture nuageuse avait un accroc. Quand le soleil apparut, la température augmenta immédiatement. Les deux

Allemands joueurs de cartes ne levèrent pas la tête à leur passage.

— Tu es pressée de rentrer ?

— Je suis impatiente de travailler, c'est tout. Pourquoi me demandes-tu si je suis pressée ? Je suis juste impatiente.

— J'ai un truc à faire. Je te raconterai dans la voiture.

Il prit la direction de Trelleborg, puis la sortie vers le château de Charlottenlund.

— Ce n'est pas un truc à *faire*, à proprement parler. Mais comme je suis dans le coin, je peux toujours y passer.

— Où donc ?

— Marebo. Le lac de Marebo, plus précisément.

La route était étroite et sinueuse. Il lui raconta l'histoire de la même manière qu'il conduisait : avec une lenteur chaotique. Linda se demanda si ses rapports écrits étaient aussi mauvais que l'était ce compte rendu oral.

Les faits étaient pourtant très simples. L'avant-veille au soir, la police d'Ystad avait reçu l'appel d'un homme. Celui-ci, qui ne voulait préciser ni son nom ni le lieu de son appel et qui parlait avec un accent difficile à situer, affirmait avoir vu des cygnes brûler au-dessus du lac de Marebo. Il n'avait pas été plus précis que ça. Devant les questions du policier de garde, il était resté laconique. Il n'avait pas rappelé. L'information avait été notée, mais laissée sans suite puisque la soirée avait été particulièrement mouvementée, avec un cas de maltraitance grave à Svarte et deux cambriolages dans des magasins du centre d'Ystad. Le type avait sans doute des visions, ou

35

alors il s'amusait à leurs dépens. Wallander fut le seul, après avoir entendu l'histoire de la bouche de Martinsson, à penser que c'était suffisamment invraisemblable pour être vrai.

— Des cygnes en train de brûler ? Qui aurait fait ça ?

— Un sadique.

— Tu y crois ?

Ils étaient arrivés à la route principale. Il attendit pour répondre de l'avoir traversée.

— On ne t'a pas appris ça, à l'école ? Les policiers ne *croient* pour ainsi dire rien. Ils veulent savoir. Mais ils admettent que tout est possible. N'importe quoi. Y compris qu'un bonhomme nous appelle en disant avoir vu des cygnes brûler en vol, et que ce soit vrai.

Linda ne posa pas d'autres questions. Ils s'arrêtèrent sur un parking et prirent le sentier qui descendait vers le lac. Linda marchait derrière son père en pensant qu'elle portait déjà son uniforme, bien qu'il fût invisible.

Ils firent le tour du lac sans trouver le moindre cadavre de cygne, brûlé ou non. Ni l'un ni l'autre ne s'aperçurent que quelqu'un suivait leur promenade à travers des jumelles.

4

Quelques jours plus tard, par un matin clair et sans vent, Linda prit l'avion pour Stockholm. Le Zèbre l'avait aidée à coudre sa robe de bal.

Bleu ciel, très échancrée devant et derrière. La classe avait loué une vieille salle des fêtes dans Hornsgatan. Tout le monde était là, même le fils prodigue de la promotion. Sur les soixante-huit élèves inscrits au départ, un seul avait dû partir en cours d'études, après la révélation qu'il avait un grave problème d'alcool, qu'il ne pouvait ni dissimuler ni contrôler. On ignorait qui avait révélé l'affaire à la direction. Par une sorte d'accord tacite, ils avaient décidé qu'ils étaient tous responsables. Linda pensait à ce camarade comme à leur fantôme. À jamais isolé, dehors, dans le froid, à espérer qu'on lui fasse grâce et qu'on le réintègre dans la communauté.

Linda but trop de vin. Cela lui était souvent arrivé d'être ivre, mais d'habitude elle savait à quel moment s'arrêter. Ce soir-là, il en alla autrement. Peut-être parce que l'impatience devenait plus vive en écoutant ses camarades, dont beaucoup avaient déjà commencé le travail. Son meilleur ami du temps de l'école de police, Mattias Olsson, avait choisi de ne pas retourner dans sa ville natale de Sundsvall et il était maintenant agent auxiliaire à Norrköping. Il s'était déjà distingué en maîtrisant un fou furieux, adepte du culturisme, parti en vrille alors qu'il était gavé de stéroïdes. Linda faisait partie de la minorité qui attendait encore.

Ils dansèrent, la robe de bal du Zèbre fut très admirée, quelqu'un prononça un discours, un petit groupe entonna une chanson modérément cruelle à l'intention du corps enseignant, et la soirée aurait été un franc succès si seulement les cuistots n'avaient pas eu un téléviseur.

Le dernier JT de la soirée s'ouvrit sur une information effrayante. Un policier avait été abattu en pleine chaussée près d'Enköping. La nouvelle se répandit vite parmi les aspirants éméchés et leurs professeurs. La danse s'arrêta, la musique se tut, on alla chercher le poste, et Linda pensa par la suite qu'on aurait cru qu'ils avaient tous reçu un coup de pied dans l'estomac. La fête avait tourné court ; ils s'étaient retrouvés assis sous une lumière glauque, avec leurs robes de bal et leurs smokings, à regarder les images du policier, exécuté de sang-froid alors qu'il tentait avec un collègue d'intercepter une voiture volée. Deux hommes avaient bondi du véhicule avec des armes automatiques. L'intention de tuer était patente, il n'y avait eu aucun avertissement. La fête était finie, la réalité cognait lourdement à la porte.

Tard dans la nuit, après qu'ils se furent dispersés – Linda rentrait chez sa tante Christina, qui l'hébergeait pendant sa visite –, elle s'arrêta sur la place de Mariatorget et appela son père. Il était trois heures du matin. Elle entendit à sa voix qu'elle le tirait du sommeil. Normal. Pourtant elle sentit monter la colère. Comment pouvait-il dormir alors qu'un collègue s'était fait assassiner quelques heures plus tôt ? Elle le lui dit.

— Ça ne rendrait service à personne que je ne dorme pas. Où es-tu ?

— Je rentre chez Christina.

— Vous avez fait la fête jusqu'à maintenant ? Quelle heure est-il ?

— Trois heures. La fête s'est arrêtée quand on a appris la nouvelle.

Elle entendait son souffle rauque dans l'écouteur, comme s'il hésitait à se réveiller vraiment.

— Qu'est-ce que j'entends comme bruit de fond?

— La circulation. Je cherche un taxi.

— Qui t'accompagne?

— Personne.

— Tu ne peux pas te balader dans Stockholm en pleine nuit sans être accompagnée!

— Je me débrouille. Je ne suis pas une gamine. Désolée de t'avoir réveillé.

Elle éteignit rageusement le portable. Ça arrive trop souvent, pensa-t-elle. Je sors de mes gonds. Il ne se rend pas compte qu'il m'exaspère.

Elle héla un taxi et lui donna l'adresse du quartier de Gärdet où habitait Christina avec son mari et son fils de dix-huit ans, qui vivait encore à la maison. Christina avait déplié le canapé du salon et mis des draps. La pièce était éclairée par la lumière de la rue. Elle remarqua sur une étagère une vieille photo de son père, de sa mère et d'elle-même. Elle avait quatorze ans. Elle se souvenait très bien de ce jour-là. C'était au printemps, peut-être un dimanche, ils étaient allés à Löderup. Son père avait gagné l'appareil photo à un concours quelconque, au commissariat; mais quand il avait voulu immortaliser toute la famille, son grand-père avait soudain refusé de figurer sur la photo et s'était enfermé dans la remise au milieu de ses toiles. Son père avait piqué une rage, et Mona avait fait la tête, pendant que Linda essayait de convaincre son grand-père de ressortir et de se joindre à eux.

— Je ne veux pas être sur une photo où on voit sourire des gens qui s'apprêtent à se quitter.

Elle se rappelait encore la douleur causée par ces paroles. Elle avait beau connaître mieux que personne la rudesse de son grand-père, elles l'avaient atteinte comme une gifle. Puis elle avait rassemblé ses esprits pour lui demander si c'était vrai. Savait-il quelque chose qu'elle ignorait?

— Ça n'arrange rien que tu fasses l'autruche. Vas-y, maintenant. Ils t'attendent pour la photo. Je me trompe peut-être.

Elle s'assit sur le divan déplié en pensant que son grand-père avait presque toujours tort. Mais ce jour-là, il avait eu raison. Il avait refusé de figurer sur cette photo, prise par son père à l'aide d'un déclencheur à retardement. Au cours de l'année suivante, la dernière de la vie commune de ses parents, les tensions n'avaient fait que croître.

C'était pendant cette période qu'elle avait fait ses deux tentatives de suicide. La première fois, quand elle s'était tailladé les veines des bras, son père l'avait trouvée. À ce jour, elle se rappelait son visage, sa peur. Mais les médecins avaient dû lui dire qu'elle n'avait été réellement en danger à aucun moment. Les reproches avaient été peu nombreux; et ils n'avaient pas été exprimés par des mots, mais par des regards et des silences. Par contre, l'événement avait déclenché la dernière et violente éruption de disputes entre ses parents, qui avaient abouti au départ de Mona.

Linda s'étonnait souvent de ne pas s'être sentie responsable de leur divorce. Elle pensait au contraire avec défi qu'elle leur avait rendu service; elle avait contribué à démolir un mariage qui n'existait plus depuis longtemps. Elle se rappelait que, malgré son sommeil très léger, elle n'avait jamais été réveillée par des bruits suspects en provenance de la chambre des parents, dans cet appartement pourtant mal insonorisé. Elle avait inséré un coin dans l'édifice croulant, et le résultat était qu'ils avaient été enfin délivrés l'un de l'autre.

La seconde tentative, il n'en avait jamais eu connaissance. C'était son plus grand secret envers lui. Parfois elle avait le sentiment que l'histoire lui était malgré tout revenue aux oreilles. Le reste du temps, elle était persuadée qu'il ne se doutait de rien. La deuxième tentative avait été sérieuse. Elle s'en souvenait parfaitement.

Elle avait seize ans, elle avait fait le trajet jusqu'à Malmö pour voir sa mère. C'était une époque de débâcle comme on ne peut en connaître qu'à l'adolescence. Elle ne s'aimait pas, haïssait son reflet dans le miroir, l'adorait en même temps, pensait que son corps n'avait que des défauts. La dépression était arrivée en catimini, avait pris la forme d'une maladie dont les premiers symptômes étaient vagues, confus, à peine dignes d'être notés. Puis, d'un coup, il était trop tard. En découvrant sa mère insensible à sa détresse, elle fut submergée par un désespoir absolu. Le plus douloureux fut le refus que lui opposa Mona quand elle la supplia de la laisser vivre chez elle, à Malmö. Ce n'était pas la cohabitation avec son père qui lui pesait, c'était le fait de vivre dans une petite ville comme Ystad. Mais Mona était restée de marbre.

Elle avait quitté sa mère dans un état de rage. C'était au début du printemps, la neige s'attardait dans les plantations et les caniveaux, un vent cinglant

41

soufflait du détroit d'Öresund et elle, elle longeait l'interminable rue de Regementsgatan, vers la sortie de la ville en direction d'Ystad. À un certain moment, elle s'était perdue. Elle avait la même habitude que son père, de marcher le regard fixé au sol. Comme lui, elle avait souvent heurté des lampadaires ou des voitures en stationnement. Elle parvint à un viaduc qui enjambait une autoroute. Sans vraiment savoir pourquoi, elle grimpa sur la rambarde et commença à osciller dans le vent, en regardant les voitures qui fonçaient sous elle, les lumières vives qui lacéraient l'obscurité. Combien de temps resta-t-elle à tanguer là-haut ? Elle n'en savait rien. C'était comme un dernier grand préparatif, elle n'éprouvait même pas de peur ou de regret. Elle attendait juste le moment où la lourde fatigue et le froid la pousseraient à faire un pas en avant.

Soudain il y avait eu quelqu'un dans son dos, ou peut-être à côté d'elle. Une voix lui parlait. C'était une femme. Une femme jeune au visage enfantin, pas beaucoup plus âgée qu'elle. Elle portait un uniforme : elle était de la police. Un peu plus loin sur le pont, elle vit deux voitures à l'arrêt, gyrophares allumés. Mais seule la femme au visage d'enfant s'était approchée. À l'arrière-plan, Linda devina des ombres qui attendaient, qui avaient confié la responsabilité de faire descendre cette folle furieuse à une fille qui avait presque son âge. Elle lui dit qu'elle s'appelait Annika ; qu'elle voulait seulement la voir descendre de là ; quel que soit le problème, le fait de sauter dans le vide n'était pas une solution. Linda avait éprouvé le besoin de défendre ce qu'elle s'apprêtait à faire. Que savait Annika de ses motifs ?

Rien du tout. Mais Annika n'avait pas lâché prise. Très calme, comme si elle disposait d'une réserve de patience infinie. Quand Linda descendit enfin du parapet et se mit à pleurer, des larmes de déception qui n'étaient en fait que du soulagement, Annika aussi avait fondu en larmes. Elles avaient passé un certain temps ainsi, dans les bras l'une de l'autre. Linda avait dit qu'elle ne voulait pas que son père soit mis au courant. Sa mère non plus, mais surtout son père. Annika le lui avait promis, et elle avait tenu sa promesse. Linda avait songé plusieurs fois à la contacter. Plusieurs fois elle avait eu la main sur le combiné, prête à composer le numéro du commissariat de Malmö. Mais elle s'était toujours ravisée au dernier instant.

Elle reposa la photo sur l'étagère, eut une pensée pour le policier tué et se coucha. Des cris montaient de la rue, une dispute quelconque. Elle pensa qu'elle serait bientôt au cœur de la mêlée, en train de tordre les bras dans le dos des gens. Était-ce vraiment ce qu'elle souhaitait ? Surtout maintenant que la réalité avait enfoncé la porte et laissé un policier mort sur la route au sud d'Enköping...

Elle ne dormit presque pas cette nuit-là. À peine assoupie, elle fut tirée du sommeil par une Christina pressée de partir au travail. Christina était en toutes choses l'opposé de son frère : grande et mince, le visage pointu, avec une voix aiguë, forcée, dont il se moquait souvent en présence de Linda. Mais elle aimait bien sa tante. Christina avait pour elle la simplicité ; rien n'était compliqué, si on l'en croyait. De ce point de vue également, elle était aux antipodes de son frère, qui voyait des complications partout. Complications insolubles dès qu'il s'agissait de sa vie privée, complications sur lesquelles se jeter comme un ours enragé quand il était à son travail.

Vers neuf heures, Linda prit le bus jusqu'à Arlanda. À l'aéroport, elle vit que le meurtre du policier faisait la une de tous les journaux. Elle put embarquer sur le vol de midi à destination de Malmö. En arrivant à Sturup, elle appela son père, qui vint la chercher.

— C'était bien? demanda-t-il dans la voiture.

— À ton avis?

— Je n'en sais rien, je n'étais pas là.

— On en a parlé cette nuit, si tu t'en souviens.

— Bien sûr que je m'en souviens. Tu étais très désagréable.

— J'étais fatiguée et en colère. Un policier a été tué. Comment pouvions-nous continuer à danser après ça?

Son père hocha la tête, mais ne dit rien. Il la déposa devant l'immeuble de Mariagatan.

— Comment va le sadique? demanda-t-elle en ouvrant la portière.

— Quel sadique?

— Le bourreau des animaux. Les cygnes brûlés.

— Sans doute un type qui voulait se rendre intéressant. Il y a pas mal de maisons autour du lac. Quelqu'un aurait dû voir quelque chose. Si ça s'est vraiment produit.

Kurt Wallander retourna au commissariat. En entrant dans l'appartement, Linda aperçut un mot qu'il avait griffonné et posé à côté du téléphone. Un

message d'Anna, la veille au soir : *Appelle-moi.*
Urgent. Son père avait ajouté un commentaire
qu'elle ne put déchiffrer. Elle l'appela sur sa ligne
directe.

— Pourquoi ne m'as-tu pas dit qu'Anna avait téléphoné ?

— J'ai oublié.

— Qu'est-ce que tu as écrit sur ton mot ? Je n'arrive pas à lire.

— Elle paraissait inquiète.

— Comment ça ?

— Inquiète. Il vaut mieux que tu la rappelles.

Linda fit le numéro d'Anna. Occupé. Au deuxième
essai, le téléphone sonna dans le vide. Elle réessaya
un peu plus tard, sans succès. Vers dix-neuf heures,
après avoir dîné avec son père, elle enfila sa veste
et se rendit à pied chez Anna. Dès que celle-ci lui
ouvrit, Linda comprit ce que son père avait voulu
exprimer. Les traits d'Anna étaient altérés. Son
regard errait sans réussir à se fixer quelque part. Elle
fit entrer Linda et claqua la porte.

Comme si elle était pressée d'exclure le monde
extérieur.

5

Brusquement, Linda se souvint de la mère d'Anna,
Henrietta.

Une femme maigre aux gestes saccadés, nerveux.
Linda avait toujours eu peur d'elle ; à son idée, la

mère d'Anna était un vase fragile qui risquait de se briser si on parlait trop fort, si on faisait un geste brusque ou si on rompait le silence, qui était apparemment pour elle ce qu'il y avait de plus précieux.

Linda se rappelait la première fois qu'elle avait rendu visite à Anna chez elle. Elles avaient huit ou neuf ans, mais elles n'étaient pas dans la même classe à l'école ; elles n'avaient jamais su ce qui les avait attirées l'une vers l'autre. On a été attirées, pensa Linda, c'est tout. Quelqu'un passe son temps à jeter des cordes invisibles autour des gens et à les lier ensemble. Par exemple, Anna et moi. On a été inséparables jusqu'à ce que ce garçon boutonneux s'interpose.

Le père disparu existait sous la forme de quelques photographies jaunies par l'âge. Aucune de ces photos n'était exposée. Henrietta avait éliminé toute trace du père, comme si elle voulait expliquer à sa fille que son retour était exclu. Il était parti pour ne plus revenir. Anna gardait donc les photographies dans le tiroir de sa commode, bien cachées sous sa lingerie. Linda avait l'image d'un homme aux cheveux longs, avec des lunettes, regardant l'objectif avec l'air d'être photographié contre sa volonté. Anna lui avait montré ces photos comme un témoignage de confiance suprême. Quand elles devinrent amies, son père était déjà parti depuis deux ans. Anna menait une lutte silencieuse contre les efforts de sa mère pour l'effacer de leur appartement comme de leur vie. Le jour où sa mère avait rangé les derniers vêtements de son père dans un sac en papier et les avait descendus dans le local des poubelles, Anna y était allée pendant la nuit récupérer

46

une paire de chaussures et une chemise. Elle les avait dissimulées sous son lit. Pour Linda, ce père disparu symbolisait l'aventure. Pensant à Anna, elle aurait voulu échanger les rôles. Ses propres parents, qui n'arrêtaient pas de se disputer, elle les aurait volontiers fait disparaître comme des panaches de fumée grise dans un ciel bleu.

Elles s'assirent sur le canapé. Le visage d'Anna était dans l'ombre.

— Alors? La soirée était réussie?

— Un policier mort s'est invité au bal. Ça a mis fin aux réjouissances. Mais la robe était belle.

Je la reconnais bien là, pensa-t-elle tout en parlant. Anna ne va jamais droit au but. Quand elle a un truc important à dire, il lui faut du temps.

— Comment va ta maman? demanda-t-elle à brûle-pourpoint.

— Bien.

Anna s'interrompit et fronça les sourcils.

— Pourquoi est-ce que je dis ça? Elle va moins bien que jamais. Ça fait deux ans qu'elle écrit un requiem sur sa vie. *La Messe sans nom*, voilà le titre qu'elle lui a donné. Deux fois elle a jeté sa partition au feu, deux fois elle l'a récupérée in extremis. Sa confiance en elle est à peu près au même niveau que celle de quelqu'un qui n'aurait plus qu'une dent dans la bouche.

— Elle est comment, sa musique?

— Je n'en sais rien. J'exagère à peine. Elle a essayé de m'expliquer quelquefois, en me fredonnant l'une ou l'autre de ses compositions. Il y a eu quelques moments où elle a cru que ce qu'elle faisait pouvait avoir de la valeur. Moi, je n'ai jamais réussi à identifier une mélodie. On dirait des cris, quelqu'un qui te pique ou qui te frappe. Je ne peux pas imaginer que quelqu'un ait envie d'écouter ça. En même temps, je l'admire pour sa ténacité. Une fois, je lui ai proposé de changer de métier, d'essayer autre chose. Elle n'a même pas cinquante ans après tout. Elle m'est tombée dessus toutes griffes dehors. Ce jour-là, j'ai vraiment cru qu'elle devenait folle.

Anna se tut comme si elle craignait d'en avoir trop dit. Linda attendait la suite en pensant à un autre soir, où elles avaient été assises de la même façon : le jour où elles avaient découvert qu'elles aimaient le même garçon. Ni l'une ni l'autre n'avaient voulu prendre la parole. Elles avaient partagé un long silence plein de peur à l'idée que leur amitié n'y résisterait pas. Ce silence avait duré toute la soirée et une partie de la nuit. Elles étaient à Mariagatan. À cette époque, la mère de Linda était déjà partie avec ses valises, et son père errait dans la forêt du côté de Kadesjö, à la recherche d'un psychotique qui avait agressé un chauffeur de taxi. Linda se rappelait même qu'Anna sentait la vanille cette nuit-là. Existait-il des parfums à la vanille ? Ou des savons ? Elle ne lui avait jamais posé la question et elle n'avait pas l'intention de le faire maintenant.

Anna changea de position et son visage sortit de l'ombre.

— Est-ce que tu as déjà eu l'impression que tu perdais la boule ?

— Tous les jours.

— Je parle sérieusement.

— Oui, se dépêcha de répondre Linda. Ça m'est arrivé deux fois. Tu sais quand.

— Le désespoir, ce n'est pas la même chose. Tout le monde doit traverser ça, c'est une initiation. Tant qu'on n'a pas hurlé à la lune, ou face à la mer, ou contre ses parents, on ne peut pas grandir. Le prince et la princesse Sans Chagrin n'ont aucune chance. On les a anesthésiés avec une piqûre dans l'âme. Si on veut être vivant, on est obligé de faire l'expérience de la douleur.

Linda enviait la facilité d'expression d'Anna. Le langage et la pensée... Moi, je serais obligée de m'asseoir et de prendre un stylo, si je voulais formuler des choses aussi belles.

— Dans ce cas, dit-elle, je n'ai jamais eu peur de devenir folle.

Anna se leva, s'approcha de la fenêtre et revint s'asseoir sur le canapé. L'atavisme, pensa Linda. J'ai vu sa mère faire ça, toujours le même geste pour maîtriser son inquiétude. Se lever, aller à la fenêtre, revenir. Mon père croise les bras à s'en étouffer, et Mona se frottait le nez. Que faisait grand-mère? J'étais trop petite quand elle est morte, je ne m'en souviens pas. Et grand-père? Lui, rien du tout, ni poings serrés ni aller-retour à la fenêtre. Lui, il se fichait de tout et continuait simplement à peindre ses affreux tableaux.

— J'ai cru voir mon père dans une rue de Malmö hier, dit soudain Anna.

Linda fronça les sourcils, attendit une suite qui ne vint pas.

— Tu as cru voir ton père dans une rue de Malmö hier?

— Oui.

— Tu ne l'as pourtant jamais vu… ? Non, pardon, je me trompe. Mais tu étais trop petite, tu ne peux pas t'en souvenir.

— J'ai les photos.

Linda fit le compte mentalement.

— Il a disparu depuis vingt-cinq ans.

— Vingt-quatre.

— Vingt-quatre. De quoi quelqu'un a-t-il l'air au bout de vingt-quatre ans ? On n'en sait rien. Tout ce qu'on peut dire, c'est qu'il n'a pas la même tête.

— Mais c'était lui ! Maman m'a décrit son regard. Je suis sûre que c'était lui.

— Je ne savais même pas que tu étais à Malmö hier. Je croyais que tu allais à Lund passer des examens ou je ne sais quoi.

Anna la considéra, songeuse.

— Tu ne me crois pas.

— Tu ne te crois pas toi-même.

— C'est mon père que j'ai vu.

Elle prit son élan.

— Tu as raison. Je revenais de Lund. Au moment de prendre la correspondance à Malmö, on a annoncé qu'il y avait eu une erreur d'aiguillage du côté de Skurup et que le train suivant était annulé. Du coup, j'avais deux heures à tuer. Ça m'a énervée, j'ai horreur d'attendre. Je n'ai jamais appris à être patiente, jamais compris que le temps n'est pas un truc qu'on perd ou qu'on gagne. Pendant qu'on attend, on peut faire autre chose. Moi, je suis juste énervée. Bref, je suis allée faire un tour en ville, rien que pour tuer le temps. Je suis entrée dans un magasin et j'ai acheté un collant dont je n'avais pas besoin. Devant l'hôtel St Jörgen, j'ai vu une femme qui avait fait une chute sur le trottoir. Je ne me suis pas approchée, je n'aime pas voir les gens dans cet état. Sa jupe était toute remontée, personne n'avait pris la peine de la baisser, ça m'a choquée. Pour moi, il ne faisait aucun doute qu'elle était morte. Les gens autour restaient à la contempler comme si elle avait été, je ne sais pas, moi, un animal mort rejeté par la mer. Je me suis éloignée vers le centre commercial et je suis entrée dans l'hôtel avec l'idée d'emprunter l'ascenseur jusqu'au toit. Je fais souvent ça quand je suis à Malmö, j'aime bien ce ballon de verre qui monte vers le ciel. Mais là, ce n'était plus possible. On est obligé d'avoir sa clé de chambre maintenant pour ouvrir la porte des ascenseurs. J'étais déçue. Comme si on m'avait enlevé un jouet. Je me suis assise dans le hall de l'hôtel, en attendant mon train.

«C'est alors que je l'ai vu. Il était dehors. J'ai levé la tête et il était là, en train de me regarder. Ça a duré peut-être cinq secondes. Puis il a baissé les yeux et il est parti. J'étais tellement sous le choc que j'ai pas eu l'idée de le suivre. En fait, je ne croyais pas que c'était lui, mais plutôt un mirage, une hallucination, ce truc qui arrive parfois : on croise un inconnu, et on croit reconnaître quelqu'un du passé. Quand je me suis enfin précipitée dehors, il avait disparu. J'ai tourné dans les rues comme un fauve, j'essayais de flairer sa trace. Mais il avait disparu. J'étais si excitée, ou si bouleversée, que j'ai laissé passer l'heure du train et que j'ai refait encore une fois le tour du centre-ville. Il n'était nulle part. Pourtant, j'étais certaine de l'avoir vu. C'était mon père. Il était plus vieux que sur les photos, mais j'avais, comment dire, réussi à ouvrir un tiroir dans ma mémoire, des images que je n'avais jamais vues avant. C'était lui. Maman m'avait décrit son regard, ce mouvement enveloppant vers le ciel avant de parler. C'est exactement ce qu'il avait fait, là, de l'autre côté de la vitre. Ses cheveux étaient moins longs, et il n'avait plus ses lunettes à grosse monture noire ; celles-ci n'étaient pas cerclées. C'était lui. J'en suis sûre. Je t'ai appelée parce que j'avais besoin de parler à quelqu'un pour ne pas perdre la boule. *C'était mon père.* Ce n'est pas moi qui l'ai reconnu, c'est lui qui s'est arrêté le premier parce qu'il m'a vue.

Linda comprit qu'Anna était réellement persuadée d'avoir aperçu son père. Elle essaya de se rappeler le cours qu'elle avait suivi à l'école de police sur la mémoire, les souvenirs des témoins, les constructions rétrospectives et les hallucinations pures et simples. Elle pensa aux signalements, aux portraits-robots et aux exercices informatisés qu'ils avaient faits à l'école. Chacun d'entre eux avait eu la possibilité de se voir à l'écran tel qu'il ou elle serait vingt ans plus tard. Linda avait constaté qu'elle ressemblerait de plus en plus à son père, voire à son grand-père. Nous suivons la trace des ancêtres, se souvenait-elle d'avoir pensé. Au cours de notre vie, ils font tous à tour de rôle une apparition furtive. Si on ressemble à sa mère quand on est petit, on finit sa vie avec le visage de son père. Quand on ne se reconnaît plus, ce sont les aïeuls oubliés depuis longtemps qui resurgissent. Mais elle avait du mal à croire le récit d'Anna. Il n'aurait pas pu reconnaître dans la femme adulte la petite fille qu'il avait vue pour la dernière fois à cinq ans. À moins qu'il n'ait suivi son évolution en secret, qu'il ne l'ait observée à son insu, ombre invisible toujours présente à ses côtés.

Linda repensa très vite à ce qu'elle savait du mystérieux Erik Westin. Les parents d'Anna s'étaient rencontrés jeunes. Ils venaient tous deux de la ville, mais avaient été entraînés par la grande « vague verte » qui menait aux fermes collectives dans les petits villages dépeuplés du Småland. Linda croyait se souvenir qu'Erik Westin était un artisan habile qui fabriquait des sandales originales et rigoureusement orthopédiques. Mais elle avait aussi entendu Henrietta, la mère d'Anna, le décrire comme un irresponsable et un bon à rien, un fumeur de haschich qui avait érigé la passivité en art de vivre et qui ignorait complètement ce qu'impliquait la charge d'un enfant. Quelle avait été donc la raison de son départ ? Il n'y avait pas eu de lettre ni aucun indice annonciateur d'une fuite. La police avait conduit des recherches, mais on n'avait pu le lier à aucun crime ou délit commis sur le sol suédois.

Il avait pourtant dû préparer sa disparition. Il avait emporté son passeport ainsi que l'argent disponible. Pas grand-chose sûrement ; leurs revenus étaient modestes. L'essentiel devait provenir de la voiture familiale qu'il avait vendue, et qui appartenait en fait à la mère d'Anna puisque c'était elle qui l'avait payée en faisant des gardes de nuit à l'hôpital. Un beau jour, Erik Westin n'avait plus été là. Ce n'était pas la première fois qu'il partait sans crier gare. La mère d'Anna avait donc attendu deux semaines avant de s'inquiéter et de signaler sa disparition à la police.

Linda se rappelait que son propre père avait été

d'une manière ou d'une autre impliqué dans les recherches. Mais comme aucun soupçon ne pesait contre Erik Westin, qui avait un casier judiciaire immaculé, l'affaire avait été classée sans suite. Rien n'indiquait non plus qu'il eût soudain perdu le jugement. Quelques mois avant sa disparition, il avait subi un examen médical complet qui le déclarait en parfaite santé, un peu anémié peut-être.

Linda savait par les statistiques que la plupart des disparus revenaient tôt ou tard. Parmi ceux qui ne revenaient pas il y avait beaucoup de suicides, et dans la plupart des autres cas il s'agissait de départs volontaires. Une petite minorité avait été victime de crimes. C'étaient eux qui gisaient ensevelis dans des endroits inconnus, ou au fond de la mer, ou d'un lac, avec des poids attachés au corps.

— Tu en as parlé à ta mère ? demanda-t-elle.

— Pas encore.

— Pourquoi ?

— Je n'en sais rien. Je suis encore sous le choc.

— Au fond de toi, tu n'es pas convaincue.

Anna lui jeta un regard implorant.

— Je *sais* que c'était lui. Sinon, c'est moi qui disjoncte. C'est pour ça que je t'ai demandé si tu avais déjà eu peur de devenir folle.

— Pourquoi resurgirait-il au bout de vingt-quatre ans ? Pourquoi comme ça, par une vitre ? Comment pouvait-il savoir que tu serais là ?

— Je ne sais pas.

Anna se leva, s'approcha de la fenêtre, revint s'asseoir.

— Il m'arrive de penser qu'il n'est jamais parti. Il a juste choisi de se rendre invisible.

— Mais pourquoi ?

— Je crois qu'il y avait un truc qu'il ne supportait pas. Ce n'était pas moi, ni maman. Plutôt le sentiment qu'il voulait autre chose, que la vie ne pouvait pas se réduire à ça. À la longue, ça l'a éloigné de nous. Peut-être a-t-il voulu se fuir lui-même. Il y a des gens qui rêvent d'être comme les serpents, capables de changer de peau. Mais il a peut-être passé tout ce temps près d'ici, près de moi, sans que je le sache.

— Tu m'as demandé de venir pour t'écouter et te dire ce que j'en pensais. Je pense que tu te trompes. Tu veux qu'il revienne, qu'il se rende visible. Vingt-quatre ans, c'est long.

— Je sais que c'était lui. Il s'est montré à moi, après toutes ces années. Je n'ai pas eu la berlue.

Elles étaient parvenues au bout de la discussion. Linda devina qu'autant Anna avait eu besoin de compagnie, autant elle désirait maintenant être seule.

— Parles-en à ta mère, dit-elle en se levant.

— Tu ne me crois pas ?

— Il ne s'agit pas de ce que je crois ou non. Il n'y a que toi qui peux savoir ce que tu as vu ou cru voir par la fenêtre de cet hôtel. Tu dois comprendre mes réticences. Je ne dis pas que tu mens. Pourquoi mentirais-tu ? Je dis juste qu'il est très rare que des gens reparaissent après vingt-quatre ans d'absence. Repenses-y, dors bien cette nuit, et on en reparlera demain. Je peux passer vers dix-sept heures. Ça te va ?

— Je sais que je l'ai vu.

Linda fronça les sourcils. Il y avait une tension dans le ton d'Anna. Elle ment peut-être, après tout.

Quelque chose sonne faux dans cette histoire. Mais pourquoi me mentirait-elle ? Elle voit bien que je ne suis pas dupe.

Linda rentra à Mariagatan par les rues désertes. Devant le cinéma de Stora Östergatan, quelques jeunes contemplaient en silence une affiche de film. Elle se demanda s'ils avaient remarqué son uniforme invisible.

6

Le lendemain, Anna Westin disparut de son domicile. Linda comprit qu'il s'était passé quelque chose dès l'instant où elle sonna chez elle à dix-sept heures, comme convenu, et qu'Anna n'ouvrit pas la porte. Elle sonna de nouveau, cria son nom par la fente du courrier. Mais Anna n'était pas là. Elle attendit une demi-heure, hésita, puis sortit son passe. Un de ses camarades de l'école de police en avait acheté un lot aux États-Unis et les avait distribués en cadeau. Ils s'étaient tous exercés en secret à ouvrir des portes. Il n'y avait plus beaucoup de serrures standard qui résistaient à Linda.

Elle ouvrit sans problème et referma très vite la porte derrière elle. Puis elle fit le tour de l'appartement. Tout était bien rangé, comme la veille au soir. L'évier vide et propre, les torchons repassés. Anna était ponctuelle. Elle avait accepté le rendez-vous pour dix-sept heures, et elle n'était pas là. Il s'était donc passé quelque chose. Quoi ? Linda s'assit sur le canapé où elle s'était tenue la veille. Anna croit avoir vu son père dans la rue. Et maintenant elle n'est plus là. Évidemment, c'est lié. Comment ? Le retour du père était sans doute imaginaire. La disparition d'Anna l'était-elle aussi ? Linda resta longtemps à envisager des hypothèses. Mais en réalité elle ne faisait qu'attendre son amie, dans l'espoir qu'elle avait été retardée.

L'absence inexpliquée d'Anna fut le point d'orgue d'une journée qui avait débuté de bonne heure. À sept heures trente, Linda s'était rendue à pied au commissariat pour rencontrer Martinsson, un des plus anciens collègues de Kurt Wallander, qui avait été désigné pour être son mentor. Ils n'allaient pas travailler ensemble, dans la mesure où Linda commencerait comme tous les aspirants par faire des rondes en voiture avec différents collègues en uniforme. Mais Martinsson serait son référent. Linda le connaissait depuis l'enfance. À l'époque, Martinsson lui-même était un grand enfant, le plus jeune collaborateur de son père. Elle tenait de lui que Martinsson se décourageait souvent et qu'il décidait alors de quitter le métier. Au cours des dix dernières années, son père était intervenu personnellement au moins trois fois pour le convaincre de renoncer à la décision impulsive d'envoyer sa lettre de démission.

Linda avait interrogé son père : avait-il pesé auprès de la direction, Lisa Holgersson en tête, pour que le choix du référent tombe sur Martinsson ? Jamais de la vie, avait-il dit, pour tout ce qui concernait sa fille, il essayait de se rendre transparent et de feindre qu'il n'était même pas là. Linda n'en était pas si sûre. S'il y avait une chose qui l'inquiétait, c'était bien que son père se mêle de son travail. C'était même la raison pour laquelle elle avait hésité jusqu'à la dernière minute à demander son affectation à Ystad. Sur le formulaire, elle avait indiqué en deuxième et troisième choix Kiruna et Luleå, c'est-à-dire les antipodes de la Scanie. Mais elle avait été affectée à Ystad et tout autre choix lui avait pour finir semblé impossible. Plus tard, elle pourrait envisager de déménager dans un autre coin de Suède. Si elle travaillait encore dans la police à ce moment-là, ce qui n'avait rien d'évident.

Contrairement peut-être aux générations précédentes, il était clair pour ses camarades comme pour elle qu'ils ne garderaient pas nécessairement le même métier jusqu'à la retraite. Ils en parlaient souvent. En tant que policier, on était qualifié pour toutes sortes d'emplois, par exemple garde du corps ou responsable de la sécurité dans une entreprise quelconque.

Martinsson vint la chercher à la réception et ils prirent place dans son bureau. Des photos de ses deux enfants et de sa femme souriaient au visiteur. Linda se demanda très vite quelles photos elle mettrait sur son propre bureau. Ils passèrent en revue différents aspects du travail qui l'attendait. Au début elle patrouillerait en compagnie de deux agents qui avaient beaucoup d'ancienneté à Ystad.

— Ils sont bien, l'un comme l'autre, dit Martinsson. Ekman peut paraître un peu mou de prime abord mais quand ça pète, c'est lui qui a la meilleure vue d'ensemble et la meilleure initiative. Sundin, c'est tout le contraire. Il peut gaspiller son énergie pour rien. Il est capable d'ennuyer un piéton qui traverse au rouge. Mais il connaît bien le boulot. Tu seras donc avec deux solides vétérans, qui en ont vu d'autres.

— Et le fait que je sois une femme, ça ne les dérange pas?

— Tant que tu fais ton boulot, ils s'en fichent. Il y a dix ans, je n'aurais pas dit la même chose.

— Et mon père?

— Quoi?

— Le fait que je sois sa fille.

Martinsson réfléchit.

— Il doit bien y en avoir un ou deux qui espèrent la boulette. Mais ça, j'imagine que tu le savais déjà quand tu as demandé à venir ici.

Ils parlèrent ensuite près d'une heure de la situation dans le district de police d'Ystad. La « situation » était un phénomène dont Linda avait toujours entendu parler, du plus loin qu'elle s'en souvienne, à l'époque où elle jouait sous la table du salon et entendait, dans un bruit de tintement de verres, son père discuter avec un collègue de la « situation », toujours aussi épineuse. Elle n'avait jamais entendu parler d'une situation sans souci. Les problèmes pouvaient tenir à toutes sortes de choses : de nouveaux uniformes qui ne valaient rien, un changement de voitures ou de système radio, de nouvelles recrues qui ne donnaient pas satisfaction, les dernières directives de la direction centrale, telle ou telle courbe de criminalité qui avait changé ; tout cela concourait à la « situation », qui engendrait exaspérations et inquiétudes perpétuelles. Être policier, pensa Linda en l'écoutant, c'est être obligé de faire le point tous les jours avec les collègues pour voir comment la «situation» a évolué depuis hier et comment elle risque de changer d'ici à demain. On ne nous a rien dit là-dessus pendant notre formation. La baston dans la rue, je connais, au moins en théorie ; mais pour évaluer la situation, je suis larguée.

Ils allèrent à la cafétéria. En fait, l'analyse de la «situation» par Martinsson était simple : de moins en moins d'enquêteurs présents sur le terrain.

— Je me suis un peu intéressé à l'histoire, ces dernières années. J'ai l'impression que le crime n'a jamais été aussi rentable en Suède. Pour trouver l'équivalent, on doit remonter très loin, à l'époque où Gustav Vasa ne nous avait pas encore tous rassemblés en un royaume. Au temps des roitelets, avant que la Suède devienne la Suède, il régnait un désordre et un état de non-droit effarants. De nos jours, en tant que policier, on essaie moins de faire respecter la loi que d'imposer des limites à peu près tolérables à l'illégalité.

Après le café, Martinsson la raccompagna.

— Je ne veux pas te déprimer, dit-il. Il n'y a rien de pire que des policiers déprimés. Si on veut se rendre utile dans ce métier, on doit avant tout garder son courage. Et aussi sa bonne humeur.

— Comme mon père ?

Martinsson lui jeta un regard plein de curiosité.

— Kurt Wallander est un bon policier. Tu le sais. Mais on ne peut pas l'accuser de bonne foi d'être le plus grand farceur et boute-en-train de cette maison. Tu le sais aussi.

Ils étaient dans le hall d'accueil. Un homme très en colère se plaignait auprès d'une réceptionniste; une histoire de retrait de permis.

— Le policier tué, dit Martinsson. Comment réagis-tu?

Linda lui raconta le bal, la télé des cuistots et l'arrêt des festivités. Il hocha la tête.

— Ça fait mal. La corporation entière marque le coup. Tout le monde sait qu'il peut y avoir des armes invisibles braquées sur chacun d'entre nous. Quand un collègue se fait tuer, beaucoup de gens envisagent de partir. Mais très peu le font. On reste. Je fais partie du lot.

Linda quitta le commissariat et se rendit sous le vent chez le Zèbre, qui habitait dans les quartiers est. Tout en marchant, elle réfléchissait à ce que lui avait dit Martinsson. Et à ce qu'il ne lui avait pas dit. Son père lui avait appris à toujours tendre l'oreille pour capter le non-dit. Souvent, c'était là qu'il fallait chercher le message principal. Mais elle ne trouva rien. Martinsson, c'est le type simple et honnête. Il ne sait rien des messages invisibles.

Elle ne s'attarda pas chez le Zèbre parce que le petit avait attrapé une gastro et criait tout le temps. Elles décidèrent de se voir pendant le week-end. Linda lui raconterait en détail le bal et la robe qui lui avait valu tant de compliments.

Ce 27 août ne resta cependant pas dans la vie de Linda Wallander comme le jour de son entrevue avec Martinsson, mais comme celui de la disparition d'Anna Westin. Après avoir forcé la porte et s'être assise sur le canapé, elle essaya de visualiser son amie, de réentendre sa voix quand elle lui avait parlé de l'homme aperçu par la fenêtre, qui ressemblait à son père. Les sosies existent. Ce n'est pas une légende, chaque être humain a son double quelque part sur la terre, qui naît et qui meurt en même temps que lui. Moi, il m'est arrivé de voir ma mère dans le métro à Stockholm. J'ai failli lui adresser la parole, jusqu'au moment où elle a ouvert un journal en finnois.

Que lui avait raconté Anna exactement ? Elle avait insisté sur le fait qu'elle avait réellement vu son père. Anna a l'habitude d'insister. Elle est capable d'affirmer toutes sortes de choses. Mais elle n'est jamais en retard et elle n'oublie jamais un rendez-vous.

Linda fit encore le tour de l'appartement. Dans le coin bureau, elle s'arrêta devant la bibliothèque et survola les titres. Des romans surtout, un ou deux récits de voyage. Aucun livre scientifique. Linda fronça les sourcils. Aucun livre de médecine. Elle parcourut les autres rayonnages de l'appartement, mais ne trouva qu'une nomenclature des maladies les plus communes. Tiens donc. Les étudiants en médecine devaient pourtant se taper des tonnes de bouquins...

Elle ouvrit le frigo. Rien que de très habituel. L'avenir était représenté sous la forme d'un carton de lait, dont la date de péremption était le 2 septembre. Linda se rassit dans le séjour et revint à la faille perçue un peu plus tôt. Comment Anna pouvait-elle ne pas avoir de livres de médecine chez elle ? Les rangeait-elle ailleurs ? Elle l'avait pourtant entendue dire qu'elle préférait étudier chez elle.

Linda attendit. Presque dix-neuf heures. Elle appela son père à la maison. Il répondit la bouche pleine.

— Je croyais qu'on devait dîner ensemble.

Linda hésita. Elle voulait et ne voulait pas lui parler d'Anna.

— Je suis occupée.

— À quoi?

— À ma vie.

Grognement dans l'écouteur.

— J'ai vu Martinsson aujourd'hui, ajouta-t-elle.

— Je sais.

— Qu'est-ce que tu sais?

— Il me l'a dit. Que vous vous étiez vus. C'est tout. Ce n'est pas la peine de t'inquiéter pour tout.

Après avoir raccroché, Linda continua d'attendre. À vingt heures, elle appela le Zèbre et lui demanda si elle avait une idée sur la question, mais le Zèbre n'avait aucune nouvelle d'Anna depuis plusieurs jours. À vingt et une heures passées, après s'être improvisé un dîner avec les ressources du frigo et du garde-manger d'Anna, elle chercha dans l'annuaire le numéro de Henrietta. Le téléphone sonna longtemps, mais elle finit par décrocher. Linda prit des gants. Elle ne voulait pas inquiéter cette femme fragile. Anna était-elle partie à Lund? Était-elle à Copenhague ou à Malmö? Rien que des questions inoffensives.

— Je ne lui ai pas parlé depuis jeudi, répondit Henrietta.

Quatre jours, pensa Linda. Anna ne lui a donc rien dit de l'homme à la fenêtre. Elle n'a pas partagé cette information capitale avec sa mère, bien qu'elles soient très proches.

— Pourquoi veux-tu savoir où est Anna ?

— Je lui ai téléphoné et je n'ai pas eu de réponse.

Vague inquiétude à l'autre bout du fil.

— Mais tu ne m'appelles pas chaque fois qu'Anna ne répond pas au téléphone !

Linda avait prévu cette objection. Un petit mensonge, un petit mensonge aimable.

— Je voulais l'inviter à dîner.

Pour changer de sujet, elle commença à parler d'elle.

— Tu sais que je vais travailler à Ystad ?

— Anna me l'a dit. Mais elle ne comprend pas ton choix d'entrer dans la police. Moi non plus, d'ailleurs.

— Si j'étais devenue tapissière, j'aurais passé mes journées des clous entre les dents. La vie de policier me paraît plus variée.

Une horloge sonna quelque part. Linda en profita pour mettre fin à la conversation.

Anna n'a rien dit à sa mère de ce qu'elle croit avoir vu. Elle accepte de me voir aujourd'hui et elle n'est pas là. Et elle n'a pas laissé de message.

Linda essaya de se convaincre une fois de plus qu'elle s'inquiétait pour rien. Que pouvait-il être arrivé à Anna, après tout ? Ce n'était pas quelqu'un qui prenait des risques. Contrairement au Zèbre, et à Linda elle-même, Anna se laissait par exemple difficilement persuader d'embarquer dans le grand huit, à la foire. Elle se méfiait des inconnus, ne montait jamais dans un taxi sans avoir au préalable regardé le chauffeur au fond des yeux. Linda formula donc l'hypothèse la plus simple : Anna était bouleversée. Était-elle retournée à Malmö dans l'espoir de revoir celui qui était peut-être son père ? C'est vrai qu'elle n'a jamais raté un rendez-vous. Mais d'un autre côté, jusqu'à maintenant, elle n'a jamais cru voir son père dans la rue.

Elle s'attarda dans l'appartement jusqu'à minuit.

Sa conviction était faite. Il n'y avait pas d'explication naturelle à l'absence d'Anna.

7

Quand Linda arriva un peu plus tard à Mariagatan, son père s'était endormi sur le canapé. Le claquement de la porte le réveilla. Linda examina sans enthousiasme son corps alourdi.

— Tu enfles, dit-elle. Tu vas finir par éclater. Pas comme un troll au soleil, mais comme un ballon trop gonflé.

Il resserra d'un geste démonstratif la ceinture de son peignoir.

— Je fais ce que je peux.

— Pas vrai.

— Tu m'as tiré d'un beau rêve, dit-il en se redressant. Là, tout de suite, je n'ai pas la force de penser à mon poids. La porte que tu viens d'ouvrir était dans mon rêve. Tu te souviens de Baiba ?

— Quoi, vous êtes encore en contact ?

— Une fois par an. Elle s'est trouvé un homme, un ingénieur allemand qui s'occupe d'améliorer le système communal de distribution de l'eau à Riga. Elle a une voix très amoureuse quand elle parle de lui, le bon Hermann de Lübeck. Je m'étonne de ne pas être jaloux.

— Tu rêvais d'elle?

Il sourit.

— On avait un enfant ensemble. Un petit garçon qui jouait sagement tout seul dans un grand bac à sable. Un orchestre de cuivres jouait un peu plus loin. Baiba et moi, on était là à regarder notre fils, et je pensais tout en rêvant que ce n'était pas un rêve, mais quelque chose de tout à fait réel. Et je ressentais une grande joie.

— Toi qui te plains toujours de tes cauchemars...

Il continua comme s'il n'avait pas entendu.

— La porte s'est ouverte. Une portière de voiture. C'était l'été, il faisait très chaud. Tout était surexposé, le visage de Baiba, celui du petit et le mien, complètement blancs, sans ombre. C'était un beau rêve. On s'apprêtait à partir quand tu m'as réveillé.

— Désolée.

Il haussa les épaules.

— Ça veut dire quoi, un rêve?

Linda voulut lui parler d'Anna, mais son père se dirigeait déjà d'un pas lourd vers la cuisine. Il but de l'eau à même le robinet. Linda l'avait suivi. Il se recoiffa avec les doigts et se retourna.

— Pourquoi rentres-tu à cette heure? Ça ne me regarde pas, je sais. Mais tu as l'air de vouloir que je te le demande.

Linda lui raconta tout. Il s'était appuyé contre le frigo, les bras croisés. Il est toujours dans cette position quand il écoute. Je m'en souviens depuis toujours. Un géant aux bras croisés qui se dressait devant moi et qui me regardait de tout là-haut. Je pensais que mon papa à moi était comme une montagne. Papa Montagne.

Quand elle eut fini, il secoua la tête.

— Non. Ça ne se passe pas comme ça.

— Quoi donc?

— Une disparition.

— Je la connais depuis qu'on a sept ans. Elle a toujours été ponctuelle, et elle n'oublie jamais un rendez-vous.

— C'est idiot de dire qu'il faut bien une première fois, mais c'est la vérité. Si elle a cru voir son père, on peut comprendre qu'elle soit bouleversée. Comme tu l'as dit toi-même, elle est peut-être partie à sa recherche.

Linda hocha la tête. Il avait raison. Pourquoi s'inquiéter?

Son père se laissa tomber sur la banquette en bois sous la fenêtre.

— C'est une chose qu'on apprend avec l'expérience. Tout ce qui arrive a un très fort coefficient de probabilité. Les gens s'entre-tuent, ils mentent, ils commettent des vols ou ils disparaissent. Si on descend assez profond dans chaque puits, et pour moi chaque enquête est comme un puits, on découvre presque toujours l'explication. C'était probable qu'Un tel disparaisse, ou qu'Un tel braque une banque. Je ne dis pas que l'imprévu ne se produit jamais. Mais quand les gens disent : «Je n'aurais pas cru ça de lui ou d'elle», ils sont à côté de la réalité. Dès qu'on gratte la peinture superficielle, on découvre d'autres couleurs, d'autres réponses.

Il bâilla, puis abattit ses mains sur la table.

— Allez, on va dormir.

— Encore quelques minutes.

Il la dévisagea avec curiosité.

— Tu n'es pas convaincue? Tu crois vraiment qu'il est arrivé malheur à Anna?

— Non, tu as sûrement raison.

Ils restèrent assis en silence. Dehors, le vent soufflait.

— Je rêve beaucoup en ce moment, dit-il. Peut-être parce que je me réveille quand tu rentres. En fait, je ne dois pas rêver plus que d'habitude, c'est juste que je me souviens davantage de mes rêves. La nuit dernière, il m'est arrivé un truc extraordinaire. Je me baladais dans un cimetière. Soudain, je me suis trouvé devant des tombes où je reconnaissais tous les noms. Celui de Stefan Fredman entre autres.

Linda eut un frisson.

— Je me souviens de lui. C'est vrai qu'il s'était introduit ici, dans l'appartement?

— Je le crois. Mais on n'en a jamais eu la certitude. Il éludait les questions.

— Comment est-il mort? Tu es allé à son enterrement, je m'en souviens.

— On l'avait enfermé dans un hôpital. Un jour, il s'est bariolé avec ses peintures de guerre, comme avant, il est monté sur le toit et il a sauté.

— Il avait quel âge?

— Dix-huit ou dix-neuf ans.

Le vent se déchaînait contre la fenêtre.

— Quels étaient les autres noms?

— Il y avait une femme, Yvonne Ander. Je crois

même que la date de sa mort, sur la pierre, était la bonne. Pourtant ça remonte à quelques années.

— Qu'avait-elle fait ?

— Tu te rappelles la fois où Ann-Britt Höglund a été blessée par balle ?

— Tu plaisantes ? Tu es parti te cacher au Danemark et tu as picolé jusqu'à en crever ou presque. Comment aurais-je pu l'oublier ?

— Ce n'est pas tout à fait exact.

— Tu as raison, c'était encore pire. Mais je ne me souviens pas d'Yvonne Ander.

— Elle vengeait des femmes martyrisées en exécutant les coupables.

— Ah ! oui.

— On a fini par l'arrêter. Tout le monde voyait en elle une folle. Ou un monstre. Pour moi, elle reste l'une des personnes les plus sages que j'ai rencontrées.

— C'est peut-être comme les médecins et leurs patientes.

— C'est-à-dire ?

— Un policier peut tomber amoureux d'une criminelle.

Il protesta sans animosité.

— Tu racontes des bêtises. Je lui ai parlé, je l'ai interrogée. Elle m'a adressé une lettre avant de se suicider. La justice est comme un filet aux mailles trop lâches, m'écrivait-elle. Nous n'atteignons pas, ou nous *choisissons* de ne pas atteindre, beaucoup de criminels auxquels nous devrions pourtant nous intéresser.

— Qui choisit ?

Il secoua la tête.

— Je ne sais pas. Nous tous. Les lois qui nous

69

gouvernent sont censées provenir d'un tréfonds populaire où chacun a la parole. Mais Yvonne Ander m'a montré autre chose. C'est pour cela que je ne l'oublie pas.

— Ça fait combien de temps?

— Cinq, six ans.

Sonnerie du téléphone. Son père tressaillit.

Ils échangèrent un regard; il était une heure du matin. Il décrocha l'appareil mural et dit son nom, pendant que Linda se demandait avec inquiétude si l'un ou l'autre de ses amis ignorait qu'elle habitait chez son père en attendant d'avoir son propre appartement. Elle essaya d'interpréter ses monosyllabes. Fausse alerte; c'était clairement un collègue à l'autre bout du fil. Peut-être Martinsson, peut-être même Ann-Britt Höglund. Un événement survenu du côté de Rydsgård. Wallander lui fit signe de lui donner un crayon et le bloc posé sur le rebord de la fenêtre. Il prit note en serrant le combiné contre son cou. Elle lut par-dessus son épaule : *Rydsgård, carrefour de Charlottenlund, ferme de Vik.* Tiens, pensa-t-elle, on est passés à cet endroit quand on a visité la maison en haut de la colline, qu'il n'a pas voulu acheter. Il nota de nouveau. Elle lut : *Incendie de taureau. Åkerblom.* Puis un numéro de téléphone. Il raccrocha, et Linda se rassit en face de lui.

— C'est quoi, un incendie de taureau?

— Sais pas, répliqua-t-il en se levant. Mais je dois y aller.

— Qu'est-ce qui se passe?

Il s'arrêta sur le seuil, hésita.

— Viens avec moi.

— Tu étais présente quand cette histoire a débuté, lui dit-il dans la voiture. Alors autant que tu voies la suite.

— Quel début ?

— L'histoire des cygnes brûlés.

— Quoi, ça recommence ?

— Oui et non. Ce ne sont pas des oiseaux, cette fois. Apparemment, un cinglé s'est introduit dans une étable, a fait sortir un jeune taureau et l'a aspergé d'essence avant d'y mettre le feu. C'est le fermier qui a alerté le commissariat, une voiture est en route. Mais j'avais demandé à être prévenu si ce genre de chose était de nouveau signalé. Sadisme envers les animaux, etc. Ça ne me plaît pas.

Linda savait quand son père lui cachait quelque chose.

— Tu ne me dis pas ce que tu penses.

— Non.

Il n'ajouta rien. Linda se demanda pourquoi il l'avait emmenée.

Ils quittèrent la route principale, traversèrent le bourg désert de Rydsgård et prirent vers le sud, en direction de la mer. Une voiture de police les attendait au carrefour. Elle démarra, et ils la suivirent jusque dans la cour pavée de la grande ferme qui portait le nom de Vik.

— Qui suis-je ? l'interrogea Linda avant d'ouvrir sa portière.

— Ma fille. Ils se fichent que tu sois là, tant que tu ne te fais pas passer pour ce que tu n'es pas.

Ils sortirent dans le vent cinglant qui fouettait le corps de ferme. Les deux policiers envoyés sur les

71

lieux approchèrent pour les saluer. Le premier s'appelait Wahlberg, l'autre Ekman. Wahlberg était très enrhumé ; Linda, qui redoutait la contagion, abrégea la poignée de main. Ekman était apparemment myope. Il se pencha vers elle en souriant.

— Je croyais que tu ne devais commencer que dans quelques semaines.

— Elle me tient compagnie, coupa Kurt Wallander. Qu'est-ce qui se passe ?

Ils suivirent un chemin de terre qui conduisait à l'étable récemment construire derrière le bâtiment principal. Le fermier était agenouillé près d'un tas de fumier, à côté de l'animal mort. C'était un homme jeune, de l'âge de Linda. Les agriculteurs sont toujours vieux. Comment un fermier peut-il avoir mon âge ?

Kurt Wallander lui serra la main et se présenta.

— Tomas Åkerblom.

— Celle-ci, c'est ma fille. Elle est là par hasard.

Quand Tomas Åkerblom se tourna vers elle, la lumière de l'étable éclaira son visage. Elle vit qu'il avait les yeux brillants.

— Qui est capable de ça ? dit-il en s'adressant à son père. Qui fait des choses pareilles ?

Sa voix tremblait. Puis il s'écarta d'un pas, comme s'il tirait un rideau invisible pour dévoiler une installation macabre. Linda avait déjà perçu l'odeur de chair brûlée. Le taurillon était couché sur le flanc. Son œil avait fondu. Sa peau noircie fumait encore. L'odeur d'essence lui donna la nausée. Elle fit un pas en arrière. Kurt Wallander lui jeta un regard aigu. Elle fit non de la tête, elle n'allait pas s'évanouir. Il se retourna vers le fermier.

72

— Racontez-nous ce qui s'est passé.

Tomas Åkerblom prit la parole, d'une voix qui menaçait de se briser :

— Je venais de m'endormir. J'ai été réveillé par un hurlement. D'abord j'ai cru que c'était moi qui criais, ça m'arrive quand je fais des cauchemars. J'ai bondi hors de mon lit. Puis j'ai compris que ça venait de l'étable. Les animaux beuglaient, et il y en avait un qui était en détresse. J'ai tiré les rideaux, j'ai vu que ça brûlait. Äpplet brûlait, sauf que sur le moment, bien sûr, je ne savais pas que c'était lui, juste que c'était un des jeunes taureaux. Il se jetait contre le mur de l'étable, son corps et sa tête étaient en flammes. Je ne comprenais pas ce que je voyais. Je suis descendu en courant, j'ai enfilé une paire de bottes. Il était à terre. Son corps tressaillait. J'ai attrapé une bâche pour étouffer les flammes. Mais il était déjà mort. C'était affreux. J'ai pensé : c'est impossible, c'est impossible, personne ne met le feu à un animal.

Tomas Åkerblom se tut.

— Avez-vous vu autre chose ?

— Je viens de vous dire ce que j'ai vu.

— Vous avez dit : « Personne ne met le feu à un animal. » Pourquoi ? Ç'aurait pu être un accident.

— Comment un taureau pourrait-il asperger son corps d'essence et y mettre le feu ? Je n'ai jamais entendu parler d'une bête qui se suicide.

— Alors ? Avez-vous vu quelqu'un en ouvrant les rideaux ?

Tomas Åkerblom réfléchit. Linda essayait de suivre son père à la trace, d'anticiper la question suivante.

— J'ai juste vu le taureau qui brûlait.

— Pouvez-vous imaginer qui a fait ça?

— Un malade. Seul un fou peut faire une chose pareille.

Kurt Wallander hocha la tête.

— On n'arrivera à rien de plus pour l'instant. Laissez le corps où il est. On reviendra plus tard quand il fera jour et on jettera un coup d'œil aux alentours.

Ils retournèrent tous ensemble vers les voitures.

— Seul un fou furieux peut faire une chose pareille, insista Tomas Åkerblom.

Kurt Wallander ne répondit pas. Linda vit qu'il était fatigué. Soucieux, le front plissé. Il lui parut vieux tout à coup. Il est inquiet. D'abord des cygnes qui ont peut-être brûlé, maintenant un taureau qui s'appelle Äpplet et qui brûle pour de vrai. Comme s'il avait lu dans ses pensées, alors qu'il avait déjà la main sur la poignée de la portière, son père se retourna vers Tomas Åkerblom.

— Äpplet. Drôle de nom pour un taureau.

— Quand j'étais plus jeune, je jouais au ping-pong. J'ai baptisé plusieurs de mes jeunes en hommage à de grands joueurs suédois [1]. Par exemple, j'ai un bœuf qui s'appelle Waldner.

Kurt Wallander sourit. Linda avait un père qui appréciait les originaux.

— Qu'en penses-tu? demanda-t-elle alors qu'ils revenaient vers Ystad.

— Dans le meilleur des cas, on a sur les bras un fou sadique.

---

1. Äpplet (litt. : «La Pomme») : surnom du champion Mikael Appelgren, né en 1961. [Toutes les notes sont de la traductrice.]

— Pourquoi «dans le meilleur des cas»?

La réponse tarda, comme s'il n'avait pas entendu.

— Dans le pire des cas, c'est quelqu'un qui ne s'arrêtera pas aux animaux.

Linda comprit. Mais elle sentit aussi qu'il valait mieux ne pas poser d'autres questions dans l'immédiat.

8

Au réveil, Linda était seule dans l'appartement. Sept heures et demie. Elle s'étira en pensant que c'était le départ de son père, le claquement de la porte d'entrée, qui l'avait tirée du sommeil. Pourquoi claque-t-il les portes comme ça? Il me fait la leçon, il ne veut pas que je traîne au lit.

Elle se leva et ouvrit la fenêtre. La journée était belle, la chaleur persistait. Les événements de la nuit défilèrent, le corps fumant du taureau, son père qui avait soudain paru si vieux, si usé. L'inquiétude, chez lui, est un truc qui se voit. Il peut me cacher beaucoup de choses. Mais pas son inquiétude.

Elle prit son petit déjeuner, enfila les mêmes vêtements que la veille, puis se ravisa et se changea deux fois avant d'être satisfaite. Puis elle appela Anna. Le répondeur se déclencha après cinq sonneries. Elle laissa un message où elle priait Anna de décrocher. En vain. En passant devant le miroir de l'entrée, elle demanda à voix haute à son reflet s'il fallait s'inquiéter de l'absence d'Anna. Non, se répondit-elle, je ne suis pas inquiète. Anna cherche sûrement ce type qui avait le mauvais goût de ressembler à son père.

Elle descendit jusqu'au port de plaisance. La mer était lisse comme du verre. Une femme à moitié nue ronflait à l'avant d'un voilier. Encore treize jours. De qui est-ce que je tiens mon impatience? Pas de ma mère, en tout cas.

En revenant le long de la jetée, elle ramassa un journal abandonné sur une bitte d'amarrage et le feuilleta jusqu'aux petites annonces automobiles. Une Saab d'occasion pour dix-neuf mille couronnes. Son père lui avait promis une contribution de dix mille. Elle voulait une voiture. Mais une Saab à dix-neuf mille? Combien de temps allait-elle tenir?

Elle rangea le journal dans sa poche et alla chez Anna. Personne ne répondit à ses coups de sonnette. Dans l'appartement, après s'être servie une fois encore de son passe, elle eut soudain la sensation que quelqu'un était venu depuis son propre départ la veille vers minuit. Elle resta parfaitement immobile en laissant son regard errer le long des murs de l'entrée, des manteaux suspendus, des chaussures alignées. Rien ne confirma son intuition.

Elle alla dans le séjour et se rassit au même endroit, sur le canapé. Une pièce vide. Si j'étais mon père, j'essaierais de percevoir l'empreinte de ce qui s'est déroulé à cet endroit, j'essaierais de voir des gens, des événements dramatiques. Mais je vois juste qu'Anna n'est pas là.

Elle se releva et fit deux fois le tour de l'appartement, sans se presser. Maintenant elle était convaincue qu'Anna n'était pas venue pendant la nuit. Ni

Anna ni quiconque. Il n'y avait là que ses propres empreintes invisibles.

Elle retourna dans la chambre et s'assit au bureau. Elle hésita. La curiosité prit le dessus. Elle savait qu'Anna tenait depuis toujours un journal intime. Elle avait une image de leur dernière année de lycée, Anna toujours dans un coin, en train d'écrire. Un garçon, qui avait eu le malheur de le lui chiper une fois, s'était fait agresser si sauvagement (elle lui avait mordu l'épaule) que plus personne n'avait ensuite osé s'en prendre à ses cahiers.

Linda ouvrit un tiroir du bureau. Il était plein de vieux cahiers. Elle ouvrit les autres. Même chose. Les années étaient indiquées sur la reliure, qui était restée rouge jusqu'aux seize ans d'Anna. Ensuite elle devenait noire.

Linda referma le dernier tiroir et souleva quelques papiers qui encombraient le bureau. Dessous, elle découvrit le journal en cours. Je vais juste jeter un coup d'œil à la dernière page ; après tout, je suis inquiète. S'étant ainsi disculpée d'avance, elle feuilleta le cahier jusqu'à la dernière trace écrite, qui s'arrêtait en milieu de page. Elle portait la date de la veille, jour de leur rendez-vous manqué. Elle se pencha sur la première phrase. Anna écrivait en lettres microscopiques, comme si elle avait voulu dissimuler les mots. Linda lut deux fois. La première sans saisir, la seconde avec une perplexité croissante. C'était incompréhensible. *Montées, périls, montées, périls.* Était-ce un code secret, une langue initiatique ?

Linda viola sa promesse et tourna la page pour lire ce qu'Anna avait écrit la veille. Le texte était complètement différent : *Le manuel de Saxhusen* sur les fondements de la clinique est un naufrage pédagogique pur et simple; impossible à comprendre, impossible même à lire. Comment peut-on rédiger des bouquins pareils? Les futurs médecins terrorisés vont choisir la recherche, sans compter qu'ils gagneront plus d'argent. Elle notait qu'elle avait eu un peu de fièvre le matin, qu'il y avait beaucoup de vent – Linda pensa que c'était la stricte vérité – et qu'elle se demandait où elle avait bien pu mettre le double de la clé de la voiture. Linda revint à la page suivante et relut les dernières phrases d'Anna en essayant de s'imaginer à sa place, en train d'écrire ces mots. Il n'y avait pas de rature, pas d'hésitation. Montées, périls, montées, périls. Je constate que cette année, j'ai eu dix-neuf jours de lessive. Si j'ai un rêve, c'est de devenir médecin de quartier anonyme dans une banlieue quelconque. Peut-être dans le nord du pays. Les villes du nord du pays ont-elles une banlieue?

Le texte s'arrêtait là. Pas un mot sur l'homme aperçu par la fenêtre de l'hôtel. Pas la moindre allusion, rien du tout. N'était-ce pourtant pas précisément le genre de chose que l'on confie à son journal intime?

Elle feuilleta le cahier pour obtenir une confirmation. Par endroits, Anna parlait d'elle. Linda est une amie, écrivait-elle le 20 juillet, au milieu de considérations sur une visite de sa mère, où elles s'étaient disputées à propos de rien, et sur le fait qu'elle allait le soir même à Malmö pour voir un film russe.

Linda passa près d'une heure, avec un remords grandissant, à chercher les commentaires ayant trait à sa propre personne. *Linda peut être exigeante*, écrivait Anna le 4 août. Ah bon ? On a fait quoi, ce jour-là ? Le 4 août était une date parmi tant d'autres au cours de ce long été d'impatience. Linda ne possédait pas d'agenda, elle organisait son temps à l'aide de bouts de papier et notait souvent les numéros de téléphone sur ses poignets.

Elle referma le cahier. Il n'y avait rien. Juste ce message étrange à la dernière page. Ça ne lui ressemble pas. Tout le reste est le fait d'une personne équilibrée, qui n'a pas plus de problèmes que la moyenne. Mais le dernier jour, quand elle croit avoir vu son père resurgir après vingt-quatre ans d'absence, elle parle de montées et de périls. C'est délirant. Pourquoi ne dit-elle rien de son père ? Pourquoi écrit-elle des trucs incompréhensibles ?

Linda sentit revenir l'inquiétude. Anna avait-elle eu raison de soupçonner qu'elle devenait folle ? Elle alla à la fenêtre où Anna avait l'habitude de se poster pendant leurs conversations. Le soleil se reflétait dans une vitre de l'autre côté de la rue ; elle dut plisser les yeux. A-t-elle pu perdre les pédales ? Elle croit voir son père. Cela la bouleverse tant qu'elle prend une initiative déraisonnable. Mais laquelle ?

Linda sursauta intérieurement. La voiture ! La voiture d'Anna, la petite Golf rouge. Si Anna est partie, elle ne devrait plus être là. Linda dévala l'escalier et contourna l'immeuble jusqu'à la cour qui faisait office de parking. La voiture était là. Elle tâta les portières. Verrouillées. Elle avait été lavée récemment. Cela la surprit. D'habitude, elle était plutôt sale. Là tout brillait, même les jantes.

Elle remonta à l'appartement, s'attabla dans la

cuisine et chercha une explication plausible. Une explication à quoi ? Le seul élément indubitable était qu'Anna n'avait pas honoré un rendez-vous décidé d'un commun accord. L'hypothèse d'un malentendu était exclue. Et Anna ne pouvait pas l'avoir oublié. Elle avait donc *choisi* de ne pas être là. Pour un motif plus important que ne l'était leur rendez-vous. Et qui n'exigeait pas l'usage de la voiture. Linda écouta le répondeur. Il n'y avait que son propre message, demandant avec une voix de fausset : *Anna, décroche s'il te plaît.* Son regard se tourna vers la porte. Quelqu'un arrive, quelqu'un sonne. Ce n'est pas moi, pas le Zèbre, pas sa mère. A-t-elle d'autres amis ? Elle dit qu'elle n'a plus d'amoureux depuis le mois d'avril, quand elle a flanqué dehors un certain M. Måns Persson que je ne connais pas, qui étudie l'électromagnétisme à Lund et qui se serait révélé moins fiable qu'Anna ne l'avait cru. Elle a parlé d'une déception cuisante, je m'en souviens, en ajoutant qu'elle ne s'embarquerait pas de sitôt dans une nouvelle relation.

Linda oublia Anna l'espace d'un instant. Elle aussi avait eu son Måns Persson, qui avait été éjecté au mois de mars. Il s'appelait Ludwig. Il était vraiment né pour porter ce nom-là, mélange d'empereur sublime et de prince d'opérette ballot. Linda l'avait rencontré dans un pub où elle s'était rendue avec quelques camarades de l'école de police, serrés contre un groupe qui occupait par hasard la table voisine. Ludwig était agent de la voirie, il conduisait son camion poubelle comme une voiture de sport et trouvait tout naturel d'être fier de son métier. Linda avait été attirée par son rire démesuré, son regard pétillant et le fait qu'au lieu de l'interrompre il faisait de vrais efforts pour l'écouter malgré le brouhaha.

Ils avaient entamé une liaison. Linda en venait presque à croire qu'elle avait déniché un homme, un vrai, parmi tous ces types dont le monde était plein. Puis elle avait appris par hasard, par quelqu'un qui connaissait quelqu'un qui avait vu quelqu'un, que Ludwig, quand il n'était pas au travail ou avec elle, se consacrait à une jeune dame qui dirigeait une petite entreprise de traiteur à Vallentuna. La mise au point fut brutale, Ludwig la supplia de rester, mais Linda ne voulut rien savoir et pleura ensuite une semaine entière.

Elle repoussa la pensée de Ludwig, encore douloureuse. Peut-être était-ce pour elle comme pour Anna, bien qu'elle ne se le fût pas formulé jusquelà : elle n'était pas encore prête à s'intéresser à un autre homme. Elle savait que cette valse des petits amis angoissait son père, même s'il ne l'interrogeait jamais là-dessus.

Linda fit un dernier tour de l'appartement. Soudain la situation lui parut comique, presque ridicule. Qu'avait-il donc pu arriver à Anna ? Rien du tout. Elle menait sa barque mieux que la plupart des gens. Son absence à leur rendez-vous ne signifiait rien. Linda retourna dans la cuisine. Elle tomba en arrêt devant le plan de travail en apercevant le double de la clé de la Golf. Anna lui avait déjà prêté sa voiture à deux ou trois reprises. Je pourrais l'emprunter de nouveau et aller rendre visite à sa mère. Avant de partir, elle laissa un mot sur la table de la cuisine précisant qu'elle avait pris la voiture et qu'elle serait de retour dans deux heures. Elle ne fit pas état de son inquiétude.

Linda passa par Mariagatan pour enfiler des vêtements plus légers, car il commençait à faire très chaud. Puis elle quitta la ville au volant de la Golf, bifurqua vers Kåseberga et s'arrêta à l'entrée du port. Un chien nageait dans les eaux immobiles du bassin. Près de l'entrepôt de poissons fumés, un vieil homme assis sur un banc lui adressa un signe de tête. Linda lui rendit son salut. Qui était-ce? Peut-être un collègue de son père à la retraite.

Elle remonta en voiture et décida de passer devant la maison où son grand-père avait vécu jusqu'à sa mort. Laissant la Golf au bord du chemin, elle s'approcha. La maison avait eu deux propriétaires successifs depuis que Gertrud, la veuve de son grand-père, était partie vivre avec sa sœur. Le premier était un jeune homme qui avait monté une boîte d'informatique à Simrishamn. Après sa faillite, il avait revendu la maison à un couple de céramistes de Huskvarna désireux de s'installer en Scanie. Un panneau portant le mot «Poterie» en lettres gravées oscillait à côté du portail fermé. Mais la porte de la remise, celle qui avait servi d'atelier à son grand-père, était ouverte. Elle hésita, puis abaissa la poignée du portail et traversa la cour. Des vêtements d'enfant battaient au vent, sur un séchoir.

Linda frappa à la porte de la remise. Une voix lui cria d'entrer. La pénombre contrastait vivement avec le soleil du dehors. Une femme d'une quarantaine d'années était assise devant un tour et travaillait au couteau un visage de glaise. Elle en était à modeler une oreille. Linda se présenta et s'excusa du dérangement. La femme quitta son travail et l'accompagna dans la cour. Elle était blême, comme si elle avait trop veillé, mais son regard était aimable.

— J'ai entendu parler de lui, dit-elle. L'homme qui peignait toujours le même tableau.

— Pas tout à fait. Il avait deux motifs : un paysage avec coq de bruyère, et un autre sans coq, juste un lac, un soleil couchant, quelques arbres. Il utilisait une grille pour tout, sauf pour le soleil. Le soleil, il le peignait à main levée.

— Parfois j'ai l'impression de sentir sa présence dans l'atelier. Est-ce qu'il était souvent en colère ?

Devant le regard interloqué de Linda, elle ajouta :

— Je crois parfois entendre quelqu'un grommeler.

— C'est sûrement lui.

La femme, qui dit s'appeler Barbro, lui proposa un café.

— Merci, mais je dois reprendre la route. Je m'étais arrêtée par curiosité.

— Je vous raccompagne. On est partis de Huskvarna, ajouta Barbro impulsivement. On voulait quitter la ville, même si celle-là n'est pas bien grande. Lars, mon mari, appartient à la nouvelle génération de bricoleurs à talents multiples. Il sait réparer les vélos et les horloges, mais aussi soigner les vaches malades et raconter des histoires extraordinaires aux enfants. On en a deux.

Elle s'interrompit, comme si elle prenait conscience d'en avoir trop dit à une étrangère.

— C'est peut-être ce qui leur manque le plus, poursuivit-elle après un temps de réflexion. Ses histoires extraordinaires.

— Il n'est donc plus ici, dit Linda prudemment.

— Il avait beau savoir plein de choses, il y en a une qu'il ne maîtrisait pas du tout. C'est que, quoi qu'on fasse, on n'échappe pas à ses enfants. Il a paniqué. Il a pris son vélo et il est parti. Il habite de nouveau Huskvarna. Mais on se parle. Il s'occupe mieux des petits maintenant qu'il ne s'en sent plus responsable.

Elles se serrèrent la main.

— Vous savez, si on demandait gentiment à mon grand-père de ne pas s'énerver, il se calmait en général. Mais il fallait que ce soit une femme, sinon il n'écoutait pas. Ça vaut peut-être encore...

— Était-il heureux?

Linda réfléchit. Cet adjectif ne coïncidait pas vraiment avec l'image qu'elle avait de son grand-père.

— Sa plus grande joie, c'était de passer sa journée dans l'obscurité de la remise à faire la même chose que la veille. Il trouvait un grand repos dans la répétition. Si on peut appeler ça le bonheur, alors il était heureux.

Linda ouvrit la portière.

— Je suis comme lui, dit-elle avec un sourire. C'est pour ça que je sais de quelle manière il faut le prendre.

En démarrant, elle vit dans le rétroviseur que Barbro la suivait des yeux.

Jamais ça. Coincée dans une vieille baraque malmenée par le vent, en rase campagne, avec deux gosses. Jamais de la vie.

La simple idée d'une telle situation l'indignait. Sans s'en apercevoir, elle accéléra. Au moment de s'engager sur la route principale, elle dut freiner brutalement.

La mère d'Anna, Henrietta Westin, habitait une maison qui semblait se cacher derrière d'impressionnants avant-postes formés par une série de bosquets touffus. Linda dut faire marche arrière plusieurs fois avant de trouver le bon chemin. Elle gara la voiture près d'une faucheuse mangée par la rouille et sortit. La chaleur ranima quelques souvenirs fugitifs d'un voyage en Grèce avec Ludwig, peu avant leur rupture. Elle redressa la nuque et pénétra parmi les grands arbres. Elle s'immobilisa. Un bruit avait capté son attention. Comme si quelqu'un clouait quelque chose avec frénésie. Protégeant ses yeux d'une main, elle découvrit dans les feuillages denses un pic-vert qui martelait avec aigreur son refrain contre un tronc. Il fait peut-être partie de l'orchestre de Henrietta. Si j'ai bien compris la description d'Anna, aucun bruit n'est étranger à sa mère. Le pic-vert est peut-être son percussionniste.

Elle dépassa un potager en mauvais état qui n'avait pas été entretenu depuis des années. Qu'est-ce que je sais d'elle? Et qu'est-ce que je fais là? Elle s'arrêta, prêta l'oreille vers l'intérieur. En cet instant, à l'ombre des grands arbres, elle n'était pas inquiète. Il y avait sûrement une explication toute simple à l'absence d'Anna. Elle fit demi-tour pour retourner à la voiture.

Le pic-vert s'était tu. Tout disparaît, pensa-t-elle. Les gens, les pics-verts, mes rêves, et tout ce temps que je pensais avoir à ma disposition mais qui se disperse et s'écoule en rivières où j'essaie en vain de construire des barrages. Elle s'immobilisa de nouveau. Pourquoi faire marche arrière ? Si elle avait emprunté la voiture d'Anna et parcouru tout ce chemin, elle pouvait tout de même saluer Henrietta. Sans inquiétude, sans questions insidieuses sur les faits et gestes de sa fille. Peut-être est-elle tout simplement à Lund. Je n'ai pas son numéro de téléphone là-bas. Je pourrais le demander à Henrietta.

Longeant le sentier, elle sortit du bois tout près de la maison à colombages chaulée de blanc et enterrée sous des rosiers retournés à l'état sauvage. Un chat allongé sur les marches de pierre suivait ses mouvements d'un œil attentif. Linda approcha. Une fenêtre était ouverte. Quand elle se pencha pour caresser l'animal, elle crut percevoir un son à l'intérieur. La musique de Henrietta, pensa-t-elle.

Puis elle se redressa et retint son souffle.

Ce n'était pas de la musique qu'elle entendait par la fenêtre. C'était une femme en pleurs.

9

Un aboiement retentit dans la maison. Linda se sentit prise en faute et se hâta de sonner. Après un long moment, la porte s'ouvrit. Henrietta tenait un grand chien gris par la peau du cou. Il aboyait toujours.

— Il n'est pas dangereux, dit-elle. Entre.

Linda, qui ne se sentait jamais tout à fait à l'aise avec les chiens inconnus, hésita. Mais dès qu'elle eut franchi le seuil, le chien se tut. Comme si elle avait passé une frontière invisible. Henrietta le lâcha. Linda n'avait pas le souvenir d'une femme aussi petite et aussi maigre. Qu'avait dit Anna? Henrietta n'avait pas cinquante ans. Son corps en avait beaucoup plus, mais son visage était jeune. Le chien, qui s'appelait Patos, lui renifla les jambes avant d'aller s'allonger dans son panier.

Linda repensa aux sanglots qu'elle avait entendus. Le visage de Henrietta ne portait aucune trace de larmes. Elle jeta un coup d'œil dans le séjour, mais il n'y avait personne. Henrietta avait suivi son regard.

— Tu cherches Anna?

— Non.

Henrietta éclata de rire.

— C'est pour le moins inattendu! D'abord tu téléphones, puis tu débarques chez moi. Qu'est-ce qui se passe? Anna n'est toujours pas revenue?

Linda se sentit prise de court par cette attitude directe. En même temps, c'était une aide.

— Oui.

Henrietta haussa les épaules et la fit entrer dans la grande pièce, résultat de plusieurs murs abattus, qui tenait lieu à la fois de salon et d'atelier.

— Anna est sûrement à Lund. Elle s'enterre là-bas de temps en temps. Pas mal de trucs épineux, apparemment, dans toute cette théorie que doivent assimiler les futurs médecins. Anna n'est pas une théoricienne. Je ne sais pas de qui elle tient. Pas de moi, en tout cas, ni de son père. Elle ne ressemble peut-être qu'à elle-même.

— Tu as son numéro à Lund?

— Je ne sais même pas si elle a le téléphone. Elle loue une chambre chez quelqu'un. Je ne connais pas l'adresse.

— C'est bizarre.

Henrietta fronça les sourcils.

— Pourquoi? Anna est une fille secrète. Si on ne la laisse pas tranquille, elle peut se mettre en rage. Tu ne le savais pas?

— Non. A-t-elle un portable?

— Elle fait partie des rares personnes qui résistent. Moi j'en ai un. Je ne comprends même pas à quoi servent encore les téléphones fixes. Mais Anna refuse le portable.

Elle se tut, comme si une pensée venait de lui traverser l'esprit. Linda regarda autour d'elle. Quelqu'un avait pleuré. L'idée qu'Anna puisse être là ne l'avait pas effleurée jusqu'à ce que Henrietta mentionne cette possibilité. Mais pourquoi serait-elle en train de pleurer chez sa mère? Anna n'est pas une fille qui pleure. Une fois, quand on était petites, elle est tombée d'une structure de jeu et elle s'est fait mal. Je me souviens qu'elle a pleuré ce jour-là, mais c'est bien le seul. Quand on était toutes les deux amoureuses de Tomas, c'est moi qui pleurais. Elle, elle était en colère, mais pas aussi enragée qu'a l'air de l'imaginer Henrietta.

Elle considéra la mère d'Anna, debout sur le plancher brillant. Un rayon de soleil touchait son visage. Elle avait le même profil ciselé qu'Anna.

— J'ai rarement des visites, dit soudain Henrietta, comme si c'était à cela qu'elle pensait depuis tout à l'heure. Les gens m'évitent parce que je suis moi-même une adepte de l'évitement. En plus, ils me trouvent bizarre. Une femme n'est pas censée vivre seule dans la boue scanienne avec un grand chien à composer une musique que personne n'a envie d'écouter. Le fait que je sois encore mariée au type qui m'a abandonnée il y a vingt-quatre ans n'arrange rien, évidemment.

À sa voix, Linda devina sa désolation et son amertume implicite.

— À quoi travailles-tu en ce moment?

— Allons, ne te fatigue pas. Pourquoi es-tu venue? Tu es inquiète pour Anna?

— Je lui ai emprunté sa voiture. Mon grand-père habitait près d'ici. J'ai fait un tour jusqu'à son ancienne maison, puis je suis venue te voir. Une excursion. J'ai du mal à faire passer le temps.

— Avant d'endosser l'uniforme?

— Oui.

Henrietta disposa sur la table des tasses et un Thermos.

— Je ne comprends pas qu'une belle jeune fille comme toi choisisse de faire carrière dans la police. Pour moi, ces gens-là sont toujours mêlés à des bagarres. Une partie de ce pays se compose de gens qui passent leur temps à se taper dossus, et les policiers, du coup, passent le leur à tenter de les séparer.

Elle servit le café.

— Mais tu vas peut-être travailler dans un bureau...

— Je vais patrouiller à bord d'une voiture et je serai sûrement celle que tu imagines. Toujours prête à s'interposer.

Henrietta la regardait, le menton appuyé dans une main.

— Et c'est à ça que tu veux consacrer ta vie?

Linda se sentit agressée, comme si Henrietta cherchait à l'entraîner dans son amertume. Elle se défendit.

— Je ne suis pas une belle jeune fille. J'ai presque trente ans et j'ai un physique banal. En général, les garçons apprécient ma bouche et mes seins. Je les comprends – du moins dans les moments où je me supporte à peu près. Sinon, rien que de très ordinaire. Je n'ai jamais rêvé d'être Miss Suède. On peut aussi se demander comment on se débrouillerait s'il n'y avait pas de policiers. Mon père en est un. Je n'ai pas honte de lui.

Henrietta secoua la tête.

— Je ne voulais pas te blesser.

Linda était encore en colère. Elle voulait rendre à l'autre femme la monnaie de sa pièce, sans trop savoir en quoi avait consisté l'offense.

— Il m'a semblé entendre pleurer, quand je suis arrivée.

Henrietta sourit.

— C'est une bande-son. Une ébauche pour un requiem où je combine à la musique des enregistrements de gens qui pleurent.

— Je ne sais pas ce qu'est un requiem.

— Une messe pour les morts. Je n'écris pratiquement rien d'autre, ces temps-ci.

Henrietta se leva et s'approcha du grand piano à queue placé devant une fenêtre donnant sur les champs qui ondulaient jusqu'à la mer. Des magnétophones et une série de claviers et de tables de mixage étaient posés à côté. Henrietta enfonça une touche. Une femme pleurait. C'était la voix que

Linda avait entendue par la fenêtre. Sa curiosité s'éveilla pour de bon.

— Tu as enregistré des femmes pendant qu'elles pleuraient?

— Ça, c'est un extrait de film américain. Je prélève mes échantillons dans les vidéos que je regarde ou les programmes que j'entends à la radio. J'ai pour l'instant quarante-quatre pleurs différents. Ça va du nourrisson à une vieille femme que j'ai enregistrée en cachette dans un service de gériatrie. Si tu veux, tu peux laisser un spécimen de tes larmes pour mes archives.

— Non, merci.

Henrietta s'assit au piano et fit résonner quelques notes esseulées. Linda approcha. Henrietta leva les mains et plaqua un accord en enfonçant la pédale. La pièce s'emplit d'un son puissant qui décrût très lentement. Henrietta débarrassa un tabouret encombré de partitions, fit signe à Linda de s'asseoir et la dévisagea d'un air scrutateur.

— Pourquoi es-tu venue? Je n'ai jamais eu l'impression que tu m'appréciais tant que ça.

— Quand j'étais petite, je crois bien que j'avais peur de toi.

— De moi? Personne n'a peur de moi.

Oh! que si, pensa Linda très vite. Anna aussi, tu lui faisais peur. Elle en faisait des cauchemars, la nuit.

— Je suis venue comme ça, sur une impulsion. Ce n'était pas prémédité. Je me demande où est passée Anna. Mais je suis moins inquiète qu'hier. Tu as sûrement raison, elle doit être à Lund.

Elle hésita. Henrietta réagit aussitôt.

91

— Qu'est-ce que tu me caches ? Tu crois que j'ai des raisons de m'inquiéter ?

— Anna a cru voir son père dans la rue il y a deux jours. Mais ce n'était pas à moi de te le dire.

— C'est tout ?

— Ça ne suffit pas ?

Henrietta faisait jouer ses doigts distraitement à quelques millimètres des touches.

— Anna croit toujours voir son père dans la rue. Depuis qu'elle est petite.

La vigilance de Linda fut tout de suite en éveil. Anna ne lui avait jamais dit avoir vu son père. Si elle l'avait vu, elle le lui aurait dit. Pendant leurs années d'intimité, elles avaient partagé tout ce qui était important. Anna était une des rares personnes à connaître le secret de Linda, l'histoire du pont au-dessus de l'autoroute. Ce que disait à présent Henrietta ne pouvait tout simplement pas être vrai.

— Anna ne lâchera jamais cette corde glissante. Son espoir impossible qu'Erik reviendra. Qu'Erik est en vie.

Linda attendit la suite, mais rien ne vint.

— Pourquoi est-il parti ?

La réponse de Henrietta la surprit.

— Parce qu'il était déçu.

— De quoi ?

— De la vie. Il avait des ambitions démesurées quand il était jeune. C'est d'ailleurs avec ses rêves qu'il m'a séduite. Je n'avais jamais rencontré un homme qui racontait de telles merveilles. Il allait accomplir des choses décisives pour notre monde et notre époque. Il était taillé pour les grandes missions, il en était convaincu. Quand on s'est rencontrés, il avait seize ans et moi quinze. On peut penser que c'est tôt, mais moi, j'étais sous le charme. Les rêves jaillissaient de lui, il avait une force de vie incroyable. Il avait déjà décidé de se laisser jusqu'à ses vingt ans pour se livrer à des expériences et choisir son domaine d'élection. Serait-ce l'art, le sport, la politique, autre chose ? Il ne le savait pas. La vie, le monde étaient pour lui un système de cavernes inexplorées où il était le premier à se frayer un chemin. Je ne me rappelle pas qu'il ait jamais douté, avant ses vingt ans. Mais alors, soudain, il est devenu inquiet. Très agité. Jusque-là, il avait eu tout le temps. Il n'avait pas trouvé de sens définitif à sa vie. Il cherchait encore. Quand j'ai commencé à exiger qu'il participe à l'entretien de la famille, surtout après la naissance d'Anna, ça s'est mal passé. Il perdait facilement patience, criait, se mettait en colère, ce qui ne se produisait pas avant. C'est à cette époque qu'il s'est mis à fabriquer des sandales pour gagner un peu d'argent. Il était doué de ses mains. Il appelait ça les « sandales de la frivolité », sans doute pour protester contre le fait qu'il devait gaspiller une partie de son temps précieux dans l'optique méprisable de se faire payer. Je pense qu'il a commencé à préméditer sa disparition à ce moment-là. Je devrais peut-être parler de fuite. Ce n'est ni moi ni Anna qu'il fuyait, mais lui-même. Il croyait pouvoir s'évader de sa déception. Peut-être le pouvait-il. Je ne connaîtrai jamais la réponse. Il est parti du jour au lendemain. Je n'avais rien vu venir. C'est après seulement que j'ai compris avec quel soin il avait tout prévu. Rien à voir avec un coup de tête. Je peux lui pardonner d'avoir vendu ma voiture. Ce que je ne comprends pas, c'est comment il a pu abandonner Anna. Ils étaient si proches. Il l'adorait. Je n'ai jamais eu la même importance à ses yeux. Peut-être les premières années, quand je lui montrais que je supportais ses rêvasseries. Mais pas après la naissance d'Anna. Je ne comprends toujours pas comment il a été capable de faire ça. Comment la déception due à un rêve impossible peut-elle prendre une telle place qu'on abandonne l'être qu'on aime le plus? C'est sans doute ça qui l'a tué, ce qui a fait qu'il n'est jamais revenu...

— Je croyais que personne ne savait ce qu'il était devenu.

— Bien sûr qu'il est mort. Il a disparu depuis vingt-quatre ans! Où pourrait-il donc être?

— Anna a cru le voir à Malmö.

— Elle croit le voir à chaque coin de rue. J'ai essayé de la convaincre d'admettre la vérité. On ne sait pas ce qu'il a fait, ni l'une ni l'autre, comment il a géré sa déception. Mais il est mort maintenant. Ses rêves étaient trop grands pour lui.

Henrietta se tut. Le chien, dans son panier, poussa un long soupir.

— Que s'est-il passé, à ton avis?

— Je ne sais pas. J'ai essayé de le suivre, de l'apercevoir là où il était. Parfois il me semble le voir marcher le long d'une plage, dans une lumière solaire très forte. Je suis obligée de plisser les yeux pour distinguer sa silhouette. Soudain, il s'arrête. Il entre dans la mer. On ne voit plus que sa tête. Puis il disparaît.

Elle se remit à jouer sa musique fantôme, en effleurant à peine les touches.

94

— Je crois qu'il a laissé tomber. Quand il a compris que le rêve n'était rien d'autre que cela : un rêve, et que sa fille, qu'il avait abandonnée, était réelle. Mais il devait être trop tard. Il avait toujours mauvaise conscience, même s'il essayait de le cacher.

Henrietta referma brusquement le couvercle du piano et se leva.

— Un autre café ?

— Merci, non. Je vais y aller.

Henrietta paraissait soudain inquiète. Linda l'observa attentivement. Elle agrippa brusquement le bras de Linda et se mit à fredonner une mélodie qu'elle reconnut. Sa voix passait d'un registre aigu incontrôlé à une douceur pleine de justesse.

— Tu as déjà entendu cette chanson ?

— Oui. Comment s'appelle-t-elle ?

— *Buona Sera*.

— C'est de l'espagnol ?

— De l'italien. Ça veut dire bonsoir. C'était une chanson très populaire dans les années 1950. Il arrive souvent que les gens aujourd'hui empruntent, volent ou vandalisent des musiques anciennes. On fait de la pop avec Bach. Moi, je fais l'inverse. Je prends *Buona Sera* et je la transforme en musique classique.

— C'est possible ?

— Je déconstruis, je change le rythme, j'échange les guitares contre des violons. Je fais une symphonie à partir d'une chanson banale qui dure à peine trois minutes. Quand elle sera terminée, je te la jouerai. Les gens vont enfin comprendre ce que j'essaie de faire depuis toutes ces années.

Henrietta l'accompagna dehors. Le chien les suivit. Le chat avait disparu.

— Tu reviendras me voir ?

Linda le lui promit. Elle traversa le bois dans l'autre sens et reprit la voiture d'Anna. Des nuages orageux étaient massés au-dessus de la mer, vers Bornholm. Linda se rangea sur le bas-côté et sortit. Elle avait envie de fumer. Elle avait arrêté trois ans plus tôt. Mais l'envie la reprenait parfois. De plus en plus rarement.

Il y a des choses que les mères ignorent au sujet de leurs filles. Par exemple, Henrietta ne sait pas à quel point Anna et moi étions proches. Si elle l'avait su, elle n'aurait jamais prétendu qu'Anna croyait sans cesse reconnaître son père dans la rue. Anna me l'aurait dit. S'il y a un truc dont je suis sûre, c'est celui-là.

Elle regarda les nuages noirs qui approchaient.

Il n'y avait qu'une explication. Henrietta ne disait pas la vérité au sujet de sa fille et du père disparu.

10

À cinq heures du matin, elle remonta le store de sa chambre. Le thermomètre extérieur indiquait neuf degrés. Le ciel était dégagé, le fanion de la cour pendait, immobile. Journée parfaite pour une expédition. Elle avait tout préparé la veille au soir. Elle quitta son immeuble, situé en face de l'ancienne gare ferroviaire de Skurup. Dans la cour, elle dézippa la housse sur mesure qui protégeait sa vespa. Elle l'avait si bien entretenue, depuis bientôt quarante ans, qu'elle était encore en très bon état. La réputation de sa vespa s'était étendue jusqu'au fabricant italien, qui lui avait plusieurs fois demandé de la céder au musée de l'usine, en échange d'une vespa neuve et gratuite chaque année pour le restant de ses jours. Elle avait toujours refusé, de plus en plus sèchement au fil des ans. La vespa qu'elle avait achetée à l'âge de vingt-deux ans la suivrait jusqu'à la fin. Ce qui arriverait ensuite lui était égal. L'un ou l'autre de ses quatre petits-enfants s'y intéresserait peut-être. Pour sa part, elle n'avait pas l'intention de rédiger un testament dans l'unique but de s'assurer que la vieille vespa tombe entre de bonnes mains. Elle sangla le sac à dos sur le porte-bagages, enfila son casque et enfonça la pédale d'embrayage. La vespa réagit au quart de tour.

Le bourg était silencieux et désert à cette heure de la matinée. Ça sent l'automne, pensa-t-elle en longeant la voie de chemin de fer, puis la pépinière située en bordure de la route reliant Ystad à Malmö. Elle fit bien attention en traversant et prit ensuite vers le nord, en direction de la crête de Rommele. Son but était la forêt comprise entre le lac de Ledsjön et le château de Rannesholm. Une des plus importantes zones forestières protégées de ce coin de Scanie. Elle n'avait jamais été éclaircie, ce qui la rendait à certains endroits quasi impénétrable. Le propriétaire du château de Rannesholm, courtier en Bourse de son métier, avait décidé que la vieille forêt resterait intacte.

Elle mit une bonne demi-heure pour parvenir au

petit parking situé en bordure du lac. Elle dissimula la vespa dans les fourrés derrière un grand chêne. Une voiture passa là-haut, sur la route. Le silence retomba.

Elle endossa son sac, prête à éprouver, dès qu'elle aurait fait quelques pas, la profonde satisfaction de s'être rendue une fois de plus invisible. Existait-il expression plus forte de l'autonomie humaine? Oser franchir le fossé, oser s'enfoncer dans la forêt originelle, oser disparaître aux regards et, ainsi, cesser d'être.

Plus jeune, elle pensait parfois que son occupation n'était pas que ce qu'elle imaginait. Ce n'était pas une force mais une faiblesse, l'effet d'une amertume tapie en elle, dont elle ne connaissait ni la nature ni la raison. Son frère aîné, Håkan, lui avait enseigné qu'il y avait deux sortes d'humains : ceux qui choisissaient la ligne droite, la plus courte, la plus rapide, et les autres, qui cherchaient le détour ouvrant sur l'imprévu, les courbes et les dénivelés. Enfants, ils avaient joué dans les forêts d'Älmhult. Puis, après que leur père monteur se fut blessé en chutant d'un poteau téléphonique, ils avaient déménagé en Scanie car sa mère avait trouvé du travail à l'hôpital d'Ystad. Pour elle, qui entrait alors dans l'adolescence, il existait des choses plus importantes que les courbes et les détours. Ce fut au moment de s'inscrire à l'université à Lund, sans aucune idée de ce qu'elle allait faire de sa vie, que les images de l'enfance revinrent. Son frère Håkan avait choisi un métier où l'on considérait les routes d'une tout autre manière. Il s'était engagé comme matelot sur plusieurs navires avant de faire l'école navale. Ses routes à lui étaient désormais les passes et les chenaux et il écrivait à l'occasion des lettres où il racontait à sa sœur la beauté de la navigation de nuit sur des mers qui paraissaient sans fin. Elle était pleine d'envie ; en même temps, il la stimulait.

Un jour d'automne, au cours de sa première et difficile année de fac – elle avait choisi le droit, faute de mieux –, elle était partie à vélo sur la route de Staffanstorp et avait emprunté au hasard un chemin de traverse, qu'elle avait suivi jusqu'aux ruines d'un vieux moulin. La pensée lui était venue à ce moment-là. Avec la fulgurance d'un éclair illuminant sa conscience. Qu'est-ce qu'un chemin ? Pourquoi contourne-t-il un arbre ou un rocher par la gauche plutôt que par la droite ? Qui l'a emprunté pour la première fois, et quand ?

Le regard comme aimanté par le ruban qui se déroulait devant ses pieds, elle comprit ce jour-là quelle serait sa mission. Devenir l'analyste et la protectrice des chemins de Suède. Être celle qui écrirait l'*Histoire du chemin suédois*. Elle retourna à son vélo en courant. Le lendemain, elle arrêtait son droit et commençait des études d'histoire et de géographie culturelle. Elle tomba par chance sur un professeur capable de reconnaître qu'elle avait découvert un champ d'investigation non répertorié. Il prit note de son enthousiasme et lui apporta son soutien.

Le sentier sinuait doucement en fonction du tracé du lac. Les arbres étaient hauts et cachaient le soleil. Une fois, elle était allée en Amazonie et elle avait marché dans la vapeur de la forêt tropicale. Elle avait eu la sensation d'entrer dans une gigantesque cathédrale où les feuillages filtraient la lumière comme des vitraux. Cette sensation lui revenait en partie maintenant, au bord du lac de Ledsjön.

Ce chemin précis, elle l'avait cartographié depuis longtemps : un sentier de randonnée ordinaire, dont l'histoire remontait aux années 1930, du temps où Rannesholm appartenait encore à la famille Haverman. Le comte Gustav Haverman était un sportif enthousiaste ; il avait débroussaillé les abords du lac et donné naissance au chemin sur lequel elle marchait. Mais plus loin, pensa-t-elle, au cœur de cette forêt remarquable, là où les autres ne distinguent que mousse et cailloux, je vais bifurquer vers le sentier que j'ai découvert il y a quelques jours. J'ignore où il mène. Rien n'est plus attirant, plus magique que d'emprunter un nouveau sentier pour la première fois. J'ai encore l'espoir de découvrir un jour le sentier qui se révélera être une pure œuvre d'art, un sentier sans but, un sentier créé uniquement afin d'être là.

Parvenue au sommet d'une petite côte, elle s'arrêta quelques instants pour souffler. Le lac scintillait entre les arbres. Elle avait soixante-trois ans. Elle en demandait encore cinq. Cinq ans pour finir d'écrire son grand œuvre, l'*Histoire du chemin suédois*, le livre qui montrerait à tous qu'il existait peu de vestiges aussi révélateurs des communautés antérieures et des populations anciennes. Les chemins ne servaient pas seulement à être foulés. Il y avait, et elle allait le prouver, des aspects philosophiques et religieux dans la façon dont les chemins quadrillaient le paysage. Elle avait déjà publié à ce sujet plusieurs études modestes, le plus souvent régionales. L'œuvre maîtresse restait à achever.

Elle se remit en marche en laissant libre cours à ses pensées, comme toujours quand elle abordait pour la première fois un sentier inconnu. Elle lâchait sa réflexion, comme elle aurait ôté sa laisse à un chien. Ensuite, quand le travail commençait, elle devenait elle-même le chien qui, tous les sens en alerte, tentait d'en déchiffrer un à un les secrets. Beaucoup de gens, elle le savait, la prenaient pour une folle. Ses deux enfants s'étaient souvent demandé ce que fabriquait leur mère au juste. Mais son mari, décédé un an plus tôt, s'était montré compréhensif. Même si, au fond de lui, il devait parfois se dire qu'il avait choisi une femme surprenante. Elle était seule désormais ; dans sa famille, il n'y avait guère que Håkan qui la comprenait. Il partageait sa fascination pour les voies les plus étroites de l'humanité, ces chemins qui serpentaient à travers le monde.

Elle s'arrêta de nouveau. Un œil non exercé n'aurait vu aucune rupture dans la continuité d'herbe et de mousse au bord du sentier. Mais elle avait remarqué, à cet endroit, l'embranchement d'un sentier plus petit, qui n'avait pas servi depuis fort longtemps. Avant de s'enfoncer entre les arbres, elle se laissa glisser avec précaution jusqu'au bord du lac, s'assit sur une pierre et dévissa son thermos. Un couple de cygnes apparut en glissant sans bruit sur la surface lisse. Elle but son café au soleil et ferma les yeux. Je suis une femme heureuse. Je n'ai jamais fait que ce dont je rêvais. Je me souviens d'une fois, petite, j'avais emprunté à Håkan un de ses livres d'Indiens, qui s'intitulait *Le Découvreur de sentiers*.

101

C'est devenu ma vie. Voilà ce que j'ai fait : déchiffrer les sentiers, comme d'autres les pierres runiques.

Elle rangea son thermos et rinça sa tasse dans l'eau trouble. Les cygnes avaient disparu. Elle escalada le talus en faisant attention à l'endroit où elle mettait les pieds. Un an plus tôt, elle s'était fracturé la cheville en trébuchant quelque part au sud de Brösarp. L'accident l'avait contrainte à un long temps de repos. C'était difficile. Même si elle avait son livre à écrire, l'immobilité l'exaspérait. Son mari venait de mourir. Il s'était toujours occupé de la maison. Elle avait alors pris la décision de vendre la maison de Rydsgård. Et elle avait emménagé dans le petit appartement de Skurup.

Repoussant quelques branches basses, elle s'engagea sur le sentier inconnu. Elle pensait vaguement à une histoire entendue à propos d'une *clairière que seul peut trouver celui qui s'est égaré.* Pour moi, pensa-t-elle, c'est une image du Grand Secret. Pour peu qu'on accepte de se perdre, l'inattendu est au rendez-vous. Pour peu qu'on ose se fier au détour, on fait des découvertes que ne soupçonneraient jamais ceux qui s'en tiennent aux autoroutes. Je cherche les sentiers perdus, qui attendent d'être tirés de leur sommeil. Les maisons abandonnées ne vont pas bien. Pareil pour les sentiers. Si on ne les fréquente pas, ils meurent.

Elle était parvenue au cœur de la forêt. Elle s'arrêta, écouta. Bruit de branche cassée. Puis le silence. Soudain, un oiseau s'envola. Elle se remit en marche. La découvreuse de sentiers avançait très lentement, pas à pas. Le tracé était invisible. Mais elle percevait ses contours sous la mousse, l'herbe, les branches tombées.

La déception la gagna peu à peu. Elle qui croyait avoir peut-être enfin découvert la suite du vieux chemin de pèlerinage qu'elle savait exister près du lac de Ledsjön, elle devait se rendre à l'évidence. Ce n'était pas celui-ci. Au nord de la crête de Rommele, on pouvait le suivre. Autour du lac, il disparaissait. Personne n'avait retrouvé sa trace, jusqu'à l'endroit où il émergeait de nouveau, au nord-ouest de Sturup. Elle avait songé parfois que les pèlerins du temps jadis s'étaient peut-être creusé un tunnel, et qu'il fallait donc chercher plutôt un trou dans le sol. Or les pèlerins ne creusaient pas de galeries ; ils suivaient une piste. Et elle ne l'avait pas trouvée. Ce sentier représentait donc un grand espoir. Mais après cent mètres à peine, elle acquit la conviction qu'il était récent. Dix ans, peut-être vingt. Pourquoi l'avait-on abandonné ? Elle le découvrirait en arrivant au bout. Elle était vraiment au cœur de la forêt ; son cœur le plus touffu, le plus inaccessible.

Soudain, elle s'immobilisa. Un objet à ses pieds, quelle surprise. Elle s'accroupit et gratta un peu de mousse avec l'ongle. Un objet blanc. Elle le ramassa. Une plume. Une palombe, peut-être. Y en avait-il de blanches par ici ? N'étaient-elles pas plutôt brunes, ou bleues ? Elle se redressa et examina attentivement sa trouvaille. Une plume de cygne. Que faisait-elle là ? Les cygnes sont capables de marcher. Mais ils n'empruntent pas de sentiers inconnus en pleine forêt.

Elle se remit en mouvement. Quelques mètres plus loin, une nouvelle surprise l'immobilisa. Le sol était piétiné. Quelqu'un était passé par là très récemment. D'où venait donc ce quelqu'un? Elle retourna sur ses pas, chercha une dizaine de minutes, et comprit qu'il ou elle avait émergé du sous-bois au niveau où elle avait repéré ses empreintes. Elle reprit sa marche, avec prudence. Sa curiosité était moindre maintenant que le mystère des pèlerins se révélait toujours entier. Ce sentier n'était qu'une ramification, peut-être aménagée du temps du sportif Haverman, puis tombée en désuétude. Les empreintes de pas qui la précédaient pouvaient appartenir à un chasseur.

Elle les suivit sur une centaine de mètres jusqu'à un ravin, une faille couverte d'arbustes et de broussailles, au fond de laquelle empreintes et sentier disparaissaient. Elle posa son sac, après avoir rangé la lampe torche dans la poche de sa veste, et se laissa glisser avec précaution dans la pente en s'accrochant aux buissons. Parvenue en bas, elle voulut écarter une branche et s'aperçut qu'elle avait été sciée. Elle fronça les sourcils, écarta une autre branche. Sciée elle aussi. Ou coupée à la hache. Quelque chose, au fond de ce ravin, était délibérément soustrait au regard. Jeux de gamins, pensa-t-elle. Nous aussi, avec Håkan, on construisait des cabanes. Elle continua d'écarter des branches et découvrit effectivement une cabane. Mais elle était d'une taille impressionnante pour un jeu d'enfant. Soudain, elle se rappela un article que lui avait montré Håkan bien des années plus tôt dans une revue. Un cambrioleur récidiviste, qui portait le surnom remarquable et attirant de «Bengtsson l'ange de beauté», s'était installé dans une grande cabane en pleine forêt, où un promeneur égaré l'avait découvert par hasard.

Elle s'approcha. La cabane était en planches avec un toit de tôle ; adossée à la paroi du ravin ; pas de cheminée. Elle tâta la poignée. La porte n'était pas fermée à clé. Elle frappa, consciente de son propre ridicule. S'il y avait quelqu'un, il ou elle l'avait forcément entendue. Elle était de plus en plus perplexe. Qui pouvait bien se cacher dans la forêt de Rannesholm ?

Quand le signal d'alarme interne se déclencha, elle le repoussa. Elle n'était pas peureuse. Plusieurs fois, elle avait croisé des types désagréables sur des sentiers isolés. Si par hasard elle prenait peur, elle le dissimulait bien. Il ne lui était jamais arrivé quoi que ce soit, et il ne lui arriverait rien aujourd'hui. Puis elle pensa que le bon sens lui soufflait tout autre chose. Si quelqu'un se cachait en effet dans cette cabane, il avait sûrement d'excellentes raisons. Elle devait partir de cet endroit. Pourtant elle avait du mal à s'en arracher. Le sentier avait bien un but. Personne, à moins de posséder son regard aigu, ne l'aurait repéré. Mais l'occupant de la cabane l'avait rejoint par une autre direction. Voilà l'énigme. Le chemin qu'elle avait découvert était-il une simple issue de secours, comme on en voit aux tanières des renards, pour quitter le ravin ? Ou bien avait-il une fonction antérieure ? Sa curiosité prit le dessus.

Elle ouvrit la porte. Deux minuscules ouvertures laissaient à peine filtrer la lumière. Elle alluma sa torche. Le faisceau erra le long des murs, sur un lit placé contre la paroi, une petite table, une chaise, deux lampes à pétrole, un camping-gaz. Elle essaya de raisonner. Cette cabane était-elle utilisée ? Elle tâta le drap. Il n'était pas humide. On a dormi récemment

105

dans ce lit. La cabane a servi au moins jusqu'à ces derniers jours. Elle eut de nouveau l'impulsion de déguerpir. Le maître des lieux, quel qu'il soit, n'appréciait sans doute pas les visites impromptues.

Elle allait ressortir quand le faisceau de la torche éclaira un livre posé sur le sol en terre battue. Elle se pencha. C'était une bible. Elle la ramassa et l'ouvrit. Un nom était inscrit sur la page de garde. Mais il avait été biffé. Le livre avait été lu et relu, certaines pages étaient déchirées. Plusieurs versets avaient été soulignés. Elle le reposa avec précaution au même endroit, près du lit. Quand elle éteignit sa lampe, elle perçut tout de suite le changement. La lumière était plus forte. Elle ne tombait plus seulement des lucarnes. Quelqu'un avait dû ouvrir la porte. Elle fit volte-face. Trop tard. Une griffe de fauve s'abattit sur son visage, et elle sombra au fond d'une nuit qui n'avait pas de fin.

11

Après la visite chez Henrietta, Linda attendit longtemps le retour de son père. Quand il ouvrit doucement la porte à deux heures du matin, elle s'était endormie sur le canapé, une couverture remontée au-dessus de sa tête. Quelques heures plus tard, elle fut brutalement tirée d'un cauchemar où elle était sur le point de mourir asphyxiée. Des ronflements sonores traversaient l'appartement. Elle entra dans la chambre, où la lampe brûlait encore, et contempla son père. Il était étendu sur le dos de tout son long, entortillé dans le drap. On aurait dit un gros morse vautré sur un rocher. Entre deux ronflements, elle se pencha sur lui. Il sentait l'alcool.

Elle essaya de deviner l'identité de son compagnon de beuverie. Le pantalon abandonné par terre était boueux. Il était allé à la campagne. Chez son vieux pote Sten Widén. Ils ont vidé une bouteille de gnôle aux écuries.

Linda sortit de la chambre avec l'envie de le réveiller et de lui demander des comptes. Mais lesquels? Sten Widén était un de ses plus vieux amis. Il était très malade. Dans les instants très solennels, son père avait l'habitude de parler de lui-même à la troisième personne. Quand Sten mourra, Kurt Wallander sera un type seul, avait-il dit un jour. Maintenant, Sten Widén était atteint d'un cancer du poumon. Linda connaissait par cœur l'histoire étonnante de la vente du haras situé à côté des ruines de la forteresse de Stjärnsund, où Sten Widén avait toute sa vie entraîné les chevaux de course hérités de son père. Il avait déjà vendu ses chevaux, les papiers étaient signés, le nouveau propriétaire était sur le point d'emménager quand Sten avait brusquement changé d'avis. Wallander lui avait alors parlé de la clause spéciale qui lui permettait de se rétracter. Sten avait racheté quelques chevaux. Puis il y avait eu la découverte de sa maladie. Une année de sursis s'était déjà écoulée. Il allait à présent se débarrasser des nouveaux chevaux ; il avait sa place réservée dans un hospice pour malades en fin de vie, près de Malmö. Il allait terminer ses jours là-bas. Le haras serait vendu une fois de plus. Cette fois, il ne se rétracterait pas.

Linda se déshabilla et se coucha. Presque cinq heures du matin. Tout en regardant le plafond, elle s'aperçut qu'elle avait mauvaise conscience. Je n'accorde pas à mon père le droit de se saouler la gueule avec son copain qui va bientôt mourir. Qu'est-ce que je sais, moi, de ce dont ils parlent, de l'importance qu'ils ont l'un pour l'autre ? J'ai toujours imaginé que mon père était un bon ami pour ses amis. Ce qui implique par exemple le fait de passer la nuit ensemble dans une écurie. Elle faillit se lever et aller le réveiller pour lui demander pardon. Ce n'était que justice. D'un autre côté, ça ne ferait que l'énerver, que je le dérange. D'ailleurs il est de congé aujourd'hui, on a dit qu'on ferait peut-être un truc ensemble.

Elle eut une pensée pour Henrietta, qui à l'évidence ne disait pas toute la vérité. Savait-elle où était Anna ? Y avait-il autre chose qu'elle hésitait à exprimer ? Linda se roula en boule et songea, au bord de l'endormissement, que la présence d'un petit ami n'allait pas tarder à lui manquer, de nuit comme de jour. Mais où vais-je trouver un petit ami à Ystad ? J'ai perdu l'habitude de prendre au sérieux un type qui m'explique qu'il m'aime avec l'accent de Scanie. Elle repoussa ces pensées, aplatit son oreiller et s'endormit.

À neuf heures, sentant qu'on la secouait, Linda sursauta – ça y est, j'ai trop dormi – et découvrit son père, qui n'avait pas du tout l'air d'avoir la gueule de bois. Il était habillé de pied en cap ; il s'était même peigné pour une fois.

— Petit déjeuner ! Le temps presse, la vie nous échappe.

Linda se doucha, s'habilla et alla dans la cuisine, où elle le trouva en train de faire une patience.

— Tu étais chez Sten Widén hier soir ?

— Exact.

— Je crois que vous avez pas mal bu.

— Erreur. On a bu dix fois trop.

— Comment es-tu rentré ?

— Taxi.

— Comment allait-il ?

— J'espère que j'aurai son courage le jour où on m'annoncera que mon temps est épuisé. D'après Sten, on a droit à un certain nombre de courses dans la vie. Puis c'est fini. Tout ce qu'on peut faire, c'est essayer d'en gagner le plus possible.

— Il a mal ?

— Sûrement. Mais il n'en montre rien. Il est comme Rydberg.

— Qui ça ?

— Evert Rydberg. Un vieux policier d'ici, qui avait une tache de naissance sur la joue. Tu ne te souviens pas de lui ?

— Si, peut-être.

— C'est lui qui m'a appris le métier, quand j'étais jeune et que je ne comprenais rien à rien. Il est mort beaucoup trop tôt, lui aussi. Jamais une plainte, rien du tout. Comme Sten, il a accepté de quitter le champ de courses le moment venu.

— Et moi ? Qui va m'apprendre tout ce que je ne comprends pas ?

— Je croyais que Martinsson était ton référent.

— Il est bien ?

— C'est un excellent policier.

— Je n'ai pas vraiment de souvenir de Rydberg. De Martinsson, oui. Je ne sais pas combien de fois tu es rentré en colère à cause d'un truc qu'il avait fait ou qu'il n'avait pas fait, ou qu'il aurait dû faire autrement.

Son père renonça à sa patience et ramassa les cartes.

— Rydberg m'a tout appris. Et moi, j'ai transmis le nécessaire à Martinsson. Évidemment qu'il m'énervait. Par sa lenteur surtout. Mais une fois que c'est rentré, chez lui, c'est gravé pour toujours.

— Autrement dit, c'est indirectement toi, mon mentor.

Il se leva.

— «Mentor», je ne sais pas ce que c'est. Enfile ta veste, on y va.

Elle fut surprise. Avaient-ils décidé ensemble un truc qu'elle aurait oublié ?

— On avait décidé quelque chose ?

— Non, juste qu'on sortirait. C'est ce qu'on va faire. La journée s'annonce belle. On a à peine le temps de dire ouf que le brouillard descend sur l'existence. Je déteste le brouillard d'ici. Il me rentre dans le cerveau. Je ne peux pas réfléchir quand tout n'est que brume et nuages gris. Mais tu as raison, on a un but.

Il se rassit et se versa les dernières gouttes de café avant de poursuivre :

— Hansson. Tu te souviens de lui ?

— Non.

— Un collègue. Je crois bien qu'il a disparu de la circulation quand tu étais petite. Il est revenu l'année dernière. Bref, on me dit qu'il a l'intention de vendre la maison familiale, près de Tomelilla. Sa mère est morte depuis longtemps. Mais son père a vécu jusqu'à cent un ans. D'après Hansson, il est resté jusqu'à la dernière seconde aussi vif et méchant qu'il l'avait toujours été. Quoi qu'il en soit, la maison va être vendue. Je pensais y jeter un coup d'œil. Si Hansson n'a pas exagéré, c'est peut-être celle que je cherche.

Ils quittèrent la ville en voiture. Il faisait chaud, malgré le vent. Ils dépassèrent une caravane de voitures anciennes briquées avec amour. Linda surprit son père en lui citant de visu la plupart des marques.

— D'où te vient cette science?

— Mon dernier petit ami. Magnus.

— Je croyais qu'il s'appelait Ludwig.

— Tu ne suis pas le rythme. D'ailleurs, Tomelilla, ça ne me dit rien qui vaille. Je croyais que tu voulais vieillir face à la mer, sur un banc, en caressant la tête de ton chien.

— Je n'ai pas l'argent qu'il faut pour une vue sur la mer. Je dois me contenter du deuxième choix.

— Emprunte à maman. Son mari l'assureur est très riche.

— Jamais de la vie.

— Je peux te prêter de l'argent.

— Jamais de la vie.

— Dans ce cas, pas de vue sur la mer.

Elle lui jeta un regard oblique. Était-il fâché? Impossible à dire. Elle songea soudain qu'ils avaient cela en commun : des irritations subites, une propension malheureuse à se vexer pour presque rien. Les distances varient entre lui et moi. Parfois on est très proches, puis brusquement on voit s'ouvrir des abîmes qui nous obligent ensuite à construire des ponts, pas très solides mais tout de même capables, la plupart du temps, de nous relier une fois de plus.

Il sortit de sa poche une feuille de papier pliée en quatre.

— Itinéraire, annonça-t-il. Dirige-moi. On sera bientôt au rond-point dessiné en haut de la feuille, où on devra prendre la direction de Kristianstad. Après, tu me guides.

— Je vais t'égarer, te faire passer la frontière du Småland en douce. Tingsryd, qu'en dis-tu ? L'endroit d'où nul ne revient.

La maison des parents de Hansson était située sur une jolie colline entourée de forêts, de champs et de terres spongieuses. Un milan planait, immobile dans les airs. Il y avait un vieux verger derrière la maison. L'herbe n'avait pas été coupée depuis longtemps, les murs chaulés, décatis, étaient couverts d'un enchevêtrement de rosiers grimpants dont les branches se cassaient. On entendait au loin le bruit irrégulier d'un tracteur. Linda s'assit sur un vieux banc en pierre entre deux cassissiers et contempla son père qui, les yeux plissés, examinait le toit, tâtait les gouttières et essayait de regarder par les fenêtres. Il contourna la maison et disparut. Linda repensa à Henrietta. Avec le recul, l'impression intuitive devenait certitude. Henrietta ne lui avait pas dit la vérité concernant sa fille. Linda prit son portable et fit le numéro d'Anna. Après quelques sonneries, le répondeur se déclencha. Linda ne laissa aucun message, éteignit le portable, se leva et rejoignit son père de l'autre côté. Elle le trouva en train d'actionner une pompe grinçante. De l'eau marron gicla dans une bassine rouillée. Il secoua la tête.

— Si j'avais pu prendre la maison sur mon dos et la déposer au bord de la mer, je n'aurais pas hésité. Mais il y a trop de forêts par ici.

— Tu devrais t'acheter un mobile home. Tu pourrais le caser n'importe où. Tout le monde te proposerait un bout de terrain.

— Et pourquoi donc?

— Tout le monde est content d'avoir un flic gratuit à demeure.

Il fit la grimace, vida la bassine et se dirigea vers la route. Linda le suivit. Il ne se retournera même pas. Il a déjà oublié cette maison.

Dans la voiture, Wallander ne remit pas le contact. Linda suivit des yeux le milan qui glissait par-dessus les champs avant de disparaître à l'horizon. Il se tourna vers elle.

— Que veux-tu faire?

Linda pensait à Anna. Elle devait faire part à son père de son inquiétude.

— J'ai besoin de parler. Mais pas ici.

— Alors j'ai une idée. On va aller quelque part.

— Où?

— Tu verras.

Il prit vers le sud, emprunta la route de Malmö avant de bifurquer en direction de Kadesjö. Il y avait une forêt là-bas, une des plus belles que connaissait Linda. Elle avait déjà deviné que c'était là qu'il l'emmenait. Ils s'y étaient souvent promenés ensemble, surtout à l'époque de ses dix, onze ans, avant l'adolescence. Elle avait aussi un vague souvenir d'y être allée une fois avec sa mère. Mais elle ne voyait pas la famille au complet.

Ils laissèrent la voiture à côté d'un tas de rondins. Les troncs épais embaumaient le bois coupé. Ils prirent le chemin qui s'enfonçait dans la forêt vers l'étonnante statue de tôle érigée à la mémoire d'une possible visite du roi Charles XII à Kadesjö. Linda allait parler d'Anna lorsque son père leva la main. Ils étaient parvenus à une petite clairière.

— Voici mon cimetière. Mon véritable cimetière.

— Que veux-tu dire ?

— Je te dévoile un grand secret. Un de mes plus grands secrets peut-être. Demain je le regretterai sans doute. Ces arbres que tu vois appartiennent à chacun de mes amis morts. Mon père y est. Ma mère aussi, toute la famille, tous les ancêtres.

Il désigna un jeune chêne.

— J'ai donné cet arbre à Stefan Fredman. L'Indien désespéré. Lui aussi fait partie de mes morts.

— Et celle dont tu parlais l'autre jour ?

— Yvonne Ander ? Là-bas.

Il montra un deuxième chêne qui déployait une frondaison majestueuse.

— Je suis venu ici quelques semaines après la mort de papa. J'avais complètement perdu pied. Toi, tu étais beaucoup plus forte. J'étais au commissariat, occupé à démêler une sale histoire de coups et blessures. Ironie du sort, c'était un jeune homme qui avait presque réussi à trucider son père avec une masse. Ce garçon ne faisait que mentir.

114

Brusquement, j'en ai eu plus qu'assez. J'ai arrêté l'interrogatoire et je suis venu ici. J'avais emprunté une voiture de service et mis la sirène, juste pour quitter la ville plus vite, ça a fait des histoires après. Bref, je suis arrivé ici, et soudain j'ai eu le sentiment que ces arbres étaient les tombes de mes morts. C'était là, pas au cimetière, que je devais aller si je voulais les revoir. Je ressens un calme que je n'éprouve nulle part ailleurs. Là, je peux embrasser mes morts sans qu'ils me voient.

— Je ne vais pas trahir ton secret. Merci de me l'avoir confié.

Ils s'attardèrent parmi les arbres. Linda ne voulait pas demander quel était celui de son grand-père. Sans doute le chêne costaud qui poussait tout seul là-bas, un peu à l'écart des autres.

Le soleil filtrait à travers les feuilles. Mais le vent s'était levé, faisant tout de suite chuter la température. Linda prit son élan et lui parla de Henrietta qui ne disait pas la vérité, et de son propre sentiment qu'il était malgré tout arrivé quelque chose à Anna.

— Tu peux faire une bêtise et me traiter d'hystérique. Ça me mettra en colère. Mais si tu crois que je me trompe, et si tu m'expliques pourquoi, je t'écouterai.

— Tu découvriras qu'il existe une vérité fondamentale dans ce métier. L'inexplicable ne se produit presque jamais. En tant que policier, tu apprends à distinguer l'inexplicable de l'inattendu. L'inattendu peut être impossible à deviner tant qu'on ne te fournit pas l'explication, mais pour autant, il est parfaitement logique. C'est quasiment toujours le cas des disparitions. Tu t'inquiètes pour Anna, c'est normal.

115

Mais mon expérience me dit que tu dois faire usage de l'unique vertu dont peut s'enorgueillir un policier.

— La patience ?

— Précisément. La patience.

— Combien de temps ?

— Quelques jours. D'ici là, elle aura certainement reparu. Ou, du moins, donné de ses nouvelles.

— Je suis certaine que sa mère m'a menti.

— Mona et moi n'étions pas toujours fidèles à la vérité quand nous parlions de toi.

— Je vais patienter. Mais je sens qu'il y a un lézard.

Ils retournèrent à la voiture. Il était treize heures passées. Linda proposa de déjeuner. Ils allèrent au restaurant de bord de route qui portait le nom étrange de *Fars Hatt* – le chapeau de mon père. Kurt Wallander avait le vague souvenir d'y avoir mangé une fois avec son père et de s'être disputé violemment avec lui à cette occasion. Mais il ne se rappelait pas le sujet.

— «Auberges où je me suis disputé», commenta Linda. On pourrait dresser une liste de ce genre. Vous aviez encore dû évoquer ton choix de carrière. Dans mon souvenir, vous ne vous disputiez pas pour autre chose.

— Tu n'imagines pas. On n'était d'accord sur rien. Deux petits garçons butés qui refusent de grandir et qui jouent éternellement à se mettre en colère. Si j'arrivais cinq minutes en retard à un rendez-vous, il m'accusait de le négliger. Il était capable d'avancer les aiguilles de sa montre pour pouvoir prétendre que j'avais encore traîné. Il était infernal.

Ils en étaient aux cafés quand un portable bourdonna. Linda sortit le sien, mais c'était apparemment son père qu'on cherchait à joindre ; les deux appareils avaient la même sonnerie. Il écouta, posa quelques questions brèves, griffonna trois mots au dos de l'addition qu'on venait de leur apporter et raccrocha.

— C'était à quel sujet ?

— Une disparition.

Il posa l'argent sur la table, plia la note et la mit dans sa poche.

— Qu'est-ce qu'on fait ? Qui a disparu ?

— On rentre à Ystad. Mais d'abord, on va faire un crochet par Skurup. La personne disparue est une veuve du nom de Birgitta Medberg. Sa fille est persuadée que c'est grave.

— Comment a-t-elle disparu ?

— Sa fille n'avait pas l'air de le savoir. Si j'ai bien compris, il s'agit d'une chercheuse, qui écrit des livres sur de vieux sentiers qu'elle découvre dans les forêts. Drôle d'occupation.

— Peut-être s'est-elle perdue dans une forêt ?

— C'est bien mon idée. On en aura bientôt le cœur net.

Ils partirent vers Skurup. Le vent avait forci. Il était quinze heures et neuf minutes, le mercredi 29 août.

12

La maison était en briques, à deux étages. Typiquement suédoise, pensa Linda. Où qu'on aille dans ce pays, les composants du paysage sont

117

interchangeables. Une petite place à Västerås ou à Örebro, une maison à Skurup ou à Sollentuna. Si on les permutait, personne ne verrait la différence.

— As-tu déjà vu cette maison? demanda-t-elle quand ils furent sortis de la voiture et que son père se débattait avec la serrure de sa portière.

Il leva la tête.

— Elle ressemble à celle où tu habitais à Sollentuna avant d'emménager dans le foyer d'étudiants de l'école de police, dit-il.

— Quelle mémoire. Je fais quoi maintenant?

— Tu m'accompagnes. Considère ça comme un entraînement.

— N'est-ce pas contraire au règlement? Présence indue de tiers pendant un interrogatoire ou je ne sais quoi.

— Ce n'est pas un interrogatoire, mais une conversation destinée avant tout à rassurer quelqu'un qui s'inquiète peut-être pour rien.

— Quand même.

— Rien du tout. J'enfreins le règlement depuis que j'exerce ce métier. Martinsson a calculé que, si on additionnait les infractions, j'en aurais pour quatre ans de prison. Mais ça ne compte pas, tant que je fais mon boulot. C'est un des rares points sur lesquels on est d'accord, Nyberg et moi.

— Nyberg? Le technicien?

— À ma connaissance, on n'a pas d'autre Nyberg à Ystad. Il part bientôt à la retraite, et personne ne le regrettera. Ou alors ce sera le contraire, tout le monde aura la nostalgie de son sale caractère.

Ils traversèrent la rue. Le vent faisait tourbillonner des détritus. Devant l'immeuble, ils virent un vélo auquel manquait la roue arrière et au guidon tordu comme s'il avait été agressé. Ils entrèrent. Son père parcourut la liste des locataires.

— Birgitta Medberg. C'est le nom de la disparue. Sa fille s'appelle Vanja. D'après ce qu'on m'a dit, elle était complètement hystérique au téléphone.

— Je ne suis pas hystérique! hurla une voix de femme dans les étages.

Ils levèrent la tête. Elle les regardait par-dessus la rampe de l'escalier.

— Et zut, marmonna son père en attaquant les marches.

Arrivé sur le palier, il serra la main de la femme nerveuse et méfiante.

— Exactement ce que je pensais, dit-il aimablement. Les jeunes du central sont un peu jeunes. Ils n'ont pas encore appris à faire la différence entre l'hystérie et l'inquiétude légitime.

La femme prénommée Vanja avait une quarantaine d'années. Elle était très corpulente. Linda vit que son chemisier était crasseux au col et aux poignets. Et elle ne s'était pas lavé les cheveux depuis longtemps. Ils entrèrent dans l'appartement. Linda reconnut aussitôt une odeur. Le parfum de maman, pensa-t-elle. Celui qu'elle portait quand elle était mécontente ou en colère. Il y en avait un autre, qu'elle mettait quand elle allait bien.

Vanja les fit passer dans le séjour, se laissa tomber dans un fauteuil et désigna Linda, qui avait juste marmonné son nom en entrant.

— Qui est-elle?

— Une assistante, répliqua Kurt Wallander avec

119

autorité. Pouvons-nous maintenant entendre votre version des faits ?

Vanja s'exécuta. Son débit était haché, elle n'était manifestement pas habituée à s'exprimer par longues phrases. Linda sentit que son inquiétude était sincère. Elle la compara à sa propre inquiétude pour Anna.

Le récit de Vanja fut bref. Sa mère, Birgitta, était géographe de profession et se consacrait à dresser la carte des vieux chemins et sentiers du sud de la Suède – la Scanie, essentiellement, et certaines parties du Småland. Elle était veuve depuis un peu plus d'un an. Elle avait quatre petits-enfants, dont deux filles qui étaient celles de Vanja. C'était d'ailleurs à cause d'elles qu'elle avait alerté le commissariat. Elle était convenue avec sa mère de lui amener les filles à midi. Sa mère avait dit qu'elle consacrerait la matinée à une petite expédition, une de ses «chasses aux sentiers» comme elle les surnommait. Mais quand elle était venue avec les petites, sa mère n'était pas là. Vanja avait attendu deux heures. Ensuite elle avait appelé la police.

Sa mère n'aurait jamais déçu ses petites-filles de son plein gré. Il lui était donc arrivé quelque chose.

Linda essaya d'anticiper la première question de son père : *Où devait-elle aller ?*

— Savez-vous où elle avait l'intention de se rendre ce matin ?

— Non.

— Je présume qu'elle a une voiture.

— Elle a une vespa rouge. La même depuis quarante ans.

— Une vespa rouge ? Depuis quarante ans ?

120

— Les vespas étaient rouges à cette époque. Je n'étais pas née, mais maman m'a raconté. Elle fait partie d'une association de vétérans de la mobylette et de la vespa. Ils se réunissent à Staffanstorp. Moi, ça me dépasse. Mais elle aime bien fréquenter ces toqués.

— Vous disiez qu'elle est veuve depuis un an. A-t-elle montré des signes de mélancolie ?

— Non. Si vous croyez à un suicide, vous vous trompez.

— Je ne crois rien. Mais parfois les personnes qui nous sont les plus proches sont très douées pour nous cacher leur état réel.

Il jeta un bref regard à Linda, qui le dévisageait fixement. Il faudra qu'on en parle un jour, pensa-t-elle. Ce n'est pas bien de continuer à lui cacher ma virée sur le pont. Il croit encore que la fois où je me suis ouvert les veines était la seule.

— Elle ne se ferait jamais de mal, dit Vanja. Pour une raison très simple. Elle n'infligerait pas un tel choc à ses petits-enfants.

— A-t-elle pu rendre visite à quelqu'un ?

Vanja, qui avait allumé une cigarette, répandit par mégarde de la cendre sur ses vêtements et sur le tapis. Linda pensa que la fille ne cadrait pas du tout avec l'appartement de la mère.

— Elle est assez vieux jeu. Elle ne rend pas de visites improvisées.

— D'après ce que m'ont dit les collègues, elle n'a été admise dans aucun hôpital de la région. L'accident paraît donc exclu à première vue. À votre connaissance, souffre-t-elle d'une maladie quelconque ?

— Maman est en bonne santé. Elle mène une vie simple et saine, pas comme moi. Il faut dire qu'on n'a pas l'occasion de prendre de l'exercice, dans mon métier. Je suis grossiste en œufs.

Vanja écarta les bras comme pour les prendre à témoin du dégoût que lui inspirait son propre corps.

— A-t-elle un portable?

— Oui, mais il est toujours éteint. On a beau la tanner, ma frangine et moi, rien n'y fait.

Il y eut un silence. Une radio ou une télé était allumée dans un appartement voisin.

— Quelqu'un est-il informé de son emploi du temps professionnel?

— Pas que je sache. Maman travaille seule.

— Cela lui est-il déjà arrivé?

— De disparaître? Jamais.

Le père de Linda fouilla dans sa veste, en tira un bloc-notes et un crayon et demanda à Vanja de lui donner son nom complet, son adresse et son numéro de téléphone. Au nom de famille, Jorner, Linda le vit tressaillir et s'immobiliser un instant, le regard baissé.

— C'est votre nom de femme mariée?

— Mon mari s'appelle Hans Jorner. Le nom de jeune fille de ma mère était Lundgren. C'est important?

— Hans Jorner... Se pourrait-il que ce soit le fils de l'ancien directeur de l'usine de gravier de Limhamn?

— Oui, le fils cadet. Pourquoi?

— Simple curiosité.

Kurt Wallander se leva. Linda se hâta de l'imiter.

— Si cela ne vous dérange pas, on aimerait jeter

un coup d'œil à l'appartement. Votre mère a-t-elle un bureau?

Vanja désigna une porte. Au même instant, elle fut prise d'une quinte de toux tabagique. Linda suivit son père dans une pièce aux murs couverts de cartes d'état-major. Sur la table s'entassaient des piles ordonnées de papiers et de classeurs.

— Qu'est-ce qui t'a fait réagir quand elle a dit son nom?

— Je te raconterai après. Une histoire désagréable. Ça réveille de mauvais souvenirs.

— Qu'a-t-elle dit qu'elle était? Grossiste en œufs?

— Oui. Mais son inquiétude est réelle.

Linda souleva quelques papiers. Il la rabroua immédiatement.

— Tu peux m'accompagner, regarder, écouter. Simplement tu ne touches à rien.

— J'ai juste soulevé un papier!

— C'était un papier de trop.

Linda quitta la pièce, furieuse. Il avait raison, évidemment. Mais son ton ne lui plaisait pas. Elle adressa un signe de tête à Vanja, qui toussait encore, et redescendit l'escalier. Le temps d'arriver dans la rue et d'affronter le vent, qui soufflait toujours, elle maudissait déjà sa réaction puérile.

Son père sortit de l'immeuble dix minutes plus tard.

— Qu'est-ce qui se passe? Mademoiselle n'est pas contente?

— Laisse tomber. C'est oublié.

Linda ouvrit les mains en signe d'excuse, pendant qu'il déverrouillait les portières et que le vent se déchaînait autour d'eux. Une fois dans la voiture, il inséra la clé de contact, mais ne démarra pas.

— Tu as vu ma réaction, quand cette femme épouvantable a dit s'appeler Jorner et être mariée à un fils du vieux directeur.

Il empoigna le volant et poussa une sorte de rugissement étouffé. Puis il lui raconta l'histoire.

— Quand Christina et moi étions petits, il arrivait parfois que les colporteurs d'art oublient de s'arrêter chez nous pour acheter les croûtes de papa. On n'avait plus d'argent. Alors la mère partait travailler. Comme elle n'avait pas fait d'études, elle avait le choix entre l'usine et la domesticité. Elle s'est donc retrouvée à faire le service chez les Jorner, à ceci près qu'elle continuait de loger à la maison. Le vieux Jorner, qui se prénommait Hugo, et sa femme, Tyra, étaient des gens assez effrayants. Pour eux, la société n'avait absolument pas changé en cinquante ans. Il y avait toujours la classe possédante et les autres, dont la fonction était de servir. Le pire des deux, c'était lui.

«Un soir, la mère est rentrée tard. Elle avait beaucoup pleuré. Le père, qui n'avait pas l'habitude de lui demander comment elle allait, a voulu savoir ce qu'il y avait. Moi, j'étais assis par terre derrière la banquette, j'ai tout entendu, et je ne l'ai jamais oublié. Les Jorner avaient eu des invités, ce soir-là. Pas une grande réception ; ils étaient peut-être huit à table. Et ma mère faisait le service. Le temps d'en venir aux cafés, ils étaient tous passablement éméchés, surtout Hugo. Il l'a sonnée et lui a ordonné d'aller chercher un escabeau. Je me souviens de chaque mot. Ma mère avait des sanglots dans la voix

124

en racontant l'histoire. Elle est donc revenue avec l'escabeau. Les invités étaient autour de la table. En vrai sadique qu'il était, Hugo lui a alors demandé de grimper dessus. Elle a obéi. De cette position perchée, a-t-il dit, peut-être était-elle capable de voir qu'elle avait oublié de donner une cuillère à café à l'un des convives ? Puis il l'a renvoyée. Elle est partie avec l'escabeau pendant qu'ils riaient et trinquaient dans son dos.

« Là-dessus, elle a fondu en larmes en disant qu'elle n'y remettrait pas les pieds. Le père était hors de lui. Il est parti à la remise chercher une hache qu'il avait l'intention de planter dans le crâne de Jorner. Évidemment, ma mère l'en a dissuadé. Je ne l'oublierai jamais. J'avais dix ans, peut-être douze. Et voilà que je tombe sur une des belles-filles de ce type.

Il tourna la clé avec brusquerie. Linda comprit qu'il était bouleversé. Ils quittèrent Skurup. Linda regardait le paysage, l'ombre des nuages courant sur les champs.

— Je m'interroge souvent sur ma grand-mère, dit-elle après un silence. Elle était morte depuis longtemps quand je suis née. Ce que je me demande, surtout, c'est comment elle pouvait supporter d'avoir grand-père pour mari.

Il éclata de rire.

— Tu sais, elle avait l'habitude de dire qu'il suffisait de l'enduire avec un peu de sel et qu'après il faisait tout ce qu'elle voulait. Je n'ai jamais compris ce qu'elle entendait par là. Enduire quelqu'un de sel ? ! Mais elle avait une patience infinie.

Il donna un brusque coup de volant. Une voiture

de sport décapotable les doubla, telle une tornade.
Il jura.

— Je devrais l'arrêter, ce chauffard.

— Pourquoi ne le fais-tu pas?

— Parce que je suis inquiet.

Linda le regarda. Il était tendu.

— Cette histoire de femme disparue ne me plaît
pas. Je crois que Vanja Jorner a raison. À moins
d'un malaise ou d'une perte de jugement imprévisible, il s'est passé quelque chose.

— Un crime?

— Je ne sais pas. Mais je crois bien que mon jour
de congé se termine. Je te ramène?

— Non. Je peux rentrer à pied du commissariat.

Il choisit de mettre la voiture au garage. En sortant du commissariat par la porte latérale, Linda dut
se courber pour résister au vent. Elle ne savait soudain pas quoi faire. Il était seize heures; la bise était
glaciale, comme si l'automne approchait à grands
pas. Elle prit le chemin de Mariagatan puis changea
d'avis et tourna au coin de la rue d'Anna. Elle sonna,
attendit un instant et ouvrit avec son passe.

Il ne lui fallut que quelques secondes pour comprendre que quelqu'un était venu à l'appartement.
Elle le sentait, d'instinct. Comme une absence. Quelque chose manquait. Debout sur le seuil du séjour,
elle laissa errer son regard en cherchant patiemment
dans sa mémoire. Au mur peut-être? Ou sur une étagère? Elle s'approcha des rayonnages et passa la
main sur le dos des livres.

Elle s'assit dans le fauteuil qui était habituellement
celui d'Anna et examina la pièce. Quelque chose

avait changé. Elle en était certaine. Elle se leva, se dirigea vers la fenêtre pour avoir une autre perspective sur le séjour. Au même instant, elle découvrit ce que c'était. Sur le mur, entre une affiche d'art berlinoise et un vieux baromètre, il y avait eu un petit tableau. Un papillon bleu épinglé sous verre. Il n'était plus là. Linda secoua la tête, je me fais des idées. Non, il avait vraiment disparu. Elle l'avait vu à sa dernière visite. Elle en était certaine. Henrietta avait-elle pu passer le prendre ? Peu vraisemblable. Linda ôta sa veste et fit lentement le tour de l'appartement.

En ouvrant la penderie d'Anna, elle acquit la certitude que quelqu'un était venu. Il manquait des vêtements, peut-être aussi une valise. Linda le savait, car Anna avait l'habitude de laisser ouvertes les portes de sa penderie. Elle s'assit sur le lit et essaya de réfléchir. Puis elle aperçut le cahier posé sur le bureau. Son journal intime est encore là. Ce n'est pas normal. Ou plutôt : ça montre que ce n'est pas Anna qui est venue. Elle a pu prendre des vêtements, elle a même pu choisir d'emporter le papillon bleu. Mais elle n'aurait jamais laissé son journal. Jamais de la vie.

13

Linda essaya de visualiser l'événement. Elle se trouvait dans un lieu désert ; en franchir le seuil revenait à briser un miroir d'eau pour s'enfoncer dans un paysage silencieux et inconnu. Elle essaya de rassembler ses souvenirs de cours. Il existait toujours des traces, sur les lieux d'un drame. Mais s'était-il produit ici quelque chose de dramatique?

Pas de sang, aucun vandalisme; tout était aussi bien rangé que d'habitude. À part le fait qu'un petit papillon avait disparu, ainsi qu'une valise et quelques vêtements. Si Anna était venue, elle s'était comportée comme une intruse dans son propre appartement.

Linda refit lentement le tour des pièces sans remarquer quoi que ce soit. Puis elle avisa le répondeur, dont le voyant rouge clignotait. Trois appels enregistrés. Nous laissons notre voix, pensa-t-elle. Nous l'éparpillons sur des centaines de bandes magnétiques partout dans le monde. Le dentiste Sivertsson souhaitait modifier l'heure du rendez-vous du contrôle annuel et priait Anna de contacter son assistante; une certaine Mirre appelait de Lund et voulait savoir si Anna comptait ou non venir à Båstad; puis Linda elle-même, la voix un peu stridente, et le clic de la fin des messages.

Un carnet d'adresses était posé sur la table. Linda le feuilleta et composa ensuite un numéro.

— Cabinet du docteur Sivertsson, j'écoute.

— Je m'appelle Linda Wallander. J'ai promis de prendre en charge les appels d'Anna Westin, qui est partie pour quelques jours. Pourriez-vous m'indiquer l'heure du nouveau rendez-vous?

— Un instant... Le 10 septembre à neuf heures.

— Je vais le noter.

— Anna n'a jamais manqué un rendez-vous chez nous.

Linda raccrocha et essaya de trouver le numéro d'une dénommée Mirre. Elle pensa à son propre carnet d'adresses surchargé de ratures et dont elle recollait sans cesse la couverture avec du scotch. Quelque chose l'empêchait d'en acheter un neuf. Son carnet était comme un album souvenir. Tous ces numéros barrés qui ne mènent plus à personne, ces numéros qui reposent en paix dans mon cimetière ultra-privé. Durant quelques minutes, elle oublia complètement Anna. Elle repensait à leur promenade en forêt, à son père et à ses arbres. Elle eut un élan de tendresse pour lui, comme si elle voyait brusquement l'enfant qu'il avait dû être. Un petit garçon avec de grandes pensées; un peu trop grandes, peut-être, par moments. J'en sais beaucoup trop peu sur lui. Et ce que je crois savoir se révèle généralement faux. Il le dit lui-même et il a raison. Je l'ai toujours vu comme un homme bon; pas très perspicace, mais obstiné et surtout très intuitif. Maintenant, je ne sais plus. À part le fait qu'il soit un bon policier, je ne sais plus. Je le soupçonne d'être un type profondément sentimental, qui rêve en secret de petits rendez-vous romantiques et qui déteste, au fond de lui, la réalité incompréhensible et brutale qui l'entoure.

Approchant une chaise de la fenêtre, elle commença à feuilleter un livre que lisait Anna ces derniers temps, un livre en anglais consacré à Alexander Fleming et à la pénicilline. Elle essaya de lire une page, en vain, et s'étonna qu'Anna puisse y comprendre quelque chose. Autrefois, elles avaient envisagé de partir en Angleterre toutes les deux pour améliorer leurs connaissances. Peut-être Anna avait-elle réalisé ce rêve? Linda reposa le livre sur Fleming et rouvrit l'épais carnet d'adresses. Chaque page ressemblait au tableau noir d'une classe de math sup. Partout des renvois, des flèches, des biffures. Linda eut un sourire mélancolique en découvrant ses propres numéros périmés, y compris chez deux petits amis qu'elle avait presque oubliés. Je cherche quoi, au juste? Une trace secrète qu'Anna aurait laissée. Mais pourquoi dans son carnet d'adresses?

Elle continua à le feuilleter, un peu gênée par cette nouvelle intrusion qu'elle opérait dans l'intimité d'Anna. J'ai escaladé la palissade de son jardin secret. L'intention est bonne, mais il faut bien reconnaître que je ne suis pas très à l'aise. Quelques papiers étaient glissés entre les pages du vieux carnet, une coupure de journal décrivant un voyage d'études pour visiter un musée médical à Reims, en France, et deux billets de train Lund-Ystad.

Soudain, elle sursauta. Sur une page, Anna avait écrit au feutre rouge le mot «papa» suivi d'un numéro de téléphone à dix-neuf chiffres, rien que des 1 et des 3. Un numéro fantôme. Si on le compose, on est mis en relation avec la ville au préfixe inconnu où se rassemblent tous les disparus.

Elle faillit refermer le carnet. Elle n'avait pas à fouiller ainsi dans la vie d'Anna. Mais elle continua. Plusieurs numéros la surprirent. Anna avait ainsi soigneusement noté celui du cabinet du Premier ministre et le nom de la secrétaire de celui-ci. Que lui voulait-elle donc? Il y avait aussi le numéro d'un prénommé Raul qui habitait Madrid. À côté, elle avait dessiné un cœur, rageusement biffé par la suite. On aurait dû nous faire un cours d'interprétation des carnets d'adresses, à l'école de police. Théorie et pratique.

Quand elle eut fini de parcourir le carnet, un seul numéro lui sembla intéressant. « Lund, maison », avait écrit Anna. Linda hésita. Puis elle composa les chiffres. Une voix d'homme répondit aussitôt.

— Peter.

— Je cherche Anna.

— Je vais voir si elle est là.

Linda attendit. La musique de fond lui était familière, mais elle avait oublié le nom du chanteur.

— Elle n'est pas là.

— Quand doit-elle rentrer ?

— Je ne sais même pas si elle est à Lund en ce moment. Ça fait un bout de temps que je ne l'ai pas vue. Je vais me renseigner.

Il revint au bout de quelques instants.

— Personne ne l'a vue ces derniers jours.

Avant que Linda ait pu lui demander l'adresse, il avait raccroché. Elle resta debout, le combiné à la main. Pas d'Anna, donc. Aucune inquiétude, juste ce constat, qu'elle n'était sans doute pas à Lund. Linda commençait à se sentir idiote. Moi aussi, je suis capable de m'en aller sans prévenir. J'ai fait ça toute ma vie. Papa a été plusieurs fois sur le point de lancer un avis de recherche. Mais j'ai toujours passé un coup de fil quand je sentais que ça allait trop loin. Pourquoi Anna ne ferait-elle pas la même chose ?

Elle appela le Zèbre. Avait-elle des nouvelles d'Anna ? Non. Elles convinrent de se voir le lendemain.

Linda alla se préparer un thé à la cuisine. Pendant qu'elle attendait que l'eau bouille, elle aperçut deux clés accrochées au mur. Elle savait à quelles serrures elles correspondaient. Elle éteignit sous la bouilloire et descendit au sous-sol, où les espaces de rangement grillagés s'alignaient de part et d'autre d'un long couloir. Celui d'Anna se trouvait tout au bout. Linda l'avait aidée un soir à descendre une table. La table était encore là, constata-t-elle à travers les mailles du grillage. Elle ouvrit le cadenas et alluma l'ampoule. Elle se sentait complètement idiote, une fois de plus. Je fais disparaître Anna pour m'occuper. À l'instant où on me permettra d'enfiler mon uniforme et de me mettre au travail, Anna réapparaîtra. C'est un jeu. Pourquoi lui serait-il arrivé quoi que ce soit? Elle souleva quelques tapis en lirette roulés sur une table, qui dissimulaient un tas de magazines poussiéreux. Elle remit les tapis à leur place, ferma le cadenas et remonta à l'appartement.

Cette fois, elle laissa l'eau atteindre l'ébullition. Puis elle emporta la tasse dans la chambre et s'allongea sur le double lit du côté qui n'était pas celui d'Anna. Elle y avait déjà dormi, une nuit où elles avaient veillé tard en buvant beaucoup de vin et où elle n'avait pas eu la force de rentrer à Mariagatan. Une assez mauvaise nuit, d'ailleurs, car Anna n'arrêtait pas de se retourner dans son sommeil. Linda posa sa tasse, s'étendit plus confortablement. Quelques minutes plus tard, elle dormait.

Au réveil, elle se demanda où elle était. Puis elle regarda sa montre. Il s'était écoulé une heure. Le thé avait refroidi; elle le but quand même. Puis elle se leva et lissa le dessus-de-lit. De nouveau, elle eut la sensation que quelque chose clochait. Elle mit un moment à identifier l'anomalie. Le dessus-de-lit. Du côté d'Anna. Quelqu'un s'était allongé – on voyait encore l'empreinte du corps – et n'avait pas pris la peine de le lisser ensuite. Ce n'était pas normal. Pour le rangement, Anna vivait sous l'emprise d'un véritable bourreau de discipline intérieur. Une table pleine de miettes ou un dessus-de-lit froissé représentaient une impossibilité, une défaite majeure dans sa vie.

Mue par une impulsion, Linda souleva l'oreiller. Un tee-shirt. Elle l'examina. Taille XXL, bleu foncé, portant un texte publicitaire pour la compagnie aérienne anglaise Virgin. Elle le renifla. Ce n'était pas Anna. Plutôt une odeur de lessive. Ou de lotion de rasage. Elle étala le tee-shirt sur le lit. Anna dormait en chemise de nuit, et elle était très exigeante sur la qualité. Linda ne pouvait l'imaginer dormant, même une seule nuit, vêtue d'un tee-shirt publicitaire.

Elle resta assise à le regarder. On ne leur avait rien appris, à l'école, sur ce qu'il convenait de faire avec les tee-shirts suspects trouvés dans le lit des copines disparues. Qu'aurait fait son père ? Quand elle le voyait à l'occasion de longs week-ends, pendant ses études, il répondait parfois en détail à ses questions de plus en plus pointues. À force de l'entendre parler de ses enquêtes, elle savait qu'il revenait sans cesse au même point de départ, qu'il se répétait comme un mantra avant de commencer l'investigation d'un lieu de crime : *Il y a toujours quelque chose qu'on ne voit pas. Il s'agit de découvrir le détail qu'on ne repère pas d'emblée.* Elle regarda autour d'elle. Qu'est-ce donc que je ne vois pas ? Ce qui pose problème, là, ce n'est pas l'invisible, mais le visible. Un dessus-de-lit mal tiré, un tee-shirt à l'endroit où il aurait dû y avoir une chemise de nuit.

Elle sursauta en entendant le téléphone sonner dans le séjour. Elle s'approcha de l'appareil, tendit la main, se ravisa. Devait-elle décrocher ? Après la cinquième sonnerie, le répondeur prit le relais. C'était Henrietta : *Ce n'est que moi. Ta copine Linda, celle qui a formé l'étrange projet d'entrer dans la police, est venue hier me demander où tu étais. C'est tout. Rappelle-moi quand tu as le temps. Salut.*

Linda réécouta le message. La voix de Henrietta, parfaitement calme ; aucun double sens, aucune inquiétude, rien que de très normal. La désapprobation, peut-être le mépris de ce que sa fille ait une copine suffisamment bête pour endosser l'uniforme. Linda s'aperçut que cela l'énervait. Anna partageait-elle l'avis de sa mère ? Considérait-elle son choix de carrière avec réticence, voire, oui, voire avec mépris ? Qu'elle aille se faire voir, pensa Linda. Elle peut bien disparaître tant qu'elle veut. À la cuisine, elle remplit une carafe d'eau et arrosa les plantes. Puis elle quitta l'appartement d'Anna et rentra à pied à Mariagatan.

Quand son père arriva vers dix-neuf heures, elle avait préparé le dîner et fini de manger sans l'attendre. Pendant qu'il se changeait, elle réchauffa ce qu'elle avait laissé pour lui. Puis elle s'attabla face à lui.

— Alors ? demanda-t-elle.

— Tu penses à notre géographe ?

— Bien sûr.

— Les marchands de couleurs s'en occupent.

— Les quoi?

— On a un enquêteur qui s'appelle Svartman. Et un autre Grönkvist; ils ne sont pas là depuis longtemps et ils travaillent souvent ensemble. Noir et vert[1], ça devient les marchands de couleurs, dans notre dialecte. Sans compter que la femme de Svartman s'appelle Rose. Ils essaient de comprendre où a bien pu passer Birgitta Medberg. Nyberg devait jeter un coup d'œil à son appartement. On a décidé de prendre l'affaire au sérieux. On va bien voir.

— Qu'est-ce que tu crois?

Il repoussa son assiette.

— Il y a un truc inquiétant. Mais je peux me tromper.

— Quel truc?

— Certaines personnes ne sont tout simplement pas censées disparaître. Si elles le font, il leur est arrivé des ennuis. Je suppose que c'est l'expérience qui parle.

Il se leva et mit un café en route.

— Tu te souviens sûrement de Louise Åkerblom, l'agent immobilier assassinée il y a une dizaine d'années? Cette femme était pieuse, membre de l'Église méthodiste et mère de deux petites filles. Quand son mari est venu me signaler sa disparition, je n'ai pas douté un instant que c'était grave.

— Birgitta Medberg est veuve, elle n'a pas d'enfant en bas âge et elle exerce un métier scientifique. Tu te figures sa grosse fille en méthodiste?

— Je peux me le figurer de la part de n'importe

1. *Svart* = noir, *Grön* = vert.

qui, y compris de toi. Mais ce n'est pas la question. Je parle de l'inattendu, de l'événement qu'on ne maîtrise pas.

Linda lui raconta alors en détail sa dernière visite à l'appartement d'Anna ; elle le vit se rembrunir de plus en plus.

— Tu n'as pas à faire ça. S'il est arrivé quelque chose à Anna, c'est l'affaire de la police.

— Et alors ? Je suis de la police.

— Tu es une future aspirante qui va patrouiller à partir du mois de septembre pour faire régner un ordre approximatif dans les villes et les jolis petits villages de Scanie.

— Moi, je trouve bizarre qu'elle ne soit pas encore revenue.

Kurt Wallander alla poser son assiette et sa tasse dans l'évier.

— Si tu es sérieuse, je propose que tu fasses une déclaration au commissariat.

Il quitta la cuisine. Linda entendit le téléviseur s'allumer. L'ironie de son père l'énervait. Surtout dans la mesure où il avait raison.

Elle resta assise à bouder, jusqu'au moment où elle se sentit prête à l'affronter de nouveau. Elle le trouva endormi dans son fauteuil. Il ronflait. Quand elle lui donna un coup de coude, il sursauta en levant les mains comme s'il était attaqué. J'aurais fait pareil à sa place, pensa-t-elle ; encore une ressemblance entre nous. Il disparut en direction de la salle de bains. Puis il alla se coucher. Linda regarda un film, sans réussir à se concentrer vraiment sur l'action. Peu avant minuit, elle s'endormit à son tour et rêva de Herman Mboya qui était rentré au Kenya et qui avait ouvert son propre cabinet médical à Nairobi.

Soudain, elle fut réveillée par le portable qui vibrait à côté de la lampe de chevet. En décrochant, elle vit qu'il était trois heures et quart du matin. Silence dans l'écouteur. Juste un bruit de respiration. Puis la communication fut coupée. Pour Linda, cela ne faisait absolument aucun doute. Quelle que fût la personne qui l'appelait, c'était lié à la disparition d'Anna. Le message était muet. Mais il était important.

Linda ne se rendormit pas. À six heures et quart, son père se leva. Elle le laissa se doucher et s'habiller en paix.

Quand elle entendit un raffut d'ustensiles, elle le rejoignit à la cuisine. Il parut surpris de la voir debout à cette heure.

— Je t'accompagne au commissariat.

— Pourquoi donc?

— J'ai réfléchi à ce que tu m'as dit hier. Je veux signaler la disparition d'Anna. Je crois que c'est sérieux.

14

Linda ne savait jamais à l'avance quand se déclencheraient les crises de rage subites et excessives de son père. Elle se rappelait la peur qui avait accompagné toute son enfance, et qu'elle partageait avec sa mère ; son grand-père, lui, se contentait de hausser les épaules ou de crier encore plus fort. Elle se souvenait avec quelle anxiété elle guettait les signes d'une éruption imminente. L'apparition d'une tache rouge entre les sourcils en était un, mais alors il était généralement déjà trop tard.

Ce matin ne fit pas exception à la règle. Son père eut une réaction imprévisible. Il balaya rageusement une pile de serviettes en papier. L'effet fut assez comique, puisque, au lieu du choc bruyant qu'il escomptait, il n'y eut qu'un voltigement blanc et silencieux. Mais Linda retrouva instantanément sa terreur enfantine. Lui revinrent d'un coup toutes les nuits où elle s'était réveillée en sueur de cauchemars où son père passait sans prévenir de la gentillesse souriante à la rage. Elle se rappelait ce qu'avait dit sa mère un jour, longtemps après le divorce : *Il ne se rend pas compte de la tyrannie qu'il exerce, l'effet que ça fait de ne jamais savoir d'une seconde sur l'autre s'il ne va pas exploser sans qu'on sache pourquoi.* Elle se souvenait aussi de la suite : *Je crois que ça ne lui arrive qu'à la maison. Les autres ne voient sûrement en lui qu'un type carré, bienveillant, un policier compétent au caractère un peu spécial. S'il engueule quelqu'un, dans le cadre du travail, c'est qu'il a de bonnes raisons. Mais à la maison, il lâche une bête féroce. Un terroriste qui me fait peur, et que je hais.*

Linda repensa à tout cela en regardant son père, qui bourrait maintenant les serviettes de coups de pied.

— Pourquoi n'écoutes-tu pas ce que je te dis ? Comment peux-tu prétendre faire ce métier si tu cries au crime dès qu'une de tes copines ne répond pas au téléphone ?

— Ce n'est pas ça.

Il balança les quelques serviettes qui se trouvaient encore sur le plan de travail. Un enfant, pensa Linda. Qui éjecte son assiette quand le contenu ne lui plaît pas.

— Ne m'interromps pas. Vous n'avez rien appris à l'école de police ?

— J'ai appris à prendre les choses au sérieux. Je ne peux pas parler au nom des autres.

— Tu vas te ridiculiser.

— Peu importe.

La crise s'arrêta aussi vite qu'elle avait commencé. Seule trace visible, quelques gouttes de sueur sur le visage de son père. Un bref accès de colère, pensa Linda. Remarquablement bref, et moins violent aussi que d'habitude. Ou bien il n'ose pas s'en prendre à moi, ou bien il se fait vieux. Et maintenant il va sûrement vouloir s'excuser.

— Je te demande pardon.

Linda ne répondit pas. Elle s'agenouilla pour ramasser les serviettes, les jeta à la poubelle et s'aperçut alors seulement que son cœur cognait à se rompre. J'aurai toujours peur de ses crises de rage, pensa-t-elle.

Entre-temps, son père s'était rassis. Il paraissait malheureux.

— Je ne sais pas ce qui me prend, des fois.

Linda attendit d'avoir capté son regard pour lui dire ce qu'elle avait sur le cœur.

— Je ne connais personne qui aurait autant que toi besoin de baiser avec quelqu'un.

Il sursauta comme si elle l'avait giflé. Puis il rougit. Linda lui tapota la joue avec toute la gentillesse dont elle était capable.

— Tu sais que j'ai raison. Pour ne pas t'embarrasser davantage, je te laisse prendre la voiture. Je vais au commissariat à pied.

— Moi aussi, je voulais y aller à pied ce matin.

— Tu pourras le faire demain. Je n'aime pas quand tu cries. Je veux être tranquille.

Son père partit, tête basse, après avoir enfilé sa veste. Linda changea de chemisier ; elle était en nage. Elle n'était plus très sûre de vouloir faire cette déclaration. Elle quitta l'appartement sans avoir réussi à se décider.

Le soleil brillait, le vent soufflait fort. Linda était dans la rue, indécise. Elle se targuait en général de n'avoir aucun problème pour passer à l'action. Mais en présence de son père, cette détermination l'abandonnait parfois. Il ne faudrait pas qu'il tarde trop à se libérer, cet appartement qu'on lui avait promis dans un des immeubles situés derrière l'église de Mariakyrkan. Elle ne pouvait pas rester éternellement chez son père.

Sous le coup de l'énervement, son irrésolution la quitta et elle prit le chemin du commissariat. S'il était arrivé malheur à Anna, elle ne se pardonnerait jamais de ne pas être intervenue. Dans ce cas, sa carrière dans la police prendrait fin avant même d'avoir commencé.

Elle longea le parc. Une fois, petite, son père l'y avait emmenée. C'était un dimanche au tout début de l'été, ils avaient regardé un magicien qui tirait des pièces d'or des oreilles des enfants. Mais la scène était assombrie par un incident qui s'était produit juste avant. Son souvenir était très net sur ce point. Elle avait été réveillée, ce matin-là, par les cris de ses parents qui se disputaient. Leurs voix montaient, refluaient ; il était question d'argent, qui manquait, qui aurait dû être là, qui avait été gaspillé. Soudain, Mona avait poussé un cri. Puis elle avait fondu en larmes. Linda avait alors quitté son lit sur la pointe des pieds. Elle avait entrebâillé la porte du séjour. Sa mère saignait du nez. Son père, debout à la fenêtre, avait le visage congestionné. Elle comprit qu'il venait de frapper sa mère. Juste à cause de cet argent qui n'était pas là. Linda s'arrêta en pleine rue et plissa les yeux vers le soleil. Le souvenir lui mettait une boule dans la gorge. Elle avait regardé ses parents par l'ouverture de la porte, en pensant qu'il n'y avait qu'elle qui pouvait régler leur problème. Elle ne voulait pas que Mona saigne du nez. Elle était retournée dans sa chambre et elle avait pris sa tirelire. Puis elle était entrée dans le séjour et elle l'avait posée sur la table basse. Il y avait eu un grand silence. Une traversée du désert en solitaire avec une petite tirelire dans la main.

Le plissement des yeux ne suffit pas à refouler les larmes. Elle se frotta les paupières et fit demi-tour, comme pour tenter de semer ses souvenirs. Puis elle tourna au coin d'Industrigatan. Elle attendrait un jour encore avant de signaler la disparition d'Anna. Au lieu de cela, elle allait rendre une dernière visite à l'appartement. Si quelqu'un est venu depuis hier soir, je m'en apercevrai. Elle sonna à la porte. Pas de réponse. Ayant ouvert avec son passe, elle s'immobilisa une fois de plus dans l'entrée. Seul son regard était mobile ; elle déploya toutes ses antennes intérieures. Malgré cela, elle ne découvrit aucun indice.

Le courrier! Même si Anna n'écrit jamais de lettres, elle a dû recevoir des publicités, des factures, des documents de la commune, que sais-je. Mais il n'y avait rien sous la fente de la porte d'entrée.

Elle fit le tour de l'appartement. Le lit était tel qu'elle l'avait laissé la veille au soir. Elle s'assit dans le séjour et dressa mentalement un tableau chronologique. Anna avait disparu depuis trois jours maintenant. Si disparition il y avait.

Linda secoua la tête, exaspérée, et retourna dans la chambre. Elle ramassa le journal intime, fit une prière silencieuse pour la rémission de ses péchés et remonta trente jours dans le temps. Rien du tout. L'événement le plus remarquable était qu'Anna avait eu mal aux dents le 7 et le 8 août et qu'elle avait rendu visite au docteur Sivertsson. Linda fronça les sourcils. Le 8 août, le Zèbre, Anna et elle avaient fait une longue promenade du côté de Kåseberga. Elles étaient parties dans la voiture d'Anna, le fils du Zèbre était pour une fois docile; quand il n'avait plus eu la force de marcher, elles l'avaient porté à tour de rôle.

Mais une rage de dents?

Linda eut de nouveau le sentiment que le journal d'Anna recelait des anomalies, comme une sorte de code. Mais pourquoi? Une remarque à propos d'une rage de dents peut-elle avoir un sens caché?

Elle continua à lire en essayant de percevoir des disparités dans le style. Anna changeait sans cesse de stylo, parfois au milieu d'une ligne. Linda devina qu'elle avait été interrompue, peut-être par le téléphone, et qu'elle n'avait pas ensuite retrouvé son stylo, égaré en cours de route. Linda reposa le cahier et alla boire un verre d'eau à la cuisine.

Puis elle reprit sa lecture du journal d'Anna. En tournant une page, soudain, elle eut le souffle coupé. Elle crut à une erreur, ou à une coïncidence. Mais non. Le 13 août, Anna avait écrit : *Reçu une lettre de Birgitta Medberg.*

Linda relut le texte, cette fois à côté de la fenêtre, où le soleil éclairait la page. Birgitta Medberg n'était pas un nom très commun. Elle alla chercher l'annuaire de la région d'Ystad. Il n'y avait qu'une seule Birgitta Medberg. Elle appela les renseignements. Fort peu de gens en Suède portaient ce nom. Et parmi eux, il n'existait qu'une seule géographe domiciliée en Scanie.

Linda, à présent fiévreuse et impatiente, poursuivit sa lecture jusqu'à la dernière annotation énigmatique, *montées, périls.* Mais elle ne trouva rien de plus concernant Birgitta Medberg.

Une lettre. Quelques semaines avant sa disparition, Anna reçoit une lettre de Birgitta Medberg, qui disparaît à son tour. Sans oublier le père qu'Anna croit avoir vu resurgir à Malmö après vingt-quatre ans d'absence.

Linda commença à fouiller l'appartement avec méthode. Cette lettre devait bien être quelque part. Elle ne demandait plus pardon intérieurement d'ouvrir les tiroirs d'Anna. Elle chercha en vain. Au bout de trois heures, elle dut se rendre à l'évidence. Elle avait trouvé d'autres lettres. Mais aucune de Birgitta Medberg.

Avant de partir, Linda emprunta une fois de plus la clé de la voiture d'Anna et se rendit au café du

143

port, où elle commanda un sandwich et un thé. Au moment où elle ressortait, un type de son âge lui sourit. Son bleu de travail était plein de taches d'huile. Elle mit quelques secondes à reconnaître un de ses camarades de lycée. Ils se dirent bonjour, pendant que Linda essayait fébrilement de se souvenir de son nom. Il lui tendit la main après l'avoir essuyée sur un chiffon.

— Je fais de la voile, expliqua-t-il. Un vieux Koster, le moteur est un peu récalcitrant, c'est pour ça que je suis couvert d'huile.

— Je t'ai reconnu tout de suite, dit-elle. Je suis de retour en ville.

— Ah bon? Pour quoi faire?

Linda hésita. Pourquoi donc? Puis elle se rappela les histoires de son père sur toutes les occasions où il choisissait de se présenter en s'inventant un autre métier. *Tous les policiers ont une porte dérobée. On se choisit une identité de rechange, comme un deuxième costume. Martinsson est agent immobilier, Svedberg, de son vivant, disait toujours qu'il conduisait des engins de terrassement à la demande. Pour ma part, je gère un bowling inexistant à Eslöv.*

— Je vais entrer dans la police, répondit Linda.

Au même moment, elle se rappela son prénom. Torbjörn. Il la regardait en souriant.

— Je croyais que tu voulais être tapissière.

— Moi aussi. J'ai changé d'avis.

Il lui tendit de nouveau la main.

— Ystad n'est pas très grand. On se reverra.

Linda retourna à grands pas à la voiture, qu'elle avait laissée derrière le vieux théâtre. Qu'est-ce qu'ils

144

pensent, les uns et les autres ? *Linda revient faire le flic à Ystad, on se demande bien pourquoi ?* Elle ne trouva pas plus de réponse valable qu'elle n'avait trouvé de lettre tout à l'heure.

Elle se rendit à Skurup et, après avoir laissé la voiture sur la place centrale, longea la rue jusqu'à l'immeuble de Birgitta Medberg. Le hall d'entrée sentait le graillon. Elle monta à l'étage, sonna, pas de réponse. Après avoir attendu, l'oreille collée à la porte, elle souleva le rabat de la fente du courrier. Quand elle eut la certitude qu'il n'y avait personne, elle sortit son passe. Je commence ma carrière dans la police en forçant des portes, bravo. Elle constata qu'elle transpirait. Puis elle se faufila à l'intérieur. Son cœur battait fort. Elle s'immobilisa, aux aguets, et fit ensuite un tour rapide et silencieux de l'appartement. Elle craignait d'être surprise d'un instant à l'autre. Elle ne savait pas ce qu'elle cherchait, sinon que «cela» devait confirmer le rapport, le lien entre Anna et Birgitta Medberg.

Elle allait laisser tomber quand elle découvrit, sur le bureau, un papier coincé sous le sous-main vert. Pas une lettre, mais un bout de carte. La photocopie d'une carte d'arpentage ancienne, floue et abîmée.

Linda alluma la lampe de travail. À grand-peine, elle réussit à déchiffrer le texte : «*Terres et Domenes de Rannesholm.*» Il s'agissait d'un château, mais où était-il situé ? Elle dénicha une carte de Scanie dans la bibliothèque et la déplia. Rannesholm se trouvait à quelques dizaines de kilomètres au nord de Sturup. Linda examina de nouveau la première carte. La copie était mauvaise, mais elle crut distinguer quelques flèches. Elle replia les deux cartes et les glissa dans sa veste. Après avoir tout éteint, elle pressa son oreille contre la fente du courrier. Puis elle se glissa hors de l'appartement.

Il était seize heures quand elle se gara sur le parking du domaine d'activités de plein air qui entourait le château de Rannesholm et les deux petits lacs appartenant à la propriété. Qu'est-ce que je suis en train d'inventer? Une aventure, ou un conte, pour faire passer le temps plus vite? Elle verrouilla les portières en pensant qu'elle en avait par-dessus la tête de son uniforme invisible. Elle descendit au bord de l'eau. Un couple de cygnes avançait à la surface de l'eau ridée par le vent. La pluie approchait, par l'ouest. Elle remonta la fermeture éclair de sa veste. L'automne n'était décidément plus loin. Elle se retourna vers le parking. Désert, à part la voiture d'Anna. Elle balança quelques cailloux dans l'eau. Il existait un lien entre Anna et Birgitta Medberg. À quoi ressemblait-il?

L'une et l'autre avaient disparu. L'absence de l'une était prise au sérieux par la police, contrairement à celle de l'autre.

Les nuages noirs arrivèrent plus vite que prévu. Elle se réfugia sous un grand chêne en bordure du parking. La situation lui parut soudain idiote. Elle s'apprêtait à retourner à la voiture en courant sous la pluie, quand son attention fut attirée par une tache de couleur vive, sous les buissons trempés. Un bidon en fer-blanc, ou un objet en plastique? Elle approcha, écarta quelques branches et aperçut un pneu noir. Elle mit quelques instants à comprendre ce qu'elle avait sous les yeux. Elle recula, le cœur battant, courut jusqu'à la voiture et composa un numéro. Pour une fois, son père avait pensé à emporter son portable et à l'allumer.

— Où es-tu?

Sa voix était nettement moins désagréable que d'habitude. La crise du matin avait fait son effet.

— Près du château de Rannesholm. Sur le parking.

— Qu'est-ce que tu fabriques?

— Tu devrais venir.

— Je n'ai pas le temps. On doit se réunir pour prendre connaissance des dernières directives délirantes qui nous sont parvenues de Stockholm.

— Laisse tomber la réunion. J'ai découvert quelque chose.

— Quoi?

— La vespa de Birgitta Medberg.

Souffle lourd de son père dans l'écouteur.

— Tu en es certaine?

— Oui.

— Comment as-tu fait?

— Je te le dirai quand tu viendras.

La communication fut coupée. Elle ne prit pas la peine de le rappeler. Elle savait qu'il viendrait.

15

Il pleuvait de plus en plus fort. Linda attendait dans la voiture en écoutant quelqu'un, à la radio, parler de roses thé chinoises. Elle pensa à toutes les fois où elle avait attendu son père. Toutes les fois où il était arrivé en retard quand il devait la chercher à l'aéroport, ou à la gare de Malmö. Toutes les fois où il n'était pas venu, et où il lui avait servi des excuses plus nulles les unes que les autres. Elle avait plusieurs fois essayé de lui expliquer qu'elle se sentait blessée parce qu'il y avait toujours autre chose de plus important qu'elle. Il répondait invariablement qu'il comprenait, qu'il allait changer, qu'elle ne l'attendrait plus jamais. Cette promesse tenait rarement au-delà de quelques mois.

Une seule fois, elle s'était vengée. Elle avait vingt et un ans, époque intrépide et romantique où elle s'imaginait avoir du talent pour la comédie ; un rêve sans espoir, qui l'avait rapidement quittée. À cette époque, donc, elle avait manigancé un plan terrible. Son père et elle avaient décidé de fêter Noël ensemble à Ystad. Rien qu'eux deux, sans le grand-père, qui vivait déjà à ce moment-là avec Gertrud. Ils avaient longuement discuté au téléphone pour savoir qui cuisinerait la dinde, puisqu'elle arriverait de Stockholm à la dernière minute et qu'il était un cuisinier lamentable, ou du moins indifférent.

Ils allaient fêter Noël pendant trois jours, avec sapin, cadeaux, longues promenades dans une Scanie qu'on pouvait espérer couverte de neige. Il devait la chercher au matin du 24 décembre à l'aéroport de Sturup. La veille, elle partit pour les Canaries avec Timmy, son petit ami de l'époque, qui avait un père argentin et une mère finlandaise d'origine suédoise. Elle attendit le 25 au matin pour appeler son père d'une cabine, sur la plage de Las Palmas, et lui demander s'il comprenait maintenant l'effet que ça faisait. Il était entré dans une rage folle – à cause de l'inquiétude surtout, mais aussi parce qu'il ne pouvait absolument pas comprendre ni accepter sa manière d'agir. Linda elle-même avait brusquement fondu en larmes, là, dans la cabine. Le plan, la vengeance lui revenaient à la figure comme un boomerang lancé à pleine vitesse. En quoi le fait d'imiter son père arrangeait-il quoi que ce soit ? Cela n'arrangeait rien, au contraire. Ils finirent par se réconcilier. Elle, anéantie, lui demanda pardon, et il jura haut et fort qu'il ne la ferait plus jamais attendre. Puis, avec une précision infaillible, il arriva avec deux heures de retard à l'aéroport de Copenhague où Timmy et elle avaient atterri à leur retour de Las Palmas.

Elle crut percevoir un mouvement de l'autre côté du pare-brise et fit fonctionner les essuie-glaces. C'était la voiture de son père. Il se gara et courut, courbé en deux sous la pluie ; elle lui avait déjà ouvert la portière.

— Vas-y, explique-toi.

Linda obéit. L'impatience de son père la rendait nerveuse. Il l'interrompit presque aussitôt.

— Tu as le journal intime sur toi ?

— Pourquoi l'aurais-je pris ? J'ai vu ce qui était écrit.

Il ne posa pas d'autre question. Quand elle eut fini, il contempla pensivement la pluie par le pare-brise.

— C'est bizarre, dit-il enfin.

— Tu dis toujours qu'on doit s'attendre à l'inattendu.

Il hocha la tête.

— Tu as des vêtements de pluie ?

— Non.

— Reste là.

Il ouvrit la portière et repartit en courant vers sa propre voiture. Linda ne cessait jamais de s'étonner de l'agilité de son grand et gros père. Elle le suivit sous la pluie. Il enfilait déjà une veste et un pantalon imperméables. Elle mit le manteau de pluie qu'il lui tendit ; il lui tombait jusqu'aux pieds. Puis il dénicha une casquette publicitaire pour un garage et la lui enfonça sur le crâne. Il leva la tête vers le ciel ; l'eau ruissela sur son visage.

— C'est le déluge. Je ne me rappelle pas qu'il pleuvait autant quand j'étais petit.

— Moi, quand j'étais petite, il pleuvait sans arrêt.

Il lui ordonna de se dépêcher. Elle le précéda jusqu'au chêne et écarta les branches des buissons. Il avait pensé à prendre son portable. Elle l'entendit rugir parce que Svartman n'arrivait pas assez vite au téléphone. Il prononça les chiffres à haute voix pendant que Linda contemplait la vespa. L'immatriculation était la même. Il rangea le portable dans sa poche.

Au même instant, la pluie cessa. D'un coup. Comme dans les films où on ferme les robinets après la prise.

— Le déluge fait une pause, annonça-t-il. Tu as bien trouvé la vespa de Birgitta Medberg.

Il regarda autour de lui avant d'ajouter :

— Mais pas sa propriétaire.

Linda hésita. Puis elle prit dans la poche la photocopie de la carte d'arpentage prise chez Birgitta Medberg. Au même instant, elle comprit qu'elle commettait une erreur, mais il avait déjà repéré son manège.

— Qu'est-ce que c'est?

— Une carte des environs.

— Où l'as-tu trouvée?

— Ici. Par terre.

Il la lui prit des mains, avec un regard aigu. Je ne pourrai pas répondre à la question qu'il va me poser maintenant.

Mais il ne l'interrogea pas sur la raison pour laquelle cette carte pouvait être sèche alors que le sol était trempé. Ses yeux allaient de la carte au paysage : le lac, la route, le parking et les sentiers qui s'enfonçaient dans la forêt.

— Elle est donc venue ici, dit-il enfin. Mais «ici», c'est grand.

Il examina le sol autour du chêne et des fourrés où avait été dissimulée la vespa. Linda l'observait en essayant de suivre sa pensée.

Soudain, il leva la tête.

— Quelle est la première question qu'on doit se poser?

— A-t-elle caché la vespa exprès ou juste pour ne pas qu'elle soit volée?

Il acquiesça.

— Il y a une troisième possibilité.

Linda comprit. Elle aurait dû y penser tout de suite.

— Quelqu'un d'autre l'a-t-il cachée?

Il acquiesça de nouveau, en silence.

Un chien déboula sur l'un des sentiers, blanc à taches noires, Linda ne se souvenait pas du nom de cette race. Peu après, un autre chien semblable arriva en trombe, puis encore un, suivi par une femme en vêtements de pluie qui marchait vite. En apercevant Linda et son père, elle rappela ses bêtes et leur passa une laisse. La femme avait une quarantaine d'années. Elle était blonde, élancée, belle. Linda vit son père subir sa métamorphose instinctive habituelle en présence d'une jolie femme. Il se redressa, rentra le ventre et leva le menton pour défriper son cou.

— Désolé de vous importuner, dit-il. Je m'appelle Wallander et je suis de la police d'Ystad.

La femme le dévisagea avec méfiance.

— Je peux voir votre carte?

Il finit par trouver son portefeuille. Elle inspecta le document en détail.

— Il est arrivé quelque chose?

— Non. Vous promenez souvent vos chiens par ici?

— Deux fois par jour.

— Vous connaissez donc ces sentiers?

— Oui. Pourquoi?

Il ignora sa question.

— Avez-vous l'habitude de croiser du monde?

— Dès que l'automne s'installe, rarement. Mais au printemps et à l'été, oui, il y a du monde. Là, ça se termine, bientôt il n'y aura plus que quelques chiens et leurs propriétaires. C'est bien, parce qu'on peut les lâcher.

— Ils sont pourtant censés être en laisse, n'est-ce pas? C'est écrit sur le panneau là-bas.

Elle le considéra d'un air songeur.

— Vous êtes venu pour arrêter les dames seules qui promènent leurs chiens en liberté?

— Non. Je voudrais vous montrer quelque chose.

Les chiens tirèrent sur leur laisse. Wallander s'approcha de nouveau des buissons et écarta les branches qui cachaient la vespa.

— Avez-vous déjà vu cet engin ? Il appartient à une femme d'une soixantaine d'années qui s'appelle Birgitta Medberg.

Les chiens voulaient flairer la trouvaille. Mais la femme avait de la poigne, nota Linda, elle n'eut aucune peine à les retenir. Elle répondit sans hésiter :

— Oui. J'ai déjà vu la vespa et la femme. Plusieurs fois.

— Quand était la dernière ?

Elle réfléchit.

— Hier.

Il jeta un regard à Linda, qui suivait leur échange, un peu en retrait.

— Vous en êtes certaine ?

— Non. Mais il me semble que c'était hier.

— Comment se peut-il que vous n'en soyez pas certaine ?

— Je l'ai vue souvent, ces derniers temps.

— Ces «derniers temps» ? Depuis quand ?

Elle s'accorda un moment de réflexion.

— Juillet. Ou peut-être la dernière semaine de juin. C'est là que je l'ai vue pour la première fois, de l'autre côté du lac. On s'est adressé la parole. Elle m'a dit qu'elle cartographiait d'anciens sentiers abandonnés du domaine de Rannesholm. Il m'est arrivé de la croiser de nouveau par la suite. Elle avait plein de choses intéressantes à raconter. Ni mon mari ni moi ne savions qu'un chemin de pèlerinage traversait autrefois la propriété. Nous habitons le château, précisa-t-elle. Mon mari est courtier en Bourse. Je m'appelle Anita Tademan.

Elle regarda la vespa couchée dans les buissons et parut soudain soucieuse.

— Lui est-il arrivé quelque chose ?

— Nous ne savons pas. J'ai une dernière question, qui est importante. Où l'avez-vous vue, la dernière fois ? Sur quel chemin ?

Elle montra une direction par-dessus son épaule.

— Celui par lequel je suis venue aujourd'hui. C'est le meilleur, quand il pleut. Elle m'a dit avoir découvert un sentier recouvert par la végétation cinq cents mètres plus loin dans la forêt. Au pied d'un hêtre couché. C'est là que je l'ai vue.

— Alors je n'ai plus de questions. Anita Tademan – c'est bien cela ?

— Oui. Que s'est-il passé ?

— Birgitta Medberg a peut-être disparu.

— Comme c'est désagréable ! Une femme si charmante.

— Était-elle toujours seule ? intervint Linda.

La question avait fusé malgré elle, sans préméditation aucune. Son père lui jeta un regard, mais ne se fâcha pas.

— Je ne l'ai jamais vue accompagnée. De quelque façon que ce soit.

— Que voulez-vous dire ? – son père avait repris le relais.

— Par les temps qui courent, les femmes ne s'aventurent pas volontiers dans les endroits isolés. Pas question que je sorte sans mes chiens. Beaucoup de gens bizarres rôdent dans ce pays. L'an dernier, nous avons eu un exhibitionniste. Je crois bien que

154

la police ne l'a jamais attrapé. Je vous serais reconnaissante de me tenir informée de vos recherches concernant cette dame.

Elle lâcha ses chiens et s'éloigna en direction de l'allée qui remontait vers le château. Linda et son père la suivirent des yeux.

— Très belle, dit-il.

— Snob et riche. Pas pour toi.

— Ne crois pas ça. Je sais me tenir. Christina et Mona ont fait mon éducation.

Il regarda sa montre, puis le ciel.

— Cinq cents mètres. Allons-y.

Il se mit en marche, très vif. Elle fut obligée de courir pour ne pas se laisser distancer. Forte odeur de terre mouillée. Le sentier contournait des blocs de rocher et des racines noueuses. Une palombe s'envola d'un arbre, puis une deuxième.

Ce fut Linda qui découvrit le sentier recouvert. Son père marchait si vite qu'il n'avait rien remarqué. Elle l'appela. En revenant sur ses pas, il dut admettre qu'elle avait raison.

— J'ai compté, dit Linda. Jusqu'ici, ça fait un peu plus de quatre cent cinquante mètres.

— Anita Tademan avait parlé de cinq cents.

— Si on ne compte pas chaque pas, cinq cents mètres, quatre cents ou six cents, ça revient à peu près au même.

— Je sais estimer les distances, répliqua-t-il avec une pointe d'irritation.

Ils s'engagèrent dans le sous-bois. Le sentier lui-même était à peine visible, mais ils distinguèrent tous deux les empreintes de bottes dans la terre molle.

Une paire de bottes, pensa Linda. Une seule personne.

Le sentier s'enfonçait droit dans une végétation qui semblait n'avoir jamais été débroussaillée. Soudain ils furent au bord d'un ravin, ou d'une faille rocheuse, une gorge taillée dans la forêt. Son père s'accroupit et gratta la mousse avec son ongle. Linda le regardait faire. Un Indien suédois obèse qui aurait gardé intact son instinct de découvreur de pistes. Elle faillit éclater de rire.

Ils descendirent avec précaution au fond du ravin. Linda se prit les pieds dans quelque chose et trébucha. Une branche se cassa net, on aurait cru un coup de feu dans la forêt. Des oiseaux invisibles s'envolèrent.

— Ça va?

Linda se releva.

— Oui.

Il continua sa progression en écartant les branches basses, Linda sur ses talons. Une cabane apparut, presque comme dans un conte de fées; une maison de sorcière, adossée à la paroi du ravin. Il y avait une porte, et un seau cassé à moitié enterré dans l'humus. Ils prêtèrent l'oreille, mais le seul bruit provenait de quelques gouttes de pluie retardataires tombant sur les feuillages.

— Attends-moi ici.

Il s'avança vers la porte. Linda n'avait pas bougé. Mais quand il abaissa la poignée, elle s'approcha. Il ouvrit la porte, tressaillit, glissa, s'étala. Linda fit un bond de côté et se retrouva face à la porte ouverte. Il y avait quelque chose à l'intérieur. Elle resta un instant pétrifiée, sans réellement saisir ce qu'elle voyait.

Puis elle comprit qu'ils avaient retrouvé Birgitta Medberg.

Une partie d'elle, tout au moins.

DEUXIÈME PARTIE

Le vide

16

La scène entrevue par la porte ouverte, la scène qui avait fait tressaillir et trébucher son père, Linda l'avait déjà vue une fois. Une image d'enfance papillota dans sa tête. Un livre que Mona tenait de sa mère, que Linda n'avait pas connue, vieux et lourd avec des lettres chantournées. Un recueil de récits tirés de la Bible, avec des illustrations qu'on devinait à travers les minces feuillets intercalaires en papier de soie. Une de ces images était la même que celle qu'elle venait de voir dans la réalité. À quelques différences près. Dans le livre, c'était une tête d'homme, un barbu aux yeux fermés. Et cette tête était posée sur un plateau brillant. Et une femme dansait avec des voiles à l'arrière-plan. Cette image lui avait fait à l'époque un effet presque insoutenable.

Ce fut peut-être à cet instant, alors que l'image s'échappait du livre, ou de sa mémoire, pour ressusciter dans la réalité sous une autre forme, que l'impression forte de l'enfance s'effaça réellement pour la première fois. Linda avait vu la tête tranchée de Birgitta Medberg, posée, ou plutôt couchée, sur la terre battue. Ses mains étaient à côté. Entrelacées. C'était tout. Le reste du corps était absent. Linda entendit son père gémir dans son dos en même temps qu'il l'empoignait et la tirait brutalement en arrière.

— Tu ne dois pas voir ça! cria-t-il. Rentre à la maison.

Il claqua la porte de la cabane. Linda avait si peur qu'elle tremblait. En escaladant la pente du ravin, elle déchira son pantalon. Son père était tout contre elle. Ils coururent jusqu'au sentier, celui que tout le monde empruntait dans la forêt.

— Qu'est-ce qui se passe? siffla-t-il d'une voix complètement altérée. Qu'est-ce qui se passe?

Il appela le commissariat. Alerte générale. Elle écouta les expressions codées destinées à repousser au moins quelques-uns des journalistes et des curieux qui vivaient l'oreille collée à la radio de la police. Puis ils retournèrent sur le parking et attendirent debout quatorze minutes avant d'entendre les premières sirènes. Ils n'avaient pas échangé un mot. Linda était bouleversée, elle voulait rester près de son père. Mais il se détourna et alla se planter quelques mètres plus loin. Elle avait encore du mal à appréhender ce qu'elle avait vu. En même temps, son autre peur revenait en rampant, la peur qui avait pour nom Anna. Elles se connaissaient, pensa-t-elle avec désespoir. Elles ont disparu toutes les deux. Et l'une des deux est morte. Tuée. Dépecée. Elle dut s'accroupir, prise de vertige. Son père s'approcha. Elle s'obligea à se remettre debout et secoua la tête, ce n'était rien, une faiblesse, déjà passée.

C'était elle maintenant qui lui tournait le dos. Elle essaya de réfléchir. Clairement, lentement, méthodiquement, mais avant tout clairement! Le mot d'ordre qu'on leur serinait à l'école de police :

quelle que soit la situation, qu'il faille séparer des adversaires ivres morts ou empêcher un suicide spectaculaire, la clarté était l'exigence première. *Un policier qui ne réfléchit pas clairement est un mauvais policier.* Elle avait noté cette phrase deux fois sur des bouts de papier, qu'elle avait scotchés, l'un à côté du miroir de la salle de bains, l'autre près de son lit. Voilà ce que l'entrée dans la corporation exigeait d'elle, voilà le «signe sur le mur», au sens littéral. Toujours réfléchir clairement. Mais comment s'y prendre, alors qu'elle avait surtout envie de pleurer? Il n'y avait pas une ombre de clarté dans son esprit, seulement l'atroce découverte de la tête, et des mains entrelacées. Et ce qui était encore pire, qui grondait, poussait par-derrière comme un fleuve noir en crue, prêt à tout engloutir : *qu'était-il arrivé à Anna?* De nouvelles images s'enflammèrent, qu'elle aurait préféré chasser tout de suite, pour toujours. La tête d'Anna, les mains d'Anna. La tête de saint Jean-Baptiste et les mains d'Anna, la tête d'Anna et les mains de Birgitta Medberg.

Il pleuvait de nouveau. Elle courut vers son père et le tira par sa veste.

— Tu comprends maintenant qu'il a pu arriver malheur à Anna?

Il l'empoigna, essaya de la tenir à distance.

— Calme-toi. C'était Birgitta Medberg. Ce n'était pas Anna.

— Anna a écrit dans son journal qu'elle connaissait Birgitta Medberg. Et elle aussi a disparu. Tu ne comprends pas?

— Tu dois rester calme. C'est tout.

Elle se calma. Plutôt, elle se sentit soudain comme

163

paralysée, si bien qu'elle se tint tranquille. Les sirènes se rapprochèrent, le troupeau de la police était en route. Peu après, les voitures commencèrent à envahir le parking, les gens se rassemblèrent progressivement autour de son père après avoir enfilé des bottes et des vêtements de pluie qu'ils semblaient tous avoir à disposition dans le coffre de leur voiture. Au début, Linda resta en dehors du cercle. Mais personne ne protesta quand elle s'y ménagea discrètement une place. Martinsson fut le seul à lui adresser un signe de tête amical. Lui non plus ne mettait pas en cause sa présence. En cet instant, sur le parking pluvieux de Rannesholm, elle coupa définitivement le cordon ombilical qui la reliait à l'école de police. Elle suivit à distance la caravane qui s'enfonçait dans la forêt. Elle avait perçu l'autorité de son père, mais aussi son malaise au moment d'exiger qu'on interdise l'accès au parking entier pour arrêter les curieux. Il avait utilisé ce mot comme s'il décrivait un groupe particulier d'êtres humains. *Les curieux.*

Elle avançait dans la forêt, dernier maillon de la longue chaîne. Quand un technicien qui marchait devant elle perdit un pied de projecteur, elle le ramassa et le porta à sa place.

Anna était sans cesse présente à son esprit. La peur qu'elle ressentait était une sorte de pulsation sourde. Elle ne pouvait pas encore réfléchir clairement. Dans l'attente, elle devait garder sa place dans la chaîne. Pour finir, quelqu'un, peut-être même son père, comprendrait qu'il ne s'agissait pas seulement de Birgitta Medberg, mais aussi, au moins autant, de son amie Anna.

Elle suivit le travail des policiers pendant que la journée cédait lentement la place au crépuscule, puis à la nuit. Des nuages chargés de pluie s'éloignaient, d'autres approchaient, la terre était mouillée, les projecteurs balançaient lumières et ombres au fond du ravin. Les techniciens avaient dégagé avec précaution un chemin jusqu'à la cabane. Linda faisait très attention à ne pas gêner le travail en cours et à ne jamais poser le pied ailleurs que dans les empreintes des uns ou des autres. Parfois elle croisait le regard de son père, mais il semblait ne pas la voir. Ann-Britt Höglund était toujours à ses côtés. Linda l'avait rencontrée à quelques reprises depuis son retour à Ystad. Mais elle ne l'aimait pas ; elle avait toujours eu le sentiment que son père ferait mieux de se méfier de cette femme. Ann-Britt Höglund l'avait à peine saluée tout à l'heure et Linda pressentait que leur collaboration ne serait pas tout à fait simple. À supposer qu'elles collaborent un jour. Ann-Britt était une inspectrice de la brigade criminelle, Linda une aspirante qui n'avait même pas encore débuté et qui devrait se frotter longtemps au monde de la rue avant d'avoir la moindre chance de se spécialiser.

Elle observait les policiers au travail, ce travail où ordre et discipline, routine et minutie paraissaient sans cesse frôler le chaos. De temps à autre quelqu'un élevait la voix, surtout Nyberg, qui maudissait avec sauvagerie tous ceux qui ne regardaient pas où ils mettaient les pieds. Trois heures plus tard, la tête et les mains furent enfermées dans des sacs et emportées. Tout s'arrêta quelques instants. Malgré l'épaisseur du plastique, Linda crut deviner les contours du visage de Birgitta Medberg.

Puis le travail reprit. Les hommes de Nyberg rampaient à quatre pattes, sciaient des branches, filtraient la boue, d'autres montaient de nouveaux projecteurs ou réparaient des génératrices fatiguées. Les gens allaient et venaient, les téléphones sonnaient, et au milieu de toute cette agitation son père restait absolument immobile, comme ligoté par des cordes invisibles. Linda eut pitié de lui, de son isolement, de la pression qu'il subissait. Se tenir prêt en permanence à répondre à la litanie de questions, prendre une à une toutes les décisions nécessaires pour que l'investigation du lieu puisse se poursuivre. Un funambule hésitant. Voilà comment je le vois. Un policier en équilibre instable, là-haut sur sa corde, qui devrait perdre du poids et trouver un remède à sa solitude.

Il était tard lorsqu'il s'avisa enfin de la présence de sa fille. Il venait d'éteindre son portable pour se tourner vers Nyberg qui lui présentait quelque chose dans la lumière des projecteurs, contre la vitre desquels les insectes nocturnes rebondissaient et mouraient brûlés. Linda s'avança pour voir. Nyberg avait passé à son père une paire de gants en plastique qu'il enfilait tant bien que mal sur ses grandes mains.

— Qu'est-ce que c'est?

— Si tu n'es pas complètement aveugle, dit Nyberg, tu devrais être capable de voir que c'est une bible.

Son père ne parut pas s'émouvoir face à l'homme énervé dont les rares cheveux étaient dressés sur sa tête.

— Une bible, répéta Nyberg. Elle était par terre, à côté des mains. Il y a des empreintes sanglantes. Mais elles peuvent appartenir à quelqu'un d'autre.

— Au meurtrier?

— Possible. Tout est possible. Toute la cabane est pleine de sang. Ça a dû être terrible. Celui qui a fait ça a été inondé des pieds à la tête.

— Aucune arme, aucun outil?

— Rien. Mais cette bible, à part les taches de sang, a quelque chose de curieux. C'est dans l'Apocalypse.

Linda s'approcha d'un pas pendant que son père mettait ses lunettes.

— Je ne connais pas la Bible. Dis-moi juste ce qu'il y a de curieux.

Nyberg fit la grimace, mais refusa le piège.

— Qui connaît la Bible? Quoi qu'il en soit, l'Apocalypse est un chapitre, ou comment faut-il dire, important.

Un rapide regard à Linda.

— Qu'est-ce que tu en penses? On dit «chapitre»?

Linda sursauta.

— Aucune idée.

— Tu vois, même la jeunesse n'est pas au courant. Peu importe. Quelqu'un a griffonné entre les lignes. Tu vois?

Nyberg indiqua l'endroit. Kurt Wallander rapprocha le livre de ses lunettes.

— Je vois quelque chose entre les lettres qui ressemble à de la poussière grise.

— Rosén! cria Nyberg.

Un homme qui avait de la boue jusqu'au ventre

arriva avec une loupe. Kurt Wallander essaya de nouveau.

— O.K. Qu'est-ce que ça raconte?

— J'ai déchiffré deux lignes, dit Nyberg, On dirait que la personne n'est pas satisfaite de ce qui est écrit là. Elle a essayé d'améliorer la parole de Dieu.

Wallander ôta ses lunettes.

— Tu peux t'exprimer de manière à ce qu'on comprenne?

— Comment veux-tu que je m'exprime? Je croyais que la Bible était la parole de Dieu. Moi, je trouve ça intéressant que quelqu'un s'occupe à réécrire des textes de la Bible. Est-ce qu'une personne normale ferait ça? Une personne à peu près sensée, si tu préfères?

— Un fou, quoi. Que t'évoque cette cabane? Domicile ou cachette?

— Pour quelqu'un qui se planque, ça peut revenir au même.

Il fit un geste vers la forêt noire qui s'étendait au-delà des projecteurs.

— Les chiens ont fouillé le terrain. Ils y sont encore. Leurs maîtres affirment que c'est quasi impénétrable. Pour quelqu'un qui voudrait se cacher dans la région, on peut difficilement rêver meilleur endroit.

— D'autres indices?

— Il n'y a pas de vêtements. Rien de personnel. On ne peut même pas affirmer si c'est un homme ou une femme qui l'occupait.

Un chien aboya dans le noir. Une pluie fine tombait sur la forêt. Ann-Britt Höglund, Martinsson et Svartman surgirent de directions opposées et se

168

rassemblèrent autour de Kurt Wallander. Linda était à mi-chemin des participants et des spectateurs.

— Allez-y, commença son père. Donnez-moi une image. Que s'est-il passé dans cette cabane? Pourquoi? Qui a pu faire ça? Pourquoi Birgitta Medberg est-elle venue ici? Avait-elle rendez-vous avec quelqu'un? A-t-elle été tuée sur place? Où est le reste du corps? Lâchez-vous.

La pluie dégouttait des arbres; Nyberg éternua. Un projecteur s'éteignit. Nyberg le renversa d'un coup de pied, avant de le remettre debout.

— Allez-y, insista Kurt Wallander.

— J'ai vu beaucoup d'horreurs, commença Martinsson. Mais là, c'est vraiment spécial. Je ne vois qu'un fou furieux. Où est le reste du corps? Qui occupait la cabane? Mystère.

— Nyberg a découvert une bible, dit Wallander. Dans laquelle quelqu'un a gribouillé des variantes aux versets d'origine. Qu'est-ce que ça nous raconte? On doit s'occuper des Tademan, savoir s'il leur arrive de venir ici. Il va falloir sonner chez les voisins. Ratisser large, vingt-quatre heures sur vingt-quatre.

Silence.

— On doit faire vite, ajouta Wallander. Je ne sais pas de quoi il retourne. Mais j'ai peur.

Linda fit un pas et pénétra dans le cercle de lumière. Comme si elle entrait sur une scène sans y avoir été préparée.

— Moi aussi, j'ai peur.

Des visages épuisés, ruisselants, l'entouraient. Seul son père parut se tendre. Ça va le mettre hors de lui. Tant pis, je dois le faire.

Elle se mit à parler d'Anna, en évitant de regarder son père. Elle fit un effort pour se rappeler les détails, ne pas évoquer sa peur intuitive, mais rendre compte simplement de ce qu'elle savait et les laisser tirer leurs conclusions par eux-mêmes.

— On va s'en occuper, répliqua son père quand elle eut fini.

Sa voix était glaciale. Linda regretta sur-le-champ d'être intervenue.

Je ne voulais pas le faire. C'était uniquement pour Anna. Pas pour te provoquer.

— Je sais, dit-elle. À présent, je vais rentrer. Je n'ai rien à faire ici.

— C'est Linda qui a découvert la vespa, intervint Martinsson. N'est-ce pas ?

Son père hocha la tête. Puis il se tourna vers Nyberg.

— Quelqu'un de ton équipe peut-il raccompagner Linda à sa voiture ?

— Moi, je peux. J'ai besoin de chier et il est hors de question que je le fasse sous la truffe sensible des chiens.

Linda escalada une fois de plus la paroi du ravin. Elle s'apercevait seulement maintenant à quel point elle était affamée et épuisée. Nyberg éclairait le sentier devant ses pas. Ils croisèrent un maître-chien et son berger allemand, la queue basse. Des lumières scintillaient entre les arbres. Course d'orientation nocturne, pensa Linda. Policiers en chasse au milieu des ombres. Sur le parking, Nyberg marmonna une phrase incompréhensible avant de disparaître. Un flash déchira l'obscurité. Linda vit quelques policiers en faction. Elle prit le volant, quelqu'un souleva les rubans de plastique qui délimitaient la scène du crime et elle se retrouva sur la route. *Les curieux* ne manquaient pas à l'appel. Voitures en stationnement, gens debout, attendant qu'il se passe quelque chose. En les voyant, elle rendossa son uniforme invisible. Tirez-vous. C'est un meurtre. Personne ne doit nous déranger. Tout en conduisant, elle partit dans un rêve éveillé.

À l'école de police, ils s'appelaient les «Flics de Ciné». Longues soirées passées à boire du vin et de la bière en jouant avec les images d'un avenir qui reviendrait surtout à se coltiner des ivrognes et à faire entendre raison à de jeunes délinquants. Mais tout métier a ses rêves, avait-elle pensé. Nécessairement. Les médecins qui sauvent les blessés après un accident grave. Blouses blanches ensanglantées, héros invincibles. Pareil pour nous, gamins sur le point d'investir l'uniforme. Plus rapides, plus durs, plus forts, toujours prêts à en découdre.

Elle repoussa ces pensées. Elle n'était pas de la police, pas encore.

Elle s'aperçut qu'elle conduisait trop vite et ralentit. Un lièvre s'arrêta sur la route, ébloui par les phares. Elle pila net. Le lièvre disparut. Linda redémarra, le cœur battant. Profonde inspiration. Les lumières de la route principale n'étaient plus loin. Elle s'arrêta sur un parking et coupa les phares, puis le moteur. Autour d'elle, l'obscurité. Elle prit son portable. Avant qu'elle ait pu composer le numéro, il se mit à sonner. C'était son père. Il était hors de lui.

— Tu es complètement malade, de m'accuser de ne pas faire mon boulot?

— Je ne t'accuse de rien. J'ai juste peur qu'il soit arrivé quelque chose à Anna.

— Ne recommence pas ça. Jamais. Sinon, je veillerai personnellement à te faire muter.

Elle n'eut pas l'occasion de répondre ; il avait raccroché.

Il a raison. J'aurais dû réfléchir avant. Elle voulut le rappeler pour s'excuser, ou du moins tenter de s'expliquer. Puis elle changea d'avis. Il serait encore fou de rage. Dans quelques heures, il l'écouterait peut-être.

Elle avait besoin de parler à quelqu'un. Elle fit le numéro du Zèbre. Occupé. Elle compta lentement jusqu'à cinquante avant de réessayer. Toujours occupé. Sans vraiment savoir pourquoi, elle composa le numéro d'Anna. Occupé. Elle sursauta. Essaya de nouveau. Toujours occupé. La joie l'envahit. *Anna est revenue !* Elle remit le contact, alluma les phares et s'engagea sur la grand-route. *Mince alors, je vais lui raconter tout ce qui a été enclenché simplement parce qu'elle n'a pas respecté notre rendez-vous.*

17

Linda sortit de la voiture et leva la tête vers les fenêtres d'Anna. Pas de lumière. La peur revint. Pourtant ça avait sonné occupé... Linda refit le numéro du Zèbre, qui décrocha tout de suite comme si elle attendait près du téléphone.

— C'est moi, dit Linda, hors d'haleine. Tu as parlé à Anna à l'instant?

— Non.

— Certaine?

— Je sais quand même qui j'ai au bout du fil. Si tu veux savoir, je me prenais la tête avec mon frère pour de l'argent que je n'ai pas l'intention de lui prêter. C'est un gaspilleur. Moi, j'ai quatre mille couronnes à la banque. C'est tout ce que je possède. Il les veut pour s'acheter une participation dans un camion qui part en Bulgarie avec des pièces détachées.

— Je me fous de ton frère. Écoute-moi. Anna a disparu. Elle n'a jamais loupé un rendez-vous.

— Il faut bien qu'il y ait une première fois.

— C'est ce que dit mon père. Mais ça fait trois jours maintenant. Il lui est arrivé quelque chose.

— Elle est peut-être à Lund.

— Non. D'ailleurs c'est égal. Ça ne lui ressemble pas de s'absenter comme ça, c'est tout. Réfléchis. Est-ce qu'elle a déjà loupé un rendez-vous avec toi sans prévenir?

Le Zèbre réfléchit.

— Non.

— Tu vois!

— Ce que je ne vois pas, c'est pourquoi tu te mets dans des états pareils.

Linda faillit tout lui dire, la tête, les mains, tout. Mais c'était un péché mortel de dévoiler quoi que ce soit à une personne extérieure.

— Tu as sûrement raison. Je m'inquiète pour rien.

— Viens chez moi.

— Pas le temps.

— Je crois que ça te rend marteau d'attendre le début de ton contrat. Alors viens et aide-moi à résoudre un mystère.

— Lequel ?

— Une serrure de porte qui s'est coincée.

— Pas le temps. Demande au gardien.

— Tu stresses trop. Calme-toi.

— Oui, d'accord. Salut.

Linda sonna à la porte dans l'espoir que les fenêtres éteintes signifiaient qu'Anna dormait. Mais l'appartement était vide, le dessus-de-lit intact. Linda examina le téléphone. Le combiné était bien raccroché, le voyant du répondeur éteint. Elle s'assit et passa mentalement en revue les événements des derniers jours. Chaque fois que la tête tranchée revenait dans ses pensées, elle avait un haut-le-cœur. Ou peut-être le pire était-il la vision des mains. Qui est capable de couper les mains de quelqu'un ? La tête, ça voulait dire qu'on l'avait tuée. Mais les mains ? Avaient-elles été tranchées du vivant de Birgitta Medberg ou après ? Était-il possible de l'établir ? Et où se trouvait le reste du corps ? La nausée prit le dessus. Elle eut juste le temps de se précipiter aux toilettes. Quand elle eut fini de vomir, elle s'allongea par terre dans la salle de bains. Un petit canard jaune en plastique était coincé sous la baignoire. Elle se souvenait de ce canard, se rappelait le jour où Anna l'avait reçu, bien des années auparavant.

Elles avaient douze ou treize ans. Elle ne savait plus laquelle des deux avait eu l'idée, mais elles avaient pris le bateau jusqu'à Copenhague. C'était

174

le printemps ; elles étaient toutes les deux inquiètes, impatientes, agitées à l'école, et elles concluaient pacte sur pacte pour se protéger pendant qu'elles faisaient l'école buissonnière. Mona était d'accord pour l'excursion à Copenhague. Mais son père avait tout de suite dit non. Linda se souvenait encore comment il lui avait dépeint Copenhague, ville louche et menaçante pour deux jeunes filles qui ignoraient tout de la vie. Pour finir, Linda et Anna étaient quand même parties. Linda savait qu'au retour ce serait terrible. Par vengeance anticipée, elle avait volé un billet de cent couronnes dans le portefeuille de son père avant le départ. Elles avaient pris le train jusqu'à Malmö, puis l'hydroglisseur. Linda se rappelait ce voyage comme leur première incursion sérieuse dans le monde des adultes.

Une journée de gloussements et de rires, venteuse mais ensoleillée, un avant-goût du printemps. Anna avait gagné le canard en plastique à une tombola dans le parc d'attractions de Tivoli.

Tout avait été lumineux au début. Liberté, aventure, murs invisibles qui s'écroulaient de partout. Puis les images s'assombrissaient. Incident, premier coup mortel porté à leur amitié. Cette fois-là, elles étaient passées au travers plus ou moins indemnes. Mais ensuite, le jour où elles s'étaient toutes les deux amourachées de Tomas, la bataille était perdue d'avance. La faille invisible s'était élargie et avait fini par les arracher l'une à l'autre. Un banc vert. On était assises sur ce banc et Anna, qui avait passé la journée à me réclamer de l'argent puisqu'elle n'avait pas un centime, m'a demandé de garder son sac pendant qu'elle allait aux toilettes. C'était à Tivoli,

175

un orchestre jouait, le trompettiste était sans cesse à la limite de la fausse note.

Linda se souvint de tout cela, dans la salle de bains d'Anna. Le chauffage au sol lui chauffait le dos. Le banc vert et le sac. Après tant d'années, elle n'aurait toujours pas su dire pourquoi elle l'avait ouvert, pourquoi elle en avait sorti le portefeuille d'Anna où elle avait découvert deux billets de cent couronnes. Pas cachés dans une poche secrète, non. Parfaitement visibles. Elle avait contemplé les billets et senti la trahison la frapper de plein fouet. Puis elle avait remis le portefeuille dans le sac. Elle avait décidé qu'elle ne dirait rien. Mais quand Anna était revenue des toilettes en lui demandant si elle pouvait leur acheter quelque chose à boire, Linda avait explosé. Elles s'étaient mises à crier toutes les deux ; elle ne se rappelait plus quels étaient les arguments d'Anna. En tout cas, elles s'étaient séparées. Sur le bateau du retour, elles avaient gardé leurs distances. À la gare, en attendant le train qui les ramènerait à Ystad, elles s'étaient évitées. Elles avaient mis longtemps à s'adresser de nouveau la parole. Elles n'avaient jamais reparlé de l'incident de Copenhague ; elles s'étaient contentées de rafistoler leur amitié ; contre toute attente, elles y étaient parvenues.

Linda se redressa en position assise. Encore une histoire de mensonge. Je suis convaincue que Henrietta me cachait quelque chose quand je lui ai rendu visite. Et Anna ment ; je l'ai appris à Copenhague. Plus tard aussi, il m'est arrivé de la surprendre en flagrant délit. Pourtant je la connais assez pour savoir quand elle dit la vérité. Quand elle affirme

176

qu'elle croit avoir vu son père, ce n'est pas une invention. Mais qu'y a-t-il derrière ? Que ne m'a-t-elle *pas dit* ? Les plus grands mensonges sont parfois des mensonges par omission.

Le portable sonna dans sa poche. Elle devina que c'était son père. Au cas où il serait encore en colère, elle se mit debout, pour mieux l'affronter. Mais cette fois, il paraissait juste fatigué, tendu. Elle pensa que son père avait de multiples voix, plus nombreuses que les autres gens qu'elle connaissait.

— Où es-tu ?

— Chez Anna.

Il y eut un long silence. Bruits de voix à l'arrière-plan, talkies-walkies, un chien qui aboyait. Il était encore dans la forêt.

— Qu'est-ce que tu fais là-bas ?

— J'ai de plus en plus peur.

À sa grande surprise, il répondit :

— Je comprends. C'est pour ça que je t'appelle. J'arrive.

— Où ?

— Là où tu es. Chez Anna. Tu dois me raconter tout ça en détail. Ne t'inquiète pas. C'est juste que je prends ton inquiétude au sérieux.

— Pourquoi ne devrais-je pas m'inquiéter ? Si tu ne comprends pas que je sois inquiète, tu ne dois pas me dire que tu comprends que j'aie peur. En plus, son téléphone sonnait occupé tout à l'heure. Mais elle n'est pas là. Quelqu'un est venu. J'en suis sûre.

— Tu me donneras tous les détails quand je serai là. C'est quoi, l'adresse ?

Elle la lui donna.

— Comment ça va ? demanda-t-elle quand il l'eut notée.

— Je n'ai jamais vu ça.

— Vous avez trouvé le... reste du corps ?

— Non. On n'a rien trouvé du tout. Encore moins une explication. Je klaxonnerai en bas.

Linda se rinça la bouche au robinet. Pour mieux se débarrasser du goût de vomi, elle emprunta la brosse à dents d'Anna. Elle allait sortir de la salle de bains quand elle eut l'idée d'ouvrir l'armoire à pharmacie. Elle fit alors une découverte surprenante. Le deuxième journal intime, pensa-t-elle.

Anna souffrait d'eczéma au cou. Quelques semaines plus tôt, alors qu'Anna, le Zèbre et elle jouaient à imaginer un voyage de rêve, Anna avait dit que la première chose qu'elle mettrait dans sa valise, ou dans son bagage à main plutôt, était sa pommade, la seule qui parvenait à maîtriser à peu près son eczéma. Linda se rappelait sa remarque mot pour mot : *Je n'achète qu'un tube à la fois, sur ordonnance, pour que la pommade soit aussi fraîche que possible.* Or le tube était là, au milieu des flacons de pilules et des brosses à dents. Anna avait la manie des brosses à dents. Linda fit le compte ; il y en avait dix-neuf, dont onze inutilisées. Et le tube de pommade. Anna ne serait pas partie sans sa pommade. Jamais de la vie. Jamais de son plein gré. Elle n'aurait laissé ni le tube ni le journal. Elle referma la petite porte à miroir et sortit de la salle de bains. Qu'avait-il donc pu se passer ? Rien n'indiquait qu'Anna eût été arrachée de force à son logement. Évidemment, cela avait pu se passer dans la rue. On avait pu la pousser dans une voiture.

178

Linda se posta à la fenêtre pour attendre son père. Elle était fatiguée. L'uniforme invisible la serrait. Elle fut submergée par un sentiment d'avoir été dupée. De quelle manière l'école les avait-elle préparés à cela ? Était-il d'ailleurs possible de préparer un futur policier à ce qui l'attendait lorsque la porte de la réalité s'ouvrirait ? Un court instant, elle eut envie d'arracher son uniforme avant même de l'avoir enfilé. Entrer dans la police : une décision regrettable qu'elle devrait échanger au plus vite contre un autre rêve pour sa vie. Elle n'était pas faite pour ça ; elle n'était pas à la hauteur.

Qui l'avait prévenue qu'elle risquait d'un moment à l'autre, au hasard d'une porte ouverte, de se trouver face à une tête tranchée, une tête de femme aux cheveux gris posée à côté de deux mains entrelacées ? Si la nausée ne revint pas, ce fut parce que son estomac était vide.

Des mains entrelacées... Des mains en prière. Des mains tranchées. Elle secoua la tête. Que s'était-il produit *avant* ? À l'instant dramatique où une hache invisible s'était levée ? Qu'avait vu Birgitta Medberg au moment de mourir ? Avait-elle croisé le regard d'un autre être humain, avait-elle compris ce qui allait se produire ? Ou cela lui avait-il été épargné ? Linda regardait fixement le lampadaire de la rue, oscillant sur son fil. Il y avait là un drame, un scénario qu'elle pouvait deviner. Des mains jointes, une prière, une supplication. Un prêtre brutal, avec une hache. Birgitta Medberg savait. Elle a compris ce qui allait se passer et elle a imploré son bourreau.

Une lumière de phares éclaira les façades sombres. Son père sortit de la voiture et regarda autour de lui comme s'il était perdu. Puis il aperçut Linda qui agitait la main dans sa direction. Elle lui jeta les clés par la fenêtre et alla ouvrir. Elle entendit son pas lourd dans l'escalier. Il va réveiller tout l'immeuble. J'ai un père qui se déploie dans la vie comme un peloton d'infanterie en colère. Il apparut. En sueur, épuisé, les vêtements trempés, le regard vacillant.

— Il y a quelque chose à manger? demanda-t-il en se débarrassant de ses bottes dans l'entrée.

— Oui.

— Et une serviette éponge, ça se pourrait?

— La salle de bains est là. Il y a des serviettes sur l'étagère du bas.

Il ressortit de la salle de bains en maillot de corps et en caleçon et s'attabla dans la cuisine. Les vêtements et les chaussettes, il les avait suspendus au radiateur de la salle de bains. Linda avait sorti les restes du réfrigérateur d'Anna. Elle savait qu'il voulait manger tranquille, en silence. Quand elle était petite, c'était un péché mortel de parler ou de faire du bruit à la table du petit déjeuner. Mona ne supportait pas de s'asseoir en face de ce mari muet. Elle prenait son petit déjeuner après son départ. Mais Linda s'asseyait avec lui et partageait son silence. Parfois il baissait le journal, qui était en général *Ystads Allehanda*, et lui faisait un clin d'œil. Le silence du matin était sacré.

Il mordit dans une tartine, mais la nourriture resta coincée dans sa bouche.

— Je n'aurais pas dû t'emmener. C'était irresponsable. Tu n'aurais pas dû voir ce qui était dans la cabane.

— Il y a du nouveau?

— Aucun indice, aucune explication.

— Et le reste du corps?

— Pas de traces. Les chiens n'ont rien flairé. On sait que Birgitta Medberg cartographiait les sentiers dans la région. Il n'y a aucune raison de penser qu'elle soit tombée sur cette cabane sinon par hasard. Mais qui était à l'intérieur? Pourquoi ce meurtre brutal? Pourquoi a-t-elle été dépecée? Et pourquoi le reste du corps a-t-il disparu?

Il finit sa tartine, en beurra une autre et la laissa intacte sur l'assiette.

— Maintenant, je veux tout savoir. Anna Westin. Ton amie. Qu'est-ce qu'elle fait? Des études. Lesquelles?

— Médecine. Tu le sais déjà.

— Je me fie de moins en moins à ma mémoire. Vous deviez vous voir. Où donc? Ici?

— Oui.

— Et quand tu es arrivée, elle n'était pas là.

— Non.

— Peut-il s'agir d'un malentendu?

— Non.

— Et Anna est toujours ponctuelle. C'est bien ça?

— Toujours.

— Répète-moi l'histoire du père. Disparu depuis vingt-quatre ans, jamais donné de signe de vie, et tout à coup elle l'aperçoit dans une rue de Malmö?

Linda lui raconta l'épisode avec le plus de détails possible. Quand elle eut fini, il resta silencieux.

— Un disparu reparaît, dit-il enfin. Le lendemain, le témoin de cette réapparition disparaît. L'un revient, l'autre s'en va.

181

Il secoua la tête. Linda lui parla alors du journal intime et du tube de pommade. Elle lui raconta aussi sa visite à la mère d'Anna. Il l'écoutait avec la plus grande attention.

— Qu'est-ce qui te fait croire qu'elle ment?

— Si Anna avait cru voir son père auparavant, elle me l'aurait dit.

— Comment peux-tu en être certaine?

— Je la connais.

— Les gens changent. Et on ne les connaît jamais qu'en partie.

— Ça vaut aussi pour moi?

— Ça vaut pour moi, ça vaut pour toi, ça vaut pour ta mère et ça vaut pour Anna. Sans compter qu'il y en a certains qu'on ne connaît pas du tout. Le vieux était un exemple entre mille de l'incompréhensibilité personnifiée.

— Je connaissais mon grand-père.

— Tu ne le connaissais pas.

— Ce n'est pas parce que vous ne vous compreniez pas, tous les deux, que ça vaut aussi pour moi. Par rapport à lui, je veux dire. D'ailleurs on ne parle pas de lui, mais d'Anna.

— Tu n'as pas signalé sa disparition.

— J'ai suivi ton conseil.

— Pour une fois.

— Arrête!

— Montre-moi le journal.

Linda alla le chercher et l'ouvrit à la page où Anna évoquait la lettre reçue de Birgitta Medberg.

— As-tu le souvenir d'avoir jamais entendu Anna prononcer le nom de Birgitta Medberg?

— Non, jamais.

— As-tu posé la question à sa mère ?

— Quand je lui ai rendu visite, je n'avais pas encore lu le nom de Birgitta Medberg dans le journal.

Il se leva, alla chercher le bloc-notes dans sa veste, griffonna quelques mots et se rassit.

— J'enverrai quelqu'un lui parler demain.

— Je peux m'en occuper.

— Non, dit-il sur un ton sans appel. Tu ne le peux pas. Tu n'es pas encore de la police. Je demanderai à Svartman ou à un autre collègue. Tu ne prends aucune initiative, c'est compris ?

— Pourquoi le prends-tu sur ce ton ?

— Je ne le prends sur aucun ton. Je suis fatigué. Et inquiet. Je ne sais pas ce qui s'est passé dans cette cabane, sinon que c'est épouvantable. Et je ne sais pas non plus si c'est un début ou une fin.

Il regarda sa montre et se leva.

— Faut que j'y retourne.

Il resta planté, irrésolu, au milieu de la cuisine.

— Je refuse de croire au hasard. Que Birgitta Medberg soit tombée sur une vilaine sorcière dans une cabane de pain d'épice. Je refuse de croire que quelqu'un commette un meurtre comme celui-là pour punir une intruse qui a eu le malheur de frapper à la mauvaise porte. Les monstres n'habitent pas la forêt suédoise. Pas même les trolls n'y habitent. Elle aurait dû s'en tenir à ses papillons.

Il partit se rhabiller. Linda le suivit. Qu'avait-il dit ? La porte de la salle de bains était entrebâillée.

— Qu'est-ce que tu viens de dire ?

— Qu'il n'y a pas de monstres dans les forêts suédoises.

— Après.

183

— Rien.

— Après les monstres et les trolls. À la fin. Sur Birgitta Medberg.

— Elle aurait dû s'en tenir à ses papillons et ne pas s'intéresser aux vieux chemins de pèlerinage.

— Quels papillons?

— Ann-Britt a parlé à sa fille. Il fallait bien que quelqu'un lui annonce la nouvelle. Vanja Jorner lui a raconté que sa mère avait une importante collection de papillons, qu'elle a vendue il y a quelques années pour aider sa fille à s'acheter un appartement. Vanja avait mauvaise conscience, elle pensait que les papillons avaient beaucoup manqué à sa mère. Les gens ont souvent des réactions bizarres à la mort d'un proche. Ça m'a fait ça, à moi aussi, quand le vieux est mort. J'étais capable de fondre en larmes en me rappelant ses chaussettes dépareillées.

Soudain, il s'aperçut du changement d'expression de Linda.

— Qu'y a-t-il?

— Viens.

Elle l'entraîna dans le séjour, alluma une lampe et lui montra l'emplacement vide sur le mur.

— J'ai oublié de te dire que quelque chose avait disparu.

— Quoi donc?

— Un petit tableau. Plutôt une petite boîte sous verre. Avec un papillon à l'intérieur. J'en suis sûre. Le lendemain de la disparition d'Anna, il n'était plus là.

Il plissa le front.

— Tu en es certaine?

— Oui. Et le papillon était bleu.

18

Cette nuit-là, Linda pensa qu'il avait fallu un papillon bleu pour que son père commence enfin à la prendre au sérieux. Elle n'était plus une enfant, une morveuse d'aspirante qui pourrait peut-être donner quelque chose un jour, mais une adulte douée de jugeote et d'un sens certain de l'observation. Elle avait enfin réussi à démolir la conviction de Kurt Wallander que Linda Wallander était sa fille et rien d'autre.

Tout était allé très vite. Il lui demanda seulement si elle était absolument certaine que ce papillon bleu s'était volatilisé au moment de la disparition d'Anna ou juste après. Linda était sûre de son fait. À l'école de police, elle avait souvent joué, tard le soir, avec ses copines les plus proches, Lilian, qui venait d'Arvidsjaur et qui haïssait Stockholm parce qu'il n'y avait pas de scooters des neiges, et Julia, qui était originaire de Lund. Le jeu, destiné à exercer leur mémoire et leur faculté d'observation, était le suivant : chacune à tour de rôle présentait aux deux autres un plateau chargé d'une vingtaine d'objets. Après quinze secondes, on en retirait un, qu'il s'agissait ensuite d'identifier. Linda gagnait toujours. Son plus grand triomphe avait été, sur un plateau de dix-neuf objets, et avec dix secondes d'observation, de repérer le trombone manquant. Ce soir-là, elle était devenue leur championne du monde.

Le papillon sous verre avait donc bien disparu

après le départ d'Anna. La question était réglée. Son père appela les autres dans la forêt et parla à Ann-Britt Höglund. Il en profita pour s'informer de l'avancement des recherches. Linda entendit d'abord la voix exaspérée de Nyberg, puis celle de Martinsson qui éternua bruyamment, et pour finir celle de Lisa Holgersson, leur chef, qui s'était entre-temps déplacée en personne sur les lieux. Il reposa son portable sur la table.

— Je veux qu'Ann-Britt vienne. Je suis tellement fatigué que je ne me fie plus à mon propre jugement. Est-ce que tu m'as tout dit?

— Il me semble que oui.

— J'ai du mal à y croire. La coïncidence est trop invraisemblable.

— L'autre jour tu disais qu'on doit toujours s'attendre à l'inattendu.

— Je raconte trop de conneries. Est-ce qu'il y a du café dans cette maison?

L'eau bouillait quand Ann-Britt Höglund klaxonna en bas.

— Elle conduit beaucoup trop vite, s'énerva son père. Elle est la maman de deux gamins. Tu imagines, si elle se tuait au volant? Jette-lui les clés.

Ann-Britt Höglund attrapa adroitement le trousseau et monta à l'appartement, où elle commença par se déchausser. Ils s'assirent dans le séjour. Linda eut encore l'impression qu'Ann-Britt avait une attitude hostile à son égard. Elle remarqua aussi sa chaussette trouée. Par contraste, elle s'était fortement maquillée. Quand avait-elle trouvé le temps de faire ça? Elle dormait peut-être avec son maquillage.

— Tu veux un café?

— Oui, merci.

Linda avait cru que son père se chargerait de résumer les faits pour sa collègue. Mais quand elle arriva de la cuisine avec la tasse de café et la posa sur la table à côté d'Ann-Britt, il lui fit signe.

— Il vaut mieux que ça sorte de la bouche du cheval. En détail, s'il te plaît, Mme Höglund est une bonne auditrice.

Linda prit son élan, s'empara des faits et les déroula dans le bon ordre. Elle montra à Ann-Britt la page du journal où était mentionné le nom de Birgitta Medberg. Son père n'intervint que lorsqu'il fut question du papillon bleu. Il prit alors la relève, et le récit de Linda se transforma au même instant en quelque chose qui deviendrait peut-être le début d'une enquête. S'extirpant du canapé, il montra l'endroit du mur où avait été accroché le tableau.

— C'est là que ça se recoupe. Deux points – non, trois. D'abord le nom de Birgitta Medberg dans le journal d'Anna. L'existence d'un courrier au moins. Mais la lettre reste introuvable. Ensuite la présence des papillons dans la vie de l'une et de l'autre. Enfin, le plus important : le facteur commun de la disparition.

Le silence se fit. Des cris s'élevèrent dans la rue ; un homme ivre, qui s'exprimait en polonais ou en russe.

— C'est très bizarre, commenta Ann-Britt Höglund. Quelle est la personne qui connaît le mieux Anna ?

— Je ne sais pas.

— Elle n'a pas de petit ami ?

— Pas en ce moment.

— Mais elle en a eu ?

— Comme tout le monde. Moi, je dirais que la personne qui la connaît le mieux est sa mère.

Ann-Britt Höglund bâilla et se gratta la tête.

— C'est quoi, cette histoire de père qu'elle croit avoir vu ? Pourquoi est-il parti ? Il avait fait quelque chose ?

— D'après la maman d'Anna, il a fui.

— Fui quoi ?

— Ses responsabilités.

— Et maintenant il serait de retour ? Et dans la foulée, sa fille disparaît ? Et Birgitta Medberg est tuée ?

— Non, coupa Kurt Wallander. Ça ne suffit pas à décrire les faits. Elle a été massacrée. Les mains tranchées, la tête tranchée, le reste du corps dissimulé. Et cette cabane, comme dans un conte de fées – une petite maison de pain d'épice mortelle cachée au fond d'un ravin dans la forêt touffue de Rannesholm. Martinsson a réveillé les Tademan, monsieur et madame. D'après Martinsson, monsieur était ivre mort quoique endormi. C'est intéressant. Madame, que Linda et moi avons croisée hier, était d'un abord plus facile, toujours d'après Martinsson. Pas d'individu suspect à proximité du château ni dans les alentours ; et personne n'était au courant de l'existence d'une cabane. Elle a donné un coup de fil pour réveiller un chasseur qui passe son temps dans la forêt. Il n'a jamais vu de cabane, ni de ravin d'ailleurs, ce qui est bizarre. Quel que soit l'individu qui l'occupait, il savait se rendre invisible. Tout en restant très près de ses semblables. Je soupçonne que ce dernier point peut être important. Invisible, mais proche.

— De quoi?

— Je ne sais pas.

— Commençons par la mère, proposa Ann-Britt Höglund. On la réveille?

— Demain matin ça ira, dit Kurt Wallander après une hésitation. On a assez à faire dans la forêt.

Linda sentit une chaleur lui envahir les joues. Signe de colère.

— Pense à Anna. Imagine qu'elle est en danger, et que nous, pendant ce temps, on prend du retard.

— Imagine que sa mère oublie des détails importants parce qu'on la réveille en pleine nuit. En plus, on va l'affoler.

Il se leva.

— On fait comme on a dit. Rentre dormir. Tu nous accompagneras chez sa mère demain matin.

Laissant Linda à son sort, ils renfilèrent leurs bottes et leurs vestes. Elle les regarda démarrer par la fenêtre. Le vent soufflait du sud-est, de plus en plus fort. Elle lava les tasses en pensant qu'elle devrait dormir. Mais comment? Anna disparue, Henrietta qui mentait, Birgitta Medberg tuée, son nom dans le journal d'Anna... Elle recommença à fouiller l'appartement. La lettre de Birgitta Medberg : pourquoi ne la découvrait-elle pas?

Elle s'y prit plus méthodiquement cette fois, détachant le panneau de fond des tableaux de leur cadre, écartant du mur commodes et bibliothèques pour voir si rien n'était fixé derrière. Elle continua jusqu'au moment où quelqu'un sonna à la porte. Il était une heure passée.

Elle alla ouvrir. Un homme avec des lunettes à verres épais, vêtu d'un peignoir marron et de pantoufles roses trouées. Il se présenta : August Brogren.

— Mlle Westin aurait-elle l'amabilité de se calmer un peu, je vous prie. Ce n'est pas une heure pour des remue-ménage pareils.

— Désolée. Je ne vais plus faire de bruit.

August Brogren fit un pas en avant.

— Vous n'avez pas la voix de Mlle Westin. Vous n'êtes pas Mlle Westin. Qui êtes-vous ?

— Une amie.

— Quand on n'y voit plus, on reconnaît les gens à leur voix. Mlle Westin parle d'une voix douce ; vous, vous avez une voix éraillée et dure. C'est comme la différence entre... entre un pain de mie et une biscotte.

August Brogren chercha à tâtons la rampe de l'escalier et disparut vers l'étage inférieur. Linda se remémora la voix d'Anna ; elle comprit ce qu'il avait voulu dire. Soudain, elle fut au bord des larmes. Anna est morte. Elle secoua la tête, avec force. Elle ne voulait pas s'imaginer la vie sans Anna. Elle posa la clé de voiture sur la table de la cuisine, verrouilla la porte avec son passe et rentra à pied à travers les rues désertes. Revenue à Mariagatan, elle s'allongea sur son lit et s'enroula dans une couverture.

Elle se réveilla en sursaut. Les aiguilles du réveil scintillaient dans le noir. Trois heures moins le quart. Elle n'avait dormi qu'une heure. Qu'est-ce qui l'avait tirée du sommeil ? Elle alla jeter un coup d'œil par la porte de l'autre chambre. Le lit était vide. Elle s'assit dans le séjour. Elle avait rêvé qu'un danger menaçait – un oiseau invisible qui plongeait sans bruit vers sa tête. Un bec acéré comme une lame de rasoir. L'oiseau l'avait réveillée.

Malgré le manque de sommeil, elle avait l'esprit clair. Elle se demanda ce qu'ils fabriquaient dans la forêt en cet instant ; elle imagina les projecteurs, les gens qui allaient et venaient au fond du ravin, les insectes qui se cognaient à la lumière et se brûlaient les ailes. Elle pensa qu'elle s'était réveillée parce qu'elle n'avait pas le temps de dormir. Était-ce Anna qui l'avait appelée ? Elle écouta vers l'intérieur. La voix avait disparu. Anna était-elle présente dans le rêve de l'oiseau ? L'oiseau avait fendu l'air sans bruit, de plus en plus vite, vers une tête qui n'était peut-être pas la sienne, mais celle d'Anna. Elle regarda le réveil. Quatre heures. *Anna m'a appelée.* Au même instant, elle prit sa décision. Enfila ses chaussures, prit sa veste et dévala l'escalier.

La clé de la voiture d'Anna était sur la table, à l'endroit où elle l'avait laissée. Pour ne plus avoir à faire usage de son passe à l'avenir, elle emporta aussi le double des clés de l'appartement, rangées dans un carton, dans l'entrée. Puis elle quitta la ville. Il était quatre heures vingt. Parvenue à destination, elle laissa la voiture sur un chemin de traverse qui ne pouvait être vu de la maison de Henrietta. Elle prêta l'oreille et referma ensuite doucement sa portière. Il faisait froid. Elle serra sa veste autour d'elle, en se maudissant de n'avoir pas pensé à prendre une lampe torche. Elle fit quelques pas et jeta un regard circulaire. Tout était plongé dans le noir. Au loin on distinguait le reflet des lumières d'Ystad. Le ciel était nuageux ; le vent soufflait toujours.

Elle se mit en marche le long du chemin, lentement pour ne pas trébucher. Elle n'avait aucune idée de ce qu'elle allait faire. Mais Anna l'avait appelée. On ne pouvait ignorer l'appel d'une amie. Elle s'arrêta, écouta. Un oiseau de nuit criait au loin. Elle continua jusqu'au chemin qui débouchait derrière la maison de Henrietta. Trois fenêtres étaient éclairées. Celles du séjour, pensa Linda. Henrietta est peut-être debout. Ou alors elle s'est couchée en laissant les lampes allumées.

Linda fit la grimace en pensant à sa propre peur du noir. Pendant les années précédant le divorce de ses parents, ils se disputaient souvent la nuit et elle ne supportait pas de dormir dans l'obscurité. La lampe allumée était une conjuration. Il lui avait fallu beaucoup d'années pour surmonter cette peur. Parfois, dans les périodes d'anxiété, ça la reprenait.

Elle se dirigea vers la lumière, contourna une vieille herse et s'approcha du jardin. Elle s'arrêta de nouveau. Henrietta était-elle éveillée, en train de composer ? Elle continua jusqu'à la clôture et l'escalada. Le chien ! Qu'est-ce que je fais s'il se met à aboyer ? Qu'est-ce que je fais tout court ? Qu'est-ce que je fabrique ici ? Dans quelques heures, je suis censée venir officiellement avec mon père et Ann-Britt Höglund. Qu'est-ce donc que je crois pouvoir trouver toute seule ? Mais il ne s'agissait pas de ça. Elle avait fait un cauchemar. Anna l'appelait.

Elle s'approcha prudemment des fenêtres éclairées. Soudain, elle s'arrêta net. Elle avait entendu des voix. D'où venaient-elles? Puis elle vit qu'une fenêtre était entrebâillée. La voix d'Anna est douce, avait dit l'homme dans l'escalier. Mais ce n'était pas la voix d'Anna. C'était Henrietta. Et un homme. Linda aiguisa son ouïe, essaya de déplier au maximum les antennes de ses oreilles. Elle s'approcha encore, jusqu'à pouvoir jeter un coup d'œil par la fenêtre. Elle vit Henrietta, dans un fauteuil, le visage détourné. Un homme était assis sur le canapé, dos à la fenêtre. Henrietta parlait d'une composition : douze violons et un violoncelle unique, dernière communion, musique apostolique. Où voulait-elle en venir? Linda essaya de ne faire aucun bruit. Le chien rôdait forcément quelque part. Qui était cet homme? Pourquoi cette conversation en pleine nuit?

Soudain, Henrietta se tourna vers la fenêtre et la regarda droit dans les yeux. Linda tressaillit. Elle ne peut pas m'avoir vue, c'est impossible. Mais son regard était effrayant. Elle recula. Puis elle se mit à courir. Son pied heurta bruyamment le socle d'une pompe à eau. Le chien commença à aboyer.

Elle glissa, tomba, se griffa le visage, continua à courir. Elle entendit claquer la porte d'entrée, loin derrière elle, en même temps qu'elle se jetait par-dessus la clôture. Elle se remit à courir, mais ne trouva aucune voiture. Elle avait dû bifurquer au mauvais endroit. Elle s'arrêta, essoufflée. Henrietta n'avait pas lâché son chien; il aurait déjà été sur elle. Il n'y avait personne. Elle avait si peur qu'elle en tremblait. Prudemment, elle revint sur ses pas pour tenter de retrouver le chemin de traverse et la voiture. Mais elle se trompa de nouveau, effrayée par l'obscurité où les ombres se transformaient en arbres et les arbres en ombres. Elle trébucha, s'étala.

En se relevant, elle sentit une douleur fulgurante à la jambe gauche. Comme si un couteau la transperçait. Elle hurla, voulut se dégager, mais elle ne pouvait plus bouger. On aurait cru qu'un animal avait planté ses crocs dans sa jambe. Mais l'animal ne respirait pas, il n'y avait aucun bruit. Elle tâtonna dans le noir. Soudain, elle sentit un contact froid. Du fer. Une chaîne. Alors elle comprit. Elle était tombée dans un piège.

Sa main était inondée de sang. Elle continua à crier. Personne ne l'entendit, personne ne vint.

19

Elle avait rêvé une fois qu'elle mourait, seule, par une nuit d'hiver glaciale. Elle patinait au clair de lune sur un lac de forêt isolé. Soudain elle faisait une chute, se cassait la jambe. Elle criait, mais personne ne l'entendait. Elle mourait de froid, là, sur la glace. Elle s'était réveillée en sursaut au moment où son cœur s'arrêtait de battre.

Elle repensa à ce rêve en même temps qu'elle mobilisait toutes ses forces pour ouvrir le piège. Elle ne voulait pas réveiller son père. Mais la griffe de métal ne desserrait pas son étau. Elle renonça, prit le portable, lui expliqua où elle était, et qu'elle avait besoin d'aide.

— Qu'est-ce qui t'arrive?

— Je suis tombée dans un piège.

— Quoi?

— J'ai la jambe prise dans une espèce de griffe en fer.

— Je viens.

Linda attendit. Elle commençait à avoir froid. Une éternité s'écoula avant qu'elle aperçoive les phares. La voiture s'arrêta devant la maison. Linda cria. La porte s'ouvrit, le chien aboya. Des silhouettes approchèrent dans le noir. Une lampe torche éclairait leur chemin. Elle reconnut son père, Henrietta et le chien. Il y avait une troisième personne, mais celle-ci resta en retrait, dans l'ombre.

— Un vieux piège à renard, constata son père. Qui l'a posé?

— Pas moi, dit Henrietta. Ce doit être le propriétaire.

— Il va devoir s'expliquer là-dessus.

Il força l'ouverture du piège.

— Toi, on t'emmène à l'hôpital.

Linda essaya de poser le pied par terre. C'était douloureux, mais elle pouvait prendre appui dessus. La troisième personne s'avança.

— C'est Stefan, dit son père. Un nouveau collègue que tu ne connais pas. Il a commencé chez nous il y a quelques semaines.

Linda regarda Stefan. Son visage lui plut tout de suite.

— Que faisais-tu chez moi? demanda durement Henrietta.

Stefan s'interposa.

— Je peux répondre à cette question.

Il avait un accent. D'où venait-il? Peut-être du

195

Värmland. Elle interrogea son père, dans la voiture qui les ramenait à Ystad.

— Il est du Västergötland. Ils parlent un dialecte bizarre, là-bas, qui fait qu'ils ont du mal à s'imposer, comme d'ailleurs les originaires de l'île de Gotland. Ceux qui se font respecter le mieux quand ils haussent le ton seraient les natifs du Norrbotten. Je ne sais pas à quoi ça tient.

— Comment va-t-il lui expliquer ma présence chez elle en pleine nuit?

— Il trouvera quelque chose. Mais à moi, tu peux peut-être le dire?

— J'avais rêvé d'Anna.

— Quel rêve?

— Elle m'appelait. Je me suis réveillée. Comme je ne savais pas quoi faire, je suis allée chez Henrietta. Je l'ai vue dans le séjour. Avec un homme. Tout à coup, j'ai eu l'impression qu'elle me regardait. Je me suis enfuie et je suis tombée dans le piège.

— Me voilà rassuré. Maintenant je sais que ma fille n'ira jamais en mission pour son compte en pleine nuit parce qu'elle a eu des visions.

Linda se mit à crier.

— Tu ne comprends rien ou quoi? Anna a disparu, merde!

— Oui. Je sais. Je prends sa disparition au sérieux. Je prends ma vie au sérieux, et la tienne aussi.

— Que faites-vous?

— Tout ce qu'on doit faire. On retourne chaque caillou à la recherche d'informations, de renseignements. Une petite battue devient une battue moyenne, puis une grande battue. On fait ce qu'on doit. Et maintenant on ne dit plus rien jusqu'à ce que tu aies montré ta jambe à un médecin.

Ils passèrent une heure aux urgences. Au moment où ils repartaient, Stefan arriva. Linda put constater cette fois qu'il avait les cheveux très courts et les yeux bleus.

— J'ai dit à Henrietta Westin que tu n'y voyais pas bien dans le noir, lança-t-il gaiement. Elle devra s'en contenter.

— J'ai vu un homme dans son salon.

— Elle m'a dit avoir eu la visite de quelqu'un qui lui a demandé de mettre en musique un drame en vers. Ça me paraît tout à fait plausible.

Linda enfila sa veste. Elle regretta d'avoir invectivé son père. C'était un signe de faiblesse. Il ne fallait jamais crier, toujours se contrôler. Mais elle avait commis une bourde, alors elle avait besoin d'attirer l'attention sur les défaillances des autres. Pourtant le soulagement était là. La disparition d'Anna était désormais considérée comme une réalité, pas comme une vue de l'esprit de Linda Wallander. Un papillon bleu en avait décidé ainsi. Le prix à payer était la douleur lancinante dans sa jambe.

— Stefan te raccompagne. Il faut que j'y aille.

Linda passa aux toilettes pour se donner un coup de peigne et rejoignit Stefan dans le couloir. Il portait une veste en cuir noir. Sa joue gauche était mal rasée. Linda détestait les hommes mal rasés. Elle choisit de marcher à sa droite.

— Comment te sens-tu?

— À ton avis? rétorqua-t-elle.

— Je crois que ça fait mal. Je sais ce que c'est.

197

— Quoi ?

— D'avoir mal.

— Tu t'es déjà fait capturer dans un piège à ours ?

— C'était un piège à renard. Non.

— Alors, tu ne sais pas l'effet que ça fait.

Il lui tint la porte. Elle était encore énervée. La joue mal rasée la contrariait. Elle ne dit plus rien. Lui non plus. Stefan était apparemment quelqu'un qui ne parlait pas inutilement. Comme à l'école de police, pensa Linda. Il y avait l'ethnie causante et l'ethnie muette ; ceux qui riaient de tout et ceux dont le silence avalait tout. Mais la plupart des élèves appartenaient à la plus répandue des deux : la tribu bavarde et bruyante qui ignorait l'art de fermer sa gueule.

Ils ressortirent de l'hôpital par l'arrière. Il lui désigna une vieille Ford. Au moment où il ouvrait la portière, un ambulancier approcha et lui demanda si ça lui arrivait souvent de bloquer l'entrée des ambulances avec sa bagnole.

— Je viens chercher un policier blessé, dit Stefan en désignant Linda.

L'ambulancier hocha la tête et s'en alla sans insister. Linda sentit que l'uniforme invisible lui allait de nouveau. Elle s'installa tant bien que mal à l'avant, avec sa jambe.

— Mariagatan, m'a dit ton père. C'est où ?

Linda lui expliqua. Une odeur forte imprégnait l'habitacle.

— C'est la peinture, expliqua Stefan. Je suis en train de retaper une maison du côté de Knickarp.

Dans Mariagatan, Linda lui indiqua l'immeuble. Il s'arrêta et fit le tour pour lui ouvrir la portière.

— À plus, dit-il. J'ai eu un cancer. Alors je sais ce que c'est d'avoir mal.

Linda suivit la voiture des yeux. Elle ne lui avait même pas demandé son nom de famille.

Une fois remontée à l'appartement, elle s'aperçut qu'elle était épuisée. Elle était allongée sur le canapé du séjour quand le téléphone sonna.

— On me dit que tu es rentrée, dit la voix de son père.

— Comment s'appelle celui qui m'a ramenée ?

— Stefan.

— Il n'a pas de nom de famille ?

— Lindman. Il est de Borås. Ou peut-être de Skövde. Repose-toi maintenant.

— Je veux savoir ce qu'a raconté Henrietta. Tu lui as parlé, n'est-ce pas ?

— Je n'ai pas le temps.

— Si. Dis-moi juste le plus important.

— Attends.

Sa voix disparut. Linda devina qu'il était au commissariat et qu'il s'apprêtait à sortir. Porte claquée, sonneries de téléphone et bruit d'une voiture qui démarrait. Sa voix revint, tendue.

— Linda, tu es là ?

— Je suis là.

— Parfois j'aimerais que quelqu'un invente la sténographie orale. En deux mots : Henrietta dit qu'elle ignore où est Anna. Elle n'a perçu aucun signe de déprime chez elle. Anna ne lui a rien raconté concernant son père, mais elle aurait l'habitude de croire sans cesse le reconnaître dans la rue ; Henrietta a insisté là-dessus. Sur ce point, c'est sa parole contre la tienne. Elle n'a pu me fournir aucun élément. Y

199

compris sur Birgitta Medberg. Autrement dit, résultat nul.

— Tu as remarqué qu'elle mentait ?

— Et pourquoi l'aurais-je remarqué ?

— Tu dis toujours qu'il te suffit de regarder les gens pour savoir s'ils mentent.

— Ce n'était pas son cas.

— Elle ment.

— Je n'ai pas le temps de discuter. Mais Stefan, qui t'a ramenée, est chargé de découvrir le lien éventuel entre Birgitta Medberg et Anna. On a lancé un avis de recherche. On ne peut rien faire de plus.

— Comment se passe le travail dans la forêt ?

— Lentement. Il faut que je te quitte.

Il raccrocha. Linda, qui ne voulait pas être seule, appela le Zèbre. Elle eut de la chance. Son fils était chez sa cousine Titchka et elle s'ennuyait toute seule à la maison.

— J'arrive tout de suite.

— Apporte de quoi manger, demanda Linda. Le traiteur chinois sur la place centrale. C'est un détour, je sais. Je te promets que je ferai la même chose pour toi le jour où tu tomberas dans un piège à renard.

Une fois rassasiée, Linda lui raconta tout ce qui s'était passé. Le Zèbre connaissait par la radio la découverte macabre de Rannesholm. Mais elle avait du mal à partager l'inquiétude de Linda concernant Anna.

— Si j'étais un sale bonhomme et que je voulais agresser une fille, je ne crois pas que je choisirais Anna. Tu sais qu'elle a appris une technique de combat ? Je me souviens plus du nom, mais je crois bien que tous les coups sont permis, sauf les mortels. Personne ne s'en prend impunément à Anna.

Linda regretta d'avoir abordé le sujet. Le Zèbre resta encore une heure à Mariagatan avant de partir récupérer son fils.

Linda était de nouveau seule. Sa jambe la faisait un peu moins souffrir. Elle clopina jusqu'à sa chambre. La fenêtre était entrouverte ; le rideau bougeait doucement. Elle essaya de faire le point sur la situation, et aussi sur la raison pour laquelle elle avait foncé chez Henrietta en pleine nuit. Mais elle avait du mal à cerner ses propres pensées, l'épuisement l'engourdissait.

Elle fut réveillée par un coup de sonnette. Tant pis. Puis elle se ravisa et alla ouvrir en boitant. C'était le nouveau policier. Stefan Lindman.

— Désolé de t'avoir réveillée.

— Je ne dormais pas.

Au même instant, elle aperçut son reflet dans le miroir de l'entrée. Complètement hirsute.

— Je dormais. Pourquoi prétendre le contraire ? J'ai mal à la jambe.

— J'ai besoin du double des clés de l'appartement d'Anna Westin. Tu as dit à ton père que tu les avais.

— Dans ce cas, je t'accompagne.

— Je croyais que tu avais mal à la jambe.

— C'est vrai. Qu'est-ce que tu vas faire là-bas ?

— J'essaie d'avoir une image d'ensemble.

— Si cette image doit représenter Anna, c'est à moi qu'il faut t'adresser.

— J'aime bien faire les choses par moi-même. On pourra discuter après.

Linda lui donna le trousseau, posé sur la table de l'entrée. Le porte-clés s'ornait d'un pharaon égyptien.

— D'où es-tu? demanda-t-elle de but en blanc.

— De Kinna.

— Mon père avait dit Skövde ou Borås.

— J'ai travaillé à Borås. Mais j'avais envie de changer d'air.

Linda hésita.

— Qu'est-ce que tu voulais me dire, avec cette histoire de cancer?

— J'ai attrapé un cancer. De la langue, tiens-toi bien. Le pronostic était assez mauvais. Mais j'ai survécu et je vais tout à fait bien maintenant.

Pour la première fois, il la regarda dans les yeux.

— Comme tu le vois. J'ai toujours ma langue. Sinon je ne pourrais pas te parler. Je n'en dirais pas autant de mes cheveux – il se tapota la nuque. À ce niveau-là, il n'y en aura bientôt plus.

Il disparut dans l'escalier. Linda retourna au lit.

Cancer de la langue. Rien que l'idée la faisait frissonner. La peur de la mort chez elle était sujette à flux et reflux. En ce moment, la vitalité était très forte. Mais elle n'avait jamais oublié la pensée qui lui avait traversé le cerveau sur le pont, cette nuit-là, quand elle avait été à deux doigts de sauter. La vie ne venait pas toute seule. Il y avait des trous noirs dans lesquels on pouvait tomber, et, au fond du trou, des pieux aiguisés. On se faisait empaler, comme dans un piège construit par un monstre.

Elle se tourna sur le côté et essaya de dormir. Elle

n'avait pas la force de penser aux trous noirs dans l'immédiat. Puis, au bord de l'endormissement, elle eut un sursaut. Ce qu'avait dit Stefan Lindman... Elle se redressa dans le lit. Voilà donc la pensée qui l'avait harcelée. Elle composa le numéro. Occupé. À la troisième tentative, son père décrocha.

— C'est moi.

— Comment ça va ?

— Mieux. Écoute-moi. L'homme qui était chez Henrietta cette nuit, qui voulait qu'elle lui compose de la musique – Stefan lui a-t-il demandé à quoi il ressemblait ?

— Pourquoi ?

— Rends-moi un service. Appelle-la, demande-lui comment sont ses cheveux.

— Pourquoi ?

— Parce que c'est ce que j'ai vu de lui.

— D'accord. Mais là, je n'ai pas le temps. On est en train de fondre sous la pluie.

— Tu me rappelles ?

— Si je parviens à la joindre.

Il la rappela dix-neuf minutes plus tard.

— Peter Stigström, qui souhaite mettre en musique ses strophes sur les saisons suédoises, a des cheveux foncés, grisonnants, qui lui arrivent aux épaules. Ça te va ?

— Ça me va très bien.

— Tu préfères t'expliquer maintenant, ou à mon retour ?

— Ça dépend à quelle heure tu rentres.

— Bientôt. Il faut que je me change.

— Tu voudras manger ?

— On a été servis dans la forêt. Par des Albanais

203

du Kosovo pleins d'initiative, qui montent des tentes de restauration sur les lieux de crime ou d'incendie. Je ne sais pas qui les renseigne sur les endroits où on bosse. Quelqu'un du commissariat, sans doute, qui touche un pourcentage. Je serai là dans une heure.

Linda resta assise, le téléphone à la main. L'homme qu'elle avait vu de dos par la fenêtre n'avait pas de longs cheveux grisonnants. Il avait la nuque rase.

20

Kurt Wallander franchit le seuil de l'appartement. Ses vêtements étaient trempés, ses bottes boueuses, mais il était porteur de grandes nouvelles dans la mesure où les aiguilleurs du ciel de Sturup, contactés par Nyberg, annonçaient que le ciel allait s'éclaircir et qu'il ne pleuvrait pas pendant les prochaines quarante-huit heures. Il enfila des habits secs et, refusant les services de Linda, se prépara lui-même une omelette.

Elle attendait le bon moment pour lui parler des nuques contradictoires. Pourquoi ? Était-ce encore sa peur ancienne, face au côté lunatique de son père ? Elle ne le savait pas, mais elle attendait. Quand il repoussa son assiette et qu'elle s'assit en face de lui avec l'idée de se lancer enfin, il prit la parole :

— J'ai repensé à cette histoire du vieux...

— Quelle histoire ?

— Sa façon d'être. Et de ne pas être. Je crois qu'on le connaissait différemment, toi et moi. C'est normal. Moi, je me cherchais en lui, très inquiet à l'idée de ce que je risquais de découvrir. En vieillissant, je trouve d'ailleurs que je lui ressemble de plus en plus. Si je vis aussi longtemps que lui, je serai peut-être capable de m'installer un jour dans une vieille remise pourrie pour peindre des coqs de bruyère et des soleils couchants à longueur de journée.

— Ça n'arrivera pas.

— N'en sois pas si sûre. Quoi qu'il en soit, une chose m'est revenue pendant que j'étais dans cette cabane pleine de sang. Une histoire qu'il racontait souvent, une injustice qu'il avait subie dans sa jeunesse. J'essayais chaque fois de lui dire que ce n'était pas raisonnable de ruminer ainsi un petit incident sans importance vieux de cinquante ans. Mais il ne m'écoutait pas. Tu sais de quoi je parle ?

— Non.

— Un verre renversé, qui s'est transformé en accusation perpétuelle contre l'injustice du sort. Il ne t'en a jamais parlé ?

— Non.

Son père alla remplir un verre d'eau et le vida d'un trait, comme pour se donner la force de poursuivre.

— Le vieux était jeune autrefois, même si on a du mal à le croire. Jeune célibataire sauvage, il voulait voir le monde. Il était né sur la presqu'île de Vikbolandet, près de Norrköping. Son vieux à lui, qui le battait sans arrêt, était valet de ferme chez un certain comte Sigenstam, et il avait des idées religieuses – ainsi, c'était le péché qu'il prétendait extirper du

205

corps de son fils à coups de ceinturon, ou plutôt d'une sangle en cuir taillée dans un harnais. Ma grand-mère, que je n'ai pas connue, était paraît-il une femme terrorisée au visage toujours caché dans ses mains. Tu as vu la photo de mes grands-parents sur l'étagère. Regarde-la. On a l'impression qu'elle s'efforce de disparaître. Ce n'est pas l'image qui a pâli. C'est elle, ma grand-mère, qui essaie de se dissoudre elle-même. Le vieux s'est enfui de chez eux à quatorze ans. Il a pris la mer, d'abord sur des caboteurs, puis sur des navires de plus en plus gros. Et un jour – il avait vingt ans – il est descendu à terre lors d'une escale à Bristol.

«Il picolait sec, à cette époque. Il n'a jamais rechigné à l'avouer. Il faisait partie des *buveurs*. Ne me demande pas pourquoi, mais c'était plus chic que de se saouler bêtement à la bière, comme les autres. Les *buveurs* atteignaient une autre sorte d'ivresse. Ils ne titubaient pas dans la rue, ils ne se bagarraient pas. C'était l'aristocratie, chez les marins : ceux qui s'enivraient, comment dire, avec méthode. Le vieux n'a jamais tout à fait réussi à m'expliquer ce truc-là. Quand on buvait, tous les deux, j'ai toujours trouvé qu'il devenait comme tout le monde, ni plus ni moins. Rouge écarlate, incapable d'articuler, en rogne ou alors sentimental, ou les deux à la fois. Je peux admettre maintenant que j'ai la nostalgie de toutes ces fois où on a bu ensemble, dans sa cuisine, jusqu'à ce qu'il se mette à brailler les vieilles rengaines italiennes qu'il adorait par-dessus tout. Celui qui a entendu un jour le vieux chanter *Volare*, celui-là, je peux te le dire, a vécu une expérience qu'il n'oubliera jamais. S'il existe un paradis, je sais que le vieux y est, assis sur un nuage en train de balancer des trognons de pomme sur la basilique Saint-Pierre en hurlant *Volare* à pleins poumons.

«Il était donc dans un pub du port de Bristol, quand quelqu'un a heurté par mégarde son verre sur le comptoir. Le verre s'est renversé. Et le type ne s'est pas excusé. Il a jeté un coup d'œil aux dégâts et il a proposé de lui payer un autre godet. Le vieux ne s'en est jamais remis. Il était capable de geindre à cause de ce verre et des excuses que l'autre ne lui avait pas faites, dans les moments les plus inattendus. Une fois, alors qu'on était allés ensemble aux impôts pour s'occuper d'un papier quelconque, il s'est mis à raconter l'histoire du verre au fonctionnaire du guichet, qui s'est évidemment demandé si le vieux perdait la boule. Il était capable de faire attendre une file de quinze personnes à la caisse d'un supermarché s'il se figurait tout à coup que la jeune caissière avait besoin d'entendre cette histoire. À croire que ce verre traçait une ligne de partage dans son existence : avant les excuses oubliées et après. Deux temps, deux vies qui n'avaient rien à voir l'une avec l'autre. Comme si le vieux avait perdu sa foi dans la bonté humaine du jour où un inconnu avait renversé son verre sans s'excuser. Comme si ce verre représentait une humiliation pire que toutes les fois où son père l'avait battu jusqu'au sang avec la sangle en cuir. J'ai essayé de le faire s'expliquer là-dessus, pas tant à moi qu'à lui-même; qu'il comprenne pourquoi ce verre et ces excuses oubliées avaient pris cette place démoniaque.

«Il me disait parfois s'être réveillé en sueur la nuit après un cauchemar où il était de nouveau devant le comptoir et où l'autre ne s'excusait pas. C'était le boulon fondamental, la vie sacrée qui faisait tenir tout le reste. Je crois que cet incident, d'une manière bizarre, a fait de lui ce qu'il est devenu, cet homme assis dans une remise à peindre toujours le même tableau. Il désirait réduire au strict minimum ses contacts avec un monde où il était possible de renverser un verre sans demander pardon.

«Il est même revenu dessus lors de notre voyage en Italie. On était dans un restaurant près de la villa Borghèse, on passait une soirée de rêve. Le dîner était excellent, le vin aussi, le vieux devenait sentimental, il y avait de belles femmes aux autres tables, il se mettait un peu en frais pour elles, il a même voulu un cigare – puis d'un coup il s'est assombri et il a commencé à me raconter la manière dont on lui avait autrefois arraché le tapis sous les pieds à Bristol. Je l'ai supplié d'arrêter, je lui ai commandé une grappa, rien à faire. J'y ai repensé ce soir. C'est comme si j'étais devenu le dépositaire de cette histoire, comme s'il me l'avait léguée en héritage, alors que je n'en veux absolument pas.

Il se tut et remplit de nouveau son verre d'eau.

— Voilà comment était le vieux. Pour toi, il était sûrement quelqu'un d'autre.

— Tout le monde est différent pour tout le monde, dit Linda.

Son regard est moins las que tout à l'heure, constata-t-elle. L'histoire du verre renversé lui a donné un regain d'énergie. Au fond, c'est de ça qu'il s'agit. Les humiliations peuvent tourmenter. Mais elles peuvent aussi donner de la force.

Elle lui fit part de la non-concordance des nuques. Il l'écouta avec attention, sans l'interrompre pour demander si elle était certaine de ce qu'elle avait vu par la fenêtre. Puis il prit le téléphone et composa un numéro de mémoire. Erreur. Il réessaya, attendit. Linda l'entendit rendre compte brièvement de ses observations à Stefan Lindman. Et de la conclusion qui s'imposait : nouvelle visite chez Henrietta Westin.

— On n'a pas de temps à perdre avec des mensonges. Ni mensonges, ni demi-vérités, ni trous de mémoire, ni faux-fuyants.

Il raccrocha et la regarda.

— Ce n'est pas juste, et ce n'est même pas nécessaire. Mais je te demande de venir. Si tu peux.

Linda s'illumina.

— Je peux.

— Comment va ta jambe ?

— Bien.

Il parut sceptique.

— Henrietta sait-elle ce que je faisais dans son jardin ? Stefan ne l'a pas franchement éclairée.

— On veut juste savoir qui était son visiteur. On peut dire qu'on a un témoin, qui n'est pas toi.

Ils descendirent dans la rue pour attendre Stefan. Les aiguilleurs du ciel ne s'étaient pas trompés. La météo changeait. La pluie était remplacée par un vent plus sec venu du sud.

— La neige est annoncée pour quand ?

— Pas pour demain, je pense, dit-il avec un air amusé. Pourquoi ?

— Je suis née ici. J'ai passé la plus grande partie

de ma vie dans cette ville. Mais dans mon souvenir, il n'y avait presque jamais de neige.

— La neige vient quand elle vient.

Stefan Lindman freina à leur hauteur. Elle monta à l'arrière. Kurt Wallander eut du mal à boucler sa ceinture, qui s'était coincée. La voiture ne datait pas d'hier.

Ils prirent la direction de Malmö. Linda voyait la mer scintiller sur sa gauche. *Je ne veux pas mourir en Scanie.* C'était complètement inattendu ; un éclair surgi de nulle part. *Je ne veux pas devenir comme le Zèbre, une mère célibataire parmi des milliers d'autres, à mener une existence qui n'est qu'une chasse à l'argent, et pour que l'argent dure jusqu'à la fin du mois, et pour que les baby-sitters respectent leurs horaires. Je ne veux pas finir comme mon père, qui ne trouve jamais la maison, ni le chien, ni la femme qu'il lui faudrait.*

— Quoi ? demanda Kurt Wallander.

— J'ai dit quelque chose ?

— Tu marmonnais. J'ai cru t'entendre jurer.

— Ah ! Je ne m'en suis pas aperçue.

— J'ai une fille bizarre, dit-il à Stefan Lindman. Elle jure sans s'en apercevoir.

En approchant de la maison de Henrietta, le souvenir du piège raviva la douleur dans sa jambe. Elle demanda à son père ce que risquait le type qui avait posé le piège.

— Il aurait pâli en apprenant qu'une aspirante de police était tombée dedans. Il aura une grosse amende, j'imagine.

210

— J'ai un ami à Östersund, dit Stefan Lindman. À la brigade criminelle. Giuseppe Larsson.

— Il sort d'où, celui-là ?

— D'Östersund. Mais son père rêvé était un crooner italien.

— Comment ça ? demanda Linda.

Elle se pencha entre les sièges avant ; elle avait soudain envie de toucher le visage de Stefan.

— Sa mère rêvait que le vrai père de son fils n'était pas son mari, mais un Italien de passage dans la ville, qui avait chanté un soir dans le parc municipal. Il n'y a pas que les mecs qui ont leurs filles de rêve.

— Je ne sais pas si Mona rêvait, dit Wallander. Mais si c'était le cas, Linda, ton père rêvé serait noir, vu qu'elle aimait Hosh White.

— Josh, dit Stefan Lindman. Josh White.

Linda pensa distraitement à ce que ce serait d'avoir un père noir.

— Bref, poursuivit Stefan, Giuseppe a chez lui un vieux piège à ours accroché au mur. On dirait un instrument de torture du Moyen Âge. D'après lui, si on s'y laisse prendre, les crocs de fer vous traversent de part en part. Les ours ou les renards sont capables de s'amputer eux-mêmes avec leurs dents pour y échapper.

Ils étaient arrivés. Le vent soufflait fort. Ils se dirigèrent vers la maison aux fenêtres éclairées. Linda avait certaines difficultés à poser son pied gauche. Dans la cour, tous trois demandèrent au même moment pourquoi le chien n'aboyait pas. Stefan Lindman frappa à la porte. Pas de réponse. Et pas de chien. Kurt Wallander jeta un coup d'œil par la

211

fenêtre pendant que Stefan Lindman tâtait la poignée. La porte n'était pas fermée à clé.

— On pourra toujours dire qu'on a entendu quelqu'un crier «entrez», dit-il prudemment.

Ils entrèrent. Linda, coincée derrière les deux larges dos, se haussa sur la pointe des pieds pour mieux voir, mais elle eut aussitôt un élancement dans la jambe.

— Il y a quelqu'un? cria Kurt Wallander.

— Personne, répondit Stefan Lindman.

Ils avancèrent. La pièce était exactement pareille au souvenir que Linda avait gardé de sa première visite. Partitions, papiers, journaux, tasses à café. Les bols du chien. Passé la première impression de désordre et de négligence, on découvrait un univers où tout était disposé en fonction des besoins précis de Henrietta Westin.

— Porte ouverte, dit Stefan Lindman. Pas de chien. Elle est partie se promener. On lui laisse un quart d'heure. Si la porte reste entrebâillée, elle comprendra qu'il y a quelqu'un.

— Elle appellera peut-être la police.

— Les voleurs ne laissent pas la porte ouverte, répliqua son père.

Il s'assit dans le fauteuil le plus confortable du séjour, croisa les mains sur sa poitrine et ferma les yeux. Stefan Lindman coinça la porte d'entrée à l'aide d'une botte. Linda aperçut un album de photos sur le piano et l'ouvrit. Son père respirait régulièrement dans son fauteuil, Stefan Lindman fredonnait à côté de la porte. Linda feuilletait l'album. Les premières photos dataient des années 1970. Les couleurs avaient commencé à pâlir. Anna assise par terre, entourée de poules et d'un chat qui bâillait. Linda se souvenait des récits d'Anna sur la ferme communautaire près de Markaryd, où ses parents avaient vécu pendant sa première année de vie. Sur une autre photo, Henrietta debout, sa fille dans les bras. Elle portait des sabots, un pantalon informe, un keffieh autour du cou. Qui tenait l'appareil? Sans doute Erik Westin. Qui ne va pas tarder à disparaître sans laisser de traces.

Stefan Lindman s'était approché. Linda lui montra l'image et lui dit ce qu'elle savait. La ferme communautaire, la vague verte, le retour à la terre, le faiseur de sandales qui avait disparu.

— On dirait un conte des *Mille et Une Nuits*. «Le faiseur de sandales qui disparut.»

Ils continuèrent à feuilleter l'album.

— Il n'y a aucune photo de lui?

— Les seules que j'ai vues étaient chez Anna. Elles n'y sont plus.

Stefan Lindman fronça les sourcils.

— Elle emporte les photos, mais elle laisse son journal.

— C'est ça qui me met mal à l'aise.

Ils tournaient les pages. Les poules et le chat avaient été remplacés par un appartement à Ystad. Béton gris, un terrain de jeux sous la neige. Anna, quelques années plus tard.

— Au moment où cette photo a été prise, dit Linda, il avait disparu depuis plusieurs années. La personne qui tient l'appareil est tout près d'Anna. Sur les photos précédentes, la distance est plus grande.

— Le papa a pris les premières, et Henrietta a pris la relève. C'est ce que tu veux dire ?

— Oui.

L'album touchait à sa fin. Aucune image du père d'Anna. Une des dernières photos montrait Anna le jour de son baccalauréat. On apercevait le Zèbre dans un coin. Linda avait été présente elle aussi, ce jour-là. Mais elle n'était pas sur la photo.

Elle allait fermer l'album quand la lumière s'éteignit. Son père se réveilla en sursaut dans son fauteuil. La maison était plongée dans le noir. Un chien aboya. Linda pensa qu'il y avait des gens, là, dehors, tout près. Qui ne se montraient pas, qui ne cherchaient pas la lumière, mais qui s'enfonçaient au contraire de plus en plus profondément dans le monde des ombres.

21

Il ne se sentait nulle part à l'abri autant que dans l'obscurité. Il n'avait jamais compris pourquoi les prêtres parlaient toujours de la lumière qui entourait la grâce, l'éternité, l'image de Dieu. Pourquoi un miracle ne pouvait-il pas se produire dans le noir ? N'était-il pas plus difficile pour Satan et ses démons de repérer leurs proies dans l'obscurité que dans un monde éclairé où des silhouettes blanches bougeaient lentement comme l'écume sur une vague ? Dieu s'était toujours manifesté à lui sous la forme d'une grande ombre rassurante. Ce fut encore le cas à présent, tandis qu'il restait tapi à guetter la maison aux fenêtres éclairées, en suivant des yeux les silhouettes qui se déplaçaient à l'intérieur. Quand tout s'éteignit, ce fut comme si Dieu lui adressait un signe. L'obscurité lui offrait un royaume plus grand que le règne de lumière dont il était toujours question dans les prêches. Je suis Son serviteur noir. De cette noirceur ne sort aucune lumière, seulement les ombres que j'envoie pour remplir le vide du cœur des hommes. Ce qu'ils ne voient pas leur manque. Je vais leur ouvrir les yeux et leur enseigner la vérité des images dissimulées dans le monde des ombres. Il se remémora la deuxième épître de Jean : «Car plusieurs séducteurs sont entrés dans le monde, qui ne confessent point que Jésus-Christ est venu en chair. Celui qui est tel, c'est le séducteur et l'antéchrist.» Voilà la clé, sacrée entre toutes, de la Grande Compréhension.

Depuis sa rencontre avec Jim Jones et les événements atroces dans la jungle guyanaise, il savait ce qu'était un séducteur. Un faux prophète aux cheveux noirs bien peignés, qui souriait de toutes ses belles dents blanches et qui s'entourait toujours de lumière. Jim Jones craignait l'obscurité. Plusieurs fois, il s'était maudit de n'avoir pas sur le moment même percé à jour le faux prophète qui allait les égarer, non pas les conduire, mais les égarer au fond d'une jungle où ils mourraient tous. Tous sauf lui, le rescapé. C'était la première mission que lui avait assignée Dieu. Il devait survivre pour raconter au monde l'histoire du faux prophète. Puis il prêcherait la doctrine de l'ombre, introduction au cinquième évangile qu'il devait écrire afin de parachever les saintes écritures. La deuxième épître de Jean l'évoquait, dans ses salutations finales : « Quoique j'eusse beaucoup de choses à vous écrire, je n'ai pas voulu le faire avec le papier et l'encre. Mais j'espère aller chez vous, et vous parler de bouche à bouche, afin que notre joie soit parfaite. »

Dieu était auprès de lui dans le noir. À la lumière du jour, il Le perdait parfois de vue. La nuit, cependant, Il était toujours là. Il sentait alors le souffle de Dieu sur son visage. Chaque nuit était différente. Dieu se rendait présent sous la forme d'une brise, ou d'un halètement semblable à celui d'un chien, mais la plupart du temps Il n'était qu'un effluve imperceptible, comme la trace d'une épice inconnue. Dieu était avec lui, et ses souvenirs, eux aussi, devenaient forts et nets quand aucune lumière n'était susceptible de troubler sa sérénité.

Il repensait à toutes les années écoulées depuis son premier départ de cet endroit. Vingt-quatre ans. Une grande partie de sa vie. Il était jeune alors. À présent, l'âge asservissait déjà certaines parties de son corps. Signes avant-coureurs, allusions aux multiples maux du vieillissement. Il soignait son corps, sélectionnait avec soin tout ce qu'il mangeait ou buvait, et veillait à être sans cesse en mouvement. Mais la vieillesse arrivait. Celle que nul ne pouvait esquiver. Dieu nous fait vieillir afin de nous faire comprendre que nous reposons tout entiers dans Sa main. Il nous a donné cette vie étrange et remarquable, mais Il lui a imprimé la forme d'une tragédie afin que nous cherchions la grâce à travers Lui et Lui seul.

Tapi dans l'ombre des arbres, il pensait au passé.

Jusqu'à l'instant où il avait suivi Jim en Guyana, tout avait été conforme à son rêve. Les êtres chers qu'il avait abandonnés lui manquaient, mais Jim l'avait persuadé que sa mission était un objectif plus important, au regard de Dieu, que celui de demeurer auprès de sa femme et de son enfant. Il avait écouté Jim ; parfois il s'écoulait des semaines sans qu'il pensât à elles. Après la catastrophe, elles avaient resurgi dans sa conscience. Mais il était trop tard ; sa confusion était telle, le vide laissé par Dieu, que Jim lui avait volé, si terrifiant qu'il avait à peine la force de se porter lui-même.

Il se rappelait la fuite de Caracas, où il avait récupéré ses documents et l'argent qu'il avait mis de côté. Une longue évasion, qu'il espérait voir se transformer en pèlerinage, à travers des paysages sombres ou brûlés de soleil, à bord d'une succession de bus, avec des arrêts interminables au milieu de nulle part chaque fois qu'il fallait réparer un moteur ou une roue. Il se souvenait vaguement du nom des lieux, des postes frontières, des aéroports par lesquels il était passé. Il devait rejoindre une ville en Colombie, qui s'appelait Barranquilla. Il se souvenait de la longue nuit à la frontière du Venezuela et de la Colombie, la ville de Puerto Pérez pleine d'hommes en armes surveillant comme des éperviers ceux qui franchissaient la ligne. Cette nuit-là, il avait réussi à persuader les gardes méfiants qu'il était réellement le John Lifton des papiers qu'il leur avait présentés, et qu'il n'avait pas d'argent. Il avait dormi profondément, contre une vieille Indienne qui tenait sur ses genoux une cage contenant deux poules. Ils n'avaient pas échangé une parole, seulement des regards ; elle avait vu son tourment, sa fatigue, et elle lui avait prêté, pour y appuyer sa tête, son épaule et son cou ridé. Cette nuit-là, il rêva de celles qu'il avait laissées derrière lui. Il se réveilla en sueur. La vieille Indienne était éveillée. Elle le regarda et l'autorisa à replonger vers son épaule. À son réveil, le lendemain matin, elle avait disparu. Il tâta l'intérieur de sa chaussette. La liasse de dollars était toujours là. Il éprouvait une grande nostalgie pour cette femme qui l'avait laissé dormir contre elle ; il aurait voulu retourner près d'elle et appuyer sa tête contre son épaule pendant tout le temps qu'il lui restait à vivre.

De Barranquilla, il prit l'avion pour Mexico City. Il avait choisi le billet le moins cher ; il dut attendre dans l'aéroport crasseux qu'une place se libère sur un vol. Il alla aux toilettes et se débarrassa de sa propre crasse accumulée. Il s'acheta une chemise neuve et une petite bible. C'était étourdissant, tous ces gens, ce mouvement, cette presse, cette vie dont il avait perdu l'habitude auprès de Jim. En passant devant le magasin de journaux, il vit que l'événement était désormais une nouvelle à l'échelle mondiale. Il lut : tous étaient morts, on pensait qu'il n'y avait aucun survivant. Il était donc mort, lui aussi. Il respirait, mais il avait cessé de faire partie du monde des humains, puisqu'on le croyait entassé avec les autres corps qui fermentaient là-bas, dans la jungle.

Au matin du cinquième jour, une place se libéra à bord d'un vol à destination de Mexico City. Il n'avait toujours pas de projet. Après avoir payé son billet, il lui restait treize mille dollars. En faisant attention, il pourrait survivre assez longtemps avec cette somme. Mais où aller ? Où accomplir le premier pas qui le ramènerait à Dieu ? Où se tourner pour que Dieu le trouve, pour sortir du vide insoutenable où on l'avait plongé ? Il n'en savait rien. Il fit halte à Mexico City, prit une chambre dans une pension et consacra ses journées à visiter différentes églises. Il évita les grandes cathédrales, le Dieu qu'il cherchait n'y était pas, il le savait, pas plus que dans les tabernacles aux néons scintillants dirigés par des prêtres avides et assoiffés de pouvoir, qui vendaient la grâce à crédit et organisaient parfois des braderies pour mieux écouler la parole divine. Il dénicha les petites communautés, les petits centres de renouveau chrétien où l'amour et la passion étaient restés intacts, et où l'on pouvait à peine distinguer les pasteurs des fidèles. C'était là, il le savait, le chemin qu'il devait suivre.

Jim était le guide, le chef mystérieux et arrogant, qui vivait loin de tous, le séducteur qui avait pu les duper en se rendant invisible. Jim s'était caché dans la lumière. Il fallait donc chercher Dieu du côté de l'obscurité. Il allait donc d'une communauté à l'autre, se joignait aux chants et aux prières, mais le vide qu'il portait en lui s'élargissait. Un jour, il ne pourrait qu'exploser. Il se réveillait chaque matin avec la conviction de plus en plus pressante qu'il devait partir. Dieu n'était pas à Mexico City. Il n'avait pas encore trouvé la bonne piste.

Il quitta la ville le jour même et partit vers le nord. Il ne prenait que des bus, pour économiser son argent. À un moment, il voyagea aussi à bord de camions. Il franchit la frontière du Texas à Laredo. Là, il prit une chambre dans le motel le moins cher et passa presque une semaine assis dans une

219

bibliothèque à lire tous les articles de presse consacrés à la grande catastrophe. Il fut surpris d'apprendre que d'anciens adeptes du Temple du Peuple accusaient le FBI, la CIA ou le gouvernement américain d'être responsables en dernier ressort du suicide collectif et du regain de haine contre Jim et son Église. Il se mit à transpirer sur sa chaise. Pourquoi certaines personnes désiraient-elles protéger le traître ? Est-ce parce qu'elles n'avaient pas le courage de renoncer au mensonge qui avait modelé leur propre vie ? Pendant ses longues nuits sans sommeil, il pensa qu'il devait écrire tout ce qui s'était produit. Il était le seul témoin rescapé. Il devait raconter l'histoire du Temple du Peuple, la trahison de Jim qui, comprenant qu'il allait perdre son pouvoir, avait arraché son masque d'amour pour montrer sa face véritable : le crâne aux orbites creuses. Il acheta un cahier à spirale et commença à prendre des notes. Mais le doute l'assaillit. S'il voulait écrire l'histoire, il devait dévoiler sa propre identité. Il n'était pas John Lifton, mais un homme qui avait eu autrefois une autre nationalité et un autre nom. Le voulait-il ? Il ne le savait pas encore.

Ce fut au cours de ces semaines-là, au Texas, qu'il envisagea sérieusement de se suicider. Si le vide ne pouvait être comblé par Dieu, il ne lui restait pas d'autre choix que de le remplir avec son propre sang. L'âme n'était rien d'autre qu'un conteneur. Il avait repéré un remblai d'où il pourrait se jeter sur la voie ferrée. Il avait presque pris sa décision quand il se rendit une dernière fois à la bibliothèque pour voir s'il y avait du nouveau concernant le suicide collectif en Guyana.

Dans le *Houston Chronicle*, l'un des journaux les plus lus dans la région, il découvrit une interview d'une femme nommée Sue-Mary Legrande. Il y avait une photo : la quarantaine, des cheveux sombres et un visage étroit, presque pointu. Dans l'article, elle évoquait Jim Jones et affirmait connaître son secret. Il lut l'article jusqu'au bout et comprit qu'elle était une lointaine cousine spirituelle de Jim. Elle l'avait beaucoup fréquenté à l'époque où il prétendait avoir eu les révélations qui l'avaient par la suite conduit à fonder le Temple du Peuple.

Je connais le secret de Jim, affirmait Sue-Mary Legrande. Mais quel était ce secret ? Elle ne le disait pas. Il ne pouvait détacher ses yeux de la photo. Le regard de Sue-Mary semblait plonger dans le sien. Divorcée, elle avait un fils adulte et dirigeait une petite entreprise de vente par correspondance, basée à Cleveland, qui proposait ce qu'elle appelait des « manuels de la réalisation de soi ». Il croyait savoir que Cleveland était une ville de l'Ohio fondée à l'époque de la construction des grandes voies ferrées en Amérique. Non seulement parce que la ville, si ses souvenirs étaient exacts, formait un carrefour, mais aussi parce que les rails quadrillant peu à peu la plaine américaine étaient fabriqués là-bas. Il devait donc y avoir à Cleveland autant de remblais et de trains qu'on pouvait en souhaiter. Il y avait aussi une femme qui prétendait connaître le secret de Jim Jones.

Il replia le *Houston Chronicle*, le rangea à sa place, salua l'aimable bibliothécaire et ressortit dans la rue. La journée était d'une douceur inhabituelle pour un mois de décembre. Noël n'était pas loin. Il se réfugia à l'ombre d'un arbre. Si Sue-Mary Legrande de Cleveland m'explique le secret de Jim, je comprendrai enfin pourquoi je me suis laissé duper. Alors je serai pour toujours protégé de cette faiblesse.

Il arriva à Cleveland le 24 décembre au soir, par le train. Il avait alors plus de trente heures de voyage derrière lui et se mit à la recherche d'un hôtel bon marché dans le quartier délabré de la gare. Ensuite il dîna dans une épicerie chinoise qui faisait aussi restaurant. Puis il retourna à l'hôtel. Un sapin en plastique clignotait dans la réception. Le téléviseur diffusait des chants de Noël pendant que des images publicitaires défilaient à toute allure. Il fut soudain submergé par la rage. Jim n'était pas seulement l'homme qui avait vidé son âme de son contenu et laissé en échange un trou béant. Il lui avait aussi volé tout le reste. Jim avait toujours dit que la foi véritable exigeait le renoncement. Mais quel Dieu avait jamais demandé à un homme d'abandonner son propre enfant et la mère de son enfant ? C'était pour revenir auprès d'elles qu'il avait cherché une foi. Jim l'avait trahi, et il était plus perdu que jamais.

Il s'allongea sur le lit, dans la pénombre. En cet instant, je ne suis rien d'autre qu'une présence dans cette chambre d'hôtel. Si je mourais, si je disparaissais maintenant, personne ne me regretterait. On trouverait dans mes chaussettes de quoi payer la chambre et l'enterrement. À moins que quelqu'un ne me détrousse, auquel cas j'irai dans la fosse commune. On découvrira peut-être qu'il n'y a jamais eu de John Lifton. En tout cas, pas avec ce visage et ce corps. Mais si ça se trouve, ils mettront le passe-port de côté, comme ces papiers dont on ne sait pas très bien pour quelle raison on les garde. Et puis ce sera tout. En cet instant, je ne suis rien d'autre qu'un type seul dans cet hôtel dont je ne me rappelle même pas le nom.

Le jour de Noël, il neigeait sur Cleveland. Il mangea des nouilles, des légumes et du riz chez le chinois et retourna ensuite s'allonger dans sa chambre. Le lendemain, 26 décembre, il cessa de neiger. Une mince couche de blancheur recouvrait les rues et les trottoirs ; moins trois degrés, pas un souffle de vent, l'eau du lac Érié lisse comme un miroir. Il avait cherché dans l'annuaire et consulté un plan de la ville. L'adresse de Sue-Mary Legrande était dans les faubourgs sud-ouest de Cleveland. Dieu avait voulu qu'il la rencontre ce jour-là précisément. Il se lava avec soin, se rasa et enfila les vêtements achetés dans un dépôt-vente texan avant son voyage vers l'Ohio. Il se regarda dans le miroir. Une personne ouvre sa porte et voit mon visage : que va-t-elle penser ? Un homme qui n'a pas complètement renoncé, qui a enduré une grande souffrance. Il secoua la tête, à son reflet autant qu'à sa pensée. Je ne suscite pas la peur. Peut-être la pitié, tout au plus.

Il quitta la chambre, se rendit à la gare routière, grimpa dans un bus et longea le lac. Sue-Mary Legrande habitait 1024 Madison. Le voyage avait duré une demi-heure à peine. Il arriva à pied devant une maison de pierre cachée derrière de grands arbres. Il hésita. Puis il quitta l'ombre des feuillages et sonna. Sue-Mary Legrande ressemblait exactement à sa photo dans le *Houston Chronicle*. Son corps était plus maigre qu'il ne l'avait imaginé. Elle l'observa avec méfiance, prête à refermer sa porte.

— J'ai survécu, dit-il simplement. Je suis venu parce que je veux connaître le secret de Jim Jones. Je veux savoir pourquoi il nous a trahis.

Elle le regarda longuement. Son visage ne trahissait aucune surprise, aucune émotion.

— Je le savais, dit-elle enfin. Je savais que quelqu'un viendrait.

Elle s'effaça. Il la suivit à l'intérieur et y resta près de vingt ans. Grâce à elle, il fit la connaissance du Jim Jones qu'il n'avait jamais réussi à pénétrer. Sue-Mary lui révéla de sa voix douce quel avait été le sombre secret de Jim. Il n'était pas le messager de Dieu ; il avait pris Sa place. D'après Sue-Mary, Jim Jones savait au fond de lui que son arrogance ferait tout exploser un jour. Mais il n'avait jamais réussi à changer de voie.

— Était-il fou ? demanda-t-il.

Sue-Mary fut catégorique. Jim Jones était tout le contraire d'un fou. Son intention était bonne. Il voulait créer un mouvement de renouveau chrétien à travers le monde entier. Son arrogance seule l'en avait empêché, transformant son amour en haine. Mais il n'avait jamais été fou. Voilà pourquoi quelqu'un devait prendre sa suite et ressusciter le mouvement. Quelqu'un qui sache éviter l'écueil de l'arrogance, tout en faisant preuve au besoin d'une froideur absolue. La chrétienté ne pourrait renaître que dans le sang.

Il resta à Cleveland et l'aida à diriger l'entreprise de vente par correspondance de ce qu'elle appelait «les clés de Dieu». Elle concoctait elle-même tous les manuels que les clients commandaient pour s'aider dans leur processus de réalisation de soi. Il s'aperçut rapidement qu'elle comprenait Jim Jones parce qu'elle était, elle aussi, une manipulatrice. Il étudia ses manuels, qui n'étaient qu'un fatras d'allusions suggestives aux voies de l'autonomie, ponctué de citations bibliques souvent tronquées et parfois inventées de toutes pièces. Mais il resta auprès d'elle, car elle l'avait accueilli. Il avait besoin de temps pour se défaire de son vide intérieur. Besoin de temps aussi pour se préparer à sa mission. Il allait prendre la suite de Jim, réussir là où le séducteur avait échoué. Il allait éviter l'arrogance, mais il n'oublierait pas que le renouveau chrétien exigeait des sacrifices.

Les années passaient, et les souvenirs atroces de la Guyana s'estompaient peu à peu. Entre Sue-Mary et lui existait un amour qu'il prit longtemps pour la grâce qu'il avait recherchée, qui pourrait combler le vide. Dieu était en Sue-Mary. Il était arrivé à bon port. Son projet de livre ne le quittait pas pour autant. Quelqu'un devait écrire l'histoire de l'antéchrist. Mais il repoussait l'échéance.

L'entreprise de Sue-Mary marchait bien. Ils étaient toujours très occupés, et ils le furent encore plus du jour où elle lança l'idée d'un concept baptisé « pack antidouleur », vendu quarante-neuf dollars hors frais de port, et qui remporta un succès phénoménal. L'argent affluait. Ils quittèrent le 1024 Madison et emménagèrent dans une grande maison à Middleburg Heights, à la campagne. Richard, le fils de Sue-Mary, revint après ses études à Minneapolis s'installer dans une maison voisine. C'était un solitaire. Mais il se montrait toujours très aimable ; on avait l'impression qu'il était heureux de ne pas devoir prendre en charge la solitude de sa mère.

La fin arriva brutalement. Sue-Mary prit la voiture un jour pour se rendre en ville. Il présumait qu'elle avait des courses à faire. À son retour, elle s'assit en face de lui – il était à son bureau – et lui annonça qu'elle allait mourir. Elle le dit avec une légèreté étrange, comme si cet aveu la libérait.

— J'ai un cancer. Les métastases se sont multipliées, il n'y a rien à faire. On me donne environ trois mois encore.

Elle mourut le quatre-vingt-septième jour suivant l'annonce du verdict – un jour de printemps. Ils n'étaient pas mariés ; Richard héritait donc seul de la fortune de sa mère. Après l'enterrement, ils prirent la voiture jusqu'au lac Érié et firent une longue promenade. Richard lui demanda de rester et de partager avec lui aussi bien l'héritage que la gestion de l'entreprise. Mais il avait déjà pris sa décision. Le vide intérieur n'avait été que momentanément apaisé par ces années de vie commune avec Sue-Mary. Il avait une mission à accomplir. Cette idée avait mûri. Il comprenait maintenant que Dieu avait semé en lui une vision prophétique qu'il lui incombait de réaliser. Il allait lever son épée, la brandir contre le vide. Cela, il ne le dit pas à Richard. Il accepterait juste de l'argent – autant que Richard pensait pouvoir lui en donner sans mettre en péril l'avenir de l'entreprise. Ensuite il partirait, car il avait une tâche à accomplir. Richard ne posa pas de questions.

Il décolla de Cleveland le 19 mai 2001, via New York, à destination de Copenhague. Le 21 mai en fin de soirée, il arrivait à Helsingborg. En mettant le pied sur la terre suédoise après toutes ces années, il s'immobilisa quelques instants. Ce fut comme si les derniers lambeaux de souvenirs attachés à Jim Jones disparaissaient enfin.

22

Kurt Wallander discutait au téléphone avec la compagnie d'électricité quand le courant revint. Quelques secondes plus tard, ils sursautèrent. Un chien venait de faire irruption dans la pièce, suivi de Henrietta Westin. Le chien sauta sur Wallander, laissant l'empreinte de ses pattes boueuses sur son pull. Henrietta cria un ordre. Il alla tout de suite se coucher dans son panier. Henrietta était très en colère. Elle jeta la laisse sur la table.

— Je ne sais pas ce qui vous donne le droit de vous introduire chez moi en mon absence. Je n'aime pas les fouineurs.

— S'il n'y avait pas eu la coupure d'électricité, on serait ressortis.

Il va perdre patience, pensa Linda.

— Ce n'est pas une réponse. Pourquoi êtes-vous entrés ?

— On veut juste savoir où est Anna, dit Linda.

Henrietta ne parut pas l'entendre. Elle faisait le tour de la pièce en examinant chaque objet.

227

— J'espère que vous n'avez touché à rien.

— Bien sûr que non, dit Kurt Wallander. On a simplement deux ou trois points à régler avec vous. Après on s'en ira.

Henrietta pila net et le toisa.

— Quels «points»? Allez-y. J'écoute.

— Et si on s'asseyait?

— Non.

Ça y est, pensa Linda en fermant les yeux, il va exploser. Mais son père se maîtrisa, peut-être parce qu'il avait perçu sa réaction.

— Nous avons besoin d'entrer en contact avec Anna. Elle n'est pas chez elle. Savez-vous où elle se trouve?

— Non.

— Quelqu'un le sait-il?

— Linda est son amie. Mais elle n'a peut-être pas le temps de répondre, elle est trop occupée à m'espionner.

Le rugissement de Kurt Wallander fit se redresser le chien dans son panier. Henrietta Westin vient de franchir la limite sans le savoir, pensa Linda. Ce rugissement, je le connais par cœur. Il traverse toute ma vie. Si ça se trouve, c'est mon souvenir le plus ancien.

— Maintenant, vous allez répondre à mes questions, clairement et gentiment. Sinon, on vous emmène à Ystad. On a besoin d'entrer en contact avec Anna parce qu'elle peut être en possession d'informations concernant Birgitta Medberg.

Il marqua un arrêt.

— Et parce qu'on veut s'assurer qu'il ne lui est rien arrivé.

— Que lui serait-il arrivé? Anna est sûrement à Lund. Pourquoi ne contactez-vous pas ses colocataires?

— Mais oui. D'autres idées sur un endroit où elle pourrait être?

— Non.

— Alors on passe à la question suivante. Qui est l'homme qui vous a rendu visite?

— Qui? Peter Stigström?

— Pouvez-vous nous le décrire? Ses cheveux, en particulier.

— Mais je l'ai déjà fait!

— On peut lui rendre visite, bien sûr. Mais dans l'immédiat je préfère entendre votre réponse.

— Il a des cheveux foncés, grisonnants, qui lui arrivent aux épaules. Ça ira comme ça?

— Pourriez-vous décrire sa nuque?

— Je rêve! Quand on a les cheveux qui tombent sur les épaules ça vaut aussi derrière.

— En êtes-vous certaine?

— Bien sûr.

— Alors ce sera tout.

Il sortit de la pièce. On entendit claquer la porte d'entrée. Stefan Lindman se dépêcha de le suivre. Linda était désorientée. Pourquoi son père n'avait-il pas dit à Henrietta qu'un témoin avait vu un homme à la nuque rase? Elle voulut s'en aller, mais Henrietta lui barrait le passage.

— Je ne veux pas qu'on entre chez moi quand je ne suis pas là. Je ne veux pas avoir à fermer ma porte à clé quand je promène mon chien. Tu comprends?

— Je comprends.

Henrietta lui tourna le dos.

— Comment va ta jambe?

— Mieux.

— Un jour, tu me diras peut-être ce que tu faisais chez moi en pleine nuit.

Linda sortit de la maison. Elle était maintenant certaine de la raison pour laquelle Henrietta ne s'inquiétait pas pour sa fille, malgré le meurtre brutal de Rannesholm. Il n'y avait qu'une seule explication possible. Henrietta savait parfaitement où était Anna.

Stefan Lindman et son père l'attendaient dans la voiture.

— Qu'est-ce qu'elle fabrique? voulut savoir Stefan. Toutes ces partitions... Elle écrit des chansons à succès?

— Elle compose de la musique que personne ne veut jouer, dit Kurt Wallander.

Il se tourna vers Linda.

— N'est-ce pas?

— Peut-être.

Un portable bourdonna. Tous trois tâtèrent leurs poches. C'était celui de Wallander. Il écouta et regarda sa montre.

— J'arrive – il rangea le téléphone dans sa veste. Il faut qu'on aille à Rannesholm. Des gens auraient été aperçus dans la forêt ces derniers jours. Linda, on te raccompagne d'abord.

Elle lui demanda pourquoi il n'avait pas mis la pression à Henrietta par rapport à la nuque de Peter Stigström.

— Je préfère attendre. Une question a parfois besoin de mûrir.

Ensuite ils évoquèrent son absence d'inquiétude pour sa fille.

— C'est clair, dit Kurt Wallander. Elle sait où est Anna. On peut s'interroger sur le fait qu'elle mente. Mais ce n'est pas notre priorité dans l'immédiat.

Ils retournèrent à Ystad en silence. Linda avait envie de l'interroger sur ce qui avait été vu exactement à Rannesholm, mais elle sentait que le moment était mal choisi. Ils s'arrêtèrent en bas de l'immeuble de Mariagatan.

— Coupe le moteur, dit son père à Stefan Lindman.

Il se retourna vers Linda.

— Je répète ce que j'ai dit tout à l'heure. Je suis convaincu qu'il n'est rien arrivé à Anna. Sa mère sait où elle est, et pourquoi elle s'est absentée. On n'a pas les moyens d'approfondir pour l'instant. Toutes nos ressources sont déjà mobilisées. Mais rien ne t'empêche d'aller à Lund et de parler à ses amis. À condition que tu ne te présentes pas comme étant de la police.

Elle sortit de la voiture et les regarda démarrer en agitant la main. En ouvrant la porte de l'immeuble, elle s'immobilisa. Anna avait dit quelque chose, lors de leur dernière entrevue... Elle chercha dans sa mémoire, mais ne trouva rien.

Linda se leva tôt le lendemain matin. L'appartement était vide. Son père n'était pas rentré de la nuit. Peu après huit heures, elle prit la voiture. Le soleil brillait. Chaleur, calme plat. Comme rien ne pressait, elle choisit la route de la côte, direction Trelleborg, et ne bifurqua vers le nord qu'à la hauteur

231

d'Anderslöv. Elle écouta le flash d'informations à la radio. Rien sur Birgitta Medberg. Elle trouva une fréquence danoise qui passait du disco, monta le son et accéléra. Juste après Staffanstorp, une voiture de police lui signala de se rabattre. Elle jura, baissa le son, puis sa vitre.

— Treize kilomètres heure de dépassement, dit le policier avec une mine réjouie, comme s'il lui apportait un bouquet de fleurs.

— Jamais de la vie. Dix au maximum.

— C'est le radar qui décide. Si tu me cherches des poux, je fais pareil. Et je gagne.

Il monta à l'avant et examina son permis.

— Pourquoi si pressée ?

— Je suis aspirante de police.

Aïe. Pourquoi avoir dit ça ? Il la dévisagea.

— Je ne t'ai pas demandé ce que tu faisais dans la vie. Je voulais juste savoir pourquoi tu étais pressée. Mais tu n'es pas obligée de répondre. L'amende, tu l'auras de toute façon.

Il finit de prendre ses notes, sortit de la voiture et fit un geste, c'est bon, tu peux démarrer. Elle se sentit idiote. Et surtout, très énervée par tant de malchance.

Elle vérifia l'adresse, située dans le centre historique de Lund, gara la voiture et alla s'acheter une glace. Encore contrariée, elle s'assit sur un banc au soleil et essaya de penser à autre chose. Plus que neuf jours. Si ça devait arriver, autant que ça arrive maintenant.

Le portable bourdonna dans sa poche. C'était son père.

— Où es-tu ?

— À Lund.

— Tu l'as retrouvée?

— Je viens d'arriver. Je me suis fait choper sur la route.

— Comment ça?

— Excès de vitesse.

Il ricana.

— Alors? Ça te fait quoi?

— À ton avis?

— Tu te sens bête.

Elle décida de changer de sujet.

— Pourquoi m'appelles-tu?

— Pour voir s'il fallait te réveiller.

— Tu sais bien que non. À ce propos, j'ai vu que tu n'étais pas rentré de la nuit.

— J'ai dormi quelques heures au château. Ils nous prêtent des chambres.

— Comment se passe le travail?

— Pas le temps. Salut.

Elle rangea le portable. Il me surveille, pensa-t-elle en se levant du banc.

À l'adresse d'Anna, elle découvrit une maison en bois à deux étages entourée d'un petit jardin. Le portail était rouillé et menaçait de tomber de ses gonds. Elle remonta l'allée et sonna. Personne ne vint ouvrir. Elle sonna de nouveau, écouta. Aucun son ne se répercutait à l'intérieur. Elle frappa fort, longtemps. Une ombre apparut derrière le verre dépoli. La porte s'ouvrit, révélant un garçon d'une vingtaine d'années au visage couvert d'acné. Il portait un jean, un maillot de corps et un large peignoir éponge marron troué à plusieurs endroits. Linda perçut aussi une odeur de transpiration.

— Je cherche Anna Westin, dit-elle.

— Elle n'est pas là.

— Mais c'est bien ici qu'elle habite?

Il la laissa entrer; elle sentit en passant le regard du garçon sur sa nuque.

— Sa chambre est derrière la cuisine, annonça-t-il.

Linda se présenta et lui tendit la main à regret. Elle frémit au contact de sa paume moite et molle.

— Zacharias, dit-il. Je ne sais pas si elle a fermé sa porte à clé.

Le plus grand désordre régnait dans la cuisine. Des piles d'assiettes, de couverts et de casseroles sales s'entassaient dans l'évier. Comment peut-elle vivre dans une porcherie pareille? La porte d'Anna n'était pas verrouillée. Zacharias la fixait, depuis le seuil de la cuisine, d'un regard qui la mettait mal à l'aise. Un regard avide. Elle ouvrit la porte. Zacharias la rejoignit dans la cuisine et mit des lunettes, comme pour la rapprocher de lui.

— Elle n'aime pas qu'on entre dans sa chambre.

— Je suis une de ses plus proches amies. Si elle n'avait pas voulu que j'entre, elle aurait fermé à clé.

— Comment veux-tu que je sache qui tu es?

Linda avait de plus en plus envie de bousculer ce garçon mal lavé, de le chasser hors de la cuisine. Mais elle se maîtrisa. Elle s'occuperait de la chambre plus tard.

— Quand l'as-tu vue pour la dernière fois?

Il recula d'un pas.

— C'est un interrogatoire?

— Pas du tout. C'est juste que j'essaie désespérément de la joindre.

Il continuait de la dévorer des yeux.

234

— On peut s'asseoir au salon, si tu veux.

Elle le suivit. Le salon se composait de quelques meubles hétéroclites et très usés. Au mur, un poster de Che Guevara ; sur le mur opposé, une petite tapisserie au point de croix proclamait : « Foyer paisible, foyer heureux. » Zacharias s'assit derrière une table basse occupée par un jeu d'échecs. Linda s'installa en face, le plus loin possible de lui.

— Tu étudies quoi ? demanda-t-elle.

— Rien. Je joue aux échecs.

— On peut en vivre ?

— Aucune idée. Mais je ne peux pas vivre sans.

— Je ne sais même pas comment on déplace les pièces.

— Si tu veux, je te montre.

Non, pensa Linda. Je veux sortir d'ici le plus vite possible.

— Combien êtes-vous à partager la maison ?

— Ça dépend. En ce moment, on est quatre. Margareta Olsson qui étudie l'économie, moi qui joue aux échecs. Peter Engbom qui doit devenir physicien mais qui est pour l'instant coincé dans l'histoire des religions, et puis Anna.

— Qui fait sa médecine, compléta Linda.

La réaction fut imperceptible, mais Linda l'enregistra : il était surpris. Une pensée la frôla, et disparut aussitôt.

— Quand l'as-tu vue pour la dernière fois ?

— J'ai mauvaise mémoire. Peut-être hier, peut-être il y a une semaine. En ce moment, je suis plongé dans une étude sur les fins de partie virtuoses de Capablanca. Parfois je me dis que ce devrait être possible de transcrire les coups, aux échecs, sous

235

forme de notes. Dans ce cas, les parties de Capablanca seraient des fugues. Ou des messes.

Encore un malade qui apprécie les musiques injouables, pensa Linda.

— Très intéressant. Il y a quelqu'un d'autre dans la maison, à part toi ?

— Je suis seul.

Elle se leva, se dirigea vers la cuisine. Il la suivit ; elle fit volte-face et le fixa droit dans les yeux.

— Maintenant je vais entrer dans la chambre d'Anna, quoi que tu en penses.

— Je pense que ça ne lui plaira pas.

— Tu peux toujours essayer de m'en empêcher.

Immobile sur le seuil du salon, il la regarda ouvrir la porte. La chambre d'Anna était petite, étroite : une ancienne chambre de bonne. Il y avait un lit, une petite table et des rayonnages. Linda s'assit sur le lit. Zacharias apparut. Linda eut soudain la sensation qu'il allait se jeter sur elle. Elle se leva. Il recula d'un pas, mais continua à la coller du regard ; c'était comme d'avoir des bestioles sous la peau. Elle voulait ouvrir les tiroirs d'Anna. Tant qu'il la regardait de cette façon, ce n'était pas possible. Autant laisser tomber.

— Quand doivent-ils rentrer ? Les autres ?

— Je n'en sais rien.

Linda revint dans la cuisine en fermant la porte derrière elle. Il battit en retraite sans la quitter des yeux. Puis il sourit, exhibant une rangée de dents jaunes. Linda commençait à avoir mal au cœur. Elle devait quitter cette maison au plus vite.

— Je veux bien te montrer comment on déplace les pièces, dit-il.

Linda était déjà dans l'entrée. Une fois dehors, sur le perron, elle prit son élan et attaqua :

— Si j'étais toi, je prendrais une douche.

Puis elle tourna les talons et partit. Elle entendit la porte claquer derrière elle. Elle était furieuse. Échec sur toute la ligne, tout ce qu'elle avait réussi à faire, c'était offrir ses faiblesses en spectacle. Elle ouvrit le portail d'un coup de pied ; la grille heurta la boîte aux lettres fixée à la clôture. Linda se retourna vers la maison. La porte était fermée, aucun visage aux fenêtres. Elle ouvrit la boîte aux lettres. Il y avait deux enveloppes. La première était adressée à Margareta Olsson et portait l'en-tête d'une agence de voyages à Göteborg. L'autre était pour Anna. Et l'adresse était manuscrite. Linda hésita un instant. J'ai lu son journal intime. Ça ne m'autorise pas à ouvrir son courrier. Je le fais parce que je suis inquiète. C'est la seule raison. Dans la voiture, elle déchira l'enveloppe et en tira une feuille de papier pliée en quatre. Elle la déplia, sursauta. Une araignée aplatie, desséchée, était glissée à l'intérieur.

Le texte était rédigé à la main. Inachevé. Il n'y avait pas de signature.

On est dans la nouvelle maison, à Lestarp derrière l'église, premier chemin à gauche, marque rouge sur le vieux chêne, c'est derrière. Le pouvoir de Satan est immense, ne l'oublions jamais. Mais nous voyons un autre ange redoutable descendre du ciel, vêtu d'une nuée...

Linda posa la lettre sur le siège du passager. Le souvenir qu'elle avait traqué en vain venait de resurgir. Au moins une raison de remercier le joueur d'échecs au regard fixe. Il avait présenté tous les colocataires en précisant leur activité. Sauf Anna. Linda croyait savoir qu'elle étudiait la médecine. Mais qu'avait-elle dit au cours de la conversation où elle évoquait la découverte de son père? Une femme était tombée sur le trottoir... Elle ne supportait pas ce genre de spectacle, avait-elle dit; ni la vue du sang. Et Linda avait pensé que c'était étonnant de la part d'une fille qui s'apprêtait à devenir médecin. Elle regarda la lettre posée sur le siège. Qu'est-ce que cela signifiait? *Nous voyons un autre ange redoutable descendre du ciel, vêtu d'une nuée.*

La lumière solaire était forte; on était début septembre, mais c'était un des jours les plus chauds de l'été. Elle prit la carte de Scanie dans la boîte à gants. Lestarp se trouvait entre Lund et Sjöbo. Linda baissa le pare-soleil. C'est trop puéril. Une araignée desséchée qui tombe de la lettre comme quand on vide le globe d'une lampe. Mais Anna a bel et bien disparu. La représentation puérile existe tout à côté de la réalité. La cabane en pain d'épice de la réalité. Avec des mains jointes et une tête tranchée.

Il lui semblait prendre conscience pour la première fois de ce qu'elle avait vu dans la forêt. Et Anna n'était plus quelqu'un qu'elle pouvait se représenter clairement. Peut-être n'a-t-elle jamais étudié la médecine. J'ai l'impression de découvrir soudain qu'au fond je ne sais rien d'Anna Westin.

Elle n'est plus qu'une espèce de brume. Ou peut-être est-ce elle qui s'est revêtue d'une nuée.

Elle ne prit aucune décision. Elle se contenta de suivre la direction de Lestarp. Ce jour-là, la température en Scanie grimpa jusqu'à frôler les trente degrés.

23

Linda s'arrêta devant l'église de Lestarp.

Le bâtiment avait été récemment restauré. Le portail repeint à neuf resplendissait. Au-dessus, un tableau au cadre doré sur fond noir racontait que l'église avait été édifiée en l'an 1851 sous le règne du roi Oscar Ier. Linda avait un vague souvenir de son grand-père lui racontant que son grand-père à lui était mort en mer cette année-là. Elle essaya de préciser son souvenir en même temps qu'elle cherchait les toilettes. Son arrière-arrière-grand-père s'était noyé au cours d'une terrible tempête de noroît où son bâtiment à voiles avait cassé son gouvernail et dérivé jusqu'en rade de Skagen. Tous les marins étaient morts ; les cadavres avaient été retrouvés quelques jours plus tard, après la fin de la tempête. Son arrière-arrière-grand-père avait été enterré dans une fosse commune. Elle descendit dans la crypte. Ses pas résonnaient sur les marches en pierre ; la fraîcheur était agréable. En ouvrant la porte des toilettes, elle s'imagina soudain qu'Anna serait là, à l'attendre. Mais il n'y avait évidemment personne. Elle se rappela les paroles de son grand-père : *Je m'intéresse uniquement aux années importantes. Celles où quelqu'un se noie ou celles où quelqu'un, comme toi, naît.*

Ensuite, elle se lava soigneusement les mains comme pour se débarrasser des dernières traces de la poignée de main du joueur d'échecs. Puis elle contempla son visage dans la glace, se lissa les cheveux et fit une évaluation. Ça pouvait aller. La bouche trop tendue, le nez un peu bosselé, mais le regard aigu ; quant aux dents, leur régularité suscitait parfois l'envie de certains. Elle frémit à la pensée que le joueur d'échecs aurait pu tenter de l'embrasser et remonta l'escalier quatre à quatre. En haut, elle vit un vieil homme qui approchait en portant une caisse de bougies. Elle lui tint la porte et le suivit dans l'église. L'homme posa sa caisse et se frotta le dos.

— Dieu pourrait épargner les rhumatismes à Son fidèle serviteur, dit-il d'une voix à peine audible.

Linda, d'abord surprise, s'aperçut qu'ils n'étaient pas seuls dans l'église. Une personne était agenouillée sur un banc. Linda crut que c'était un homme. Mais elle comprit son erreur quand il poursuivit, dans un murmure :

— Gudrun pleure ses enfants. Elle vient tous les jours, toute l'année. On a dû prendre une décision spéciale, au conseil, pour que l'église reste toujours ouverte et qu'elle puisse entrer quand elle veut. Ça va faire dix-neuf ans.

— Que s'est-il passé ?

— Elle avait deux garçons. Ils ont été écrasés par

240

le train. Une tragédie affreuse. Un des ambulanciers venus ramasser ce qui restait des corps a perdu la raison, après coup. On me l'a raconté : il était en intervention, quand soudain il a demandé à son collègue, qui conduisait, de s'arrêter. Il est sorti de l'ambulance et il a disparu dans la forêt. Ils ont retrouvé son cadavre trois ans plus tard. Gudrun continuera à venir jusqu'à sa mort. J'imagine qu'elle mourra sur son banc.

Il souleva la caisse et s'éloigna le long de la nef, vers l'autel. Linda ressortit au soleil. La mort est partout, elle m'appelle, elle essaie de me leurrer. Je n'aime pas les églises, je n'ai pas la force de supporter une femme seule qui pleure dans une église. Comment est-ce que je fais cadrer ça avec mon choix d'entrer dans la police ? Aussi bien ou aussi mal qu'Anna, qui ne supporte pas la vue du sang ? Peut-être devient-on médecin pour la même raison qu'on devient policier : par défi, juste pour voir si on y arrivera.

Arrivera à quoi ? pensa-t-elle encore en entrant dans le cimetière. Marcher entre les pierres tombales revenait à se promener dans les travées d'une bibliothèque. Chaque tombe, un livre, une vie. Voici le propriétaire foncier Johan Ludde, enterré il y a quatre-vingt-dix-sept ans aux côtés de sa femme, Linnea. Linnea n'avait que quarante et un ans, alors que lui en avait soixante-seize. Une histoire était dissimulée à l'intérieur de cette tombe négligée où un bouquet avait pourri, formant une tache marron sur la pierre. Elle parcourut les titres, examina les reliures. Imagina sa propre tombe, celle de son père, une pierre pour chacun de ses amis. Mais pas pour Birgitta Medberg; elle n'y arrivait pas.

Une autre tombe, presque recouverte par les herbes folles. Linda s'accroupit, ôta la mousse et les restes de terre. *Sofia 1854-1869*. Elle avait quinze ans. S'était-elle tenue elle aussi en équilibre sur un pont, sans personne pour l'aider à en descendre?

Linda poursuivit au hasard à travers le cimetière. Elle pensait à la clairière que lui avait montrée son père, où les pierres étaient remplacées par des arbres. À quoi ressemblait son cimetière à elle? Il avait la forme d'un paysage qu'elle avait vu au cours d'une excursion dans l'archipel de Stockholm. L'archipel extérieur, au-delà de Möja, là où la terre n'était plus qu'une poignée de récifs disséminés à fleur d'eau. Un archipel. Chaque rocher, chaque écueil semblable aux arbres de son père. Un caillou, une mort. Le clignotement des phares indique le chemin.

Elle faillit ressortir du cimetière en courant. Il ne fallait pas attirer la mort. Si on l'appelait, elle venait. Le portail de l'église s'ouvrit. Ce ne fut pourtant pas la mort qui en sortit mais le sacristain, qui avait à présent enfilé une veste et une casquette.

— Comment est morte Sofia? demanda Linda en arrivant à sa hauteur.

— Nous avons quatre Sofia parmi nos morts. Deux très vieilles, une qui est morte en couches à trente ans, et une petite de quinze ans.

— Je pense à la plus jeune.

— Je le savais autrefois, mais j'ai oublié. Je crois que c'était la tuberculose. Les parents étaient pauvres, son papa était boiteux, si je me souviens bien. C'était une famille d'indigents. La tombe a été payée par un marchand de Lestarp. Évidemment, il y a eu des rumeurs.

— Quelles rumeurs?

— Qu'il l'aurait engrossée. Et qu'il aurait voulu s'acheter une conscience en lui donnant une pierre à son nom. Mais on ne le saura jamais.

Linda le suivit jusqu'à sa voiture.

— Vous connaissez tous les morts? Toutes les histoires?

— Non, mais j'en connais beaucoup. Et il ne faut pas oublier qu'on recreuse les tombes. Sous les morts récents, il y a les anciens. Même parmi eux, on trouve différentes générations. Différents étages dans le jardin des morts. Il y a des voix qui chuchotent.

— Comment ça?

— Je ne crois pas aux fantômes. Mais j'entends bien que ça murmure entre les tombes. À mon avis, il faut bien choisir ceux qui reposeront avec vous. Parce qu'on va rester mort longtemps, si je puis dire. Qui a envie de passer l'éternité à côté d'une commère qui jacasse? Ou d'un vieux qui n'arrive jamais à se taire, lui non plus, et qui est incapable de raconter une histoire de la bonne manière? On perçoit les différentes façons qu'elles ont de chuchoter, les voix. J'ai vraiment l'impression qu'il y en a certains qui s'amusent plus que d'autres.

Il ouvrit sa portière et leva la tête vers elle en se protégeant les yeux.

— Qui es-tu?

— Je cherche une amie.

— C'est une bonne chose. Chercher une amie

243

quand le soleil brille et qu'il fait beau. J'espère que tu la trouveras.

Il sourit.

— Mais comme je le disais, je ne crois pas aux fantômes.

Il démarra. Linda le suivit des yeux.

Moi, j'y crois. C'est justement parce que je crois aux fantômes que je sais qu'ils n'existent pas.

Elle laissa la voiture sur l'esplanade et suivit à pied le chemin qui contournait l'église et le cimetière. Presque aussitôt, elle découvrit l'arbre à la marque rouge et prit le chemin qui descendait derrière, en pente douce. La maison était vieille et en mauvais état. À part une aile ajoutée, en bois peint en rouge, c'était une construction de pierre chaulée. Le toit avait été réparé à l'aide d'ardoises de différentes nuances. Linda s'arrêta et regarda autour d'elle. Silence absolu. Un vieux tracteur gisait, à moitié enseveli sous la végétation, près de quelques pommiers. La porte de la maison s'ouvrit. Une femme vêtue de blanc en sortit et se dirigea droit vers elle. Comment l'avait-elle repérée? Linda n'avait croisé personne et elle était maintenant cachée parmi les arbres. Mais la femme avançait sans hésiter. Elle souriait. Elle avait à peu près son âge.

— J'ai vu que tu avais besoin d'aide, dit la femme en s'arrêtant – elle s'exprimait dans un mélange de danois et d'anglais.

— Je cherche une amie, dit Linda. Anna Westin.

La femme sourit.

— Chez nous, il n'y a pas de noms. Viens avec moi. Peut-être trouveras-tu malgré tout ton amie.

Sa voix doucereuse mettait Linda mal à l'aise. Avec le sentiment de s'aventurer dans un traquenard, elle la suivit et entra dans la maison où régnait une pénombre fraîche. Tous les murs intérieurs avaient été abattus ; il ne restait qu'un espace dépouillé, des murs blancs, un plancher aux larges lames, pas de tapis. Pas davantage de meubles, mais sur le mur du fond, entre deux fenêtres cintrées doublées d'épais barreaux, était suspendue une croix en bois noir. Des gens étaient assis contre les murs, à même le sol. Linda mit un moment à s'accoutumer. C'était l'une des rares faiblesses physiques qu'elle s'était découvertes au cours de sa formation. Elle avait besoin de temps pour adapter sa vision lors d'un passage brusque de la pénombre à la lumière ou l'inverse. Elle en avait parlé à un médecin, qui l'avait envoyée chez un ophtalmologue. Mais il ne lui avait découvert aucun défaut, juste une particularité comme il y en avait tant.

Les personnes assises le long des murs, serrant pour la plupart leurs genoux dans leurs bras, étaient de tous les âges. Rien ne les reliait à première vue, sinon leur présence en ce lieu, et le silence qu'ils observaient. Des gens très différents. À côté d'un homme aux cheveux courts, costume sombre, cravate, se tenait une vieille femme habillée très simplement. Le regard de Linda fit le tour de la pièce. Anna n'était pas parmi eux. La femme qui était venue à sa rencontre l'interrogea d'un geste. Linda secoua la tête.

— Il y a une autre pièce, dit la femme.

Linda la suivit. Cette fois les murs étaient en bois, peints en blanc, les fenêtres droites et sans barreaux.

Là aussi, des personnes étaient alignées le long des murs. Anna n'en faisait pas partie. Mais que se passait-il au juste dans cet endroit? Que disait la lettre qu'elle avait lue en cachette? *Un ange vêtu d'une nuée?*

Elle se demandait encore comment sa présence avait pu être détectée. Y avait-il des vigiles postés autour de la maison?

— Allons dehors, proposa la femme.

Elle la précéda jusqu'à un groupe de fauteuils en pierre disposés à l'ombre d'un hêtre, derrière le bâtiment. La curiosité de Linda était éveillée pour de bon. D'une manière ou d'une autre, ces gens étaient liés à Anna. Elle décida de dire la vérité.

— Mon amie, Anna Westin, a disparu. Dans sa boîte aux lettres, j'ai trouvé un message qui m'a conduite chez vous.

— Pouvez-vous la décrire?

Ça ne me plaît pas, pensa Linda. Ce sourire, ce calme. C'est artificiel. Le même malaise que quand j'ai serré la main de ce joueur d'échecs.

Elle décrivit Anna. La femme souriait toujours.

— Je ne crois pas l'avoir vue. Avez-vous apporté la lettre?

— Je l'ai laissée dans la voiture.

— Et où se trouve la voiture?

— À côté de l'église. Une Golf rouge. La lettre est posée sur le siège avant, je n'ai pas verrouillé les portières. C'est idiot.

Il y eut un silence. Le malaise de Linda ne faisait que croître.

— Que faites-vous, dans cette maison? demanda-t-elle.

— Votre amie vous l'a sûrement raconté. Tous ceux qui viennent ici doivent amener d'autres personnes vers notre temple.

— C'est un temple?

— Que voulez-vous que ce soit?

Évidemment, pensa Linda avec ironie. Évidemment, c'est un temple, en aucun cas ce n'est une vieille ferme de Scanie où des journaliers et des petits paysans trimaient autrefois pour leur survie.

— Et comment vous appelez-vous?

— Nous n'avons pas de nom. Notre communauté vient de l'intérieur, de l'air que nous partageons en respirant.

— Ah bon.

— Le plus évident est toujours le plus énigmatique. Une infime fêlure dans une caisse suffit à modifier sa résonance. Et si la caisse tombe et se brise, la musique cesse d'exister. Pareil pour nous. L'être humain ne peut pas vivre sans une réalité supérieure.

Linda ne comprenait pas cette réponse. Elle n'aimait pas ne pas comprendre. Elle cessa donc de poser des questions.

— Je crois que je vais y aller, dit-elle en se levant.

Elle partit sans se retourner et ne s'arrêta qu'à la voiture. Au lieu de démarrer, elle resta à réfléchir. Le soleil l'aveuglait. Elle allait mettre le contact quand elle vit un homme approcher sur l'esplanade. Ce n'était qu'une silhouette. Quand il arriva dans l'ombre des grands arbres, près du mur du cimetière, elle eut la sensation d'inspirer une bouffée d'air glacé. Elle avait reconnu la nuque. Mais pas seulement cela. Pendant la fraction de seconde où elle

247

put le distinguer, avant qu'il ne disparaisse de nouveau dans le contre-jour, la voix d'Anna résonna en elle. Une voix douce et claire lui parlant d'un homme aperçu par la fenêtre d'un hôtel à Malmö. Je suis derrière une autre vitre, pensa Linda. Et soudain l'idée me vient que cet homme que j'ai aperçu est le père d'Anna. C'est une idée impossible. Pourtant elle me vient.

24

L'homme disparut dans le soleil. Que révèle une nuque ? Comment avait-elle pu être si sûre en un instant d'une chose qu'a priori elle devait ignorer ? On ne reconnaît pas quelqu'un qu'on n'a jamais vu...

Elle se secoua et jeta un coup d'œil au rétroviseur. L'esplanade était déserte. Elle attendit une minute, sans savoir ce qu'elle attendait. Puis elle reprit la route de Lund. C'était déjà l'après-midi. Le soleil chauffait. Elle s'arrêta devant la vieille maison, se cuirassa en vue d'un nouvel échange avec le joueur d'échecs et franchit la grille. Mais quand la porte s'ouvrit, elle découvrit une fille. Plus jeune qu'elle ; des cheveux rouge vif parsemés de mèches bleues ; une chaîne argentée reliait sa narine à sa joue. Elle portait des vêtements noirs, qui paraissaient faits d'un mélange de plastique et de cuir. À un pied, elle avait une chaussure noire ; l'autre était blanche.

— On n'a pas de chambre disponible, dit la fille.

Si l'association a gardé l'annonce, elle a tort. Qui a prétendu qu'on avait des chambres ?

— Personne. Je cherche Anna Westin. Je suis une de ses amies.

— Ça m'étonnerait qu'elle soit là. Tu peux regarder par toi-même.

Elle laissa entrer Linda, qui jeta un coup d'œil vers le séjour. L'échiquier était là. Mais pas son maître.

— Je suis venue il y a quelques heures. J'ai parlé au joueur d'échecs.

— Tu parles à qui tu veux.

— C'est toi, Margareta Olsson ?

— C'est mon nom d'artiste.

Linda en resta sans voix. Margareta l'observait d'un air amusé.

— En fait, je m'appelle Johanna von Lööf, mais je préfère les noms ordinaires. Je me suis donc rebaptisée. Dans ce pays, il n'y a qu'une seule Johanna von Lööf. Mais il y a des milliers de Margareta Olsson. Qui a envie d'être seul ?

— En effet. Si je me souviens bien, tu fais des études de droit ?

— Non. D'économie.

Margareta désigna la cuisine.

— Tu ne veux pas vérifier si Anna est là ?

— Tu sais qu'elle n'y est pas. Je me trompe ?

— Bien sûr. Mais je n'empêche personne de contempler la réalité de ses propres yeux.

— Tu aurais quelques minutes ?

— J'ai tout mon temps. Pas toi ?

Elles s'installèrent à la cuisine. Margareta, qui buvait du thé, ne prit pas la peine de demander à Linda si elle en voulait.

— Économie, dit Linda. Ça doit être difficile.

— Bien sûr. La vie *doit* être difficile. Mais j'ai un projet. Tu veux le connaître ?

— Volontiers.

— Si tu as l'impression que je me vante, ou que je me la joue carrément, tu as raison. Personne n'imagine qu'une fille qui a une chaîne dans le nez puisse avoir le sens des affaires. Déjà, là, il y en a plein qui se font avoir. Mon projet est le suivant : j'étudie l'économie pendant cinq ans. Puis je me fais la main dans quelques banques et quelques sociétés de courtage à l'étranger. Deux ans, pas plus. À ce moment-là, j'ai évidemment enlevé ma chaîne. Mais c'est provisoire. Dès que j'aurai monté ma propre boîte, je la remets. Et je me rajoute quelques trous ailleurs pour fêter ça, qui sait ? En tout, sept ans. Je me serai alors constitué un capital de quelques millions.

— Johanna von Lööf est-elle une femme riche ?

— À force de spéculer, le père a perdu une scierie sur la côte du Norrland l'année même de la naissance de Johanna. Après, c'était la merde. Pas d'argent, un trois pièces à Trelleborg, le vieux qui travaillait comme surveillant dans un port ou je ne sais quoi. Mais j'ai des actions. Je connais le marché, je bouge, je réinvestis tout. Il suffit d'écouter sa télé, de suivre les cotations à l'écran et de savoir saisir les occasions quand elles se présentent.

— Je croyais qu'on *regardait* la télé ?

— On doit regarder comme si on écoutait. Sinon, on ne perçoit pas les occasions. Je suis la carpe sans scrupules tapie derrière les roseaux, qui passe à l'attaque quand la proie surgit. Sept plus trois égalent dix ans pour faire fortune. Les études seront amorties depuis longtemps. J'aurai trente-deux balais. Je n'ai pas l'intention de travailler un seul jour de ma vie passé cet âge.

— Que vas-tu faire alors ?

— Emménager en Écosse, admirer les levers et les couchers de soleil.

Linda se demanda si Margareta se payait sa tête. Elle parut lire dans ses pensées.

— Tu ne me crois pas ? Libre à toi. Je te donne rendez-vous dans dix ans ici même. On verra bien qui avait raison.

— Je te crois.

Margareta secoua la tête avec irritation.

— Mais non. Qu'est-ce que tu voulais savoir ?

— Je cherche Anna. C'est mon amie. J'ai peur qu'il lui soit arrivé un pépin. Elle ne donne pas signe de vie.

— Que veux-tu que j'y fasse ?

— Est-ce que tu la connais ?

La réponse fusa, acide, sans une ombre d'hésitation :

— Je ne l'aime pas. Je lui parle le moins possible.

Linda n'avait jamais entendu quelqu'un affirmer ne pas aimer Anna. Elle-même s'était souvent disputée avec des camarades d'école ; ce genre de chose n'arrivait jamais à Anna.

— Et pourquoi ?

— Je trouve qu'elle se la pète. Comme c'est aussi mon cas, ça ne me dérange pas en général. Mais avec elle, c'est différent. Elle se la pète d'une manière qui m'insupporte.

Elle se leva et rinça sa tasse sous le robinet.

251

— Ça ne te plaît peut-être pas d'entendre dire du mal de ta copine.

— Chacun a droit à son opinion.

Margareta revint s'asseoir.

— Une chose. Ou plutôt deux. Premièrement, elle est avare. Deuxièmement, elle ment. On ne peut pas lui faire confiance. Ni à ce qu'elle raconte ni au fait qu'elle n'ira pas toucher à mon lait ou aux pommes de quelqu'un d'autre, dans le frigo.

— Ça ne lui ressemble pas.

— C'est peut-être une autre Anna qui habite ici. Je ne l'aime pas. Elle ne m'aime pas. Ça s'égalise. On a trouvé une méthode. Je ne mange jamais en même temps qu'elle, et il y a deux salles de bains ; comme ça on n'est pas obligées de se croiser.

Le portable de Margareta sonna. Elle répondit et quitta la cuisine. Linda essaya de démêler ce qu'elle venait d'apprendre. Elle comprenait de plus en plus que l'Anna avec laquelle elle avait repris contact ne coïncidait pas avec la fille qu'elle avait connue autrefois. Même si Margareta, alias Johanna, lui laissait une impression curieusement contradictoire, Linda sentait qu'elle disait vrai, à propos d'Anna. *Je n'ai plus rien à faire ici. Anna a choisi de s'en aller. Il y a une explication à son absence, de même qu'il y a une explication à son lien avec Birgitta Medberg.*

Elle se leva. Margareta revint.

— Tu es fâchée ?

— Pourquoi le serais-je ?

— Parce que j'ai dit du mal de ta copine.

— Je ne suis pas fâchée.

— Alors tu supporteras peut-être d'entendre des trucs encore pires ?

Elles se rassirent. Linda s'aperçut qu'elle était tendue.

— Sais-tu ce qu'elle étudie ?

— Elle veut devenir médecin.

— Je le croyais aussi. On le croyait tous. Mais j'ai appris par quelqu'un qu'elle s'était fait jeter de la fac de médecine. Des rumeurs de tricherie. Je ne sais pas si c'est vrai ; elle a peut-être arrêté pour d'autres raisons. Quoi qu'il en soit, elle n'a pas moufté. Elle fait comme si elle y était encore, mais ce n'est donc pas le cas. Elle s'occupe de trucs complètement différents.

— Lesquels ?

Margareta réfléchit avant de répondre.

— À vrai dire, c'est un côté que j'aime bien chez elle. Son seul bon côté.

— Et c'est quoi ?

— Elle prie.

— Quoi ?

— Tu as peut-être déjà entendu ce mot. Prier. Le truc qu'on fait dans les églises.

Linda perdit patience.

— Pour qui tu te prends, à la fin ? Tu dis qu'Anna prie. Mais où ? Comment ? Quand ? Pourquoi ?

Margareta parut ne pas s'émouvoir. Linda admira avec une pointe d'envie ce sang-froid qui lui faisait complètement défaut.

— Je crois qu'elle est sincère. Ce n'est pas un mensonge ou une manière de se faire remarquer. Elle cherche quelque chose. Je peux la comprendre. Je n'ai pas de mal à concevoir qu'il y ait des gens qui recherchent la richesse intérieure de la même manière que moi, je vise l'autre, l'extérieure.

— Comment peux-tu en savoir si long si tu ne lui parles pas?

Margareta se pencha par-dessus la table.

— Je fouine. J'écoute aux portes. Je suis celle qui épie tous les secrets, cachée derrière les tentures. Le pire, c'est que je ne plaisante pas. Ça marche avec ma vision de l'économie. Dans la grande cathédrale du libéralisme, on doit savoir derrière quel pilier se planquer pour voler les meilleures informations.

— Elle a donc un confident parmi les colocataires?

— Quel drôle de mot, confident, qu'est-ce que ça veut dire? Je n'ai pas de confident, elle non plus. Si je dois rester sincère, j'ajouterai que, pour moi, Anna Westin est une personne d'une stupidité inhabituelle. Il m'est arrivé de penser : Dieu me garde d'être soignée par un toubib pareil. Ça, c'était quand je croyais encore qu'elle étudiait la médecine. Anna Westin parle haut et fort, et à tout le monde. On est tous d'avis que sa conversation dans la cuisine ressemble à un interminable sermon. Naïf et inefficace. Elle moralise. On n'a pas la force de l'écouter. Sauf peut-être notre joueur d'échecs, qui nourrit le rêve idiot de la mettre dans son lit.

— Va-t-il y arriver?

— Je ne le crois pas.

— Pourquoi dis-tu qu'elle «moralise»?

— Elle nous entretient de la pauvreté de nos vies, du fait qu'on ne se soucie pas de notre univers intérieur. Je ne sais pas à quoi elle croit au juste. Elle est chrétienne. Une fois, j'ai essayé de discuter de l'islam avec elle. Ça l'a mise hors d'elle. Elle est chrétienne; courant conservateur, je dirais. Je n'ai pas réussi à aller plus loin. Mais ce n'est pas du flan.

Parfois on l'entend prier derrière sa porte. Ça me fait l'effet d'un truc vrai, sincère. Alors elle ne ment pas, elle ne vole pas. Elle est celle qu'elle est. Je n'en sais pas plus.

Margareta se tut et la regarda.

— Il lui est arrivé quelque chose?

— Je ne sais pas. Peut-être.

— Tu t'inquiètes?

— Oui.

Margareta se leva.

— Anna Westin a un Dieu qui la protège. C'est du moins ce qu'elle prétend. Elle s'en vante. Un Dieu et un ange gardien qu'elle appelle Gabriel. C'était bien un ange, Gabriel? Je n'ai pas beaucoup de souvenirs de ces trucs-là. Mais avec tant de gardes du corps surnaturels, je pense qu'elle est à l'abri.

Elle lui tendit la main.

— Il faut que j'y aille. Tu es étudiante?

— Je suis flic. Ou en passe de le devenir.

Margareta la scruta du regard.

— Tu le deviendras sûrement. Avec toutes ces questions que tu poses.

Linda s'aperçut qu'elle en avait encore une.

— Connais-tu une certaine Mirre?

— Non.

— Sais-tu si Anna la connaît? Elle a laissé un message sur son répondeur.

— Je peux demander aux autres.

Linda lui donna son numéro de téléphone et quitta la maison. Elle ressentait encore une jalousie confuse par rapport à l'assurance de Margareta Olsson. Qu'avait-elle donc qui lui manquait? Elle ne le savait pas.

De retour à Ystad, elle fit quelques courses avant de retourner à Mariagatan. Elle s'aperçut qu'elle était fatiguée. À vingt-deux heures, elle dormait déjà.

Le lundi, Linda fut réveillée par le claquement de la porte d'entrée. Elle se redressa, étourdie. Six heures du matin. Elle essaya de se rendormir. La pluie crépitait contre les vitres. Un bruit qui lui rappelait son enfance. La pluie, les pantoufles traînantes de Mona, le pas de cavalerie de son père. Il y avait eu une époque où son plus grand réconfort était d'écouter ses parents par la porte ouverte de sa chambre. Elle secoua les souvenirs et se leva. Le store remonta bruyamment sur le spectacle d'une pluie grise, dégoulinant sur le carreau. À la cuisine, le thermomètre extérieur indiquait douze degrés. La météo n'arrêtait pas de changer. Son père avait oublié d'éteindre une plaque électrique et laissé sa tasse de café à moitié pleine. Déduction : il est inquiet et il est pressé.

Elle attrapa le journal et le feuilleta jusqu'à trouver le compte rendu des événements de la forêt de Rannesholm. Brève interview de son père. C'était encore trop tôt, on ne savait pas, on n'avait pas de piste, peut-être une ou deux pistes quand même, impossible d'en dire plus pour l'instant. Elle replia le journal et pensa à Anna. Si Margareta Olsson disait vrai, et il n'y avait pas de raison d'en douter, Anna avait subi une transformation remarquable au cours des années où elles s'étaient perdues de vue. Mais pourquoi ne revenait-elle pas ? Pourquoi Henrietta ne disait-elle pas la vérité ? Pourquoi Linda elle-même

256

croyait-elle que l'homme qui avait traversé l'esplanade sous le soleil était le père d'Anna?

Il y avait aussi une autre question, décisive : quelle était la nature du lien entre elle et Birgitta Medberg?

Linda avait du mal à faire le tri. Elle réchauffa le café et écrivit dans un bloc-notes les questions qu'elle venait de formuler. Puis elle arracha la page, la chiffonna et la jeta à la poubelle. Il faut que je parle au Zèbre. À elle, je peux dire les choses comme je les ressens. Elle est sage, elle ne perd jamais pied, elle me dira ce que je dois faire. Elle se doucha, s'habilla et appela le Zèbre. Le répondeur la pria de laisser un message. Elle appela le portable. Idem. Vu le temps, elle n'était sans doute pas partie se promener avec le petit. Peut-être avait-elle rendu visite à sa cousine.

Linda se sentait impatiente, énervée. Elle songea à appeler son père, ou peut-être même sa mère, histoire de parler à quelqu'un. Elle réfléchit. Elle ne voulait pas déranger son père ; avec Mona, la conversation risquait de se prolonger à l'infini. Elle enfila ses bottes et sa veste imperméable et prit la voiture d'Anna. Elle commençait à s'y habituer. C'était dangereux. Au retour d'Anna, il faudrait reprendre le pli d'aller à pied quand son père ne lui prêterait pas la sienne. Elle quitta la ville et s'arrêta pour faire le plein. Un type qui prenait de l'essence à côté d'elle hocha la tête en la voyant. Elle eut l'impression de le reconnaître, sans plus. Mais au moment de payer à la caisse, ils se retrouvèrent nez à nez. Sten Widén! Celui qui avait un cancer et qui allait bientôt mourir.

— C'est Linda, n'est-ce pas?

257

Sa voix était enrouée et lasse.

— C'est bien moi. Et toi, tu es Sten...

Il partit d'un rire bref qui parut lui coûter beaucoup d'efforts.

— Je me souviens de toi petite. Et te voilà grande tout à coup. Et prête à entrer dans la police.

— Comment vont les chevaux?

Il attendit pour répondre d'être ressorti de la boutique.

— Ton père t'a sûrement dit ce qu'il en était. J'ai un cancer et je n'en ai plus pour très longtemps. Je vends mes derniers chevaux la semaine prochaine. Voilà. Bonne chance pour ta vie.

Sans qu'elle ait eu le temps de répondre, il remonta dans sa Volvo boueuse et démarra. Linda le suivit du regard avec une seule pensée en tête, que ce n'était, Dieu merci, pas elle qui s'apprêtait à vendre ses derniers chevaux.

Elle retourna à Lestarp et laissa la voiture près de l'église. Quelqu'un doit savoir. Si Anna n'est pas là, où est-elle? Elle releva la capuche de sa veste jaune et se hâta le long du chemin qui contournait l'église. Elle trouva la cour déserte; l'eau de pluie brillait sur le tracteur rouillé. Elle tambourina à la porte, qui s'ouvrit. Mais il n'y avait personne; la porte n'avait pas été bien refermée. Elle appela. N'obtenant pas de réponse, elle entra. Il n'y avait pas âme qui vive. Il n'y avait rien. La grande pièce n'était pas seulement vide, elle était abandonnée. La croix noire n'était plus sur le mur. La maison donnait l'impression d'être inoccupée depuis longtemps.

Linda resta immobile au centre de cet espace

258

désert. L'homme dans le soleil, pensa-t-elle. Celui que j'ai vu hier et que j'ai pris pour le père d'Anna. Il est venu. Et aujourd'hui, tout le monde est parti.

Elle quitta Lestarp et se rendit en voiture jusqu'à Rannesholm. Elle apprit que son père était en réunion au château avec ses plus proches collaborateurs. Elle remonta l'allée sous la pluie et s'assit dans le grand hall pour l'attendre. Elle pensait à la dernière chose qu'avait dite Margareta Olsson. Anna Westin n'avait pas de raison de s'inquiéter puisqu'elle avait des protecteurs. Un dieu et un ange gardien du nom de Gabriel. Elle pensa que cette information était importante, sans savoir pourquoi.

25

Linda ne cessait jamais d'être étonnée par son père. Plus exactement, elle ne cessait de s'étonner de sa propre incapacité à admettre qu'il puisse se montrer si changeant. Ainsi ce jour-là au château, quand elle le vit apparaître par une porte et se diriger droit vers elle, elle pensa immédiatement : il est fatigué. Fatigué, énervé et inquiet. En fait, il était de bonne humeur. Il s'assit à côté d'elle sur la banquette et lui raconta une histoire idiote sur le jour où il avait perdu une paire de gants dans un restaurant et qu'on lui avait proposé à la place un parapluie cassé. Elle pensa qu'il devenait fou. Mais ensuite, quand Martinsson se joignit à eux et que son père disparut pour aller aux toilettes, Martinsson dit à Linda que Wallander était de bonne humeur ces temps-ci, sans doute à cause du retour de sa fille à la maison. Le voyant revenir, il se leva et partit. Wallander se laissa tomber lourdement sur la banquette en faisant grincer les vieux ressorts. Elle lui parla de sa rencontre avec Sten Widén. Il hocha la tête.

— Il fait face avec une force incroyable. Il me rappelle Rydberg, le même calme. Je me dis parfois que c'est une grâce qu'on peut se souhaiter : celle de se révéler le moment venu plus fort que ce qu'on avait pu croire jusque-là.

Quelques policiers en uniforme traversèrent bruyamment le hall du château, chargés de caisses d'équipement technique. Puis le silence retomba.

— Comment ça va ? demanda Linda avec prudence.

— Mal. Disons : lentement. Pire est le crime, plus grande est l'impatience, alors que c'est là qu'on a plus que jamais besoin d'être patient. J'ai connu un policier à Malmö, il s'appelait Birch, qui comparait les enquêteurs à des médecins. On ne se cravache pas avant une opération délicate. Au contraire, on se ménage du temps, du calme. Birch est mort, lui aussi. Il s'est noyé dans un lac de forêt. Il nageait, il a eu une attaque, personne ne l'a entendu. On peut évidemment se demander ce qu'il faisait tout seul dans ce lac. C'est idiot. Mais maintenant il est mort. Il y a tant de gens qui meurent. Bien sûr, c'est une pensée idiote. Les gens naissent et meurent tout le temps. On s'en aperçoit davantage quand on est le prochain sur la liste. La mort du vieux m'a propulsé en première ligne.

Il se tut et regarda ses mains. Puis il se tourna vers elle. Il souriait.

— C'était quoi, ta question ?

— Comment ça allait.

— On n'a aucune trace d'un mobile ni d'un suspect. On n'a pas la moindre idée sur qui pouvait bien crécher dans cette cabane.

— Qu'est-ce que tu crois ?

— Question interdite, tu sais bien. Ne me demande jamais ce que je crois, juste ce que je sais ou ce que je soupçonne.

— Je suis curieuse.

Soupir ostentatoire.

— Je fais donc une exception. *Je crois* que Birgitta Medberg cherchait effectivement d'anciens chemins de pèlerinage dans la forêt et qu'elle est tombée par hasard sur la bicoque. Il y avait quelqu'un. Ce quelqu'un a été pris de panique, ou de rage, et l'a massacrée. Le fait qu'il l'ait démembrée complique évidemment les choses.

— Vous avez retrouvé le reste du corps ?

— On drague le lac. Les chiens ratissent la forêt. Ça n'a encore rien donné. Il faut attendre.

Il se redressa sur la banquette comme si le temps était écoulé.

— Je suppose que tu as quelque chose à me raconter ?

Linda rendit compte de ses entrevues avec le joueur d'échecs et avec Margareta Olsson. Elle lui parla de la maison derrière l'église de Lestarp, en s'efforçant de n'oublier aucun détail. Il attendit la fin avant de commenter :

— Trop de mots. Tu aurais pu le formuler mieux que ça avec moins de mots.

— Je m'entraîne. Tu as compris l'essentiel ?

— Oui.

— Alors j'ai la moyenne.

— Je te donne un B.

— C'est quoi ?

— Une note, du temps où j'allais à l'école. Moins que B, c'était en dessous de la moyenne.

— Qu'est-ce que je dois faire, à ton avis ?

— Arrêter de t'inquiéter. Tu ne m'écoutes pas. Ce qui est arrivé à Birgitta Medberg est la conséquence d'une erreur. Commise par elle. Une erreur presque biblique. Elle a choisi le mauvais chemin. Le christianisme en est plein : chemins boueux ou mauvais, étroits ou larges, tortueux ou faits pour nous égarer. À moins que je ne me trompe du tout au tout, Birgitta Medberg a eu une malchance atroce. Et là, toutes les raisons de s'inquiéter pour Anna disparaissent. Il y avait un lien quelconque entre elles, ainsi que le montre le journal d'Anna. Mais rien qui puisse nous servir en ce moment.

Ann-Britt Höglund arriva en compagnie de Lisa Holgersson. Elles étaient pressées. Lisa salua Linda d'un sourire aimable, Ann-Britt feignit de ne pas la voir. Kurt Wallander se leva.

— Tu ferais mieux de rentrer à la maison.

— En fait, dit Lisa Holgersson, on aurait besoin de toi dès maintenant. Mais l'argent manque. Quand dois-tu commencer ?

— Lundi prochain.

— C'est bien.

Linda les regarda s'éloigner tous les trois. Puis elle

quitta le château. Il pleuvait. Et il faisait plus froid que tout à l'heure, comme si la météo oscillait sans parvenir à prendre un parti. En retournant à la voiture, elle se rappela un jeu auquel elle jouait avec Anna. Deviner la température, à l'extérieur de la maison et à l'intérieur. Anna était très forte à ce jeu, elle gagnait toujours. Linda s'arrêta devant la voiture. Ce souvenir recelait un détail supplémentaire, qui rechignait à monter à la surface. Linda s'était interrogée sur cette faculté remarquable d'Anna. Elle l'avait soupçonnée de tricherie. Mais comment s'y serait-elle prise ? En cachant un thermomètre sous ses vêtements ? Il faudra que je lui pose la question. Le jour où elle reviendra, j'aurai beaucoup de questions à poser à Anna. Avec la conséquence, peut-être, que ce court moment où nous avons essayé de reconstruire notre amitié se révélera n'avoir été que cela : un court moment et rien d'autre.

Elle s'assit derrière le volant. Pourquoi rentrer à la maison ? Les paroles de son père l'avaient rassurée, en la convainquant qu'il n'était rien arrivé à Anna. Mais la maison derrière l'église éveillait sa curiosité. Pourquoi s'étaient-ils tous volatilisés ? Je peux au moins essayer d'apprendre qui est le propriétaire. Pour ça, je n'ai besoin ni d'uniforme ni d'autorisation. Elle retourna à Lestarp et laissa la voiture à l'endroit habituel. Le portail de l'église était entrouvert. Elle hésita, puis entra. Elle reconnut l'homme auquel elle avait déjà parlé.

— Alors ! s'exclama-t-il en la voyant. Tu ne peux pas t'empêcher de revenir dans notre belle église ?

— En fait, je voulais vous demander quelque chose.

— N'est-ce pas le cas de tout le monde? On va dans les églises pour poser des questions.

— Ce n'est pas ce que je voulais dire. Je pensais à la maison qui est au bout du chemin, derrière l'église. À qui appartient-elle?

— Elle est passée par de nombreuses mains. Dans ma jeunesse, un boiteux l'habitait. Il s'appelait Johannes Pålsson, il travaillait comme journalier à Stiby Gård et il n'avait pas son pareil pour réparer la faïence. Il y vivait seul à la fin de sa vie. Plus exactement, il avait fait emménager les cochons dans la salle, et les poules dans la cuisine. C'était parfois comme ça, à l'époque. Après sa mort, la maison a servi de grange un certain temps, pour le fourrage. Puis est arrivé un maquignon et après, dans les années soixante, la maison a changé plusieurs fois de propriétaires sans que je me souvienne de tous leurs noms.

— Vous ne savez donc pas à qui elle appartient actuellement?

— Oh! j'ai bien vu des gens aller et venir. Très discrets. On prétend qu'ils méditent là-dedans. Nous, ils ne nous dérangent pas. Mais je n'ai pas entendu parler d'un propriétaire. Il faudrait aller voir le cadastre.

Linda réfléchit. Qu'aurait fait son père?

— Qui est au courant de tous les ragots du village?

Il la regarda, perplexe.

— Ben... c'est moi.

— À part vous? Si quelqu'un savait à qui appartient cette maison, ce serait qui?

— Peut-être Sara Edén. L'institutrice qui habite la

petite maison à côté du garage. Elle passe ses vieux jours à discuter au téléphone. Elle est au courant de tout ce qui bouge dans le coin, et aussi de tout ce qui ne bouge pas, malheureusement. Elle invente ce qui lui paraît manquer, si tu vois ce que je veux dire. Elle est très brave, au fond. C'est juste qu'elle est incroyablement curieuse.

— Qu'arrivera-t-il si je sonne à sa porte ?

— Tu feras plaisir à une vieille dame.

Le portail de l'église s'ouvrit et la femme prénommée Gudrun fit son entrée. Elle croisa le regard de Linda avant de disparaître dans les profondeurs de l'église.

— Chaque jour, dit-il. Même heure, même chagrin, même visage.

Linda contourna l'église et poussa jusqu'à la maison. Dans la cour, elle s'arrêta et regarda autour d'elle. Rien n'avait changé, l'endroit était toujours aussi désert. Elle retourna sur l'esplanade, décida de laisser la voiture où elle était et descendit la côte jusqu'à l'atelier de mécanique qui s'ornait d'une enseigne : *Runes Bil & Traktor*. Des carcasses de voitures s'entassaient d'un côté du bâtiment ; de l'autre, il y avait une haute palissade. Linda devina que l'ancienne institutrice qu'elle allait bientôt rencontrer ne voulait pas avoir sa vue gâchée par la ferraille. Elle ouvrit la grille et se retrouva dans un jardin ordonné. Une vieille dame penchée sur un massif de fleurs se redressa en entendant son pas. Sans doute Sara Edén en personne.

— Qui êtes-vous ? demanda-t-elle d'une voix sévère.

— Je m'appelle Linda. Si vous le permettez, j'aimerais vous poser quelques questions.

Sara Edén avança de quelques pas en brandissant une pelle de jardinage. Il y avait vraiment des gens qui étaient comme des chiens furieux.

— Et pourquoi donc vous laisserais-je poser des questions ?

— Je cherche une amie qui a disparu.

Sara Edén la considéra avec méfiance.

— Ce n'est pas à la police de rechercher les disparus ?

— Je suis de la police.

— Alors montrez-moi votre carte. On a le droit de l'exiger, mon frère me l'a dit. Il a été proviseur de lycée à Stockholm pendant des années. Et il a vécu jusqu'à cent un ans, malgré tous les collègues qui lui ont fait la vie dure, sans parler des élèves.

— Je n'ai pas de carte. Je sors de l'école de police. Je commence dans une semaine.

— Je suppose qu'on ne ment pas sur des choses pareilles. Tu es musclée ?

— Assez.

Sara Edén lui montra une brouette remplie à ras bord d'épluchures de légumes et de mauvaises herbes.

— J'ai un compost derrière la maison. Mais mon dos me fait souffrir aujourd'hui. C'est plutôt rare. J'ai dû prendre une mauvaise position, cette nuit.

Linda empoigna la brouette, qui était lourde, et alla déverser son contenu sur le tas de compost. Sara Edén devint alors plus aimable et désigna une petite tonnelle, sous laquelle étaient disposées une table et quelques chaises de bistrot à l'ancienne.

— Tu veux du café ?

— Volontiers.

— Alors je dois malheureusement t'orienter vers la machine à café du magasin de meubles, sur la route d'Ystad. Je ne bois pas de café. Ni de thé d'ailleurs. Mais je peux te proposer de l'eau minérale.

— Ce n'est pas la peine.

Elles s'assirent sur les chaises. Linda imaginait très bien Sara Edén en institutrice. Elle la regardait en ce moment même comme si elle était une classe potentiellement turbulente.

— Alors ?

Linda lui dit ce qu'il en était. Les traces laissées par Anna Westin conduisaient à la maison derrière l'église. Linda prit soin de ne pas laisser transparaître de l'inquiétude.

— On avait rendez-vous, conclut-elle. Mais elle n'est pas venue.

Sara Edén avait écouté toute l'histoire avec une perplexité croissante.

— En quoi crois-tu que je peux t'aider ?

— J'essaie de découvrir à qui appartient la maison.

— Dans le temps, on savait toujours qui détenait le titre de n'importe quelle propriété. Aujourd'hui, dans ce monde troublé, on ne sait plus rien. Un beau jour, on va apprendre que son voisin le plus proche est un criminel recherché.

— Je pensais que vous le sauriez peut-être. Le village n'est pas grand.

— J'ai entendu parler d'allées et venues dans cette maison ces derniers temps. Rien de critiquable. Si j'ai bien compris, il s'agit d'une espèce d'association qui

267

s'occupe de promouvoir la vie saine. Comme je suis moi-même très soucieuse de ma santé et que je n'ai pas l'intention de laisser mon frère qui est au ciel se réjouir parce que je n'aurai pas vécu aussi longtemps que lui, je m'intéresse à ce que je mange. Je ne suis pas non plus réactionnaire au point de ne pas me renseigner sur les médecines alternatives. J'y suis allée une fois. Une dame gentille qui parlait anglais m'a donné une brochure d'information. Je ne me rappelle pas le nom de leur machin. Mais il me semble qu'ils préconisaient la méditation et certains jus de plantes naturels.

— Vous n'y êtes jamais retournée?

— Leur programme me paraissait beaucoup trop confus.

— Vous avez conservé ce papier?

Sara Edén désigna le compost.

— Je ne crois pas qu'il en reste grand-chose. Il n'y a pas que nous qui retournions à la terre. Le papier aussi.

Linda essaya d'imaginer d'autres questions. Mais la situation lui paraissait de plus en plus absurde. Elle se leva.

— Autre chose?

— Non.

Elles revinrent devant la maison.

— Je redoute l'automne, dit soudain Sara Edén. J'ai peur de tous ces brouillards qui arrivent en rampant, de toute cette pluie et de toutes ces corneilles qui croassent dans les arbres. La seule chose qui me redonne du courage, c'est de penser aux fleurs de printemps que je plante en ce moment dans mon jardin.

Linda lui serra la main.

— Peut-être bien que je me souviens d'autre chose, dit Sara Edén.

Elles étaient maintenant de part et d'autre de la grille.

— Un Norvégien est venu. Je vais voir Rune de temps en temps pour l'engueuler quand ses gars et lui font trop de bruit dans le garage le dimanche. Rune a un peu peur de moi. Il fait partie des gens qui n'oublient jamais la crainte que leur inspirait leur maître d'école. En général, le raffut s'arrête. Bref, Rune m'a dit une fois qu'il avait eu la visite d'un Norvégien qui avait fait le plein et qui avait payé avec un billet de mille. Rune n'a pas l'habitude des billets de mille. Il a dit que ce Norvégien était peut-être le nouveau propriétaire de la maison.

— C'est donc Rune que je dois interroger?

— Si tu as le temps. Il est en vacances en Thaïlande. Je préfère ne pas imaginer ce qu'il fabrique là-bas.

Linda réfléchit.

— Ce Norvégien n'avait pas de nom?

— Non.

— Un physique particulier peut-être?

— Non plus. À ta place, j'interrogerais ceux qui se sont probablement occupés de la transaction. Par ici, quand il s'agit d'acheter ou de vendre une propriété, tout le monde s'adresse aux services immobiliers de la Caisse d'épargne. Ils ont un bureau ici, c'est pour ça. Ils sauront peut-être.

Elles se séparèrent. Linda pensa qu'elle aurait bien aimé en apprendre plus sur Sara Edén. Elle traversa la rue, dépassa un salon de coiffure pour dames et entra dans la petite agence bancaire. Un employé esseulé leva la tête. Elle lui exposa son affaire. L'homme n'eut pas besoin de fouiller sa mémoire ni ses dossiers pour lui répondre.

— Mais oui. Le vendeur était un dentiste de Malmö, du nom de Sved, dont c'était la maison de vacances, mais qui en avait apparemment assez. On a annoncé la vente sur le Net et dans *Ystads Allehanda*. On a vu arriver un Norvégien qui souhaitait la visiter. J'ai demandé à un des agents de Skurup de s'en charger. On s'arrange comme ça, parce que je dois m'occuper de l'agence ici et que je ne peux pas en même temps faire visiter les propriétés. Deux jours plus tard, l'affaire était conclue. Pour autant que je m'en souvienne, le Norvégien a payé comptant. Ils ont de l'argent, ces temps-ci.

Le ton de la dernière réplique trahissait un certain ressentiment par rapport à la bonne santé financière du peuple norvégien. Mais Linda voulait surtout connaître le nom de l'acheteur.

— Je n'ai pas le dossier. Je peux appeler Skurup.

Un client entra ; un vieil homme qui marchait en s'appuyant sur deux cannes.

— Ah ! Il faut d'abord que je m'occupe de M. Alfredsson.

Linda attendit. Elle avait du mal à refréner son impatience. Le vieil homme mit un temps infini à s'en aller. Quand il se décida enfin, Linda lui tint la porte. Le préposé de l'agence prit son téléphone. Après une minute d'attente, il griffonna deux mots sur un papier et tendit le papier à Linda. *Torgeir Langås*.

— Il est possible que le nom de famille s'ortho-graphie plutôt à la norvégienne, avec deux «a».

— Son adresse?

— Vous n'aviez demandé que le nom.

Linda hocha la tête.

— Si vous voulez plus de renseignements, je vous suggère de vous adresser à Skurup. Puis-je savoir pourquoi vous tenez tant à connaître l'identité du propriétaire?

— J'ai peut-être l'intention d'acheter la maison.

Là-dessus, Linda sortit de l'agence.

Elle retourna à grands pas vers la voiture. Main-tenant, elle avait un nom. Un Norvégien, et un nom. Dès qu'elle ouvrit la portière, elle perçut le change-ment. Un reçu qui se trouvait auparavant sur le tableau de bord était par terre, une boîte d'allumettes avait changé de place. Elle n'avait pas verrouillé les portières. Quelqu'un avait visité la voiture en son absence.

Pas un voleur. L'autoradio était toujours là. Alors qui? Dans quel but?

26

La première pensée qui lui traversa l'esprit était complètement irrationnelle. *C'est ma mère qui a fait ça. Mona a fouillé la voiture comme si c'était ma chambre.* Linda s'assit prudemment à la place du conducteur. Il y eut une fraction de seconde d'hésitation, un frisson lui parcourut l'échine : une bombe. Qui allait exploser, la déchiqueter et détruire sa vie. Mais il n'y avait évidemment pas de bombe. Un oiseau avait chié sur le pare-brise, c'était tout. Elle remarqua au même instant que la position du siège n'était plus la même. On l'avait reculé d'un cran. L'intrus était plus grand qu'elle. Si grand qu'il avait dû déplacer le siège pour s'asseoir derrière le volant. Elle renifla mais n'identifia aucune odeur étrangère, lotion de rasage, parfum... Elle regarda partout. Le gobelet en plastique noir rempli de pièces d'une couronne qu'Anna avait scotché derrière le levier de vitesses pour alimenter les parcmètres n'avait plus tout à fait la même allure.

Linda pensa de nouveau à Mona. À leur jeu du chat et de la souris, qui avait duré tant d'années, à la maison. Elle ne se rappelait pas le moment exact où elle avait découvert que sa mère fouillait systématiquement dans ses affaires. Elle avait huit ou neuf ans. Un jour, à son retour de l'école, elle avait remarqué que certains objets n'étaient plus à la même place. Au début, elle avait évidemment pensé que sa mémoire était mauvaise. La manche du cardigan rouge avait été posée par-dessus le pull vert, pas l'inverse. Elle avait même interrogé Mona, qui s'était fâchée. Cela avait éveillé ses soupçons. Ensuite le jeu du chat et de la souris avait commencé pour de bon. Elle avait tendu des pièges parmi ses vêtements, ses jouets et ses livres. Mais sa mère avait tout de suite déjoué la manœuvre. Linda avait dû rendre ses pièges de plus en plus subtils. Il lui restait encore un bloc-notes où elle les décrivait en détail, souvent avec l'aide d'un croquis, pour être sûre de ne pas oublier la disposition exacte que sa mère viendrait déranger, se trahissant du même coup.

Elle continua à regarder autour d'elle. Une mère a fouillé cette voiture. Ça peut être un homme ou une femme. Il existe des hommes maternels comme il existe des femmes paternelles ; l'habitude de chercher dans la vie de ses enfants pour comprendre quelque chose à la sienne est plus répandue qu'on ne le croit. Parmi mes amis, il n'y a presque personne qui n'a pas eu au moins un parent fouineur. Elle pensa à son père. Lui n'avait jamais fait ça, elle en était certaine. De temps en temps, la nuit, quand elle ne dormait pas, elle l'avait vu jeter un regard furtif par l'entrebâillement de la porte pour vérifier qu'elle était vraiment à la maison. Mais il ne s'était jamais livré à des excursions interdites dans le monde de ses secrets. C'était toujours Mona.

Linda se pencha et regarda sous le siège. Il devait y avoir une petite brosse dont Anna se servait pour épousseter les sièges. La brosse était là. Elle ouvrit la boîte à gants et en vérifia le contenu point par point. Rien ne manquait. Conclusion ? Rien n'avait été jugé précieux. La radio n'était pas précieuse. Cela donnait une indication quant aux intentions de la mère qui avait visité la voiture. Prendre la radio aurait été une manière simple de maquiller son intrusion. Dans ce cas, Linda y aurait vu un cambriolage ordinaire et elle aurait maudit sa paresse de ne pas avoir pris la peine de verrouiller les portières.

J'ai affaire à une mère pas très maligne.

Elle ne parvint pas à pousser plus loin son raisonnement. Elle ne pouvait tirer aucune conclusion. Aucune réponse aux questions : *qui ?* et *pourquoi ?*

Elle sortit de la voiture, après avoir rajusté la position du siège, et regarda autour d'elle. *Un homme approchant à contre-jour. Elle avait vu une nuque et pensé au père d'Anna.* Elle secoua la tête. Le jeu ne lui inspirait plus qu'irritation. Anna s'était imaginé avoir reconnu son père dans la rue. La déception était peut-être si forte qu'elle avait choisi de partir en voyage. Cela lui était déjà arrivé ; le Zèbre l'avait dit. Le Zèbre avait comblé les failles concernant Anna pendant les années où Linda n'avait pas eu de contact avec elle. Mais le Zèbre avait dit aussi qu'une personne au moins savait où elle était. Anna laissait toujours une trace.

À qui l'a-t-elle laissée, cette fois ? Voilà mon erreur : je ne retrouve pas celui ou celle à qui elle s'est confiée.

Elle traversa une fois de plus l'esplanade de l'église, jeta un regard au clocher où quelques pigeons battaient des ailes et poursuivit son chemin vers la maison. *Un homme nommé Torgeir Langås a acheté cette maison. Il a payé comptant.*

Elle passa derrière et contempla distraitement les meubles en pierre, les cassissiers. Elle cueillit quelques grappes et les grignota. Mona revint dans ses pensées. Pourquoi sa mère avait-elle toujours eu si peur ? Elle ne fouillait pas par curiosité ; sa compulsion avait vraiment sa source dans la peur. Mais peur de quoi ? Que je me révèle être autre que ce qu'elle croyait ? Une petite fille de neuf ans peut jouer double, elle peut avoir des secrets, mais tout de même pas avec un raffinement tel qu'il faille fouiller sous ses pulls et ses culottes pour comprendre qui est son propre enfant.

Le conflit avait éclaté au grand jour quand Mona avait déniché son journal intime et commencé à le lire en cachette. Linda avait treize ans, le journal était dissimulé au fond de sa penderie derrière une lame disjointe. Elle croyait sa cachette inviolable. Mais un jour elle avait découvert son journal rangé dans la cavité quelques centimètres plus loin. Linda était sûre de son fait. Mona le lisait en son absence. Elle pouvait encore ressentir la rage qui l'avait possédée ce jour-là. Sur le moment, elle avait vraiment haï sa mère. Elle continua à cueillir des grappes de cassis en pensant qu'elle n'avait jamais par la suite éprouvé une haine aussi intense que ce jour-là, à l'âge de treize ans, en découvrant la trahison de sa mère.

Ce souvenir avait une suite et une fin. Linda décida de prendre sa mère au piège, c'est-à-dire de la surprendre en flagrant délit. Elle ouvrit son journal à la page suivant ses dernières confidences en date et écrivit qu'elle savait que Mona lisait son journal et fouillait dans ses tiroirs. Puis elle rangea le journal à sa place et partit pour l'école. Mais en chemin, elle changea d'avis ; elle n'irait pas en classe car elle n'arriverait de toute façon pas à se concentrer. Elle passa la journée à traîner dans les boutiques. Elle rentra à la maison avec des sueurs froides, mais sa mère se comporta comme si de rien n'était. Tard dans la nuit, quand elle fut certaine que ses parents dormaient, elle se leva pour aller chercher son journal et vit que sa mère avait écrit quelques lignes à la suite des siennes. Pas un mot d'excuse, pas un mot pour dire sa honte. Simplement une promesse : *Je ne lirai plus, je te le promets.*

Linda arracha une dernière grappe de cassis. On

n'en a jamais parlé ensemble. Après ce coup-là, je crois qu'elle a cessé de fouiner. Mais je n'en suis pas sûre. Peut-être est-elle juste devenue plus habile à recouvrir ses traces, ou ses manigances me sont-elles devenues indifférentes. On n'en a jamais parlé.

Elle allait ressortir du jardin quand son regard fut attiré par une forme, au sol, derrière deux grands marronniers. Elle s'avança de quelques pas, pour mieux voir, et tressaillit. On aurait cru un corps, un paquet de loques, des bras et des jambes raides. Son cœur se mit à battre très fort. Elle essaya de transformer ses yeux en jumelles. Après un temps qui lui parut infini, elle eut la quasi-certitude que ce n'était pas un être humain. Elle s'approcha. Un épouvantail gisait dans l'herbe, derrière les arbres. Un cerisier se dressait un peu plus loin. Linda supposa que l'épouvantail avait été installé là pour protéger les fruits et qu'il était tombé sans que quiconque prenne la peine de le relever. Il ressemblait à un cadavre. Des vêtements pourris, un être humain crucifié, jamais enterré. La structure avait été découpée dans du polystyrène blanc. Les vêtements étaient de vrais vêtements. Une veste de costume et une jupe. Le visage, sous le chapeau marron décomposé, consistait en un sac de lin blanc rempli d'herbe ; les yeux, le nez et la bouche avaient été dessinés au feutre.

Linda s'accroupit et examina la jupe. Couleur rouille, moins usée que les autres accessoires. L'intuition qui l'assaillit venait du ventre, pas de la tête. Anna possédait une jupe semblable. Mais n'était-elle pas dans la penderie quand elle y avait jeté un coup d'œil la dernière fois ? Soudain, elle ne savait plus. Elle se releva. Elle avait la nausée. Était-il possible

276

que cet épouvantail porte la jupe d'Anna ? Elle eut le temps de penser la suite. Si c'était bien la jupe d'Anna, alors ça voulait dire qu'Anna était morte.

Elle retourna en courant à la voiture et fonça jusqu'à Ystad en défiant toutes les limitations de vitesse. Elle se gara en double file devant l'immeuble d'Anna et monta l'escalier en courant. Je ne crois pas en Dieu. Mon Dieu, fais que la jupe soit encore là. Elle regarda dans la penderie. La jupe n'y était pas. Elle fouilla frénétiquement. Pas de jupe. Linda s'aperçut qu'elle tremblait de peur. Sa peur était comme un grand froid. Elle se précipita dans la salle de bains et vida le panier de linge sale sur le carrelage. Pas de jupe. Puis elle l'aperçut. Elle était dans le sèche-linge, avec d'autres affaires. Son soulagement fut tel qu'elle s'assit par terre et poussa un grand cri.

Elle aperçut son visage dans le miroir et décida que ça suffisait comme ça. Elle ne pouvait pas continuer à s'imaginer qu'il était arrivé malheur à sa copine. Au lieu d'écumer la région avec la voiture, elle devait parler au Zèbre. Quelqu'un savait forcément où était Anna.

Elle redescendit dans la rue. Ne devait-elle pas malgré tout, maintenant qu'elle les avait engagées, mener au bout ses recherches absurdes et rendre visite à l'agent de Skurup ? Sans avoir résolu la question, elle remonta dans la voiture et prit vers l'ouest.

L'agent immobilier s'appelait Ture Magnusson et il était occupé à vendre une maison, située à Trunnerup, à un couple de retraités allemands. Linda s'assit et feuilleta un dossier rempli de descriptifs. Ture Magnusson parlait un très mauvais allemand.

Elle avait repéré son nom sur le mur, sous sa photo. Il y avait apparemment deux employés, mais seul Ture Magnusson était présent. Elle continua de feuilleter le dossier, médusée par les prix, et s'interrogea sur ce qu'il était advenu de son vieux rêve d'habiter à la campagne et d'avoir quelques chevaux. Jusqu'à la fin de l'adolescence, cela avait été un des buts de sa vie. Puis ce rêve avait disparu, d'un coup. Maintenant elle avait du mal à s'imaginer dans une ferme à la fin de l'automne, au milieu de la boue, quand la neige s'apprêtait à balayer la plaine. Je me suis transformée en citadine sans même m'en apercevoir. Ystad est une étape vers autre chose, de plus grand. Peut-être Malmö. Peut-être Göteborg. Peut-être même Stockholm.

Ture Magnusson se leva et vint la saluer avec un sourire affable.

— Mes clients discutent en tête à tête. Ça prend un moment, en général. En quoi puis-je vous être utile ?

Linda présenta sa requête, sans jouer au policier cette fois. Ture Magnusson acquiesça avant même qu'elle eût fini. Apparemment, il n'avait aucun besoin de consulter ses archives pour se souvenir de l'affaire.

— La maison derrière l'église à Lestarp a été achetée par un Norvégien. Un homme aimable, très décidé, ce qu'on pourrait appeler le client idéal. Paiement au comptant, aucun délai, pas d'hésitation.

— Comment puis-je entrer en contact avec lui ? La maison m'intéresse.

Ture Magnusson parut la jauger du regard. Son fauteuil gémit quand il le fit basculer contre le mur.

— Pour être franc avec vous, il l'a sans doute sur-payée. Évidemment, je ne devrais pas vous le dire. Mais je peux vous indiquer d'entrée de jeu trois maisons en bien meilleur état, mieux situées et moins chères que celle-là.

— C'est celle-là qui m'intéresse. Je dois au moins pouvoir lui demander s'il envisage de vendre.

— Bien entendu – Ture Magnusson se mit à fredonner – *Torgeir Langås était son nom* [1]...

Il avait une belle voix. Il se leva, disparut dans un autre bureau et revint avec un dossier ouvert.

— Torgeir Langaas. Il écrit son nom avec deux « a ». Né en 1948 dans un endroit qui s'appelle Bærum.

— Quelle est son adresse en Norvège ?

— Il n'a pas d'adresse en Norvège. Il habite Copenhague.

Ture Magnusson posa le dossier devant Linda pour lui permettre de lire par elle-même. *Nedergade 12.*

— Comment était-il ?

— Pourquoi demandez-vous cela ?

— Pour savoir si ça vaut le coup que j'aille jus-qu'à Copenhague.

Ture Magnusson fit de nouveau basculer son fauteuil contre le mur.

— J'essaie toujours de saisir la manière dont les gens fonctionnent. C'est presque une condition *sine qua non* pour ce boulot. Premièrement, on doit apprendre à éliminer ceux qui n'achèteront jamais rien, bien qu'ils passent leur temps à nous tourmenter

---

1. Référence à une chanson d'Evert Taube, le troubadour suédois (1890-1976).

et à exiger des visites. Torgeir Langaas était un homme qui voulait faire affaire ; je l'ai senti dès qu'il a franchi le seuil de ce bureau. Très aimable. Il avait sélectionné la maison. On y est allés, il a fait le tour, il n'a pas posé de questions. Puis on est revenus ici. Il a ouvert un sac qu'il portait en bandoulière et il en a tiré des liasses de billets. Je dois vous dire que ça ne fait pas partie des habitudes. Ça ne m'était arrivé que deux fois avant lui. Un de nos jeunes joueurs de tennis est venu un jour avec une valise remplie de billets de cent couronnes et il a acheté une grande ferme à Västra Vemmenhög. À ma connaissance, il n'y a jamais mis les pieds. La seconde fois, c'était une dame âgée, très excentrique, veuve d'une grosse botte en caoutchouc. Elle est entrée avec un domestique, c'est lui qui a payé. Une vilaine petite maison du côté de Rydsgård, où avait apparemment vécu autrefois un parent à elle.

— Qu'est-ce qu'une grosse botte en caoutchouc ?

— Son mari avait une fabrique de bottes à Höganäs. Mais il n'a évidemment pas réussi à faire la peau à Henry Dunker de Helsingborg.

Linda ne savait rien d'un Henry Dunker de Helsingborg. Elle nota l'adresse à Copenhague et se leva pour partir. Ture Magnusson l'arrêta d'un geste.

— Maintenant que j'y repense, j'ai bien remarqué autre chose. Mais de façon fugitive, car l'affaire s'est conclue très vite.

— C'était quoi ?

Ture Magnusson secoua lentement la tête.

— Difficile à dire. Il se retournait souvent, comme s'il craignait de surprendre dans son dos quelqu'un qu'il n'avait pas envie de rencontrer. Il est allé plusieurs fois aux toilettes le temps qu'on est restés ici. Quand il est revenu la dernière fois, il avait les yeux brillants.

— Il avait pleuré?

— Non. Autre chose.

— Il avait bu?

— Je n'ai pas senti d'odeur. Mais c'était peut-être de la vodka.

Linda essaya d'imaginer d'autres questions.

— Il était vraiment très aimable, reprit Ture Magnusson. Peut-être vous vendra-t-il la maison, qui sait?

— À quoi ressemblait-il?

— Il avait une physionomie assez ordinaire. Je me souviens de ses yeux. Pas seulement à cause de leur aspect brillant. Ils étaient, comment dire, perçants, mais plus que cela – certaines personnes auraient peut-être trouvé qu'il avait un regard menaçant.

— Mais son comportement ne l'était pas?

— Non. Très aimable. Un client idéal. J'ai acheté une bonne bouteille de vin en rentrant ce soir-là. Peu d'efforts pour un excellent résultat, ça se fête.

Linda quitta l'agence. Un pas de plus, pensa-t-elle. Je vais aller à Copenhague et retrouver ce Torgeir Langaas. Pourquoi? Je n'en sais rien. Pour conjurer le sort. Anna va bien. Elle n'a pas disparu, elle est juste partie sans me dire où elle allait. Tout ce qui se passe en ce moment, c'est que je grimpe au plafond d'impatience en attendant de pouvoir enfin commencer à travailler.

Elle prit la direction de Malmö. En quittant l'autoroute vers Jägersro et le pont vers le Danemark, elle décida de faire une halte à Limhamn. Elle trouva le chemin de la villa, se gara le long du trottoir et entra dans le jardin. Une voiture était stationnée dans l'allée. Il y avait donc quelqu'un. Au moment de sonner, elle se ravisa. Sans savoir pourquoi, elle fit le tour, ouvrit le portail de la cour intérieure et s'approcha de la véranda vitrée. Le jardin était bien entretenu, le gravier ratissé en lignes bien droites. La porte de la véranda était entrebâillée. Elle l'ouvrit et écouta. Silence. Mais quelqu'un était là. Sinon la porte aurait été fermée. Les habitants de cette villa consacraient une grande partie de leur vie à verrouiller les portes et à vérifier le bon fonctionnement de leurs alarmes. Elle entra. Le tableau accroché au-dessus du canapé lui était familier. Enfant, elle avait souvent contemplé l'ours marron qui semblait exploser lentement en mille morceaux, déchiqueté par une grande flamme. C'était un tableau effrayant, maintenant autant qu'alors. Elle se rappelait que son père l'avait gagné à une loterie, et qu'il l'avait offert à Mona pour son anniversaire. Entendant du bruit à la cuisine, Linda alla dans cette direction.

Elle ouvrit la porte. Elle allait dire bonjour, quand elle s'immobilisa net. Mona se tenait debout devant l'évier. Elle était nue et portait une bouteille à ses lèvres.

27

Après coup, Linda pensa qu'elle avait eu les yeux fixés sur un souvenir. Ce n'était pas sa mère qui était là, nue, avec cette bouteille, ce n'était pas même un être humain, mais l'empreinte d'un souvenir qu'elle réussit à saisir en prenant une profonde inspiration. Elle avait déjà vécu cette scène. À l'envers. Linda avait quatorze ans, le pire passage de l'adolescence, où rien ne paraissait possible ni compréhensible, mais où tout était en même temps très clair et facile à décrypter, avec toutes ces parties du corps qui vibraient soudain d'une faim inexplorée. À cette époque, une époque très courte, son père n'avait pas été le seul à partir au travail à des heures indues ; sa mère, s'arrachant à la litanie mortelle de sa vie de femme au foyer, avait pris un boulot de secrétaire dans une entreprise de transports. Linda était heureuse ; cela lui donnait enfin la possibilité d'être seule pendant quelques heures après l'école ou de ramener des copains à l'appartement.

Elle s'était enhardie ; il arrivait qu'on fasse un peu la fête chez elle, l'après-midi. Linda était devenue très populaire grâce à cet appartement débarrassé de toute présence adulte. Elle appelait son père pour vérifier qu'il travaillerait très tard au commissariat comme d'habitude. Mona, elle, revenait toujours entre dix-huit heures et dix-huit heures trente. C'était à cette époque que Torbjörn était entré dans sa vie. Son premier vrai petit ami, qui ressemblait parfois à

Tomas Ledin, parfois à Clint Eastwood – tel que Linda imaginait qu'il avait dû être à quinze ans. Torbjörn Rackestad était moitié danois, un quart suédois et un quart indien, ce qui ne lui conférait pas seulement un beau visage, mais une aura pleine de mystère.

Avec lui, Linda avait commencé à explorer sérieusement ce qui se dissimulait sous le concept d'amour. Le grand moment approchait, même si Linda renâclait et repoussait sans cesse l'échéance. Un jour, alors qu'ils étaient au lit, à moitié nus, la porte de sa chambre s'ouvrit brusquement. Mona ! Elle s'était disputée avec son patron et elle était rentrée bien plus tôt que prévu. Linda en avait parfois encore des sueurs froides. Le choc qu'elle avait eu, en voyant sa mère ! Elle avait éclaté d'un rire hystérique. La réaction de Torbjörn, elle ne pouvait que la deviner car elle avait choisi, tout en riant, d'échapper à la situation en fermant les yeux. Mais il avait dû se rhabiller et disparaître à une vitesse vertigineuse.

Mona n'était pas restée plantée sur le seuil. Elle était partie, après leur avoir jeté un regard que Linda n'avait jamais réussi à interpréter, même avec le recul. Il y avait tout dans ce regard – du désespoir à une espèce de jubilation paradoxale d'avoir pris la main dans le sac sa fille, dont l'attitude imprévisible confirmait ce qu'elle avait toujours soupçonné. Linda elle-même s'était attardée dans sa chambre. Quand enfin elle s'était présentée dans le séjour, elle avait trouvé Mona assise sur le canapé, en train de fumer une cigarette. La scène fut mémorable. Elles se mirent à hurler plus fort l'une que l'autre, Linda se souvenait encore de l'espèce de cri de guerre que Mona répétait sans cesse : *Je me fiche de ce que vous faites du moment que tu ne tombes pas enceinte*, et elle entendait aussi l'écho de sa propre voix déchaînée. Mais ce n'était qu'un cri, il n'y avait pas de paroles. Elle se rappelait la sensation, la gêne, l'humiliation, la rage.

Son père était rentré au milieu de ce remue-ménage. Il avait pris peur, croyant à un accident. Puis il avait tenté de s'interposer. Enfin il s'était mis en rage, lui aussi, et il avait cassé une grande coupe en verre, que Mona et lui avaient reçue à leur mariage.

Voilà ce qui lui revint en découvrant Mona dans la cuisine. Elle pensa aussi qu'elle n'avait pas vu sa mère nue depuis qu'elle était petite. Mais le corps qu'elle avait sous les yeux n'était plus le même. Mona avait grossi. Les kilos superflus lui pendaient de partout. Linda grimaça de dégoût : réaction inconsciente, mais assez visible pour que Mona la perçoive et sorte de son état de choc d'avoir été prise en faute par sa propre fille. Après coup, Linda pensa aussi que c'était bien la seule chose qu'elles avaient eue en commun en cet instant : le fait d'être aussi démunies l'une que l'autre face à ce qui leur arrivait. Mona posa la bouteille, d'un geste brutal, sur le plan de travail et ouvrit tout aussi brutalement la porte du frigo pour protéger sa nudité. Linda ne put s'empêcher de glousser en voyant la tête de sa mère émerger par-dessus la porte du frigo.

— Ça ne va pas, non, d'entrer chez les gens sans sonner ?

— Je voulais te faire une surprise.

— Mais tu ne peux pas entrer chez les gens sans sonner d'abord !

285

— Ah oui? Et comment je découvrirais, sinon, que j'ai une mère qui picole en plein jour?

Mona claqua la porte du frigo et se mit à hurler.

— Je ne picole pas!

— Je t'ai vue, tu buvais de la vodka au goulot.

— C'est de l'eau. Je la fais rafraîchir avant de la boire.

Elles se jetèrent sur la bouteille. Linda fut la plus rapide.

— Ce n'est pas de l'eau, déclara-t-elle après avoir reniflé. C'est de la vodka pure. Va te mettre quelque chose sur le dos. Tu t'es regardée? Bientôt tu seras aussi grosse que le vieux. Sauf que toi, c'est vraiment du gras. Lui, il est juste gros.

Mona lui arracha la bouteille des mains. Linda la laissa faire. Puis elle lui tourna le dos.

— Rhabille-toi.

— Je me promène nue dans ma propre maison si je le veux et quand je le veux.

— Ce n'est pas ta maison, c'est celle de l'assureur.

— Il s'appelle Olof, et c'est mon mari. La maison est à nous deux.

— Faux. Vous êtes mariés sous le régime de la séparation des biens. En cas de divorce, c'est lui qui la garde.

— Comment le sais-tu?

— Grand-père me l'a raconté.

— Qu'en savait-il, ce vieux con?

Linda fit volte-face et balança à sa mère une gifle qui ne réussit qu'à effleurer sa joue.

— Ne parle pas comme ça de mon grand-père.

Mona recula d'un pas et faillit tomber, moins à

cause de la gifle que de l'ivresse. Elle dévisagea Linda avec une expression de rage.

— Tu es comme ton père. Il me frappait. Maintenant, tu viens chez moi faire la même chose.

— Rhabille-toi.

Linda vit sa mère avaler une longue rasade au goulot. Ce n'est pas vrai, pensa-t-elle. Ce que je vois là ne se produit pas dans la réalité. Pourquoi suis-je venue ici, pourquoi n'ai-je pas continué tout droit jusqu'à Copenhague?

Mona chancela; cette fois, elle tomba. Linda voulut l'aider à se relever, mais fut repoussée. Mona se hissa sur une chaise.

Elle partit à la salle de bains chercher un peignoir, que sa mère refusa d'enfiler. Linda commençait à avoir la nausée.

— Tu ne peux pas t'habiller?

— Tous les vêtements sont trop étroits.

— Alors je m'en vais.

— Tu peux rester prendre un petit café, quand même.

— À condition que tu t'habilles.

— Olof aime bien me voir nue. On se promène toujours nus dans la maison, tous les deux.

Maintenant je deviens la mère de ma mère, pensa Linda tout en lui enfilant le peignoir avec des gestes fermes. Mona n'opposa aucune résistance. Quand elle voulut attraper la bouteille, Linda la prit et la rangea ailleurs. Puis elle fit du café. Mona suivait ses gestes du regard. Elle semblait avoir du mal à garder les yeux ouverts.

— Comment va Kurt?

— Bien.

— Qu'est-ce que tu racontes? Il n'a jamais été bien de toute sa vie.

— En ce moment, il va bien. Mieux que jamais.

— Parce qu'il est enfin débarrassé d'un père qui le haïssait.

Linda leva la main. Mona fit un geste d'excuse.

— Tu ne sais rien du chagrin qu'il a pour la mort de son père. Rien du tout.

— Il s'est décidé à acheter un chien?

— Non.

— Il est toujours avec la Russe?

— Baiba était de Lettonie. C'est fini.

Mona se leva de sa chaise, tangua dangereusement, mais réussit à rester sur ses jambes. Elle disparut vers la salle de bains. Linda appuya son oreille contre la porte. Elle entendit de l'eau couler d'un robinet. Pas des bouteilles qu'on tirait d'une cachette.

Quand Mona revint dans la cuisine, elle s'était peigné les cheveux et rincé le visage. Elle chercha du regard la bouteille que Linda avait entre-temps vidée dans l'évier. Puis elle se servit un café. Linda éprouva soudain de la compassion pour elle. Je ne veux jamais devenir comme ça. Jamais devenir cette personne fouineuse, nerveuse, dépendante, qui n'a jamais voulu se séparer de papa, au fond, mais qui manquait tellement de confiance qu'elle a fini par faire ce qu'elle ne voulait pas.

— Tu sais, marmonna Mona, je ne fais pas ça d'habitude.

— Ah bon? Tu disais à l'instant qu'Olof et toi aviez l'habitude de vous promener tout nus.

— Je ne bois pas autant que tu le crois.

— Je ne crois rien. Dans le temps, tu ne buvais

quasiment jamais. Maintenant je te vois descendre la vodka au goulot alors qu'il est à peine midi.

— Je ne vais pas bien.

— Tu es malade?

Mona fondit en larmes. Linda resta désemparée. Quand avait-elle vu sa mère pleurer pour la dernière fois? Elle se rappela les sanglots nerveux, presque impatients, qui saisissaient parfois sa mère quand elle avait raté un plat ou égaré un objet. Elle pouvait aussi pleurer quand elle se disputait avec son père. Là, c'était autre chose. Linda résolut d'attendre. Les pleurs cessèrent aussi vite qu'ils avaient commencé. Mona se moucha et but son café.

— Je te demande pardon.

— Dis-moi plutôt ce qui se passe.

— Et ce serait quoi? rétorqua Mona.

— Tu le sais mieux que moi.

— Je crois qu'Olof a rencontré une autre femme. Il prétend que non. Mais il y a une chose que je sais, dans la vie : je sais quand on me ment. C'est ton père qui me l'a appris.

Linda éprouva aussitôt le besoin de le défendre.

— Je ne crois pas qu'il mente plus qu'un autre. En tout cas, pas plus que moi.

— Tu n'imagines pas tout ce que je pourrais te raconter.

— Tu n'imagines pas à quel point je n'ai pas envie de l'entendre.

— Pourquoi es-tu si méchante?

— Je dis juste ce que je pense.

— Là, tout de suite, j'aurais besoin qu'on soit un peu gentil avec moi.

Les sentiments de Linda n'avaient cessé d'alterner

289

depuis tout à l'heure, compassion, colère, mais rien n'était aussi fort que ce qu'elle éprouva en cet instant. Je ne l'aime pas, pensa-t-elle. Ma mère est une femme qui mendie un amour que je ne peux pas lui offrir. Il faut que je me tire d'ici. Elle posa sa tasse à côté de l'évier.

— Tu pars déjà?

— Je dois aller à Copenhague.

— Qu'est-ce que tu vas faire là-bas?

— Je n'ai pas le temps de t'expliquer.

— Je hais Olof pour ce qu'il me fait.

— Je reviendrai quand tu seras sobre.

— Pourquoi es-tu si méchante?

— Je ne suis pas méchante. Je t'appellerai.

— Je ne peux pas continuer comme ça.

— Alors pars. Tu l'as déjà fait une fois.

— Ce n'est pas la peine de m'expliquer ce que j'ai fait ou pas fait dans ma vie.

Elle recommençait à s'énerver. Linda tourna les talons et s'en alla. Elle entendit la voix de Mona dans son dos : *Reste encore un peu.* Puis, au moment où elle refermait la porte d'entrée : *Alors pars, si c'est comme ça, et ne reviens jamais.*

Elle était en nage quand elle s'assit dans la voiture. Sale bonne femme! Elle était encore en colère. Mais elle savait qu'avant même d'atteindre le milieu du pont elle serait déjà pleine de remords. Elle aurait dû être une bonne fille, rester chez sa mère et écouter sa plainte.

Linda finit par trouver la bonne sortie, acheta son billet et franchit la barrière. Elle conduisait lentement. La mauvaise conscience se manifestait déjà.

Avec le désir, soudain, de ne pas être enfant unique. Un frère ou une sœur, pensa-t-elle. Ça aurait tout changé. Moi, je suis toujours en situation d'infériorité parce que mes parents sont deux et que je suis seule. Je serai seule aussi à m'occuper d'eux quand ils n'y parviendront plus. Cette perspective la fit frémir. Elle résolut de parler à son père de la scène qu'elle venait de vivre. Était-il déjà arrivé à Mona de trop boire ? Linda avait-elle été, là encore, seule à l'ignorer ?

En touchant le sol du Danemark, elle repoussa la pensée de Mona. La décision d'en parler à son père avait fait disparaître la mauvaise conscience. Elle avait bien fait de la laisser ; c'était juste. Elle ne pourrait lui parler qu'à condition qu'elle soit sobre. Si elle était restée, elles auraient continué à se crier dessus.

Elle s'arrêta sur une place de parking et s'assit sur un banc. Elle contempla le détroit, le pont et, tout là-bas dans la brume, la Suède. Où se trouvaient ses parents, qui avaient enveloppé sa vie dans une espèce de brouillard étrange. Le pire des deux, pensa-t-elle, c'est mon père. Le policier respecté mais ô combien morose, qui sait rire, mais qui se l'est interdit pour une raison insondable. Mon père qui n'arrive pas à se dégoter une femme puisqu'il aime encore Mona. Baiba l'avait compris ; elle a essayé de le lui dire. Il ne voulait rien entendre. « J'ai oublié Mona », disait-il. Baiba me l'a raconté. Mais il ne l'a pas oubliée, il ne l'oubliera jamais, elle était le grand amour de sa vie. Et elle, maintenant, je la retrouve en train de se biturer en plein midi à poil dans sa cuisine. Elle aussi, elle erre dans ce brouillard morose, et moi je n'ai toujours pas réussi à m'en libérer, alors que je vais avoir bientôt trente ans.

Elle donna un coup de pied rageur dans le gravier. Puis elle ramassa un caillou et le lança vers une mouette. Le onzième commandement, pensa-t-elle. *Tu ne deviendras point comme eux.* Par-delà le brouillard, il existe un autre monde avec lequel ils ont perdu le contact. Ma mère se meurt d'être l'épouse d'un assureur anémique, et mon père se meurt de ne pas comprendre qu'il a déjà rencontré et perdu le grand amour de sa vie, et qu'il essaie de s'adapter à cette situation. Il va continuer à promener ses chiens invisibles et à acheter ses maisons qui n'existent pas jusqu'au jour où il s'apercevra qu'il est trop tard. Mais trop tard pour quoi ?

Linda retourna à la voiture. La main sur la portière, elle éclata de rire. Trois mouettes s'envolèrent. Moi, c'est différent, pensa-t-elle. Personne ne peut m'attirer dans le brouillard et me perdre au point que je ne retrouve plus la sortie. Le brouillard est un labyrinthe séduisant. Mais je vais l'éviter. Elle continua à rire tout en entrant dans la ville. Quelque part dans Nyhavn, elle s'arrêta devant un grand panneau d'information touristique et réussit à situer la rue qui avait pour nom Nedergade.

Le crépuscule tombait quand elle arriva. Nedergade se trouvait dans un quartier délabré où s'alignaient des barres d'immeubles. Linda ne se sentait pas trop rassurée ; elle pourrait peut-être rechercher Torgeir Langaas un autre jour, mais la traversée du pont coûtait cher. Elle verrouilla les portières, donna quelques coups de pied au bord du trottoir pour se donner du courage et alla déchiffrer les noms listés à côté de l'interphone. La lumière était mauvaise. Soudain, la porte s'ouvrit et un homme sortit de l'immeuble. Il avait une cicatrice au front ; il sursauta en apercevant Linda. Le temps que la porte se referme, elle s'était faufilée à l'intérieur. Nouvelle liste de locataires. Mais pas de Langaas, pas de Torgeir. Une femme arriva, portant un sac-poubelle. À peu près son âge, souriante.

— Pardon, dit Linda. Je cherche un homme du nom de Torgeir Langaas.

— Il habite ici ?

— On m'a donné cette adresse.

— Comment déjà ? Torgeir ? Langaas ? Il est danois ?

— Norvégien.

La femme secoua la tête. Linda vit qu'elle voulait vraiment l'aider.

— Je ne connais aucun Norvégien ici. On a quelques Suédois, et des gens d'autres pays. Mais aucun Norvégien.

La porte de l'immeuble s'ouvrit de nouveau. Un homme entra. La femme au sac-poubelle lui demanda s'il connaissait un Torgeir Langaas. L'homme secoua la tête. Il portait un sweat-shirt au capuchon rabattu. Linda ne distinguait pas bien son visage.

— Je ne peux pas t'aider, dit la femme. Désolée. Tu peux toujours essayer Mme Andersen, au deuxième. Elle est au courant de tout, dans l'immeuble.

Linda la remercia et monta l'escalier. Une porte claqua ; de la musique latino s'échappait d'un appartement. Devant la porte de Mme Andersen, une fleur en pot était posée sur un tabouret ; une orchidée. La sonnerie fit un bruit de grelot. Mme Andersen ouvrit ; Linda avait rarement vu une aussi petite femme. Elle était toute courbée, déformée, pliée en deux. À ses pieds, enfoncés dans une paire de mules archi-usées, un chien minuscule aboyait. Linda lui expliqua la raison de sa venue. Mme Andersen montra son oreille gauche.

— Plus fort ! J'entends mal. Criez.

Linda cria son message. Un Norvégien du nom de Torgeir Langaas habitait-il l'immeuble ?

— J'entends mal, cria Mme Andersen en retour. Mais j'ai bonne mémoire. Il n'y a pas de Langaas ici.

— Peut-être est-il hébergé par quelqu'un ?

— Je sais qui habite ici. Locataire, hébergé, peu importe. Je suis dans l'immeuble depuis sa construction, ça va faire quarante-sept ans. On y trouve de tout maintenant. Alors il vaut mieux savoir qui vous entoure.

Elle se pencha vers Linda et ajouta en sifflant :

— Ils vendent de la drogue dans l'immeuble. Et personne ne fait rien.

Mme Andersen insista pour lui offrir un café ; il était tout prêt, dans un thermos, dans la toute petite cuisine. Linda réussit à s'éclipser au bout d'une demi-heure. Elle savait tout désormais sur l'excellent mari de Mme Andersen, qui était malheureusement parti beaucoup trop tôt.

Linda descendit l'escalier. La musique sud-américaine s'était tue. Un enfant criait. Linda ressortit dans la rue et regarda autour d'elle avant de

traverser. Elle devina plus qu'elle ne vit une silhouette se détacher de l'ombre. C'était l'homme à
la capuche. Il l'agrippa par les cheveux. Elle essaya
de se dégager, mais la douleur était insoutenable.

— Il n'y a pas de Torgeir, siffla l'homme. Pas de
Torgeir Langaas, rien du tout. Oublie-le.

— Lâchez-moi !

Il lâcha ses cheveux. Et la frappa à la tempe. Fort.
Elle sombra dans une grande obscurité.

28

Elle nagea, en un ultime effort pour échapper aux
vagues géantes qui la poursuivaient. Devant, elle
aperçut les récifs, leurs pointes noires hérissant la
surface de l'eau, prêtes à l'embrocher. Ses forces
l'abandonnèrent, elle poussa un cri et ouvrit les yeux.
La douleur à la tête était intense. Pourquoi la lumière
avait-elle changé ? Puis elle reconnut le visage de son
père penché sur elle et crut qu'elle avait dormi trop
longtemps. Mais que devait-elle faire ce jour-là ? Elle
l'avait oublié.

Puis ça lui revint. Ce n'était pas une vague qui
l'avait rattrapée, mais le souvenir de l'instant juste
avant la nuit. La cage d'escalier, la rue, l'homme qui
avait surgi de l'ombre, la menace, le coup. Elle tressaillit. Son père posa la main sur son bras.

— Ça va aller. Tout va bien.

Elle regarda autour d'elle. Lumière tamisée,
écrans, un ventilateur qui sifflait. Un hôpital.

— Ça y est, je me souviens. Comment suis-je arrivée là ? Je suis blessée ?

Elle essaya de se redresser, remua bras et jambes pour vérifier que rien n'était paralysé.

— Il vaut mieux que tu restes allongée. Tu étais évanouie. Mais il n'y a pas de lésions internes ; même pas de commotion cérébrale, ont-ils dit.

Elle ferma les yeux.

— Comment es-tu venu jusqu'ici ?

— On est aux urgences de Rikshospitalet, à Copenhague. Si ce que m'ont raconté les collègues est exact, tu as eu de la chance. Une patrouille vous a aperçus par hasard, toi et l'homme qui t'a frappée. L'ambulance est arrivée quelques minutes plus tard. Ils ont trouvé ton permis de conduire et ta carte de l'école de police. Ils m'ont appelé. Je suis venu tout de suite. Stefan est avec moi.

Linda rouvrit les yeux. Elle ne voyait que son père. Elle pensa confusément qu'elle était peut-être amoureuse de Stefan, alors qu'elle venait à peine de le rencontrer. C'est possible ? Je me réveille après avoir été agressée par un fou furieux et la première chose que je me dis, c'est que je suis tombée amoureuse, mais beaucoup trop vite.

— À quoi penses-tu ?

— Où est Stefan ?

— Il mange. Je lui ai dit de rentrer. Mais il voulait rester.

— J'ai soif.

Il lui donna de l'eau. Linda commençait à avoir la tête plus claire ; les images de l'instant précédant le noir lui revenaient de plus en plus clairement.

— Qu'est-il arrivé au type qui m'a agressée ?

— Ils l'ont arrêté.

Linda se redressa si vivement que son père n'eut pas le temps de l'en empêcher.

— Rallonge-toi.

— Il sait où est Anna. Non, peut-être pas, mais il va pouvoir nous apprendre des choses.

— Calme-toi.

Elle se rallongea à contrecœur.

— Je ne sais pas comment il s'appelle. Torgeir Langaas, je crois, mais ce n'est pas sûr. Il sait des choses sur Anna.

Son père s'assit sur une chaise à son chevet. Elle regarda la montre qu'il portait au poignet. Trois heures et quart.

— Jour ou nuit ? demanda-t-elle.

— Nuit.

— Il m'a menacée. Puis il m'a attrapée par les cheveux.

— Ce que je ne comprends pas, en premier lieu, c'est ce que tu fabriquais à Copenhague.

— Ce serait trop long à te raconter maintenant. Mais le type qui m'a agressée a peut-être aussi agressé Anna. Et il peut avoir un lien avec Birgitta Medberg.

Son père secoua la tête.

— Tu es fatiguée. Le médecin a dit que les souvenirs, les images, risquaient de te revenir en vrac.

— Tu n'entends pas ce que je te dis ?

— Je t'entends. Dès que le toubib t'aura examinée, on pourra y aller. Tu rentres avec moi et Stefan prend ta voiture.

Linda commença à comprendre.

— Tu ne me crois pas ? Tu ne crois pas qu'il m'a menacée ?

— Bien sûr que si. Il a avoué.

— Qu'a-t-il avoué ?

— Il t'a menacée pour que tu lui donnes la dope que tu avais selon lui achetée dans l'immeuble.

Linda écarquilla les yeux ; elle essayait fébrilement de saisir ce que son père venait de dire.

— Il n'a pas parlé de drogue. Il a dit que je devais oublier Torgeir Langaas.

— On peut s'estimer heureux que cette patrouille ait été sur place. Il sera inculpé pour coups et blessures et tentative de vol.

— Il n'est pas question de vol ! Il est question du propriétaire de la maison derrière l'église de Lestarp.

— Quelle maison ?

— Je n'ai pas eu le temps de t'en parler. J'ai déniché l'adresse d'Anna à Lund. Ça m'a conduite à Lestarp et à une maison derrière l'église. J'y suis allée. J'ai demandé Anna. Le lendemain, tout le monde avait disparu. Tout ce que j'ai réussi à savoir, c'est que la maison appartenait à un Norvégien nommé Torgeir Langaas dont l'adresse était ici, à Copenhague.

Son père la regarda longuement. Puis il sortit un bloc-notes de sa poche et l'ouvrit.

— L'homme qui t'a agressée s'appelle Ulrik Larsen. Si j'en crois le collègue danois auquel j'ai parlé, Ulrik Larsen n'est pas un type qui possède beaucoup de maisons.

— Mais tu ne m'écoutes pas !

— Je t'écoute. Ce que tu n'as pas l'air de saisir,

298

c'est qu'on a ici un homme qui avoue t'avoir assommée après avoir essayé de te voler.

Linda secoua la tête avec désespoir, réveillant la douleur à la tempe. Pourquoi n'écoutait-il pas?

— J'ai toute ma cervelle. Je sais que j'ai été agressée. Maintenant je t'explique ce qui est arrivé.

— C'est ce que tu crois. Moi, ce que je ne sais toujours pas, c'est ce que tu fabriquais à Copenhague. Après être passée chez Mona et l'avoir rendue malheureuse.

Linda sentit un grand froid descendre sur elle.

— Comment le sais-tu?

— Elle m'a appelé. Une conversation assez horrible, d'ailleurs. Elle bégayait et reniflait tellement que j'ai presque cru qu'elle était ivre.

— Elle l'était. Qu'a-t-elle dit?

— Que tu l'avais assaillie de reproches, que tu avais dit du mal d'elle et de moi. Elle était dans tous ses états. Son mari était apparemment en voyage, il ne pouvait donc pas la consoler.

— Je l'ai trouvée toute nue dans sa cuisine en train de boire de la vodka au goulot.

— Elle dit que tu t'es faufilée chez elle sournoisement.

— Je suis entrée par la porte de la véranda, qui était ouverte. Ça n'a rien de sournois. Elle était tellement ivre qu'elle s'est cassé la figure. Quoi qu'elle t'ait dit au téléphone, ce n'est pas la vérité.

— On en reparlera plus tard.

— Merci.

— Que faisais-tu à Copenhague?

— Je te l'ai déjà dit.

Il secoua la tête.

299

— Peux-tu alors m'expliquer les aveux de ce type ?

— Non. Pas plus que je ne comprends pour quelle raison tu refuses de me croire.

Il se pencha vers elle.

— Et toi ? Est-ce que tu comprends ce que ça m'a fait, quand ils m'ont appelé en disant que tu étais à l'hôpital, à Copenhague, après avoir été agressée dans la rue ? Tu le comprends, ça ?

— Je suis désolée de t'avoir inquiété.

— Inquiété ? J'ai eu peur comme je n'avais pas eu peur depuis des années.

Linda ne dit rien. Peut-être pensait-il au jour où elle avait voulu mourir. Elle savait que la plus grande crainte de son père était toujours qu'il puisse lui arriver quelque chose.

— Je te demande pardon.

— Qu'est-ce que ça va être quand tu commenceras à bosser pour de vrai ! Est-ce que je serai réduit à devenir un vieillard anxieux qui ne dort pas la nuit quand il sait que sa fille travaille ?

Elle fit une nouvelle tentative, en parlant lentement et en articulant de façon presque excessive. Mais cela ne servit à rien ; il ne la croyait pas.

Elle avait renoncé quand Stefan Lindman entra dans la chambre avec un sac plein de sandwiches. La voyant éveillée, il s'illumina.

— Ça boume ?

— Ça peut aller.

Stefan Lindman tendit le sac à son père, qui attaqua immédiatement un sandwich.

— Elle est comment, ta voiture ? demanda Stefan. Je pensais aller la chercher.

— Une Golf rouge. Garée en face de l'immeuble de Nedergade. Devant un débit de tabac, si je me souviens bien.

Il brandit la clé.

— Je l'ai prise dans ta veste. Tu as eu une sacrée veine. Les toxicos en crise, c'est ce qu'il y a de pire.

— Ce n'était pas un toxicomane.

— Raconte à Stefan ce que tu m'as expliqué tout à l'heure, dit son père entre deux bouchées.

Elle lui fit son compte rendu, calmement, méthodiquement, comme on le lui avait enseigné. Son père attrapa un deuxième sandwich. Stefan Lindman, debout de l'autre côté du lit, avait le regard rivé au sol.

— Bon, répondit-il quand elle eut fini. Ça ne colle pas tout à fait avec ce que nous ont exposé les collègues danois. Et l'agresseur lui-même.

— Je dis la vérité.

Son père s'essuya soigneusement les mains sur une serviette.

— Je vais essayer autrement, dit-il. L'expérience montre qu'il est extrêmement rare que les gens avouent des crimes qu'ils n'ont pas commis. Ça arrive, il est vrai, mais pas souvent. Surtout pas quand il s'agit de personnes qui ont un gros problème de drogue. Vu que ce qu'ils craignent plus que tout, c'est d'être enfermés et donc privés de leur substance vitale. Tu vois ce que je veux dire ?

Linda ne répondit pas. Un médecin entra et lui demanda comment elle se sentait. Il écouta sa réponse et hocha la tête.

— Elle peut sortir. Mais qu'elle reste au calme

quelques jours. Et qu'elle aille voir un médecin si le mal de crâne ne passe pas.

Après son départ, Linda se redressa dans le lit. Une idée venait de lui traverser l'esprit.

— À quoi ressemble Ulrik Larsen?

Ni son père ni Stefan Lindman ne l'avaient vu.

— Je ne partirai pas d'ici avant de savoir à quoi il ressemble.

Son père perdit patience.

— Tu trouves que tu n'as pas causé assez d'ennuis déjà? Allez, viens, on rentre.

— Ça ne peut quand même pas être si compliqué de se renseigner. Avec tous tes collègues danois!

Linda s'aperçut qu'elle criait. Une infirmière surgit et leur jeta un regard sévère.

— On aurait besoin de cette chambre assez vite.

Dans le couloir, en sortant, ils aperçurent un brancard. Une femme était allongée dessus. Elle saignait et frappait du poing contre le mur. Ils entrèrent dans une petite salle d'attente déserte.

— L'homme qui m'a agressée mesurait à peu près un mètre quatre-vingts. Je n'ai pas vu son visage parce qu'il avait un sweat-shirt à capuche, noir ou bleu foncé. Il avait un pantalon sombre, de grosses chaussures marron, il était maigre, il parlait danois, il avait une voix aiguë. Et il sentait la cannelle.

— La quoi? fit Stefan Lindman.

— Il avait peut-être mangé une brioche, siffla Linda. Allez-y, appelez vos collègues et vérifiez si le type qu'ils ont en garde à vue ressemble à ça. Quand j'aurai la réponse, j'accepterai de me taire.

— Non, dit son père. Cette fois, on y va. On rentre.

Linda regarda Stefan Lindman. Qui hocha prudemment la tête quand Kurt Wallander eut le dos tourné.

Ils traversèrent le pont dans l'autre sens, après s'être séparés de Stefan qui devait prendre un taxi pour aller récupérer la Golf. Linda se recroquevilla sur la banquette arrière de la voiture de son père. Celui-ci lui jetait de temps à autre un regard dans le rétroviseur. Il venait de dépasser un pilier du pont quand la voiture commença à tanguer. Il jura et freina brutalement.

— Ne bouge pas, dit-il en descendant de la voiture.

Il s'arrêta devant la roue arrière droite, puis ouvrit la portière côté Linda.

— Il vaut mieux que tu sortes. C'est à croire que je ne dormirai jamais cette nuit.

Linda contempla le pneu crevé avec un sentiment de culpabilité confuse.

— Ce n'est pas ma faute, dit-elle.

Son père lui tendit un triangle.

— Qui a prétendu que c'était ta faute?

La circulation était clairsemée sur le pont cette nuit. Linda leva la tête vers le ciel constellé d'étoiles. Son père soufflait et jurait en se débattant avec la roue de secours. Il finit par y arriver, essuya la sueur de son front et dénicha dans le coffre une bouteille d'eau entamée. Il rejoignit sa fille et laissa son regard errer quelques instants sur les eaux du détroit.

— Si je n'étais pas aussi fatigué, ce serait sûrement un beau moment d'être là, en pleine nuit. Mais j'ai besoin de dormir.

— Écoute-moi. On ne va pas en reparler cette nuit. Je veux juste que tu saches que je n'ai pas été agressée par un toxicomane. Il a dit que je devais oublier Torgeir Langaas. Je te le dis pour que tu le saches. Je crois aussi qu'il y a un lien entre cet homme et Anna. Je suis allée à Copenhague pour ça. Et je suis plus inquiète maintenant que je ne l'étais cet après-midi quand j'ai traversé le pont dans l'autre sens.

— Viens. J'entends ce que tu me dis. Il n'en reste pas moins qu'un type a été arrêté en flagrant délit. Et que ses aveux sont crédibles.

Ils reprirent en silence la direction d'Ystad. Il était près de quatre heures et demie quand ils arrivèrent à Mariagatan. Ils trouvèrent la clé de la Golf sur le tapis de l'entrée, sous la fente du courrier.

— Tu l'as vu, toi, quand il nous a dépassés, sur le pont?

— Il n'aime peut-être pas changer les roues.

— L'immeuble n'est pas fermé à clé, la nuit?

— La serrure ne marche pas bien. En tout cas, tu as récupéré ta bagnole.

— Ce n'est pas la mienne, c'est celle d'Anna.

Elle le suivit dans la cuisine; il ouvrit le frigo et prit une bière.

— Comment ça avance, de votre côté?

— Plus de questions, dit-il. Je suis épuisé. J'ai besoin de dormir. Toi aussi.

Elle fut réveillée par un bruit de sonnette. Étourdie, elle s'assit et regarda le réveil. Onze heures et quart. Elle enfila son peignoir éponge. Sa tête était encore sensible, mais la pulsation sourde avait lâché. Elle entrebâilla la porte. C'était Stefan Lindman.

— Désolé si je t'ai réveillée.

Elle le fit entrer dans le séjour.

— Attends-moi, j'en ai pour une seconde.

Elle courut à la salle de bains, se lava le visage et les dents et se donna un coup de peigne. En revenant dans le séjour, elle le trouva debout devant la porte-fenêtre du balcon.

— Comment te sens-tu?

— Bien. Tu veux un café?

— Pas le temps. Je voulais juste te raconter un coup de fil que j'ai reçu il y a une heure.

Linda comprit. Il avait pris au sérieux sa demande de la nuit, à l'hôpital.

— Alors?

— Il a fallu un moment pour trouver le bon policier. J'ai réveillé un type du nom d'Ole Hedtoft, qui était de service cette nuit. Un de ceux qui t'ont repérée, dans la rue, et qui ont arrêté ton agresseur.

Il tira un papier de sa veste en cuir.

— Redonne-moi le signalement d'Ulrik Larsen.

— Je ne suis pas sûre qu'il s'appelle Ulrik Larsen. Celui qui m'a assommée mesurait un mètre quatre-vingts, maigre, sweat-shirt noir ou bleu avec une capuche, pantalon sombre, chaussures marron.

Stefan Lindman se caressait pensivement le nez entre le pouce et l'index.

— Ole Hedtoft confirme ce signalement. Mais tu peux avoir mal interprété cette histoire de menaces.

Linda secoua la tête.

— Non. Il m'a parlé de l'homme que je cherchais. Torgeir Langaas.

— Il a dû y avoir un malentendu.

— Quel malentendu? Je sais ce que je dis. Je suis de plus en plus convaincue qu'Anna n'est pas partie de son plein gré.

— Signale sa disparition alors. Parle à sa mère. Pourquoi d'ailleurs sa mère n'a-t-elle pas alerté la police?

— Je ne sais pas.

— Ne devrait-elle pas être inquiète?

— Je ne comprends pas ce qui se passe. J'ignore pourquoi elle n'est pas inquiète. Je sais seulement qu'Anna est peut-être en danger.

Stefan Lindman s'apprêtait à partir.

— Alors vas-y. Fais une déclaration au commissariat. Et laisse-nous nous occuper de cette affaire.

— Mais vous ne faites rien!

Stefan Lindman s'immobilisa net. Quand il répondit, il était en colère.

— On travaille jour et nuit. Sur un meurtre réel. Vraiment atroce, et auquel on ne comprend rien.

— Dans ce cas, répondit-elle calmement, on est dans la même situation. J'ai une amie qui s'appelle Anna. Elle a disparu. Et je n'y comprends rien.

Elle lui ouvrit la porte.

— Merci quand même de m'avoir écoutée cette nuit.

— Entre nous soit dit, il n'est pas indispensable de mentionner ma visite devant ton père.

Il disparut dans l'escalier. Linda avala un semblant de petit déjeuner, s'habilla et appela le Zèbre. Pas de réponse. Elle se rendit en voiture chez Anna. Cette fois, aucune trace d'un visiteur clandestin. Où es-tu ? cria Linda en silence. Tu auras vraiment beau-coup de choses à m'expliquer à ton retour.

Elle ouvrit une fenêtre, approcha une chaise et alla chercher le journal d'Anna. Je finirai bien par trou-ver une piste. Un début d'explication, quelque chose.

Elle commença à lire. Un mois plus tôt. En juillet. Soudain, elle s'immobilisa devant un mot. Un nom griffonné dans la marge, comme on prend note parfois, pour ne pas oublier. Linda fronça les sour-cils. Ce nom ne lui était pas inconnu. Elle l'avait vu récemment. Ou peut-être entendu ? Elle reposa le cahier. Il y eut un roulement de tonnerre, assez loin. La chaleur était suffocante. Un nom qu'elle avait lu ou entendu. Mais où ? Dans quel contexte ? Prononcé par qui ? Elle fit du café, essaya de dis-traire son cerveau pour le faire lâcher prise. Aucun résultat.

Elle allait laisser tomber quand cela lui revint.

Elle avait vu ce nom moins de vingt-quatre heures auparavant. Sur la liste du hall d'entrée d'un immeuble danois.

29

Vigsten. Elle ne se trompait pas. Ce nom figurait bien sur le tableau des locataires de Nedergade. Bâti-ment sur rue ou sur cour, elle ne s'en souvenait pas, mais elle était certaine du nom. L'initiale du prénom était peut-être un D, ou un O. Mais le nom de famille était bien Vigsten. Qu'est-ce que je fais? pensa-t-elle. Je travaille dans mon coin, j'arrive à recouper des éléments, mais je suis seule à les prendre au sérieux, à croire qu'ils pointent dans une direction précise. Laquelle, au fait? Elle éprouva de nouveau de l'inquiétude. Anna avait cru voir son père et ensuite elle avait disparu. Cette pensée la harcelait. Et ce père avait lui-même disparu depuis très longtemps. Que faut-il en penser : deux disparitions qui se recouvrent, qui s'annulent ou qui se complètent? Y a-t-il une continuité entre l'une et l'autre? Elle sentit soudain qu'elle devait absolument partager ses réflexions avec quelqu'un. Elle descendit en courant l'escalier de l'immeuble d'Anna et prit la voiture jusque chez le Zèbre, qui s'apprêtait à sortir avec son fils. Linda les accompagna jusqu'à un terrain de jeux du quartier. Le garçon se dirigea tout droit vers le bac à sable. Il y avait un banc à côté, mais il était sale et plein de chewing-gums collés.

Elles s'assirent tout au bord du banc. Le garçon, fou de joie, jetait le sable à pleines poignées. Linda, en regardant le Zèbre, eut un de ses accès d'envie habituels : son amie était belle, d'une beauté tout à fait superflue, qui avait un je-ne-sais-quoi d'arrogant et d'attirant à la fois. Linda avait rêvé autrefois d'être cette femme que le Zèbre était devenue. Moi, je suis devenue une femme flic. Qui espère qu'elle ne se révélera pas le moment venu être une froussarde.

— J'ai essayé d'appeler Anna, dit le Zèbre, mais elle n'était pas chez elle. Et toi, tu lui as parlé?

Linda se fâcha.

— Tu n'as rien compris ou quoi? Elle a disparu!

— Tu sais bien comment elle est.

— Ah bon ? Il faut croire que non. Comment est-elle ?

— Pourquoi te fâches-tu ?

— Je suis inquiète.

— Mais pourquoi ?

Linda résolut de tout lui raconter. Le Zèbre l'écouta en silence. Le garçon jouait avec le sable.

— J'aurais pu te le dire moi-même, qu'Anna était croyante, commenta le Zèbre.

— Moi, elle ne m'en a jamais parlé.

— C'est normal, vous vous retrouvez à peine. Et puis elle est comme ça, Anna, de toute façon. Elle raconte différentes choses à différentes personnes. Elle ment beaucoup.

— Ah oui ?

— J'ai failli te le dire. Mais j'ai pensé qu'il valait mieux que tu t'en aperçoives par toi-même. Anna est mythomane. Elle est capable d'inventer n'importe quoi.

— Avant, elle n'était pas comme ça !

Pourquoi éprouvait-elle le besoin de défendre ainsi Anna ?

— Les gens changent, n'est-ce pas ? Non, sérieusement. Je la supporte parce qu'elle a de bons côtés. Elle est gaie, la plupart du temps, gentille avec mon fils, serviable. Mais quand elle commence à raconter ses histoires, je décroche. Sais-tu qu'elle a fêté Noël avec toi l'année dernière ?

— Pas possible, j'étais à Stockholm.

— Elle t'a rendu visite. Vous avez fait plein de choses ensemble, un voyage à Helsinki entre autres.

— Ce n'est pas vrai !

— Sûrement. Mais c'est ce qu'Anna m'a raconté.

C'est peut-être une maladie, qu'est-ce que j'en sais ? Ou alors la réalité est si ennuyeuse qu'elle se sent obligée d'en inventer une autre.

Linda resta longtemps silencieuse.

— Tu crois donc qu'elle mentait en disant avoir vu son père à Malmö ?

— En tout cas, ce serait tout à fait elle. D'aller raconter tout à coup qu'elle a retrouvé son père. Alors qu'il est certainement mort depuis des années.

— Pourquoi ne m'as-tu rien dit ?

— Je pensais que tu le découvrirais toute seule.

— Tu crois donc qu'il ne lui est rien arrivé ?

Le Zèbre la regarda d'un air amusé.

— Et ce serait quoi, à ton avis ? Ce n'est pas la première fois qu'elle disparaît. À son retour, elle nous racontera une histoire extraordinaire complètement inventée.

— Il ne lui arrive jamais de dire la vérité ?

— Si. Il y a toujours des éléments véridiques. Les mythomanes sont, paraît-il, doués pour ça. Ils emballent un mensonge dans une vérité ; comme ça on les croit, jusqu'au jour où on s'aperçoit qu'ils vivent dans un univers tissé de mensonges d'un bout à l'autre.

Linda était médusée.

— D'où tient-elle son argent ? Que fait-elle ?

— Je me suis interrogée là-dessus. Si ça se trouve, elle dépouille les gens en leur vendant des salades. Franchement, je ne sais pas.

Le Zèbre se leva pour répondre à l'appel de son fils. Linda vit un homme se retourner et la suivre du regard. Elle réfléchit à ce qu'elle venait d'apprendre. Cela n'expliquait pas tout. Même si la colère d'avoir

310

été menée en bateau – cette histoire de voyage à Helsinki – diminuait mystérieusement son inquiétude. Ça explique beaucoup de choses, dit-elle à haute voix sur le banc. Mais pas tout.

— Qu'est-ce que tu disais? s'enquit le Zèbre en revenant s'asseoir.

— Rien.

— Je t'ai entendue depuis le bac à sable.

— Je suis un peu chamboulée, c'est normal.

— À mon avis, tu devrais raconter à Anna, quand elle reviendra, que tu t'es fait beaucoup de souci pour elle. Moi, je crois bien qu'un jour je ne supporterai plus ses histoires. J'exigerai la vérité. Alors elle se mettra à m'éviter. Son dernier mensonge sera que je me suis mal conduite envers elle.

Le petit garçon en avait assez. Elles firent quelques tours de square avec lui.

— Combien de jours encore? demanda le Zèbre.

— Six. Dans six jours, je commence à bosser.

Après les avoir quittés, Linda se rendit à pied dans le centre d'Ystad et opéra un retrait dans un distributeur. Elle faisait très attention à l'argent. Elle s'inquiétait toujours à l'idée de se retrouver dans une situation où elle en manquerait. Je suis comme mon père. On est aussi parcimonieux l'un que l'autre. Aussi pingres.

Elle rentra à Mariagatan, fit le ménage dans l'appartement et appela ensuite l'office qui lui avait promis un logement pour septembre. Après plusieurs tentatives, elle réussit à joindre le fonctionnaire chargé de son dossier et lui demanda s'il serait possible d'y emménager plus tôt que prévu. Réponse négative. Elle alla s'allonger dans sa chambre et repensa à ce qu'avait dit le Zèbre. Son inquiétude pour Anna avait complètement disparu. En revanche, elle était en colère d'avoir été à ce point aveugle. Mais qu'aurait-elle dû voir au juste? Comment découvre-t-on que quelqu'un vous ment au sujet des trucs les plus quotidiens?

Elle alla à la cuisine et appela le Zèbre.

— J'ai oublié de te demander ce que tu entendais par le fait qu'Anna était «croyante».

— Pourquoi ne pas lui poser la question quand elle reviendra?

— S'il te plaît.

— Anna croit en Dieu.

— Quel Dieu?

— Le Dieu chrétien. Elle va parfois à l'église, du moins elle le prétend. Mais elle prie pour de vrai; je l'ai surprise deux ou trois fois. Elle se met à genoux et elle prie.

— Sais-tu si elle appartient à une secte?

— Non. C'est le cas?

— Je n'en sais rien. Est-ce que vous en avez beaucoup parlé ensemble?

— Elle a essayé quelquefois. Mais je l'ai arrêtée. Le Bon Dieu et moi, on n'a jamais été en très bons termes... Ça y est, il s'est fait mal. Salut.

Linda se rallongea sur son lit et continua à fixer le plafond. Que sait-on des autres? Anna était là, devant son regard intérieur. Mais comme une personne tout à fait étrangère. Mona surgit à son tour; dévêtue, une bouteille à la main. Linda se redressa dans le lit. Je suis entourée de fous. Le seul qui soit normal, c'est encore mon père.

Elle sortit sur le balcon. La chaleur persistait. Je décide ici et maintenant de ne plus m'inquiéter pour Anna, déclara-t-elle à haute voix. Je ferais mieux de profiter du beau temps.

Elle lut dans le journal un nouvel article sur le meurtre de Birgitta Medberg. Son père était interrogé. Ces mots-là, elle les connaissait par cœur : *pas de piste définie, ratisser large, peut prendre du temps.* Elle repensa à Vigsten. C'était la deuxième fois qu'un nom mentionné dans le journal d'Anna recoupait une piste débusquée par elle – la première étant Birgitta Medberg.

Un dernier trajet, pensa-t-elle. Même si le pont est beaucoup trop cher. Un jour, je demanderai à Anna de me rembourser la traversée. À titre de dédommagement, pour toute l'angoisse qu'elle m'aura occasionnée.

Cette fois, pensa-t-elle sur le pont qui la ramenait vers Copenhague, je ne vais pas me balader dans le noir dans Nedergade. Je sonne chez l'homme – si c'est un homme – qui s'appelle Vigsten, et je lui demande s'il sait où est Anna. C'est tout. Après je rentre et je prépare à dîner pour papa.

Elle eut un malaise en sortant de la voiture. Comme si elle ne réalisait que maintenant qu'elle avait été agressée au même endroit la veille au soir.

Elle était déjà sur le trottoir. Elle se précipita vers la voiture, sauta à l'intérieur et verrouilla les portières. Du calme, pensa-t-elle. Personne ne va me tomber dessus. J'entre dans l'immeuble et je sonne chez Vigsten.

Elle traversa la rue en courant. Un cycliste l'évita

de justesse et cria quelque chose dans son dos. La porte s'ouvrit sans résistance. Elle repéra le nom immédiatement. Quatrième étage, côté rue. Elle s'était trompée sur l'initiale du prénom. Elle prit l'escalier. C'était quoi, la musique qu'elle avait entendue l'autre fois ? Tout était très silencieux à présent. Frederik Vigsten, pensa-t-elle. Au Danemark tout le monde s'appelle Frederik. S'il s'agit d'un homme. Sinon, c'est Frederike. Elle arriva hors d'haleine sur le palier du quatrième et sonna. Tintement de clochette. Elle compta lentement jusqu'à dix. Elle venait de re-sonner quand la porte s'ouvrit. Un vieil homme hirsute, des lunettes attachées autour du cou par une ficelle, la dévisagea sévèrement.

— Je ne peux pas marcher plus vite. Pourquoi les jeunes n'ont-ils aucune patience ?

Sans lui demander son nom ni ce qu'elle voulait, il la tira dans l'entrée.

— J'ai dû oublier. Je ne note pas toujours les nouveaux élèves. Je vous en prie, enlevez votre veste. Je suis dans la pièce du fond.

Il s'éloigna d'une démarche presque sautillante dans le couloir qui paraissait interminable. Élève de quoi ? pensa Linda. Elle se débarrassa de sa veste et le suivit. L'appartement était vaste, Linda eut l'impression qu'il s'agissait en fait de deux appartements qui avaient été réunis il y a longtemps. Dans la dernière pièce trônait un piano à queue. L'homme aux cheveux blancs feuilletait un agenda à côté de la fenêtre.

— Je ne trouve pas d'élève, dit-il sur un ton plaintif. Comment vous appelez-vous ?

— Je ne suis pas une élève. Je voulais vous poser quelques questions.

— J'ai répondu à des questions toute ma vie, dit l'homme que Linda présumait être Frederik Vigsten. Pourquoi une bonne posture est-elle primordiale au piano ? Pourquoi tout le monde ne peut-il pas jouer Chopin avec la délicatesse et la force requises ? Comment amener d'innombrables chanteurs lyriques à se tenir debout correctement, et à ne pas se lancer dans les airs difficiles sans être convenablement chaussés : vous êtes au clair là-dessus ? L'essentiel, pour un chanteur, c'est d'avoir de bonnes chaussures. Et un pianiste ne doit pas souffrir d'hémorroïdes. Comment vous appelez-vous ?

— Linda. Je ne suis ni pianiste ni chanteuse. Je veux vous poser une question qui n'a rien à voir avec la musique.

— Alors vous vous êtes trompée d'adresse. Je ne peux répondre qu'à des questions de musique. Le reste du monde m'est totalement incompréhensible.

Linda était déroutée par cet homme qui, de son côté, ne paraissait pas avoir les idées très claires.

— Vous êtes bien Frederik Vigsten ?

— Pas Frederik. Frantz.

Il s'était assis sur le tabouret et feuilletait une partition. Linda eut le sentiment d'avoir disparu de sa conscience. Comme si elle n'était dans la pièce que par intermittence.

— J'ai trouvé votre nom dans le journal d'Anna Westin, dit-elle.

Il tambourinait avec un doigt sur sa partition ; il ne l'avait pas entendue.

— Anna Westin, répéta-t-elle en haussant le ton.

Il leva vivement la tête.

— Qui ?

315

— Anna Westin. Une fille suédoise qui s'appelle Anna Westin.

— J'avais beaucoup d'élèves suédois autrefois. Maintenant, c'est à croire qu'ils m'ont tous oublié.

— Réfléchissez, s'il vous plaît. Anna Westin...

— Il y a tellement de noms, répliqua Frantz Vigsten d'un air rêveur. Tant de noms, tant d'instants merveilleux, quand la musique *commence à chanter*. Vous pouvez comprendre ça ? Il faut faire chanter la musique. Peu de gens le savent. Bach, le vieux maître, il savait. C'était la voix de Dieu qui chantait dans sa musique. Et Mozart, et Verdi, et peut-être aussi le moins célèbre Roman, ont par moments réussi à faire chanter la leur.

Il s'interrompit et jeta un coup d'œil à Linda.

— Vous m'avez dit votre nom ?

— Je m'appelle Linda.

— Et vous n'êtes pas une élève ?

— Non.

— Vous me parlez d'une Anna ?

— Anna Westin.

— Je ne connais pas d'Anna Westin. Ma femme, elle, était une vestale. Mais elle est morte voici trente-neuf ans. Pouvez-vous comprendre ce que cela signifie d'être seul depuis tant d'années ? Presque quarante ?

Il tendit sa main fine aux veines d'un bleu translucide et effleura le poignet de Linda.

— Seul, répéta-t-il. Ça allait tant que j'avais mon travail quotidien. J'étais répétiteur à Det Kongelige. Et puis un jour ils ont estimé que j'étais devenu trop vieux. Ou alors que je tenais trop à la vieille discipline. Je ne tolérais pas la négligence.

Il se tut et se mit à chasser une mouche à l'aide d'une tapette posée parmi les partitions. Il l'agitait en déambulant dans la pièce, comme s'il dirigeait un orchestre ou un chœur invisible.

Puis il se rassit. La mouche se posa sur son front. Il ne parut pas le remarquer. Une mouche qu'on ne remarque pas : voilà à quoi ressemble la vieillesse, pensa Linda. Elle lui saisit la main et insista :

— J'ai trouvé votre nom dans le journal intime de mon amie.

Les doigts de Frantz Vigsten se refermèrent avidement sur les siens ; ils étaient pleins de force.

— Anna Westin, c'est cela ?

— Oui.

— Je n'ai jamais eu d'élève de ce nom. Je suis vieux, j'oublie beaucoup de choses. Mais je veux me souvenir de mes élèves. Ce sont eux qui ont donné un semblant de sens à cette vie depuis que Mariana s'est envolée vers le pays des dieux.

Elle ne savait comment poursuivre. En fait, il ne restait qu'une question à poser.

— Torgeir Langaas. Je cherche un homme de ce nom-là.

Il avait de nouveau disparu dans son monde à lui. De sa main libre, il fit résonner quelques notes sur le clavier.

— Torgeir Langaas, insista-t-elle. Un Norvégien.

— J'ai eu beaucoup d'élèves norvégiens. Je me souviens d'un type remarquable qui s'appelait Trond Ørje. Il venait de Rauland et il avait une voix de baryton extraordinaire. Mais il était si atrocement timide qu'il ne pouvait chanter qu'en studio. C'est le baryton et l'homme le plus remarquable qu'il m'ait jamais été donné de rencontrer. Il a pleuré d'effroi quand je lui ai dit qu'il était doué. Un type très remarquable. Il y en a d'autres...

Il se leva brusquement.

— C'est tellement solitaire, de vivre. La musique, les maîtres qui l'ont composée, et les mouches. Et un élève, encore, de temps en temps. Sinon, je tourne en rond sur cette terre avec une seule envie, qui est de rejoindre Mariana. J'ai tellement peur qu'elle se lasse de m'attendre. J'ai vécu trop longtemps.

Linda se leva. Elle avait compris qu'elle ne lui soutirerait aucune réponse. Le fait qu'Anna eût été en contact avec lui devenait encore plus incompréhensible.

Elle partit sans dire au revoir. Frantz Vigsten s'était mis au piano. En longeant le couloir, elle jeta un coup d'œil dans les autres pièces. Désordre, odeur de renfermé. Un homme seul avec sa musique. Comme grand-père avec ses tableaux. Et moi, j'aurai quoi, quand je serai vieille ? Et mon père ? Et ma mère, que lui restera-t-il ? L'alcool ?

Elle ramassa sa veste. La musique remplissait l'appartement. Immobile, elle regarda les vêtements suspendus au portemanteau. Un vieil homme seul... Pourtant il y avait là une veste et une paire de chaussures qui n'appartenaient pas à un homme âgé. Elle jeta un œil vers l'intérieur de l'appartement. Personne. Mais elle savait déjà que Frantz Vigsten ne vivait pas seul. La peur la submergea d'un coup. La musique s'était tue. Elle ouvrit la porte, dévala l'escalier, traversa la rue en courant et démarra en trombe. Elle ne retrouva son calme que sur le pont qui la ramenait en Suède.

Au moment même où Linda traversait le pont d'Öresund, un homme s'introduisit par effraction dans le magasin d'animaux d'Ystad. Il arrosa les cages d'essence. Puis il balança un briquet enflammé dans la boutique et partit pendant que les animaux commençaient à brûler.

TROISIÈME PARTIE

La drisse

30

Il choisissait toujours le lieu des cérémonies avec le plus grand soin. L'importance des détails lui était déjà apparue du temps de sa fuite, ou de ce qu'il fallait plutôt appeler l'exode solitaire de Jonestown. Où choisissait-il de prendre son repos? Où pouvait-il se sentir en sécurité? À l'époque, il n'y avait guère de place pour les cérémonies dans son univers; elles avaient pris forme par la suite, une fois retrouvé le Dieu seul capable de l'aider à combler le vide qui menaçait de le détruire de l'intérieur.

Il vivait déjà à Cleveland avec Sue-Mary depuis plusieurs années quand sa quête permanente de lieux sûrs se transforma en élément constitutif de la religion qu'il était en train de créer. Les rituels l'accompagnèrent dès lors comme un baptême quotidien qui le rendait apte à recevoir les messages de Dieu et les instructions associées à la mission qui l'attendait. Maintenant plus que jamais, il était essentiel de ne pas commettre d'erreur en sélectionnant les endroits où ses assistants parachevaient leur formation avant d'être lâchés sur leurs cibles respectives.

Cela avait très bien fonctionné – jusqu'au jour malheureux où une femme ayant accidentellement découvert une de leurs cachettes avait été massacrée par son premier disciple.

Il n'avait pas mesuré la faiblesse de Torgeir. Son tempérament incontrôlable. Il lui avait témoigné de la douceur, une patience infinie. Il l'avait laissé parler, il l'avait écouté. Mais il y avait une rage enfouie, derrière des portes fermées, qu'il n'avait pas réussi à détecter à temps.

Il avait demandé à Torgeir de s'expliquer. Pourquoi une telle fureur quand la femme s'était approchée et avait ouvert la porte de la cabane ? Ils avaient envisagé ensemble l'éventualité d'une découverte, rien n'était impossible, un sentier qui ne servait jamais pouvait resservir un jour. Ils devaient être capables, toujours, de faire face à l'imprévu. Torgeir n'avait pas pu lui fournir de réponse satisfaisante. Avait-il pris peur ? Avait-il paniqué ? Pas de réponse. Seulement ce constat que Torgeir n'avait pas encore entièrement remis sa vie entre ses mains. Alors qu'ils étaient convenus ensemble que les rencontres imprévues avec des inconnus à proximité d'une cachette devaient être résolues par l'amabilité, après quoi on abandonnerait la cachette à la première occasion, Torgeir avait réagi à l'inverse. Au lieu de politesse, il avait fait preuve d'une violence déchaînée, à coups de hache. Et il avait été incapable de dire ensuite pourquoi il avait coupé cette femme en morceaux, en ne conservant que la tête et les mains. Le reste de son corps avait été enfoui dans un sac, avec une grosse pierre. Torgeir s'était déshabillé et il était parti à la nage. Il avait laissé couler le sac au fond du lac de forêt le plus proche.

Torgeir était fort. Cela avait été une de ses premières observations, en trébuchant sur la loque humaine vautrée dans le caniveau d'un des pires quartiers de Cleveland. La loque avait marmonné quelque chose. Au lieu de poursuivre son chemin, il s'était penché vers elle, car il avait cru reconnaître du danois. Ou peut-être du norvégien. Dieu avait mis cet homme sur sa route. En attendant, il était presque mort. Le médecin qui l'examina et qui établit par la suite le programme de rééducation n'était guère optimiste. Le corps de Torgeir n'était plus en état d'absorber le moindre milligramme d'alcool ou de drogue. Son excellente constitution lui avait sauvé la mise jusque-là. Mais ses organes fonctionnaient sur leurs dernières réserves. Le cerveau était peut-être atteint, il n'était pas sûr qu'il récupère la mémoire.

Il se rappelait encore cet instant, à Cleveland, où le clochard avait levé vers lui des yeux si injectés de sang que ses pupilles brillaient comme celles d'un chien enragé. Peu importe le regard. Dans l'esprit embrumé de Torgeir, ce ne pouvait être que le Messie qui se penchait ainsi vers lui. Torgeir l'avait alors empoigné au col, avec ses mains gigantesques, et lui avait soufflé son haleine atroce en plein visage.

— Es-tu Dieu?

En cet instant, tout ce qui avait été jusque-là confus dans son existence – toutes les défaites accumulées, mais aussi les rêves et les attentes – rétrécit jusqu'à n'être plus qu'un point minuscule et il s'entendit répondre :

— Oui. Je suis ton Dieu.

Peu après, le doute l'avait assailli. Le premier disciple pouvait bien être réprouvé entre tous. Ça s'était déjà vu. Mais qui était-il? Comment avait-il atterri là?

Il était parti en laissant sur place Torgeir – il ne connaissait pas encore son nom, il savait juste que c'était un ivrogne norvégien qui, pour une raison ou pour une autre, gisait à bout de forces dans ce dépotoir de Cleveland. Mais sa curiosité avait été éveillée. Le lendemain, il était de retour, pour ce qui ressemblait fort à une descente aux enfers. Autour de lui rampaient les âmes damnées, perdues sans recours. Il faillit se faire agresser plusieurs fois jusqu'à ce qu'un vieillard, qui n'avait plus qu'une plaie purulente à la place de l'œil droit, lui apprenne qu'un Norvégien à grandes paluches avait l'habitude de se réfugier à l'intérieur d'une pile de pont pour s'abriter de la pluie et de la neige. Ce fut là qu'il le trouva. Le type dormait. Il ronflait, il puait, son visage était plein de furoncles infectés. Dans une de ses poches, il découvrit la pochette en plastique pliée en deux où Torgeir conservait son passeport norvégien de couleur rouge, qui avait expiré sept ans plus tôt. À la rubrique profession, il était écrit : *skipsreder*. Armateur. Sa curiosité fut encore excitée par la découverte, dans la même pochette, d'un relevé d'identité bancaire. Après avoir mémorisé le numéro du passeport, il rangea les papiers à leur place et quitta l'abri sous le pont.

Sue-Mary avait un frère appelé Jack, qui menait une étrange double vie. Employé d'une agence immobilière réputée de Cleveland, il partageait ses loisirs entre l'enseignement bénévole du catéchisme et la falsification de documents pour la mafia locale. Le dimanche suivant, il alla le voir dans sa classe et lui demanda s'il pouvait l'aider à obtenir quelques renseignements sur le Norvégien qui avait croisé son chemin.

— J'essaie d'aider un frère en détresse, se justifia-t-il.

— Il n'est pas facile d'obtenir des renseignements auprès des ambassades européennes.

— Je te paierai, bien entendu.

Jack sourit. Ses dents étaient si blanches qu'elles en perdaient presque leur éclat. On aurait dit de la craie.

— Je ne fais pas payer l'homme de Sue-Mary. Même si j'estime que vous devriez vous marier. Le péché ne diminue pas plus qu'il n'augmente sous prétexte qu'il se prolonge d'année en année. Il reste toujours aussi condamnable.

Trois semaines plus tard, Jack lui rapportait des informations surprenantes. Il ne prit jamais la peine de l'interroger sur la manière dont il se les était procurées.

— Ça m'a fait du bien de relever ce défi. Surtout quand j'ai eu fini de casser tous les codes et que j'ai pu m'introduire dans le saint des saints du royaume de Norvège.

Jack lui avait remis une enveloppe. Il se rappelait encore le moment où il l'avait ouverte, une fois rentré chez Sue-Mary, en se dirigeant vers la cheminée près de laquelle il s'asseyait toujours pour lire ou pour réfléchir. Il se laissa tomber dans son fauteuil et commença à lire. Il se releva pour allumer la lampe de lecture, bien qu'on ne fût qu'en début d'après-midi, et parcourut ensuite la biographie fragmentaire mais limpide de Torgeir Langaas.

Il avait vu le jour à Bærum en 1948, héritier de la grande firme d'armateurs Langaas, spécialisée dans le transport du pétrole et des voitures, elle-même née d'une scission de la célèbre entreprise Refsvold, suite à un conflit. On ignorait d'où le père de Torgeir – le capitaine Anton Helge Langaas, de retour sur la terre ferme après avoir étudié le monde maritime du haut de différentes passerelles de commandement – tenait le capital et les actions qui avaient obligé un conseil d'administration récalcitrant à l'admettre en son sein. Pendant le conflit, la famille Refsvold fit courir la rumeur que ce capital provenait d'affaires répugnantes conclues par Anton avec les Allemands. On évoquait l'existence de filières clandestines qui avaient aidé des criminels nazis à se sauver à bord de sous-marins qui entraient de nuit dans le détroit de La Plata, entre l'Argentine et l'Uruguay, pour y décharger leur cargaison de commandants de camps et de tortionnaires. Mais rien n'avait pu être prouvé, et la famille Refsvold avait elle aussi ses cadavres dans le placard.

Anton Helge Langaas avait attendu de voir son entreprise (arborant un drapeau rouge et vert orné d'un poisson volant) suffisamment établie avant de se marier. Dans un geste de dédain vis-à-vis de l'aristocratie des armateurs, il alla se choisir une femme aussi loin de la mer qu'il est possible de l'être en Norvège : dans un village forestier à l'est de Røros, au fin fond des terres incultes qui avoisinent, côté

328

suédois, le Härjedalen. Il dénicha là-bas une femme prénommée Maigrim, qui distribuait le courrier dans toutes les fermes isolées jalonnant des chemins de forêt qui ne l'étaient pas moins. Le couple fit construire une grande maison à Bærum, près d'Oslo, où naquirent trois enfants très rapprochés ; d'abord Torgeir, puis deux filles prénommées Anniken et Hege.

Torgeir Langaas avait très tôt saisi ce qu'on attendait de lui, et son incapacité à l'assumer. Il ne comprenait rien au film ni à la raison pour laquelle il devait plutôt qu'un autre tenir l'inconcevable rôle-titre. Sa révolte s'était manifestée clairement dès l'adolescence. Anton Helge Langaas, après avoir longtemps mené contre son fils une bataille perdue d'avance, jeta enfin l'éponge et admit que Torgeir ne serait pas son successeur. Ce fut une des filles qui lui sauva la mise. Hege ressemblait à son père, faisant preuve dès son plus jeune âge d'une volonté et d'une détermination farouches. À vingt-deux ans, elle occupait déjà un fauteuil de directeur au sein du groupe familial. À la même époque, Torgeir faisait preuve d'une détermination égale, quoique opposée à celle de sa sœur, en entreprenant son long voyage désespéré vers les bas-fonds. Il était déjà dépendant de plusieurs substances toxiques, et bien que Maigrim se vouât par tous les moyens à tenter de le remettre sur pied, rien n'y fit : ni les cliniques de luxe ni les thérapeutes plus chers les uns que les autres.
La grande crise survint une année à Noël lors de la distribution des cadeaux. Torgeir offrit à ses parents et à ses sœurs des morceaux de viande

pourrie, des bouts de pneu déchiré et des pavés ramassés dans la rue. Puis il essaya d'immoler toute la famille par le feu, avant de prendre la fuite et de disparaître dans le vaste monde. À l'expiration de son passeport, Interpol lança un avis de recherche. Mais personne ne le trouva là où il était, à la dérive dans les rues de Cleveland. Il avait toujours soigneusement dissimulé le fait qu'il avait de l'argent. Il avait changé plusieurs fois de banque ; il avait changé de tout, sauf de nom, et il était encore à la tête d'une fortune de près de cinq millions de couronnes norvégiennes le jour où il croisa l'homme qui se présenta à lui comme son sauveur et son Dieu.

Les détails de cette histoire ne figuraient évidemment pas dans les documents transmis par Jack. Il ne fallut que quelques séances dans le pilier de pont défoncé pour persuader Torgeir de tout lui raconter. Ensuite, tel le sauveur qu'il était, il le tira du caniveau. Le premier disciple était venu à lui.

Encore une fois, il n'avait pas mesuré sa faiblesse. La rage capable de déclencher chez lui une violence incontrôlée. La manière dont il s'en était pris à cette femme trahissait la folie. Mais elle recelait aussi un élément positif. Immoler des bestioles était une chose ; tuer des êtres humains en était une autre, très différente. Or il était manifeste que Torgeir n'hésiterait pas. Quand tous les animaux seraient sacrifiés, il passerait sans difficulté au stade supérieur.

Ils se retrouvèrent à la gare d'Ystad. Torgeir était venu de Copenhague par le train car il pouvait avoir des instants de distraction au volant. Son sauveur s'était souvent interrogé sur ce miracle : que la logique, la sollicitude et la sagesse aient pu survivre, chez Torgeir, à tant d'années d'une détresse absolue.

Torgeir avait pris un bain. Cela faisait partie du rituel de purification qui précédait toujours un sacrifice. Tout était dans la Bible ; il suffisait de lire. La Bible était leur carte, leur chenal. La propreté était un détail essentiel. Jésus se lavait les pieds. Il n'était dit nulle part qu'il baignait régulièrement son corps entier, mais le message était clair : on devait aller à sa mission lavé et parfumé.

Torgeir tenait à la main sa sacoche noire. Il savait ce qu'elle contenait. Inutile de vérifier, de poser des questions. Torgeir avait prouvé depuis longtemps qu'il était capable de prendre des responsabilités. Son seul faux pas avait été cette femme. L'incident avait suscité une agitation regrettable. Les journaux et la télévision ne parlaient que de ça. L'opération suivante avait déjà dû être repoussée de deux jours. Mais il lui avait semblé préférable que Torgeir reste dans sa cachette de Copenhague, le temps que les esprits s'apaisent.

Ils se rendirent dans le centre-ville, tournèrent à l'angle du bureau de poste et s'arrêtèrent devant le magasin d'animaux. Il n'y avait aucun client. La vendeuse était jeune. À leur entrée, elle s'occupait de ranger des boîtes de nourriture pour chats sur une étagère. Il y avait un peu de tout dans les cages, hamsters, chatons, oiseaux. Torgeir sourit, mais ne dit rien. Inutile que les gens repèrent son accent norvégien. Pendant qu'il observait la disposition des lieux et évaluait le meilleur angle d'attaque, son sauveur acheta un petit paquet de graines pour oiseaux.

Puis ils quittèrent le magasin et descendirent vers le théâtre et le port de plaisance. La journée était tiède. On avait beau être déjà en septembre, les voiliers étaient de sortie.

C'était la deuxième étape du rituel : se rapprocher de l'eau. Ils s'étaient rencontrés au bord du lac Érié. Depuis, ils cherchaient toujours une rive ou une plage, pour finaliser les préparatifs.

— Les cages sont serrées, dit Torgeir. Je vaporise à deux mains, je balance le briquet. Tout s'embrasera en quelques secondes.

— Ensuite ?

— Je crie : *Gud krevet*.

— Ensuite ?

— Je sors, je tourne à gauche, puis à droite. Je ne marche ni trop vite ni trop lentement. Je m'arrête sur la place pour vérifier que personne ne me suit. Puis je remonte vers le kiosque à journaux, en face de l'hôpital, où tu m'attends.

Ils suivirent du regard un bateau en bois qui entrait dans le port et dont le moteur toussotait. Encrassé.

— Ce seront les derniers animaux. Notre premier objectif aura été atteint.

Torgeir faillit s'agenouiller, là, sur la jetée du port de plaisance. Il dut l'empoigner par le bras et le relever.

— Jamais quand on peut te voir.

— Je me suis oublié.

— Mais tu es calme ?

— Je suis calme.

— Qui suis-je ?

— Mon père, mon pasteur, mon sauveur, mon Dieu.

— Qui es-tu?

— Je suis le premier disciple.

— Qu'es-tu encore?

— Le premier ministre, répondit Torgeir.

— C'est bien.

Autrefois, pensa-t-il, je fabriquais des sandales. Je rêvais d'autre chose et j'ai fini par fuir la honte d'avoir tué tous mes rêves par mon incapacité à les réaliser. Maintenant je modèle des êtres humains comme je modelais auparavant des semelles.

Déjà seize heures. Ils marchaient dans la ville, en s'arrêtant de temps à autre sur un banc, en silence. Il n'y avait plus de mots. Il jetait parfois un regard à Torgeir. Celui-ci paraissait parfaitement calme, concentré sur sa mission.

Je fais la joie d'un homme, pensa-t-il. Un ancien petit enfant riche et gâté, qui connaissait pourtant l'humiliation et le désespoir. Je le rends heureux en lui témoignant ma confiance.

Ils continuèrent à errer d'un banc à l'autre jusqu'à dix-neuf heures. Le magasin avait fermé une heure auparavant. Il accompagna Torgeir jusqu'à l'angle du bureau de poste. Par cette soirée douce, il y avait beaucoup de monde dans les rues. C'était un avantage. Dans le chaos provoqué par l'incendie, personne ne se souviendrait d'un visage particulier.

Ils se séparèrent. Il se hâta de remonter vers la place. Son chronomètre intérieur était déclenché. En ce moment, Torgeir fracture la porte d'une seule poussée de son pied-de-biche. À présent, il est à l'intérieur, il referme la porte cassée et il écoute. La sacoche, les pulvérisateurs, le briquet...

Il entendit une explosion et crut voir une lueur dans le ciel, derrière le pâté de maisons qui séparait la place centrale du magasin. Puis la colonne de fumée. Il s'en détourna et s'éloigna. Il n'était pas encore parvenu au lieu du rendez-vous qu'il entendit les premières sirènes.

L'attente se termine. Maintenant nous restaurons la foi et l'exigence chrétiennes. La façon dont il convient de conduire sa vie. La longue errance dans le désert touche à sa fin.

Il ne s'agit plus des animaux, créatures sans âme qui ressentent seulement une douleur qu'ils ne comprennent pas.

Maintenant il s'agit de l'être humain.

31

Quand Linda sortit de la voiture dans Mariagatan, elle perçut une odeur qui lui rappela le Maroc. Autrefois, Herman Mboya et elle avaient passé une semaine de vacances là-bas. Ils avaient choisi le charter le moins cher, l'hôtel était plein de cafards et Linda avait commencé à comprendre au cours de cette semaine que l'avenir ne serait peut-être pas aussi limpide qu'elle l'imaginait. L'année suivante, Herman et elle s'étaient séparés, il avait fini par retourner en Afrique et elle avait bifurqué sur un chemin sinueux qui l'avait conduite progressivement à l'école de police.

L'odeur réveillait le souvenir. L'odeur de la fumée. Les montagnes de détritus qui brûlaient la nuit, au Maroc. Mais personne ne brûlait de détritus à Ystad. Puis elle entendit les sirènes des pompiers et de la police et comprit. Un incendie dans le centre-ville. Elle se mit à courir.

Ça brûlait encore quand elle arriva, hors d'haleine. Où était passée sa forme physique ? On aurait cru une grand-mère. Les flammes léchaient la façade, quelques familles qui habitaient dans les étages avaient été évacuées. Elle vit une poussette noircie abandonnée sur le trottoir. Les pompiers s'affairaient à protéger les immeubles voisins. Elle se dirigea vers les rubans de plastique.

Son père se disputait avec Svartman au sujet d'un témoin qui non seulement n'avait pas été convenablement interrogé, mais avait en plus été autorisé à disparaître.

— On ne retrouvera jamais ce malade si on n'est pas capable de respecter les procédures les plus élémentaires ! criait son père.

— C'est Martinsson qui devait s'en charger.

— Il dit qu'il t'a passé le relais. Deux fois. Alors maintenant tu te démerdes pour retrouver ce témoin.

Svartman partit. Lui aussi était en colère. Des buffles irrités qui courent dans tous les sens, pensa Linda. Tant de temps gaspillé à marquer son territoire.

Une voiture de pompiers s'avança en marche arrière vers le foyer de l'incendie ; un tuyau se détacha par erreur et cracha son eau en sifflant. Kurt

Wallander s'écarta d'un bond et découvrit au même instant Linda.

— Qu'est-ce qui se passe ?

— De l'essence encore. Comme pour le taureau.

— Aucune trace de l'auteur ?

— On avait un témoin, qu'ils ont réussi à égarer dans la nature.

Son père était tellement en colère qu'il en tremblait. Il mourra comme ça, pensa-t-elle soudain. Épuisé, bouleversé par une négligence quelconque pendant une enquête dramatique.

— Il faut qu'on retrouve ces sadiques, marmonna-t-il.

— Non. Il s'agit d'autre chose.

— Quoi ?

Il la regarda comme s'il pensait qu'elle détenait la réponse.

— Je ne sais pas. Mais il s'agit d'autre chose.

Ann-Britt Höglund appela son père. Linda le vit s'éloigner, silhouette massive à la tête enfoncée dans les épaules, avançant à pas prudents entre les lances d'incendie et les débris fumants d'un magasin d'animaux. Elle avisa une jeune femme aux yeux enflés qui contemplait le spectacle. La propriétaire, sans doute. Ou seulement une amie des bêtes ? Linda se souvint brusquement d'une petite maison en bois qui avait brûlé dans son enfance, un dimanche matin. La maison abritait la boutique d'un horloger, et elle se rappelait sa propre tristesse pour toutes ces horloges dont le cœur, les aiguilles, le mécanisme fondaient et mouraient les uns après les autres. Elle se mit à faire les cent pas le long des rubans de plastique. Beaucoup de gens s'étaient attroupés et contemplaient l'incendie en silence. Elle pensa que les maisons en flammes suscitent toujours l'effroi, en rappelant à chacun la précarité de son propre logis.

— Je ne comprends pas pourquoi ils ne m'interrogent pas, entendit-elle dans son dos.

Elle se retourna. Une fille d'une vingtaine d'années se tenait appuyée, avec une copine, contre une façade. Un souffle de fumée les fit se courber en deux.

— T'as qu'à aller leur dire ce que t'as vu.

— Je ne vais quand même pas lécher les bottes des flics.

Le témoin, pensa Linda. Le témoin disparu.

— Qu'est-ce que tu as vu ? demanda-t-elle en approchant.

La fille la toisa. Linda s'aperçut qu'elle louchait.

— Qui es-tu ?

— Je suis de la police. Je m'appelle Linda Wallander.

C'est une quasi-vérité, pensa-t-elle. Pas un mensonge susceptible de me faire virer.

— Comment peut-on s'en prendre à des animaux ? Ça me dépasse, dit la fille. C'est vrai qu'il y avait un cheval dans le magasin ?

— Non. Je ne crois pas qu'on ait le droit de vendre des chevaux de cette manière. On ne les met pas en cage. Plutôt dans des box. Qu'est-ce que tu as vu ?

— Un homme.

— Il faisait quoi ?

— Il a mis le feu à la boutique pour faire brûler les animaux. J'arrivais à pied du théâtre, j'avais des lettres à poster. Un peu avant, euh, disons le pâté de maisons avant le magasin, j'ai senti que quelqu'un marchait derrière moi et j'ai sursauté parce qu'il ne faisait aucun bruit. Je l'ai laissé passer. Je me suis donc retrouvée derrière lui. Je ne sais pas pourquoi, j'ai commencé à essayer de marcher silencieusement comme lui. Mais après quelques mètres j'ai vu que j'avais oublié une lettre dans la voiture. Je suis retournée la chercher. Puis je suis repartie vers la poste.

Linda leva la main.

— Combien de temps pour aller chercher la lettre ?

— Trois ou quatre minutes. Ma voiture était derrière le théâtre, vers l'entrée des décors.

— Qu'est-il arrivé ensuite ? Quand tu es repartie vers la poste : as-tu revu cet homme ?

— Non.

— Quand tu es passée devant le magasin, qu'as-tu fait ?

— J'ai peut-être jeté un regard à la vitrine. Je ne sais plus, je ne m'intéresse pas trop aux tortues et aux hamsters.

— Qu'est-ce que tu as vu ?

— Une lumière bleue dans la boutique. Elle est toujours allumée.

— Comment le sais-tu ?

— Je vais à la poste plusieurs fois par semaine. Chaque fois, je me gare devant le théâtre, je passe devant le magasin et je vois la lumière bleue. Je suppose que c'est un truc pour le chauffage. Un de mes grands plaisirs dans la vie, c'est de faire partie du gang anti-électronique qui continue à écrire des lettres. À la main, en plus.

— Ensuite ?

— J'ai posté mes enveloppes et je suis retournée vers la voiture.

— Ensuite ?

— Le magasin a explosé. En tout cas, c'est la sensation que j'ai eue. Je venais juste de le dépasser. Il y a eu un grand bruit, une lumière intense. Je me suis couchée sur le trottoir. Puis j'ai vu que le magasin brûlait. J'ai vu une bestiole qui courait, le pelage en feu. C'était horrible.

— Et après ?

— Ça s'est passé très vite. Mais j'ai vu qu'il y avait un homme sur le trottoir d'en face. L'incendie illuminait tout, je ne pouvais pas me tromper. C'était le type qui m'avait dépassée un peu plus tôt. Il avait une sacoche.

— L'avait-il déjà quand tu l'as laissé passer ?

— Oui. J'ai oublié de le dire. Une sacoche noire. Une sacoche comme celle que les médecins avaient dans le temps, tu vois ?

Linda voyait très bien.

— Que s'est-il passé ensuite ?

— Je lui ai crié de m'aider.

— Tu étais blessée ?

— Sur le moment je l'ai cru. L'explosion, et puis la lumière. C'était horrible.

— Il t'a aidée ?

— Il m'a regardée et il est parti.

— Dans quelle direction ?

— Vers la place.

— Est-ce que tu l'avais déjà vu ?

— Jamais.

— Peux-tu le décrire ?

— Il était grand et costaud. Et chauve. Ou alors les cheveux rasés.

— Comment était-il habillé?

— Veste bleu foncé, pantalon sombre, les chaussures, je les avais déjà regardées quand je me suis demandé pourquoi il faisait si peu de bruit : elles étaient marron avec une grosse semelle en caoutchouc. Ce n'étaient pas des baskets.

— Tu te souviens d'autre chose?

— Il a crié.

— À qui?

— Je ne sais pas.

— Il y avait quelqu'un?

— Je n'ai vu personne.

— Qu'a-t-il crié?

— Quelque chose comme «*Gud krävde*».

— Dieu exigeait? *Gud krävde?*

— Je suis certaine du premier mot. Puis je crois qu'il a dit *krävde*. Mais comme s'il le prononçait dans une autre langue.

— Peux-tu l'imiter?

— «*Krevet*». Quelque chose comme ça.

— *Krevet?*

— C'était du danois peut-être. Ou plutôt du norvégien. Oui, ce doit être ça. Le type qui a dit ça et qui a mis le feu au magasin, il parlait norvégien.

Le cœur de Linda se mit à battre plus vite. C'est le même, pensa-t-elle. À moins qu'on n'ait affaire à une conspiration de fous venus de Norvège. Mais je ne le crois pas.

— A-t-il dit autre chose?

— Non.

— Comment t'appelles-tu?

— Amy Lundberg.

Linda finit par trouver un stylo bille et nota le numéro de téléphone d'Amy sur son poignet. Elles se serrèrent la main.

— Merci de m'avoir écoutée, dit Amy Lundberg.

Elle repartit en direction de la librairie.

Un homme qui s'appelle Torgeir Langaas, pensa Linda. Qui bouge tout près de moi, telle une ombre étrange.

Le travail des pompiers venait d'entrer dans une nouvelle phase, où les gestes étaient plus lents, signe que l'incendie serait bientôt maîtrisé. Elle vit son père plongé dans une conversation avec leur chef. Quand il tourna son visage vers elle, elle se ratatina, bien qu'il ne puisse l'apercevoir, là où elle était. Stefan Lindman arriva, flanqué de la jeune femme qu'elle avait vue en pleurs un peu plus tôt devant le magasin incendié. Stefan Lindman est à son avantage auprès de femmes éplorées, pensa-t-elle. Moi, je pleure rarement. Je me suis défaite de cette habitude dans l'enfance. Elle les suivit du regard. Stefan Lindman entraînait la jeune femme vers une voiture de police ; ils échangèrent quelques mots, puis il lui tint la portière et attendit qu'elle soit bien entrée pour la refermer. La conversation avec Amy Lundberg lui revint. *Gud krevet* ou *Gud krävde*. Dieu exigeait. Mais quoi ? Qu'un magasin soit détruit, que des animaux sans défense meurent dans des souffrances incompréhensibles ? D'abord les cygnes, peut-être, qu'on n'avait jamais retrouvés. Puis un taureau dans une ferme de la route de Malmö. Et maintenant un magasin entier. Évidemment, c'était

341

le même auteur. Qui était ensuite parti sans se presser en criant que Dieu exigeait quelque chose.

Il y a un Norvégien dans tout ça. Animaux morts, personnes disparues, femme assassinée, père ressuscité. Et ma copine qui n'est plus là. Elle scruta du regard les gens massés derrière le périmètre dans l'espoir irrationnel d'y reconnaître Anna.

Puis elle s'approcha de Stefan Lindman.

— Qu'est-ce que tu fais là?

— Je fais partie des curieux. Mais j'ai besoin de parler à quelqu'un.

— De quoi?

— De l'incendie.

Il réfléchit une seconde.

— Je dois rentrer manger un morceau. Tu m'accompagnes?

Il avait laissé sa voiture devant l'hôtel Continental. Ils prirent la direction de l'ouest. Stefan habitait dans le groupe de trois immeubles disséminés sans projet apparent entre quelques villas et un centre de traitement pour papier recyclable.

Le numéro quatre correspondait à l'immeuble du milieu. La plaque de verre de la porte d'entrée, cassée, avait été réparée à l'aide d'un morceau de carton que quelqu'un avait à son tour abîmé. Linda déchiffra un graffiti tracé au feutre sur la façade. *La vie est à vendre. Appelle la télé et raconte.*

— Je médite là-dessus tous les jours, dit Stefan.

Derrière une porte du rez-de-chaussée, une femme riait d'un rire hystérique. Stefan Lindman habitait au dernier étage. Sur la porte était fixé un fanion jaune et noir marqué «IF Elfsborg». Linda croyait savoir que c'était une équipe de foot. Sous le fanion, un bout de papier portait le nom de Stefan.

Il lui donna un cintre pour suspendre sa veste. Ils passèrent dans le séjour. Les meubles étaient rares et semblaient avoir été disposés au hasard.

— Je n'ai rien à t'offrir, dit-il. De l'eau, une bière. C'est un logement provisoire.

— Tu as parlé de Knickarp l'autre jour.

— Oui, je retape une maison là-bas. Il y a un grand jardin. Je vais m'y plaire.

— Moi, j'habite chez mon père. Je compte les jours jusqu'à mon départ.

— Tu as un bon père.

Elle le regarda. La réplique était pour le moins imprévue.

— Que veux-tu dire?

— Ce que je dis. Tu as un bon père. Ce n'était pas mon cas.

Sur une table, elle vit des journaux éparpillés et d'autres fanions jaune et noir. Elle prit un journal. *Borås Tidning.*

— Je n'ai pas le mal du pays, dit-il. Mais ça me plaît de savoir à quoi j'échappe.

— C'était si dur que ça?

— J'ai senti qu'il fallait prendre le large. Quand j'ai appris que je survivrais à ce cancer.

— Pourquoi Ystad?

— J'ai l'idée que ce doit être spécial d'habiter une région frontalière. D'avoir le reste de la Suède dans son dos. La Scanie est un pays frontière. Je ne peux pas m'expliquer mieux que ça. Maintenant je suis ici.

Il se tut. Linda ne savait plus comment poursuivre. Il se leva vivement du canapé.

— Bon, je vais chercher cette bière, et quelques sandwiches.

Il revint avec deux verres, mais il fut seul à manger.

Linda lui raconta sa rencontre fortuite avec Amy Lundberg. Il l'écouta attentivement, sans poser de questions, en levant juste la main une fois pour déplacer une lampe qui lui irritait les yeux. Un rideau bougea devant la fenêtre ouverte ; le vent s'était levé. L'air était oppressant. Il avait suivi le regard de Linda.

— Je crois qu'on va avoir de l'orage. J'ai mal aux tempes. C'est un truc hérité de ma mère, pour annoncer l'orage. Infaillible. J'ai un ami qui s'appelle Giuseppe Larsson et qui est policier à Östersund.

— Tu as déjà parlé de lui.

— Il prétendait que juste avant un orage il avait une envie folle de harengs et de vodka. Mais je crois que c'était de la blague.

— Ce que je suis en train de te raconter n'est pas de la blague.

Il hocha la tête.

— Je ne voulais pas t'interrompre.

— J'ai tellement peur de perdre ma concentration.

Elle continua. Plutôt, elle refit tout le chemin jusqu'à ce qu'elle présumait être le début : le fait qu'Anna ait cru reconnaître son père dans la rue. Au centre de cette histoire, il y avait un homme, une ombre, un Norvégien qui s'appelait peut-être Torgeir Langaas.

— Quelqu'un tue des animaux. Avec de plus en plus de brutalité et d'audace. Si on peut employer ce mot-là pour quelqu'un qui s'en prend à des bêtes.

Quelqu'un tue aussi une femme et la coupe en morceaux. Et Anna a disparu.

— Tu as appris que ton amie était croyante. D'après ton témoin, ce type aurait parlé de Dieu. Les mains qu'on a trouvées dans la cabane étaient entrelacées, comme en prière. Ce que tu me racontes, et ce que j'ai pu voir par moi-même, suggère une dimension religieuse que nous n'avons peut-être pas prise suffisamment au sérieux jusqu'ici.

Il vida son verre. Il y eut un roulement de tonnerre lointain.

— Bornholm, dit Linda. Il y a souvent de l'orage là-bas.

— Le vent vient de l'est; autrement dit, l'orage approche.

— Qu'est-ce que tu penses de mon histoire?

— Qu'elle se tient. Et qu'elle va influencer l'enquête.

— Laquelle?

— Birgitta Medberg. Jusqu'ici, ton amie était en dehors du coup. Je crois que ça va changer.

— Est-ce que je dois avoir peur?

Il secoua la tête, sans conviction.

— Je ne sais pas. Je vais noter par écrit tout ce que tu m'as raconté. Tu devrais peut-être faire pareil. Demain matin, je présente mon rapport aux collègues.

Linda frissonna.

— Il va devenir fou en découvrant que je t'ai parlé en premier.

— Tu pourras toujours dire qu'il était trop occupé par l'incendie.

— Il prétend qu'il n'est jamais trop occupé quand il s'agit de moi.

Stefan l'aida à enfiler sa veste. Le sentiment qu'elle l'appréciait refit surface. Il avait les mains douces. Il s'en servait avec ménagement.

Elle rentra à pied à Mariagatan. Son père l'attendait à la table de la cuisine. Dès qu'elle le vit, elle comprit qu'il était en colère. Salaud de Stefan. Était-il vraiment obligé de l'appeler avant même que je sois rentrée?

Elle s'assit en face de lui et agrippa la table.

— Si tu commences à crier, je ressors. Je dormirai dans la voiture.

— Tu aurais pu m'en parler d'abord. Je prends ça comme un manque de confiance. Un grand manque de confiance.

— Mais merde à la fin! Tu étais occupé! Tout le quartier était en flammes!

— Tu n'aurais pas dû parler toi-même à cette fille. Combien de fois dois-je te répéter que ce n'est pas ton affaire? Tu n'as pas encore commencé à travailler!

Linda tendit le bras, retroussa la manche de son pull et lui montra le numéro de téléphone d'Amy Lundberg.

— Ça te va comme ça? Maintenant je vais me coucher.

— Je trouve regrettable que tu aies si peu de respect pour moi que tu n'hésites pas à trafiquer dans mon dos.

Linda écarquilla les yeux.

— De quoi parles-tu?

— Tu le sais parfaitement.

Linda balaya de la table une salière et un vase plein de roses fanées qui valsa contre le mur. Il allait trop loin. Elle se précipita dans l'entrée, attrapa sa veste et dévala l'escalier. Je le hais, pensa-t-elle en cherchant la clé de la voiture dans ses poches. Je hais cette façon qu'il a d'être sans arrêt sur mon dos. Je ne dors pas une nuit de plus dans cet appartement.

Elle s'assit dans la voiture et essaya de se calmer. Il s'imagine sûrement que je regrette d'être partie. Il reste planté dans la cuisine, sûr et certain que je vais remonter, que Linda Caroline a juste fait sa petite crise, et qu'elle est déjà bourrelée de remords.

Je n'y retourne pas, déclara-t-elle tout haut. Je dors chez le Zèbre. Elle allait mettre le contact quand elle changea d'avis. Le Zèbre commencerait à discuter, à poser des questions, à émettre des avis. Elle n'avait pas la force de l'affronter. Elle choisit d'aller chez Anna. Son père pouvait bien l'attendre dans sa cuisine jusqu'à la fin des temps.

Elle fit tourner la clé dans la serrure et ouvrit la porte.

Anna se tenait dans l'entrée et la dévisageait en souriant.

32

— Je ne connais que toi qui sois capable de débarquer en pleine nuit, comme une voleuse. Laisse-moi deviner. Tu dormais, quand tu t'es réveillée en sursaut en pensant que j'étais revenue. N'est-ce pas?

Linda laissa tomber les clés par terre. Elles lui avaient glissé des mains.

— Je ne comprends pas. C'est vraiment toi?

— Mais oui.

— Dois-je être contente ou soulagée?

Anna fronça les sourcils.

— Pourquoi soulagée?

— Tu ne comprends rien ou quoi? J'étais folle d'inquiétude.

Anna leva les mains.

— Je suis coupable, je sais. Dois-je te demander pardon ou t'expliquer ce qui s'est passé?

— Ni l'un ni l'autre. Tu es là, ça suffit.

Elles allèrent dans le séjour. Bien que Linda ne parvînt pas à croire que c'était vraiment Anna qui s'installait dans son fauteuil habituel, une autre partie de sa conscience enregistra le fait que le papillon bleu était toujours absent.

— Je suis venue chez toi à cause d'une dispute avec mon père, expliqua-t-elle. Comme tu n'étais pas là, j'ai pensé que je pourrais dormir sur ton canapé.

— Tu peux toujours.

— J'étais fatiguée. En colère et fatiguée. Mon père et moi, on est comme deux coqs en train de se battre sur un tas de fumier. Le fumier ne supporte pas la charge. On s'enfonce. En fait, on parlait de toi.

— Ah bon?

Linda tendit la main et effleura l'avant-bras d'Anna, qui portait un peignoir de bain dont les manches avaient, pour une raison ou pour une autre, été coupées aux ciseaux. La peau d'Anna était froide. Il n'y avait aucun doute, c'était bien elle, pas un spectre qui aurait emprunté son corps. Anna avait toujours la peau froide. Linda s'en souvenait à cause du jour ancien où elles avaient joué à la mort, avec la sensation glaçante d'empiéter sur un territoire interdit. Linda n'avait réussi qu'à transpirer. Anna, elle, était froide, si froide qu'elles avaient été obligées d'interrompre le jeu, aussi effrayées l'une que l'autre. Mais la grande question de la Mort avait bel et bien été réglée ce jour-là. Qu'est-ce qui dominait, de l'attirance ou de la peur? Dès l'instant où elles avaient interrompu leur jeu, la mort n'avait jamais été autre chose pour Linda qu'un phénomène volatil, toujours présent aux côtés de l'être humain tel un gaz inodore, étranger, menaçant, en attente.

— Tu dois comprendre ma panique. Ça ne te ressemblait pas, de manquer notre rendez-vous. Et ensuite, pas de nouvelles, aucun signe de vie, rien.

— Rien n'était comme d'habitude, répondit Anna. J'avais cru voir mon père. Il était revenu.

Elle s'interrompit et regarda ses mains.

Anna est exactement pareille qu'avant, pensa Linda. Elle est calme, rien n'a changé. Les jours de son absence pourraient être découpés et retirés de sa vie sans que ça se remarque.

— Que s'est-il passé?

— Je suis partie à sa recherche. Bien sûr, je n'avais pas oublié notre rendez-vous. Mais j'étais obligée d'y aller. J'ai pensé que tu comprendrais. J'avais vu mon père. Il fallait le retrouver. Je tremblais tellement que je n'arrivais pas à tenir le volant.

Alors j'ai pris le train. J'ai recommencé à le chercher là-bas, à Malmö. C'était indescriptible : être là, marcher à travers les rues dans les pas de mon père. Je le cherchais avec tous mes sens, il devait avoir laissé une trace, une odeur, un son, n'importe quoi. Je marchais lentement, comme un éclaireur lancé en avant de la troupe. Je devais trouver le chemin vers le but, et le but était mon père.

« J'ai mis plusieurs heures pour aller de la gare jusqu'à l'hôtel où je l'avais aperçu la première fois. Dans le hall, une grosse dame somnolait dans le fauteuil où j'avais été assise. Ça m'a mise hors de moi. Elle avait pris ma place, personne n'avait le droit de s'asseoir à l'endroit où j'avais vu mon père, et où il m'avait vue. Je l'ai bousculée. Je lui ai dit qu'elle devait se bouger parce qu'on allait changer le mobilier dans quelques minutes. Elle a obéi. Comment a-t-elle pu croire que j'étais de l'hôtel, avec mon imper et mes cheveux trempés, je ne le saurai jamais. Je me suis assise et j'ai regardé par la fenêtre. En vain. Mais j'ai pensé que si je restais assez longtemps, il reviendrait.

Elle se leva pour aller aux toilettes. Dehors le tonnerre grondait. Anna revint et reprit son récit.

— J'étais donc assise à la fenêtre. Quand les réceptionnistes ont commencé à me jeter des regards mauvais, j'ai pris une chambre. J'essayais d'y être le moins possible. Pour cacher que je ne faisais que rester là, dans le fauteuil, en attendant que quelqu'un apparaisse par la fenêtre, j'ai acheté un cahier dans une papeterie et j'ai fait semblant de prendre des notes. Le deuxième jour, la grosse dame est revenue. Je ne l'avais pas revue entre-temps, mais elle avait dû m'espionner car elle m'a déclaré que j'étais une voleuse. J'avais volé sa place sous un prétexte fallacieux. Elle était dans tous ses états. J'ai pensé soudain que personne n'irait accuser de mensonge une fille qui affirme avoir besoin d'un fauteuil parce qu'elle espère apercevoir par la fenêtre son père disparu depuis plus de vingt ans. On peut mentir sur plein de choses, mais pas sur un truc pareil. Alors je lui ai dit la vérité. Elle m'a crue. Elle s'est assise dans un autre fauteuil en disant qu'elle voulait bien me tenir compagnie. Délirant. Elle n'arrêtait pas de parler. Son mari participait à une conférence de chapeliers. Tu peux rire, moi je ne riais pas. En tout cas, c'était vrai. Elle m'a tout raconté en détail, un tas de types austères réunis dans une petite salle pour décider des chapeaux sur lesquels ils miseraient la saison prochaine. Elle bavardait sans s'arrêter, à la fin c'était une sorte de prière sans queue ni tête, une prière au dieu des chapeaux pour hommes, dont personne n'a jamais entendu parler. À un moment, j'ai envisagé de l'étrangler. Mais ça a fini par me glisser dessus comme une odeur qu'à force on ne remarque même plus. Puis son mari est venu la chercher. Il était aussi gros qu'elle. Il portait un chapeau blanc à larges bords, sûrement très cher. La grosse dame et moi, nous ne nous étions pas présentées. Quand elle s'est levée, elle lui a dit : «Voici une jeune femme qui attend son père. Elle a attendu longtemps.» «Combien de temps?» a demandé son mari en soulevant son beau chapeau. «Plus de vingt ans.» Il m'a regardée, comme s'il me jaugeait, mais avec aussi beaucoup de respect. L'espace d'un instant, ce hall d'hôtel avec ses surfaces brillantes, glacées et ses produits d'entretien trop puissants s'est transformé en chapelle. Il a dit : «On ne peux jamais attendre trop longtemps.» Puis il a remis son chapeau et ils sont partis. J'ai pensé que la scène était incompréhensible, absurde, et par conséquent complètement plausible.

«J'ai passé près de quarante-huit heures dans ce fauteuil, sauf quand j'allais dormir un peu dans ma chambre. Il y avait des mignonnettes d'alcool dans le mini-bar, de la bière, des cacahuètes. C'est tout ce que j'ai avalé pendant deux jours. Puis j'ai compris que mon père n'avait peut-être pas du tout l'intention de revenir sous cette fenêtre. Alors j'ai quitté l'hôtel, tout en gardant la chambre. Il n'y avait rien de systématique dans mes recherches, je me baladais dans les parcs, le long des canaux, dans les différents ports. Mon père était parti autrefois parce qu'il cherchait une liberté que Henrietta et moi ne pouvions pas lui donner. Je devais donc le chercher dans les endroits ouverts. Plusieurs fois j'ai cru le voir, j'ai eu le vertige, j'ai été obligée de m'appuyer contre un arbre. Mais ce n'était pas lui. J'ai pensé que mon père était toujours quelqu'un d'autre. Tout à coup, le manque que je ressentais depuis si longtemps s'est transformé en rage. J'étais là, je n'avais qu'un désir, le retrouver, et lui, il continuait à m'humilier en se montrant une seconde avant de disparaître de nouveau. D'ailleurs je commençais à douter. Comment pouvais-je être sûre que c'était bien lui que j'avais vu? Tout m'affirmait le contraire. J'ai erré dans tous les parcs de Malmö, il pleuvait sans arrêt, j'étais partagée entre le doute et la certitude absolue que c'était vraiment lui. Les dernières quarante-huit heures, je dormais le jour et je marchais la nuit. Plusieurs fois, j'ai cru le voir dans l'ombre. La dernière nuit j'étais là, dans Pildammsparken, il était trois heures du matin et j'ai crié dans le noir : *Papa, où es-tu ?* Mais personne n'est venu. Je suis restée dans le parc jusqu'à l'aube. Soudain, j'ai pu penser clairement que j'avais traversé la dernière grande épreuve dans la relation à mon père. J'étais entrée dans un brouillard, qui était l'illusion qu'il se révélerait à moi, et j'en étais ressortie avec la certitude qu'il n'existait plus. Peut-être était-il encore vivant. Pour moi, désormais, il ne serait qu'un mirage que je pourrais faire ressurgir de temps à autre, pour rêver un peu. Ce n'était plus un homme réel, qu'on peut attendre, contre qui se mettre en colère. Il m'avait enfin quittée. Tout s'est inversé ce matin-là dans le parc. Pendant vingt-quatre ans, j'avais pensé au fond de moi qu'il n'avait pas disparu. Et là, alors que je le croyais enfin revenu, j'ai compris que non, et qu'il ne reviendrait jamais.

L'orage s'éloignait vers l'ouest. Anna se tut et contempla de nouveau ses mains. Linda eut le sentiment qu'elle comptait ses doigts pour vérifier qu'il n'en manquait aucun. Elle essaya d'imaginer son propre père disparu. C'était impossible. Il serait toujours présent, grande ombre trapue tantôt chaleureuse tantôt glaciale, qui décrivait des cercles autour d'elle et surveillait tous ses faits et gestes. Linda sentit soudain qu'elle avait commis la plus grande erreur de sa vie le jour où elle avait décidé de marcher sur ses traces en entrant dans la police. Pourquoi ai-je fait ça ? Il va m'écraser avec sa gentillesse, sa compréhension, tout l'amour qu'il devrait diriger vers une autre femme, au lieu de le déverser sur sa fille.

Elle repoussa ces pensées. Elle était injuste une fois de plus, pas seulement vis-à-vis de son père, mais vis-à-vis d'elle-même.

Anna leva la tête.

— C'est fini maintenant. Mon père n'était qu'un reflet dans une vitre. Il est parti, il ne reviendra jamais. Je peux reprendre mes études. Ne parlons plus de moi. Je suis désolée de t'avoir causé du souci.

Linda se demanda si Anna avait appris le meurtre de la forêt de Rannesholm. Quel était son lien avec Birgitta Medberg? Et avec Vigsten à Copenhague? Le nom de Torgeir Langaas figurait-il lui aussi dans un de ses journaux intimes? J'aurais dû éplucher tous ses cahiers. Lire en cachette une page ou mille, ça revient au même. Comme la cire que papa s'obstinait à faire fondre pour sceller l'emballage des cadeaux de Noël quand j'étais petite. Une fois le sceau brisé, toutes les portes sont béantes.

Malgré le fragment d'angoisse qui la taraudait encore, elle décida de laisser les questions pour plus tard.

— Je suis allée voir ta mère, dit-elle. Elle ne paraissait pas inquiète. Pour moi, c'était le signe qu'elle savait où tu étais. Mais elle n'a rien voulu me dire.

— Je ne lui ai pas raconté que je croyais avoir vu mon père.

Linda pensa à ce que lui avait dit Henrietta. Qui mentait? Qui exagérait? Linda résolut que ce n'était pas important dans l'immédiat.

— Hier, je suis allée voir ma propre mère. Je voulais lui faire une surprise. C'était réussi.

— Elle était contente ?

— Pas vraiment. Je l'ai trouvée en train de boire de la vodka au goulot, toute nue dans sa cuisine.

— Tu ne savais pas qu'elle buvait ?

— Je ne le sais toujours pas. Ça peut arriver à n'importe qui de se saouler un jour ou l'autre.

— Sûrement, dit Anna. J'ai besoin de sommeil. Je te mets des draps dans le canapé ?

— Je rentre. Maintenant que je te sais de retour, je peux dormir dans mon propre lit. Même si je risque de me fritter de nouveau avec mon père demain matin.

Linda alla enfiler sa veste dans l'entrée. Anna était restée sur le seuil du séjour.

— Je ne t'ai pas raconté la fin du voyage, dit-elle. Ce qui est arrivé ce matin, une fois que j'ai eu la certitude que mon père ne reviendrait pas. C'est quelqu'un d'autre que j'ai vu. Je me dirigeais vers la gare, dans l'idée de rentrer à Ystad. En attendant mon train, j'ai pris un café. Quelqu'un s'est assis à ma table. Tu ne devineras jamais qui.

— Si je ne peux pas le deviner, c'était sûrement la grosse dame.

— C'était elle. Son mari était resté un peu plus loin, à surveiller une espèce de malle, sans doute pleine de chapeaux mystérieux qui seront à la mode l'année prochaine. La grosse dame était toute rouge et en sueur. Quand je me suis tournée vers le monsieur, il a levé son chapeau blanc. Comme si on faisait partie d'une société secrète, tous les trois. Elle s'est penchée vers moi et m'a demandé si je l'avais rencontré. D'abord, je n'ai pas compris de qui elle parlait. J'étais fatiguée et je venais de me débarrasser de mon père en le propulsant vers le grand oubli. Mais comme je ne voulais pas la décevoir, j'ai dit oui. J'ai dit que je l'avais vu, et que ça s'était bien passé. Elle en a eu les yeux brillants. Puis elle s'est levée et elle m'a dit : «M'autorisez-vous à le raconter à mon mari? On doit rentrer à Halmstad. Ce sera un souvenir pour la vie, d'avoir rencontré une fille qui a retrouvé son père.» J'ai dit d'accord, et elle est partie le rejoindre. J'ai vu qu'ils discutaient, mais je n'entendais rien évidemment. J'allais prendre mon train quand elle est revenue. «Je ne connais même pas votre nom.» «Anna», j'ai dit, et puis je suis partie vers le quai sans me retourner. Et maintenant te voilà.

— Je reviendrai demain. Pour rattraper notre rendez-vous manqué il y a une semaine.

Elles convinrent de se voir à midi. Linda lui rendit la clé de la voiture.

— Je t'ai cherchée partout, dit-elle. J'irai faire le plein demain.

— Je ne vais tout de même pas te faire payer l'inquiétude que je t'ai causée.

Linda rentra à pied, sous une pluie fine. L'orage s'était éloigné, il n'y avait plus de vent. Elle s'arrêta et inspira à fond l'odeur de l'asphalte mouillé. Tout va bien, pensa-t-elle. Je me trompais. Il ne s'est rien passé.

Le petit fragment d'angoisse était presque dissous. Mais pas complètement. Elle repensa aux paroles d'Anna : *C'est quelqu'un d'autre que j'ai vu.*

33

Linda se réveilla en sursaut. Le store pendait de travers ; un rayon du soleil du matin se reflétait contre une toiture et venait effleurer sa table de chevet. Elle tendit la main et la posa dans la flaque de lumière. À quel moment commence une journée ? Elle avait toujours le sentiment qu'un rêve l'informait que c'était l'heure. *Maintenant la journée commence.* Elle avait longtemps joué à inventer des images pour décrire le passage entre la nuit et le jour. « Quand l'aube et le rêve s'accordent à désigner un vainqueur », avait-elle noté quelques années plus tôt, en pensant alors que cela resterait à jamais son plus sérieux effort pour écrire de la poésie. Mais le jour pouvait être aussi comme de forcer une porte verrouillée avec laquelle on aurait lutté toute la nuit. Ses images étaient nombreuses.

Elle se redressa dans le lit. Anna était revenue ! Elle retint son souffle. Non, elle ne l'avait pas rêvé, Anna avait bel et bien été là, dans l'entrée, avec son peignoir aux manches coupées. Elle se rallongea et s'étira. La main de nouveau dans le rayon de soleil. Bientôt l'automne. En cet instant, ma vie est pleine d'échéances. La plus proche et la plus décisive : dans cinq jours, j'échangerai mon uniforme invisible contre un uniforme réel. Puis l'appartement, pour que cessent ces frictions permanentes avec mon père. Bientôt l'automne. Elle regarda sa main dans la lumière. Bientôt le gel. Pouvait-on dire cela, comme on disait «bientôt le dégel»?

Elle se leva en entendant son père. Personne ne savait faire autant de bruit que lui dans une salle de bains. À croire qu'il livrait une bataille rangée contre les savons, les robinets et les serviettes. Elle enfila son peignoir en rigolant et alla dans la cuisine. Sept heures. Je vais appeler le Zèbre et lui raconter qu'Anna est revenue. Le Zèbre dormait peut-être. Son fils n'était pas tranquille la nuit et le Zèbre pouvait entrer dans des rages insensées si on la réveillait au moment où elle venait enfin de s'endormir. Stefan Lindman, pensa-t-elle. Mais il vaut peut-être mieux qu'il apprenne la nouvelle de la bouche du tigre furieux de la salle de bains.

Son père apparut dans la cuisine en se séchant les cheveux.

— Je te demande pardon pour hier soir.

Sans attendre la réponse, il vint se planter devant elle et inclina la tête.

— Est-ce que tu peux me dire si je commence à être chauve?

Elle lui tâta les cheveux mouillés de la nuque.

— Il y a un petit trou, là.

— Merde alors! Je ne veux pas devenir chauve.

Il se redressa et alla remplir la casserole d'eau.

— Grand-père n'avait presque pas de cheveux, dit Linda. C'est de famille. Si tu rases le crâne, tu ressembleras à un officier américain.

— Je ne veux pas ressembler à un officier américain.

— Anna est revenue.

Il se retourna.

— Anna Westin?

— Je ne connais pas d'autre Anna qui ait disparu. Hier soir, je suis allée chez elle. Je pensais dormir là-bas. Je l'ai trouvée dans l'entrée.

— Alors?

— Elle avait pris une chambre à l'hôtel, à Malmö, pour chercher son père.

— L'a-t-elle trouvé?

— Non. À la fin, elle a compris qu'elle avait tout rêvé. Alors elle est rentrée. Hier.

Il s'assit à la table.

— Elle passe plusieurs jours à Malmö à chercher son père. Elle est à l'hôtel et elle n'en parle à personne, ni à toi ni à sa mère, c'est bien cela?

— Oui.

— As-tu une raison de ne pas la croire?

— Pas vraiment.

— Oui ou non?

— Non.

Il retourna à sa casserole.

— Donc j'avais raison. Il ne s'est rien passé.

— Le nom de Birgitta Medberg était dans son journal. Et celui de cet homme à Copenhague, Vigsten. Je ne sais pas ce que Stefan Lindman a eu le temps de te raconter hier quand il t'a fait son rapport au téléphone.

— Il n'a pas «fait son rapport». En plus, il était très détaillé. C'est un nouveau Martinsson pour ce qui est de résumer les choses de façon claire et compréhensible. Demain au plus tard, je demanderai à Anna de venir au commissariat. Je veux lui parler. Je te donne la permission de la prévenir. Mais je ne

359

veux pas de questions concernant Birgitta Medberg,
pas d'enquête parallèle. C'est compris?

— Tu parles comme un flic content de lui.

Il la regarda, surpris.

— Je suis flic. Tu ne le savais pas? On m'a accusé
de beaucoup de choses dans ma vie. Mais jamais
d'être content de moi.

Ils avalèrent leur petit déjeuner en silence, après
s'être partagé le journal. Sept heures trente. Il se leva
pour partir; puis il se rassit.

— Tu as dit un truc l'autre jour.

Linda comprit tout de suite. Cela l'amusait toujours autant de le voir gêné.

— Que je ne connaissais personne qui avait
besoin de baiser autant que toi?

— Qu'entendais-tu exactement par là?

— Tu crois qu'on peut y entendre trente-six mille
choses?

— Je veux qu'on laisse ma vie sexuelle tranquille.

— Mais tu n'en as pas!

— Je veux quand même qu'on la laisse tranquille.

— Moi, je préfère ne pas savoir comment tu t'y
prends pour laisser tranquille une vie sexuelle inexis-
tante. Je ne pense pas que ce soit bon pour toi de
rester seul tout le temps, comme tu le fais. À chaque
semaine que tu passes sans baiser, tu prends un kilo.
Et tous ces kilos que tu te traînes sont autant de pan-
neaux qui proclament ta frustration érotique.

— Ce n'est pas la peine de hurler.

— Qui m'entendrait?

Il se leva de nouveau, très vite, comme s'il avait
décidé de fuir.

— Oublie ça. Allez, j'y vais.

Elle le suivit du regard pendant qu'il allait rincer sa tasse sous le robinet. Je suis peut-être trop dure avec lui. Mais si je ne dis rien, qui le fera ?

Elle le suivit dans l'entrée.

— Est-ce qu'on peut dire «avant le gel»? Je me posais la question ce matin.

— Réfléchis-y. Tu pourras me communiquer le résultat quand je rentrerai ce soir.

La porte claqua.

Linda pensa à Gertrud, la femme avec laquelle son grand-père avait vécu les dernières années de sa vie, et qui habitait à présent avec sa sœur Elvira, professeur à la retraite. Elle avait maintenant une bonne raison de l'appeler. Elles se parlaient de temps à autre, le plus souvent à l'initiative de Linda. Elle chercha le numéro dans son carnet d'adresses. Les deux sœurs étaient matinales et petit-déjeunaient souvent dès cinq heures. Ce fut Gertrud qui répondit. D'une voix gaie, comme d'habitude. Linda s'était souvent demandé comment elle avait pu supporter de partager la vie d'un homme aussi irritable et renfermé que l'était son grand-père.

— Ça y est? fit Gertrud. Tu es dans la police ?

— Lundi.

— Je compte sur toi pour être prudente.

— Je suis toujours prudente.

— J'espère que tu t'es rasé la tête.

— Pourquoi aurais-je fait une chose pareille ?

— Pour qu'ils ne puissent pas t'empoigner par les cheveux.

— Ne t'inquiète pas.

— Il faut bien se distraire, sur ses vieux jours. À

361

défaut d'autre chose, on peut toujours s'inquiéter. C'est une occupation. Elvira et moi, on s'offre chaque jour de petits moments d'inquiétude mutuels. Ça nous ravigote.

— Justement, je voulais lui parler.

— Comment va ton père ?

— Comme d'habitude.

— Avec l'autre, là-bas, en Lettonie – ça se passe comment ?

— Baiba ? C'est fini depuis longtemps. Il ne te l'a pas dit ?

— Je parle avec Kurt une fois par an au maximum. Et il ne me raconte rien sur sa vie privée.

— Il n'a pas de vie privée. C'est ça, le problème.

— Je vais chercher Elvira.

Quand celle-ci arriva au bout du fil, Linda pensa que les deux sœurs avaient exactement la même voix.

— Est-ce qu'on peut dire « avant le gel » ?

— « Avant les premières gelées », c'est mieux.

— Je me suis réveillée ce matin en pensant que c'était bientôt l'automne. Et qu'il allait geler.

— On va justement cueillir le cassis aujourd'hui, annonça Elvira. Tu as raison, l'automne ne va pas tarder, avec son cortège de frimas, verglas, givre, etc. Dans ces moments-là, le cassis, ça aide.

Linda rangea la cuisine. Elle s'était douchée et habillée quand le téléphone sonna.

C'était Elvira.

— J'ai parlé à un vieil ami qui a des contacts à l'Académie ; il n'avait pas plus de tuyaux que moi. Tu sais que je suis contre le ramollissement de la langue, les mots qui deviennent comme des couteaux émoussés. Mais pour ta question, justement, la différence n'est pas très tranchée. Enfin, il préfère lui aussi «gelées». C'est tout ce que j'avais à dire. Je retourne à mes cassissiers.

— Merci.

À dix heures, Linda appela Anna.

— Je voulais juste m'assurer que je n'avais pas rêvé.

— Avec le recul, je comprends mieux que je vous ai fait peur. J'ai appelé le Zèbre. Elle sait que je suis de retour.

— Et Henrietta?

— Elle, je lui parle quand j'en ai envie. Tu viens à midi?

— Je suis toujours ponctuelle.

Linda resta assise, le combiné à la main.

Ce petit fragment, cette vague inquiétude persistante... C'est un message, pensa-t-elle. Comme les rêves : des émissaires arrivent au galop, chargés de communiqués secrets qui parlent toujours de soi, même quand on croit rêver de quelqu'un d'autre. Qu'est-ce que je fais de ce fragment? Anna est revenue. Elle est saine et sauve, tout paraît normal. Mais je m'interroge. Deux noms dans son journal. Birgitta Medberg et Vigsten. Et le troisième homme, un Norvégien nommé Torgeir Langaas. Tant que je n'aurai pas de réponse, le doute subsistera.

Elle sortit s'asseoir sur le balcon. L'air était plus frais et plus léger après l'orage de la nuit. Dans le journal du matin, elle avait lu que les pluies torrentielles avaient fait déborder les égouts à Rydsgard. Par terre, elle aperçut un papillon mort. Je dois aussi l'interroger là-dessus. La disparition de son papillon sous verre.

Elle posa les pieds sur la balustrade. Encore cinq jours. Puis cette étrange période d'attente serait terminée.

D'où lui vint l'idée? Elle n'en eut jamais le cœur net. Elle retourna à l'intérieur et appela les informations. L'hôtel dont elle demandait le numéro faisait désormais partie du groupe Scandic. On la mit en relation avec un homme à la voix gaie et à l'accent danois insoupçonnable.

— Je voudrais parler à Anna Westin.

— Un instant.

C'est facile de mentir une fois, pensa-t-elle. Après, ça devient plus compliqué.

La voix joyeuse revint au bout du fil.

— Nous n'avons malheureusement aucune cliente à ce nom.

— Ah! Elle est peut-être partie. Je sais qu'elle était chez vous récemment.

— Anna Westin?

— Oui.

— Un instant.

Il revint presque aussitôt.

— Nous n'avons eu aucune cliente du nom de Westin ces quinze derniers jours. Vous êtes certaine du nom?

— Oui. Ça s'écrit avec un W.

— Voyons... Nous avons Wagner, Werner, Wictor, Williamson, Wallander...

Linda serra la main autour du combiné.

— Pardon. Quel était le dernier nom?

— Williamson?

— Non. Vous avez bien dit Wallander?

La voix parut soudain un peu moins bien disposée.

— Je croyais que vous vouliez parler à quelqu'un du nom de Westin?

— Son mari s'appelle Wallander. Peut-être la chambre était-elle à son nom à lui?

— Un moment, je vais vérifier.

Ce n'est pas possible, pensa-t-elle. Je rêve.

— Hélas. C'était une dame seule qui a pris la chambre au nom de Wallander.

Linda en resta muette.

— Désirez-vous un autre renseignement? Madame?

— Je suppose que son prénom était Linda?

— C'est bien cela. Je regrette de ne pouvoir vous aider. Votre amie est peut-être descendue dans un autre hôtel de Malmö. Ou alors dans notre établissement de Lund, qui est tout à fait excellent.

— Je vous remercie.

Linda raccrocha brutalement. D'abord la surprise. Puis la fureur. Elle pensa qu'elle devait tout de suite en parler à son père, ne pas prendre d'initiative solitaire. À partir de maintenant, la seule chose qui m'intéresse est de savoir pourquoi elle se sert de mon nom quand elle descend à l'hôtel pour chercher son père.

À la table de la cuisine, elle arracha la première page du bloc-notes et ratura, exaspérée, le mot «asperges» écrit de la main de son père. À qui voulait-il faire croire qu'il lui arrivait de manger des asperges? Mais au moment de consigner tous les événements intervenus depuis la disparition d'Anna, elle ne sut plus quoi écrire. À la fin, elle dessina un papillon et le coloria en bleu. Le réservoir du stylo à bille était épuisé. Elle en prit un autre. Une aile bleue, une aile noire. Ceci est un papillon qui n'existe pas. Aussi peu que le père d'Anna. Dans la réalité, on trouve des choses très différentes. Des animaux qui meurent brûlés, une femme coupée en morceaux dans une cabane, des agresseurs à Copenhague.

À onze heures, elle descendit à pied jusqu'au port et alla s'asseoir sur une bitte d'amarrage tout au bout de la jetée. Elle essayait d'élaborer une explication plausible au fait qu'Anna se soit servie d'un autre nom. L'important n'était pas qu'elle ait choisi précisément le sien. Elle aurait pu prendre celui du Zèbre, ou un pseudonyme inventé. L'important était qu'Anna était partie à la recherche de son père sous un faux nom.

Un canard mort flottait dans les eaux troubles du bassin, tout contre la jetée. Quand Linda se leva enfin, elle n'avait pas trouvé d'explication. Il y en a une, forcément. C'est juste moi qui ne la découvre pas.

À midi pile, elle sonnait à la porte d'Anna. L'inquiétude avait lâché prise. Maintenant elle était seulement sur ses gardes.

34

Torgeir Langaas ouvrit les yeux. Chaque matin il s'étonnait d'être encore en vie. Deux images se confondaient toujours pour lui au moment du réveil. Il se voyait par ses propres yeux et en même temps par les yeux de l'autre, celui qui lui avait autrefois donné la force de se mettre debout, de quitter la rue, l'alcool, les drogues et de marcher sur le chemin qui conduisait à un lointain mais non inaccessible paradis. Il avait été étendu dans la rue, sale, puant, couvert de vomissures, bien au-delà de tout espoir de se libérer un jour des poisons. C'était la fin du long voyage, qui aurait dû s'arrêter là – la mort au fond d'une ruelle, et un enterrement de pauvre aux frais de l'État de l'Ohio.

Il resta allongé, les yeux ouverts, dans la chambre de bonne dont Vigsten avait oublié l'existence. Des profondeurs de l'appartement montait le bruit monotone d'un accordeur au travail sur le piano à queue. Il venait chaque mercredi. Torgeir avait l'oreille assez musicale pour savoir que les ajustements nécessaires d'une semaine sur l'autre étaient vraiment minimes. Et il visualisait parfaitement le vieux Vigsten, immobile sur une chaise, à la fenêtre, suivant du regard chaque geste de l'accordeur. Torgeir s'étira. La veille au soir s'était déroulée comme prévu. Le magasin avait brûlé, pas la moindre souris n'avait survécu. Erik lui avait expliqué qu'il était capital de réussir ce dernier sacrifice animal. Erik revenait toujours à ceci : Dieu ne permettait pas les erreurs. L'homme créé à Son image n'avait pas le droit de traiter sa tâche par-dessus la jambe. Il fallait au contraire se préparer à l'ascension vers la splendeur que Dieu réservait aux élus, qui reviendraient peupler la terre après le triomphe du Grand Réveil.

Torgeir Langaas faisait chaque matin ce qu'Erik lui avait enseigné. Il était le premier disciple – le plus ancien et le plus éminent d'entre eux. Pendant un petit moment encore, il serait l'instrument le plus précieux d'Erik. Chaque matin, il devait donc répéter sa profession de foi, le pacte qu'il avait conclu avec lui-même, avec Erik et avec Dieu : «J'accomplirai ma mission de chaque jour, par soumission à Dieu et à Son Maître, j'obéirai aux ordres reçus, je n'hésiterai pas à commettre les actes qui sont exigés de moi afin que les hommes connaissent le châtiment qui frappera ceux d'entre eux qui ont abandonné le seul vrai Dieu. Tous devront écouter la parole que Son prophète répandra bientôt sur le monde. Là réside le seul espoir d'être sauvé et d'être un jour au nombre de ceux qui reviendront après l'achèvement du Grand Passage.»

Toujours allongé, il joignit les mains pour marmonner les versets de l'épître de Jude que lui avait enseignés Erik : «... que le Seigneur, après avoir sauvé le peuple et l'avoir tiré du pays d'Égypte, fit ensuite périr les incrédules.» Il tient à toi de transformer en cathédrale chaque lieu où tu te trouves, avait dit Erik. L'Église est en toi et autour de toi.

Il murmura son serment, ferma les yeux et remonta la couverture jusqu'au menton. L'accordeur frappait sans relâche la même note aiguë. *L'Église est en toi et autour de toi.* Ces mots lui avaient donné l'idée de découvrir d'autres sortes de cachettes. Ils n'avaient pas seulement besoin de cabanes de forêt ou de maisons comme celle de Lestarp. Ils pouvaient aussi, tels des parasites invisibles, se choisir un animal hôte, où le monde n'irait jamais soupçonner leur présence. Torgeir avait pensé à son grand-père, qui avait vécu seul les dernières années dans sa maison de Femunden, bien qu'il eût ten-

368

dance à tout oublier et à tout mélanger. Une des sœurs de Torgeir avait passé là-bas une semaine de vacances d'hiver sans que le grand-père s'en aperçoive. Torgeir avait fait part de son idée à Erik, et obtenu la réponse qu'il pouvait essayer, s'il pensait pouvoir la réaliser sans prendre de risque. Frantz Vigsten avait surgi comme de nulle part. Peut-être Erik l'avait-il placé sur son chemin ? Ce fut du moins ce qu'il pensa sur le moment. Il s'était rendu dans un café, à Nyhavn, pour observer les buveurs et se prouver qu'il était capable de résister à la tentation. Un vieil homme était attablé devant un verre de vin. Soudain, il se leva et s'approcha de Torgeir.

— Pouvez-vous me dire où je suis ?

Torgeir avait tout de suite compris que son état de confusion ne devait rien à l'alcool.

— Dans un café de Nyhavn.

L'homme s'était laissé tomber sur une chaise en face de lui. Après un long silence, il avait demandé :

— C'est où ?

— Nyhavn ? C'est à Copenhague.

— Je ne sais plus où j'habite.

Dans son portefeuille, ils découvrirent ensemble un papier où était notée l'adresse de Nedergade. Mais Frantz Vigsten lui-même ne se souvenait plus du nom de cette rue.

— Ça va, ça vient, dit-il. Peut-être est-ce là-bas qu'est mon piano à queue et que je reçois mes élèves.

Torgeir l'avait raccompagné en taxi. Le nom de Vigsten figurait bien sur la liste des locataires. En franchissant le seuil de l'appartement, Frantz Vigsten reconnut l'odeur de renfermé.

— C'est ici, annonça-t-il à Torgeir qui l'avait suivi. Mon vestibule, il sent comme ça.

Puis il s'était enfoncé dans le couloir. Il semblait avoir complètement oublié la présence de Torgeir. Avant de repartir, celui-ci chercha, et trouva, un double des clés. Quelques jours plus tard, il s'installait dans la chambre de bonne ; jusqu'à présent Frantz Vigsten ne s'était pas aperçu qu'il faisait désormais office d'animal hôte pour un homme en attente du message qui lui permettrait d'accéder à un état supérieur. Une seule fois, ils étaient tombés nez à nez dans l'appartement. Il avait vu alors, au regard de Frantz Vigsten, que le souvenir de leur rencontre à Nyhavn s'était éteint depuis longtemps. Vigsten l'avait pris pour un de ses élèves. Torgeir lui avait expliqué qu'il ne venait pas jouer du piano, mais purger les radiateurs. Dès l'instant où il lui avait tourné le dos, Frantz Vigsten avait oublié son existence.

Torgeir Langaas contempla ses mains. Elles étaient grandes, fortes. Mais le plus important était que ses doigts ne tremblaient plus. Bien des années s'étaient écoulées depuis Cleveland, et il n'avait plus jamais touché une goutte d'alcool ni la moindre drogue. Il se rappelait confusément la période difficile où il était progressivement revenu à la vie. Des nuits et des jours de souffrance, pleins d'hallucinations monstrueuses, de fourmis qui le mordaient sous la peau, de lézards à la face menaçante qui sortaient en rampant des papiers peints. Erik était là sans arrêt, il le tenait, le soutenait, le portait. Torgeir savait que, sans lui, il n'y serait jamais arrivé. Par l'intermédiaire d'Erik, il avait reçu le don de la foi, qui était la force dont il avait besoin pour vivre.

Il se redressa dans le lit, dos au mur. L'accordeur aurait bientôt fini ; Frantz Vigsten le raccompagnerait dans l'entrée et oublierait sa venue avant même que la porte se referme.

La force, pensa-t-il. Elle est à moi. Je me cache, j'attends, je prends les ordres, je les exécute. Puis je retourne à l'invisibilité. Erik ne sait jamais avec précision où je suis, mais quand il m'appelle, j'entends sa voix. Je sais toujours quand il veut que je prenne contact avec lui.

Toute cette force qu'il avait reçue d'Erik. Et une seule petite faiblesse dont il n'avait pas encore réussi à se libérer. D'où le sentiment de honte, d'avoir encore un secret, un aspect de lui-même qu'il cachait à Erik. À lui, qui n'était qu'une loque, le prophète avait parlé en toute franchise. Il n'avait rien dissimulé, et il avait exigé la même sincérité de celui qui allait devenir son disciple. Quand Erik lui avait demandé s'il était désormais libéré de toutes ses faiblesses, il avait répondu oui. Mais ce n'était pas vrai. Un maillon le reliait encore à sa vie antérieure. Jusqu'au bout, il avait éludé l'inévitable mise au point. Ce matin, au réveil, il comprit qu'il ne le pouvait plus. Le magasin incendié de la veille avait été la dernière étape avant d'accéder au niveau supérieur. Il n'avait plus le droit de repousser l'échéance. Si Erik ne découvrait pas sa faiblesse, Dieu lui enverrait Sa colère. Cette colère frapperait aussi Erik, et c'était là pour Torgeir une pensée intolérable.

L'accordeur cessa de faire résonner les notes. Torgeir attendit jusqu'à entendre claquer la porte d'entrée. Peu après, Frantz Vigsten se mit au piano. Une mazurka de Chopin. Frantz Vigsten, il le savait, jouait sans un regard à la partition. Dans sa grande nuit, la lumière de la musique brillait toujours aussi haut. Torgeir Langaas pensa qu'Erik avait raison. Dieu avait créé la musique comme la plus grande des tentations spirituelles. Il fallait que la musique meure, afin que l'être humain se dissolve tout entier dans l'attente de la vie future, au-delà de son temps imparti sur cette terre. Il écouta, et se remémora vaguement un récital de piano donné dans le grand amphithéâtre de l'université d'Oslo quand il était enfant. Cette même mazurka avait été jouée en deuxième bis. Il se rappelait aussi le premier : la *Marche turque* de Mozart. Il était allé au concert avec son père, qui lui avait demandé ensuite s'il avait jamais entendu quelque chose de plus beau. Le pouvoir de la musique est grand, pensa-t-il. Dieu est raffiné dans Son art de créer les tentations. Un jour, mille pianos seront empilés les uns sur les autres et brûlés. Les cordes éclateront, les notes seront réduites au silence.

Il se leva et s'habilla. Par la fenêtre, il vit qu'il y avait des nuages et du vent. Il quitta l'appartement après une courte hésitation : la veste en cuir ou le pardessus ? Il choisit la veste en cuir. Il effleura les plumes de pigeon et de cygne qu'il ramassait au hasard des rues et qu'il fourrait dans ses poches. Ce ramassage de plumes était peut-être lui aussi une faiblesse. Une faiblesse que Dieu lui pardonnait. Il eut de la chance : le bus arrivait. Place de l'hôtel de ville, il descendit, se rendit à pied à la gare centrale où il acheta un journal scanien. L'histoire du magasin incendié occupait la première page. Un policier d'Ystad était interviewé : *Seule une personne malade, ayant des tendances sadiques, peut faire une chose pareille.*

Erik lui avait appris à conserver son calme quoi qu'il advienne. Mais le fait que certains puissent considérer ses actes comme des accès de sadisme le mettait hors de lui. Il tordit le journal et le jeta dans une poubelle. Pour expier la faiblesse consistant à s'être laissé déstabiliser ainsi, il donna cinquante couronnes à un ivrogne. L'homme le suivit des yeux, bouche bée. Un jour, pensa Torgeir, je reviendrai et je te tuerai. Au nom de Jésus et de tout le monde chrétien, j'écraserai ta face d'un seul coup de poing. Ton sang répandu sur le pavé sera le tapis rouge qui nous mènera au paradis.

Il était dix heures. Il prit son petit déjeuner dans un café. Erik avait dit qu'aujourd'hui tout devait être tranquille. Il devait se terrer dans une de ses cachettes et attendre. Peut-être Erik avait-il identifié le dernier maillon, mais voulait-il attendre de voir si Torgeir aurait la force de s'en libérer par lui-même ?

Il y avait encore un autre maillon ; son dernier bien terrestre. Il repoussa le plateau du petit déjeuner et sortit de sa poche l'épingle au diamant. L'histoire de cette épingle était un conte auquel personne ne croyait. Sauf Erik, qui avait dit, après l'avoir écouté jusqu'au bout : «Les gens meurent pour des diamants. Ils sacrifient leur vie dans les mines pour les trouver, et ceux qu'ils n'ont pas trouvés par eux-mêmes, ils tuent pour s'en emparer. Les diamants rendent les gens avides et faux. Aveuglés par la beauté, ils ne comprennent pas l'intention de Dieu, qui est de montrer aux hommes que la dureté et la beauté sont liées. »

Il avait reçu l'épingle de son oncle Oluf Bessum, qui lui avait conté la manière étonnante dont elle était entrée en sa possession. Oluf Bessum affirmait volontiers qu'il avait cessé de boire à trente ans, de courir les filles à cinquante, et de mentir à soixante-dix. Il en avait quatre-vingt-quatre à l'époque où il avait confié à Torgeir l'histoire véridique de l'épingle au diamant. Dans sa prime jeunesse, au début des années 1930, Oluf avait servi deux ans à bord d'une baleinière ; au cours d'une escale au Cap, il avait quitté le bateau et pris la direction du nord, tantôt à pied, tantôt par le train ou à bord de carrioles à cheval, dans l'espoir d'atteindre cette Afrique où il n'existait plus de routes, seulement l'immensité. À Johannesbourg, il avait été malencontreusement renversé par une voiture appartenant au cartel diamantaire De Beers. C'était, en réalité, la voiture personnelle d'Ernest Oppenheimer. Oluf avait été hospitalisé dans une clinique privée et avait ensuite séjourné, la durée de sa convalescence, dans l'une des immenses propriétés de la famille Oppenheimer. Ernest Oppenheimer s'était intéressé au jeune baleinier norvégien et lui avait proposé de travailler pour lui. Oluf, qui voulait poursuivre son voyage vers l'infini, décida de rester malgré tout pour quelque temps.

Deux mois après l'accident, par un matin de septembre brumeux de 1933, Ernest Oppenheimer, accompagné d'Oluf, se rendit dans un petit aéroport situé près de Johannesbourg pour dire au revoir à son neveu Michael, qui devait inspecter certaines

374

mines familiales en Rhodésie du Nord. L'avion décolla et décrivit un arc dans le ciel. Il venait de mettre cap au nord quand la catastrophe se produisit ; Oluf ne sut jamais ce qui l'avait provoquée. L'appareil perdit soudain de l'altitude. Puis il plongea. Le pilote, qui était le major Cochrane-Patrick, et Michael furent tués sur le coup. Devant le chagrin d'Ernest Oppenheimer – Michael était comme son propre fils –, Oluf sentit qu'il ne devait pas importuner plus longtemps la famille. Ernest lui offrit l'épingle en cadeau d'adieu. À présent, Oluf Bessum la transmettait à Torgeir ; ainsi se terminait l'histoire. L'épingle l'avait suivi à travers toutes ses vicissitudes, et Torgeir ne comprenait toujours pas comment il avait fait pour ne pas l'égarer ou se la faire voler tout au long de ses années de galère.

Avec le diamant, il raya le plateau de la table. Le moment était venu de s'en séparer. Il sortit du café et jeta un regard circulaire au grand hall de la gare. L'ivrogne de tout à l'heure s'était endormi sur une banquette. Torgeir s'approcha de lui et glissa furtivement l'épingle dans sa poche. Maintenant il ne restait plus qu'à se débarrasser de la dernière faiblesse. Dieu prévoit et organise tout pour le mieux. Dieu et Son serviteur Erik ne sont pas des rêveurs. Erik m'a expliqué que la vie, l'être humain, tout est organisé et pensé dans les moindres détails. C'est la raison pour laquelle ce jour m'a été donné afin de me libérer et de me rendre prêt.

Sylvi Rasmussen était arrivée au Danemark au début des années 1990 à bord d'un bateau qui avait déversé sa cargaison de réfugiés clandestins sur la côte ouest du Jylland. Elle avait alors derrière elle un long périple depuis sa Bulgarie natale. Elle avait voyagé à bord de camions et de remorques de tracteur et, pendant deux jours atroces, enfermée dans un conteneur où l'oxygène menaçait de prendre fin. À l'époque, elle ne s'appelait pas Sylvi Rasmussen, mais Nina Barovska. Elle s'était endettée pour payer son passage ; à son arrivée sur la plage déserte du Jylland, deux hommes l'attendaient. Ils l'avaient emmenée dans un appartement d'Aarhus où ils l'avaient violée et battue durant une semaine, puis, une fois cassée toute résistance, ils l'avaient conduite dans un autre appartement, à Copenhague cette fois, où elle était ensuite restée enfermée en tant que prostituée. Au bout d'un mois, elle avait essayé de s'enfuir. Les deux hommes lui avaient alors coupé l'auriculaire des deux mains en la menaçant d'un châtiment pire au cas où elle réessaierait. Elle ne le fit pas. Pour tenir le coup, elle commença à se droguer, en espérant que sa vie ne serait pas trop longue.

Un jour, un nouveau client s'était présenté à l'appartement. Il était revenu. Il était devenu un de ses rares réguliers. Elle essayait parfois de parler avec lui, de situer leurs brefs rapports dans un semblant de contexte humain désespéré. Alors il se contentait de secouer la tête et de marmonner. Il était poli et ne lui faisait aucun mal, mais elle avait peur de lui. Il dégageait quelque chose de menaçant, de sinistre, alors même qu'il était son client le plus fidèle et le plus respectueux. Ses grandes mains la touchaient avec précaution. Pourtant il la faisait frissonner.

Il était onze heures quand il sonna à la porte et

entra dans l'appartement. Il lui rendait toujours visite avant midi. Comme il désirait lui épargner un instant d'effroi – celui de comprendre que ce matin de septembre serait pour elle le dernier –, il l'attaqua par-derrière alors qu'elle le précédait vers le lit. Il plaqua ses grandes mains contre son front et contre sa nuque, et donna un coup sec, brisant net sa colonne vertébrale. Il la déposa sur le lit, lui enleva ses vêtements et essaya de mettre en scène un meurtre sexuel. Puis il regarda autour de lui en pensant que Sylvi aurait mérité un sort meilleur. En d'autres circonstances, il l'aurait volontiers emmenée avec lui au paradis. Mais Erik décidait. Pour lui, il était plus important que les disciples soient sans faiblesse. Maintenant il l'était. La femme, la pulsion, n'existait plus.

Il quitta l'appartement. Il était prêt. Erik attendait, Dieu attendait.

35

Linda se rappela soudain la diatribe de son grand-père contre les enquiquineurs. À ses yeux, tous les hommes l'étaient, à des degrés divers, et c'est pourquoi il se débrouillait pour les tenir à distance. Cependant il n'était pas possible de les éliminer. Les pires, dans le monde de son grand-père, étaient ceux qui venaient dans son atelier exprimer leur point de vue sur ses tableaux. Certains croyaient l'inspirer en lui suggérant de placer le soleil un tantinet plus haut, pour mieux équilibrer la composition. Ou peut-être un petit renardeau pourrait-il figurer à gauche et contempler le coq de bruyère qui trônait dans la lumière rougeoyante.

« Je ne déplace aucun soleil. » Il répétait cette phrase jusqu'à ce que la suggestion meure. Il ne se donnait jamais la peine d'argumenter. Les enquiquineurs n'écoutaient pas, de toute manière. Ils étaient à la fois condescendants et bouffis d'orgueil, ils croyaient que leurs idées idiotes lui inspireraient de la gratitude.

« Tu ne verras jamais un renardeau contempler un coq de bruyère, avait-il expliqué à Linda. Il essaiera peut-être de le manger. Mais le plus vraisemblable est qu'il se retirera sans bruit. »

Il existait un groupe de gens que son grand-père était contraint d'écouter parce qu'il n'avait pas le choix ; ce qui faisait évidemment d'eux les enquiquineurs suprêmes. C'étaient les Chevaliers de la soie, les colporteurs, les marchands d'art, qui arrivaient dans leurs voitures américaines étincelantes et lui achetaient ses toiles pour une bouchée de pain avant de disparaître en direction de l'éternelle noria de foires suédoises qui se déplaçaient en fonction de la météo du nord au sud, et du sud au nord. Ces types pouvaient lui annoncer de but en blanc que les dames dévêtues, à la peau un peu foncée – pas trop –, seraient en vogue cette année-là. Ou encore qu'un soleil matinal était préférable à un soleil couchant. Deux ou trois fois, il s'était laissé aller à les interroger : « En quoi le soleil du matin est-il plus vendeur ? »

Il n'y avait aucune réponse, aucun argument; il n'y avait que les grands, les gros, les lourds portefeuilles de ces enquiquineurs. L'existence de la famille était en jeu dès lors que quelques billets de banque ne quittaient pas l'épaisse liasse et que la voiture ne repartait pas bourrée jusqu'à la gueule de paysages avec ou sans coq.

«On n'échappe jamais complètement aux enquiquineurs, disait son grand-père. Ils sont comme des anguilles. On essaie de les tenir, mais ils arrivent toujours à vous glisser entre les doigts. En plus, les anguilles ne se déplacent que la nuit. Ce qui ne veut pas dire que ces gens dont je parle et que je suis en train de comparer aux anguilles ne bougent que la nuit. Au contraire, ils débarquent souvent tôt le matin avec leurs idées imbéciles. Leur nuit est d'une autre nature. C'est la grande nuit qu'ils portent en eux qui fait qu'ils ne s'aperçoivent même pas qu'ils enquiquinent les autres en se mêlant de leurs affaires. Moi, je ne me suis jamais mêlé des affaires de quiconque.»

Cette dernière affirmation recelait à son tour le grand mensonge de la vie de son grand-père. Il était mort sans savoir qu'il s'était constamment, plus que la plupart des gens, mêlé des décisions, des rêves et des faits et gestes d'autrui. Dans son cas, cependant, il ne s'agissait pas de placement de renardeaux ou de soleils couchants, mais d'une manipulation constante afin que ses deux enfants se plient à sa volonté.

La saga des enquiquineurs la surprit au moment où elle allait sonner à la porte d'Anna. Elle resta plantée sur le palier, le doigt à quelques centimètres du bouton de la sonnette, absorbée par l'image de son grand-père, sa tasse de café crasseuse à la main, en train de lui parler d'un pauvre bougre quelconque qui avait eu le malheur de franchir le seuil de son atelier. Anna est-elle une enquiquineuse? Elle a mis ma vie sens dessus dessous pendant plusieurs jours, et, ce qui est incompréhensible, elle n'a pas l'air de le mesurer.

Elle sonna. Anna lui ouvrit, souriante, chemisier blanc, pantalon sombre, pieds nus. Aujourd'hui elle avait relevé ses cheveux sur sa nuque en un chignon ébouriffé.

Linda avait résolu, avant de venir, de ne pas tourner autour du pot car cela ne ferait que compliquer les choses. Elle posa sa veste sur une chaise.

— Je veux juste te dire que j'ai lu les dernières pages de ton journal, dans l'espoir de trouver une explication à ta disparition.

— Alors c'est ça que j'ai senti! Comme une odeur étrangère, dans mon cahier, quand je l'ai ouvert.

— Je te demande pardon. J'étais vraiment inquiète. Je n'ai regardé que les dernières pages.

On ment pour donner un air vraisemblable à une demi-vérité. Mais Anna le devine peut-être. Ce journal sera toujours là entre nous. Qu'ai-je lu? Que n'ai-je pas lu? Elle se posera sans cesse la question.

Elles allèrent dans le séjour. Anna s'approcha de la fenêtre et resta plantée là, en lui tournant le dos.

Ce fut à cet instant que Linda comprit qu'elle ne connaissait pas du tout Anna. Les enfants ont une manière spéciale de lier connaissance, pensa-t-elle. Ils ne passent pas des accords comme les adultes, ils se font confiance ou non, un point c'est tout. Souvent leurs amitiés se terminent brutalement. On cesse d'être copains aussi vite qu'on découvre qu'on est devenu le meilleur ami de quelqu'un d'autre. Linda comprit qu'il n'y aurait pas de suite, tout compte fait, à l'intimité qui avait existé entre elles. La tentative de rebâtir sur les fondations de l'enfance et de l'adolescence était vouée à l'échec. Elle ne savait pas qui était Anna. Elle contemplait ce dos comme un ennemi qui se serait soudain révélé à elle.

Elle lui jeta un gant symbolique :

— J'ai une question à te poser.

Anna ne se retourna pas. Linda attendit.

— J'ai horreur de parler à des dos.

Toujours pas de réaction. Une enquiquineuse. Qu'aurait fait son grand-père de ce spécimen ? Il n'aurait pas essayé de retenir l'anguille, il l'aurait jetée sur le feu et l'aurait laissée se tordre dans les flammes. Les enquiquineurs franchissent parfois une limite au-delà de laquelle ils n'ont aucun pardon à attendre.

— Pourquoi t'es-tu servie de mon nom quand tu es descendue à l'hôtel, à Malmö ?

Linda essaya de déchiffrer le dos d'Anna en même temps qu'elle essuyait la sueur qui coulait dans son cou. Ce sera ma malédiction, avait-elle pensé dès son premier mois à l'école de police. Il y a les policiers qui rient et les policiers qui pleurent ; moi, je serai le premier policier qui transpire.

Anna éclata de rire et se retourna. Linda essaya de décrypter son rire. Était-il authentique ?

— Comment l'as-tu appris ?

— J'ai appelé l'hôtel.

— Pourquoi ?

— Je ne sais pas.

— Qu'as-tu demandé ?

— Ce n'est pas difficile à deviner.

— Tu devines mieux que moi.

— J'ai demandé à parler à Anna Westin. Ils n'avaient personne à ce nom ; par contre, une Linda Wallander. Pourquoi as-tu fait ça ?

— Que dirais-tu si je te répondais qu'en fait je n'en sais rien ? Peut-être avais-je peur que mon père se défile s'il apprenait que j'avais pris une chambre dans le même hôtel où il m'avait vue la première fois. Si tu veux une réponse sincère, c'est celle-là : je ne sais pas.

Le téléphone sonna. Anna ne fit aucun geste pour répondre. Elles attendirent que le répondeur prenne le relais. La voix insouciante du Zèbre remplit le séjour. Elle ne voulait rien de spécial.

— J'adore les gens qui ne veulent rien de spécial avec autant d'énergie et de bonne humeur, dit Anna.

Linda ne répondit pas. Ce n'était pas le Zèbre qui occupait ses pensées en cet instant.

— J'ai découvert un nom dans ton journal. Birgitta Medberg. Sais-tu ce qui lui est arrivé ?

— Non.

— Tu n'as pas lu les journaux ?

— Je cherchais mon père.

— Elle a été assassinée.

Anna la dévisagea attentivement.

— Et pourquoi ?

— Je n'en sais rien.

— C'est-à-dire ?

— C'est pourtant clair. Le meurtre n'a pas été

382

éclairci. D'ailleurs, la police va te contacter, pour te demander de quelle manière tu la connaissais.

Anna secoua la tête.

— Qu'est-ce que c'est que cette histoire? Qui aurait pu lui vouloir du mal?

Linda résolut de ne pas divulguer de détails macabres. Elle mentionna juste l'endroit. Le désarroi d'Anna et son malaise paraissaient absolument authentiques.

— Quand cela s'est-il passé?

— Il y a quelques jours.

— C'est ton père qui m'interrogera?

— Peut-être. Ils sont nombreux sur cette enquête.

Anna quitta la fenêtre et s'assit dans son fauteuil.

— Comment la connaissais-tu? demanda Linda.

Anna leva la tête, brusquement irritée.

— C'est un interrogatoire?

— Je suis curieuse.

— On montait à cheval ensemble. Quelqu'un, aux écuries, possède deux chevaux norvégiens qui avaient besoin d'être montés. C'est elle et moi qui nous en occupions. Je ne peux pas dire que je la connaissais très bien. Je ne la connaissais pas du tout, en fait. Elle n'était pas très bavarde. Je sais qu'elle s'occupait de cartographier d'anciens chemins de pèlerinage. On avait une passion commune pour les papillons. Je n'en sais pas plus. Elle m'avait écrit récemment pour me proposer qu'on achète un cheval ensemble. Je ne lui ai pas répondu.

Linda, qui cherchait des signes de mensonge, n'en trouva pas un seul. Ce n'est pas à moi de faire ça, pensa-t-elle. Mon boulot à moi, ce sera de patrouiller, de ramasser des gens ivres morts et de les enfermer en cellule de dégrisement. Mon père se chargera d'Anna. C'est juste ce truc. Le papillon. Ce carré absent, sur le mur.

Anna avait suivi son regard et deviné sa pensée.

— J'ai pris le papillon pour le donner à mon père au cas où je le reverrais. Quand j'ai compris que j'avais rêvé, je l'ai jeté dans le canal.

C'est peut-être vrai, pensa Linda. Ou alors elle ment si bien que je n'arrive pas à entamer la surface.

Le téléphone sonna de nouveau. Voix d'Ann-Britt Höglund sur le répondeur. Anna jeta un regard interrogateur à Linda, qui confirma d'un signe de tête. Anna décrocha. La conversation fut brève ; les répliques d'Anna étaient réduites à des monosyllabes. Elle raccrocha.

— Ils veulent que je vienne tout de suite.

Linda se leva.

— Alors il vaut mieux que tu y ailles.

— Je veux que tu m'accompagnes.

— Pourquoi ?

— Je me sentirai plus en sécurité.

Linda hésita.

— Je ne suis pas sûre que ce soit une bonne idée.

— Mais je ne suis soupçonnée de rien ! Elle me l'a bien dit, au téléphone, ils veulent juste avoir une conversation avec moi, c'est tout. Et toi, tu es à la fois de la police et mon amie.

— Je peux toujours essayer, mais je ne suis pas certaine qu'ils me laissent entrer.

Ann-Britt Höglund vint en personne accueillir Anna dans le hall du commissariat. Elle jeta un regard réprobateur à Linda. Ann-Britt préférait sûrement les types jeunes avec des piercings dans les oreilles et des avis originaux sur tout. D'ailleurs elle commençait à grossir. Bientôt ce serait la vraie bobonne, pensa Linda avec satisfaction. Je me demande bien ce que le vieux te trouvait, il y a quelques années, quand il s'est mis en tête de te faire la cour comme l'écervelé qu'il est.

— Je veux que Linda soit présente, déclara Anna.

— Je ne sais pas si ça va être possible. Pourquoi veux-tu que Linda soit présente ?

— Je le veux, c'est tout. Je peux vous rendre les choses difficiles.

Parfait, pensa Linda. Une enquiquineuse, c'est pile ce qu'il nous faut, là, tout de suite.

Ann-Britt Höglund haussa les épaules et se tourna vers Linda.

— Tu n'as qu'à poser la question à ton père. Deux portes après son bureau, petite salle de réunion.

Elle les fit entrer dans le couloir de la brigade criminelle et disparut dans une autre direction.

— C'est ici que tu vas travailler ? demanda Anna.

— Pas vraiment. Pour moi, ce sera surtout le garage et le siège avant de différentes voitures.

La porte de la salle de réunion était entrouverte. Linda vit son père se balancer sur sa chaise, une tasse de café à la main. Il va la casser, cette chaise. Tous les flics sont-ils obligés de grossir ? Si c'est ça, je vais demander à partir en préretraite. Elle poussa la porte. Il ne parut pas surpris de la voir. Il serra la main d'Anna.

— Je veux que Linda soit présente, répéta celle-ci.

— Pas de problème.

Il jeta un coup d'œil vers le couloir.

— Où est Ann-Britt?

— Je ne crois pas qu'elle ait envie de participer, dit Linda en allant s'asseoir au bout de la table, le plus loin possible de son père.

Ce jour-là, Linda apprit une chose décisive concernant le travail de police. Son père et Anna contribuèrent tous deux à la leçon. Son père en orientant imperceptiblement l'entretien dans le sens exact qu'il désirait. Il n'attaquait jamais de front; il accompagnait Anna, écoutait ses réponses en manifestant toujours une réaction positive, même quand elle se contredisait. Il paraissait avoir tout le temps du monde, mais il ne l'autorisait pas à s'esquiver. Anna était l'anguille qu'il dirigeait, calmement, méthodiquement, le long du filet jusqu'à la nasse dont elle ne pourrait plus s'échapper.

La contribution d'Anna, c'étaient ses mensonges. Linda et son père constatèrent tous deux qu'elle ne s'en tenait pas à la vérité. Elle semblait essayer de le faire, sans y parvenir. À un moment donné, quand Anna se pencha pour ramasser un crayon qui était tombé, ils échangèrent un rapide regard.

Après, quand Anna fut rentrée chez elle, Linda s'assit à la table de la cuisine de Mariagatan et essaya de noter de mémoire, comme des répliques de théâtre, le contenu de la conversation. Son père avait eu un bloc-notes où il écrivait quelques mots de temps à autre, mais l'essentiel restait dans sa tête. Une fois, bien des années auparavant, il lui avait raconté que ça provenait d'une négligence tenace :

ne jamais prendre de notes sauf quand c'était absolument nécessaire. Mais la mauvaise habitude était devenue une habitude tout court ; il savait maintenant quels points de repère il lui suffisait de noter pour se remémorer après coup l'intégralité de l'échange. Cela concernait évidemment les conversations informelles, pas les interrogatoires où un magnétophone était toujours branché, avec des indications précises d'heure et de date.

Qu'avait dit Anna ? Linda écrivait, le dialogue émergeait peu à peu.

KW : Merci d'être venue. Je suis heureux qu'il ne te soit rien arrivé. Linda était inquiète. Moi aussi.

AW : Je ne suis pas obligée de vous dire ce que j'ai fait pendant mon absence.

KW : En effet. Tu veux boire quelque chose ?

AW : Un jus de fruits.

KW : Désolé, on n'en a pas. Café, thé ou eau du robinet.

AW : Tant pis.

Calme et méthodique, pensa Linda. Tout le temps du monde.

KW : Que sais-tu de ce qui est arrivé à Birgitta Medberg ?

AW : Linda m'a dit qu'elle avait été assassinée. C'est affreux. Incompréhensible. Je sais que vous avez trouvé son nom dans mon journal intime.

KW : Nous n'avons rien trouvé. Linda l'a découvert en essayant de savoir ce qui t'était arrivé.

AW : Je n'aime pas qu'on lise mon journal.

KW : Je peux comprendre ça. Mais le nom de Birgitta Medberg y figurait, n'est-ce pas ?

AW : Oui.

KW : Nous essayons de contacter toutes les personnes de son entourage. La conversation que nous menons tous les deux, des collègues l'ont en ce moment même avec d'autres témoins dans d'autres bureaux.

AW : On montait à cheval ensemble. Les chevaux appartiennent à un homme du nom de Jörlander. Il habite une ancienne ferme démembrée, pas loin de Charlottenlund. Il était jongleur dans le temps. Il a une jambe raide, il ne peut plus monter. Alors on le fait pour lui.

KW : Quand as-tu fait la connaissance de Birgitta Medberg ?

AW : Il y a sept ans et trois mois.

KW : Pourquoi tant d'exactitude ?

AW : Parce que j'ai réfléchi. J'avais prévu qu'on me poserait cette question.

KW : Comment vous êtes-vous rencontrées ?

AW : À cheval, quasiment. Elle avait appris que Jörlander cherchait quelqu'un ; moi aussi. On y allait deux ou trois fois par semaine. On parlait surtout de chevaux.

KW : Vous ne vous fréquentiez pas en dehors des écuries ?

AW : Pour être franche, je la trouvais assez ennuyeuse. À part pour les papillons.

KW : C'est-à-dire ?

AW : En discutant un jour, on a constaté qu'on avait une passion commune pour les papillons. Ça nous a donné un autre sujet de conversation.

KW : L'as-tu jamais entendue dire que quelque chose l'effrayait ?

AW : Elle avait toujours peur au moment de traverser une route à grande circulation. À cheval, je veux dire.

KW : À part ça?

AW : Non.

KW : Lui arrivait-il d'être accompagnée?

AW : Non, elle venait toujours seule, sur sa vieille vespa.

KW : Vous n'aviez donc aucun contact en dehors des écuries?

AW : Non. Elle m'a écrit une fois, c'est tout.

Un petit tremblement, pensa Linda. Imperceptible. Mais là, elle a trébuché. Elle cache quelque chose concernant sa relation à Birgitta Medberg. Linda se rappela soudain la cabane; elle avait de nouveau la nuque en sueur.

KW : Quand as-tu vu Birgitta Medberg pour la dernière fois?

AW : Il y a quinze jours.

KW : Qu'avez-vous fait?

AW : Mais bon sang, on montait à cheval! Combien de fois faut-il que je le répète?

KW : Ce ne sera plus nécessaire. Je veux seulement m'assurer que tout est exact. Que s'est-il passé pendant ton absence?

AW : Comment ça?

KW : Qui te remplaçait? Qui remplaçait Birgitta Medberg?

AW : Jörlander avait quelques volontaires, de petites adolescentes, ce qui ne lui plaisait pas trop, d'ailleurs, au cas où il arriverait un pépin. L'une d'entre elles a dû prendre la relève. Posez-lui la question.

KW : On va le faire. Peux-tu te rappeler si Birgitta

Medberg était changée d'une manière ou d'une autre lors de votre dernière entrevue ?

AW : Elle était comme d'habitude.

KW : Te souviens-tu de la teneur de votre échange ?

AW : J'ai déjà dit qu'on ne se parlait pas beaucoup. Les chevaux, la météo, les papillons – en gros, c'était ça.

À ce moment, se souvint Linda, son père s'était redressé dans son fauteuil, de façon surprenante ; une sorte de sursaut pédagogique destiné à avertir Anna qu'elle ne devait pas sous-estimer l'indolent policier qui lui faisait face.

KW : Un autre nom figure dans ton journal. Vigsten. Nedergade. Copenhague.

Anna s'était brusquement retournée vers Linda, qui ne lui avait rien dit à ce sujet. Les yeux d'Anna n'étaient plus que deux fentes étroites. Fin de l'amitié, pensa Linda. À supposer qu'elle ait un jour été en voie de se reconstruire.

AW : Quelqu'un a lu plus de choses dans mon journal qu'elle ne le prétend.

KW : C'est ainsi. Vigsten. Un nom.

AW : Pourquoi est-ce important ?

KW : Je ne sais pas si ça l'est.

AW : A-t-il quelque chose à voir avec Birgitta Medberg ?

KW : Peut-être.

AW : C'est un professeur de piano. J'étais son élève autrefois. Nous sommes restés en contact.

KW : C'est tout ?

AW : Oui.

KW : À quelle époque étais-tu son élève ?

AW : En 1997, à l'automne.

KW : Seulement à cette époque ?

AW : Oui.

KW : Puis-je te demander pourquoi tu as arrêté ?

AW : Je jouais trop mal.

KW : C'est lui qui a affirmé cela ?

AW : C'est moi. Je me le suis affirmé à moi-même.

KW : Ce ne devait pas être bon marché d'avoir un professeur à Copenhague. Avec les trajets, et tout.

AW : Il faut savoir ce qu'on veut faire de son argent.

KW : Tu étudies la médecine, n'est-ce pas ?

AW : Oui.

KW : Comment ça se passe ?

AW : Quoi donc ?

KW : Les études.

AW : Des hauts et des bas, comme tout le monde.

Là, son père avait changé d'attitude. Il s'était penché vers Anna par-dessus la table, toujours aimable mais, comment dire, plus déterminé.

KW : Birgitta Medberg a été tuée dans la forêt de Rannesholm d'une manière particulièrement brutale. On lui a tranché la tête et les mains. As-tu une idée de la personne qui a pu faire une chose pareille ?

AW : Non.

Anna était encore parfaitement calme à ce moment-là. Calme comme on ne peut l'être que lorsqu'on sait déjà ce qui va venir. Puis elle rejeta cette conclusion. C'était possible, mais elle l'avait tirée beaucoup trop tôt.

KW : Peux-tu comprendre la raison pour laquelle on a pu lui faire ça ?

AW : Non.

391

Puis la conclusion, très rapide. Après cette réponse, les mains de son père retombant à plat sur la table.

KW : Alors c'est tout. Cette conversation a été très précieuse.

AW : Mais je n'ai pu vous aider en rien.

KW : Ne dis pas cela. Merci d'être venue. Il est possible qu'on te recontacte.

Il les avait raccompagnées jusqu'au hall d'accueil. Linda s'aperçut qu'Anna était tendue. Qu'avait-elle donc lâché à son insu? Il continue à l'interroger. Dans sa tête à elle, l'interrogatoire se poursuit. Et lui attend de voir ce qui va en sortir.

Linda repoussa ses notes et s'étira. Puis elle appela le portable de son père.

— Je n'ai pas le temps, dit-il. J'espère que tu as trouvé ça instructif.

— Oui. Je crois qu'elle mentait sur certains points.

— C'est sûr qu'elle ne dit pas l'entière vérité. Le tout est de découvrir pourquoi. Sais-tu ce que je pense?

— Non.

— Je pense que son père est revenu. Mais on pourra en reparler ce soir.

Kurt Wallander arriva à Mariagatan peu après dix-neuf heures. Linda avait préparé un dîner. Ils étaient à table, et il commençait juste à développer les raisons qui le faisaient pencher vers l'idée du retour du père d'Anna, quand le téléphone sonna.

Le temps qu'il raccroche, elle comprit qu'il y avait du nouveau. Et que c'était grave.

36

Ils s'étaient donné rendez-vous sur un parking à mi-chemin entre Malmö et Ystad. Pendant sa scolarité, Erik Westin avait lu un poème dont il ne lui était resté que deux mots : *dieu travesti*. Mais ils n'avaient plus quitté sa conscience et un jour, lors la dernière année à Cleveland, tandis qu'il commençait à comprendre la nature et la profondeur de la mission dont Dieu l'avait chargé, il avait décidé de suivre le chemin qu'ils indiquaient. Les élus du Seigneur devaient se travestir. Erik Westin avait martelé ces mots jusqu'à les graver dans l'esprit de ceux qu'il avait élus pour être ses guerriers. «Dans cette guerre sainte, où nous sommes les instruments de Dieu, nous devons être capables de passer inaperçus.» C'était aussi la raison pour laquelle il avait choisi ce parking ordinaire. Même un parking pouvait se transformer en cathédrale pour ceux qui choisissaient de le voir ainsi. L'air tiède de septembre soutenait sa voûte sacrée gigantesque et invisible.

Il avait fixé le rendez-vous à quinze heures. Tous devaient incarner des gens ordinaires, des touristes, des Polonais venus faire des achats en Suède, seuls ou en groupe. Ils arriveraient de différentes directions et recevraient leurs dernières instructions d'Erik en personne, qui aurait en permanence Torgeir à ses côtés.

Erik avait vécu les dernières semaines dans une caravane, stationnée dans un camping de Höör. Il s'était débarrassé de l'appartement qu'il louait auparavant à Helsingborg. La caravane, il l'avait achetée d'occasion, pas cher, à Svedala. Sa vieille Volvo l'avait remorquée jusqu'au camping. En dehors de ses rencontres avec Torgeir et des missions qu'ils avaient menées à bien ensemble, il avait passé tout son temps à prier et à se préparer dans la caravane. Chaque matin il contemplait son visage dans le miroir de poche accroché au mur. Étaient-ce les yeux d'un fou qui le regardaient ainsi sans ciller ? Nul ne pouvait devenir prophète si l'humilité n'était pas la première de ses qualités spirituelles. Être en possession de la force revenait à se poser à soi-même les questions les plus difficiles. Même s'il ne vacillait jamais dans sa foi en la source divine de sa mission, il voulait s'assurer qu'il n'était pas trahi par l'arrogance. Mais le regard qu'il croisait chaque matin dans la glace révélait seulement qu'il était bien celui qu'il se savait être. Le chef élu par Dieu. Il n'y avait aucune folie dans la grande mission qui leur était dévolue. Tout était écrit. Tout était dans la Bible. La chrétienté avait sombré dans un marécage de conceptions tordues ; Dieu n'avait plus que la force d'attendre celui qui, ayant eu la force d'assimiler le désastre, saurait se transformer en l'instrument capable d'inverser cette évolution une fois pour toutes.

Erik Westin, assis dans sa caravane, pensait que Dieu était un être logique. Il était le Grand Mathématicien qui existait au-delà de tout ; de Sa conscience émergerait toujours l'esprit sacré auquel chaque être humain avait droit. Ses prières commençaient invariablement ainsi : « Il n'est qu'un Dieu, et Son fils que nous avons laissé mettre en croix. Cette croix est notre espoir. Cette croix n'est pas en or ou en marbre précieux, elle est en bois brut ; la vérité réside dans la pauvreté et la simplicité. Le vide que nous portons ne peut être comblé que par la force de l'Esprit saint, non par les richesses et les trésors matériels qui nous attirent avec leur faux éclat. »

Les dernières semaines avaient été une période d'attente, de rassemblement de forces, de concentration. Chaque jour il avait eu de longues conversations avec Dieu. Il s'était aussi vu confirmer la justesse du moment qu'il avait choisi pour revenir. Celles qu'il avait abandonnées ne l'avaient pas oublié. Elles comprenaient les raisons de son départ, et de son retour. Quand tout serait achevé, il se retirerait du monde et il finirait sa vie de la même manière qu'il l'avait commencée : en fabriquant des sandales. Sa fille serait à ses côtés, et tout serait accompli.

Pendant cette période, il pensa aussi beaucoup à Jim Jones, le faux prophète, l'ange déchu. Il lui arrivait encore parfois de ployer sous le désespoir et la rage en revivant les années passées auprès de Jim, la sortie des États-Unis, l'arrivée en Guyana, la première époque de bonheur, et l'atroce trahison qui avait conduit au suicide forcé des uns, au massacre pur et simple des autres. Il y avait toujours une place dans ses prières pour les morts de la jungle. Un jour, ils seraient libérés de tout le mal que Jim Jones avait fait ; ils seraient élevés au rang suprême, où les attendaient Dieu et le paradis.

Le camping était situé au bord d'un lac. Chaque soir, il en faisait le tour. La mousse et les arbres embaumaient. Des cygnes le traversaient parfois de leur glissement calme. Tous les sacrifices visent à créer la vie, pensait-il. Nul ne sait s'il fait partie de ceux qui sont destinés à vivre ou de ceux qui doivent mourir. Il avait rétabli les cérémonies sacrificielles de l'époque lointaine où le christianisme avait pris forme. La vie et la mort étaient toujours associées. Dieu était logique, Il était sage. Tuer afin de laisser vivre – telle était une des clés du chemin vers la disparition du vide intérieur.

Une nuit, pendant qu'un orage déferlait sur le lac, Erik Westin resta longtemps éveillé à penser aux innombrables cultes impies qui avaient vu le jour au cours de la longue décadence du christianisme. L'image qui lui venait était celle d'un navire qui prenait l'eau, qui sombrait peu à peu. Toutes ces doctrines détestables étaient autant de pirates. Les juifs, les musulmans, tous ceux qui essayaient de dévorer le cœur des hommes en les obligeant à adorer des dieux inexistants, et à nier le seul véritable Dieu.

L'heure avait sonné. Dieu s'était révélé à lui. Il était dans les flammes qui montaient des ailes brûlées des cygnes, des yeux du taurillon et de tous les rats libérés de leurs cages. Les brasiers étaient allumés. L'instant était venu.

Le matin du rendez-vous sur le parking, Erik Westin s'avança dans les eaux sombres du lac qui gardaient encore un peu de la chaleur de l'été. Il se lava soigneusement, se coupa les ongles, se rasa le visage. Il était seul dans ce camping isolé. Après l'appel de Torgeir, il jeta son téléphone portable dans le lac. Puis il s'habilla, rangea sa bible et son argent dans la voiture, conduisit celle-ci jusqu'à l'entrée du chemin et revint vers le camping. Il ne restait qu'une chose à faire. Il mit le feu à la caravane. Puis il démarra.

Ils étaient vingt-six en tout, ils venaient de différents pays et ils avaient tous une croix tatouée sur la poitrine à l'endroit du cœur. Dix-sept hommes et neuf femmes. Les hommes venaient d'Ouganda, de France, d'Angleterre, d'Espagne, de Hongrie, de Grèce, d'Italie et des États-Unis. Les femmes étaient toutes des Américaines sauf deux, une Canadienne et une Anglaise qui avait longtemps vécu au Danemark et qui parlait la langue. Il n'y avait aucun couple; les disciples ne s'étaient jamais rencontrés avant cet instant. Erik avait construit son réseau par l'intermédiaire d'une convocation sacrée. Torgeir Langaas l'avait d'abord mis en contact avec la Canadienne, Allison. Celle-ci avait écrit autrefois un article sur ses aspirations religieuses, publié dans une petite revue qui était tombée entre les mains de Torgeir avant sa déchéance ultime. Quelque chose dans cet article faisant vibrer une corde en lui, il avait arraché la page et l'avait conservée. Allison, une fois devenue disciple convaincue d'Erik, avait à son tour proposé un homme qu'elle connaissait dans le Maryland, aux États-Unis.

Erik avait mis quatre ans à constituer le noyau sacré de l'armée de chrétiens qu'il entendait mener au combat. Il avait fait le voyage pour les rencontrer individuellement, pas une seule fois mais plusieurs, et il avait soigneusement suivi leur évolution. C'était l'unique chose positive qu'il devait à Jim Jones : la faculté de déchiffrer les gens, de découvrir le doute résiduel là où les principaux intéressés tentaient farouchement de le cacher ou de le nier. Erik Westin se savait capable de reconnaître le moment où quelqu'un brisait l'ultime résistance en se libérant de sa vie antérieure pour s'identifier corps et âme à sa mission.

Tous allaient maintenant se rencontrer pour la première fois sur ce parking, où tombait une pluie fine. Erik avait garé sa voiture sur une hauteur d'où il pouvait surveiller les arrivées successives avec ses jumelles. Torgeir était sur place pour les accueillir. Il avait reçu l'ordre de leur dire qu'il ignorait où était Erik. Celui-ci lui avait expliqué que les pactes secrets renforçaient le sentiment du sacré chez les participants. Erik fixait le parking avec ses jumelles. Ils arrivaient peu à peu, certains en voiture, d'autres à pied, deux à vélo, deux autres à moto ; quelques-uns surgirent d'un petit bois de l'autre côté du parking. Peut-être dormaient-ils là, après avoir monté leur tente dans la forêt ? Chacun n'avait pour bagage qu'un petit sac à dos. Erik avait été très clair sur ce point. Pas de sacs volumineux, pas de vêtements tape-à-l'œil. Son armée était celle des dieux travestis dont personne ne devait remarquer la présence.

Il tourna ses jumelles vers le visage de Torgeir. Celui-ci se tenait appuyé contre le panneau d'information du parking. Sans lui, rien n'aurait été possible. Ce matin encore, son premier disciple lui avait confirmé au téléphone que les derniers préparatifs étaient accomplis. Ils pouvaient enfin soulever la barrière invisible, franchir la frontière et faire leur entrée dans la première des zones de guerre successives qui les attendaient.

Torgeir tourna la tête dans la direction convenue. Puis il se frotta le nez deux fois avec l'index gauche. Tout était prêt. Erik rangea ses jumelles et se mit en marche vers le parking, en longeant un repli de terrain qui lui permettrait d'aller jusqu'à la route sans être vu. Il surgirait comme de nulle part devant ses disciples regroupés. Quand sa silhouette devint visible, tout mouvement s'arrêta. Mais en silence – exactement comme il l'avait décidé.

Torgeir Langaas était arrivé à bord d'un pick-up recouvert d'une bâche. Les disciples chargèrent les bicyclettes et les motos, puis se faufilèrent à leur tour sous le taud. Erik était au volant, Torgeir à ses côtés. Ils prirent la direction de Mossby Strand. Là-bas, ils laissèrent le camion sur le parking et descendirent sur la plage. Torgeir portait deux grands paniers pleins. Ils s'installèrent au milieu des dunes, serrés les uns contre les autres, comme des touristes qui trouvaient le fond de l'air un peu froid.

Avant de manger, Erik prononça les paroles rituelles :

— Dieu exige notre présence, Dieu exige notre combat.

Ils déballèrent les provisions. Quand ils eurent fini de se restaurer, ils s'allongèrent sur la recommandation d'Erik pour se reposer. Torgeir et Erik descendirent au bord de l'eau. Une dernière fois, ils passèrent en revue ce qui allait maintenant se produire. Un gigantesque nuage obscurcissait le ciel.

— La nuit des anguilles, fit remarquer Torgeir Langaas. Juste ce qu'il nous faut.

— Ce dont nous avons besoin nous est accordé parce que nous sommes dans la vérité, répliqua Erik Westin.

Ils attendirent sur la plage jusqu'à la tombée de la nuit. Alors ils grimpèrent une fois de plus sur la plate-forme du camion. Il était dix-neuf heures trente quand Erik s'engagea sur la route à grande circulation, en direction d'Ystad. Après Svarte, il bifurqua vers le nord et, après avoir croisé la route de Malmö, il continua sur une route secondaire qui contournait le château de Rannesholm par l'ouest. Deux kilomètres avant Hurup, il s'arrêta sur un chemin de traverse et éteignit les phares. Torgeir descendit du camion. Dans le rétroviseur, Erik vit les deux Américains – l'ancien coiffeur Peter Buchanan, du New Jersey, et le multibricoleur Edison Lambert, originaire de Des Moines – descendre de la plate-forme.

Il sentit son pouls accélérer. Un détail pouvait-il mal tourner ? Il regretta aussitôt sa question silencieuse. Je ne suis pas fou. Je me fie à Dieu, et Dieu dirige mes actes. Il remit le contact, retourna sur la route. Une moto le doubla, puis une autre. Il poursuivit vers le nord, en jetant au passage un regard vers l'église de Hurup, but de Torgeir et des deux Américains. Cinq kilomètres plus loin, il prit à gauche vers Staffanstorp. Dix minutes plus tard, il tourna de nouveau à gauche et s'arrêta derrière la remise d'une ferme abandonnée. Il sortit du camion et fit descendre les autres.

Il regarda sa montre ; ils étaient dans les temps. Ils se mirent en marche, lentement, pour éviter que l'un d'eux ne tombe ou ne se retrouve à la traîne.

Certains, parmi ceux qui le suivaient, n'étaient plus tout jeunes, et la femme venue d'Angleterre avait été opérée six mois plus tôt d'un cancer. Il avait hésité à l'emmener; il avait interrogé Dieu et la réponse avait été qu'elle avait survécu à sa maladie précisément pour accomplir sa mission jusqu'au bout. Ils parvinrent au chemin qui débouchait derrière l'église de Frennestad. Il tâta dans sa poche la clé du portail. Deux semaines auparavant, il avait essayé la copie que lui avait procurée Torgeir. La serrure n'avait pas même grincé. Ils firent halte devant le mur. Personne ne parlait. Erik n'entendait que le bruit de leur respiration tout contre lui. Ils sont calmes. Leur respiration est tranquille. Ils ne sont pas inquiets, celle qui va mourir encore moins que les autres.

Il regarda de nouveau sa montre. Dans quarante-trois minutes, Torgeir, Buchanan et Lambert auraient mis le feu à l'église de Hurup. Ils se remirent en marche en longeant le mur. La porte du cimetière s'ouvrit sans un bruit. Torgeir avait huilé les gonds pas plus tard que la veille. Ils défilèrent en file indienne entre les pierres sombres. Erik ouvrit avec sa clé. Ils pénétrèrent dans la fraîcheur de l'église. Quelqu'un frissonna à côté de lui. Il éclaira leur chemin avec une lampe torche, en protégeant de sa main le rayon lumineux. Ils s'assirent sur les premiers bancs, conformément à l'ordre reçu. Les dernières instructions envoyées par Erik contenaient cent vingt-trois points à mémoriser sans faute. Ils l'avaient fait, il n'avait aucun doute là-dessus.

Erik alluma les cierges que Torgeir avait disposés devant l'autel. Il laissa le faisceau de la lampe glisser sur les visages du premier rang. Avant-dernière à droite, à côté des fonts baptismaux, se tenait Harriet Bolson, la femme originaire de Tulsa. Erik laissa la lumière s'attarder une seconde supplémentaire sur son visage. Elle était absolument calme. Les voies du Seigneur sont impénétrables, mais seulement pour ceux qui n'ont pas besoin de les comprendre. Il vérifia l'heure. Il était important que tout coïncide, l'incendie de Hurup et ce qui allait maintenant se produire devant l'autel de l'église de Frennestad. Il regarda une fois encore Harriet Bolson. Un visage maigre, peut-être éprouvé, bien qu'elle n'eût que trente ans. Mais son péché avait dû laisser des traces. Par le feu elle serait purifiée, par le feu uniquement. Il éteignit la lampe torche et s'enfonça dans les ombres derrière l'escalier qui montait vers la chaire. Dans le sac à dos, il prit la drisse achetée par Torgeir dans un magasin de fournitures maritimes à Copenhague. Il la posa au sol, à côté de l'autel. Une fois de plus, il jeta un œil à sa montre. L'heure était venue. Il se plaça devant l'autel et fit signe à tous de se lever. Un à un, il les appela. Au premier il tendit une extrémité de la corde.

— Notre lien est indissoluble, déclara-t-il. À compter de ce soir, nous n'aurons plus jamais besoin de corde. Nous sommes liés par notre fidélité à Dieu et à notre mission. Nous ne pouvons tolérer davantage que notre monde, celui de la chrétienté, s'enfonce dans l'humiliation. Le monde sera purifié par le feu, et nous devons commencer par nous-mêmes.

Tout en parlant, il s'était imperceptiblement déplacé de manière à se retrouver face à Harriet Bolson. À l'instant où il glissa la corde autour de son cou, elle comprit. Ce fut comme si sa conscience se vidait sous l'effet de la terreur. Elle ne cria pas, n'opposa aucune résistance. Ses yeux se fermèrent. Pour Erik Westin, les années d'attente se terminaient enfin.

L'église de Hurup commença à brûler à vingt et une heures quinze. Les pompiers étaient déjà en route quand ils reçurent la deuxième alerte : l'église de Frennestad brûlait, elle aussi. Torgeir et les deux Américains avaient déjà été récupérés à bord du pick-up. Torgeir prit le relais au volant et le camion disparut vers la nouvelle cachette.

Erik Westin resta seul dans le noir. Il gravit une colline non loin de Frennestad et s'installa afin de suivre l'activité frénétique des pompiers qui tentaient de sauver l'église. Il se demanda si la police aurait le temps de pénétrer à l'intérieur avant que le toit ne s'effondre. Assis dans le noir, il regardait les flammes. Un jour, sa fille lui tiendrait compagnie au moment de contempler les brasiers.

37

Cette nuit-là, deux églises de Scanie brûlèrent de fond en comble. La chaleur de l'incendie fut si intense qu'à l'aube il ne resta plus que deux carcasses vides et noires de suie. Dans celle de Hurup, le clocher s'était effondré. Ceux qui se trouvaient à proximité avaient dit que le fracas des cloches, dans leur chute, ressemblait à un hurlement de détresse. Les deux églises étaient situées à l'intérieur d'un triangle délimité par Staffanstorp, Anderstorp et Ystad.

Mais ce n'était pas tout. À Frennestad, le sacristain, qui habitait à côté et qui fut le premier à s'introduire dans l'église en flammes pour tenter de sauver de précieuses chasubles du Moyen Âge, eut une vision dont il comprit immédiatement qu'elle le poursuivrait pour le restant de ses jours. Devant l'autel gisait une femme d'une trentaine d'années. Elle avait été étranglée à l'aide d'une grosse corde, avec une violence telle que la tête était presque arrachée au corps. Il ressortit en criant et s'évanouit sous le porche.

La première voiture de pompiers, venue de Staffanstorp, arriva sur les lieux quelques minutes plus tard. Elle se dirigeait en fait vers Hurup, au moment où le contrordre avait été donné. Aucun des pompiers ne comprenait la situation. La première alerte était-elle une erreur, ou bien deux églises brûlaient-elles en même temps? Leur chef, un homme sensé du nom de Mats Olsson, aperçut le sacristain inanimé et entra tout de suite dans l'église pour voir s'il y avait quelqu'un d'autre à l'intérieur. En découvrant le corps de la femme, il prit une décision pour laquelle la police le remercierait plus tard. L'initiative naturelle aurait été de la tirer de là avant que les flammes l'atteignent. Mais il s'agissait clairement d'un meurtre; la police devait donc voir le corps en l'état. Il soupçonnait évidemment que le crime ait pu être commis par l'homme évanoui devant le portail, qui commençait lentement à reprendre ses esprits.

Il y eut plusieurs minutes de confusion et d'incertitude quand les deux alertes successives parvinrent au commissariat. En se levant de table, Kurt Wallander croyait être en route vers l'église de Hurup, où il y avait, disait-on, une femme morte au pied de l'autel. Comme il avait bu du vin au repas, il demanda qu'on vienne le chercher. Il descendit dans la rue, où la voiture de police apparut presque aussitôt.

Ils venaient de quitter la ville quand la radio les informa d'un malentendu. L'église de Hurup brûlait, mais la femme morte n'était pas là-bas; elle était dans l'église de Frennestad. Martinsson, qui conduisait, hurla au collègue du central d'essayer de se renseigner mieux que ça.

Kurt Wallander observa un silence complet tout le trajet. Pas seulement parce que Martinsson conduisait très mal, comme d'habitude. Ce qu'il avait redouté – que les animaux ne soient qu'un début – se révélait exact. Des fous, pensa-t-il. Des satanistes, des malades. Mais il n'était pas convaincu. Dans la voiture qui l'emmenait à toute vitesse à travers l'obscurité, il devinait une logique, dont les contours restaient encore très imprécis.

Le temps d'arriver à Frennestad, on leur avait fourni une image à peu près cohérente de la situation. Deux églises avaient commencé à brûler presque au même moment à Frennestad et à Hurup. Dans celle de Frennestad, il y avait une femme morte. Martinsson salua Mats Olsson. Au milieu de l'agitation et de la chaleur de l'incendie, Kurt Wallander les entendit à sa grande surprise échanger des «passe le bonjour à ta femme». Martinsson lui expliqua que Mats Olsson était un cousin éloigné. Puis ils entrèrent. Martinsson laissait toujours la préséance à Wallander sur le lieu d'un crime. La femme était étendue au pied de l'autel, la corde autour du cou. Kurt Wallander fixa l'image qu'il avait sous les yeux. Quelque chose le faisait penser à une mise en scène. Il se tourna vers Mats Olsson, resté en retrait.

— On a combien de temps?

— On ne pourra pas sauver le toit. Il va s'effondrer.

— Quand?

— Bientôt.

— Combien?

— Dix minutes. Pas plus. Je n'ose pas prendre de risques.

Les techniciens n'auraient pas le temps d'arriver. Quelqu'un lui tendit un casque. Il se tourna vers Martinsson.

— Ressors voir s'il n'y a pas un curieux qui traîne avec un appareil photo ou une caméra et confisque-les-lui. On a besoin d'images.

Martinsson parti, Kurt Wallander se remit à observer la femme. La corde, épaisse – une corde de bateau, pensa-t-il –, formait un nœud coulant autour de son cou. Les extrémités étaient posées au sol de part et d'autre, perpendiculairement au corps. Deux personnes avaient tiré chacune de son côté. Comme dans le temps, quand on ligotait les suppliciés poignets et chevilles à quatre chevaux qui tiraient en sens opposé.

Il leva la tête. Les flammes commençaient à traverser le plafond. Autour de lui, des gens couraient en tous sens, emportant différents objets qui se trouvaient dans l'église. Un vieil homme en pyjama tentait désespérément de dégager un tabernacle ancien. La situation avait quelque chose de touchant. Ces gens se découvraient sur le point de perdre quelque chose dont ils ne voulaient surtout pas être privés.

Martinsson revint avec une caméra vidéo.

— Tu sais la faire marcher ? demanda Wallander.

— Je crois.

— Alors c'est toi le photographe. Images d'ensemble, détails, tous les angles possibles.

— Cinq minutes, intervint Mats Olsson. Pas une de plus.

Wallander s'accroupit à côté de la femme. Elle était blonde ; une ressemblance désagréable avec sa sœur Christina. Une exécution, pensa-t-il. Après les animaux, des êtres humains. Abandonnés dans des églises en flammes. Qu'avait donc cru entendre Amy Lundberg ? *Gud krävde ?*

Il fouilla rapidement les vêtements de la femme. Il n'y avait rien. Il regarda autour de lui. Pas davantage de sac à main. Il allait renoncer quand il s'aperçut que son chemisier avait une poche de poitrine. À l'intérieur, un bout de papier portait un nom et une adresse écrits à la main : *Harriet Bolson, 5th Avenue, Tulsa.*

— Le temps est écoulé, cria Mats Olsson. On sort.

Il obligea tout le monde à le suivre. Le corps de la femme fut porté au-dehors. Kurt Wallander s'occupa personnellement de la corde. Différents objets sauvés des flammes avaient été rassemblés derrière le périmètre de sécurité. Une vieille femme tenait à la main un chandelier noir de suie. Il y avait énormément de monde. Beaucoup pleuraient, la foule augmentait.

Martinsson appela Ystad.

— On cherche une femme domiciliée à Tulsa, aux États-Unis. Tous les registres, nationaux, européens, internationaux. Priorité absolue.

Linda éteignit impatiemment le téléviseur. Elle prit le double de la clé de la voiture, que son père conservait sur une étagère du séjour. Puis elle partit à petites foulées vers le commissariat.

La voiture de son père était garée dans un coin du parking. Linda reconnut sa voisine : celle d'Ann-Britt Höglund. Elle tâta le canif dans sa poche. Mais elle n'allait pas crever de pneus ce soir-là. Hurup, l'avait-elle entendu dire. Elle démarra. Devant le château d'eau, elle s'arrêta et chercha une carte dans la boîte à gants. Après avoir situé Hurup, elle éteignit et quitta la ville. Avant Hörby, elle tourna à gauche. Quelques kilomètres plus loin, elle aperçut l'église en flammes. Elle s'approcha le plus possible ; puis elle continua à pied. Son père n'était pas là, les seuls policiers sur place étaient des agents en uniforme, et elle pensa très vite que si cette église avait brûlé quelques jours plus tard, elle aurait pu être parmi ceux qui surveillaient le périmètre. Elle se présenta et leur demanda s'ils savaient où était son père.

— Il y a une autre église qui brûle. À Frennestad. Il y a un décès là-bas.

— Qu'est-ce qui s'est passé ?

— Incendie criminel, c'est une quasi-certitude. On n'a jamais vu deux églises prendre feu en même temps. Pour le reste, on n'en sait rien. Mais il y a eu une victime.

Linda hocha la tête et repartit. Soudain, il y eut une énorme déflagration dans son dos. Elle se retourna. Le toit de l'église s'effondrait. Une gerbe d'étincelles s'éleva vers le ciel noir. Qui met le feu à des églises? Elle avait aussi peu de réponse que pour les animaux brûlés.

Elle retourna à la voiture et repartit vers Frennestad. L'incendie se voyait de très loin. Les églises en flammes, c'est une image de guerre. Mais ici, elles brûlent dans un pays en paix, par un soir de septembre très ordinaire. Un pays peut-il être occupé par un ennemi qu'on ne voit pas? Elle n'eut pas la force de mener jusqu'au bout cette pensée confuse. Le chemin de l'église était bloqué par des voitures en stationnement. Elle continua à pied. En apercevant son père à la lueur des flammes, elle s'arrêta. Il parlait à un pompier. Elle essaya de voir ce qu'il tenait à la main. Une lance d'incendie? Elle s'approcha encore, se fraya un chemin entre les gens massés devant les rubans de plastique. C'était une grosse corde.

À côté d'elle, un homme bouleversé parlait dans un portable. Elle l'écouta décrire la scène à une personne apparemment mal réveillée. Linda dressa l'oreille en entendant qu'il parlait d'une femme morte découverte à l'intérieur de l'église. *Une femme de Trosa*[1]. *Peut-être, je dis bien peut-être. Pourquoi de Trosa? Comment veux-tu que je le sache? Quelqu'un a entendu ça quand un policier*

1. Petite ville de province en Suède.

a lancé l'avis de recherche au téléphone. Harriet de Trosa. La communication fut interrompue.

— Quelqu'un est mort? demanda Linda.

Elle savait qu'il existe deux situations où un Suédois se départit de sa réserve envers le monde extérieur. Quand une tempête de neige paralyse une grande ville, ou quand il y a eu un accident.

— Il paraît qu'on a trouvé une femme morte devant l'autel.

— Une femme originaire de Trosa?

— C'est ce que j'ai entendu. Mais je peux me tromper. En tout cas, si on est trouvé mort dans une église en pleine nuit, à mon avis c'est qu'on a été tué. Évidemment, ça peut être un suicide. Les gens sont tellement bizarres de nos jours.

Linda se fit subitement l'effet d'une hyène – une voyeuse, qui se repaissait du malheur des autres.

Nyberg apparut. Il était comme d'habitude de mauvaise humeur. Mais Martinsson et Wallander le respectaient. Martinsson, en particulier, pensait qu'ils ne trouveraient jamais un remplaçant ayant ses compétences et sa patience. Nyberg devait bientôt partir à la retraite.

— Tenez, dit-il en tendant la main.

C'était un petit pendentif. Kurt Wallander chercha ses lunettes. Quand il voulut les mettre, une branche se cassa. Il jura et tint les verres devant ses yeux.

— On dirait une chaussure. Un pendentif en forme de chaussure.

— Elle devait le porter autour du cou, dit Nyberg. Quand la corde s'est resserrée, le fermoir a dû s'ouvrir. Le bijou était sous son chemisier. C'est le médecin qui me l'a apporté.

Martinsson prit l'objet et se tourna vers les flammes pour mieux voir.

— Étonnant. On dirait bien une chaussure.

— Ou une empreinte de pas, suggéra Nyberg. Ou une plante de pied. J'ai vu autrefois un pendentif en forme de carotte. Avec un diamant serti dans ce qui devait figurer les fanes. Les bijoux peuvent ressembler à n'importe quoi. Cette carotte-là valait quatre cent mille couronnes.

— Cette chaussure peut nous aider à l'identifier, coupa Kurt Wallander. C'est le plus important dans l'immédiat.

Nyberg disparut vers le mur du cimetière pour engueuler un photographe qui prenait des images de l'église embrasée. Kurt Wallander se dirigea vers le périmètre avec Martinsson.

En apercevant Linda, il lui fit signe d'approcher.

— Tu n'as pas pu t'empêcher de venir, hein ? Puisque tu es là, autant que tu sois avec nous.

— Comment ça se passe ?

— On ne sait pas ce qu'on cherche. Mais aucune de ces deux églises n'a commencé à brûler toute seule.

— Ils doivent me rappeler dès qu'ils ont quelque chose, lui dit Martinsson.

— J'essaie de comprendre cette histoire de corde. Sa présence dans une église. Avec une femme américaine. Qu'est-ce que cela signifie ?

— Au moins trois personnes, mais sans doute davantage, débarquent dans une église en pleine nuit, enchaîna Martinsson.

411

— Pourquoi davantage ? Deux qui tuent et une qui est tuée, ça ne suffit pas ?

— Je ne sais pas. Ils étaient peut-être nombreux. Très nombreux même. Ils ont ouvert avec une clé. Il n'y a que deux clés, l'une est au presbytère, l'autre appartient au sacristain évanoui. Les deux clés sont à leur place. On s'est donc servi d'un passe ou d'un double.

Martinsson se moucha.

— Un groupe, poursuivit-il. Qui a choisi cette église comme lieu d'exécution. Cette femme s'est-elle rendue coupable de quelque chose ? Est-elle une victime religieuse ? Avons-nous affaire à des satanistes, ou à des fous d'une autre espèce ?

— Une chose encore. Le papier que j'ai trouvé dans sa poche. Pourquoi lui avait-on tout enlevé sauf ce papier ?

— Peut-être pour nous permettre de l'identifier. Un message à notre intention.

— Il nous faut la confirmation de son identité. Il suffirait qu'elle ait rendu visite à un dentiste dans ce pays pour en avoir le cœur net.

— On y travaille.

À son ton, Kurt Wallander comprit que Martinsson était vexé.

— Je ne voulais pas te harceler. Que disent les autres ?

— Rien pour l'instant.

— Est-ce que la priorité tient ?

— J'ai demandé l'aide de Stockholm. Ils ont là-bas un monstre capable de semer la terreur parmi les collègues du monde entier.

— Qui ?

— Tu n'as pas entendu parler de Tobias Hjalmarsson?

— Peut-être. A-t-il compris que c'était le moment ou jamais de se montrer vraiment monstrueux?

— On l'espère. Ce n'est tout de même pas commun de se balader avec des bijoux en forme de chaussure ou de sandale ou de je-ne-sais-quoi.

Martinsson s'éloigna. Linda retint son souffle. Avait-elle bien entendu?

— Qu'avez-vous trouvé?

— Un bout de papier avec un nom et une adresse.

— Non, autre chose.

— Un bijou.

— Il ressemblait à quoi?

— À un pied, ou à une empreinte de pas.

— Ce n'est pas ce que vient de dire Martinsson.

— Peut-être une chaussure. Pourquoi?

— Quel genre de chaussure?

— Je n'en sais rien.

L'éclat du feu augmentait et diminuait au gré du vent.

— Je voulais juste te rappeler que le père d'Anna fabriquait des sandales avant sa disparition.

Il mit un moment à comprendre. Puis acquiesça lentement.

— Bien. Très bien. C'est peut-être l'ouverture qu'il nous faut.

38

Wallander avait essayé de renvoyer Linda à la maison. Mais elle voulait rester. Elle dormit quelques heures sur la banquette arrière d'une voiture de police ; elle ouvrit les yeux à l'aube en entendant son père tambouriner à la vitre. Ce type n'a jamais appris l'art du réveil en douceur. Il tape des poings, ou alors il vous secoue par l'épaule. Ce n'est pas qu'il réveille les gens ; il les arrache en sursaut à leurs rêves.

Elle sortit de la voiture et frissonna. Il ne faisait pas chaud. Des lambeaux de brume dérivaient au-dessus des champs. L'église avait fini de brûler, il ne restait que les murs béants, calcinés. Une épaisse fumée s'élevait encore du toit effondré. Des hommes et des femmes contemplaient, silencieux, les ruines de leur église. Linda vit un vieil homme nettoyer une pierre tombale avec des gestes lents, pour la débarrasser de la suie, et pensa qu'elle n'oublierait jamais cette image. La plupart des voitures de pompiers avaient disparu ; quelques hommes procédaient au déblai. Martinsson n'était plus là. En revanche, Stefan Lindman était arrivé ; il approcha et lui tendit un gobelet de café. Son père parlait à un journaliste à l'extérieur du périmètre.

— Ce paysage ne ressemble à rien de ce que j'ai pu connaître, dit Stefan Lindman. Ni dans le Västergötland ni dans le Härjedalen. Ici on a l'impression que la Suède s'arrête, s'incline vers la mer et disparaît. Et toute cette boue, cette brume. C'est curieux. J'essaie de trouver ma place dans un paysage qui m'est complètement étranger.

Linda marmonna une vague réponse. La brume était la brume, la boue était la boue, et alors ? Drôle de conversation pour un petit matin après un incendie. Elle changea de sujet.

— Où en êtes-vous, pour la femme ?

— On attend une confirmation des États-Unis. On est sûrs qu'elle n'est pas suédoise.

— Y a-t-il des raisons de croire que son identité ne soit pas celle du papier ?

— Ce ne serait pas très cohérent.

Le journaliste s'éloigna, Kurt Wallander les rejoignit.

— J'ai parlé à Lisa Holgersson. Puisque tu figures à la périphérie de cette enquête, autant que tu y sois officiellement. J'ai l'impression d'avoir une balle qui rebondit sans arrêt à côté de moi.

Linda crut qu'il faisait de l'ironie.

— Moi, au moins, je suis encore capable de rebondir. Contrairement à toi.

Stefan Lindman éclata de rire. Linda vit que son père était en colère, mais il se maîtrisa et se tourna vers son collègue.

— Réfléchis bien avant d'avoir des enfants. Vois quel enfer je vis.

Une voiture s'arrêta devant l'église. Nyberg en sortit.

— Nyberg douché de frais, commenta Kurt Wallander. Prêt à affronter les désagréments d'un jour nouveau. La retraite approche ; il mourra quand il comprendra qu'il n'est plus autorisé à fouiller la boue, enfoncé jusqu'aux genoux sous la pluie de nuit comme de jour.

— Il ressemble à un chien, dit Stefan Lindman à voix basse. Tu as remarqué? Il court partout comme s'il reniflait. On croirait que son seul regret est de ne pas pouvoir trotter à quatre pattes.

Linda s'aperçut qu'il avait raison. Nyberg se déplaçait vraiment comme un animal.

L'objet de leurs médisances les rejoignit. Il puait l'après-rasage, et ne parut pas s'apercevoir de la présence de Linda. Les hommes marmonnèrent un salut et un commentaire sur le temps.

— On a une idée sur la cause de l'incendie? demanda Kurt Wallander. D'après Mats Olsson, les deux églises ont commencé à brûler à plusieurs endroits en même temps. Le sacristain, qui est arrivé le premier sur les lieux, affirme que ça brûlait « en cercle ». Ça concorde.

— Je n'ai rien trouvé encore, dit Nyberg. Mais il est clair que ce n'était pas un accident.

— Il y a une différence, poursuivit Wallander. Le début de l'incendie de Hurup ressemblait davantage à une déflagration. Un voisin affirme avoir été réveillé par une secousse, comme si une bombe venait d'exploser. Les incendies auraient donc été organisés différemment, mais de façon coordonnée.

— Le schéma paraît clair, dit Stefan Lindman. Les incendies servent de manœuvre de diversion par rapport au meurtre.

— Pourquoi des églises? dit Kurt Wallander. Et pourquoi étrangler quelqu'un avec une corde de bateau?

Il se tourna soudain vers Linda.

— Qu'en penses-tu? Que vois-tu?

Elle se sentit rougir. La question était venue trop vite, elle n'était pas prête.

— Si on choisit une église, c'est justement qu'on a choisi une église, commença-t-elle d'une voix mal assurée. Étrangler quelqu'un avec une corde, ça rappelle la torture. Mais aussi des pratiques liées à la religion. On coupe les mains des coupables, on les lapide, on les enterre vivants. Pourquoi ne pas les étrangler avec une corde?

Avant que quiconque ait eu le temps de commenter ces paroles, le portable de Stefan Lindman sonna. Il écouta un instant et le tendit à Kurt Wallander, qui prit connaissance d'un message.

— Les infos commencent à arriver des États-Unis, dit-il en raccrochant. On retourne à Ystad.

— Vous avez besoin de moi? demanda Nyberg.

— Si oui, je t'appelle.

Il se tourna vers Linda.

— Toi, tu viens. À moins que tu ne préfères rentrer dormir.

— Ce n'est pas la peine de me dire ça.

— Simple sollicitude.

— Pense à moi comme à une collègue. Pas comme à ta fille.

Dans la voiture, ils restèrent silencieux, à cause du manque de sommeil mais aussi de peur de dire quelque chose qui énerverait l'autre.

Parvenu au commissariat, Kurt Wallander disparut vers l'aile des procureurs. Stefan Lindman rattrapa Linda devant la porte principale.

— Je me souviens de mon premier jour de service, dit-il. J'étais à Borås. La veille au soir, j'étais

417

sorti avec quelques copains. La première chose que j'ai faite en arrivant au poste, c'est me précipiter aux toilettes pour gerber. Et toi, tu vas faire quoi ?

— Pas ça, en tout cas.

Ann-Britt Höglund était dans le hall d'accueil. Une fois de plus, elle salua à peine Linda, qui résolut de la traiter dorénavant de la même manière.

Un message l'attendait à la réception : Lisa Holgersson voulait lui parler.

— J'ai fait quelque chose de mal ?

— Sûrement pas, dit Stefan Lindman avant de s'éloigner.

Il me plaît, pensa Linda. De plus en plus.

Lisa Holgersson sortait de son bureau quand elle vit arriver Linda.

— Kurt m'a expliqué la situation. On te laisse participer à l'enquête. C'est un curieux hasard qu'une de tes amies soit mêlée à cette affaire.

— On n'en sait rien, dit Linda. C'est possible. Mais on n'en sait rien.

À neuf heures, la porte de la salle de réunion se referma. Linda occupait la place que lui avait désignée son père, à côté de Stefan Lindman. Son père, debout en bout de table, buvait de l'eau minérale. Elle pensa qu'elle se l'était toujours représenté ainsi : seul en bout de table, assoiffé comme d'habitude, les cheveux en bataille, prêt à affronter une nouvelle journée dans une enquête difficile. Mais l'image était romantique et, pour cette raison, elle le savait, fausse. Elle la rejeta avec une grimace.

Elle avait toujours vécu avec le sentiment qu'il était un bon policier, un enquêteur habile, mais maintenant qu'elle assistait pour la première fois à l'une de ces fameuses réunions, elle s'aperçut qu'il cachait dans son chapeau de nombreux lapins dont elle n'avait eu aucune connaissance. Elle fut en particulier impressionnée par sa faculté de garder présentes à l'esprit une quantité de données soigneusement triées et rangées dans différentes cases correspondant à différents enchaînements chronologiques. Pendant qu'elle l'écoutait, une autre découverte se fit jour au tréfonds de sa conscience. Ce fut comme si elle comprenait enfin pourquoi il s'était si peu occupé d'elle et de Mona. Il n'y avait tout simplement pas eu assez de place. Il faut que je lui parle de ça, pensa-t-elle. Quand tout ça sera fini, il faudra qu'on parle du fait qu'il nous a sacrifiées, Mona et moi.

La réunion dura près de deux heures. Après la dispersion du groupe, Linda ouvrit une fenêtre et réfléchit à ce qui avait été dit. Son père, en reposant sa bouteille d'eau minérale et en se lançant dans un résumé de la situation très confuse à laquelle ils étaient confrontés, avait clairement choisi son point de départ :

— Deux femmes ont été assassinées. Tout cela commence par deux femmes. Peut-être est-il trop audacieux de ma part d'écarter les autres hypothèses pour partir du postulat que l'auteur est le même. Il n'y a pas de lien évident entre les deux meurtres ; il n'y a même pas de ressemblances. Les liens que nous avons découverts jusqu'à présent sont ténus, hasardeux, on ne peut même pas à proprement parler de liens. À la périphérie de ces événements, il existe un autre enchaînement confus. C'est la raison pour laquelle Linda est ici.

Lentement, à tâtons, comme muni d'antennes déployées dans toutes les directions, il commença à arpenter un terrain parsemé d'énigmes diverses, qui allaient d'hypothétiques cygnes flambés jusqu'à des mains tranchées et entrelacées. Il mit une heure et douze minutes, sans pause, sans redite, pour parvenir à une conclusion qui n'était au fond qu'une manière de dire : *Nous ne savons pas du tout ce qui s'est passé. Derrière les deux femmes assassinées, les animaux brûlés et les églises incendiées, il y a une réalité qui nous échappe. Surtout, nous ne savons pas s'il s'agit d'une fin ou d'un début.*

Il s'était donc écoulé une heure et douze minutes. Wallander avait parlé debout. Il se rassit avant de poursuivre :

— Nous attendons des renseignements sur cette personne que nous croyons s'appeler Harriet Bolson. Pendant ce temps, je vous laisse la parole. Permettez-moi juste un dernier commentaire. Il y a un élément récurrent dans cette affaire. J'ai le sentiment que ces animaux ne meurent pas pour donner l'occasion à un fou sadique de décharger ses pulsions. Peut-être s'agit-il d'une forme de sacrifice, avec à l'arrière-plan une logique délirante. Nous avons à l'appui de cette thèse les mains tranchées de Birgitta Medberg, et cette bible que quelqu'un a entrepris de réécrire. À quoi s'ajoutent maintenant l'incendie des églises et cette mort qui peut s'apparenter à un meurtre rituel. Selon un témoin, l'homme qui a mis le feu au magasin d'animaux aurait crié «*Gud krävde*» ou quelque chose d'approchant. Tous ces éléments mis bout à bout peuvent nous orienter vers la piste d'un message religieux. Peut-être une secte, peut-être quelques fous isolés. Mais j'en doute. Il y a – comment dire – un aspect administratif de la violence. Pour moi, ce n'est pas une personne seule qui en est à l'origine. Sont-ils deux ou mille? Nous n'en savons rien. C'est pourquoi je veux aussi que nous prenions le temps d'en discuter à fond et sans a priori avant de poursuivre le travail. Je crois qu'à ce moment précis on ira plus vite si on s'autorise à marquer un temps d'arrêt.

La discussion n'eut même pas l'occasion de démarrer. Une jeune femme vint annoncer qu'on venait de recevoir plusieurs fax de la police américaine. Martinsson disparut et revint quelques instants plus tard avec quelques documents, parmi lesquels un portrait flou. Kurt Wallander, tenant ses lunettes cassées devant ses yeux, acquiesça. C'était elle. La femme s'appelait réellement Harriet Bolson.

— Mon anglais n'est pas très bon, dit Martinsson en laissant les papiers à Ann-Britt Höglund, qui commença à les parcourir.

Linda s'était approprié un bloc-notes en entrant dans la pièce. À présent, sans trop savoir pourquoi, elle se mit à prendre des notes. Elle participait sans réellement participer. Mais elle devinait que son père lui avait assigné une tâche qu'il attendait de lui exposer, pour différentes raisons.

Ann-Britt Höglund constata à haute voix que la police américaine avait travaillé en profondeur. Ce n'était peut-être pas très difficile dans la mesure où

Harriet Bolson – de son nom complet Harriet Jane Bolson – figurait dans les fichiers de la police en tant que *missing person* depuis le 12 janvier 1997, quand sa sœur, Mary Jane Bolson, avait signalé sa disparition au poste de police du centre-ville de Tulsa. Elle avait, disait-elle, tenté de joindre Harriet au téléphone pendant plus d'une semaine, sans résultat. Elle avait alors pris sa voiture et parcouru les trois cents kilomètres qui la séparaient de la ville où vivait sa sœur, et où elle travaillait en tant que secrétaire et bibliothécaire privée pour le compte d'un collectionneur d'art. Mary Jane avait trouvé le logement de sa sœur abandonné. Harriet Jane n'était pas davantage sur son lieu de travail. Elle semblait s'être volatilisée. Ses amis, contactés par la police, la décrivaient tous comme une personne introvertie, mais consciencieuse et gentille, qui n'avait à leur connaissance aucun problème de drogue ni d'alcool, ni aucune autre face sombre susceptible d'expliquer sa disparition. La police de Tulsa avait lancé un avis de recherche. Mais au cours des quatre années écoulées depuis lors, on n'avait rien appris de plus quant à ce qui avait bien pu se passer. On n'avait tout simplement aucune trace de Harriet Jane.

— Un intendant de police du nom de Clark Richardson attend impatiemment une confirmation de notre part. Et il veut évidemment connaître les détails.

— On peut confirmer tout de suite, dit Kurt Wallander. C'est elle. N'avaient-ils vraiment aucune idée sur la cause de sa disparition ?

Ann-Britt Höglund parcourut les feuillets.

— Harriet Jane était célibataire. Elle avait vingt-six ans au moment des faits. Fille d'un pasteur méthodiste de Cleveland, Ohio, «*eminent*», est-il dit dans le procès-verbal d'origine. Enfance heureuse, pas de faux pas, études dans différentes universités, embauche à Tulsa avec un salaire élevé chez le collectionneur d'art. Une vie simple, régulière, travail la semaine, église le dimanche.

Ann-Britt Höglund se tut.

— C'est tout ? demanda Kurt Wallander, surpris.

— Oui.

— Il doit y avoir autre chose. Il faut qu'on apprenne tout sur elle. Ann-Britt, tu t'en charges. Il faut soigner Clark Richardson. Essaie de lui donner l'impression que c'est la plus importante enquête criminelle en cours en Suède. Ce qui est peut-être la vérité.

La discussion ajournée put ensuite commencer. Linda écouta, en alerte. Après une demi-heure, son père tambourina sur la table avec le bout d'un crayon et conclut. Les enquêteurs se dispersèrent. Linda resta seule avec son père.

— Je veux que tu me rendes un service, dit-il. Parle à Anna, fréquente-la, ne pose aucune question, mais essaie de cerner de plus près ses rapports avec Birgitta Medberg. Et avec ce Vigsten, à Copenhague. J'ai demandé aux collègues danois de s'occuper de lui.

— Ce n'est pas lui. Vigsten est un vieux monsieur qui perd la boule. Mais il y a quelqu'un dans son appartement. Qui ne s'est pas montré lors de ma visite.

— On n'en sait rien, coupa-t-il. Tu as compris ce que je te demandais ?

— De faire semblant de rien pendant que j'essaie d'obtenir une réponse à des questions importantes.

Il hocha la tête et se leva.

— Je ne suis pas tranquille. Je ne comprends pas ce qui se passe. Et je redoute ce qui va venir.

Il la regarda, lui effleura la joue très vite, presque timidement, et quitta la salle.

Le même jour, Linda invita Anna et le Zèbre à prendre quelque chose ensemble au café du port de plaisance. Elles venaient de s'attabler lorsqu'il se mit à pleuvoir.

39

Le garçon jouait silencieusement par terre avec une petite voiture qui grinçait beaucoup car il lui manquait deux roues. Linda le regardait. Parfois il était insupportable à force de crier et d'attirer l'attention sur lui ; à d'autres moments, il était d'un calme absolu – maintenant, par exemple, entièrement absorbé par les itinéraires secrets qu'il faisait prendre à sa petite voiture jaune.

Le café était presque vide à cette heure. Deux plaisanciers danois installés dans un coin examinaient une carte marine ; la fille derrière le comptoir bâillait.

— Pourquoi n'avons-nous jamais de discussions de filles ? demanda le Zèbre.

— Lance-toi, je t'écoute.

— Et toi, Anna ? Tu m'écoutes ?

444

— Bien sûr.

Le silence se fit. Anna tourna sa cuillère dans son thé, le Zèbre glissa une prise de tabac sous sa lèvre supérieure; Linda goûta son café.

— Alors, dit le Zèbre. C'est vraiment à ça que se résume la vie? Ça et rien d'autre?

— Pardon? fit Linda.

— Mais oui. Tous les trucs dont on rêvait – ils sont partis où?

— Personnellement, dit Anna, je ne me rappelle pas que tu aies jamais rêvé d'autre chose que d'avoir un enfant. En tout cas, c'était ton rêve le plus important.

— C'est vrai, mais j'en avais beaucoup d'autres. J'ai toujours été une rêveuse excessive. Il ne m'est pas arrivé souvent d'être raide bourrée comme on peut l'être quand on est ado, au point de se retrouver écroulée dans les plates-bandes à vomir et à taper sur les garçons qui essaient de se servir au passage. Mais les rêves! Je ne les goûtais pas : j'en abusais, je me saoulais avec. Qu'est-ce que je n'allais pas devenir! Styliste, rock star, pilote de jumbo-jet.

— Il n'est pas trop tard, dit Linda.

Le Zèbre appuya son menton dans sa main et la regarda.

— Bien sûr que si. Ton rêve à toi, c'était vraiment d'être flic?

— Jamais de la vie. Je voulais être tapissière. Pas très excitant, comme rêve.

— Et toi? demanda le Zèbre en se tournant vers Anna.

— Je pensais que j'allais découvrir un sens.

— Tu l'as découvert?

425

— Oui.

— Et c'est quoi?

— On ne peut pas en parler. Soit on l'a, soit on ne l'a pas.

Anna paraissait sur ses gardes. «Je sais que tu essaies de me percer à jour», semblait lui dire son regard. Mais Linda ne pouvait évidemment en être sûre.

Les deux Danois se levèrent pour partir. L'un des deux caressa les cheveux du garçon en passant.

— Il a bien failli ne pas exister, lui non plus, dit soudain le Zèbre.

— Comment ça?

— J'étais à deux doigts d'avorter. Je me réveille encore en sueur, la nuit. Je rêve que je l'ai fait; mon fils n'est plus là.

— Je croyais que tu désirais cet enfant.

— Bien sûr. Mais j'avais tellement peur. Je ne pensais pas pouvoir y arriver.

— C'est une chance que tu ne l'aies pas fait, dit Anna.

Le Zèbre et Linda réagirent toutes deux à son ton. Sévère, peut-être réprobateur. Le Zèbre contre-attaqua aussitôt.

— Je ne sais pas si le mot «chance» est bien choisi. Tu le comprendras peut-être si tu tombes enceinte un jour.

— Je suis contre l'avortement. C'est comme ça.

— Le fait qu'on en passe par là ne signifie pas qu'on soit pour, dit le Zèbre avec calme. Il peut y avoir d'autres raisons.

— Lesquelles?

— Quand on est trop jeune, quand on est malade.

426

— Je suis contre l'avortement, répéta Anna.

— Je suis heureuse que mon fils existe. Mais je ne regrette pas l'IVG que j'ai eue à quinze ans.

Linda fut surprise. Anna aussi, visiblement. Elle s'était figée.

— Ça ne va pas, non? Arrêtez de me regarder comme ça. J'avais quinze ans. Qu'auriez-vous fait à ma place?

— La même chose, dit Linda.

— Pas moi, répliqua Anna. L'avortement est un péché.

— Tu parles comme un pasteur.

— Je dis ce que je pense.

Le Zèbre haussa les épaules.

— Je croyais que c'était une discussion entre filles. Si on ne peut pas parler de ça avec ses copines, avec qui va-t-on en parler?

Anna se leva.

— Je dois y aller. J'ai oublié un truc.

Elle partit sans même dire au revoir au garçon, qui jouait toujours entre les tables.

— Qu'est-ce qui lui prend? On pourrait croire qu'elle l'a fait, elle aussi, et qu'elle ne veut pas en parler.

— C'est peut-être le cas, dit Linda. On croit connaître les gens. Mais la vérité peut nous prendre par surprise.

Le Zèbre et Linda s'attardèrent au café plus longtemps que prévu. L'ambiance changea après le départ d'Anna. Elles se mirent à rigoler comme si elles redevenaient adolescentes. Linda les raccompagna; elles se séparèrent devant l'immeuble du Zèbre.

— Que va faire Anna, à ton avis ? Cesser de me fréquenter ?

— Elle est sûrement la première à se dire qu'elle a mal réagi.

— Je n'en suis pas sûre. Mais j'espère que tu as raison.

Linda rentra à pied, s'allongea sur le lit et ferma les yeux. Ses pensées vagabondaient. Elle était de nouveau en route vers le lac où quelqu'un avait cru voir des cygnes en flammes voler dans le ciel. Soudain, elle se redressa. Elle avait entendu Martinsson dire qu'ils allaient vérifier un appel parvenu au central. Cela signifiait que les appels étaient enregistrés. Autrement dit, l'échange portant sur les cygnes avait dû être conservé dans les archives. Linda ne se rappelait pas que quiconque eût commenté l'accent de l'interlocuteur anonyme. Amy Lundberg avait dit que l'homme aperçu devant le magasin d'animaux s'exprimait en danois ou peut-être en norvégien. Linda se leva. Si l'homme qui a appelé a le même accent, on saura qu'il existe un lien entre les animaux brûlés et le propriétaire de la maison de Lestarp.

Vingt-deux heures. Elle sortit sur le balcon. L'air était frais. Bientôt l'automne, pensa-t-elle, bientôt le gel. Le sol craquera sous mes pas quand je serai de la police.

Le téléphone sonna. C'était son père.

— Je voulais juste te dire que je ne rentrerai pas dîner.

— Tu as vu l'heure ? J'ai mangé depuis longtemps.

— Je crois que j'en ai encore pour quelques heures.

— Est-ce que tu as le temps de me voir ?

— C'est-à-dire ?

— Je pensais faire une promenade jusqu'au commissariat.

— C'est important ?

— Peut-être.

— Cinq minutes. Pas plus.

— Deux, ça ira. Les appels qui parviennent au commissariat sont-ils enregistrés ?

— Oui, pourquoi ?

— Combien de temps conservez-vous les bandes ?

— Un an. Pourquoi ?

— Je te le dirai tout à l'heure.

Linda arriva au commissariat à vingt-deux heures quarante ; son père vint l'accueillir dans le hall désert. Son bureau était rempli de fumée.

— Qui est venu ?

— Boman.

— C'est qui ?

— Le procureur.

Linda se rappela soudain un autre procureur.

— Qu'est-elle devenue ?

— Qui ?

— Celle dont tu étais amoureux.

— C'était il y a longtemps. Quelle folie.

— Raconte !

— Ses pires bourdes, on doit les garder pour soi. Il y a d'autres procureurs maintenant. Boman en fait partie. Je suis seul à le laisser fumer dans mon bureau.

— Je n'arrive pas à respirer.

Elle ouvrit la fenêtre. Un petit objet en faïence tomba du rebord et se brisa.

— Désolée.

Elle ramassa les fragments. Il lui semblait avoir vu ce bibelot il y a très longtemps. Un taureau noir prêt à attaquer.

— On peut peut-être le recoller...

— J'ai souvent pensé le jeter. Il me rappelle de mauvais souvenirs.

— Ah! Lesquels?

Il secoua la tête.

— Pas maintenant. Qu'est-ce que tu voulais?

Linda s'expliqua. Elle avait posé les débris du taureau sur la table.

— Tu as raison, dit-il quand elle eut fini.

Il se leva et lui fit signe de le suivre. Dans le couloir, ils tombèrent sur Stefan Lindman qui portait une pile de dossiers.

— Pose tes machins et viens avec nous, dit Kurt Wallander.

Ils se rendirent aux archives. Wallander fit venir un des policiers qui prenaient les appels du public.

— Le 21 août au soir. Un homme a téléphoné en disant avoir vu des cygnes en flammes au-dessus du lac de Marebo.

— Je n'étais pas présent.

Il alla consulter la feuille de service sur le mur.

— C'étaient Undersköld et Sundin.

— Appelle-les.

— Undersköld est en Thaïlande et Sundin est en formation en Allemagne. Surveillance par satellite, c'est le nom du stage. Ça va être difficile de les joindre.

— Et la bande?

— Elle, je peux peut-être vous la trouver.

Ils se rassemblèrent autour du magnétophone. Entre un rapport sur un voleur de voitures présumé et un ivrogne qui demandait si on pouvait l'aider à «retrouver la vieille», ils écoutèrent le message sur les cygnes en flammes. Linda tressaillit en entendant la voix. L'homme essayait de camoufler son accent. Mais il n'y parvenait pas. Ils réécoutèrent la bande plusieurs fois.

LE CENTRAL : *Police.*

L'HOMME : *Je veux juste signaler que des cygnes brûlent dans le ciel au-dessus du lac de Marebo.*

LE CENTRAL : *Des cygnes brûlent?*

L'HOMME : *Oui.*

LE CENTRAL : *Qu'est-ce qui brûle?*

L'HOMME : *Des cygnes brûlent dans le ciel au-dessus du lac de Marebo.*

Fin de l'échange. Kurt Wallander ôta les écouteurs qu'on lui avait donnés et les tendit à Stefan Lindman.

— Cet homme a un accent. Aucun doute. Pour moi, ça ressemble à du danois.

— Peut-être du danois, dit Stefan Lindman. Je ne peux rien affirmer.

Linda écouta à son tour.

— Quelle est la différence au juste entre un accent norvégien et un accent danois?

— On va s'en occuper. C'est désagréable de devoir se faire rappeler un détail pareil par une aspirante.

Kurt Wallander donna l'ordre que la bande reste accessible et prit le chemin de la cafétéria, les deux autres sur ses talons. Quelques agents de la circulation traînaient à une table ; Nyberg était là aussi, en pleine discussion avec deux de ses techniciens. Wallander se servit un café et s'assit à côté d'un téléphone. Il pianota sur le cadran et attendit, le combiné contre l'oreille.

— Je ne sais pas pourquoi je me souviens de ce numéro.

L'échange fut bref. Il pria son interlocuteur de venir immédiatement au commissariat. Linda comprit que l'autre n'en avait nulle envie.

— Dans ce cas, je t'envoie une voiture avec sirène et gyrophare. Et des menottes, pour que les voisins se posent des questions.

Il raccrocha.

— Christian Thomassen est second à bord d'un des ferries qui font la liaison avec la Pologne. Il boit, mais seulement par périodes. Là, on a de la chance, il carbure à l'Antabus. C'est un Norvégien. Il devrait pouvoir nous éclairer.

Dix-sept minutes plus tard, l'un des plus grands hommes que Linda eût jamais vus fit son entrée au commissariat, les pieds enfoncés dans une paire de gigantesques bottes en caoutchouc. Il mesurait environ deux mètres, arborait une barbe qui lui arrivait au milieu de la poitrine et une calvitie ornée d'un tatouage. Quand il s'assit, Linda se leva pour voir ce qu'il représentait. Une rose des vents. Christian Thomassen lui sourit.

— L'aiguille pointe au sud sud-ouest. Droit vers le

soleil couchant. Quand la mort me rattrapera, elle n'aura pas besoin d'hésiter sur la direction à prendre.

— C'est ma fille, dit Kurt Wallander. Tu te souviens d'elle ?

— Peut-être. Je ne me souviens pas de grand monde. Même si je ne me suis pas noyé dans l'alcool, ma mémoire a pas mal sombré.

Il lui tendit la main. Linda, tout en redoutant de se faire écrabouiller la sienne, pensa que la façon de s'exprimer de Thomassen lui rappelait la voix enregistrée par le central.

— Allons-y, dit Wallander. Je veux te faire écouter une bande audio.

Christian Thomassen s'acquitta consciencieusement de sa mission ; il demanda à réentendre la bande quatre fois de suite. Quand Stefan Lindman voulut rembobiner pour une nouvelle écoute, il leva la main. Ce n'était pas nécessaire.

— C'est un Norvégien. J'essayais de deviner de quel coin du pays il pouvait être. Mais je n'y arrive pas. Il a dû quitter la Norvège il y a longtemps.

— Tu veux dire qu'il aurait vécu longtemps en Suède ?

— Pas forcément.

— Tu es sûr que c'est un Norvégien ?

— Je suis à Ystad depuis dix-neuf ans, dont huit à peu près consacrés a boire, mais je n'ai pas encore complètement oublié d'où je viens.

— Alors on te remercie. Tu veux qu'on te raccompagne ?

— J'ai mon vélo, sourit Thomassen. J'en profite.

433

Quand je bois, je ne peux pas en faire, ou alors je me casse la figure et je me fais mal.

— Un homme étonnant, dit le père de Linda quand ils furent de nouveau seuls. Il a une très belle voix de basse. S'il n'avait pas été si paresseux et s'il n'avait pas autant bu, il aurait pu faire une carrière de chanteur lyrique. Il serait devenu la plus grande basse du monde, au moins physiquement.

Ils retournèrent dans son bureau. Stefan Lindman contempla les débris de faïence, mais ne fit aucun commentaire.

— Un Norvégien, dit Kurt Wallander. Alors nous savons que c'est le même homme. Les cygnes, le magasin d'animaux, probablement aussi le taureau. Mais était-ce lui, dans la cabane, à l'arrivée de Birgitta Medberg?

— La bible, dit Stefan Lindman.

— Elle est suédoise. Ils ont déchiffré le texte entre les lignes. C'est du suédois.

Le silence se fit. Linda attendait. Stefan Lindman secoua la tête.

— Il faut que je dorme. Je n'arrive plus à réfléchir.

— Huit heures demain matin.

Les pas de Stefan s'éloignèrent dans le couloir. Son père bâilla.

— Toi aussi, il faut que tu dormes, dit-elle.

Il acquiesça en silence. Puis il tendit une main hésitante vers les bouts de faïence.

— C'est peut-être bien qu'il se soit cassé, ce taureau. Ça fait plus de trente ans que je l'ai. Un voyage en Espagne, avec un copain. J'avais déjà rencontré Mona à ce moment-là; c'était mon dernier été de liberté. On a acheté une vieille bagnole et on est partis en Espagne chasser les belles carmencitas. On voulait pousser jusqu'en Andalousie. Mais la voiture nous a lâchés avant Barcelone. Je crois qu'on l'avait payée cinq cents couronnes. On l'a laissée dans un village poussiéreux et on est partis pour Barcelone en bus. J'ai un souvenir très vague des quinze jours qui ont suivi. J'ai interrogé mon copain, mais il s'en souvient encore moins que moi. On buvait sans arrêt, du matin au soir. À part quelques putes, il ne me semble pas qu'on ait eu le moindre contact avec les belles Espagnoles dont on rêvait. Quand l'argent a pris fin, on est rentrés en Suède en stop. Ce taureau, je l'ai acheté à la frontière. Je pensais l'offrir à Mona. Mais elle était si furieuse, à mon retour, que je ne le lui ai jamais donné. Je l'ai retrouvé dans un tiroir, après le divorce. Alors je l'ai apporté ici. Et il s'est cassé. C'est peut-être juste.

Il se tut. Linda sentit que l'histoire n'était pas finie.

— Mon copain, c'était Sten Widén. Il se meurt et le taureau noir se casse.

Linda ne sut que dire. Ils restèrent assis tous les deux en silence. Elle essayait de se représenter son père avec trente ans de moins – juste avant sa propre naissance. Il devait rire plus souvent à l'époque. Dieu merci, je ne suis pas devenue aussi sombre que lui.

Kurt Wallander se leva.

— Tu as raison. On a besoin de dormir. *J'ai* besoin de dormir. Il est déjà minuit.

On frappa à la porte. Un policier du central entra.

— Ça vient d'arriver, dit-il en remettant un fax à Wallander. De Copenhague. Un certain Knud Pedersen.

435

— Je sais qui c'est.

Il parcourut le fax du regard. Puis il s'assit sur son bureau et le relut attentivement. Linda vit à son expression qu'il prenait le message au sérieux.

— Curieux, dit-il. Knud Pedersen, que je connais depuis longtemps, est un policier intelligent. Il me signale le meurtre d'une prostituée, Sylvi Rasmussen, par fracture des vertèbres cervicales. Détail étrange, elle avait les doigts entrelacés. Ses mains n'étaient pas tranchées, mais Pedersen a quand même tenu à me signaler le fait.

Il laissa tomber le fax sur la table.

— Encore Copenhague…

Linda allait poser une question. Il leva la main.

— Il faut qu'on dorme. Les policiers fatigués donnent une avance inutile à ceux qu'ils traquent.

Ils quittèrent le commissariat. Son père proposa de faire le trajet à pied.

— Parlons d'autre chose, dit-il. Parlons d'un truc qui nettoie la tête.

Ils rentrèrent à Mariagatan, côte à côte, sans échanger un mot.

40

Chaque fois qu'il voyait sa fille, c'était comme si le sol se dérobait sous ses pieds : il tombait, et parfois il lui fallait plusieurs minutes avant de retrouver l'équilibre.

Des images de ses vies passées défilaient à toute vitesse. À Cleveland déjà, il avait choisi de diviser son existence en trois phases, ou peut-être trois espaces, nettement séparés. La première vie était celle qu'il avait menée jusqu'au moment où il était parti en abandonnant tout. Il l'appelait le temps du Vide ; avant sa rencontre avec l'ange déchu. La deuxième vie correspondait aux années Jim Jones, la Californie et l'exode vers la jungle guyanaise, où le vide avait été remplacé par un mensonge déguisé en vérité. Puis venait l'époque actuelle, le temps de la Vérité qui attendait son accomplissement, très proche désormais. Dieu l'avait mis à l'épreuve et l'avait jugé digne de l'endosser en Son nom.

En temps normal, il assumait ses souvenirs avec un grand calme. Il tâtait fréquemment son pouls, qui se révélait toujours égal, même quand il était en colère. *Tout comme l'animal revêtu de plumes, tu dois pouvoir secouer la haine, le mensonge et la rage de ton corps*, lui avait dit Dieu dans un rêve. Mais, face à sa fille, la faiblesse le rattrapait. Dans son visage, il voyait aussi les autres visages. D'abord Maria et l'enfant, dont les corps avaient engraissé le marais fumant que ce fou de Jim Jones avait choisi pour paradis. Il pouvait ressentir une nostalgie brûlante en pensant à elles, elles qui étaient mortes, elles qu'il n'avait pas réussi à sauver. La culpabilité était écrasante.

Dieu a exigé de moi ce sacrifice, pensait-il alors, Dieu m'a mis à l'épreuve. Le visage de sa fille lui montrait également Sue-Mary à Cleveland, et le vieil homme qui avait veillé sur ses papiers à Caracas. Il voyait les deux vies qu'il avait dépassées, et ne retrouvait le sol sous ses pieds que lorsque toutes ces images avaient fini de défiler. *Tes souvenirs sont un vol d'oiseaux migrateurs dont les ailes silencieuses fendent le ciel*, lui avait dit Dieu dans un autre rêve. *Tu les vois arriver et tu les vois disparaître. Rien de plus, le souvenir n'est rien de plus que cela.*

Il voyait sa fille à différents moments, en différents lieux. Depuis le jour où il avait quitté l'invisibilité pour se révéler à elle, il avait sans cesse veillé à ce qu'elle ne disparaisse pas à son tour. Il lui faisait des surprises. Une fois, alors qu'ils venaient de se retrouver, il avait lavé sa voiture. Il lui écrivait, à Lund, quand il voulait la voir dans la cachette derrière l'église de Lestarp. Parfois il se servait de son appartement pour passer des coups de fil importants. Il lui était même arrivé d'y dormir la nuit.

Je l'ai quittée autrefois. Je dois maintenant être le plus fort, afin qu'elle ne me quitte pas à son tour.

En se manifestant à elle, il avait envisagé la possibilité qu'elle refuse de le suivre. Dans ce cas, il se rendrait de nouveau invisible. Mais après les trois premiers jours, il paraissait acquis qu'elle pourrait faire partie des élus. Un signe – la révélation que sa fille connaissait par hasard la femme tuée par Torgeir dans la forêt – le lui avait confirmé. Il avait compris alors qu'elle l'attendait, qu'elle n'avait cessé de l'attendre pendant toutes ses années d'absence.

Il devait la revoir, cette fois dans son appartement, où il était déjà venu à plusieurs reprises à son insu. Ils avaient un code : un pot de fleurs sur le rebord de la fenêtre de la cuisine signifiait que la voie était libre. Mais quelquefois il avait ouvert la porte avec les clés qu'elle lui avait offertes, sans se soucier du pot de fleurs. Dieu lui indiquait à quel moment il pouvait entreprendre sans risque une visite dans le monde de sa fille. Elle avait des consignes. Elle devait se comporter comme d'habitude vis-à-vis de ses amies. En surface, rien ne devait changer. La foi, lui avait-il dit, croît en toi jusqu'au jour où je pourrai lui ordonner de sortir de ton corps.

À chacune de leurs rencontres, il faisait ce que lui avait enseigné Jim Jones – un des rares enseignements de Jim qui, dans son souvenir, ne fût pas souillé par la trahison et la haine. Face à un être humain, il fallait être attentif au souffle. C'était important surtout avec les nouveaux venus, qui ne s'étaient peut-être pas encore entièrement soumis, en remettant leur vie entre les mains de leur chef.

Elle ouvrit la porte et s'agenouilla dans l'entrée ; il posa la main sur son front et prononça les paroles que Dieu exigeait qu'elle entende. En même temps, il cherchait discrètement du bout des doigts la veine qui lui permettrait de contrôler son pouls. Elle tremblait, mais elle avait déjà moins peur. Le bouleversement intervenu dans sa vie commençait à lui devenir naturel. Il s'agenouilla devant elle.

— Je suis là, murmura-t-il.

— Je suis là.

— Que dit le Seigneur ?

— Il exige ma présence.

Il lui caressa la joue, la releva et la suivit dans la cuisine. Elle avait préparé et disposé sur la table ce qu'il désirait manger : salade, pain dur, deux morceaux de viande. Il mangea lentement en silence. Quand il eut fini, elle apporta la coupe pleine d'eau et lui lava les mains ; puis elle posa devant lui une tasse de thé. Il planta son regard dans celui de sa fille et lui demanda comment elle allait depuis leur dernière entrevue. Il était surtout intéressé par ses amies, et en particulier par cette fille qui l'avait cherchée partout.

Il avait goûté le thé et écouté ses premiers mots quand il s'aperçut qu'elle était tendue. Il sourit.

— Qu'est-ce qui te tourmente ?

— Rien.

Il lui saisit la main et trempa de force deux de ses doigts dans le thé brûlant. Elle tressaillit, mais il maintint la pression jusqu'à être sûr qu'elle garderait une trace de la brûlure. Elle fondit en larmes. Il leva la main.

— Dieu exige la vérité. Tu sais que j'ai raison quand j'affirme que quelque chose t'inquiète. Je dois savoir ce que c'est.

Elle lui raconta alors ce qu'avait dit le Zèbre au café, pendant que le petit jouait par terre avec la voiture jaune. Il nota qu'elle n'était pas certaine de bien faire en le lui révélant ; la faiblesse était encore là, ses amies comptaient encore pour elle. Cela n'avait rien d'étrange ; l'étonnant était plutôt qu'il eût réussi à la transformer si vite.

— Tu fais bien de me le rapporter. Et aussi de me montrer ton hésitation. Hésiter, c'est se rendre prêt à combattre pour la vérité, à ne pas la tenir pour acquise. Comprends-tu ce que je te dis ?

— Oui.

Il la regarda, longuement. Elle est ma fille, pensa-t-il. Sa gravité, c'est de moi qu'elle la tient.

Il demeura encore un moment avec elle, à lui parler de sa vie. Il voulait combler la faille de toutes ces années où il était resté absent. Il ne pourrait jamais la persuader de le suivre si elle ne comprenait pas que cette absence avait été voulue par Dieu. C'était mon désert, répétait-il. Je n'y ai pas été envoyé trente jours, mais vingt-quatre ans.

Au moment de partir, il était certain qu'elle le suivrait. Elle lui avait fait le don suprême, en lui accordant l'occasion de punir un agent du péché. Dans la rue, il leva la tête. Il entrevit son visage derrière la fenêtre de la cuisine.

Torgeir l'attendait comme convenu au bureau de poste. Il choisissait toujours des lieux publics pour leurs rendez-vous. L'échange fut bref. Juste avant de le quitter, Torgeir inclina son front, et il vérifia du bout des doigts que son pouls était normal. Le fait que Torgeir ait pu être sauvé le surprenait toujours, bien qu'il sût que c'était un miracle de Dieu. L'homme à bout de forces qu'il avait croisé à Cleveland était devenu son plus efficace organisateur.

Ils se retrouvèrent le soir même sur le parking. La soirée était tiède, nuageuse, de la pluie était annoncée dans le courant de la nuit. Le camion était remplacé par un car volé à Malmö par Torgeir, qui avait aussi changé les plaques. Ils partirent vers l'est, dépassèrent Ystad et continuèrent par les petites routes jusqu'à Klavestrand, où ils s'arrêtèrent devant l'église, située sur une hauteur. La maison la plus proche était à quatre cents mètres, par-delà la route de Tomelilla. Personne ne remarquerait le car à cet endroit. Torgeir ouvrit le portail de l'église avec la clé qu'il s'était procurée. Ils allumèrent leurs lampes torches, équipées de réflecteurs ; puis ils appuyèrent leurs échelles contre le mur et entreprirent de masquer les vitraux du côté de la route à l'aide de sacs en plastique noir découpés aux ciseaux. Quand ce fut fait, ils allumèrent les cierges sur l'autel. Ils se déplaçaient sans bruit. Le silence était total.

Torgeir le rejoignit dans la sacristie, où il se préparait, et lui annonça que tout était prêt.

— Cette nuit, je les ferai attendre.

Il tendit la drisse à Torgeir.

— Pose-la au pied de la barrière d'autel. La corde suscite l'effroi, l'effroi inspire la loyauté.

Torgeir le laissa seul. Il s'était assis à la table du pasteur, une bougie allumée devant lui. En fermant les yeux, il crut être de retour dans la jungle. Jim Jones sortait de sa cabane, la seule qui fût équipée d'une génératrice. Jim était toujours bien peigné. Les dents blanches, le sourire comme une fente taillée au couteau dans son visage. Jim était un bel ange, pensa-t-il. Même s'il était un ange noir. Je ne peux nier qu'il y ait eu des instants, avec lui, où j'étais totalement heureux. Je ne peux pas davantage nier que je souhaite à présent transmettre à mes disciples ce que j'ai rêvé que Jim me donnerait. J'ai vu l'ange déchu. Je sais ce que je dois faire.

Il croisa les bras et posa sa tête par-dessus. De l'autre côté, ils l'attendaient. La corde posée devant la barrière d'autel était un rappel de la crainte qu'ils éprouvaient face à lui. Si les voies de Dieu étaient

442

impénétrables, celles du maître terrestre devaient l'être également. Il savait que Torgeir ne viendrait pas le déranger. Il commença à rêver, sombra lentement dans le sommeil, avec la sensation de s'enfoncer sous terre, dans un monde souterrain où la moiteur de la jungle transpirait à travers les murs de pierre froids de cette église scanienne. Il pensait à Maria et à l'enfant; il dormait.

Il était quatre heures du matin quand il se réveilla d'un coup. Il ne comprit pas où il était. Il se leva, remua ses membres pour les débarrasser de la raideur due à sa posture inconfortable. Il attendit quelques minutes avant de pénétrer dans l'église. Ils étaient alignés sur les bancs des premiers rangs, figés, effrayés, en attente. Il s'immobilisa et les regarda; ils ne l'avaient pas encore aperçu. Je pourrais les tuer tous, pensa-t-il. Je pourrais obtenir d'eux qu'ils se tranchent les mains et se dévorent eux-mêmes. J'ai encore cette faiblesse. Ce n'est pas seulement le souvenir. C'est aussi que je n'ose pas me fier complètement à eux. J'ai peur des pensées que je leur prête, et que je ne peux pas contrôler. Il avança jusqu'à l'autel et leur fit face. Cette nuit, il parlerait des oiseaux migrateurs. Il évoquerait enfin la mission qui les attendait, la raison pour laquelle ils avaient fait ce long voyage jusqu'en Suède. Cette nuit, il prononcerait les premières paroles du cinquième évangile.

Il adressa un signe à Torgeir, qui ouvrit le coffre sacré posé à côté de la corde lovée au sol. Un coffre ancien aux ferrures ouvragées. Torgeir se déplaça ensuite le long des bancs pour distribuer les masques mortuaires. Des masques blancs de pantomime, dénués de toute expression de joie ou de douleur.

L'idée des masques lui était venue comme une révélation, un après-midi où il veillait Sue-Mary, agonisante. Elle dormait, la tête enfoncée dans l'oreiller. Soudain, il crut voir son visage se changer en un masque, blanc, figé. Dieu a créé l'homme à Son image, mais personne ne connaît le visage de Dieu. Nos vies sont le souffle de Dieu, comme l'air que nous respirons. Mais nul ne connaît Son visage. Nous devons porter le masque blanc pour nous anéantir et nous dissoudre en Lui qui nous a créés.

Il les regarda revêtir les masques. Il était toujours empli d'un sentiment de puissance, de pouvoir, en les voyant dissimuler leur visage.

Torgeir fut le dernier à enfiler le sien. Le seul qui n'en portait pas était Erik lui-même.

Cela aussi, il l'avait appris de Jim. Dans les premiers temps, l'une ou l'autre des compagnes du chef, désignée comme servante, venait le réveiller en pleine nuit dans sa cabane en lui disant que Jim voulait lui parler. Il se précipitait, tout ensommeillé, un peu effrayé aussi. Il redoutait Jim; il se sentait tellement petit, tellement insignifiant en sa présence. Il le trouvait installé dans le hamac, dans sa véranda protégée par une moustiquaire. Près du hamac, il y avait une chaise, où l'invité était censé prendre place. Dans le noir, Jim commençait alors à évoquer ce qui allait bientôt se produire. Nul n'osait interrompre son monologue, qui ne cessait bien souvent qu'au lever du soleil. Au cours d'une de ces nuits, à l'époque où il aimait encore Jim, celui-ci avait dit que le maître devait toujours se tenir à côté des élèves.

Les disciples devaient toujours savoir où se tenait le Maître. Lui seul ne devait pas porter de masque.

Il était face à eux. L'instant tant attendu arrivait enfin. Joignant les mains, il appuya son pouce droit contre la veine du poignet gauche. Son pouls était normal. Tout était sous contrôle. Les premiers chrétiens, morts dans les catacombes de Rome, étaient de retour. Le temps des anges déchus s'achevait. Une religion flétrie, anesthésiée par la foi empoisonnée qu'on avait si longtemps injectée dans le cœur des hommes, revenait à la vie.

Il parla des oiseaux migrateurs. Les êtres humains n'ont pas d'ailes. Pourtant ils peuvent couvrir de grandes distances, comme s'ils volaient. Ils avaient connu une longue absence, contraints de séjourner tout l'hiver sous la grande ombre qui recouvrait la terre. Mais la flamme ne s'était pas éteinte. Ils l'avaient toujours entretenue au cœur de l'obscurité, sachant que c'était là, au plus profond des grottes obscures, que la vérité attendait, cachée. À présent, ils étaient de retour. Ils formaient la première escadrille. D'autres suivraient bientôt. Le ciel se couvrirait de nuées d'oiseaux, et rien ne pourrait désormais entraver leur progression. Le royaume de Dieu devait être restauré sur la terre. Débutait maintenant un temps prolongé de guerres saintes. Le royaume de Dieu devait s'édifier de l'intérieur. La première offensive revenait à démasquer les traîtres rassemblés dans les temples. Ils allaient raser les demeures impies et reconstruire à partir des fondations. Ensuite viendraient les guerres contre les faux dieux qui avaient sali la terre. Le temps était venu d'accomplir le premier pas.

Ils attendirent l'aube. Torgeir veillait dehors, sentinelle solitaire en cette dernière heure de l'ancien monde. Quand la première lueur grise apparut sur l'horizon, Torgeir retourna à l'intérieur de l'église, rassembla les masques et les rangea dans le coffre.

Le 8 septembre : c'était le jour qu'il avait choisi. Cette date aussi lui était venue dans un rêve. Il se trouvait dans une usine abandonnée, au sol couvert d'eau de pluie et de feuilles mortes. Un almanach était suspendu au mur. Au réveil, il s'était souvenu qu'il indiquait la date du 8 septembre. Le jour où tout s'achève, où tout renaît.

Dans la lumière grise du petit matin, il examina leurs visages pâles, tendus. Je vois des yeux qui me voient. Qui voient ce que je croyais voir quand j'étais face à Jim Jones. La seule différence, c'est que je suis réellement celui que je prétends être. Je suis le chef de guerre désigné par Dieu. Il prit son temps ; son regard passait de l'un à l'autre. Il guettait des signes de doute, mais n'en décela aucun.

Il fit un pas en avant et reprit la parole.

— L'instant est venu de nous séparer. Les oiseaux migrateurs sont de retour. Je ne pensais pas que nous nous réunirions une fois encore avant le début de votre mission. Mais cette nuit, Dieu m'a parlé. Un sacrifice supplémentaire est demandé. Nous nous verrons donc une dernière fois. Lors de cette rencontre, un autre pécheur mourra.

Il s'empara de la drisse et la souleva au-dessus de sa tête.

— Nous savons ce qui est exigé de nous. Les livres anciens nous apprennent que le châtiment doit

446

être : œil pour œil et dent pour dent. Celui qui tue devra mourir. Aucune hésitation ne doit subsister en nous. Le souffle de Dieu est fait d'acier, il exige toute notre dureté. Nous sommes comme les serpents qui se réchauffent après la torpeur d'un long hiver. Nous sommes comme les lézards qui bougent à la vitesse de l'éclair dans les failles de rocher et changent de couleur quand on les menace. Par la dévotion et la dureté, nous vaincrons le vide qui a soumis les hommes. La grande ombre, la longue décrépitude et l'impuissance fatale touchent à leur fin.

Il se tut et les regarda. Il vit qu'ils comprenaient. Il avança le long de la première rangée en effleurant de la main les fronts inclinés. Puis il fit signe à tous de se lever. Ensemble ils prononcèrent les paroles sacrées qui lui étaient venues, leur avait-il dit, lors d'une révélation. Il n'était pas nécessaire qu'ils connaissent la vérité. Ces mots provenaient en réalité d'une lecture de jeunesse. Ou peut-être lui étaient-ils malgré tout venus en rêve ? Il ne le savait plus, et cela n'avait guère d'importance.

Libérés, nous nous élevons sur la rumeur des ailes immenses
Afin de nous fondre en Lui et d'advenir, lumière de Sa sainte lumière.

Puis ils quittèrent l'église, fermèrent la porte à clé et remontèrent à bord du car. La femme qui vint faire le ménage dans l'église cet après-midi-là ne remarqua aucune trace de leur incursion nocturne.

QUATRIÈME PARTIE

La treizième tour

41

Linda fut réveillée à six heures moins le quart par la sonnerie du téléphone.

Remue-ménage dans la salle de bains. Son père était déjà levé, mais il n'entendait rien. Elle courut décrocher dans la cuisine.

— Y a-t-il un Wallander à ce numéro ? demanda une voix de femme inconnue.

— De la part de qui ?

— Répondez-moi : oui ou non ?

La femme avait un accent scanien prononcé mais snob. Ce n'est pas une femme de ménage du commissariat, pensa Linda.

— Il est occupé. Voulez-vous que je lui laisse un message ?

— Dites-lui de rappeler Anita Tademan, du château de Rannesholm.

— On s'est croisées. Je suis sa fille.

Anita Tademan ignora complètement ce commentaire.

— Quand pourrai-je lui parler ?

— Dès qu'il sera sorti de la salle de bains.

— C'est urgent.

Linda nota son numéro de téléphone et mit en route un café. L'eau avait atteint le point d'ébullition quand son père fit irruption dans la cuisine, tellement plongé dans ses pensées qu'il ne fut même pas surpris de la voir levée.

— Anita Tademan a appelé. Elle dit que c'est urgent.

— Faut croire que oui, à six heures du matin.

Elle fit le numéro et lui tendit le combiné.

Pendant qu'il parlait avec Anita Tademan, Linda fouilla dans les placards jusqu'au moment où elle comprit qu'il n'y avait plus de café.

Son père raccrocha. Linda l'avait entendu convenir d'une heure.

— Que voulait-elle ?

— Me rencontrer.

— Pourquoi ?

— Pour me rapporter les propos d'un parent à elle qui habite une maison dans le domaine de Rannesholm. Elle ne voulait pas en parler au téléphone. Elle m'a demandé de me présenter au château ; elle se trouve sans doute trop bien pour venir au commissariat. Mais là, j'ai été intraitable. Tu as peut-être entendu ?

— Euh, non.

Il marmonna quelque chose et commença à fouiller lui aussi dans les placards.

— Il n'y a plus de café, dit-elle.

— Pourquoi dois-je être le seul à faire en sorte qu'il y ait toujours du café dans cette maison ?

Le sang de Linda ne fit qu'un tour.

— Je crois que tu n'imagines même pas à quel point je serai soulagée le jour où je partirai d'ici. Je n'aurais jamais dû revenir.

Il écarta les bras en un geste d'excuse.

— Tu as raison. Les parents et les enfants ne

452

doivent pas passer trop de temps les uns sur les autres. Mais là, tout de suite, on n'a pas le temps de se disputer.

Ils firent du thé, qu'ils burent en feuilletant chacun sa moitié du journal. Ni l'un ni l'autre ne réussirent à se concentrer.

— J'aimerais que tu viennes avec moi, dit-il. Habille-toi. Je veux que tu sois dans les parages.

Linda se doucha et s'habilla le plus vite possible. Mais quand elle fut prête, il était déjà parti, en laissant un message griffonné sur la première page du journal. Elle crut comprendre qu'il était pressé. Il est aussi impatient que moi, se dit-elle.

Elle regarda par la fenêtre. C'était encore l'été indien, vingt-deux degrés au thermomètre extérieur. Et il pleuvait. Elle se rendit au commissariat au pas de course. Comme quand elle allait à l'école. La même inquiétude d'arriver en retard.

Son père était au téléphone. Il lui fit signe d'entrer ; Linda s'assit dans le fauteuil des visiteurs. Les débris de faïence étaient toujours sur la table. Il raccrocha.

— Viens, dit-il en se levant.

Ils allèrent dans le bureau de Stefan Lindman, où Ann-Britt Höglund était appuyée contre le mur, un gobelet de café à la main. Pour une fois, elle parut prendre acte de la présence de Linda. Quelqu'un lui a parlé. Pas mon père. Peut-être Stefan.

— Où est Martinsson ? demanda Ann-Britt Höglund.

— Il a appelé à l'instant. Enfant malade, etc., il a dit qu'il arriverait plus tard. En attendant, il allait passer des coups de fil de chez lui pour essayer d'en savoir plus sur cette Sylvi Rasmussen.

— Qui?

— Pourquoi est-ce qu'on se serre ici? Allons dans la salle de réunion. Quelqu'un sait-il où est Nyberg?

— Il continue à s'occuper des églises, dit Stefan.

— Que pense-t-il pouvoir y trouver encore?

Au ton d'Ann-Britt Höglund, Linda devina qu'elle faisait partie de ceux qui se réjouiraient le jour du départ à la retraite de Nyberg.

Ils se lancèrent dans une mise au point qui dura trois heures et dix minutes jusqu'au moment où quelqu'un frappa à la porte et annonça qu'Anita Tademan était arrivée. Linda se demanda si la réunion avait atteint sa fin naturelle. Mais personne ne manifesta de mécontentement ou de surprise quand son père se leva. Il s'arrêta brièvement devant elle.

— Anna, dit-il. Continue à lui parler, rencontre-la, écoute-la.

— Je ne sais pas comment m'y prendre. Elle va s'apercevoir que je la surveille.

— Sois juste comme d'habitude.

— Ne vaudrait-il pas mieux que tu l'interroges une deuxième fois?

— Si. Mais pas tout de suite.

Linda quitta le commissariat. Il pleuvait un peu moins fort. Une voiture klaxonna dans son dos, si près d'elle qu'elle sursauta. Stefan Lindman ouvrit la portière.

— Je te raccompagne?

— Merci.

Stefan avait mis de la musique. Du jazz.

— C'est quoi? s'enquit Linda.

— Lars Gullin. Saxophoniste, un des plus grands musiciens de jazz suédois de tous les temps. Mort beaucoup trop tôt.

— Jamais entendu parler. En plus, je n'aime pas cette musique.

— Dans ma voiture, c'est moi qui décide de ce qu'on écoute.

Ça y est, je l'ai blessé. Ça aussi, je le tiens de mon père. La tendance à balancer des commentaires désagréables sans aucune finesse.

— Où vas-tu? demanda-t-elle pour changer de sujet.

Il répondit sèchement. Encore vexé.

— À Sjöbo. Chez un serrurier.

— Tu en as pour longtemps?

— Je n'en sais rien. Pourquoi?

— Je me disais que je pourrais peut-être y aller avec toi. Si tu veux bien.

— Je ne sais pas si tu vas supporter la musique.

— À partir de maintenant, j'adore le jazz.

Le moment de tension était passé. Stefan Lindman éclata de rire et prit vers le nord. Il conduisait vite. Linda eut soudain envie de le toucher, de caresser son épaule ou sa joue. Du désir, tout à coup, comme elle n'en avait pas éprouvé depuis longtemps. Une pensée idiote lui traversa la tête : ils allaient s'arrêter dans un hôtel à Sjöbo. Mais il n'y avait sûrement pas d'hôtel à Sjöbo. Elle essaya de penser à autre chose. La pluie rebondissait contre le pare-brise. Le saxophoniste jouait à présent des notes aiguës, rapides. Linda fit un effort pour discerner une mélodie, sans succès.

— Si tu vas jusqu'à Sjöbo pour discuter avec un serrurier, ça doit avoir un rapport avec l'enquête. Ou avec *les* enquêtes. Combien y en a-t-il, au fait ?

— Birgitta Medberg une, Harriet Bolson une, les animaux brûlés une, à quoi s'ajoutent les églises brûlées. Ton père a demandé qu'elles soient regroupées. Et le procureur a dit oui. Jusqu'à nouvel ordre.

— Et le serrurier ?

— Il s'appelle Håkan Holmberg. Ce n'est pas un serrurier ordinaire ; il copie des clés anciennes. Quand il a appris que la police s'interrogeait sur la manière dont les pyromanes avaient pu s'introduire, il s'est rappelé qu'il avait fabriqué voici trois mois deux clés qui pouvaient très bien être des clés d'église. Je suis chargé de découvrir ce qu'il peut avoir gardé en mémoire en plus de ça. Il a son atelier dans le centre de Sjöbo. Martinsson a entendu parler de lui. Il a remporté plusieurs prix, paraît-il, pour ses belles clés d'orfèvre. Et il donne des cours de philosophie pendant l'été.

— Dans son atelier ?

— Il existe là-bas une ferme reconvertie en centre de séminaires. Martinsson a même envisagé de participer à un stage. La moitié du temps, m'a-t-il dit, on travaille à la forge ; l'autre moitié, on discute de questions philosophiques.

— Très peu pour moi, dit Linda.

— Peut-être pour ton père alors ?

— Encore moins.

La musique avait changé de caractère. C'était maintenant une ballade ; Linda identifia soudain la mélodie qui lui avait fait défaut jusque-là. Elle l'écouta en continuant à penser à l'hôtel où ils n'iraient pas.

À Sjöbo, Stefan freina devant une maison en briques rouges, où une grande clé en fer forgé tenait lieu d'enseigne.

— Je ne dois peut-être pas t'accompagner à l'intérieur?

— Si j'ai bien compris, tu as déjà commencé à bosser.

Ils entrèrent. Un homme au travail devant une enclume leur adressa un signe de tête. Il faisait très chaud dans la forge. Il retira du fourneau un morceau de métal chauffé au rouge et se mit à le travailler.

— Laissez-moi juste finir cette clé, leur lança-t-il, je ne peux pas interrompre le travail, sinon ça introduit une hésitation dans le fer, et la clé ne sera jamais heureuse dans sa serrure.

Fascinés, ils observèrent l'enchaînement des gestes. Puis Håkan Holmberg essuya son visage en sueur et se lava les mains. Ils le suivirent dans une cour intérieure où un thermos et des tasses attendaient déjà sur une table. Ils se serrèrent la main. Linda se sentit bêtement flattée quand Stefan Lindman la présenta comme une collègue. Håkan Holmberg servit le café. Puis il se coiffa d'un chapeau de paille plein de trous.

— Je l'ai volé, annonça-t-il, en captant le regard curieux de Linda. Tous les ans, je fais un voyage à l'étranger. Il y a quelques années, j'étais en Lombardie. Un après-midi, je me promenais dans les environs de Mantoue, où je passais quelques jours pour honorer la mémoire du grand Virgile, qui est né là-bas. Dans un champ, j'ai aperçu un épouvantail. Quels fruits, quelles semences était-il chargé de protéger des oiseaux ? Je n'en sais rien. Je me suis arrêté en songeant que j'étais pour la première fois de ma vie tenté de commettre un délit. Je voulais me transformer, ni vu ni connu, en serrurier voleur. Alors je me suis faufilé dans le champ et j'ai piqué à l'épouvantail son chapeau. La nuit, je rêve parfois que ce n'était pas un épouvantail mais un homme vivant qui veillait, immobile, au milieu de ce champ. Il a dû comprendre que j'étais un lâche qui ne subtiliserait plus jamais de sa vie quoi que ce soit à son prochain. C'est pourquoi il s'est laissé faire, avec beaucoup de compassion. Peut-être était-ce un moine franciscain qui traînait là dans l'espoir d'accomplir un jour une action méritoire ? Quoi qu'il en soit, ce fut pour moi une expérience grandiose et bouleversante que de commettre ce délit.

Linda avait jeté un regard oblique à Stefan Lindman pour voir, à sa tête, s'il savait qui était Virgile. Et Mantoue ? Était-ce une ville ou bien une province ? Ce devait être en Italie en tout cas. Le Zèbre aurait su répondre, elle qui passait des heures d'affilée à se repaître de ses atlas. Mais le Zèbre n'était pas là.

— Les clés, dit Stefan Lindman. Racontez-nous.

— Il n'y a pas grand-chose à raconter, sinon qu'un pur hasard m'a fait prêter attention à l'incendie de ces églises.

— C'est impossible de ne pas y prêter attention ! Les médias n'arrêtent pas d'en parler.

Håkan Holmberg cessa de se balancer sur sa chaise et sortit une pipe de la poche poitrine de son bleu de travail.

— C'est simple : en ne regardant pas la télé, en

458

n'écoutant pas la radio et en ne lisant pas les journaux, dit-il après avoir allumé sa pipe – qui était donc déjà bourrée, nota Linda. Certains se fixent quelques semaines dans l'année pendant lesquelles ils ne touchent pas à l'alcool. C'est sûrement une initiative raisonnable, Pour ma part, je réserve dans l'année un certain nombre de semaines, appelons-les blanches, appelons-les noires, où je n'accorde aucun intérêt, quel qu'il soit, au monde qui m'entoure. Quand j'émerge de cette abstinence médiatique, il s'avère toujours que je n'ai rien raté d'important. Nous vivons sous une pluie crépitante de désinformation et de rumeurs, avec un nombre très réduit de nouvelles décisives. Au cours de ces semaines d'absence, je me consacre à la recherche d'une autre sorte d'informations : celles que j'ai en moi.

Linda se demanda si Håkan Holmberg avait l'intention de transformer chacune de ses réponses en conférence. En même temps elle était obligée d'admettre qu'il parlait bien. Elle lui enviait cette facilité, tous ces mots qui semblaient se tenir tout naturellement à sa disposition dès qu'il en avait besoin. Stefan Lindman, lui, ne s'impatientait pas.

— C'était donc un hasard, dit-il.

— Un de mes clients est venu chercher la clé d'un coffre de marin qui avait autrefois appartenu à un vaisseau amiral de la flotte britannique, au XIXe siècle. C'est lui qui m'a fait part des incendies et des interrogations de la police concernant d'éventuels doubles. Je me suis alors rappelé qu'il y a quelques mois j'ai fabriqué deux clés d'après des originaux qui pouvaient très bien appartenir à des portails d'église. Je n'affirme pas, mais je le soupçonne fort.

— Pourquoi ?

— L'expérience. Les clés d'église ont un aspect caractéristique. Peu de portails sont encore servis de nos jours par les serrures et les clés des maîtres anciens. J'ai donc décidé d'appeler la police.

— Qui vous a commandé ces clés ?

— Il s'est présenté sous le nom de Lukas.

— C'est tout ?

— Oui. M. Lukas. Très aimable. Il était pressé, m'a-t-il dit. Il a versé un acompte substantiel.

Stefan Lindman tira de sa poche un paquet et le déplia, révélant deux clés. Håkan Holmberg les identifia immédiatement.

— Ce sont celles que j'ai dupliquées.

Il se leva et disparut dans la forge.

— Un type spécial, dit Stefan à Linda. Il a l'air aussi d'avoir une bonne mémoire et un bon sens de l'observation. Ça peut donner quelque chose.

Håkan Holmberg revint avec un registre à l'ancienne, qu'il feuilleta jusqu'à trouver la bonne page.

— Le 12 juin. M. Lukas laisse deux clés. Il veut les doubles au plus tard pour le 25. C'est un délai court parce que j'ai beaucoup à faire. Mais il paie bien. Moi aussi, j'ai besoin d'argent, pour faire marcher ma forge et me payer mon voyage annuel.

— A-t-il laissé une adresse ?

— Non.

— Un numéro de téléphone ?

Håkan Holmberg tourna le registre vers Stefan Lindman, qui prit son portable, composa le numéro et raccrocha après avoir écouté quelques secondes.

— Un fleuriste à Bjärred. Nous pouvons partir de

460

l'hypothèse que M. Lukas n'a rien à voir avec les fleurs. Que s'est-il passé ensuite ?

Håkan Holmberg feuilleta son registre.

— Ceci est mon journal de bord, expliqua-t-il. Cette forge n'est pas un bateau. Mais le bruit du marteau sur l'enclume rappelle une salle des machines. Le 25 juin, il a récupéré ses clés et il est parti.

— Comment a-t-il payé ?

— En liquide.

— A-t-il demandé une facture ?

— Rien du tout. J'en ai fait une, pour ma propre comptabilité. J'ai pour règle de payer mes impôts, même si cette situation était idéale pour tricher.

— Pouvez-vous le décrire ?

— Grand, blond, un peu dégarni. Aimable, très aimable. Quand il a laissé ses clés, il était en costume. Quand il est revenu les chercher aussi, mais le costume n'était pas le même.

— Comment est-il arrivé chez vous ?

— Je ne vois pas la rue de mon atelier. Je suppose qu'il est venu en voiture.

Linda vit que Stefan Lindman prenait son élan avant de poser la question suivante. Elle en devinait la teneur.

— Pouvez-vous décrire sa façon de parler ?

— Il avait un accent.

— Lequel ?

— Scandinave. Pas finlandais, pas islandais. Donc danois ou norvégien.

— Comment pouvez-vous en être certain ? Le finlandais, je comprends, mais l'islandais ? Je ne sais même pas à quoi ça ressemble.

— Moi, je le sais. J'ai en ma possession un

merveilleux enregistrement du comédien islandais Thodur Einarson lisant l'*Edda* dans le texte.

— Autre chose, concernant cet homme?

— Non.

— Vous a-t-il expliqué qu'il s'agissait de clés d'église?

— Non, il a parlé de la réserve d'un château.

— Quel château?

Håkan Holmberg vida sa pipe contre la table et fronça les sourcils.

— Je crois bien qu'il a dit le nom. Mais je ne m'en souviens pas.

Ils attendirent.

— Peut-être Rannesholm? suggéra Linda.

La question lui avait échappé, une fois de plus.

— C'est ça, dit Håkan Holmberg. Il a parlé d'une vieille distillerie à Rannesholm. Maintenant je m'en souviens.

Stefan Lindman parut soudain pressé. Il vida sa tasse et se leva.

— Merci beaucoup. Cette conversation a été précieuse.

— Quand on travaille avec des clés, la vie ne peut jamais devenir ennuyeuse, sourit Håkan Holmberg. Ouvrir et fermer, voilà la mission réelle de l'homme sur terre. Les trousseaux résonnent à travers les âges. Chaque clé, chaque serrure a son histoire. En voilà une de plus à nous raconter désormais les uns aux autres.

Il les raccompagna jusqu'à la voiture.

— Qui était Virgile? l'interrogea Linda.

— Le compagnon de Dante. Grand poète de surcroît.

Håkan Holmberg leva son chapeau troué et reparut vers la forge. Stefan et Linda reprirent la voiture.

— La plupart du temps, dit Stefan, on croise des gens bouleversés, des gens qui ont peur, des gens en colère. Parfois il y a des moments lumineux. Comme cet homme. Je le range dans mes archives, avec toutes les autres personnalités dont j'aurai plaisir à me souvenir quand je serai vieux.

Ils quittèrent Sjöbo. Linda aperçut l'enseigne d'un petit hôtel et ne put s'empêcher de rire. Il la regarda, mais ne dit rien. Son portable sonna. Il répondit, écouta, coupa la communication et accéléra.

— Ton père a parlé à Anita Tademan. Apparemment, il y a du nouveau.

— Il vaut peut-être mieux que tu ne lui dises pas que j'étais avec toi. Il m'avait demandé de faire autre chose aujourd'hui.

— Quoi?

— Parler à Anna.

— Tu peux encore le faire.

Stefan Lindman la déposa dans le centre d'Ystad. En arrivant chez Anna, elle vit tout de suite que ça n'allait pas du tout. Anna avait les larmes aux yeux.

— Le Zèbre a disparu, dit-elle. Le garçon criait tellement que les voisins sont intervenus. Il était tout seul. Elle n'était pas là.

Linda retint son souffle. La peur la terrassa comme une douleur inattendue. Elle sentit qu'elle

463

était tout près d'une vérité atroce qu'elle aurait déjà dû saisir.

Elle regarda Anna droit dans les yeux. Elle y lut sa propre peur.

42

Pour Linda, la situation était à la fois limpide et déconcertante. Le Zèbre n'aurait jamais laissé son fils seul de son plein gré, par négligence ou par oubli. Il lui était donc arrivé quelque chose. Mais quoi ? Une chose qu'elle aurait *dû* comprendre, qui se trouvait tout près sans qu'elle puisse mettre la main dessus. Un lien. Ce dont parlait toujours son père, chercher la cohérence, toujours la cohérence. Mais elle n'en découvrait aucune.

Anna paraissait encore plus désemparée qu'elle ; Linda prit donc les commandes. Elle la poussa vers la cuisine, la fit asseoir sur une chaise et lui ordonna de tout lui dire. Anna avait beau s'exprimer de façon décousue, elle eut en quelques minutes une idée à peu près claire de la situation.

La voisine, qui gardait souvent le petit, l'avait entendu à travers le mur, la cloison plutôt, qui séparait les deux appartements. Il avait pleuré très longtemps sans que le Zèbre intervienne, ce qui était inhabituel. Elle lui avait alors passé un coup de fil ; n'obtenant aucune réponse, elle avait sonné à la porte, mais une fois seulement parce qu'elle était déjà certaine, à ce stade, que le Zèbre n'y était pas.

Elle avait un double des clés. Le garçon était seul en effet. En la voyant, il avait cessé de pleurer.

La voisine, Aina Rosberg, n'avait rien observé d'anormal dans l'appartement. Il était en désordre comme d'habitude, mais pas de tumulte – c'était l'expression qu'elle avait utilisée : «pas de tumulte». Ensuite Aina Rosberg avait appelé une des cousines du Zèbre, Titchka, qui n'était pas chez elle ; alors elle avait appelé Anna. Selon l'ordre convenu avec le Zèbre : s'il arrivait quelque chose, d'abord la cousine et ensuite Anna.

— Ça fait combien de temps ? demanda Linda.

— Deux heures.

— La voisine ne t'a pas rappelée depuis ?

— C'est moi qui l'ai appelée. Le Zèbre n'était toujours pas revenue.

Linda réfléchit. Plus que tout en cet instant elle aurait voulu parler avec son père. D'un autre côté, elle savait ce qu'il dirait : deux heures, ce n'était pas assez. Il y avait sûrement une explication naturelle. Mais pourquoi le Zèbre serait-elle partie sans son fils ?

— On y va, dit Linda. Je veux voir son appartement.

Anna se leva sans objection. Dix minutes plus tard, Aina Rosberg leur ouvrait la porte. Elle était bouleversée.

— Où a-t-elle pu passer ? Ça ne lui ressemble pas du tout, elle n'aurait jamais fait une chose pareille, jamais elle ne laisserait son enfant. Et si je ne l'avais pas entendu pleurer ?

— Elle va sûrement revenir, dit Linda. Ce serait mieux que le garçon reste chez vous en attendant.

— Évidemment! D'ailleurs il faut que j'y aille.

En entrant dans l'appartement, Linda perçut une drôle d'odeur. Une main glacée se posa sur son cœur.

— Tu sens l'odeur?

Anna secoua la tête.

— Forte, âcre, comme du vinaigre.

— Je ne sens rien.

Linda s'assit à la table de la cuisine. Anna était dans le séjour. Elle la voyait par la porte ouverte : inquiète, en train de se pincer les bras. Linda, pour sa part, s'efforçait de réfléchir posément et *clairement*. Elle se posta à la fenêtre et regarda la rue. Elle essayait de visualiser le Zèbre en train de sortir de l'immeuble. Dans quelle direction partait-elle, à droite ou à gauche? Était-elle seule? Linda contempla le bureau de tabac de l'autre côté de la rue. Un homme corpulent fumait sur le seuil. Un client arriva; il le suivit à l'intérieur, puis il ressortit. Linda pensa qu'elle pouvait tenter le coup.

Anna était comme pétrifiée sur le canapé. Linda lui tapota le bras.

— Elle va sûrement revenir. Je descends au tabac, je reviens tout de suite.

Un texte imprimé sur la caisse enregistreuse souhaitait à tous la bienvenue dans le magasin de Jassar. Linda acheta un chewing-gum.

— Il y a une fille, en face, qui s'appelle Zeba, dit-elle. Vous la connaissez?

— Le Zèbre? Bien sûr que je la connais! Je donne toujours un petit quelque chose à son fils quand je les vois.

— L'avez-vous vue aujourd'hui ?

Il répondit sans hésiter :

— Vers dix heures. J'étais en train de remettre debout un drapeau qui était tombé. Je ne comprends pas comment un drapeau peut tomber quand il n'y a pas de vent.

— Était-elle seule ?

— Elle était avec un homme.

Le cœur de Linda battit plus fort.

— Avez-vous déjà vu cet homme ?

Jassar prit soudain un air soucieux.

— Pourquoi voulez-vous savoir ça ? Qui êtes-vous ?

— Vous m'avez sûrement déjà aperçue. Je suis une vieille amie à elle.

— Pourquoi ces questions ?

— Je dois savoir.

— Il lui est arrivé quelque chose ?

— Rien du tout. Avez-vous déjà vu cet homme ?

— Non. Il était grand et mince, et j'ai pensé après coup que le Zèbre s'appuyait sur lui.

— C'est-à-dire ?

— Ce que je dis. Elle s'accrochait à lui. Comme si elle avait besoin de s'appuyer.

— Pouvez-vous décrire cet homme ?

— Il était grand et mince. C'est tout. Il avait un chapeau, un long pardessus.

— Un chapeau ?

— Gris. Ou bleu. Un long pardessus, gris. Ou bleu. Tout chez lui était gris ou bleu.

— Par où sont-ils partis ?

— Ils sont montés dans sa voiture. Une petite voiture grise.

— Quelle marque ?

— Je ne sais pas. Pourquoi me posez-vous toutes ces questions ? Vous venez m'inquiéter dans ma boutique comme si vous étiez de la police.

— Je suis de la police, dit Linda.

De retour dans l'appartement, elle vit qu'Anna était encore sur le canapé, et elle eut de nouveau le sentiment d'une chose qu'elle aurait dû voir, comprendre, deviner. Elle s'assit à côté d'elle.

— Tu dois rentrer chez toi. Au cas où le Zèbre essaierait de t'appeler. Je vais au commissariat prévenir mon père. Tu peux m'y conduire ?

Anna s'empara de son bras, si fort que Linda tressaillit. Puis, aussi vite, elle relâcha sa prise. Linda pensa que c'était une réaction étrange. Peut-être pas la réaction en elle-même, mais son intensité.

Quand Linda arriva au commissariat, quelqu'un lui cria que son père était de l'autre côté, chez les procureurs. Elle y alla. La porte était verrouillée ; une employée la reconnut et la laissa entrer.

— Je suppose que tu cherches ton père ? Il est dans la petite salle de conférences.

Elle lui désigna un couloir. Une lampe rouge était allumée devant une porte. Linda s'assit pour attendre. Ses pensées tourbillonnaient. Elle ne parvenait absolument pas à réfléchir de manière à réunir tous les maillons épars en une chaîne solide.

Elle attendit plus de dix minutes. Ann-Britt Höglund sortit, lui jeta un regard étonné et se retourna vers l'intérieur de la salle.

— Tu as une visiteuse de marque, lança-t-elle avant de s'éloigner dans le couloir.

Son père apparut en compagnie d'un procureur extrêmement jeune. Il fit les présentations, le procureur s'en alla. Ils s'assirent, et elle lui raconta ce qui s'était passé sans même essayer d'ordonner les détails. Il resta longtemps silencieux. Puis il posa quelques questions concernant les observations de Jassar. Il revint plusieurs fois sur le fait que Jassar avait dit que le Zèbre «s'accrochait» à l'homme.

— Zeba est-elle quelqu'un qui s'accroche?

— Non, ce serait plutôt l'inverse : les garçons qui s'accrochent à elle. Elle est coriace. Elle évite de montrer ses faiblesses, même si elle en a plein.

— Alors? Quelle est ton explication?

— Je n'en ai pas.

— L'homme qui est sorti de l'immeuble avec elle l'aurait-il entraînée contre sa volonté?

— Je ne sais pas. Peut-être.

— Pourquoi n'a-t-elle pas appelé à l'aide?

Linda secoua la tête. Kurt Wallander répondit lui-même à la question.

— Elle ne pouvait peut-être pas le faire.

— Tu veux dire qu'elle était droguée? Elle serait tombée s'il ne l'avait pas soutenue?

— C'est ce que je pense. Viens avec moi.

Il partit dans le couloir, si vite que Linda eut du mal à le suivre. Sur le chemin de son bureau, il frappa à la porte entrouverte de Stefan Lindman et jeta un coup d'œil. Le bureau était vide. Martinsson arrivait dans le couloir, un énorme ours en peluche dans les bras.

— Qu'est-ce que c'est que ça? demanda Kurt Wallander avec irritation.

— Un ours fabriqué à Taïwan. Il a un paquet d'amphétamines dans le ventre.

— Quelqu'un d'autre devra s'en occuper.

— Justement, j'allais le déposer chez Svartman, répondit Martinsson en s'énervant.

— Rassemble le plus de monde possible. Réunion dans une demi-heure.

Martinsson disparut. Les débris de faïence étaient encore sur la table – ce fut la première chose qu'elle remarqua en entrant dans son bureau. Il s'assit.

— Je n'ai pas l'intention de le réparer, dit-il. Mais je vais laisser les morceaux là où ils sont jusqu'à ce qu'on ait résolu cette affaire.

Il se pencha vers elle par-dessus la table.

— Tu n'as pas demandé à Jassar s'il avait entendu l'homme dire quelque chose?

— J'ai oublié.

Il lui tendit le téléphone.

— Appelle-le.

— Je ne connais pas son numéro.

Il composa les six chiffres des renseignements. Linda demanda à être mise en relation. Jassar répondit. L'homme n'avait rien dit.

— Je commence à m'inquiéter, ajouta Jassar. Que se passe-t-il au juste?

— Rien. Merci pour votre aide.

Elle lui rendit le combiné.

— Pas un mot.

Son père, silencieux, se balançait sur sa chaise en regardant ses mains. Des voix s'élevaient et s'éloignaient dans le couloir.

— Ça ne me plaît pas, dit-il enfin. La voisine a

évidemment raison. Personne ne laisse un si petit enfant seul dans un appartement.

— Je sens quelque chose. Que je devrais comprendre, qui est juste à côté de moi. Je devrais voir le *lien*, mais je ne le vois pas.

Il la considéra attentivement.

— Comme si tu comprenais confusément ce qui est arrivé ? Et pour quelle raison c'est arrivé ?

Elle secoua lentement la tête.

— Non. Plutôt comme si je m'y attendais, d'une manière ou d'une autre. Je ne sais pas comment l'expliquer. J'ai l'impression que ce n'est pas le Zèbre qui a disparu. Mais Anna, une fois de plus.

Il la regarda longuement.

— Peux-tu expliquer ce que tu entends par là ?

— Non.

— Nous allons vous laisser quelques heures, à toi et au Zèbre. Si elle ne revient pas et si tu ne mets pas le doigt sur ce que tu sais sans le savoir, il faudra agir. D'ici là, je veux que tu restes avec moi.

Elle le suivit dans la salle de réunion. Quand tout le monde fut rassemblé et que la porte se referma, il commença par annoncer la disparition du Zèbre. L'ambiance se tendit d'un coup.

— Trop de personnes disparaissent, conclut Kurt Wallander. Disparaissent, reviennent, disparaissent de nouveau. Par coïncidence, ou pour des raisons que nous ignorons encore, il se trouve que tout ça tourne autour de ma fille – ce qui me plaît évidemment encore moins.

Il jeta un crayon sur la table et raconta son entretien avec Anita Tademan. Linda essayait en vain de se concentrer. Elle se secoua. Stefan Lindman lui adressa un petit sourire. Elle le lui rendit et écouta de nouveau son père.

— Anita Tademan n'est pas franchement ce qu'on appelle une femme aimable. Au contraire, c'est une parfaite représentante de la classe dominante scanienne bouffie d'orgueil qui détient encore châteaux et fortunes dans la région. Mais elle a bien fait de venir puisqu'elle avait des choses importantes à me communiquer. Un cousin à elle, qui habite sur les terres de Rannesholm, a constaté de l'activité aux abords de la forêt. Un groupe de vingt personnes, au bas mot. Il les a vus une fois, et ensuite plus jamais. Ce peut être un groupe de touristes mais leur comportement, extrêmement farouche selon le cousin, pourrait aussi indiquer autre chose.

— Quoi? coupa Ann-Britt Höglund.

— On n'en sait rien. Je te rappelle tout de même qu'il y avait une cachette dans la forêt, et qu'une femme y a été assassinée.

— La cabane n'était pas de taille à contenir vingt personnes.

— Je sais. Mais l'information est importante. Depuis le meurtre de l'église de Frennestad, on est certains qu'il y a au moins deux acteurs. Voilà maintenant une indication qu'ils pourraient être plus nombreux.

— Ce n'est pas raisonnable, intervint Martinsson. À quoi aurions-nous affaire, dans ce cas? À un gang de meurtriers?

— Ou peut-être à une secte, suggéra Stefan Lindman.

— Ou aux deux, dit Kurt Wallander. Ou à un truc

auquel nous n'avons pas encore pensé. Il est même possible que ce soit une fausse piste. Ne tirons pas de conclusions. Même provisoires. Abandonnons Mme Tademan jusqu'à nouvel ordre et continuons le travail.

Stefan Lindman parla de sa rencontre avec Håkan Holmberg, et de ses révélations concernant les clés. Il ne fit pas allusion à la présence de Linda.

— L'homme à l'accent, dit Wallander. Notre chaînon norvégien. Ou norvégo-danois. Il ressurgit une fois de plus. On peut partir de l'idée que c'étaient bien les clés des églises de Hurup et de Frennestad.

— On le sait, coupa Nyberg. On a comparé.

Le silence se fit.

Kurt Wallander se tourna vers Ann-Britt Höglund.

— Que racontent nos collègues danois à propos de M. Vigsten ?

— C'est un professeur de piano. Il a été engagé très jeune comme répétiteur à l'Opéra de Copenhague, où il était très apprécié. Il vivrait actuellement dans un monde crépusculaire où il lui est de plus en plus difficile de se débrouiller seul. Mais personne n'est informé de la présence d'un locataire, surtout pas lui.

— Et Larsen ?

— Il s'en tient à ses premiers aveux.

Kurt Wallander jeta un rapide regard à sa fille avant de poursuivre :

— On reste au Danemark. Sur cette femme, Sylvi Rasmussen, qu'avons-nous ?

Martinsson chercha dans ses papiers.

— Elle avait un autre nom quand elle est arrivée comme réfugiée au Danemark après l'effondrement à l'Est. La rue, la drogue – l'histoire habituelle sur la

473

manière dont on devient prostituée. Très demandée par les clients. Personne n'a dit de mal sur son compte. Bref, rien à dire de sa vie, sinon que c'était une tragédie désespérée.

Martinsson feuilleta ses papiers et les reposa.

— Personne ne sait qui était son dernier client.

— N'avait-elle pas d'agenda?

— Non. On a relevé dans son appartement douze empreintes différentes. Ils sont en train de comparer. Ils nous contactent s'ils trouvent quelque chose.

Linda enregistra le fait que son père maintenait ses collaborateurs sous pression. Il donnait l'exemple en s'efforçant sans cesse d'interpréter, de déchiffrer les informations qui lui parvenaient. Il n'en accueillait aucune de façon passive. Il cherchait les messages cachés, tout ce qui n'était pas immédiatement perceptible.

— La femme tuée dans l'église, dit-il. Nos très serviables collègues de Tulsa nous ont fait parvenir plein de nouveaux fax et e-mails. M. Richardson continue à se surpasser. Il n'y a malheureusement rien qui nous apprenne quoi que ce soit. De quelle manière, pour quelles raisons a-t-elle échoué dans une église de Scanie pour y être étranglée? On n'en sait absolument rien.

Il laissa ensuite la parole à ses collaborateurs. Linda fut la seule à ne pas s'exprimer. Après une demi-heure, ils firent une courte pause pour aérer la pièce et aller chercher des cafés. Linda fut vite désignée comme préposée aux fenêtres.

Un souffle de vent fit tomber quelques papiers du dossier danois de Martinsson. En les rassemblant, elle découvrit une photographie de Sylvi Rasmussen.

474

Linda examina attentivement son visage. Elle perçut de l'effroi dans son regard. Linda frémit en pensant au destin tragique de cette femme.

Elle allait ranger les papiers quand son œil heurta une phrase du rapport. Sylvi Rasmussen avait, d'après le médecin légiste, subi deux ou même trois IVG. Linda se figea. Elle revoyait deux marins danois à une table, un petit garçon en train de jouer par terre. Elle pensa à la réaction violente d'Anna, quand le Zèbre avait parlé de son avortement. Linda retenait son souffle, le regard rivé au portrait de Sylvi Rasmussen.

Son père revint.

— Je crois avoir compris, dit-elle.

— Qu'est-ce que tu as compris ?

— Cette femme de Tulsa...

— Oui, quoi ?

Elle secoua la tête.

— Je veux que tu fermes la porte.

— On est en pleine réunion.

— Je n'arrive pas à réfléchir quand tout le monde est là. Mais je crois que j'ai un truc important à signaler.

Il vit que c'était sérieux. Il alla fermer la porte.

43

Linda pensa que c'était la première fois qu'il la prenait au sérieux. Sans hésitation, sans la moindre réserve. Depuis qu'elle était adulte, s'entend. Dans l'enfance, pendant les périodes les plus tourmentées du mariage de ses parents, elle avait remarqué à la manière inconsciente et infaillible des enfants qu'il la prenait très au sérieux. Ensuite était venu un temps où il s'était plutôt transformé en grand frère moqueur – celui qu'elle aurait peut-être secrètement voulu avoir. Après il y avait eu d'autres modes de relation, très différents les uns des autres, mais toujours difficiles. Elle avait encore des frissons en pensant aux occasions où il s'était montré jaloux de ses petits amis.

Deux fois au moins, il avait littéralement jeté à la porte un prétendant innocent ; une autre fois, il l'avait espionnée tard le soir dans le port de plaisance d'Ystad.

Elle eut le temps de penser à tout cela pendant que son père passait la tête dans le couloir et annonçait que la réunion était repoussée de quelques minutes. Quelqu'un protesta, mais il se contenta de refermer la porte.

Ils s'assirent à la table, face à face.

— Que veux-tu savoir ?

— Si Harriet Bolson et Birgitta Medberg ont subi une ou plusieurs IVG. Si j'ai raison, la réponse est oui pour la première, non pour la deuxième.

Il fronça les sourcils. Puis il rassembla ses papiers épars et commença à les feuilleter avec une irritation croissante.

— Pas un mot là-dessus, dit-il en levant la tête.

— Le rapport est-il exhaustif ?

— Bien sûr que non. Harriet Bolson n'était sans doute pas la personne la plus excitante au monde. Mais décrire la vie d'un être humain, quel qu'il soit, exige bien plus de pages que ne peut en contenir ce dossier. En tout cas, Clark Richardson ne signale rien quant à un avortement.

— Et Birgitta Medberg ?

— Je n'en sais rien, mais on devrait pouvoir s'en assurer facilement. Il suffit d'appeler sa vilaine fille. D'un autre côté, ce n'est peut-être pas le genre de chose qu'on raconte à ses enfants. Mona n'a jamais avorté à ma connaissance. Et à la tienne ?

— Non.

— Ça veut dire quoi ? Tu n'en sais rien ou elle ne l'a pas fait ?

— Elle ne l'a pas fait. Je serais au courant.

— Je ne comprends pas où tu veux en venir avec cette histoire d'avortement.

Linda essayait de réfléchir. Elle pouvait se tromper. Pourtant, elle était convaincue d'avoir raison.

— Peut-on essayer de découvrir si elles l'ont fait ?

— Oui, quand tu m'auras expliqué pourquoi c'est important.

Linda sentit quelque chose se briser en elle. Elle fondit en larmes et frappa des deux poings sur la table. Elle détestait pleurer devant son père. Pas seulement devant lui, devant quiconque. Le seul qui avait pu la regarder pleurer sans que ce soit une torture était son grand-père.

— Je leur demande de s'en occuper, dit-il en se levant. Mais à mon retour, tu devras m'expliquer pourquoi ça justifiait le report de la réunion. Je te rappelle que des gens ont été tués. Cette enquête n'est pas un exercice d'entraînement à l'école de police.

Linda saisit un cendrier en verre posé sur la table ;

477

il atteignit son père au front et lui ouvrit l'arcade sourcilière. Le sang jaillit. Des gouttes tombèrent sur le dossier qui portait le nom de Harriet Bolson.

— Désolée, ce n'était pas mon intention.

Il attrapa des serviettes en papier et les pressa contre sa tempe.

— Je ne supporte pas que tu te moques de moi, ajouta-t-elle.

Il quitta la pièce. Linda ramassa le cendrier. Elle était si secouée intérieurement qu'elle en tremblait. Il devait être hors de lui. Ni l'un ni l'autre ne supportaient les humiliations. Mais elle ne regrettait rien.

Quand il revint un quart d'heure plus tard, il avait un bandage provisoire scotché sur le front et du sang séché sur la joue. Linda pensa qu'il allait se mettre à hurler. Il se rassit simplement sur sa chaise.

— Comment ça va?

Il ignora sa question.

— Ann-Britt Höglund a appelé Vanja Jorner, la fille de Birgitta Medberg. La question l'a mise en rage, elle a menacé de contacter les tabloïds pour leur expliquer que nous étions une bande d'incapables. Mais Ann-Britt a réussi à lui soutirer que Birgitta Medberg n'aurait sûrement jamais subi une IVG de son plein gré.

— Et l'autre? La femme américaine?

— Ann-Britt Höglund est en train d'appeler Tulsa. On n'est pas tout à fait d'accord sur l'heure qu'il peut être là-bas. Elle a préféré appeler plutôt qu'envoyer un fax, pour que ça aille plus vite.

Il tâta son bandage.

— Tu as la parole.

478

Linda se lança, lentement, pour maîtriser sa voix, mais aussi pour ne pas manquer une étape importante.

— Je vois cinq femmes devant moi. Trois d'entre elles sont mortes, la quatrième a disparu et la dernière a disparu avant de reparaître. Soudain, j'entrevois une cohérence. Vous pensez depuis le début que Birgitta Medberg a été tuée accidentellement, parce qu'elle s'était trompée de chemin. Elle n'appartient donc pas au contexte qui, d'après moi, explique au moins en partie ces événements. Sylvi Rasmussen a été assassinée. Elle avait avorté. Supposons que les États-Unis nous répondent que c'était aussi le cas de Harriet Bolson. C'est également le cas de la quatrième, qui vient de disparaître. Le Zèbre en a parlé elle-même l'autre jour ; elle ne l'avait jamais fait avant. C'est peut-être ça, le lien entre ces femmes.

Elle se tut et but une gorgée d'eau. Son père tambourinait sur la table en regardant le mur.

— Je ne comprends toujours pas.

— Je n'ai pas fini. Anna Westin était présente quand le Zèbre a fait cette confidence. Elle a eu une réaction étrange. Elle était bouleversée d'une manière que je n'ai pas comprise, et le Zèbre non plus. Elle a tenu à se démarquer, presque violemment, des femmes qui recourent à l'IVG. Elle s'est levée et elle est partie. Ensuite c'est elle qui m'a appris que le Zèbre avait disparu ; elle était en larmes. Elle m'a griffé le bras, elle tremblait. Mais c'était comme si elle n'avait pas vraiment peur pour le Zèbre. Plutôt pour son propre compte.

Linda se tut. Son père tripotait son bandage.

— En quel sens Anna aurait-elle eu «peur pour son propre compte»?

— Je ne sais pas.

— Il faut que tu t'expliques. Essaie.

— Je te dis ce qu'il en est. Je suis à la fois sûre et pas sûre.

— Comment est-ce possible?

— Je ne sais pas.

Il regardait le mur au-dessus de sa tête. Linda savait que son regard dirigé vers une surface vide signalait toujours une concentration intense.

— Je veux que tu communiques ces informations aux autres.

— Je ne peux pas.

— Pourquoi pas?

— Ça me rend nerveuse. Je peux me tromper. La femme de Tulsa n'a peut-être pas avorté, après tout.

— Tu as une heure pour te préparer, dit-il en se levant. Je préviens les autres.

Il partit en claquant la porte. Linda eut le sentiment qu'elle ne réussirait pas à sortir de la pièce. Il l'avait enfermée, pas avec une clé, mais avec le délai qu'il lui accordait : une heure, pas davantage. Elle voulut noter ses réflexions par écrit. Elle prit un bloc-notes qui traînait sur la table. En l'ouvrant, elle tomba sur le dessin maladroit d'une femme nue qui s'offrait dans une pose provocante. Elle constata avec surprise que c'était le bloc de Martinsson. Mais pourquoi cela me surprend-il? Tous les hommes que je connais passent un temps démesuré à déshabiller les femmes en rêve.

Elle alla chercher un bloc vierge à côté d'un rétroprojecteur, écrivit le nom des cinq femmes et traça un cercle autour de celui du Zèbre.

Il s'était écoulé quarante-cinq minutes quand la porte s'ouvrit, libérant Linda de sa prison. Elle eut l'impression qu'une délégation entière entrait au pas de charge, conduite par son père qui agitait un papier.

— Harriet Bolson a avorté deux fois.

En tenant ses lunettes, qui n'étaient pas encore réparées, il lut à haute voix :

We do not talk easily and openly about these matters over here. I had to raise my voice, and it helped. Yes sir, indeed that woman did twice what you thought. I guess it is important. Why[1]?

Il s'assit, les autres l'imitèrent.

— La question de Clark Richardson est évidemment décisive : *Pourquoi?* C'est ce que nous devons découvrir. Linda, c'est à toi. Parle-nous de ta théorie.

Linda inspira profondément et réussit à faire part au groupe de ses soupçons sans se démonter une seule fois. Quand elle eut fini, son père prit la relève.

— Linda est clairement sur une piste qui peut se révéler pertinente. Nous ne sommes encore sûrs de rien ; nous continuons à avancer prudemment, puisque le terrain est glissant et qu'il se dérobe. Mais

1. «Nous ne parlons pas facilement de ces sujets-là chez nous. J'ai dû hausser le ton, et ça a donné des résultats. Effectivement, cette femme a fait deux fois ce à quoi vous pensiez. Je devine que c'est important. Pourquoi?»

481

cette théorie a plus de substance que tout ce que nous avons réussi à déterrer jusqu'à maintenant.

La porte s'ouvrit. Lisa Holgersson alla discrètement s'asseoir sur une chaise vacante. Kurt Wallander laissa tomber le fax et leva les mains comme s'il s'apprêtait à diriger un orchestre.

— Je crois que nous approchons d'une réalité que nous ne voyons pas encore, mais qui est à notre portée.

Il se leva et approcha un tableau à feuilles où quelqu'un avait écrit : «Augmentez-nous, quoi!» Il y eut un petit accès de gaieté autour de la table ; même Lisa Holgersson sourit. Wallander tourna les pages jusqu'à trouver une feuille vierge et sourit aimablement.

— Comme vous le savez, je n'aime pas être interrompu. Les huées seront les bienvenues après.

— J'ai apporté des tomates, répondit Martinsson, et Ann-Britt a des œufs pourris. Ta fille a pris un peu d'avance, on dirait. D'ailleurs, le sang a traversé ton bandage. On croirait Döbeln à Jutas.

— Qui est-ce? s'enquit Stefan Lindman.

— Un type qui surveillait un pont en Finlande. Tu n'as rien appris à l'école?

— Celui qui gardait le pont s'appelait autrement, intervint Ann-Britt Höglund. On a lu ce poème en classe, c'était d'un auteur russe.

— Finlandais, objecta Linda à sa propre surprise. Il s'appelait Sibelius.

— Tu m'en diras tant, répliqua Wallander.

Martinsson se leva.

— Il faut en avoir le cœur net. J'appelle Albin, mon frère. Il est prof.

— Ce n'était pas Sibelius, dit Lisa Holgersson après le départ de Martinsson. Mais un nom dans ce goût-là.

Ils attendirent.

— Topelius, annonça Martinsson en revenant. Döbeln avait bien un gros bandage. Pour ça, j'avais raison.

— Mais il ne gardait aucun pont[1], marmonna Ann-Britt Höglund.

Le silence se fit.

— Je vais faire une tentative de résumé, annonça Kurt Wallander.

Après avoir passé en revue tous les éléments dont ils disposaient sous ce nouvel éclairage, il se rassit et ajouta :

— On a commis une erreur. Pourquoi ne pas avoir fait écouter la bande audio à l'agent immobilier qui a vendu la maison de Lestarp à ce Norvégien ? Il faut qu'il vienne le plus vite possible.

Martinsson se leva et quitta la pièce. Stefan Lindman entrouvrit une fenêtre.

— Avons-nous demandé aux collègues de Norvège s'ils ont un Torgeir Langaas ? questionna Lisa Holgersson.

Kurt Wallander se tourna vers Ann-Britt Höglund.

— Pas de réponse encore.

— Conclusion, poursuivit Wallander, avec un regard à sa montre signifiant que la réunion touchait à sa fin. Il est encore trop tôt ; nous devons

---

1. *Döbeln à Jutas* n'est pas l'œuvre de Topelius, mais de Runeberg. Le «gardien du pont» (de Vitra, pas de Jutas) n'était pas le général von Döbeln, mais Sven Duva, héros du poème éponyme du même auteur.

impérativement maintenir les deux caps. Dans le premier cas, tout est lié, dans l'autre, non. Mais on privilégie la première hypothèse. On est confrontés à des gens qui préméditent et exécutent ce qui peut en surface ressembler à de la folie pure. Sacrifices, incendies, meurtres rituels. Je pense à cette bible dont quelqu'un a modifié le texte. C'est facile de crier au fou. Ce n'est peut-être pas de cela qu'il s'agit. Un plan conscient, des gens conscients, mais qui se comportent vis-à-vis de leur prochain d'une manière tordue et extrêmement brutale. Mon sentiment d'urgence est très fort. Le tempo s'accélère. Il s'agit de retrouver Zeba. Et de parler à Anna Westin.

Il se tourna vers Linda.

— Je pensais que tu pourrais lui demander de venir ici. Pour une conversation amicale, en raison de notre inquiétude commune pour la disparition de votre amie.

— Qui s'occupe du garçon?

Ann-Britt Höglund avait dirigé la question droit vers Linda. Pour une fois, elle ne paraissait pas condescendante.

— Une voisine qui a l'habitude de le garder.

Kurt Wallander laissa tomber ses mains sur la table. Ce fut le signal de la dispersion.

— Torgeir Langaas, dit-il en se levant. Mettez la pression aux collègues norvégiens. Nous autres, nous nous occupons de Zeba.

Linda alla prendre un café avec son père. Un quart d'heure plus tard, ils n'avaient pas échangé une parole. Leur méditation fut interrompue par Svartman. Il s'écroula sur une chaise.

— Les collègues de Västerås ont trouvé des empreintes qui coïncident avec celles d'Eslöv. Il peut aussi y avoir des traces de pneus identiques. Pas entre Västerås et Eslöv, mais entre Sölvesborg et Trelleborg. Je pensais que ça t'intéresserait de le savoir.

— Ça ne m'intéresse pas du tout. Je ne sais même pas de quoi tu parles.

Svartman prit un air malheureux. Mon père peut être vraiment odieux quand il est de mauvaise humeur, pensa Linda.

— La dynamite, dit Svartman.

— Je n'ai pas le temps. Quelqu'un ne peut-il pas s'en occuper à ma place?

— C'est moi qui m'en occupe. Et tu as dit que tu voulais être informé.

— Ah bon? Ça a dû m'échapper. Mais comme ça, au moins, je sais qu'il y a des gens qui bossent.

— De quoi parlait-il? demanda Linda après le départ de Svartman.

— On a eu plusieurs vols de dynamite, il y a un mois; on n'avait jamais volé simultanément une telle quantité d'explosifs en Suède. C'est tout.

Ils retournèrent dans son bureau. Vingt minutes plus tard, Martinsson frappa à la porte et tressaillit en découvrant la présence de Linda.

— Pardon.

— Qu'y a-t-il?

— Ture Magnusson est là pour écouter la bande.

Son père bondit de son fauteuil, la prit par le bras et l'entraîna à la rencontre de l'agent immobilier, qui paraissait nerveux. Martinsson alla chercher la bande. Son père ayant reçu entre-temps un coup de fil de Nyberg qui dégénéra immédiatement en dispute à propos de «traces de pneus égarées», il échut à Linda de s'occuper du visiteur.

— Vous avez retrouvé le Norvégien? demanda-t-il.

— Non.

— Je ne suis pas du tout certain de reconnaître la voix.

— Personne n'exige cela de vous.

La conversation téléphonique prit fin. Martinsson revint au même moment, l'air préoccupé.

— La bande a dû rester ici. Elle n'est pas aux archives.

— Personne ne l'a rangée? dit Kurt Wallander, exaspéré.

— Pas moi en tout cas.

Martinsson se mit à chercher sur l'étagère, derrière les magnétophones. Wallander passa la tête par la porte du central et rugit :

— Il nous manque une bande. Ce serait possible de vous demander un coup de main?

Ann-Britt Höglund les rejoignit. Toujours pas de bande. Son père était de plus en plus écarlate. Mais ce ne fut pas lui qui explosa, en fin de compte. Ce fut Martinsson.

— Comment peut-on prétendre bosser quand même les bandes sont autorisées à disparaître des archives? C'est n'importe quoi!

Il tenait à la main le mode d'emploi d'un magnétophone. Il s'en aperçut et le balança contre le mur. Ils continuèrent à fouiller. Linda avait l'impression que tout le district de police d'Ystad était occupé à chercher la bande perdue. En vain. Linda regarda son père. Il avait l'air fatigué, peut-être résigné. Mais elle savait que ça ne durerait pas.

— On vous présente nos excuses, dit Kurt Wallander à Ture Magnusson. La bande a disparu. On n'a pas de voix à vous faire entendre.

— Je peux faire une proposition?

Linda avait hésité jusqu'au dernier instant. Maintenant, elle se lançait.

— Je crois pouvoir imiter la voix.

Ann-Britt Höglund lui jeta un regard hostile.

— Qu'est-ce qui te fait croire ça?

Linda aurait pu lui fournir une longue réponse. Comment au cours d'une fête, au début de ses études à l'école de police, elle avait joué avec d'autres filles de sa promotion à imiter un animateur de télévision célèbre. Sa prestation avait beaucoup impressionné les copines. Elle avait cru au classique coup de chance des débutants. Mais ensuite, en essayant d'imiter d'autres voix, elle s'était découvert une faculté surprenante de trouver le ton juste. Parfois elle passait complètement à côté. Il y avait des voix qu'elle ne pouvait absolument pas imiter, mais elles étaient rares.

— Je peux essayer. On n'a pas grand-chose à perdre.

Stefan Lindman, qui venait d'arriver, hocha la tête d'un air encourageant.

— C'est vrai qu'on est tous là, dit Kurt Wallander avec hésitation.

Il se tourna vers Ture Magnusson.

— Retournez-vous. Vous ne devez pas la regarder, juste l'écouter. Si vous n'êtes pas sûr, dites-le.

Linda échafauda un plan : elle n'irait pas droit au

487

but, elle commencerait par un détour. Ce serait un exercice non seulement pour Ture Magnusson, mais pour les personnes présentes.

— Qui se souvient des répliques? demanda Stefan Lindman.

Martinsson avait la meilleure mémoire du commissariat. Il les récita.

Linda prit une voix grave et les répéta en cherchant l'accent.

Ture Magnusson fit non de la tête.

— Je ne suis pas sûr. J'ai presque l'impression de le reconnaître. Mais ce n'est pas tout à fait ça.

— Je veux bien le refaire, dit Linda.

— Vas-y.

Cette fois encore, elle s'en tint à la périphérie de l'intonation juste. Ture Magnusson secoua de nouveau la tête.

— Je ne sais pas. Je ne peux pas en jurer.

— Une dernière fois, dit Linda.

C'était maintenant ou jamais. Elle inspira profondément et recommença en donnant cette fois son maximum. Quand elle se tut, Ture Magnusson s'était déjà retourné.

— C'est lui. Il parlait comme ça.

— À la troisième tentative seulement, dit Ann-Britt Höglund. Qu'est-ce que ça vaut?

Linda ne parvint pas à dissimuler sa satisfaction. Son père, toujours vigilant, s'en aperçut.

— Alors? demanda-t-il.

— Ce n'est que la troisième fois que j'ai imité la voix de la bande.

— Je n'ai pas entendu de différence, dit Ann-Britt Höglund avec méfiance.

— Tout doit être juste quand on imite la voix de quelqu'un.

— C'est la vérité ? demanda Kurt Wallander en se levant.

— C'est la vérité.

Il jeta un regard impérieux à l'agent immobilier.

— Vous êtes sûr de vous ?

— Je crois bien.

— Alors il ne nous reste plus qu'à vous remercier.

Linda fut la seule à serrer la main de Ture Magnusson. Elle le raccompagna dans le hall d'accueil.

— Merci d'être venu.

— Je n'en reviens pas. En vous entendant, j'ai presque eu l'impression de le revoir.

Linda retourna auprès de son père.

— Anna, dit-il. Je crois qu'il est temps de la faire venir maintenant.

Linda sonna à la porte de l'appartement. Personne. Anna n'était pas là. Linda resta plantée sur le palier, immobile. Soudain, elle crut comprendre pourquoi Anna avait de nouveau choisi de disparaître.

44

La nuit il fit un rêve, qui lui revint en mémoire quand il se réveilla à l'aube. À l'époque où il était encore fabricant de sandales, il s'était rendu à Malmö avec Henrietta et Anna. Pendant que Henrietta était chez le dentiste, il avait emmené sa fille dans le port.

Là, ils avaient écrit un message de salutation de la part d'Anna sur un bout de papier, qu'ils avaient roulé, glissé dans une bouteille et jeté à la mer. Dans son rêve, la bouteille était revenue. Il descendait au bord du lac, près du camping où il avait occupé une caravane, repêchait la bouteille et lisait le message qu'il avait écrit avec Anna tant d'années auparavant. Mais il ne parvenait pas à le déchiffrer. Les lettres et les mots lui étaient étrangers.

Ensuite le rêve avait brusquement changé de forme. Assis sur la rive d'un autre lac, il suivait avec ses jumelles des cygnes qui brûlaient dans le ciel et disparaissaient sous l'eau, telles de grosses boules calcinées, fumantes. Il tournait alors ses jumelles vers deux promeneurs. Cela le surprenait puisque c'était en réalité Torgeir qui avait vu l'amie d'Anna marcher sur le rivage avec son père. Dans le rêve, il avait donc changé de place avec Torgeir.

C'était limpide. Entre Torgeir et lui, il n'y avait plus de distance. Quand il le voulait, il pouvait usurper l'identité de son disciple sans que celui-ci s'en aperçoive.

Torgeir avait été chargé de récupérer Anna en fin d'après-midi devant la pizzeria fermée de Sandskogen. Au début, Erik Westin avait pensé y aller lui-même, pour être sûr qu'elle accepte de le suivre. Mais à la réflexion, elle était déjà si dépendante de lui qu'elle n'opposerait certainement aucune résistance. Elle ne pouvait savoir ce qu'il avait décidé. Comme elle ignorait aussi ce qui était arrivé à Harriet Bolson – là-dessus, il avait strictement ordonné à Torgeir de se taire –, elle n'avait aucune raison de prendre la fuite. Ce qu'il redoutait, c'était l'intuition d'Anna, qu'il savait

490

presque aussi développée que la sienne. Elle était bien sa fille. Vigilante, attentive, sans cesse à l'écoute des messages captés par sa sensibilité exacerbée.

Torgeir devait aller la chercher dans la Saab bleue volée sur le parking de l'aéroport de Sturup. Quelques jours auparavant, il avait noté dix numéros d'immatriculation et obtenu le nom des propriétaires. Il avait ensuite appelé chez eux et – grimace adressée à son propre passé – joué le rôle d'un armateur en quête de capitaux suédois à investir dans un nouveau concept d'hôtels flottants. Il avait choisi deux voitures dont les propriétaires étaient partis en mission longue durée et une troisième appartenant à un retraité, ancien ingénieur des mines, qui venait de partir pour trois semaines de vacances en Thaïlande.

Erik lui avait donné des instructions détaillées. Même si c'était peu probable, Anna avait pu prendre peur au moment de la disparition du Zèbre. Il y avait un risque qu'elle en parle avec Linda, qu'Erik savait être sa confidente, bien qu'il l'eût mise en garde, et qu'il lui eût ensuite formellement interdit d'avoir des conversations intimes avec d'autres que lui. Cela risquait de l'égarer, martelait-il, maintenant qu'elle avait enfin trouvé la Voie. Il s'était absenté de longues années, mais c'était elle qui, tel le fils prodigue évoqué dans la Bible, avait enfin retrouvé le chemin de la maison. Ce qui se tramait aujourd'hui était nécessaire. Son père était celui qui mettrait les hommes au pied du mur, tous ceux qui, délaissant Dieu, avaient construit des cathédrales où ils s'adoraient eux-mêmes, au lieu de Le servir en toute humilité. Il avait vu le regard ensorcelé de sa fille ; il savait qu'à condition de disposer d'assez de temps il effacerait les doutes qui pouvaient subsister en elle. Le seul problème était que le temps lui faisait défaut. C'était une erreur, il se l'avouait. Il aurait dû se manifester à sa fille bien plus tôt, bien avant ce jour, dans la rue, à Malmö. Mais les autres avaient monopolisé son attention et ses efforts, ses guerriers, ceux qui ouvriraient les portails à la date et aux endroits choisis par lui.

Un jour, il lui raconterait comment tout cela était advenu ; il lui laisserait cet héritage. Ce serait le cinquième évangile. Un jour, il lui raconterait les longues heures, les longs jours, les longs mois de travail, de réflexion et de préparatifs. Il avait présenté son projet comme une révélation, afin que les autres soient prêts à le suivre. La voix et le souffle de Dieu étaient l'ultime confirmation que l'événement qui allait maintenant se produire était un sacrifice incontournable qui leur ouvrirait la vie éternelle à Ses côtés. *Vous habiterez dans son annexe*, avait-il dit. *Dieu habite un château dont les murs ne sont pas cimentés mais tissés de la laine la plus fine des brebis sacrées. Ce château possède une aile et c'est là que vous vivrez.*

Il avait dans ses prêches, qu'il appelait sa «campagne de persuasion divine», inlassablement évoqué ce qui les attendait. Le sacrifice n'était qu'un rapide adieu. Leur martyre était un privilège, tous les hommes se battraient pour rejoindre leurs rangs si seulement ils connaissaient la vérité quant à la guerre qu'il venait de déclarer à l'impiété.

La mort de Harriet Bolson avait été leur plus grande épreuve à ce jour. Il avait ordonné à Torgeir de surveiller leurs réactions, au cas où l'un ou l'autre flancherait ou s'effondrerait. Lui-même se tenait à l'écart. Il avait expliqué à Torgeir que lui, Erik, devait observer un rituel de purification après cet acte. Il devait rester seul, se laver soigneusement trois fois la nuit et trois fois le jour, se raser toutes les six heures et ne parler à personne jusqu'à être entièrement libéré des forces mauvaises qui avaient possédé Harriet Bolson. Torgeir l'appelait deux fois par jour, sur des portables volés. Aucun signe de défaillance du côté des disciples. Au contraire il croyait constater une impatience accrue, comme s'ils voulaient hâter le moment d'accomplir le sacrifice suprême.

Il avait parlé longuement avec Torgeir avant que celui-ci parte chercher Anna. Au moindre signe de refus de monter dans la voiture, il devrait recourir à la force. C'était pourquoi il avait choisi ce lieu isolé, près de l'ancienne pizzeria. Il avait observé attentivement le visage de Torgeir au moment où il l'autorisait explicitement à violenter sa fille. Il avait vu l'inquiétude, l'incertitude vaciller dans son regard. Il s'était alors penché vers lui et lui avait posé la main sur l'épaule en lui parlant d'une voix douce. Qu'est-ce donc qui l'inquiétait ? Erik avait-il jamais fait la moindre différence entre les êtres ? Lui-même, ne l'avait-il pas ramassé dans la rue ? Pourquoi sa fille ne serait-elle pas traitée sur le même plan que tous les autres ? Dieu n'avait-Il pas créé un monde où tous étaient égaux – ce monde que les hommes avaient d'abord renié et ensuite détruit ? N'était-ce pas ce monde-là auquel ils allaient précisément contraindre l'humanité à revenir ?

Il ne l'avait pas laissé partir avant d'avoir la certitude qu'il sévirait au besoin. Si tout se passait conformément à ses plans et si elle s'en montrait digne, sa fille serait son héritière. Le royaume de Dieu sur la terre ne devait plus être abandonné comme cela s'était produit une fois déjà. Il faudrait toujours un chef, et Dieu avait Lui-même affirmé que Son royaume était héréditaire.

Mais Anna n'était peut-être pas l'élue. Dans ce cas, il ferait en sorte d'avoir d'autres enfants et de désigner parmi eux celui qui prendrait sa succession.

Au cours de ces derniers jours, il était prévu à l'origine qu'ils disposent de trois QG différents. Erik avait choisi pour son propre usage une villa isolée de Sandhammaren appartenant à un capitaine à la retraite, qui séjournait à l'hôpital après une fracture du col du fémur. Le deuxième était une ferme abandonnée des environs de Tomelilla qui ne trouvait pas acquéreur ; le troisième fief était la maison que Torgeir avait achetée derrière l'église de Lestarp et qu'ils avaient été contraints d'abandonner après que la fille du policier se fut montrée un peu trop curieuse.

Erik ignorait de quelle façon Torgeir dénichait ces maisons vides. Telle était la nature de la confiance qu'il lui témoignait : que Torgeir ne commettrait pas d'erreur.

Une fois Torgeir parti pour récupérer Anna, Erik Westin descendit à la cave. Son premier disciple était devenu un limier très habile quand il s'agissait de découvrir les bonnes cachettes, capables de répondre à ses exigences changeantes. Celle-ci avait des murs solides et possédait au sous-sol une pièce insonorisée où il était possible d'enfermer quelqu'un pendant quelques jours. La porte était équipée d'une petite lucarne vitrée. Torgeir et lui s'étaient étonnés de ce que le capitaine eût fait aménager chez lui ce qui ressemblait à une cellule carcérale domestique. Torgeir avait suggéré que ce pouvait être un abri en cas de guerre nucléaire. Mais dans ce cas, pourquoi la lucarne?

Il s'arrêta et prêta l'oreille. Au début, quand l'anesthésie avait cessé de faire effet, elle avait hurlé, cogné aux murs et renversé le seau à coups de pied. Dans un deuxième temps, il y avait eu un long silence. Il avait alors jeté un œil prudent par la vitre. Elle était recroquevillée sur le lit. L'eau et les petits pains garnis étaient toujours sur la table. Elle n'y avait pas touché; ce n'était pas une surprise.

Cette fois encore, le silence était total. Il longea le couloir à pas de loup et regarda par la lucarne. Elle était allongée sur le lit et lui tournait le dos. Elle dormait. Il la contempla longtemps jusqu'à être certain qu'elle respirait. Puis il remonta vers la véranda en attendant le retour de Torgeir avec Anna. Il restait un problème qu'il n'avait pas résolu. Bientôt, très bientôt, il serait obligé de décider de ce qu'il allait faire de Henrietta. Jusqu'à présent, Torgeir et Anna avaient réussi à la persuader que tout était sous contrôle, mais Henrietta était capricieuse, peu fiable. Elle l'avait toujours été. Dans la mesure du possible, il voulait épargner sa vie. Mais si cela devenait nécessaire, il n'hésiterait pas à la laisser disparaître.

Assis dans la véranda, il contemplait la mer. Autrefois, il avait aimé Henrietta. Même enveloppé de brume et si lointain qu'il ressemblait à une histoire qu'on lui aurait racontée, cet amour n'avait jamais complètement cessé d'exister. À la naissance d'Anna, cela avait été encore autre chose : là, il avait découvert le grand amour ; mais bien qu'il eût aimé sa fille dès le premier jour, ne se lassant jamais de la tenir dans ses bras, de la regarder dormir, de la regarder jouer, cet amour contenait également une béance, qui l'avait finalement poussé à partir en les abandonnant toutes les deux. Il avait cru qu'il reviendrait bientôt – il s'en allait quelques semaines, un mois tout au plus. Mais, dès Malmö, il comprit que le voyage qu'il venait d'entamer serait très long, qu'il n'aurait peut-être pas de fin. Un court instant, à la gare, il avait failli faire demi-tour. Il ne le pouvait pas. La vie devait réserver quelque chose de plus, quelque chose d'autre que ce qu'il avait connu jusque-là.

Il repensa à cette époque, qui avait été comme une longue errance en plein désert. Le premier pas avait été la fuite, le pèlerinage confus dépourvu de but. Or au moment où il décidait de lâcher la dernière prise, de mettre fin à sa vie, le pasteur Jim Jones avait croisé son chemin. Cela avait été l'oasis. Il avait cru à un mirage ; mais non, c'était une authentique eau de source qui coulait dans sa gorge. Jim parlait toujours de l'eau, boisson sacrée, plus sacrée que le vin. Et par la suite, l'oasis s'était malgré tout révélée n'être qu'un mirage.

Il pouvait voir quelques personnes au bord de l'eau. Quelqu'un se promenait avec un chien, un autre portait un petit enfant sur ses épaules. C'est pour vous que je fais ça, pensa-t-il. C'est pour vous que j'ai rassemblé mes martyrs, pour votre liberté, pour remplir le vide que vous portez tous en vous sans le savoir.

Les gens sur la plage disparurent. Son regard erra à la surface de la mer, à peine ridée par une fine brise du sud-est. Il alla à la cuisine et revint avec un verre d'eau. Il restait au moins une demi-heure d'attente avant le retour de Torgeir avec Anna. Il se rassit. Au bord de son champ de vision, il crut voir un navire. Le temps dont il disposait avant l'arrivée de sa fille lui servirait à tenter de résoudre un problème épineux dont il ne pouvait entièrement prévoir les formes qu'il prendrait. Les martyrs chrétiens étaient si peu nombreux que les gens ignoraient jusqu'à leur existence. Pendant la Seconde Guerre mondiale, des prêtres étaient morts pour les autres dans les camps de concentration. Il y avait un peu partout des justes, hommes et femmes. Mais le martyre, lui, avait échappé aux chrétiens, comme tout le reste. Maintenant c'étaient les musulmans qui n'hésitaient pas à appeler les leurs à commettre le sacrifice suprême. Il avait étudié leurs vidéos, la manière dont ils s'y préparaient, dont ils argumentaient leur décision de mourir en martyrs ; il avait appris ce qu'il y avait à apprendre des pratiquants de la religion qu'il haïssait le plus – l'ennemi par excellence, pour lequel il n'existait aucune place dans le Royaume. Il y avait là un danger : les chrétiens – ou plutôt les habitants de ce monde autrefois chrétien et destiné à le redevenir – verraient dans ces événements dramatiques l'œuvre des musulmans. Cette confusion avait un aspect positif et négatif – positif dans le sens où la haine contre l'islam s'enflammerait avec une énergie décuplée, négatif en ce que les gens mettraient du temps à comprendre que les martyrs chrétiens étaient de retour. Ce n'était pas un petit mouvement marginal, pas un Maranatha quelconque, mais une grande vague de conversion qui se déroulerait jusqu'à ce que le règne de Dieu soit rétabli sur la terre.

Il regarda ses mains. Parfois, quand il pensait à ce qui l'attendait, elles pouvaient se mettre à trembler. Là, elles restaient tranquilles. Pendant une courte période, on va voir en moi un fou. Mais quand les martyrs s'avanceront en rangs innombrables, on comprendra que je suis cet apôtre de raison fiévreusement attendu depuis deux mille ans. Sans Jim Jones, je n'aurais pas réussi. Auprès de lui, j'ai appris à maîtriser la faiblesse, à ne pas craindre d'exhorter les autres à mourir. La liberté et le salut ne s'acquièrent qu'au prix du sang. Il n'y a pas d'autre chemin, et quelqu'un doit toujours marcher le premier.

Quelqu'un doit toujours marcher le premier. Jésus l'a fait. Mais Dieu l'a abandonné parce qu'il n'était pas allé assez loin. Jésus avait une faiblesse. Il lui manquait la force que je possède. Ce qu'il a laissé inachevé, nous devons l'accomplir. Le royaume de Dieu sur terre sera un monde où tout est soumis aux commandements divins. Dans la Bible se trouvent toutes les règles dont les hommes ont besoin pour vivre. Nous entrons dans un temps de guerres saintes, mais nous vaincrons car le monde chrétien possède la force des armes que nul ne peut vaincre.

Il plissa les yeux vers l'horizon. Le navire avançait vers l'ouest. Le vent était complètement tombé. Il regarda sa montre. Torgeir n'allait pas tarder. Le reste de ce jour et cette nuit, il les consacrerait à sa fille. Il n'avait pas encore remporté le combat qui avait pour enjeu la volonté d'Anna. Elle résistait encore. Cela avait été une grande victoire quand elle avait accepté de mentir au sujet de Vigsten, l'hôte de Torgeir à Copenhague. Anna n'avait jamais pris la moindre leçon de piano, mais elle avait apparemment réussi à convaincre les policiers. Il s'irrita de nouveau d'avoir mal jaugé le temps dont il aurait besoin. Mais il était trop tard. Tout ne pouvait pas fonctionner selon un schéma idéal. L'essentiel était que le Plan se déroule sans entrave.

La porte d'entrée s'ouvrit. Il écouta. Pendant les années difficiles, il avait consacré beaucoup de temps à exercer l'acuité de ses sens. Il avait affûté son ouïe, sa vue, son odorat. Parfois il les imaginait comme des couteaux invisibles suspendus à sa ceinture. Il écouta le bruit des pas : celui, lourd, de Torgeir, et un autre, léger, qui le suivait. Torgeir ne traînait pas Anna, elle avançait à son propre rythme, il n'avait donc pas dû la forcer.

Ils apparurent sur le seuil de la véranda. Il se leva et embrassa sa fille. Elle était inquiète, mais pas au point qu'il ne puisse la calmer. La calmer, et balayer par la même occasion les scories de volonté qui faisaient encore obstacle chez elle. Il la pria de s'asseoir et de l'attendre pendant qu'il raccompagnait Torgeir. Ils échangèrent quelques répliques à voix basse. Les informations communiquées par son disciple le rassurèrent. Le matériel était à l'abri, les troupes attendaient dans les deux maisons. Personne ne manifestait autre chose que de l'impatience.

— C'est la faim, dit Torgeir. La faim et le désir.

— La cinquantième heure approche. Dans deux jours et deux heures, nous quitterons nos cachettes pour lancer le premier assaut.

— Elle était calme. J'ai touché son front, le pouls était normal.

La rage surgit de nulle part.

— Moi seul! Moi seul ai le droit de toucher leur front. Pas toi! Jamais!

Torgeir pâlit.

— Je n'aurais pas dû.

— Non. Mais tu peux faire quelque chose pour m'aider à oublier.

— Quoi?

— L'amie d'Anna. Celle qui s'intéresse un peu trop à nous. Je vais parler à Anna maintenant. S'il s'avère que cette fille soupçonne quoi que ce soit, elle doit disparaître. Je suppose que tu sais de qui je parle?

— La fille du policier, dit Torgeir. Celle qui s'appelle Linda.

Il congédia son disciple et retourna à pas de loup vers la véranda. Anna s'était assise. Elle avait choisi une chaise placée contre le mur. *Elle est comme moi*, pensa-t-il. *Elle surveille son dos*. Il l'observa. Elle paraissait calme. Un doute le rongeait néanmoins. C'était raisonnable – seuls les inconscients ignoraient le doute. Les principales sentinelles étaient intérieures : anges gardiens ou alarmes signalant les dangers. Il continua à la contempler. Soudain, elle tourna le visage vers l'endroit où il se tenait. Il recula. L'avait-elle vu? Cela l'inquiétait de constater que sa fille avait le pouvoir de le déstabili-

500

ser de tant de manières différentes. Il est un sacrifice que je ne veux pas commettre. Un sacrifice que je redoute. Mais je dois être prêt à cette éventualité. Pas même ma fille ne peut exiger une absolution perpétuelle. Personne ne le peut. À part moi.

Il se montra et s'assit en face d'elle. Il allait prendre la parole quand l'imprévisible se produisit. C'était la faute du capitaine ; ce fut donc contre lui qu'il dirigea sa malédiction silencieuse. Les murs de la maison n'étaient donc pas si épais, tout compte fait. Le hurlement traversa le sol. Anna se figea. Le cri se modula en rugissement, comme si un animal sauvage en détresse se jetait contre le béton.

La voix du Zèbre, le hurlement du Zèbre. Anna le fixait, pétrifiée, les yeux écarquillés. Lui qui était son père mais bien plus que cela encore. Elle se mordit la lèvre ; le sang se mit à couler.

La nuit serait longue et difficile, il le comprit à cet instant. Il ne savait pas si Anna venait de l'abandonner, ou si le hurlement du Zèbre ne faisait que l'égarer provisoirement.

45

Linda était devant la porte d'Anna en se disant qu'elle devrait l'enfoncer à coups de pied. Mais pourquoi ? Qui croyait-elle donc pouvoir trouver à l'intérieur ? Certainement pas le Zèbre. La seule dont elle se souciât dans l'immédiat. Là, sur le palier, elle eut la sensation de tout comprendre sans être pour autant capable de formuler son intuition. Elle avait des sueurs froides. Elle tâta ses poches, bien qu'elle sût pertinemment avoir rendu les clés à Anna. Sauf celle de la voiture. Mais à quoi me servirait-elle ? Où pourrais-je aller ? Elle redescendit, contourna l'immeuble. La voiture y était. Elle essaya de réfléchir, la peur l'en empêchait. Auparavant elle s'était inquiétée pour Anna. Anna était revenue. Aujourd'hui le Zèbre avait disparu et l'inquiétude s'était transférée sur elle. Elle comprit ce qui entretenait la confusion. Tout tournait autour d'Anna. Après avoir eu peur qu'un malheur lui soit arrivé, elle avait peur maintenant de ce qu'Anna était capable de faire.

Elle donna un coup de pied dans un caillou – si fort qu'elle en eut mal à l'orteil. Je déraille. Que pourrait faire Anna ? Elle se mit en marche vers l'immeuble du Zèbre. Puis elle fit demi-tour et alla chercher la voiture d'Anna. D'habitude, elle laissait un mot ; cette fois, elle n'en avait pas le temps. Elle se rendit tout droit chez le Zèbre, en conduisant beaucoup trop vite. La voisine était sortie avec le garçon, mais sa fille adolescente la reconnut et lui donna les clés. En ouvrant la porte de son appartement, elle inspira de nouveau l'étrange odeur. Pourquoi personne ne s'en occupait-il ? Est-ce que ce pouvait être un anesthésique ?

Linda se planta au milieu du séjour. Puis elle commença à se déplacer sans bruit, en respirant avec précaution comme si elle voulait faire croire à l'appartement qu'il n'y avait personne. *Quelqu'un entre* – le Zèbre fermait rarement sa porte à clé –, *quelqu'un ouvre la porte et entre. Le garçon est là.*

Mais il ne peut pas raconter ce qu'il a vu. Le Zèbre est droguée et kidnappée, le garçon crie et la voisine entre en scène.

Linda regarda autour d'elle. Comment découvre-t-on des traces ? Je vois juste un appartement désert et je ne peux pas voir à travers ce rien. Elle s'obligea à réfléchir. Elle réussit à formuler ce qui devait être la question la plus importante : qui savait quelque chose ? Le garçon avait vu, mais il ne pouvait pas parler. Dans l'entourage du Zèbre, personne n'avait d'informations. Il fallait donc chercher du côté d'Anna. Que trouvait-on de ce côté ? La réponse coulait de source : sa mère, Henrietta, que Linda soupçonnait déjà avant. Qu'avait-elle pensé la première fois où elle lui avait rendu visite ? Que Henrietta ne disait pas la vérité. Qu'elle savait pourquoi Anna avait disparu.

Pourquoi n'avait-elle pas approfondi ce soupçon sur le moment même ? De colère, elle donna un coup de pied à une chaise. Nouvelle douleur à l'orteil. Elle quitta l'appartement. Jassar balayait devant sa boutique. Il l'aperçut.

— Vous l'avez trouvée ?

— Non. Et vous ? Autre chose qui vous serait revenu en mémoire ?

Jassar soupira.

— Rien. Ma mémoire est mauvaise, mais je suis certain qu'elle s'accrochait à ce type.

— Non, répondit Linda, dans une sorte de besoin de défendre le Zèbre. Elle était droguée. Ce que vous avez pris pour une fille qui s'accrochait, c'était une fille qu'on avait endormie.

Jassar fronça les sourcils.

— Ça arrive, des choses pareilles? Ici, à Ystad?

Linda n'entendit qu'en partie la réplique de Jassar. Elle traversait déjà la rue pour reprendre la voiture et aller chez Henrietta. Elle venait de démarrer quand son portable sonna. Le commissariat, mais pas la ligne directe de son père. Elle hésita, puis décrocha. Stefan Lindman. Elle fut contente d'entendre sa voix.

— Où es-tu?

— Dans une voiture.

— Ton père m'a demandé d'appeler. Il voudrait savoir où tu es. Et où est Anna Westin.

— Je ne l'ai pas trouvée.

— C'est-à-dire?

— C'est-à-dire que je ne l'ai pas trouvée, point! Je suis allée chez elle, elle n'y était pas. J'essaie de découvrir où elle est. Dès que je la trouve, je vous l'amène.

Pourquoi est-ce que je ne lui dis pas la vérité? Est-ce un travers que je tiens de mon enfance, de mes parents qui ne disaient jamais les choses en face?

— Tu es sûre que tout va bien? demanda-t-il, comme s'il avait deviné ses pensées.

— À part le fait que le Zèbre a disparu et que je ne trouve pas Anna, oui.

— Ce n'est pas un oui très convaincant. Dis-toi que tu n'es pas encore de la police.

Cela la mit en colère.

— Comment pourrais-je l'oublier alors que vous n'arrêtez pas de me le rappeler, tous?

Elle éteignit le portable et le jeta sur l'autre siège. Au coin de la rue, elle freina et le ralluma. Puis elle prit la direction de la maison de Henrietta. Le vent s'était levé. Quand elle sortit de la voiture, elle eut froid. Elle jeta un regard vers l'endroit où elle était tombée dans le piège à renard. Un peu plus loin, sur un chemin de traverse, un homme faisait brûler des vieilleries à côté de sa voiture. Le vent déchiquetait le panache de fumée.

Linda eut la sensation que l'automne était proche. Plus qu'une question de jours avant le gel. Elle traversa la cour et sonna. Le chien se mit à aboyer. Elle inspira profondément en relâchant les bras comme si elle allait s'accroupir dans des starting-blocks. Henrietta ouvrit la porte. En la reconnaissant, elle lui sourit. Linda fut tout de suite sur ses gardes ; c'était à croire que Henrietta l'attendait. Du moins n'était-elle pas du tout surprise. Linda vit aussi qu'elle était maquillée. S'était-elle apprêtée pour quelqu'un, ou voulait-elle cacher sa pâleur ?

— Quelle surprise, dit Henrietta en s'effaçant.

Tu parles, pensa Linda.

— Tu es toujours la bienvenue. Entre donc.

Le chien la renifla avant d'aller se coucher dans son panier. Linda entendit un soupir. Elle regarda autour d'elle. Les soupirs semblaient sortir des épais murs de pierre. Henrietta alla chercher un thermos et deux tasses.

— Qu'est-ce qu'on entend ? demanda Linda. Des gens qui soupirent ?

— J'étais en train d'écouter une de mes plus anciennes compositions. Elle date de 1987. *Concerto pour quatre voix soupirantes et percussions*. Écoute !

Elle avait posé le plateau et levé la main.

Linda écouta. Une voix isolée soupirait ; une voix de femme.

— C'est Anna, annonça Henrietta. J'ai réussi à lui soutirer sa collaboration. Elle soupire de façon très mélodieuse. Son chagrin et sa fragilité, on y croit à fond. Quand elle parle, il y a toujours comme une hésitation dans sa voix. Jamais quand elle soupire.

Linda continua d'écouter. L'idée d'enregistrer des soupirs pour les faire figurer dans une composition musicale avait un petit côté fantomatique.

Un coup de tambour assourdissant interrompit ses réflexions. Henrietta alla éteindre le magnétophone, et elles s'assirent. Le chien s'était mis à ronfler. Ce son ramena Linda à la réalité.

— Sais-tu où est Anna ?

Henrietta regarda ses ongles, puis Linda, qui devina une incertitude dans son regard. *Elle sait*, pensa-t-elle. Elle sait et elle est prête à le nier.

— C'est étrange, dit Henrietta. Chaque fois, tu me déçois. Je crois que tu viens me rendre visite. Mais tout ce que tu veux, c'est savoir où se trouve ma fille.

— Sais-tu où elle est ?

— Non.

— Quand lui as-tu parlé pour la dernière fois ?

— Elle m'a appelée hier.

— D'où ?

— De chez elle.

— Pas d'un portable ?

— Elle n'en a pas, comme tu le sais sûrement. Elle fait partie des gens qui résistent à la tentation d'être toujours accessibles.

— Tu es sûre qu'elle était chez elle ?

— C'est un interrogatoire?

— Je veux savoir où est Anna. Je veux savoir ce qu'elle fait.

— Je ne sais pas où se trouve ma fille. Peut-être à Lund.

Pas pour le moment, pensa Linda. Il se peut que Henrietta ignore qu'elle a probablement abandonné ses études. Ça peut être un atout pour moi, une carte à abattre à l'improviste... Mais plus tard, pas maintenant.

Linda choisit un autre chemin.

— Le Zèbre, tu connais?

— La petite Zeba?

— On l'appelle le Zèbre. Elle a disparu. Comme Anna.

Pas un battement de cils, rien. Linda eut la sensation d'être à l'offensive sur un ring, et d'avoir été mise K.-O. par un coup frappé au hasard. C'était arrivé une fois, à l'école de police. Ils s'entraînaient à la boxe et Linda s'était retrouvée au tapis sans savoir ce qui l'avait fait atterrir là.

— Peut-être reviendra-t-elle comme Anna est revenue?

Linda devina plus qu'elle ne vit l'ouverture. Elle s'y précipita poings levés.

— Pourquoi n'as-tu jamais dit la vérité là-dessus? Tu savais où était Anna!

Le coup porta. Durement. La sueur perla au front de l'adversaire.

— Tu me traites de menteuse? Dans ce cas, je t'ordonne de t'en aller. Je ne veux pas de ça chez moi. Tu m'empoisonnes, je ne peux pas travailler, la musique meurt.

— J'affirme que tu mens. Et je ne m'en irai pas avant d'avoir obtenu une réponse à ma question. Je dois savoir où est le Zèbre. Je crois qu'elle est en danger. Anna est impliquée, d'une manière ou d'une autre. Toi aussi peut-être. Une chose est sûre : tu en sais beaucoup plus que tu ne le prétends.

— Va-t'en ! hurla Henrietta. Je ne sais rien !

Le chien se redressa dans son panier et se mit à aboyer. Henrietta s'était levée. Elle s'approcha d'une fenêtre, qu'elle ouvrit, fit mine de refermer et choisit enfin de laisser entrouverte. Linda ignorait comment poursuivre ; elle savait seulement qu'elle ne devait pas lâcher prise. Henrietta se retourna. Toute son agressivité avait disparu.

— Désolée pour cet accès d'humeur, dit-elle. Mais je n'aime pas être accusée de mensonge. Je ne sais pas où est Zeba, ni pourquoi tu prétends qu'Anna serait impliquée.

Henrietta était réellement indignée. Ou alors c'était une comédienne hors pair. Elle parlait fort, sans crier, mais sa voix était comme un rugissement. Elle ne s'était pas rassise ; elle était toujours debout près de la fenêtre.

— Le soir où je suis tombée dans le piège, dit Linda, à qui parlais-tu ?

— Tu veux me dire que tu m'espionnais ?

— Appelle ça comme tu veux. Je voulais savoir pourquoi tu m'avais caché la vérité quand je t'ai interrogée sur Anna.

— Je parlais à quelqu'un qui souhaitait discuter avec moi d'une œuvre musicale que nous allons créer ensemble.

— Non, répondit Linda en s'obligeant à garder une voix stable. C'était quelqu'un d'autre.

— Tu affirmes de nouveau que je mens?

— Je sais que tu mens.

— Je dis toujours la vérité. Mais parfois j'esquive certaines questions, parce que je tiens à mes secrets.

— Appelle ça esquive, moi j'appelle ça mensonge. Je sais qui était là.

— Tu sais qui était là?

La voix de Henrietta était repartie dans les aigus.

— Soit un certain Torgeir Langaas, soit le père d'Anna.

Henrietta sursauta et se mit à crier :

— Torgeir Langaas et le père d'Anna? Et puis quoi encore? Je ne connais pas de Torgeir Langaas. Le père d'Anna a disparu il y a vingt-quatre ans. Il est mort. Je ne crois pas aux fantômes. Torgeir Langaas, c'est quoi, ce nom? Je ne connais personne de ce nom-là et le père d'Anna est mort, il n'existe pas, elle se fait des idées. Anna est à Lund et je n'ai aucune idée de l'endroit où peut se trouver ton Zèbre.

Henrietta disparut dans la cuisine et revint avec un verre d'eau. Elle débarrassa une chaise de quelques cassettes qui l'encombraient et s'assit. Linda se tourna pour mieux voir son visage. Henrietta souriait. Quand elle prit la parole, sa voix était redevenue douce, basse, presque respectueuse.

— Désolée de m'être emportée, dit-elle.

Linda la contemplait. Un signal d'alerte commença à clignoter en elle. Qu'était-ce donc qu'elle ne comprenait pas, qu'elle aurait dû comprendre? Elle ne voyait que l'évidence : cette conversation avait échoué. Son seul résultat était d'avoir rendu Henrietta plus inaccessible que jamais. Elle regretta son initiative. Il fallait des policiers expérimentés pour ce genre de chose. Maintenant, le collègue qui interrogerait Henrietta à sa suite aurait encore plus de mal à lui soutirer ce qu'elle n'avait pas envie de dire.

— Y a-t-il autre chose ? Un autre mensonge que tu m'attribues ?

— Je ne crois pratiquement à rien de ce que tu dis. Mais je ne peux pas t'empêcher de mentir. Je voudrais juste que tu comprennes que je te pose ces questions uniquement parce que je suis inquiète. J'ai peur qu'il soit arrivé malheur au Zèbre.

— Qu'aurait-il pu lui arriver ?

Linda résolut de dire la vérité.

— Je crois qu'un groupe de gens s'est donné pour mission de tuer des femmes pour la raison qu'elles ont avorté au moins une fois dans leur vie. Tu as entendu parler de la femme exécutée dans l'église de Frennestad, n'est-ce pas ?

Henrietta ne bougea pas. Linda le prit comme une confirmation.

— En quoi Anna serait-elle mêlée à cette histoire ?

— Je ne sais pas. Mais j'ai peur.

— Peur de quoi ?

— Qu'on s'en prenne au Zèbre. Et qu'Anna soit impliquée.

Quelque chose changea dans le visage de Henrietta. Linda n'aurait pas pu le formuler. Elle l'avait entrevu. Très vite, mais elle l'avait entrevu. Elle pensa qu'elle n'obtiendrait rien de plus. Elle se pencha pour ramasser sa veste. Sur la table, juste à côté, il y avait un miroir. En y jetant un coup d'œil, elle vit que Henrietta fixait un point derrière elle. L'instant d'après, son regard était de nouveau tourné vers sa visiteuse.

Linda prit sa veste. Elle comprit alors où Henrietta avait dirigé son regard. *Vers la fenêtre. La fenêtre entrebâillée.*

Elle commença à enfiler sa veste en se tournant vers la fenêtre. Personne. Pourtant elle était certaine qu'il y avait eu quelqu'un. Elle passa lentement son bras dans la manche gauche. La voix forte de Henrietta, la fenêtre qu'elle avait ouverte comme par hasard, sa façon de répéter les noms que citait Linda et ses assurances répétées de ne pas les connaître. Linda finit de s'habiller. Elle n'osait pas regarder Henrietta en face, de peur que ce qu'elle venait de saisir ne soit inscrit sur son visage.

Elle se dirigea d'un pas rapide vers la porte et caressa la tête du chien. Henrietta la suivit.

— Je suis désolée de ne pas pouvoir t'aider.

— Tu le peux. Mais tu choisis de ne pas le faire.

Elle sortit. Parvenue à l'angle de la maison, elle s'arrêta et regarda autour d'elle. Je ne vois personne, mais quelqu'un me voit. Quelqu'un m'a vue, et surtout quelqu'un a entendu les paroles de Henrietta. Ce quelqu'un sait maintenant ce que je crois, ce que je sais et ce que je crains. Elle courut jusqu'à la voiture. Elle avait peur. En même temps, il lui semblait avoir commis une erreur, une fois de plus. C'était à ce moment-là, à la porte, pendant qu'elle caressait le chien, qu'elle aurait dû commencer à interroger sérieusement Henrietta. Au lieu de cela, elle était partie.

Elle démarra et prit la route d'Ystad, avec de fréquents coups d'œil au rétroviseur. Vingt minutes plus tard, elle se garait sur le parking. Le vent avait forci. Courbée en deux, elle courut vers l'entrée du commissariat.

46

En franchissant les doubles portes, elle trébucha, tomba sur le dallage et s'ouvrit la lèvre. Après un instant de vertige, elle parvint à se relever, refusa l'aide de la réceptionniste qui était accourue et se rendit aux toilettes. Elle s'essuya le visage et attendit que la lèvre ne saigne plus. En revenant vers la réception, elle croisa Stefan Lindman. Il lui jeta un regard amusé.

— Dans la famille Coups et Blessures, je demande la fille ! Ton père prétend qu'il s'est cogné à une porte. Et toi ? Une porte aussi ? Comment vous appellera-t-on quand on en aura marre de vous confondre à cause de votre nom de famille ? La Balafre et le Coquard ?

Linda éclata de rire. La plaie se rouvrit instantanément. Elle retourna chercher des feuilles de papier aux toilettes et ils repartirent ensemble vers les bureaux.

— Je lui ai jeté un cendrier à la figure, dit Linda. Ce n'était pas une porte.

— C'est comme les histoires de pêcheurs, où les

poissons grossissent un peu plus à chaque nouvelle version. Je me demande si ce n'est pas pareil avec les blessures. On se prend une porte, et ça devient une bagarre dont on est sorti glorieux vainqueur. À l'inverse, un cendrier pas très honorifique balancé par une femme redevient une porte.

Ils étaient devant le bureau de son père.

— Anna? demanda-t-il.

— Je ne l'ai pas retrouvée.

Stefan frappa à la porte.

— Il vaut mieux que tu le lui dises.

Son père, les pieds sur la table, mâchouillait un crayon. Il haussa les sourcils en la voyant.

— Je croyais que tu devais ramener Anna?

— Moi aussi. Mais je ne la trouve pas.

Il ne parvint pas à dissimuler son impatience. Linda s'apprêtait à résister, quand il aperçut sa lèvre enflée.

— Qu'est-ce que tu t'es fait?

— J'ai trébuché.

Il secoua la tête. Puis il se mit à rire. En règle générale, Linda détestait son naturel sombre, qui la poussait à éviter sa compagnie. Autant elle se réjouissait quand il était de bonne humeur, autant elle avait du mal à supporter son rire, qui ressemblait à une espèce de hennissement aigu. Quand elle sortait avec lui et qu'il se mettait à rire, tout le monde se retournait pour voir qui pouvait bien produire des sons pareils.

— Qu'y a-t-il de drôle?

— Ton grand-père trébuchait sans arrêt. Je ne sais pas combien de fois je l'ai vu se casser la figure sur les pots de peinture, les vieux châssis et tout le bric-à-brac dont il s'entourait. Gertrud essayait de dégager des sentiers praticables dans son atelier. Mais le lendemain, il s'étalait de nouveau.

— Alors je tiens ça de lui.

Il jeta son crayon et ôta ses pieds de la table.

— Tu as essayé son portable, j'imagine ?

— Elle n'en a pas.

L'intérêt de son père parut aussitôt s'aiguiser.

— Et pourquoi donc ?

— Elle n'en veut pas.

— Pour une raison particulière ?

Linda comprit que ses questions avaient un but précis. Quelques semaines plus tôt, après dîner, ils avaient veillé tard sur le balcon, et ils en étaient venus à comparer la situation actuelle avec ce qu'elle était dix et vingt ans plus tôt. Il avait affirmé que les deux principales différences tenaient à un élément qui avait disparu et à un autre qui était survenu. Il lui demanda de deviner. L'élément nouveau, c'était évidemment le téléphone portable. Elle mit un certain temps à trouver que les fumeurs étaient devenus infiniment plus rares.

— Tout le monde a un portable. Surtout les jeunes. Mais pas Anna Westin. Pourquoi ?

— Je n'en sais rien. D'après Henrietta, elle ne veut pas être accessible en permanence.

— Tu es sûre que c'est vrai ? Qu'elle ne possède pas un téléphone à ton insu ?

— Comment pourrais-je en être sûre ?

— C'est bien cela.

Il composa le numéro de poste d'Ann-Britt Höglund pour la convoquer. Trente secondes plus tard, elle était là. Linda la trouva fatiguée, négligée,

514

dépeignée, la chemise pas très nette. Elle pensa à Vanja Jorner, la seule différence étant qu'Ann-Britt Höglund n'était pas aussi grosse que la fille de Birgitta Medberg.

Elle entendit son père demander à Ann-Britt de vérifier s'il existait un portable au nom d'Anna Westin, et se maudire de n'y avoir pas pensé plus tôt.

Ann-Britt Höglund partit après avoir adressé à Linda un sourire qui ressemblait à une grimace.

— Elle ne m'aime pas, constata Linda.

— Sauf erreur, tu ne l'aimes pas non plus. Ça vous met à égalité. De toute façon, même dans un petit commissariat comme celui-ci, il est clair que tout le monde n'aime pas tout le monde.

Il se leva.

— Café?

Ils se rendirent à la cafétéria, où son père eut aussitôt une prise de bec avec Nyberg. Linda ne comprit pas tout à fait le sujet de leur désaccord. Martinsson entra en agitant un papier.

— Ulrik Larsen, le type qui t'a agressée à Copenhague et qui voulait te voler.

— Non, dit Linda. Je n'ai jamais été agressée par un voleur.

— Précisément. Ulrik Larsen est revenu sur ses aveux. Le seul problème, c'est qu'il refuse d'admettre qu'il t'a menacée. Il prétend ne connaître aucun Langaas. Les collègues danois sont convaincus qu'il ment, mais ils n'arrivent à rien en tirer.

— C'est tout?

— Non. Mais je veux que Kurre soit là pour entendre la fin.

515

— Ne l'appelle pas comme ça devant lui! Il déteste se faire appeler Kurre.

— Tu crois que je ne le sais pas? Ça lui plaît autant qu'à moi de me faire appeler Marta.

— Qui t'appelle Marta?

— Ma femme, quand elle en a marre.

Ils attendirent la fin de la conversation rageuse qui se déroulait dans un autre coin de la cafétéria. Puis Martinsson répéta en peu de mots ce qu'il avait dit à Linda.

— Et voici la fin, qui est assez intéressante. Les collègues danois ont évidemment recherché Ulrik Larsen dans leurs fichiers. Il n'y figure pas. Trente-sept ans, marié, père de trois enfants, l'honnêteté incarnée. Et son métier n'est pas franchement le premier auquel on pense quand on imagine un type aux prises avec la justice.

— Quel est son métier? demanda Kurt Wallander.

— Il est pasteur.

Les autres ouvrirent des yeux ronds.

— Quel genre de pasteur? dit Stefan Lindman qui s'était joint à eux. Je croyais qu'il était toxicomane.

Martinsson consulta les papiers qu'il tenait à la main.

— Apparemment, il a endossé ce rôle. En réalité, il est pasteur de l'Église danoise, chef spirituel d'une congrégation à Gentofte. Ça a fait un sacré raffut dans les journaux qu'un pasteur soit soupçonné de vol et d'agression.

Le silence se fit.

— Voilà que ça ressurgit, dit Kurt Wallander lentement. Le thème de la religion. Cet homme, Ulrik Larsen, est important. Quelqu'un doit y aller, assister les collègues danois. Je veux savoir quelle est sa place dans ce puzzle.

— S'il en a une, dit Stefan Lindman.

— Il en a une. Il faut savoir laquelle. Demandez à Ann-Britt.

Le portable de Martinsson sonna. Il écouta, puis vida sa tasse.

— Ça y est, la Norvège se réveille. On a des infos sur Torgeir Langaas.

— Parfait, dit Wallander. On reste ici.

Martinsson alla chercher les fax, parmi lesquels la copie floue d'une photographie.

— Prise il y a plus de vingt ans, expliqua Martinsson. Il est grand, plus d'un mètre quatre-vingt-dix.

Ils se penchèrent sur l'image. Est-ce que j'ai déjà vu cet homme ? pensa Linda. Elle n'en était pas sûre.

— Qu'écrivent-ils ? interrogea Kurt Wallander.

Linda s'aperçut que son père était de plus en plus impatient. Comme elle. L'inquiétude et l'impatience étaient liées.

— Ils ont trouvé notre homme dès qu'ils ont commencé à chercher. Ils nous auraient répondu plus vite si un responsable n'avait pas égaré notre demande, pourtant classée prioritaire. Autrement dit, la police d'Oslo a les mêmes problèmes que nous. Ici ce sont des bandes audio qu'on autorise à disparaître, à Oslo c'est notre requête respectueuse. Mais ils ont fini par la retrouver. Torgeir Langaas, résuma Martinsson, figure chez eux en qualité de vieille affaire non résolue.

— Qu'a-t-il fait ? coupa Wallander.

— Tu ne me croiras pas quand je te le dirai.

— Vas-y !

— Torgeir Langaas est porté disparu depuis dix-neuf ans.

Ils échangèrent un regard. On aurait cru que la cafétéria tout entière retenait son souffle. Linda regarda son père, ramassé sur sa chaise comme prêt à bondir.

— Encore un. Toute cette histoire tourne autour de gens qui disparaissent.

— Et qui réapparaissent, dit Stefan Lindman.

— Ou qui ressuscitent...

Martinsson reprit sa lecture, lentement, comme s'il pouvait y avoir des mines cachées entre les mots : Torgeir Langaas était l'héritier direct d'un riche armateur. Lors de sa disparition, on n'avait soupçonné aucun crime, puisqu'il avait laissé une lettre à sa mère, Maigrim Langaas, où il l'assurait qu'il n'était pas déprimé, qu'il n'avait pas l'intention de se suicider, mais qu'il partait car il ne pouvait pas « supporter ça plus longtemps ».

— Qu'est-ce qu'il ne pouvait plus supporter ?

Wallander n'arrêtait pas d'interrompre Martinsson. Son impatience et son inquiétude, pensa Linda, faisaient comme une fumée invisible qui lui sortait des naseaux.

— Ce n'est pas précisé dans le rapport. En tout cas, il est parti. Il avait de l'argent, des comptes en banque ici et là. Ses parents ont dû penser que la crise se terminerait d'elle-même. Qui, après tout, est capable de refuser une immense fortune ? Il était parti depuis deux ans quand ses parents se sont décidés à déclarer sa disparition. Ils en donnent la raison ici même, le 12 janvier 1984, au moment de faire leur déclaration : il a cessé d'écrire, il n'a donné aucun signe de vie depuis quatre mois et il a vidé tous ses comptes. C'est la dernière trace qu'on ait de Torgeir Langaas. Je vois ici un commentaire de la main de l'intendant de police Hovard Midtstuen nous informant que la mère de Torgeir Langaas, Maigrim, est morte l'année dernière, mais que son père est toujours en vie quoique très diminué après un accident cardiaque au mois de mai de cette année.

Martinsson posa ses papiers.

— Ce n'est pas tout, mais je vous ai livré l'essentiel.

Kurt Wallander leva la main.

— Précisent-ils d'où était expédiée la dernière lettre ? Et la date de clôture définitive des comptes ?

Martinsson feuilleta ses papiers, sans résultat. Wallander prit le téléphone.

— Quel est le numéro de ce Midtstuen ?

Martinsson le lui donna. Tout le monde attendit. Après quelques minutes, le central norvégien parvint à localiser l'intendant. Kurt Wallander posa ses deux questions et raccrocha après avoir laissé son numéro de portable.

— Il a dit qu'il en avait pour quelques minutes. On attend.

Hovard Midtstuen rappela dix-neuf minutes plus tard. Personne n'avait prononcé un mot pendant ce temps. Le téléphone de Wallander avait sonné une fois, mais, après avoir regardé le numéro affiché, il n'avait pas pris la peine de répondre. Linda eut la conviction que c'était Nyberg. Pourquoi, elle l'ignorait.

Quand l'appel attendu arriva, Kurt Wallander se jeta sur le portable, écouta et griffonna quelques notes sur un bout de papier. Il remercia le collègue norvégien et raccrocha brutalement, comme en triomphe.

— Ça y est! On croirait presque que ça commence à tenir debout.

Il regarda ses notes : la dernière lettre de Torgeir Langaas avait été postée à Cleveland, Ohio, USA. Les comptes avaient été clôturés dans la même ville.

Certains parurent désorientés. Mais Linda avait compris.

— La femme tuée dans l'église de Frennestad habitait Tulsa, dit-il, mais elle était née à Cleveland, Ohio.

Il y eut un temps de silence.

— Je ne comprends pas encore ce qui se passe, dit Kurt Wallander. Mais je sais une chose avec certitude. Zeba, l'amie de Linda, est en grand danger. Il se peut que ce soit aussi le cas de son autre amie, Anna Westin.

Il marqua une pause avant de poursuivre.

— Il se peut aussi qu'Anna Westin constitue le danger. Conclusion : on se concentre sur elles deux. À partir de maintenant, rien d'autre ne compte.

Il était quinze heures. Linda avait peur. Toute son attention était portée sur le Zèbre et sur Anna. Une pensée fugitive lui traversa l'esprit. Dans trois jours, elle commencerait à travailler. Mais pourrait-elle le faire s'il arrivait quelque chose au Zèbre ou à Anna? Elle n'avait pas de réponse à cette question.

47

Cet après-midi-là, pendant que Torgeir conduisait Anna, les yeux bandés et un casque de protection sur les oreilles, à la cachette de Sandhammaren, Erik Westin avait songé à la mise en garde adressée par Dieu à Abraham.

Il s'était installé dans le bureau du capitaine, une petite pièce attenante à la cuisine et aménagée comme une cabine de bateau, avec un grand hublot serti dans un cadre de laiton. Il l'avait entrouverte, crochet défait, pour pouvoir se glisser dehors rapidement en cas d'imprévu. L'imprévu avait toujours partie liée avec Satan, qui était aussi réel que Dieu ; il lui avait fallu plus de quinze ans de ruminations pour comprendre que Dieu n'était pas pensable sans Son contraire. *Le Diable est l'ombre de Dieu*, avait-il pensé quand la vérité lui était enfin apparue. Tant de fois en rêve, il avait vainement provoqué Satan pour qu'il se montre. Avec le temps, il comprenait que son apparence était changeante. Il était le maître des masques, habile à revêtir toutes les formes. C'était une des erreurs commises par les chroniqueurs et les illustrateurs de la Bible : le présenter comme un animal, avec des cornes et une queue. Lucifer était un ange déchu. Il s'était arraché les ailes, des bras lui avaient poussé à la place, et ainsi il avait pris forme humaine.

En cherchant dans ses souvenirs, Erik avait compris que Satan s'était montré à lui de nombreuses fois sans qu'il comprenne sur le moment qui se faufilait ainsi dans ses rêves. Alors il avait aussi compris pour quelle raison Dieu n'avait jamais voulu lui en parler. Il devait découvrir par lui-même que Satan était le comédien qui maîtrisait tous les rôles. C'est pourquoi on ne pourrait jamais se protéger complètement de l'imprévu. Il comprenait aussi pourquoi Jim avait été si méfiant au cours de la dernière période, en Guyana. Jim n'était pas assez fort. Il n'avait jamais réussi à transformer sa peur en capacité à ériger des défenses. La fenêtre entrouverte de la cabine du capitaine Stenhammar était un rappel de la présence de l'ange déchu.

Il ouvrit la bible qu'il avait trouvée dans la bibliothèque du capitaine. La sienne avait été oubliée par Torgeir dans la cabane où avait soudain surgi la femme seule. Erik avait été fou de rage en comprenant que cette bible, qu'il avait prêtée à Torgeir après d'infinies hésitations, avait été confisquée par la police. Il avait envisagé de la récupérer en s'introduisant au commissariat. Mais il y avait renoncé ; le risque était trop grand.

La rage que lui causait la perte de cette bible avait été très difficile à maîtriser ; mais il avait besoin de Torgeir. Torgeir était le seul élément irremplaçable de son armée. Il lui avait donc expliqué que la femme égarée dans la forêt était en fait le Malin, sous un déguisement insoupçonnable. *Le Diable est l'ombre de Dieu, et parfois cette ombre s'arrache et va son propre chemin, travestie en homme, en femme, en enfant ou en vieillard.* Torgeir avait bien fait de la tuer. Mais le Diable ne meurt pas, il a toujours la possibilité de quitter un corps à l'agonie.

Il posa la bible sur la belle table en bois de santal rouge, à moins que ce ne soit de l'acajou, et relut le passage où Dieu exhortait Abraham à tuer son fils. Il attendait qu'Abraham accepte et soit sur le point d'accomplir le sacrifice ; alors seulement, Il l'autorisait à épargner la vie d'Isaac. À présent, il se trouvait dans la même situation qu'Abraham. Que ferait-il de sa fille si elle se révélait ne pas être en possession de la force ? Il avait dû attendre longtemps que ses voix intérieures lui indiquent le chemin à prendre. Il devait être prêt au sacrifice suprême ; seul Dieu pouvait lui donner l'ordre de le mener à terme ou la permission d'y échapper.

Au moment où Anna reconnut la voix de son amie, il comprit que Dieu exigeait de lui qu'il se prépare à cette éventualité. Il pouvait suivre chacune des réactions de sa fille, bien que son visage n'eût laissé paraître qu'un tressaillement avant de retrouver sa neutralité. D'abord le doute – avait-elle mal entendu ? Était-ce un animal ou était-ce vraiment la voix du Zèbre ? Elle cherchait à se convaincre que non, tout en guettant un nouveau cri. Ce que ne comprenait pas Erik, c'était pourquoi elle ne lui posait pas la question. Une question simple, pas du tout déplacée ni inutile. On arrive dans une maison étrangère après avoir voyagé avec un bandeau sur les yeux et un casque sur les oreilles, et soudain un cri monte à travers le plancher. Mais Anna ne posa aucune question, et il pensa que ce n'était peut-être pas plus mal que sa copine se soit manifestée. Maintenant il n'y avait plus de retour possible. On verrait vite si Anna était digne ou non d'être sa fille. On était le 7 septembre. Bientôt, très bientôt, l'événement qu'il

préparait depuis plus de cinq ans serait déclenché.
Je ne vais pas raisonner avec elle, pensa-t-il. Je vais
prêcher, comme à mes autres disciples.

— Imagine un autel, dit-il. Ce peut être cette
table. Imagine une église, c'est cette véranda.

— Où sommes-nous ?

— Dans une maison qui est aussi une église.

— Pourquoi m'a-t-on bandé les yeux ?

— Ne pas savoir est parfois une forme de liberté.

Elle ouvrit la bouche pour poser une autre question, mais il leva la main. Elle tressaillit comme s'il
allait la frapper. Il se mit à parler de ce qui les attendait, et de ce qui s'était déjà produit. Il parla comme
il en avait l'habitude, avec une hésitation ponctuée
de longues pauses, avant de faire monter l'intensité
cran par cran.

— L'armée que j'ai créée grandit de jour en jour.
Les troupes indisciplinées du début vont se transformer en bataillons, les bataillons en régiments ; les
vieux étendards qui sont le véritable visage de la
chrétienté flotteront une fois de plus à la tête de l'humanité. Une réconciliation doit advenir entre Dieu
et les hommes. Le temps est venu. Nul n'a le droit
de refuser un appel qui émane de Dieu directement.
Il m'a appelé. Il exige de moi que je mène ces régiments innombrables appelés à détruire les murs de
pierre qui protègent le vide du cœur des hommes.
Autrefois je me croyais contraint de combler ce vide
avec mon propre sang. Maintenant je sais que Dieu
nous a donné des masses afin de pulvériser les murs
de pierre de nos âmes. Le jour et l'heure sont
proches où s'accomplira ce pourquoi ce mouvement
a été créé. L'instant où la chrétienté et l'esprit de

Dieu rempliront enfin la terre. La rédemption partira de nous et de nous seuls, et nous écraserons avec une détermination sans faille toutes les résistances, autant les murs de pierre en nous que tous les égarés, et toutes les fausses doctrines qui salissent la face de la terre. Il n'est qu'un Dieu et Il nous a choisis pour être les premiers à escalader les barricades et nous transformer en martyrs si nécessaire. Nous devons nous montrer forts au nom de l'humanité, nous devons semer la terreur du côté des forces sombres jusqu'à ce qu'elles reculent. Si l'une de ces forces déguisée en prophète prétend venir à moi et poser ses conditions, je réponds : «Attends de voir quelles sont *mes* conditions.» Il doit en être ainsi, la responsabilité que j'ai reçue de Dieu ne peut être mise en question. J'ai toujours rêvé de mener une vie simple et calme, dépourvue d'ambition. Mais il en a été décidé autrement. Et maintenant le temps est enfin venu d'ouvrir les vannes et de laisser les eaux déferlantes purifier la terre.

Il se tut. De façon abrupte, pour voir comment elle réagirait. C'était dans les situations de désarroi qu'il lisait au mieux l'état d'esprit d'autrui.

— Autrefois tu fabriquais des sandales, tu étais mon père et tu menais une vie simple dépourvue d'ambition.

— J'ai été contraint de suivre l'appel.

— Tu m'as abandonnée, moi qui étais ta fille.

— J'ai été contraint de le faire. Mais dans mon cœur je ne t'ai jamais abandonnée. Et je suis revenu.

Elle était tendue. Pourtant il fut pris au dépourvu par ce qui arriva ensuite. Anna se mit à hurler :

— J'ai entendu la voix du Zèbre! Elle est là, à la cave! C'est elle qui a hurlé. Elle n'a rien fait!

— Tu sais ce qu'elle a fait. C'est toi-même qui me l'as rapporté.

— Je le regrette.

— Celui ou celle qui commet le péché de tuer une âme doit accepter son châtiment. Il n'y a qu'une seule justice, et elle est dans la Bible.

— Le Zèbre n'a tué personne! Elle n'avait que quinze ans. Comment aurait-elle pu s'occuper d'un enfant?

— Elle n'aurait jamais dû s'exposer à la tentation.

Il ne réussit pas à la calmer. Une vague d'impatience le parcourut. C'est Henrietta, pensa-t-il. Elle lui ressemble beaucoup trop, elle a hérité de toutes ses faiblesses.

Il décida d'accentuer la pression. Elle avait compris tout ce qu'il avait dit dans son prêche. Maintenant il devait lui expliquer quel choix elle avait. Rien n'était fortuit, rien n'était dépourvu de sens, pas même l'inquiétude qu'il éprouvait par rapport à la fille du policier. Celle-ci allait à présent lui donner la possibilité de mettre à l'épreuve la force d'âme d'Anna, sa fermeté, son pouvoir de décision et sa capacité à exécuter les ordres.

— Il ne va rien arriver à ton amie, dit-il.

— Que fait-elle à la cave, dans ce cas?

— Elle attend son verdict. Ta décision.

Il la scruta du regard. Elle était désorientée. Il remercia en silence la prudence qui l'avait poussé à étudier la théorie et la pratique de la guerre pendant ses années à Cleveland. Des livres consacrés à l'histoire des conflits figuraient toujours sur sa table. Il avait compris que leurs enseignements étaient fort utiles à un prédicateur. Il pouvait, dans la conversation avec sa fille, transformer une position neutre ou même défensive en une offensive éclair. Maintenant elle était l'assiégée ; ce n'était pas sa décision à lui, mais la sienne qui devenait déterminante.

— Je ne comprends pas où tu veux en venir, dit-elle. J'ai peur.

Anna se mit à pleurer convulsivement. Il eut soudain une boule dans la gorge, en se rappelant la manière dont elle pleurait, et dont il la consolait quand elle était petite. Il réprima cette faiblesse et lui ordonna de cesser.

— De quoi as-tu peur ?

— De toi.

— Tu sais que je t'aime. J'aime aussi ton amie Zeba. Je suis venu poser les fondements de la dissolution de l'amour humain dans l'amour divin.

Elle recommença à crier :

— Je ne comprends pas ce que tu dis !

Avant qu'il ait pu répliquer, une autre réponse monta du sous-sol, un nouvel appel à l'aide hurlé par le Zèbre. Anna bondit de sa chaise en criant : «J'arrive !» Il la rattrapa immédiatement. Elle essaya de se dégager, mais les années d'entraînement à Cleveland l'avaient rendu physiquement très robuste. Comme elle continuait de se débattre, il la gifla, fort, du plat de la main. Une fois, puis une deuxième. Elle s'effondra au troisième coup. Elle saignait du nez. Torgeir ouvrit prudemment la porte. Erik fit un signe en direction de la cave. Torgeir comprit et disparut. Erik releva sa fille et l'obligea à s'asseoir. Il lui effleura le front. Son pouls était très rapide. Il lui tourna le dos et tâta son propre pouls. Un peu accéléré, mais il était seul à s'en apercevoir. Il se rassit dans son fauteuil et attendit. Il aurait bientôt brisé sa résistance, envahi ses derniers retranchements. Il l'avait encerclée et attaquée de toutes parts. Il attendait.

— Je n'ai aucun désir de te frapper, dit-il. Je ne fais que ce que je dois. Nous sommes à la veille d'une guerre contre le vide. Une guerre où il ne sera pas toujours possible de montrer de la douceur. Je suis entouré de gens qui sont prêts à donner leur vie. Je devrai peut-être offrir la mienne en sacrifice.

Elle ne répondit pas.

— Il ne va rien arriver à ton amie, répéta-t-il. Mais rien n'est gratuit dans la vie. Tout a un prix.

Elle leva les yeux vers lui, avec un mélange de crainte et de révolte. Le sang s'était figé sous son nez. Il lui expliqua ce qu'il exigeait d'elle. Elle le regarda, les yeux écarquillés. Il se leva et vint s'asseoir à côté d'elle. Quand il posa la main sur la sienne, elle sursauta. Mais elle ne retira pas sa main.

— Je vais maintenant te laisser une heure. Je ne verrouille pas les portes, je ne ferme pas les fenêtres, je ne laisse personne pour te surveiller. Réfléchis à ce que je t'ai demandé. Prends ta décision. Si tu laisses Dieu prendre le commandement de ton cœur et de ton cerveau, je sais que tu feras ce qui est juste. N'oublie pas que je t'aime.

Elle pensait peut-être que ce délai lui laissait une issue. Ça aussi, il fallait qu'elle l'apprenne. Il n'existait qu'un temps unique, et celui-ci appartenait à Dieu. Lui seul pouvait décider si une minute était longue ou courte. Puis il se leva, dessina une croix invisible sur sa peau et quitta sans bruit la véranda.

Torgeir attendait dans le couloir.

— Il a suffi que je me montre pour que la fille se taise. Elle ne criera plus.

Ils traversèrent le jardin et s'arrêtèrent devant la porte d'une grande remise destinée aux outils de pêche.

— Tout est prêt?

— Tout est prêt, répondit Torgeir.

Il ouvrit l'une des quatre tentes montées à côté de la remise. Erik y jeta un regard. Les caisses y étaient, empilées les unes sur les autres. Il hocha la tête. Torgeir referma la tente.

— Et les voitures?

— Celles qui ont le trajet le plus long sont garées tout près d'ici sur le chemin. Les autres sont réparties comme on l'avait décidé.

Erik Westin regarda sa montre. Au cours de ces années souvent sombres, avec tous leurs préparatifs compliqués, interminables, le temps s'était traîné. Voilà que, soudain, tout allait trop vite. À partir de cet instant, rien ne devait dérailler.

— On peut commencer le compte à rebours, dit-il.

Il leva la tête vers le ciel. En rêvant à ce moment, il avait toujours imaginé que le temps soulignerait l'aspect dramatique et spectaculaire de ce qui allait se produire. Mais en ce 7 septembre 2001, le ciel au-dessus de Sandhammaren était sans nuages et le vent imperceptible.

— Quelle est la température?

Torgeir observa sa montre équipée d'un podo-mètre, d'une boussole et d'un thermomètre.

— Huit degrés.

Il entra dans la remise où une odeur de goudron tenace s'incrustait dans les murs. Ils l'attendaient, assis sur des bancs de bois disposés en demi-cercle. Il avait pensé que, ce jour encore, il accomplirait la cérémonie avec les masques blancs. Mais après être entré, il résolut d'attendre. Il ne savait toujours pas qui allait mourir, de Zeba ou de la fille du policier. À ce moment-là, ils se serviraient des masques. Le temps était si court désormais qu'il devait l'exploiter de la manière la plus efficace. Dieu n'acceptait pas qu'on arrive en retard à sa mission. Ne pas gérer correctement le temps imparti était une manière de nier que le temps était un don de Dieu, qu'on ne pouvait ni interrompre, ni allonger, ni raccourcir. Ceux qui avaient le voyage le plus long en perspective devraient bientôt partir. Ils avaient soigneusement calculé le nombre d'heures nécessaires. Ils avaient coché tous les points sur leur liste; ils avaient tout prévu, tout préparé, ils ne pouvaient en faire davantage. Mais le danger rôdait toujours, là, dehors. Les forces sombres feraient tout pour empê-cher leur réussite.

Ils observèrent le rituel de la cérémonie qu'il avait baptisée «le Protocole». Ils récitèrent leurs prières, méditèrent en silence durant les sept minutes sacrées et formèrent ensuite un cercle en se donnant la main. Il prononça alors un sermon qui reprenait tout ce qu'il avait dit une heure plus tôt à sa fille. Seule la fin dif-férait. *Ce qui s'achève maintenant est l'avant-*

guerre sainte. *Nous prenons la relève là où tout s'est arrêté il y a deux mille ans. Nous reprenons là où l'église est devenue Église, espace entouré de murs, et non plus foi qui donne la liberté aux hommes. Le temps est venu de cesser de guetter aux quatre points cardinaux les signes imminents du Jugement. Nous tournons à présent nos regards vers l'intérieur et nous écoutons la voix de Dieu qui nous a choisis pour exécuter Sa mission. Nous affirmons que nous sommes prêts, désormais, à traverser le fleuve qui sépare l'ancien temps des temps nouveaux. La fausseté, la trahison du but qui était celui de Dieu en nous créant, sera maintenant annihilée, détruite, transformée en cendres mortes. Ce que nous voyons autour de nous est appelé à un effondrement prochain. Nous avons été désignés par Dieu pour ouvrir la voie de l'avenir. Nous ne craignons rien, car nous sommes prêts à accomplir le plus grand de tous les sacrifices. Nous n'hésitons pas à confirmer par la violence la vérité, qui est que nous sommes les envoyés de Dieu et non des messagers de fausseté. Nous allons bientôt nous séparer. Un certain nombre d'entre nous ne reviendront pas. Nous nous retrouverons au moment de franchir le pas vers l'autre monde. L'important en cet instant est que personne ne ressente d'effroi, que chacun ait en son cœur la certitude de savoir ce qui est exigé de nous, et la force de nous insuffler mutuellement du courage.*

La cérémonie était terminée. En un tournemain, pensa Erik, l'espace sacré se transforma en base militaire. Torgeir approcha une table et y déposa une pile d'enveloppes. Les toutes dernières instructions. Les trois groupes qui devaient accomplir le trajet le plus long partiraient dans une heure. Ils ne participeraient pas au dernier sacrifice, pas plus que le groupe qui devait partir par bateau. Erik leur donna leurs enveloppes, passa la main sur leur front et vrilla son regard en eux le plus profondément qu'il put. Ils quittèrent la remise sans un mot. Torgeir les attendait dehors avec les caisses et l'équipement. À seize heures quarante-cinq, les quatre premiers groupes démarrèrent. Trois vers le nord, le quatrième vers l'est.

Quand les voitures eurent disparu et que les autres se furent retirés dans leurs cachettes respectives, Erik s'attarda seul à l'intérieur de la remise. Assis dans l'ombre immobile, il tenait à la main la chaîne ornée de la sandale dorée, devenue pour lui un symbole aussi important que la croix. Regrettait-il quoi que ce soit? Cela aurait été la même chose que renier Dieu. Il n'était qu'un instrument, doué de la libre volonté de saisir, puis d'accepter avec abandon son statut d'élu. Il médita une nouvelle fois sur ce qui le séparait de Jim. Les premières années après la catastrophe en Guyana, il n'avait pas eu la force d'analyser les sentiments contradictoires dont il était assailli, vis-à-vis de Jim et vis-à-vis de lui-même. Ses sentiments tournaient comme un kaléidoscope frénétique et l'empêchaient de s'expliquer ce qui s'était produit. Il n'avait pas réussi à comprendre sa relation à Jim. Sue-Mary et sa patience l'avaient conduit à reconnaître la différence entre Jim et lui; elle était à la fois simple et bouleversante. Le pasteur Jim Jones était l'une des multiples incarnations du

Diable, tandis que lui recherchait la vérité et avait été choisi par Dieu pour mener la guerre indispensable contre un monde qui L'avait chassé, en Le cantonnant dans des églises vides, des rituels morts, une foi qui ne parvenait plus à remplir les hommes de respect et de joie face à la vie.

Il ferma les yeux et inspira l'odeur du goudron. Enfant, il avait passé un été sur l'île d'Öland chez un oncle pêcheur. Le souvenir de cet été, l'un des plus heureux de son enfance, était enveloppé dans ce parfum-là. Il se rappela comment il quittait son lit, se faufilait dehors, courait dans la nuit claire jusqu'à la remise de pêche où les outils sentaient fort, et où il s'asseyait uniquement pour aspirer au fond de ses poumons cette odeur délicieuse, l'odeur du goudron. Il rouvrit les yeux. Il n'y avait plus de retour possible. D'ailleurs il n'en exigeait pas tant. L'instant était venu. Il quitta la remise et fit un détour pour apercevoir la façade de la maison.

Caché derrière un arbre, il observa la véranda. Anna était assise dans le fauteuil où il l'avait laissée. Il essaya de deviner sa décision en déchiffrant simplement son maintien. Mais la distance était trop grande.

Une branche craqua derrière lui. Il fit volte-face. C'était Torgeir. La rage le submergea.

— Pourquoi rôdes-tu près de moi?

— Je ne l'ai pas fait exprès.

Il le frappa au visage. Torgeir accepta le coup et inclina la tête. Erik lui caressa rapidement les cheveux, entra dans la maison et se déplaça sans bruit jusqu'à être juste tout près d'elle. Elle découvrit sa présence en sentant son souffle sur sa nuque. Il s'assit en face d'elle et approcha sa chaise de manière à ce que leurs genoux se touchent presque.

— As-tu pris ta décision ?

— Je ferai comme tu voudras.

Il avait deviné que ce serait sa réponse. Pourtant il éprouva du soulagement.

Il se leva pour prendre un petit sac en bandoulière rangé contre le mur. Il en sortit un couteau à la lame étroite très affûtée et le posa doucement sur ses genoux, comme un chaton.

— Tu vas l'attaquer avec ce couteau. Tu ne dois pas porter un coup, mais trois ou quatre. Vise le thorax et pousse la lame vers le haut quand tu la retires. Une fois que c'est fait, tu appelles Torgeir et tu te caches jusqu'à ce qu'on vienne te chercher. Tu as six heures devant toi, pas plus. Tu sais que je te fais confiance. Tu sais que je t'aime. Qui t'aime plus que moi ?

Elle ouvrit la bouche, mais se ravisa. Il comprit qu'elle avait failli répondre « maman ».

— Dieu, dit-elle.

— Je te fais confiance. L'amour de Dieu et mon amour sont une seule et même chose. Nous vivons la naissance d'un monde nouveau. Comprends-tu ce que je te dis ?

— Je le comprends.

Il la regarda au fond des yeux. Il n'était pas encore sûr d'elle. Mais il devait croire qu'il prenait la bonne décision.

Il l'accompagna à l'intérieur.

— Anna va partir maintenant, dit-il à Torgeir.

Torgeir et lui escortèrent Anna jusqu'à l'une des voitures garées dans la cour. Erik noua lui-même le bandeau sur ses yeux et vérifia qu'elle ne pouvait rien voir. Puis il lui enfonça le casque sur les oreilles.

— Fais un détour, murmura-t-il à Torgeir. Qu'elle ne puisse pas juger de la distance.

Il était dix-sept heures trente quand la voiture s'arrêta. Torgeir lui enleva le casque ; puis il lui ordonna de fermer les yeux et de compter jusqu'à cinquante une fois qu'il lui aurait retiré le bandeau.

— Dieu te voit, dit-il. Il ne serait pas content si tu essayais de regarder en cachette.

Il l'aida à sortir de la voiture. Anna compta jusqu'à cinquante et ouvrit les yeux. Tout d'abord elle ne reconnut pas la rue. Puis elle s'aperçut qu'elle était dans Mariagatan, devant la porte de l'immeuble de Linda.

48

L'après-midi et le soir du 7 septembre, Linda assista à une nouvelle tentative de son père pour rassembler les fils épars de l'enquête en un tout cohérent afin de forger un plan d'action en conséquence et sortir de cette situation bloquée. Au cours de ces heures, elle acquit la certitude que les éloges des collègues, parfois relayés par les médias – quand ils ne l'éreintaient pas à cause de son attitude fermée pendant les conférences de presse –, n'étaient pas sans fondement. Il avait pour lui l'expérience, mais aussi une très forte volonté et une grande capacité à inspirer ses collaborateurs. Elle se rappela un événement survenu à l'école de police. Elle avait accompagné un camarade qui avait pour père l'entraîneur d'une des meilleures équipes de deuxième division de hockey sur glace ; on les avait laissés entrer dans les vestiaires avant et après le match, et aussi durant les pauses. Cet homme possédait précisément la faculté qu'elle découvrait maintenant chez son père : celle d'emmener les gens avec lui. Après les deux premières périodes, l'équipe était menée avec quatre buts d'écart. L'entraîneur continuait à leur mettre la pression : ne pas laisser tomber, ne pas perdre le moral... En troisième période, ils avaient presque réussi à retourner le match.

Mon père va-t-il réussir à retourner ce match ? Va-t-il retrouver le Zèbre à temps ? Plusieurs fois, elle fut obligée de sortir pendant une réunion ou la conférence de presse, qu'elle suivait du fond de la salle, pour se précipiter aux toilettes. Les tripes avaient toujours été son point faible. La peur lui donnait la diarrhée. Son père, en revanche, avait un estomac d'acier. Il se vantait parfois, non sans ironie, du fait que ses sucs gastriques étaient semblables à ceux de la hyène, les plus corrosifs du monde animal, sans qu'il en soit du tout incommodé. Sa faiblesse à lui, c'était la tête : en cas de stress intense, il attrapait des migraines qui pouvaient durer des jours et qui ne passaient qu'avec des médicaments très forts qu'il se procurait sur ordonnance.

Linda avait peur, et elle voyait bien qu'elle n'était pas la seule. Il y avait quelque chose d'irréel dans le calme et la concentration qui régnaient au commissariat. Elle essayait de voir à l'intérieur des cerveaux des policiers et des techniciens qui l'entouraient, mais ne découvrait que cela : concentration et détermination. Elle comprit alors ce que personne ne lui avait enseigné à l'école : dans certaines situations, le plus important était de garder sa propre peur sous contrôle. Si on lâchait la bride à la peur, concentration et détermination risquaient de céder le pas au chaos.

Vers seize heures, juste avant la conférence de presse, Linda vit son père marcher de long en large dans le couloir comme un fauve irrité. Il n'arrêtait pas d'envoyer Martinsson dans la salle pour voir combien de journalistes étaient arrivés, combien de caméras de télévision étaient déjà installées. De temps à autre il lui demandait aussi de vérifier la présence de certains journalistes qu'il désignait par leur nom. Linda comprit qu'il espérait du fond du cœur une réponse négative. Elle observait sa déambulation inquiète : il était dans le sas grillagé, attendant d'être envoyé dans l'arène. Quand Lisa Holgersson arriva et lui dit que c'était le moment, il se rua dans la salle. Il ne manquait que le rugissement.

Linda suivit la conférence de presse de sa place à côté de la porte. Ce fut l'affaire d'une demi-heure. Lisa Holgersson, Svartman et son père étaient alignés sur la petite estrade. Linda eut le sentiment qu'à la première question déplacée ou embarrassante son père entrerait en crise, tant il paraissait tendu. Ce qui l'oppressait le plus, comprit-elle, était la pensée que ce temps-là aurait pu être employé à autre chose. Mais Martinsson, qui bloquait la porte, lui expliqua que les conférences de presse pouvaient malgré tout se révéler très utiles pendant une enquête car elles étaient susceptibles de leur fournir l'essentiel ou presque : des informations de la part du public.

Il fut épargné à Linda de voir son père perdre le contrôle de ses nerfs. Il mena la conférence de presse tambour battant avec une sorte de présence *sourde*. Elle ne trouvait pas d'autre mot ; elle le vit accomplir sa prestation sur la petite estrade avec une sorte de gravité voilée, que personne n'osa mettre en question.

Il parla uniquement du Zèbre. Des photos furent distribuées, une image d'elle fut projetée sur le mur. Où était-elle ? Quelqu'un l'avait-il vue ? Voilà ce qui importait. Il évita adroitement de se laisser entraîner dans de longues explications. Il répondit par monosyllabes, repoussa les questions auxquelles il ne souhaitait pas répondre et ne dit que le strict nécessaire avant de conclure : « Il y a des liens que nous ne saisissons pas encore. Ce dont nous sommes certains, là, tout de suite, c'est que la fille que nous cherchons peut être en danger. »

Quel danger ? Qui était dangereux ? Il devait bien pouvoir ajouter quelque chose ? Les questions mécontentes des journalistes bourdonnèrent dans la salle. Linda le vit lever un bouclier invisible, où il laissa les questions rebondir sans leur apporter de réponse. Lisa Holgersson n'avait rien dit, se contentant de donner la parole à l'un ou à l'autre. La contribution de Svartman avait consisté à souffler à son père les détails dont il ne se souvenait pas sur le moment.

Soudain, tout fut fini. Il se leva comme s'il n'en pouvait plus et quitta la salle sur un hochement de tête. Les journalistes jetèrent des questions vers son dos. Il parut s'ébrouer. Puis il quitta le commissariat sans un mot.

— Il fait toujours ça, dit Martinsson. Il va se promener comme s'il était son propre chien. Il va faire un tour. Puis il revient.

Vingt minutes plus tard, il déboulait au pas de charge dans le couloir. Des pizzas venaient d'être livrées en salle de réunion. Il ordonna à tout le monde de se dépêcher, rugit en direction d'une secrétaire qui n'avait pas réussi à se procurer quelques papiers demandés et claqua la porte. Stefan Lindman se pencha vers Linda et murmura :

— Un jour, il fermera la porte et il jettera la clé, nous serons transformés en statues de pierre et on nous déterrera dans mille ans.

Ann-Britt Höglund revint, hors d'haleine, de son expédition éclair à Copenhague.

— J'ai rencontré Ulrik Larsen, annonça-t-elle en faisant passer une photographie à Linda.

Elle le reconnut sur-le-champ : l'homme qui lui avait interdit de chercher Torgeir Langaas avant de l'assommer.

— Il est effectivement revenu sur ses aveux, poursuivit Ann-Britt Höglund. Il n'est plus question de vol. Il nie avoir menacé Linda ici présente. Mais il refuse de donner des explications. Il s'agit apparemment d'un pasteur assez controversé. Ses sermons sentiraient le soufre depuis quelque temps.

Linda vit son père tendre le bras pour l'interrompre.

— C'est important. Comment ça, «sentiraient le soufre»? Comment ça, «depuis quelque temps»?

Ann-Britt Höglund feuilleta son bloc-notes.

— Si j'ai bien compris, «depuis quelque temps» serait cette dernière année. Et ses sermons sentent le soufre dans la mesure où il évoque volontiers le jour du jugement, la crise de la chrétienté et le châtiment qui frappera tous les pécheurs. Il a reçu un double avertissement, de la part de sa congrégation et de la part de l'évêque. Mais il refuse de modifier ses prêches.

— Je suppose que tu lui as posé la question décisive.

Linda se demanda ce qu'il entendait par là. Quand Ann-Britt Höglund répondit, elle se sentit idiote.

— Sa vision de l'avortement? J'ai eu l'occasion de l'interroger là-dessus en personne.

— Et la réponse?

— Aucune. Il a refusé d'en parler, mais dans certains prêches, il aurait affirmé que l'avortement était un crime honteux qui méritait un châtiment exemplaire. En résumé, le prêtre Ulrik Larsen doit être impliqué. Mais dans quoi? De quelle manière? Nous ne le savons pas encore.

Ann-Britt s'assit. Nyberg ouvrit la porte.

— Le théologien est là.

Linda regarda autour d'elle; son père était manifestement le seul à comprendre de quoi il parlait.

— Fais-le entrer, dit-il.

Nyberg parti, Kurt Wallander s'expliqua :

— Nyberg et moi avons essayé de comprendre cette bible oubliée ou abandonnée dans la cabane où a été tuée Birgitta Medberg. Quelqu'un a corrigé le texte. Les modifications concernent surtout l'Apocalypse, l'épître aux Romains et certains passages de l'Ancien Testament. Quelles sont ces modifications?

Y a-t-il une cohérence? On a interrogé Stockholm, mais ils n'avaient aucun expert à nous proposer. C'est pourquoi on a pris contact avec la faculté de théologie de l'université de Lund et on a obtenu l'aide du docteur Hanke, qui nous rend visite aujourd'hui.

À la surprise générale, le docteur Hanke se révéla être une jeune femme aux longs cheveux blonds, vêtue d'un pantalon de cuir noir et d'un pull très décolleté. Linda vit son père perdre ses moyens pendant que le docteur faisait le tour de la table pour serrer toutes les mains avant de s'asseoir sur la chaise qu'on avait réussi à coincer à côté de celle de Lisa Holgersson.

— Je m'appelle Sofia Hanke. Je suis maître de conférences et titulaire d'un doctorat en théologie sur le thème du changement de paradigme chrétien en Suède après la Seconde Guerre mondiale.

Elle ouvrit une serviette et en tira la bible qu'ils avaient retrouvée dans la cabane.

— Cette lecture a été pour moi fascinante. Je me suis penchée sur ce livre avec une grosse loupe, et j'ai réussi à déchiffrer ce qui était écrit entre les lignes. La première chose que je tiens à préciser est que cette entreprise est le fait d'une personne unique. Non que l'écriture – si on peut encore parler d'écriture quand les lettres sont si petites – soit la même, mais à cause du contenu. Je ne peux pas vous dire qui l'a fait, ni pourquoi. Mais il y a une cohérence, ou plus exactement une logique, dans son travail.

Elle ouvrit un cahier et poursuivit :

— J'ai choisi un exemple pour vous expliquer ce

dont il est question à mon sens. Épître aux Romains, chapitre 7.

Elle leva la tête.

— Combien parmi vous sont familiers des textes bibliques? Cela n'entre peut-être pas dans la formation générale de la police...

Mouvements de tête négatifs autour de la table, sauf Nyberg qui, à la surprise générale, répondit :

— Je lis un passage de la Bible tous les soirs pour m'aider à m'endormir.

Une certaine hilarité accueillit ce commentaire. Sofia Hanke ne fut pas en reste.

— Je peux comprendre ça. Je vous posais la question par curiosité. Dans le chapitre 7 de l'épître aux Romains, qui évoque la tendance humaine au péché, il est écrit : «Le bien que je veux, je ne le fais pas. Et le mal que je ne veux pas, je le fais.» Notre interventionniste a inversé les termes. Dans sa version, cela devient : «Je fais le mal que je veux, et je ne fais pas le bien que je ne veux pas.» Voyez? Le texte est mis tête-bêche. Une des thèses fondamentales du christianisme est que l'homme veut faire le bien, mais qu'il trouve sans cesse des raisons de faire le mal. Notre version modifiée affirme, quant à elle, que les hommes ne veulent même pas faire le bien. Presque toutes les altérations du texte vont dans ce sens. Celui qui écrit essaie d'inverser le message; il cherche de nouvelles significations. La facilité consiste à imaginer un fou. Il existe des récits, probablement véridiques, sur des gens internés qui se consacrent exclusivement, d'année en année, à réécrire les livres de la Bible. Je ne pense pas que ce soit un fou qui ait fait ceci. On perçoit dans son

542

travail une sorte de logique forcée. Pour l'exprimer autrement, cette personne serait en quête d'une vérité cachée, ou qui ne serait pas immédiatement accessible, dans la parole biblique. Il, ou elle, cherche entre les mots. Voilà mon interprétation.

Sofia se tut et regarda autour d'elle.

— Je ne peux pas en dire plus. Mais vous n'avez sans doute pas beaucoup de temps. Peut-être vaudrait-il mieux passer directement aux questions?

— Une logique, dit Kurt Wallander. Pourquoi? Quelle logique peut-il y avoir dans une entreprise aussi absurde?

— Tout n'est pas absurde. Certains passages sont limpides, répondit-elle en feuilletant son bloc. Il n'y a pas que des altérations. Par endroits, on trouve dans les marges des fragments autonomes. Je cite: «Toute sagesse que la vie m'a enseignée peut être résumée par ces mots: "Le bonheur échoit à celui qui est aimé de Dieu."»

Linda vit que son père s'impatientait.

— Mais pourquoi? Pourquoi la présence de cette bible dans une cabane où une femme a été tuée de façon bestiale?

— Il peut évidemment s'agir de fanatisme religieux, dit Sofia Hanke.

Il se jeta pratiquement sur elle.

— Mais encore!

— J'évoque souvent la tradition de Lena la Prêcheuse. Il était une fois une fille de ferme de l'Östergötland qui s'est mise à prêcher après avoir eu des visions. Elle a fini par être enfermée chez les fous. Mais il y a toujours eu des gens de cette trempe, des fanatiques qui choisissent ou bien de mener une vie de prêcheur solitaire ou bien de rassembler tant bien que mal une cohorte de fidèles. La plupart d'entre eux sont sincères, ils agissent de bonne foi et sont persuadés d'être mandatés par Dieu. Bien entendu il existe aussi des escrocs, qui pratiquent ce qu'on peut appeler une foi «en représentation». Il s'agit souvent de gens en quête d'argent ou de privilèges sexuels. Là, on peut vraiment parler d'instrumentalisation de la religion, en tant que piège destiné à capturer des proies. Mais les escrocs sont minoritaires. La plupart de ces prédicateurs, aussi fous soient-ils, sont animés par la bonne volonté et par des convictions sincères. S'ils commettent des actes répréhensibles, ils trouvent toujours un moyen de les défendre devant Dieu, généralement en interprétant à leur gré tel ou tel verset de la Bible.

— Et dans le cas qui nous occupe, il s'agirait d'un individu de cette sorte ?

— C'est ce que j'ai essayé de vous expliquer.

La conversation avec Sofia Hanke se prolongea un moment encore. Linda voyait bien que son père pensait déjà à autre chose. Les griffonnages dans la bible de la cabane de Rannesholm ne lui avaient pas fourni d'ouverture immédiate. Ou bien ? Elle essaya de lire ses pensées, ainsi qu'elle s'y exerçait depuis l'enfance. Mais ce n'était pas la même chose en présence d'autres personnes dans une salle du commissariat.

Nyberg raccompagna Sofia Hanke pendant que Lisa Holgersson ouvrait une fenêtre et que les enquêteurs s'attaquaient aux cartons de pizzas. Nyberg revint. Les gens entraient, sortaient, parlaient au téléphone, allaient chercher des cafés. Seuls Linda et son père étaient restés assis. Il lui jeta un regard absent avant de s'absorber une fois de plus dans ses réflexions.

Sourd, pensa-t-elle de nouveau. Au sens d'une menace sourde, ou d'un choc sourd. C'est le meilleur adjectif pour le décrire. Et lui, comment me décrirait-il? S'il est sourd, que suis-je? Elle ne trouva pas de réponse.

Les gens commençaient à revenir, la porte fut refermée, la fenêtre aussi. Comme avant le début d'un concert, songea Linda. Quand elle était adolescente, son père l'emmenait parfois au concert à Copenhague. Une fois, ils étaient aussi allés à Helsingborg. Le calme se fait peu à peu, dans l'attente du chef d'orchestre. Ici, le chef est déjà arrivé, mais le calme ne se fait pas tout de suite – ce serait plutôt une longue glissade vers le silence.

Au cours de la réunion, qui dura longtemps, Linda ne prononça pas un mot et personne ne s'adressa à elle. Elle était là comme une invitée provisoire. Deux ou trois fois, son père la regarda. Si Birgitta Medberg avait été sur la trace de vieux sentiers recouverts par la végétation, son père, lui, cherchait un chemin praticable. Sa patience semblait infinie, malgré l'horloge intérieure dont le tic-tac résonnait vite et fort. Il l'avait dit un jour, au cours d'une visite à Stockholm où il avait évoqué son travail devant Linda et quelques camarades. Soumis à une forte pression, surtout quand il savait quelqu'un en danger, il sentait dans son thorax, à droite, à peu près à la hauteur du cœur, le tic-tac d'une horloge. Il faisait donc preuve d'une grande patience et ne s'irritait que lorsque quelqu'un s'éloignait de la question unique : où était le Zèbre ? La réunion se poursuivait sans interruption ; de temps à autre quelqu'un passait un coup de fil, ou recevait un appel, ou sortait pour revenir quelques instants plus tard avec des documents, ou des images, qui étaient immédiatement incorporés dans le travail en cours.

— C'est comme la descente des rapides, lui dit Stefan Lindman vers vingt heures quand Linda, son père et lui se trouvèrent seuls un moment dans la salle. On doit arriver en bas sans dessaler. Si on perd un équipier en route, on doit le récupérer.

Ce fut la seule fois de toute la soirée que quelqu'un s'adressa directement à elle. Elle-même ne dit pas un mot. Elle était présente à la réunion, mais seulement pour écouter.

À vingt heures quinze, après une pause, Lisa Holgersson ferma la porte. Rien ne devait plus les déranger maintenant. Linda vit son père ôter sa veste, relever les manches de sa chemise bleu sombre et se poster à côté du tableau qu'il feuilleta jusqu'à trouver une page vierge. Il écrivit le nom de Zeba au centre et traça un cercle autour.

— Oublions Birgitta Medberg. Je sais que c'est peut-être une erreur. Mais, pour l'instant, il n'y a aucun lien avéré entre elle et Harriet Bolson. Ce peut être le ou les mêmes auteurs, on n'en sait rien. Mon argument est que les mobiles doivent être différents. Si nous laissons de côté Birgitta Medberg, nous voyons qu'il existe un point commun entre la deuxième victime, Harriet Olsson, et Zeba. Les IVG. Supposons que nous ayons affaire à un groupe de gens qui prononce des sentences religieuses contre les femmes qui ont eu recours à l'IVG. Je dis bien *supposons*. Cela peut entrer dans un cadre rituel, où l'on aurait aussi les animaux brûlés vifs et les églises incendiées. Ce que nous pouvons affirmer, c'est qu'il existe dans tous ces crimes un aspect de préméditation, voire de systématicité très fort. Harriet Bolson a été emmenée à l'église de Frennestad pour y être tuée. L'incendie de l'église de Hurup était une diversion – réussie – pour semer la confusion chez nous. Quel que soit le cerveau qui est à l'origine de tout cela, il est doué d'un excellent sens de l'organisation.

Il parcourut l'assemblée du regard et se rassit.

— Supposons donc que ces différents éléments participent d'un rituel. Le feu est un symbole qu'on retrouve d'un bout à l'autre. Le massacre des animaux entre alors dans un projet de sacrifice gradué. L'exécution de Harriet Bolson évoque très nettement un meurtre rituel. Nous avons trouvé sur elle un bijou en forme de sandale...

Stefan Lindman leva la main.

— Je rumine cette histoire du bout de papier portant son nom. S'il nous était destiné, on peut se demander pourquoi. Cela ne suggère-t-il pas plutôt un fou qui nous défie dans l'espoir d'être identifié?

— Possible. Mais, dans l'immédiat, ce n'est pas le plus important. Pour moi, ces gens ont l'intention de faire subir à Zeba le même sort que celui de Harriet Bolson.

Il y eut un silence.

— Voilà où on en est. Nous n'avons pas de

suspect, pas de mobile, pas de piste. Si vous voulez mon point de vue, je vous le donne. On est enlisés.

Personne ne protesta.

— Alors on continue à travailler. Tôt ou tard, on trouvera la bonne direction. Il le faut.

La réunion était terminée. Le groupe se dispersa. Linda avait l'impression d'être une gêne, mais n'avait pour autant aucune envie de quitter le commissariat. Dans trois jours, le lundi 10, elle irait enfin chercher son uniforme et elle commencerait à travailler pour de vrai. Mais dans l'immédiat, rien ne comptait sinon le Zèbre. Linda se rendit aux toilettes. Alors qu'elle en sortait, son portable sonna. C'était Anna.

— Où es-tu ?

— Au commissariat.

— Est-ce qu'elle est revenue ? J'ai appelé chez elle, mais personne ne répond.

Linda fut soudain sur ses gardes.

— Non. Elle n'est pas revenue.

— Je suis très inquiète.

— Moi aussi.

Anna paraissait absolument sincère. Ce n'était pas de la comédie.

— J'ai besoin de parler à quelqu'un.

— Pas maintenant, dit Linda. Je ne peux pas partir d'ici.

— S'il te plaît, juste un petit moment. Je peux venir au commissariat.

— Ils ne te laisseront pas entrer.

— Mais tu pourrais sortir. Seulement pour quelques minutes, s'il te plaît.

— Ça ne peut pas attendre ?

— Bien sûr que si.

Linda perçut le découragement d'Anna. Elle eut un remords.

— D'accord. Mais pas longtemps.

— Merci. Je serai là dans dix minutes.

Linda longea le couloir jusqu'au bureau de son père. Tout le monde semblait s'être soudain volatilisé. Elle prit un papier et griffonna un message : *Je vais prendre l'air. Anna veut me voir. Je reviens tout de suite. Linda*. Elle posa le papier sur la table.

Puis elle alla chercher sa veste. Le couloir était désert. La seule personne qu'elle croisa fut une femme de ménage qui venait de prendre son service et qui traînait un chariot le long du mur. Les policiers du central étaient au téléphone. Personne ne la vit sortir du commissariat.

La femme de ménage, qui venait de Lettonie et qui s'appelait Lija, commençait toujours par le bout du couloir où travaillaient les policiers de la brigade criminelle. Plusieurs bureaux étant occupés par des gens au travail, elle entra dans celui de Kurt Wallander. Autour de son fauteuil traînaient des papiers épars – il n'arrivait pas toujours à viser la corbeille. Elle fit le ménage et quitta le bureau.

49

Linda avait froid. Elle serra sa veste plus étroitement autour d'elle tout en descendant vers le parking mal éclairé. Elle reconnut la voiture de son père.

En tâtant ses poches, elle s'aperçut qu'elle avait encore le double de la clé. Elle regarda sa montre. Il s'était écoulé plus de dix minutes depuis l'appel d'Anna. La rue était déserte. Aucune voiture à l'approche. Pour combattre le refroidissement, elle se mit à courir à petites foulées jusqu'au château d'eau et retour. Pourquoi Anna n'arrivait-elle pas? Cela faisait plus d'un quart d'heure maintenant.

Elle remonta se poster devant l'entrée du commissariat et regarda autour d'elle. Personne. Des ombres bougeaient derrière les fenêtres éclairées. Elle retourna vers le parking. Soudain, elle eut un pressentiment désagréable et s'immobilisa pour scruter la pénombre, aux aguets. Les feuilles des arbres bruissaient dans le vent, comme pour la gêner. Elle fit volte-face. Anna était devant elle.

— Ça va pas, non?

— Je ne voulais pas t'effrayer.

— D'où sors-tu?

Anna désigna vaguement l'entrée du parking.

— Je n'ai pas entendu de voiture.

— Je suis venue à pied.

Linda était de plus en plus tendue. Anna paraissait crispée.

— Qu'avais-tu de si urgent à me dire?

— Rien, j'ai seulement besoin de parler d'elle.

— On en a parlé au téléphone.

Linda indiqua d'un geste les fenêtres éclairées du commissariat.

— Tu sais combien de gens travaillent en cet instant avec une seule idée en tête : la retrouver? Crois-moi si tu veux, mais je participe à cet effort. Je n'ai pas le temps de discuter avec toi.

550

— Pardon. Je vais partir.

Qu'est-ce qui se passe? pensa fébrilement Linda. Tout son système d'alarme intérieur réagissait. Anna paraissait en proie à la confusion; sa façon de surgir de l'ombre, son mauvais prétexte, tout son comportement sentait le roussi.

— Il n'en est pas question, répliqua-t-elle. Si tu es venue, tu dois me dire pourquoi.

— Je l'ai déjà fait.

— Si tu sais quelque chose, pour le Zèbre, tu dois me le dire.

— Je ne sais rien. Je suis venue au cas où vous auriez découvert quelque chose de votre côté.

— Tu mens.

La réaction d'Anna fut si soudaine que Linda n'eut aucune chance de la parer. Comme si elle subissait une métamorphose violente, elle frappa Linda en pleine poitrine en hurlant :

— Je ne mens jamais! Mais tu ne comprends rien à ce qui se passe!

Elle s'enfuit. Linda resta les bras ballants à la suivre du regard. Anna avait gardé une main dans sa poche. Un objet, pensa Linda, un truc auquel elle s'accrochait, une bouée de sauvetage miniature dans la poche de son manteau. Pourquoi était-elle si bouleversée? Il fallait la rattraper. Mais elle était déjà loin.

Linda revint vers l'entrée du commissariat. Soudain, elle s'arrêta et réfléchit à toute vitesse. Elle n'aurait pas dû la laisser partir. Anna avait eu un comportement déséquilibré, il fallait l'emmener au commissariat, la faire interroger par quelqu'un. On lui avait confié une mission : rester en contact avec elle. Elle venait de commettre une erreur magistrale.

Elle essaya de prendre une décision. Fallait-il retourner au commissariat ou se lancer à la poursuite d'Anna ? Elle choisit la seconde option. Elle courut jusqu'à la voiture de son père et prit la direction qu'aurait dû suivre Anna si elle était réellement venue à pied. Personne. Elle fit demi-tour. Il y avait une autre possibilité. Elle essaya ce deuxième itinéraire. Pas d'Anna. Avait-elle disparu une fois de plus ? Linda poussa jusqu'à sa rue. Les fenêtres de l'appartement étaient éclairées. Elle sortit de la voiture. Devant la porte de l'immeuble, elle aperçut un vélo. Les pneus étaient mouillés, le garde-boue n'avait pas encore séché. Il ne pleuvait pas, mais les rues étaient pleines de flaques. Linda secoua la tête. Son instinct la mettait en garde, lui disait de ne pas sonner. Elle remonta en voiture et recula jusqu'à n'être plus visible de l'immeuble.

Elle devait demander conseil à quelqu'un. Elle appela le portable de son père, mais il ne répondit pas. Il l'a encore oublié quelque part, pensa-t-elle avec désespoir. Elle fit le numéro de Stefan Lindman. Occupé, comme celui de Martinsson. Elle allait réessayer quand une voiture s'engagea dans la rue et s'arrêta devant l'immeuble. Une voiture bleu sombre ou noire ; une Saab. Les lumières s'éteignirent dans l'appartement d'Anna. Linda était complètement en alerte ; ses mains transpiraient autour du portable. Anna sortit de l'immeuble et monta à l'arrière. La voiture démarra. Linda la suivit. Elle essaya de rappeler son père. Toujours pas de réponse. Dans Österleden, elle fut dépassée par un poids lourd qui roulait trop vite. Linda resta derrière lui en s'écartant de temps à autre pour vérifier que la voiture sombre était toujours en vue. À la sortie de la ville, elle prit la direction de Kåseberga.

Linda essaya de garder la plus grande distance possible sans se laisser semer. En composant de nouveau le numéro de son père, elle lâcha le portable, qui tomba entre les sièges. Ils dépassèrent la sortie du port de Kåseberga et continuèrent vers l'est. La voiture sombre quitta la route à la hauteur de Sandhammaren. Par surprise, sans clignotant. Linda continua tout droit et ne s'arrêta qu'après avoir franchi une côte puis un virage. Elle fit demi-tour à un arrêt de bus et aperçut un chemin sur sa gauche.

Elle s'engagea sur cette voie étroite pleine de nids-de-poule, qui prenait fin devant une grille effondrée et une moissonneuse-batteuse rouillée. Elle sortit de la voiture. Ici, au bord de la mer, le vent soufflait plus fort qu'en ville. Elle chercha la lampe torche et le bonnet noir tricoté de son père. En l'enfilant, elle pensa qu'il la rendait invisible. Elle voulut le rappeler. Mais en découvrant que le portable n'avait presque plus de batterie, elle le rangea dans sa poche et se mit en route. Quelques centaines de mètres la séparaient de l'embranchement. Elle marchait si vite qu'elle commença à transpirer. Parvenue à Sandhammaren, elle s'arrêta et écouta dans le noir. On n'entendait que le vent et la rumeur de la mer.

Elle chercha pendant quarante-cinq minutes parmi les maisons disséminées. Elle allait laisser tomber quand elle aperçut la voiture sombre garée entre deux arbres. Il n'y avait pas d'habitation à proximité.

Elle écouta de nouveau. Silence. Elle s'approcha en couvrant la lumière de sa lampe avec la main et éclaira l'intérieur de la voiture. Sur la banquette arrière, il y avait une écharpe et un casque de protection auditive. Anna était montée à l'arrière. Elle essaya de comprendre la raison de la présence de ces objets. Puis elle s'écarta et orienta la lampe vers le sol. Des chemins partaient dans différentes directions. L'un portait plus d'empreintes de pas que les autres.

Linda voulut rappeler son père. Puis elle se souvint que la batterie était presque à plat et lui envoya plutôt un SMS. *Je suis avec Anna. Je te rappelle.* Elle éteignit sa lampe et longea le chemin de sable, en s'étonnant de ne pas avoir peur, bien qu'elle fût en train d'enfreindre le mantra qui avait rythmé toute sa formation à l'école de police : *N'allez pas seuls sur le terrain, ne travaillez jamais seuls.* Elle s'arrêta, hésita. Ne valait-il pas mieux s'en aller ? *Je suis comme papa,* pensa-t-elle avec le soupçon confus que ce qu'elle faisait à présent n'était en réalité qu'une tentative pour lui prouver qu'elle valait quelque chose.

Soudain, elle repéra une lueur entre les arbres et les dunes. Elle écouta. Le vent et la mer, rien d'autre. Elle s'avança en direction de la lumière. Des fenêtres, dont plusieurs étaient éclairées. C'était une maison, isolée, sans voisin proche. Elle ralluma la lampe, laissa la lumière filtrer entre ses doigts et approcha prudemment. Il y avait une clôture fermée par une grille. Elle éteignit la lampe dès que la lumière des fenêtres suffit à éclairer le sol devant ses pas. Le jardin était grand. La mer devait être toute proche, bien qu'invisible. Elle se demanda qui possédait une si grande maison au bord de l'eau, et ce qu'y faisait Anna, si elle était bien venue jusque-là. Son téléphone bourdonna. Elle sursauta, lâcha la lampe et se hâta de répondre. C'était un camarade de l'école, Hans Rosqvist, qui travaillait maintenant à Eskilstuna. Ils ne s'étaient pas parlé depuis le bal de la promotion.

— Je te dérange ?

Linda entendit de la musique, un bruit de verres et de bouteilles à l'arrière-plan.

— Un peu, répondit-elle dans un chuchotement. Je travaille. Rappelle-moi demain.

— Tu ne peux même pas m'accorder une minute ?

— Non. Demain.

Elle raccrocha et garda le doigt sur le bouton au cas où il rappellerait. Puis elle rangea de nouveau le téléphone dans sa poche et escalada la clôture. Plusieurs voitures stationnaient devant la maison. Quelques tentes étaient dressées dans le jardin.

Une fenêtre s'ouvrit. Elle tressaillit et se recroquevilla. Une ombre apparut derrière un rideau. Elle entendit un bruit de voix. Elle attendit quelques instants. Puis elle se faufila jusque sous la fenêtre. Les voix s'étaient tues. La sensation que des yeux l'épiaient dans l'obscurité était très forte. Je dois m'en aller, pensa-t-elle le cœur battant. Je ne devrais pas être ici. Pas toute seule. Une porte s'ouvrit ; une trouée lumineuse dans le noir. Linda retint son souffle. Puis elle perçut une odeur de fumée de tabac portée par le vent. Quelqu'un est sorti s'en griller une, pensa-t-elle. Au même moment, les voix s'élevèrent de nouveau derrière la fenêtre entrebâillée.

Le puits de lumière disparut ; la porte invisible s'était refermée. Les voix étaient plus nettes maintenant. Il lui fallut quelques minutes pour comprendre qu'il n'y en avait qu'une. Celle d'un homme. Mais son registre variait tellement qu'elle avait cru en entendre plusieurs. L'homme s'exprimait par phrases courtes, s'interrompait, reprenait. Elle s'efforça de discerner les paroles. C'était de l'anglais.

Au début, elle ne comprit rien. Une masse verbale incohérente, sans aucun sens perceptible. La voix récitait des noms de personnes, de villes, Luleå, Västerås, Karlstad. Puis elle comprit qu'il communiquait des instructions. Quelque chose devait se produire à ces différents endroits ; une certaine date revenait, une date et une heure précise. Linda fit un rapide calcul mental. Quel que fût l'événement programmé, il devait intervenir dans moins de treize heures. La voix, mélodieuse, très lente, devenait par instants presque aiguë avant de retrouver sa douceur.

Linda essaya de voir l'homme. La tentation était grande de se redresser pour jeter un coup d'œil à l'intérieur. Mais elle garda sa posture inconfortable, accroupie contre la façade. Soudain, la voix se mit à parler de Dieu. Linda sentit son ventre se nouer. Ce qu'elle entendait à présent, c'était exactement ce dont avait parlé son père. La dimension religieuse possible.

Elle n'eut pas besoin de réfléchir. Elle devait partir sur-le-champ et donner l'alerte. Au commissariat, ils devaient d'ailleurs se demander où elle était passée. D'un autre côté, elle ne pouvait pas s'en aller maintenant, alors que la voix invoquait Dieu et ce qui allait se produire dans quelques heures. Quel était le message ? La voix évoquait la grâce qui attendait les martyrs. Quels martyrs ? Qu'était-ce au juste qu'un martyr ? Les questions étaient trop nombreuses, son propre cerveau était trop petit. Que se passait-il ? Et pourquoi la voix était-elle si douce ?

Elle ne sut jamais combien de temps elle passa ainsi, recroquevillée contre le mur. Peut-être une demi-heure, peut-être seulement quelques minutes. L'effarante vérité la saisit très progressivement. À ce moment-là elle était déjà inondée de sueur, malgré le froid. Ici, dans cette maison de Sandhammaren se tramait une attaque terrifiante, non pas une, mais treize attaques, et certains exécutants étaient déjà en route.

Elle entendit les mots qui se répétaient : *Placement au pied des autels et dans les tours.* Il était aussi question d'une «matière explosive» – *les fondations, les angles et la matière explosive* –, cette litanie revenait sans cesse. Linda se rappela l'accès d'impatience de son père quand un collègue était venu l'informer sur les suites d'une série de vols de dynamite. Y avait-il un lien avec ce qu'elle entendait maintenant par la fenêtre ? Soudain, l'homme parla de la nécessité d'attaquer les principaux symboles des faux prophètes, raison pour laquelle il avait choisi pour cible les treize cathédrales du pays.

Linda transpirait et grelottait à la fois, les jambes engourdies, les genoux douloureux. Elle savait qu'elle devait déguerpir au plus vite. Ce qu'elle avait entendu était si effrayant qu'elle ne parvenait pas réellement à l'assimiler. Ces choses-là n'existent pas en Suède, pensa-t-elle. Elles existent très loin, chez des gens qui ont une autre couleur de peau, une autre foi que nous...

Elle se redressa avec précaution. Le silence s'était fait de l'autre côté de la fenêtre. Elle allait partir quand une deuxième voix s'éleva, la figeant sur place. L'homme qui parlait à présent annonça que tout était prêt. Rien d'autre. *Tout est prêt*. Mais elle l'avait reconnue. Un frisson la parcourut. Elle attendit que Torgeir Langaas ajoute quelque chose. Le silence se prolongea. Linda se faufila à tâtons vers la clôture. Elle n'osait pas allumer sa lampe. Elle se dirigea vers les arbres en trébuchant sur les cailloux.

Après un moment, elle comprit qu'elle s'était perdue. Elle ne retrouvait pas le sentier. Elle était au milieu des dunes. Où qu'elle se tournât, il n'y avait aucune lumière, hormis celle d'un navire au large. Elle ôta le bonnet et le rangea dans sa poche, comme si le fait d'avoir la tête nue l'aiderait à retrouver sa route. Elle essaya d'estimer sa position en fonction de la mer et de la direction du vent. Elle renfila son bonnet et se remit en marche.

Le temps s'écoulait. Ce n'était pas possible. Elle ne pouvait pas errer plus longtemps dans le noir et les dunes, elle devait téléphoner. Mais le téléphone n'était plus à sa place. Elle fouilla toutes ses poches. Le bonnet! Le portable avait dû tomber quand elle avait ressorti le bonnet de sa poche. Elle ne l'avait pas entendu, dans le sable. Elle alluma sa lampe et revint sur ses pas en suivant ses propres traces, mais elle ne trouva aucun portable. Je ne vaux rien, pensa-t-elle rageusement. Je rampe dans le sable sans même savoir où je suis. Elle s'obligea à se calmer. Une fois de plus, elle s'efforça de déterminer sa position, en s'arrêtant à intervalles réguliers et en laissant le faisceau de sa lampe découper brièvement l'obscurité.

Elle finit par retrouver le sentier. Sur sa gauche, la maison aux fenêtres éclairées. Elle s'enfonça parmi les arbres et courut vers la voiture, avec un sentiment de libération intense. Elle regarda sa montre : vingt-trois heures quinze. Le temps s'était précipité.

Le bras surgit par-derrière et l'encercla. Elle ne pouvait plus bouger, la disproportion des forces était trop grande. Elle sentit un souffle contre sa joue. Le bras la fit pivoter. Une lampe torche se braqua sur son visage. Sans qu'il eût dit un mot, elle savait que cet homme qui l'observait en respirant fort était Torgeir Langaas.

50

L'aube arriva comme une tonalité de gris gagnant insensiblement du terrain. Le bandeau qui couvrait les yeux de Linda laissait filtrer un peu de lumière. Elle comprit que la longue nuit touchait à sa fin. Qu'allait-il se passer maintenant ? Autour d'elle il n'y avait que le silence. Curieusement, son estomac n'avait pas déclaré forfait. C'était une pensée idiote, mais elle avait bondi telle une sentinelle surgie des tréfonds quand Torgeir Langaas l'avait empoignée. Cette sentinelle hurlait : *Avant de me tuer, laisse-*

moi aller aux toilettes. S'il n'y en a pas dans la
forêt, lâche-moi juste une minute, je m'accroupis
dans le sable, j'ai toujours du papier dans ma
poche, ensuite je recouvrirai la crotte de sable,
comme un chat.

Bien entendu, elle n'avait rien dit. Torgeir Langaas respirait sur elle, la lampe lui blessait les yeux.
Puis il l'avait bousculée et aveuglée avec le bandeau.
Sa tête avait heurté la portière quand il l'avait poussée dans la voiture. Sa peur était si forte qu'elle ne
pouvait être comparée qu'à l'épouvante sur le pont
à l'instant où, perchée en équilibre au-dessus du vide,
elle n'avait soudain plus eu envie de mourir. Autour
d'elle il n'y avait rien. Seulement le silence meublé
par le vent et le fracas de la mer.

Torgeir Langaas était-il resté près de la voiture ?
Elle ne le savait pas. Combien d'heures s'étaient
écoulées au moment où les portières s'ouvrirent, elle
l'ignorait aussi. Mais elle sentit à l'oscillation du véhicule que deux personnes montaient à l'avant. La voiture démarra avec une secousse ; le conducteur était
négligent, ou nerveux, ou pressé, ou les trois.

Elle essaya de deviner quelle direction ils prenaient. En arrivant sur la route goudronnée, ils tournèrent à gauche, c'est-à-dire vers Ystad. Elle eut
l'impression qu'ils traversaient la ville. Ensuite, sur
ce qui devait être la route de Malmö, elle égara sa
carte intérieure. La voiture changea plusieurs fois de
direction, le bitume devint du gravier avant de redevenir du bitume. Il y eut un arrêt, mais aucune portière ne s'ouvrit. Le silence régnait toujours. Elle
ignorait combien de temps elle resta ainsi. Ce fut

vers la fin de cette attente qu'elle perçut la lumière grise du matin filtrant à travers son bandeau.

Soudain, le silence fut brisé par les portières qui s'ouvraient. Quelqu'un la traîna hors de la voiture et la fit avancer ; d'abord de l'asphalte, ensuite du sable. On lui fit gravir quatre marches en pierre au bord irrégulier ; elle imagina un escalier ancien. Puis le froid l'enveloppa, un froid terrible. Elle comprit tout de suite qu'elle était dans une église. La peur engourdie par l'attente de cette longue nuit la frappa de nouveau de plein fouet. Elle vit intérieurement ce dont jusque-là elle n'avait qu'entendu parler : Harriet Bolson étranglée par une drisse devant l'autel.

Les pas résonnaient sur le dallage. Une porte s'ouvrit, elle trébucha sur le seuil. Puis son bandeau fut enlevé. Elle cilla plusieurs fois dans la lumière ; en se retournant, elle aperçut le dos de Torgeir Langaas. Il sortit, ferma la porte et donna un tour de clé. Elle se trouvait dans une sacristie, en compagnie de portraits à l'huile de pasteurs austères des temps révolus. Les volets des fenêtres étaient clos. La lumière provenait d'une lampe. Linda chercha la porte des toilettes. Il n'y en avait pas. Ses intestins gardaient encore leur calme, mais elle avait désespérément envie de faire pipi. Plusieurs grandes coupes étaient rangées sur une table. Elle pensa que Dieu lui pardonnerait et se soulagea dans l'une d'elles. Elle regarda sa montre. Sept heures moins le quart, samedi 8 septembre. Un avion passa au-dessus de l'église. Il volait bas ; il devait se préparer à atterrir.

Elle maudit le portable égaré pendant la nuit. Aucun téléphone dans cette sacristie. Elle fouilla les armoires et les tiroirs en vain. Puis elle s'attaqua aux fenêtres. Elles se laissaient ouvrir mais les volets, non. Elle fouilla la sacristie encore une fois à la recherche d'outils, sans aucun résultat.

La porte s'ouvrit. Un homme entra. Linda le reconnut immédiatement. Il était plus maigre que sur les photographies que lui avait montrées Anna, qu'elle cachait depuis toujours dans le tiroir de sa commode. Il portait un costume et une chemise bleu sombre boutonnée jusqu'au col. Les cheveux coiffés en arrière, les yeux d'un bleu clair, le même bleu que ceux d'Anna. La ressemblance d'Anna avec son père était encore plus nette dans la réalité. Il s'immobilisa dans l'ombre près de la porte et la regarda. Il souriait.

— Tu ne dois pas avoir peur, dit-il.

Il s'approcha d'elle les paumes tendues en avant, comme s'il voulait montrer qu'il n'était pas armé et qu'il n'avait aucune intention agressive.

Une intuition traversa Linda en voyant ces mains ouvertes : *Anna cachait une arme dans la poche de son manteau. C'est pour ça qu'elle est venue au commissariat. Elle devait me tuer. Mais elle n'a pas réussi à aller jusqu'au bout.* Cette pensée lui coupa les jarrets. Elle vacilla et Erik Westin dut l'aider à s'asseoir.

— Tu ne dois pas avoir peur, répéta-t-il. Je regrette d'avoir dû te laisser attendre dans cette voiture. Je regrette aussi de devoir te retenir quelques heures encore. Ensuite tu pourras partir.

— Où suis-je ?

— Je ne peux pas te le dire. La seule chose qui

importe, c'est que tu n'aies pas peur. Et que tu répondes à une question.

Sa voix était encore aimable, le sourire paraissait vrai. Linda était désorientée.

— Tu dois me dire ce que tu sais.

— À quel sujet ?

Il la dévisagea, souriant toujours.

— Ce n'était pas une bonne réponse, dit-il lentement. Je pourrais t'interroger de façon plus directe. Mais ce n'est pas nécessaire puisque tu sais à quoi je fais allusion. Tu as suivi Anna hier soir, tu as découvert une maison au bord de la mer.

Linda prit une décision éclair. L'essentiel de ce que je dis doit être vrai, sinon il déjouera la manœuvre. Il n'y a pas d'alternative. Elle s'accorda quelques secondes de répit en se mouchant.

— Je n'ai pas trouvé de maison. J'ai trouvé une voiture stationnée dans la forêt. Mais il est exact que je cherchais Anna.

Il prit un air absent ; Linda comprit qu'il méditait sa réponse. Elle avait reconnu sa voix. C'était lui qui s'adressait au groupe invisible dans la maison au bord de la mer. Même si sa voix et sa présence rayonnaient un calme affable, elle ne devait pas oublier les paroles prononcées au cours de la nuit.

Il concentra de nouveau son regard sur elle.

— Tu ne t'es pas approchée d'une maison ?

— Non.

— Pourquoi suivais-tu Anna ?

Fin des mensonges, pensa Linda.

— J'étais inquiète pour le Zèbre.

— Qui est-ce ?

Maintenant, c'était lui qui mentait et elle qui dissimulait le fait qu'elle le savait.

— Une amie commune. Elle a disparu.

— Pourquoi pensais-tu qu'Anna aurait des informations à son sujet ?

— Quand je l'ai vue, elle paraissait extrêmement crispée.

Il hocha la tête.

— Tu dis peut-être la vérité. Je le saurai en temps voulu.

Il se leva sans la quitter des yeux.

— Crois-tu en Dieu ?

Non, pensa Linda. Mais je sais quelle réponse tu veux entendre.

— Oui, je crois en Dieu.

— Ce que vaut cette foi, nous le saurons bientôt. Ainsi qu'il est écrit dans la Bible : « Bientôt nos adversaires seront exterminés et le feu consumera leur excès. »

Il ouvrit la porte.

— Il n'est pas nécessaire que tu restes seule plus longtemps.

Le Zèbre entra, suivie d'Anna. La porte se referma derrière Erik Westin, une clé tourna dans la serrure. Linda fixait le Zèbre et Anna, comme hypnotisée.

— Qu'as-tu fait ? demanda-t-elle enfin à Anna.

— Mon devoir.

La voix d'Anna était maîtrisée, mais tendue et hostile.

— Elle est folle, murmura le Zèbre en se laissant tomber sur une chaise. Complètement givrée.

— Seul celui ou celle qui tue un innocent peut être taxé de folie. C'est un crime qui appelle le châtiment.

Le Zèbre bondit de la chaise et agrippa le bras de Linda en criant.

— Elle est folle! Tu ne le vois pas?

— Laisse-moi lui parler.

— Comment veux-tu parler à une folle?

— Je ne crois pas qu'elle le soit, dit Linda avec tout le calme dont elle était capable.

Elle se planta en face d'Anna et la regarda droit dans les yeux. Elle essayait fébrilement de mettre de l'ordre dans ses pensées. Pourquoi Erik Westin avait-il laissé sa fille dans la sacristie avec le Zèbre et elle? Y avait-il un plan *dans le plan*, un double fond qu'elle ne comprenait pas?

— Ne me dis pas que tu es impliquée dans cet enlèvement, Anna.

— Mon père est revenu. Il m'a rendu l'espoir que j'avais perdu.

— Quel espoir?

— Que la vie a un sens. Que Dieu nous donne un sens.

Ce n'est pas vrai, pensa Linda. Elle voyait dans les yeux d'Anna ce qu'elle avait vu dans ceux du Zèbre : la peur. Anna s'était placée de manière à voir la porte. Elle craint que la porte ne s'ouvre. Elle est terrorisée par son père.

— De quoi t'a-t-il menacée? demanda-t-elle à voix basse.

— Il ne m'a pas menacée.

Anna murmurait elle aussi. Ce qui ne pouvait signifier qu'une chose : elle l'écoutait. Cela donnait à Linda une ouverture.

565

— Arrête de mentir. On peut s'en sortir toutes les trois, si seulement tu arrêtes de mentir.

— Je ne mens pas.

Linda savait que le temps était compté. Il ne fallait pas se lancer dans une discussion avec Anna. Si elle ne voulait pas répondre à une question, ou si elle y répondait par un mensonge, il fallait tout de suite passer à la suivante.

— Tu crois ce que tu veux, mais tu ne peux pas te rendre coupable de meurtre. Est-ce que tu te rends compte de qui est en jeu?

— Mon père est revenu me chercher. Une mission nous attend.

— Je sais de quelle mission tu parles. Veux-tu réellement que d'autres innocents meurent? Que d'autres églises brûlent?

Anna était au bord de l'effondrement. Il fallait juste la pousser un peu plus loin, ne pas lâcher prise.

— Si le Zèbre est exécutée, tu auras toujours devant toi le visage de son fils et ce sera une accusation à laquelle tu n'échapperas jamais. C'est ce que tu veux?

Une clé tourna dans la serrure. Linda fut submergée par la peur. *Il est trop tard.* À l'instant où la porte allait s'ouvrir, Anna tira quelque chose dans sa poche et le glissa furtivement dans sa main. Erik Westin se tenait sur le seuil.

— Tu as fait tes adieux?

— Oui, répondit Anna. J'ai fait mes adieux.

Erik Westin lui effleura le front et lui demanda de le suivre. Il se tourna vers le Zèbre, puis vers Linda.

— Encore un petit moment, dit-il. Encore une heure.

Le Zèbre se jeta contre la porte. Linda l'obligea à se rasseoir sur sa chaise et la maintint fermement jusqu'à ce qu'elle soit calmée.

— J'ai un téléphone, murmura-t-elle. On va s'en sortir, à condition que tu te tiennes tranquille.

— Ils vont me tuer.

Linda appuya la main sur la bouche du Zèbre.

— Pour que j'y arrive, il faut que tu m'aides en restant silencieuse.

Le Zèbre obéit. Linda tremblait tellement qu'elle se trompa deux fois de numéro. Les sonneries résonnèrent sans qu'il décroche. Elle allait couper quand quelqu'un répondit. C'était lui. En reconnaissant la voix de Linda, il se mit à rugir, qu'est-ce qu'elle foutait, ne comprenait-elle pas l'inquiétude qu'elle causait à tout le monde?

— On n'a pas le temps, souffla-t-elle. Écoute-moi.

— Où es-tu?

— Écoute-moi. Ne dis rien.

Elle lui résuma les événements depuis son départ du commissariat, quand elle avait déposé un message sur son bureau. Il l'interrompit.

— Je n'ai pas vu ce papier. Et pourtant j'ai passé la nuit dans ce bureau à attendre ton coup de fil.

— Il a dû tomber. On n'a pas le temps, il faut que tu m'écoutes.

Elle était au bord des larmes. Il l'écouta. Son souffle était rauque, chaque inspiration comme une question difficile à laquelle il devait trouver une réponse sur-le-champ.

— Est-ce que tout cela est vrai?

— Chaque mot. J'ai entendu ce qu'ils disaient.

— Ce sont des fous furieux.

— Non. C'est autre chose. Ils ont la foi.

— Bien. On donne l'alerte à toutes les villes épiscopales. Je crois qu'on a quinze cathédrales en tout dans ce pays.

— Il a dit treize. Treize tours. La treizième serait la dernière, et ce serait le signal du début de la grande purification. Ne me demande pas ce que ça veut dire.

— As-tu une idée de l'endroit où tu es ?

— Non. Je suis presque certaine qu'on a traversé Ystad – ça coïncidait avec les ronds-points. On n'a pas pu aller jusqu'à Malmö.

— Quelle direction ?

— Je ne sais pas.

— As-tu remarqué autre chose ?

— Les revêtements variaient, asphalte, gravier, terre battue par moments.

— Avez-vous traversé des ponts ?

Elle réfléchit.

— Je ne crois pas.

— As-tu entendu des bruits ?

Elle y pensa tout de suite : *les avions*. Elle les avait entendus plusieurs fois depuis qu'elle était dans l'église.

— Des avions, dit-elle. Surtout un, qui volait très bas.

— C'est-à-dire ?

— Comme s'il allait atterrir. Ou comme s'il venait de décoller.

— Attends.

Il cria quelque chose à quelqu'un.

— On est parti chercher une carte, dit-il dans le combiné. Tu entends un avion en ce moment?

— Non.

— Sont-ils gros ou petits?

— Comme des jets. De gros avions.

— Alors ce doit être Sturup.

Froissement de papier dans l'écouteur. Linda entendit son père donner l'ordre d'appeler la tour d'aiguillage de Sturup.

— Ça y est, on a une carte. Tu entends quelque chose?

— Un avion? Non, rien.

— Peux-tu affiner ta position, par rapport à eux?

— La tour d'une église est-elle à l'est ou à l'ouest?

— Comment veux-tu que je le sache?

Il cria quelque chose à Martinsson.

— Il me dit que la tour est à l'ouest et le chœur à l'est, c'est lié à la Résurrection.

— Si je suis côté est, alors les avions viennent du sud et volent vers le nord. Ou peut-être vers le nord-ouest. Ils sont passés presque à l'aplomb de l'église.

Marmonnements et bruits indistincts. Le dos de Linda dégoulinait de sueur. Le Zèbre, apathique, se balançait sur sa chaise, la tête dans les mains. La voix de son père revint.

— Écoute-moi. Je vais maintenant te passer un aiguilleur du ciel de Sturup qui s'appelle Janne Lundwall. J'écoute tout ce que vous direz, et je vous interromprai peut-être. Tu as compris?

— Je ne suis pas idiote. Dépêchez-vous.

Quand il répondit, sa voix tremblait.

— Je sais. Mais on ne pourra rien faire si on ne vous localise pas.

569

Janne Lundwall arriva au téléphone.

— Bon, dit-il gaiement, on va essayer de voir si on peut repérer l'endroit où tu te trouves. Tu entends un avion ?

Linda se demanda ce qu'avait bien pu lui dire son père. La voix enjouée de l'aiguilleur du ciel renforçait son angoisse.

— Je n'entends rien.

— Un appareil de la KLM doit atterrir chez nous dans cinq minutes. Dès que tu l'entends, tu cries.

Les minutes s'égrenèrent avec une lenteur infinie. Enfin elle perçut le bruit lointain d'un avion à l'approche.

— Je l'entends !

— Tu regardes bien vers l'est ?

— Oui. L'avion arrive de la droite.

— Ça colle. Préviens-moi quand il sera au-dessus de ta tête, ou juste devant.

Bruit de serrure. Linda éteignit le portable et le cacha. C'était Torgeir Langaas. Il les observa quelques instants sans un mot. Puis il ressortit. Le Zèbre était recroquevillée dans son coin. Il avait refermé la porte quand Linda s'aperçut que l'avion était passé.

Elle refit le numéro de son père, qui répondit d'une voix méconnaissable. Il a aussi peur que moi, pensa Linda, et il sait aussi peu que moi où je suis. On peut se parler, mais pas se trouver.

— Qu'est-ce qu'il y a eu ?

— Quelqu'un est entré. Torgeir Langaas. J'ai dû éteindre.

— Bon Dieu – je te repasse Lundwall.

L'avion suivant approcha au bout de quatre

570

minutes. D'après Janne Lundwall, un charter de retour de Las Palmas, qui avait quatorze heures de retard.

— Une foule de passagers mécontents et en colère est attendue à l'atterrissage, dit-il sur un ton satisfait. Parfois on est content d'être tout seul dans sa tour. Tu entends quelque chose ?

Linda lui dit qu'elle entendait l'avion.

— Même chose que tout à l'heure. Signale le moment où il sera au-dessus de ta tête ou juste devant.

L'avion approchait. Le portable émit un bip. Linda regarda l'écran. Presque plus de batterie.

— Il faut recharger le portable.

— On doit découvrir où tu es ! cria son père.

Trop tard, pensa Linda. Elle jura, rugit, conjura le téléphone de ne pas l'abandonner, pas tout à fait encore. L'avion approchait, le téléphone bipait. Linda poussa un cri quand les réacteurs vrombissants furent pile entre ses oreilles.

— C'est bon, dit Janne Lundwall. Juste une question encore.

Linda ne sut jamais quelle était cette question. Le portable rendit l'âme. Linda l'éteignit et le cacha dans une armoire au milieu d'un tas de chasubles. Son cri leur permettrait-il d'identifier l'église ? Elle ne pouvait que l'espérer.

— Ça va le faire, dit-elle au Zèbre. Ils savent où on est. Ils arrivent.

Le Zèbre ne répondit pas. Son regard était vitreux. Elle saisit le poignet de Linda, ses ongles s'enfoncèrent dans sa chair ; elle commença à saigner. On a aussi peur l'une que l'autre, pensa-t-elle. Mais moi, je dois donner le change. Faire en sorte qu'elle se calme. Si elle panique, ils risquent d'écourter l'attente. L'attente de quoi? Elle ne le savait pas. S'il s'avérait qu'Anna avait rapporté à son père cette histoire d'avortement, et que c'était également le motif du meurtre de Harriet Bolson dans l'église de Frennestad, il ne restait pas beaucoup de place pour le doute.

— Ça va s'arranger, murmura-t-elle. Ils arrivent.

Combien de temps attendirent-elles? Linda aurait été incapable de le dire. Peut-être une demi-heure, peut-être davantage. Puis ce fut comme un coup de tonnerre surgi de nulle part. La porte s'ouvrit, trois hommes entrèrent et s'emparèrent du Zèbre pendant que deux autres empoignaient Linda. Elles furent traînées hors de la sacristie. Tout alla si vite que Linda n'eut même pas la présence d'esprit de résister. Les bras qui la maintenaient étaient puissants. Le Zèbre hurlait. Un hululement interminable. Erik attendait dans l'église, Torgeir Langaas à ses côtés. Deux femmes et un homme étaient assis au premier rang. Anna était présente. Sur un autre banc, un peu en retrait. Linda essaya de croiser son regard, mais le visage d'Anna n'était plus qu'un masque figé. Ou bien portait-elle réellement un masque? Ceux du premier rang avaient sur les genoux des objets qui ressemblaient fort à des masques blancs.

En apercevant la corde qu'Erik Westin tenait à la main, Linda fut paralysée par la terreur. Il va tuer le Zèbre, pensa-t-elle avec désespoir. Il va la tuer et il va me tuer moi aussi puisque je suis témoin et que j'en sais beaucoup trop. Le Zèbre se débattait comme un animal pour échapper aux bras qui l'enserraient.

Soudain, ce fut comme si les murs de l'église s'écroulaient. Les portes latérales s'ouvrirent, quatre vitraux volèrent en éclats de part et d'autre de la nef. Linda entendit une voix rugir dans un mégaphone – son père! –, à croire qu'il ne se fiait pas à la capacité du mégaphone d'amplifier sa voix. Un silence total descendit sur l'église.

Erik Westin fit volte-face et empoigna Anna, qui s'était rapprochée de lui. Il la maintint devant lui comme un bouclier. Elle se débattit. Il lui hurla de se calmer, mais elle ne l'écoutait plus. Il la traîna vers la sacristie, pendant qu'elle tentait désespérément de se libérer. Il y eut une détonation. Anna tressaillit. Puis elle s'écroula. Erik Westin, son arme à la main, regardait sa fille, incrédule. Puis il se rua hors de l'église. Personne n'osa intervenir.

Les policiers armés, pour la plupart inconnus de Linda, avaient donné l'assaut par les portes latérales. Torgeir Langaas se mit à tirer. Linda entraîna le Zèbre entre deux rangées de bancs. Elles s'aplatirent au sol. La fusillade continua. Linda ne voyait rien. Puis le silence se fit. Elle entendit la voix de Martinsson crier qu'un homme s'était enfui par le portail. Torgeir Langaas, pensa-t-elle.

En sentant une main sur son épaule, elle sursauta. Peut-être même hurla-t-elle sans en avoir conscience. C'était son père.

— Vous devez sortir, dit-il.
— Et Anna?

Il ne répondit pas. Linda comprit qu'elle ne vivait plus. Elles sortirent en courant, courbées en deux. Dehors, elles virent la voiture bleu sombre disparaître sur la route. Deux véhicules de police lui donnaient la chasse. Linda et le Zèbre se réfugièrent contre le mur du cimetière.

— C'est fini, dit Linda.

— Rien n'est fini, murmura le Zèbre. Je vivrai avec ça le restant de mes jours. Je sentirai toujours la pression autour de mon cou.

Un coup de feu retentit ; deux autres suivirent, très rapprochés. Linda et le Zèbre se recroquevillèrent contre le mur. Il y eut des voix, des ordres criés, des voitures qui démarraient sur les chapeaux de roues, sirènes hurlantes. Puis le silence.

Linda ordonna au Zèbre de ne pas bouger. Puis elle jeta un regard précautionneux par-dessus le muret. Les policiers encerclaient l'église. Mais ils étaient immobiles. Linda pensa qu'elle avait sous les yeux un tableau. En apercevant son père, elle se leva et le rejoignit. Il était pâle et la saisit durement par le bras.

— Ils ont réussi à filer. Westin et Langaas, les deux. On doit les capturer.

Quelqu'un lui tendit un portable. Il écouta, puis rendit l'appareil sans un mot.

— Une voiture bourrée de dynamite vient de foncer sur la cathédrale de Lund. Elle a pulvérisé les chaînes de sécurité et s'est encastrée dans la tour gauche. C'est le chaos. On ne connaît pas le nombre de morts. Mais apparemment on a réussi à arrêter les autres attaques. Vingt personnes ont été interpellées jusqu'à présent.

— Pourquoi ont-ils fait ça?

Il réfléchit un moment avant de répondre.

— Parce qu'ils aimaient Dieu. Mais je ne crois pas que c'était un amour partagé.

Il y eut un silence.

— Vous avez eu du mal à nous trouver? Il y a beaucoup d'églises, en Scanie.

— Lundwall a pu nous dire presque exactement où tu étais. On avait le choix entre deux églises. On est venus, on a jeté un coup d'œil par un vitrail.

Silence de nouveau. Linda savait qu'ils pensaient à la même chose. Que se serait-il passé si elle n'avait pas eu la possibilité de les orienter?

— À qui était le portable? demanda-t-il.

— À Anna. Elle regrettait ce qu'elle avait fait.

Ils rejoignirent le Zèbre. Une voiture noire s'était arrêtée devant l'église; le corps d'Anna fut emporté.

— Je ne crois pas qu'il ait tiré intentionnellement, dit Linda. Le coup de feu est parti, c'est tout.

— On le capturera. Alors on saura.

Le Zèbre s'était levée. Elle tremblait de froid.

— Je l'accompagne, dit Linda. Je sais que j'ai presque tout fait de travers.

— Ce sera plus tranquille quand je te saurai en uniforme, dans une voiture de police, en train de tourner bien gentiment dans les rues d'Ystad.

— Mon portable est resté dans le sable du côté de Sandhammaren.

— On envoie quelqu'un là-bas. Le sable parlera peut-être.

Svartman ouvrit la portière arrière de sa voiture et posa une couverture sur les épaules du Zèbre. Elle se blottit au fond de la banquette.

— Je rentre avec elle, dit Linda.

— Ça va aller ?

— Je ne sais pas. Je sais seulement que je commence à travailler lundi.

— Ce n'est peut-être pas le plus urgent, là, tout de suite. Tu peux attendre une semaine.

Linda monta dans la voiture. Svartman démarra. Un avion passa au-dessus de leurs têtes, prêt à atterrir. Linda regarda le paysage. Son regard était comme aspiré par la boue d'un brun grisâtre, où se cachait le sommeil dont elle avait, dans l'immédiat, plus besoin que tout. Après, elle pourrait revenir une dernière fois à la longue attente, qui ne serait plus très longue désormais. Très bientôt elle jetterait son uniforme invisible. Elle pensa qu'il fallait demander à Svartman s'il pensait que les collègues réussiraient à rattraper Erik Westin et Torgeir Langaas. Mais elle ne dit rien. Là, tout de suite, elle ne voulait rien savoir.

Plus tard. Pas maintenant. Le gel, l'automne et l'hiver ; ensuite elle réfléchirait. Elle inclina la tête contre l'épaule du Zèbre et ferma les yeux. Soudain, elle vit le visage d'Erik Westin. Les derniers instants, quand Anna était tombée au ralenti. Elle comprit que ce visage exprimait du désespoir, et aussi une solitude infinie. Celle d'un homme qui avait tout perdu.

Elle regarda de nouveau le paysage. Lentement le visage d'Erik Westin reflua, absorbé par la boue grise.

Quand la voiture s'arrêta devant l'immeuble de Mariagatan, le Zèbre s'était endormie. Linda la réveilla doucement.

— Nous sommes arrivées, dit-elle. Nous sommes arrivées et tout est fini.

51

Le lundi 10 septembre s'annonçait comme un jour froid et venteux en Scanie. Linda avait mal dormi ; plus exactement, elle s'était endormie à l'aube. Elle fut réveillée par son père s'asseyant sur le bord de son lit. Comme quand j'étais petite, pensa-t-elle. Mon père s'asseyait sur mon lit, presque jamais ma mère.

Il lui demanda si elle avait passé une bonne nuit et elle répondit la vérité : quand elle avait enfin fermé les yeux, l'obscurité avait été remplie de cauchemars.

La veille au soir, Lisa Holgersson avait téléphoné pour dire que Linda n'était pas obligée de commencer tout de suite. On lui laissait une semaine de répit. Mais Linda avait protesté. Elle ne voulait plus repousser l'échéance, malgré tout ce qui s'était passé. Elles étaient parvenues à un compromis : Linda prendrait un jour de congé supplémentaire et se présenterait au commissariat le mardi matin.

— J'y vais, dit-il en se relevant. Que vas-tu faire aujourd'hui ?

— Voir le Zèbre. Elle a besoin de parler à quelqu'un. Moi aussi.

577

Linda passa la journée en compagnie du Zèbre. Le téléphone sonnait sans arrêt, des journalistes empressés qui souhaitaient lui poser des questions. Pour finir, elles se réfugièrent à Mariagatan. Sans relâche, encore et encore, elles déroulèrent le film des événements. En particulier ce qui était arrivé à Anna. Pouvaient-elles comprendre? Quelqu'un pouvait-il comprendre?

— Elle avait attendu son père toute sa vie, dit Linda. Quand il est revenu, elle s'est sentie obligée de le croire, quoi qu'il fasse et quoi qu'il dise.

Le Zèbre resta très silencieuse au cours de cette journée. Linda savait ce qu'elle pensait. Elle avait failli mourir et la faute en incombait à Anna, pas seulement à Erik Westin.

En début d'après-midi, le père de Linda téléphona pour dire que Henrietta avait craqué et avait été conduite à l'hôpital. Linda se rappela les soupirs d'Anna qu'elle avait intégrés dans une de ses compositions musicales. Voilà ce qu'il lui reste, pensat-elle. Les soupirs enregistrés de sa fille morte.

— Il y avait une lettre sur sa table, ajouta son père. Elle essaie de se justifier. Sa raison de ne pas dire qu'Erik Westin était revenu tenait à sa peur. Il l'avait menacée. Si elle ne gardait pas le silence Anna mourrait, et elle aussi. Il n'y a pas de raison de douter de sa bonne foi. Malgré tout, elle aurait dû chercher une issue.

— Parle-t-elle de ma dernière visite?

— Torgeir Langaas était dehors. Elle a ouvert la fenêtre pour qu'il entende qu'elle ne trahissait rien.

— Le père d'Anna se servait donc de lui pour intimider les autres.

— Il en savait long sur les humains.

— A-t-on retrouvé leur trace?

— On devrait les capturer tôt ou tard puisqu'ils sont recherchés dans le monde entier. Mais ils trouveront peut-être de nouvelles cachettes, de nouveaux adeptes.

— Qui a envie de suivre quelqu'un qui prétend honorer Dieu de cette façon?

— Pose la question à Stefan Lindman. Tu sais peut-être qu'il a été gravement malade. Il me dit qu'après sa maladie il a cessé de croire en Dieu. Il est parvenu à la conclusion que ce qui arrive aux hommes est décidé par d'autres forces. C'était peut-être cela : ils suivaient Erik Westin et non pas Dieu.

— Il faut les arrêter.

— On ne peut pas exclure qu'ils se soient suicidés. Tant qu'on n'a pas trouvé les corps, on doit les supposer vivants. Ils peuvent avoir plus d'une retraite à leur disposition. Personne ne sait combien de cachettes Torgeir Langaas tenait en réserve.

— Torgeir Langaas et Erik Westin ont disparu. Mais la véritable absente, c'est Anna.

Ensuite Linda et le Zèbre discutèrent du fait qu'Erik Westin était peut-être en train de reconstruire une nouvelle secte. Elles connaissaient déjà un candidat potentiel : le pasteur Ulrik Larsen, qui n'attendait sans doute que l'occasion de partir en croisade. Linda pensa à ce qu'avait dit son père. Ils ne pouvaient être sûrs de rien tant qu'Erik Westin ne serait pas capturé. Une nouvelle voiture bourrée de dynamite s'encastrerait peut-être bientôt dans une autre cathédrale. Il faudrait beaucoup de temps pour reconstruire le joyau de Lund.

En fin de journée, après avoir raccompagné le Zèbre chez elle et s'être assurée qu'elle tiendrait le coup ce soir-là toute seule, Linda descendit au port de plaisance et sortit sur la jetée. Il faisait froid, mais elle se pelotonna à l'abri du vent. Elle ne savait pas si elle éprouvait vis-à-vis d'Anna un manque, un regret ou autre chose. Nous ne sommes jamais redevenues amies, pensa-t-elle. Nous n'avons pas eu l'occasion d'en arriver là. Notre amitié appartient pour toujours à notre jeunesse.

En rentrant à Mariagatan, son père lui raconta qu'ils avaient retrouvé Torgeir Langaas. Il avait foncé droit contre un arbre. Tout indiquait le suicide. Mais Erik Westin était comme volatilisé. Linda ne saurait peut-être jamais si c'était lui qu'elle avait aperçu à contre-jour, devant l'église de Lestarp. Et qui avait fouillé sa voiture.

Il y avait une autre question, à laquelle elle avait pu répondre toute seule. Les mots énigmatiques dans le journal d'Anna : *montées, périls*. C'était tellement simple : mon père, mon père. Voilà tout.

Linda veilla tard ce soir-là en compagnie de son père à elle. On avait commencé à reconstituer la vie d'Erik Westin, le lien au pasteur Jim Jones et à la secte dont les adeptes avaient trouvé la mort dans la jungle guyanaise. Erik Westin était un homme complexe qu'on ne parviendrait jamais à cerner entièrement. Mais il était capital de comprendre qu'il était tout sauf fou. Son image de lui-même, visible en particulier sur les « photographies sacrées » que portaient sur eux ses disciples, était celle d'un homme humble. Il existait une logique dans sa pensée, même si c'était une pensée tordue, malade. Il n'était pas fou, mais fanatique, prêt à accomplir ce qui était exigé de lui au nom de sa foi, y compris à sacrifier ses semblables quand il l'estimait nécessaire. Il faisait exécuter ceux qui menaçaient son projet et ceux dont le crime ne pouvait selon lui être expié que par la mort. Il cherchait sans cesse des réponses dans la Bible. Aucun événement n'était d'une nature telle qu'il ne puisse être rattaché au texte sacré.

Erik Westin était un homme désespéré qui ne voyait autour de lui que mal et déchéance. Dans cette perspective, on pouvait peut-être le comprendre, sans que cela justifie en rien ses actes. Pour que de tels actes ne se reproduisent pas, pour qu'on puisse à l'avenir identifier plus rapidement les gens prêts à se faire sauter pour tenir leur rôle dans ce qu'ils prétendaient être une chaîne sacrée, il ne fallait pas commettre l'erreur de sous-estimer Erik Westin en le traitant de fou. Il ne l'était pas, dit le père de Linda.

Il n'y avait pas grand-chose à ajouter. Tous ceux qui avaient été sur le point d'exécuter les différents attentats attendaient en prison leur jugement ou leur extradition ; les polices du monde entier recherchaient Erik Westin et l'automne arriverait bientôt avec ses nuits de gel et ses vents froids de nord-est.

Ils s'apprêtaient à se coucher quand le téléphone sonna. Il écouta en silence. Puis il posa quelques questions brèves. Quand il raccrocha, Linda ne dit rien. Elle vit des larmes étinceler dans ses yeux. Il lui dit que Sten Widén venait de mourir. Une de ses femmes avait appelé, peut-être la dernière avec laquelle il avait vécu. Elle avait dit s'être engagée à contacter Kurt Wallander pour lui annoncer que tout était fini et que «ça s'était bien passé».

— Comment cela? demanda Linda.

— On avait l'habitude de se dire ça, quand on était jeunes, Sten et moi. La mort devait être négociée comme un adversaire de duel. Même si l'issue était écrite d'avance, on pouvait fatiguer la mort pour qu'elle ait juste la force de porter le coup fatal. On avait décidé que la mort serait ainsi pour nous deux : un truc qu'on allait négocier pour que «ça se passe bien».

Elle vit sa mélancolie.

— Tu as envie d'en parler?

— Non. Le chagrin de la mort de Sten, je le négocie tout seul.

Ils restèrent assis un moment en silence. Puis il partit se coucher sans un mot. Cette nuit-là aussi, Linda ne dormit que quelques heures à peine. Elle pensait à tous ces gens qui avaient été prêts au nom de Dieu à se détruire en même temps que les cathédrales qu'ils haïssaient. D'après ce que lui avaient raconté son père et Stefan Lindman et ce qu'elle avait pu lire dans les journaux, ces gens-là n'étaient pas des monstres. Leur attitude était humble, ils s'en référaient sans cesse à leur juste dessein, qui était d'ouvrir la voie au véritable royaume de Dieu.

Elle avait la force d'attendre un jour encore. Pas davantage. Au matin du 11 septembre, froid et venteux comme le jour précédent, elle prit donc le chemin du commissariat, après une nuit qui avait laissé pour la première fois sur le sol une trace de gel. Elle essaya son uniforme et réceptionna ensuite les insignes et accessoires afférents. Elle parla une heure avec Martinsson. Puis on lui remit sa première feuille de service et on lui donna congé pour la journée. Mais elle ne voulait pas retourner toute seule à Mariagatan ; elle choisit de rester au commissariat.

Vers quinze heures, elle prenait un café en discutant avec Nyberg, qui s'était spontanément présenté à sa table et sous son meilleur jour, quand Martinsson entra, bientôt suivi par son père. Martinsson alluma le téléviseur.

— Il s'est passé un truc aux États-Unis.

— Quoi donc ? demanda Linda.

— Je n'en sais rien. On va bien voir.

L'horloge sur l'écran indiqua quinze heures pile. L'édition spéciale du JT fut annoncée. Il y avait de plus en plus de monde autour d'eux. Quand le présentateur prit la parole, la cafétéria était presque pleine.

ÉPILOGUE

La fille sur le toit

L'alerte parvint au commissariat peu après dix-neuf heures le vendredi 23 novembre 2001. Linda, qui patrouillait ce soir-là avec le policier nommé Ekman, reçut l'appel du central. Ekman et elle revenaient de Svarte, où ils avaient réglé une dispute familiale qui commençait à dégénérer. L'alerte concernait une jeune fille qui aurait grimpé sur le toit d'un immeuble des quartiers ouest d'Ystad. Elle menaçait de sauter. Et elle avait en sa possession un fusil de chasse. On demandait un maximum de voitures le plus vite possible. Ekman mit le gyrophare et écrasa l'accélérateur.

Sur place, les curieux étaient déjà attroupés. Des projecteurs éclairaient la fille assise sur le toit, son fusil dans les mains. Ekman et Linda écoutèrent le rapport oral de Sundin, qui avait la responsabilité de la faire descendre. L'échelle mobile des services de secours était en place. Mais la fille avait prévenu qu'elle se jetterait dans le vide si on la dépliait.

La situation était limpide, sans malentendu possible. Cette fille, qui avait seize ans, s'appelait Maria Larsson. Elle avait fait plusieurs séjours à l'hôpital pour problèmes psychiques. Elle vivait avec sa mère qui était alcoolique. Ce soir-là, ça s'était mal passé entre elles. Maria avait sonné chez un voisin. Quand celui-ci avait ouvert, elle s'était précipitée pour prendre le fusil et les cartouches qu'elle savait apparemment où trouver. Le voisin pouvait d'ailleurs s'attendre à de sérieux ennuis ; il n'avait pas pu présenter de permis.

Mais dans l'immédiat, il s'agissait de Maria. Elle avait menacé de sauter, puis de se tuer d'un coup de fusil, puis de nouveau de sauter, puis de tirer sur tous ceux qui essaieraient d'approcher. La mère était trop ivre pour être du moindre secours. Il y avait aussi un risque qu'elle commence à crier sur sa fille et la mette au défi d'exécuter son projet.

Plusieurs policiers avaient tenté de lui parler par la lucarne située à une vingtaine de mètres de l'endroit où elle s'était réfugiée, à côté de la gouttière. En ce moment même, un vieux pasteur essayait de lui faire entendre raison, mais quand elle dirigea l'arme vers sa tête, il battit précipitamment en retraite. On menait parallèlement des recherches fébriles pour dénicher une amie proche de Maria susceptible de la convaincre de descendre. Personne ne mettait en doute le sérieux de ses intentions, ou plutôt l'intensité de son désespoir.

Linda demanda une paire de jumelles et les dirigea vers la fille. En recevant l'alerte déjà, elle avait pensé au soir où elle-même avait joué les équilibristes sur la rambarde du pont. En voyant Maria là-haut, tremblante, les doigts crispés sur le fusil, les larmes gelées sur son visage, elle eut la sensation de se voir elle-même. Dans son dos, elle entendit Sundin et Ekman discuter avec le pasteur. Ils étaient aussi démunis les uns que les autres. Linda baissa ses jumelles et se retourna.

— Laissez-moi lui parler.

Sundin secoua la tête. Elle insista.

— Je me suis trouvée dans la même situation un jour. En plus je ne suis pas beaucoup plus âgée qu'elle. Elle m'écoutera peut-être.

— Je ne peux pas te laisser prendre un tel risque. Tu n'as pas l'expérience suffisante pour juger de ce que tu dois dire ou non. Le fusil est chargé. Elle est complètement aux abois. Tôt ou tard elle va tirer.

— Laisse-la essayer.

C'était le vieux pasteur qui avait parlé. Sa voix dégageait une grande autorité.

— Je suis du même avis, intervint Ekman.

Sundin hésitait encore.

— Ne devrais-tu pas d'abord appeler ton père?

Linda sortit de ses gonds. Elle devint blême de rage.

— Mon père n'a rien à voir là-dedans. C'est mon affaire. La mienne et celle de Maria Larsson.

Sundin céda. Avant de l'autoriser à grimper là-haut, il l'équipa d'un gilet pare-balles et d'un casque. Elle garda la veste, mais enleva le casque avant de passer la tête par l'ouverture du toit. La fille avait entendu le bruit du côté de la lucarne. Quand Linda regarda dans sa direction, elle vit le canon du fusil braqué sur elle. Elle faillit plonger.

— N'approche pas! Je tire et je saute.

— Ne t'inquiète pas. Je reste ici, je ne bouge pas d'un poil. Tu me laisses parler?

— Qu'est-ce que t'as à me dire?

— Pourquoi fais-tu ça?

— Je veux mourir.

— Ça m'est arrivé aussi. C'est ça que je voulais te dire.

La fille ne répondit pas. Linda attendit. Puis elle lui raconta le soir où elle avait grimpé sur le parapet, pour quelles raisons elle avait fait ça, et qui avait enfin réussi à la faire descendre contre toute attente.

Maria écoutait. Mais sa première réaction fut la rage.

— Quel rapport avec moi? Mon histoire à moi, elle va se terminer en bas sur le trottoir. Va-t'en. Je veux être seule.

Linda fut prise de court. Elle avait cru qu'il suffirait de sa propre histoire. C'était une erreur d'appréciation naïve. J'ai vu Anna mourir, pensa-t-elle. Mais surtout, j'ai vu la joie du Zèbre d'être encore en vie.

Elle décida de poursuivre.

— Je veux te donner quelque chose. Une raison de vivre.

— Il n'y en a pas.

— Pose ce fusil et viens. Pour moi.

— Tu ne me connais pas.

— Non, mais je fais souvent des cauchemars. Je rêve que je saute et que je meurs.

— Quand on est mort, on ne rêve pas. Je ne veux pas vivre.

La conversation continua ainsi. Après un moment, que Linda aurait été incapable d'évaluer puisque le temps s'était arrêté à l'instant où elle avait passé la tête par la lucarne, elle s'aperçut que Maria commençait à lui répondre pour de vrai. Sa voix était plus calme, moins aiguë. C'était le premier pas. Elle était en train d'enrouler une corde de sauvetage invisible autour du corps de Maria. Mais rien n'était encore joué. Jusqu'au moment où Linda, ayant épuisé sa réserve de mots, se mit à pleurer. Alors Maria abandonna la partie.

— Je veux qu'ils éteignent les projecteurs. Je ne veux pas voir ma mère. Je veux juste te voir, toi. Et je ne veux pas descendre tout à fait encore.

Linda hésita. Était-ce un piège ? Avait-elle décidé de sauter une fois les projecteurs éteints ?

— Pourquoi ne viens-tu pas maintenant ?

— Je veux dix minutes toute seule.

— Pourquoi ?

— Pour sentir l'effet que ça fait, d'avoir décidé de vivre.

Linda retourna en bas. Les projecteurs s'éteignirent. Sundin comptait les minutes sur sa montre. Elle eut soudain la sensation que tous les événements de ces jours dramatiques de septembre surgissaient de l'obscurité et l'agressaient violemment. Elle avait accueilli avec gratitude le travail et le nouvel appartement qui lui occupaient l'esprit et lui ôtaient le loisir de se replonger dans les souvenirs difficiles. Plus importante encore avait été la complicité avec Stefan Lindman. Ils avaient commencé à se fréquenter en dehors du boulot, et vers la mi-octobre Linda comprit qu'elle n'était pas seule à être tombée amoureuse. Pendant qu'elle attendait sur le trottoir en essayant de distinguer sur le toit la silhouette de la fille qui avait décidé de vivre, ce fut comme si l'instant était venu de mettre un point final à tout ce qui s'était passé.

Linda battait la semelle pour entretenir la chaleur, tout en gardant la tête levée vers le toit. Maria avait-

591

elle changé d'avis ? Sundin marmonna qu'il restait une minute. Ils attendirent. Les dix minutes étaient écoulées. On approcha l'échelle mobile. Deux pompiers aidèrent la jeune fille tandis qu'un troisième montait par l'escalier récupérer le fusil. Linda avait expliqué à Sundin et aux autres la promesse faite à Maria, en insistant sur le fait que cette promesse devait être tenue. Quand Maria commença à descendre, Linda l'attendait donc seule au pied de l'échelle. Lorsqu'elle fut en bas, Linda la prit dans ses bras et toutes deux éclatèrent en sanglots. Linda eut la sensation étrange de s'embrasser elle-même. Ce qui était peut-être la vérité.

Une ambulance était sur place. Linda accompagna Maria et l'aida à monter. La voiture démarra, et Linda entendit le sol craquer. Il gelait déjà ; la température était descendue en dessous de zéro. Elle regarda partir l'ambulance. Les policiers, le vieux pasteur et les pompiers vinrent à tour de rôle lui serrer la main.

Linda et Ekman restèrent sur place jusqu'au départ des pompiers, des collègues, des rubans de plastique et des badauds. Ils reçurent un appel radio concernant un cas probable de conduite en état d'ivresse sur Österleden. Ekman mit le contact, pendant que Linda jurait tout bas. En cet instant, son plus grand désir aurait été de retourner au commissariat et de boire un café. Ou plusieurs.

On verrait après – comme pour tant d'autres choses. Elle se pencha vers Ekman pour regarder le thermomètre du tableau de bord.

La température extérieure était de moins trois degrés. L'automne scanien entrait lentement en hiver.

POSTFACE

Une personne a contribué de manière décisive à l'existence de ce livre. À sa propre demande, je ne citerai pas son nom. Je dirai juste qu'il s'agit d'une jeune femme de la police travaillant quelque part dans le centre de la Suède. Pour sa patience et ses réflexions avisées, merci.

Ceci est un roman. Je me suis donc autorisé certaines libertés. Par exemple celle d'équiper le commissariat d'Ystad d'un magnétophone enregistrant les appels de l'extérieur. Cette perspective, ai-je cru comprendre, va bientôt devenir réalité.

Henning Mankell, mai 2002

Achevé d'imprimer par N.I.I.A.G.
en juillet 2006
pour le compte de France Loisirs, Paris

No d'éditeur : 45907
Dépôt légal : Août 2006

Imprimé en Italie